금석이야기집 일본부[三]
今昔物語集 三

KONJAKU MONOGATARI-SHU 1-4

by MABUCHI Kazuo, KUNISAKI Fumimaro, INAGAKI Taiichi

ⓒ 1999/2000/2001/2002 MABUCHI Kazuo, KUNISAKI Fumimaro, INAGAKI Taiichi

Illustration ⓒ 1999/2000/2001/2002 SUGAI Minoru

All rights reserved.

Original Japanese edition published by SHOGAKUKAN INC., Tokyo.

Korean translation rights in Korea arranged with SHOGAKUKAN INC., Japan

through THE SAKAI AGENCY and BESTUN KOREA AGENCY.

금석이야기집 일본부 [三]

1판 1쇄 인쇄   2016년 2월 20일
1판 1쇄 발행   2016년 2월 29일
—
교주 · 역자 | 馬淵和夫 · 国東文麿 · 稲垣泰一
한역자 | 이시준 · 김태광
발행인 | 이방원
—
발행처 | 세창출판사
신고번호 · 제300-1990-63호 | 주소 · 서울 서대문구 경기대로 88 냉천빌딩 4층 | 전화 · (02)723-8660
팩스 · (02)720-4579 | http://www.sechangpub.co.kr | e-mail: sc1992@empal.com
—
ISBN 978-89-8411-599-6 94830
ISBN 978-89-8411-596-5 (세트)
—
· 이 책은 한국연구재단의 지원으로 세창출판사가 출판, 유통합니다.
· 잘못된 책은 구입하신 서점에서 바꾸어 드립니다.
· 책값은 뒤표지에 있습니다.
—
이 도서의 국립중앙도서관 출판시도서목록(CIP)은 e-CIP홈페이지(http://www.nl.go.kr/ecip)와 국가자료공동목록
시스템(http://www.nl.go.kr/kolisnet)에서 이용하실 수 있습니다.(CIP제어번호: CIP2016004913)

금석이야기집 일본부
今昔物語集 (권15 · 권16)
A Translation of "Konjaku Monogatarishu"
【三】

馬淵和夫 · 国東文麿 · 稲垣泰一 교주 · 역

이시준 · 김태광 한역

세창출판사

『금석이야기집今昔物語集』은 방대한 고대 일본의 설화를 총망라하여 12세기 전반에 편찬된 일본 최대의 설화집이며, 문학사에서는 '설화의 최고봉', '설화의 정수'라 일컬어지는 작품이다. 작품의 내용은 크게 천축天竺(인도), 진단震旦(중국), 본조本朝(일본)의 이야기로서 본 번역서는 작품의 약 3분의 2의 권수를 차지하고 있는 본조本朝(일본)의 이야기를 번역한 것이다.

우선 서명을 순수하게 우리말로 직역하면 '옛날이야기모음집' 정도가 될 성싶다. 『今昔物語集』의 '今昔'은 작품 내의 모든 수록설화의 모두부冒頭部가 거의 '今昔' 즉 '이제는 옛이야기이지만'으로 시작되기 때문에 붙여진 서명이다. 한편 '物語'는 일화, 이야기, 산문작품 등 폭넓은 의미를 포괄하는 단어이며, 그런 이야기를 집대성했다는 의미에서 '集'인 것이다. 『금석이야기집』은 고대말기 천화千話 이상의 설화를 집성한 작품으로서 양적으로나 문학사적 의의로나 일본문학에서 손꼽히는 작품의 하나이다.

하지만 작품성립을 둘러싼 의문은 여전히 남아 있어, 특히 편자, 성립연대, 편찬의도를 전하는 서序, 발拔이 없는 관계로 이 분야에 대한 연구는 많은 이설異說들을 낳고 있다. 편자 혹은 작가에 대해서는 귀족인 미나모토노 다카쿠니源隆國, 고승高僧인 가쿠주覺樹, 조슌藏俊, 대사원의 서기승書記僧 등이 거론되는가 하면, 한 개인의 취미적인 차원을 뛰어넘는 방대한 양과 치

밀한 구성으로 미루어 당시의 천황가天皇家가 편찬의 중심이 되어 신하와 승려들이 공동 작업을 했다는 설도 제시되는 등, 다양한 편자상이 모색되고 있다. 한편, 공동 작업이라는 설에 대해서 같은 유의 발상이나 정형화된 표현이 도처에 보여 개인 혹은 소수의 집단에 의한 것이라고 보는 반론도 설득력을 가지고 공존하고 있다. 성립의 장소는 서사書寫가 가장 오래되고 후대사본의 유일한 공통共通 조본인 스즈카본鈴鹿本이 나라奈良의 사원(도다이지東大寺나 고후쿠지興福寺)에서 서사된 점으로 미루어 봤을 때, 원본도 같은 장소에서 만들어졌으리라 추정되고 있다.

그리고 성립연대가 12세기 전반이라는 점에서 대부분의 연구자가 일치된 견해를 보이고 있다. 출전(전거, 자료)으로 추정되는『도시요리 수뇌俊賴髄腦』의 성립이 1113년 이전이며 어휘나 어법, 편자의 사상, 또는 설화집 내에서 보원保元의 난(1156년)이나 평치平治의 난(1159)의 에피소드가 다루어지고 있지 않다는 점이 이를 뒷받침한다.

전체의 구성(논자에 따라서는 '구조' 혹은 '조직'이라는 용어를 사용)은 천축天竺(인도), 진단震旦(중국), 본조本朝(일본)의 삼부三部로 나뉘고, 각부는 각각 불법부佛法部와 세속부世俗部(왕법부)로 대별된다. 또한 각부는 특정주제에 의한 권卷(chapter)으로 구성되고, 각 권은 개개의 주제나 어떠한 공통항으로 2화 내지 3화로 묶어서 분류되어 있다. 인도, 중국, 본조의 삼국은 고대 일본인에게 있어서 전 세계를 의미하며, 그 세계관은 불법(불교)에 의거한다. 이렇게 『금석』은 불교적 세계와 세속의 경계를 넘나들면서 신앙의 문제, 생의 문제 등 인간의 모든 문제를 망라하여 끊임 없이 그 의미를 추구해 마지않는 것이다. 동시에『금석』은 저 멀리 인도의 석가모니의 일생(천축부)에서 시작하여 중국과 일본의 이야기, 즉 그 당시 인식된 전 세계인 삼국의 이야기를 망라하여 배열하고 있다. 석가의 일생(불전佛傳)이나 각부의 왕조사와 불법 전래사, 왕법부의 대부분의 구성과 주제가 그 이전의 문학에서 볼 수 없었던 형태였음을 상기할 때,『금석이야기집』편찬에 쏟은 막대한 에너지는 설혹 그것이 천황가가 주도한 국가적 사업이었다손 치더라도 가히 상상도 못 하리라는 사실을 인정하지 않을 수 없다. 과연 그 에너지는 어디서 기인하는 것일까? 그것은 편자의 현실에 대한 인식에서부터라 할 수 있으며, 그 현실은 천황가, 귀족(특히 후지와라藤原 가문), 사원세력, 무가세력이 각축을 벌이며 고대에서 중세로 향하는 혼란이 극도에 달한 이행기移行期였던 것이다. 편자는 세속설화와 불교설화를 병치倂置 배열함으로써 당시의 왕법불법상의 이념을 지향하려 한 것이며, 비록 그것이 달성되지 못하고 작품의 미완성으로 끝을 맺었다 하더라도 설화를 통한 세계질서의 재해석·재구성에의 에너지는 희대의 작품을 탄생시킨 것이다.

『금석이야기집』의 번역의 의의는 매우 크나 간단히 그 필요성을 기술하면 다음의 세 가지를 들 수 있다.

첫째,『금석이야기집』은 전대의 여러 문헌자료를 전사轉寫해 망라한 일본의 최대의 설화집으로서 연구 가치가 높다.

일반적으로 설화를 신화, 전설, 민담, 세간이야기(世間話), 일화 등의 구승口承 및 서승書承(의거자료에 의거하여 다시 기술함)에 의해 전승된 이야기로 정의 내릴 수 있다면,『금석이야기집』의 경우도 구승에 의한 설화와 서승에 의한 설화를 구별하려는 문제가 대두됨은 당연하다 하겠다. 실제로 에도江戶시대(1603~1867년)부터의 초기연구는 출전(의거자료) 연구에서 시작되었고 출전을 모르거나 출전과 동떨어진 내용인 경우 구승이나 편자의 대폭적인 윤색으로 해석하는 경향이 있었다. 하지만 새로운 의거자료가 확인되는 가운데 근년의 연구 성과에 의하면,『금석이야기집』에는 구두의 전승을 그대로 기록한 것은 없고 모두 문헌을 기초로 독자적으로 번역된 것으로 확인되고 있다. 이하 확정되었거나 거의 확실시되는 의거자료는『삼보감응요략록三寶感應要略錄』(요遼, 비탁非濁 찬撰),『명보기冥報記』(당唐, 당림唐臨 찬撰),『홍찬법화전弘贊法華傳』(당唐, 혜상惠祥 찬撰),『후나바시가본계船橋家本系 효자전孝子傳』, 『도시요리 수뇌俊賴髓腦』(일본, 12세기초, 源俊賴),『일본영이기日本靈異記』(일본, 9세기 초, 교카이景戒),『삼보회三寶繪』(일본, 984년, 미나모토노 다메노리源爲憲),『일본왕생극락기日本往生極樂記』(일본, 10세기 말, 요시시게노 야스타네慶滋保胤),『대일본국법화험기大日本國法華驗記』(일본, 1040~1044년, 진겐鎭源),『후습유 와카집後拾遺和歌集』(일본, 1088년, 후지와라노 미치토시藤原通俊),『강담초江談抄』(일본, 1104~1111년, 오에노 마사후사大江匡房의 언담言談) 등이 있다. 종래 유력한 의거자료로 여겨졌던『경률이상經律異相』,『법원주림法苑珠林』,『대당서역기大唐西域記』,『현우경賢愚經』,『찬집백연경撰集百緣經』,『석가보釋迦譜』등의 경전이나 유서類書는 직접적인 자료라고 할 수 없고,『주호선注好選』, 나고야대학장名古屋大學藏『백인연경百因緣經』과 같은 일본화日本化한 중간매개의 존재를 생각할 수 있으며,『우지대납언이야기宇治大納言物語』,『지장보살영험기地藏菩薩靈驗記』,『대경大鏡』의 공통모태자료共通母胎資料 등의 산일散逸된 문헌을 상정할 수 있다.

둘째,『금석이야기집』은 중세 이전 일본 고대의 문학, 문화, 종교, 사상, 생활양식 등을 살펴보는 데에 있어 필수적인 자료이다.

전술한 바와 같이 인도, 중국, 일본의 삼국은 고대 일본인에게 있어서 전 세계를 의미하며, 삼국이란 불교가 석가에 의해 형성되어 점차 퍼져나가는 이른바 '동점東漸'의 무대이며, 불법부에선 당연히 석가의 생애(불전佛傳)로부터 시작되어 불멸후佛滅後 불법의 유포, 중국과 일본으로의 전래가 테마가 된다. 삼국의 불법부는 거의 각국의 불법의 역사, 삼보영험담三寶靈驗譚, 인과응보담이라고 하는 테마로 구성되어 불법의 생성과 전파, 신앙의 제 형태를 내용으로 한다. 한편 각부各部의 세속부는 왕조의 역사가 구상되어 있다. 특히 본조本朝(일본)부는 천황, 후지와라藤原(정치, 행정 등 국정전반에 강력한 영향력을 가진 세습귀족가문, 특히 고대에는 천황가의 외척으로 실력행사) 열전列傳, 예능藝能, 숙보宿報, 영귀靈鬼, 골계滑稽, 악행惡行, 연애戀愛, 잡사雜事 등의 분류가 되어 있어 인간의 제상諸相을 그리고 있다.

셋째, 한일 설화문학의 비교 연구뿐만이 아니라 동아시아 설화, 민속분야의 비교연구에 획기적인 계기가 될 것으로 기대된다.

먼저 동아시아에서 공통적으로 신앙하고 고대부터 현대에 이르기까지 막대한 영향력을 끼치고 있는 불교 및 이와 관련된 종교적 설화의 측면에서 보면, 『금석이야기집』 본조부에는 일본의 지옥(명계)설화, 지장설화, 법화경설화, 관음설화, 아미타(정토)설화 등이 다수 수록되어 있다. 이와 같이 불교의 세계관에 의해 형성된 설화, 불보살의 영험담 등은 일본뿐만 아니라 한국, 중국에서 또한 공통적으로 보이는 설화라 할 수 있다. 불교가 인도에서 중국, 그리고 한국, 일본으로 전파·토착화되는 과정에서, 각국의 독특한 사회·문화적인 토양에서 어떻게 수용·발전되었는가를 설화를 통해 비교 고찰함으로써, 각국의 고유한 종교적·문화적 특징들이 보다 객관적이고 명확하게 이해될 수 있을 것으로 판단된다.

한편, 『금석이야기집』 본조부에는 동물이나 요괴 등에 관한 설화가 다수 수록되어 있다. 용과 덴구天狗, 오니鬼, 영靈, 정령精靈, 여우, 너구리, 멧돼지 등이 등장하며, 생령生靈, 사령死靈 또한 빼놓을 수 없다. 용과 덴구는 불교에서 비롯된 이류異類이지만, 그 외의 것은 일본 고유의 문화적·사상적 풍토 속에서 성격이 규정되고 생성된 동물들이다. 근년의 연구동향을 보면, 일본의 '오니'와 한국의 '도깨비'에 대한 비교고찰은 일반화되고 있다고 판단된다. 이제는 더 나아가 그 외의 대상에 대해서도 관심을 가지고 문화적인 비교연구가 활성화되어야만 할 것이며,『금석이야기집』의 설화는 이러한 연구에 대단히 유효한 소재원이 될 것으로 기대하는 바이다.

전술한 바와 같이 본 번역서는『금석이야기집』의 약 3분의 2를 차지하는 본조本朝(일본)부를 번역한 것으로 그 나머지 천축天竺(인도)부, 진단震旦(중국)부의 번역은 금후의 과제로 삼고자 한다.

권두 해설을 집필해 주신 고미네 가즈아키小峯和明 교수님께 감사를 드린다. 교수님은 일본설화문학을 중심으로 동아시아 설화문학, 기리시탄 문학, 불전 등을 연구하시며 문학뿐만이 아니라 역사, 종교, 사상 등 다방면의 학문에 큰 업적을 남기신 분이다. 개인적으로는 일본 유학시절부터 지금까지 설화연구의 길잡이가 되어 주셨고, 교수님의 저서를 한국에서『일본 설화문학의 세계』란 제목으로 번역·출판하기도 하였다. 다시 한 번 흔쾌히 해설을 써 주신 데에 대해 심심한 감사를 드린다.

마지막으로 방대한 분량의 원고를 꼼꼼히 읽어 교정·편집을 해주신 세창출판사 임길남 상무님께 감사를 드리는 바이다.

2016년 2월

이시준, 김태광

차례

머리말·4 | 일러두기·14

일러두기

1. 본 번역서는 新編 日本古典文學全集 『今昔物語集 ①~④』(小學館, 1999년)을 저본으로 한
   것으로 모든 자료(도판, 해설, 각주 등)의 이용을 허가받았다.

2. 번역서는 총 9권으로 구성되어 있고 각 권의 수록 내용은 다음과 같다.
   ①권-권11·권12　　　　　　　　　②권-권13·권14
   ③권-권15·권16　　　　　　　　　④권-권17·권18·권19
   ⑤권-권20·권21·권22·권23　　　　⑥권-권24·권25
   ⑦권-권26·권27　　　　　　　　　⑧권-권28·권29
   ⑨권-권30·권31

3. 각 권의 제목은 번역자가 임의로 권의 내용을 고려하여 붙인 것임을 밝혀 둔다.

4. 본문의 주석은 저본의 것을 기본으로 하였으며, 독자층을 연구자 대상으로 하는 연구재
   단 명저번역 사업의 취지에 맞추어 가급적 상세한 주석 작업을 하였다. 필요시에 번역자
   의 주석을 첨가하였고, 번역자 주석은 '＊'로 표시하였다.

5. 번역은 본서 『금석 이야기집』의 특징, 즉 기존의 설화집의 설화(출전)를 번역한 것으로 출
   전과의 비교 연구가 중요하다는 점을 고려하여 가능한 한 직역을 위주로 하였다. 단, 가
   독성을 위하여 주어를 삽입하거나, 긴 문장의 경우 적당하게 끊어서 번역하거나 하는 방
   법을 취했다.

6. 절, 신사의 명칭은 다음과 같이 표기하였다.
   예 東大寺 ⇒ 도다이지　예 賀茂神社 ⇒ 가모 신사

7. 궁전의 전각이나 문루의 이름, 관직, 연호 등은 우리 한자음으로 표기하였다.
   예 一條 ⇒ 일조 **예** 淸凉殿 ⇒ 청량전 **예** 土御門 ⇒ 토어문 **예** 中納言 ⇒ 중납언
   예 天永 ⇒ 천영

   단, 전각의 명칭이 사람의 호칭으로 사용될 때는 일본어 원음으로 표기하였다.
   예 三條院 ⇒ 산조인

8. 산 이름이나 강 이름은 전반부는 일본어 원음으로 표기하되, '山'과 '川'은 '산', '강'으로
   표기하였다.
   예 立山 ⇒ 다테 산 **예** 鴨川 ⇒ 가모 강

9. 서적명은 우리 한자음과 일본어 원음을 적절하게 혼용하였다.
   예『古事記』⇒ 고사기 **예**『宇治拾遺物語』⇒ 우지습유 이야기

10. 한자표기의 경우 가급적 일본식 한자를 한국에서 일반적으로 통용하는 글자로 변환시
    켜 표기하였다.

금석이야기집今昔物語集

권 15

【三寶靈驗】

주지主旨 본권은 승니僧尼를 중심으로 널리 극락 왕생담을 수록한다. 출전은 소수의 이야기를 제외하고 『일본왕생극락기日本往生極樂記』와 『법화험기法華驗記』이다. 왕생의 행법行法은 아미타 염불이 주를 이루지만, 염불일편에 그치지 않고 『법화경』이나 진언주법眞言呪法의 겸수兼修에 의해 왕생을 이룬 예가 많은 것은 전수專修 염불로 통일된 이전의 정토신앙의 실태와 행법의 다양성을 나타내고 있다.

간고지元興寺의 지코智光·라이코賴光가 왕생한 이야기

일본 극락왕생의 선구자적 존재로서 간고지元興寺의 지코智光·라이코賴光 두 승려에 관한 왕생담을 권두에 배치한 것임. 학승學僧 지코 승려의 꿈에 평소 학문을 게을리하고 무언수면無言睡眠만을 일삼았던 동료 라이코 승려가 사후 극락왕생한 것을 알고는 의아해하지만, 그도 라이코 승려의 인도로 아미타불의 교화를 얻게 되고, 그 후 꿈속에서 본 극락정토 그림을 관념觀念해 마침내 극락왕생을 이룬 이야기임. 학승 지코 승려와 비교해 언뜻 보아서는 나태한 승려로 볼 수 있는 라이코 승려를 내조시끼면시, 아미타불의 상호相好와 극락정토의 장엄莊嚴을 관념하는 것이 극락왕생을 위해 가장 중요한 수행법임을 설도說道하는 내용의 이야기이다.

이제는 옛이야기이지만, 간고지元興寺[1]에 지코智光[2]·라이코賴光[3]라는 두 학승學僧[4]이 있었다. 오랜 세월 이 두 사람은 같은 승방僧房[5]에 살면서 학문을 닦았는데, 라이코는 노년에 이를 때까지 게을러서 학문에 힘쓰지 않았고 또한 말도 없었으며 항상 누워만 있었다. 한편 지코는 매우 총명하고 열심히 학문을 닦아 훌륭한 학승이 되었다.

---

1 → 사찰명.
2 → 인명.
3 → 인명.
4 여러 큰 사찰에서 불전佛典을 수학하는 승려.
5 *승려들이 거처하는 방. 일본어에서는 이 방坊 이름을 따서 스님을 지칭하기도 함.

그러다가 어느 날 라이코가 갑자기 죽어 버렸다. 그 후 지코는 그의 죽음을 슬퍼하며, '라이코는 오랜 세월 정말 나의 친한 친구였다. 하지만 그는 생전 긴 세월동안 말도 하지 않았고 학문도 하지 않았으며 항상 누워만 있었다. 사후에 어떠한 과보果報를 받았을까? 좋은 곳에 태어났는지, 나쁜 곳에 떨어졌는지 도통 알 수가 없구나!'라며 슬픔에 잠겼는데, '라이코가 어디에 태어났는지 정말 알고 싶다.'고 두세 달 동안 마음속으로 기원하자, 꿈속에서 라이코가 있는 곳으로 갔다. 그곳을 보니, 정말 모든 것이 아름답게 장식된 곳으로 정토淨土[6]와 똑같았다. 이상하게 여긴 지코는 라이코에게 "여기는 어떤 곳인가?"라고 물었다. 그러자 라이코가 대답하길,

"여기는 극락일세. 자네가 하도 《꼭 알고 싶다고 소원》[7]하기에 내가 태어난 곳을 알려주는 것일세. 자네는 빨리 돌아가시게. 여기는 자네가 있을 곳이 《아니네》[8]."

라고 대답했다. 그래서 지코가 말했다. "나는 지금까지 오로지 정토에 태어나기를 빌며 살아왔네. 어찌 돌아가란 말인가?"라고 하자 라이코는, "자네는 정토에 태어날 공덕이 없네. 그러니 잠시라도 여기에 머물러서는 안 되네."라고 말했다. 이에 지코가 "자넨, 생전에 어떤 공덕도 쌓지 않았네. 그런데 어찌하여 이곳에 태어났는가?"라며 다시 물었다. 라이코는

"자네는 모르는가? 나는 왕생往生할 인연[9]이 있어서 이곳에 태어난 걸세. 나는 이전에 많은 경전을 펼쳐보고 극락에 태어나고 싶다고 소원하였네. 그 점을 깊이 마음에 새겼기에 말도 하지 않았던 걸세. 행주좌와行住坐臥[10]의 계

---

6   * 부처나 보살이 사는, 번뇌의 굴레에서 벗어난 아주 깨끗한 세상. 여기서는 아미타부처의 서방 극락정토.
7   저본의 파손에 의한 결자. 『극락기極樂記』를 참조하여 보충.
8   저본의 파손에 의한 결자. 『극락기』를 참조하여 보충.
9   극락정토에 왕생할 사유가 되는 선근善根·공덕功德을 의미.
10   * 다니고, 머물고, 앉고, 눕고 하는 일상의 움직임을 통틀어 이르는 말. → 불교(사위의四威儀).

율에 맞는 행동거지 중 나는 단지 언제나 미타彌陀[11]의 형상과 정토의 아름다운 모습만을 관념觀念[12]하여 다른 생각 없이 조용히 누워만 있었던 걸세. 오랜 세월 동안 그 공덕이 쌓이고 쌓여 지금 이 정토에 태어난 것이네. 자네는 경문經文을 외우고 그 교의教義를 이해하여 지혜는 비록 밝지만, 마음은 잡념에 사로잡혀 있기에 선근善根[13]은 아주 적은 것이네. 그러니 아직 자네는 정토의 업인業因[14]을 쌓지 못한 것일세."

라고 했다. 이 말을 들은 지코는 슬피 울며 "그렇다면 어찌해야 반드시 왕생을 이룰 수 있단 말인가?" 하고 물었다. 이에 대해 라이코는

"그것에 관해서는 내가 대답을 해줄 수가 없네. 그러니 아미타불阿彌陀佛[15]께 여쭈어 보시게."

라며 곧바로 지코를 데리고 함께 부처의 어전을 찾아뵈었다.

부처를 마주 대한 지코는 합장하여 예배를 드리고

"어떠한 선근을 쌓아야 이 정토에 태어날 수 있사옵니까? 바라옵건대 그것을 제게 가르쳐 주시옵소서"

라고 여쭈었다. 그러자 부처는 "부처의 형상과 아름다운 정토의 모습을 관념하도록 하거라."라고 일러 주셨다. 그래서 지코는

"이 정토는 정말 형용할 수 없을 정도로 아름답고 광대하여 그 끝이 없사옵니다. 제 마음과 눈으로는 역부족입니다. 그러한데 어찌 저와 같은 범부凡夫[16]의 마음으로 관념할 수 있겠습니까?"

라고 다시 여쭈었다. 그때 부처는 즉시 오른손을 들어 손바닥 안에 작은 정

11 미타여래彌陀如來(→ 불교).
12 정신을 통일하고 조용히 오로지 제법諸法의 진리나 불보살佛菩薩의 형상, 정토의 장엄함을 떠올리는 것.
13 → 불교.
14 정토에 왕생할 원인이 되는 행위. 여기서는 왕생의 선근.
15 → 불교.
16 * 번뇌에 얽매여 생사를 초월하지 못하는 사람.

토를 보여 주시는 것이었다. 이러한 꿈을 꾸고 지코는 꿈에서 깨어났다. 깨어난 후 곧바로 화공을 불러 꿈속에서 본 부처님 손바닥 안의 작은 정토 모습을 그리게 하였고, 일생동안 그것을 계속 관념하여 마침내 지코도 극락왕생을 이루었다.

그 후, 지코가 기거했던 승방을 극락방極樂坊[17]이라 부르고, 옮겨 그린 정토 불화[18]를 그곳에다 걸어두고 그 앞에서 염불을 외고 강회講會를 행하는 것이 지금까지도 계속 이어지고 있다고 한다. 신앙심이 있다면 반드시 예배 드려야 하는 불화라고 이렇게 이야기로 전하여 내려오고 있다 한다.

---

17 간고지(→ 사찰명)의 극락방極樂坊.

18 '지코智光 만다라曼荼羅'라 일컬어짐. 아미타삼존阿彌陀三尊을 중심으로 정토를 그린 방일척方一尺 여촌余寸의 소형 만다라로, 간고지 극락방은 정토신앙의 상징으로 많은 사람들의 숭경崇敬을 받았음. 보덕寶德 3년(1451), 쓰치잇키土一揆(* 농민폭동)의 간고지 방화로 인해 소실됨. 또한 다이마當麻 만다라, 세이카이淸海 만다라와 더불어, '정토 삼만다라'라고 부름.

元興寺智光頼光往生語第一

今昔、元興寺ニ智光頼光ト云フ二人ノ学生有ケリ。年来、

此ノ二人ノ人、同ジ房ニ住テ修学スルニ、頼光漸ク老ニ至ル
マデ懈怠ニシテ、学問ヲモ不為ズ、物云フ事モ無クシテ、常
ニ寝タリケリ。智光ハ、心ニ智ノ深クシテ、懃ニ学問ヲ好テ、
止事無キ学生ト成ヌ。

而ル間、頼光既ニ死ヌ。其ノ後、智光此レヲ歎テ云ク、
「頼光ハ此レ多年ノ親シキ友也。而ルニ、年来物云フ事無ク、
学問不為ズシテ常ニ寝タリキ。死テ後、何ナル報ヲ受タ
ラム。善悪更ニ難知シ」ト。如此ク思歎キテ、二三月許
ニ、頼光ノ有ル所ニ至ヌ。見レバ、其ノ所ノ荘厳微妙ニシテ
浄土ニ似タリ。智光此レヲ怪ムデ、頼光ニ問テ云ク、「此レ

何ナル所ゾ」ト。頼光答テ云ハク、「此レハ極楽也。汝ガ□

□依テ、我レ、生ル所ヲ示ス也。早ク返リ可去シ。此レ、
汝ガ所居ニ□」。智光ノ云ク、「我レ、専ニ浄土ニ生レム
ト願フ心有リ。何ゾ可返キ」。頼光ノ云ク、「汝ヂ、行業無シ。
暫クモ此ニ不可留ズ」ト。智光ノ云ク、「汝ハ生タリシ時勤
ル所無カリキ。何ゾ此所ニ生タル」ト。頼光答テ云ク、「不

知ズヤ。我レハ往生ノ因縁有ルニ依テ此ノ所ニ生タル也。我
レ昔シ諸ノ経論ヲ披キ見テ、極楽ニ生レム事ヲ願ヒキ。此レ
ヲ深ク思ヒシニ依テ、物云フ事無カリキ。四ノ威儀ノ中ニ、
只弥陀ノ相好、浄土ノ荘厳ヲ観ジテ、他ノ思ヒ無クシテ静カ
ニ寝タリシ也。年来其ノ功積リテ、今此ノ土ニ来レル也。汝
ハ、法文ヲ覚テ其ノ義理ヲ悟テ智恵朗カ也ト云ヘドモ、心

散乱シテ、善根微少也。然レバ、未ダ浄土ノ業因ヲ不殖ズ」
ト。智光此レヲ聞テ、泣キ悲ムデ問テ云ク、「然ラバ、何ヲ
以テカ、決定シテ往生ヲ可得キ」ト。頼光ノ云ク、「其ノ事
ハ、我レ答フルニ不能ズ。然レバ、阿弥陀仏ニ問ヒ可奉シ」ト

云テ、即チ智光ヲ引テ、共ニ仏ノ御前ニ詣ヅ。

智光仏ニ向ヒ奉テ、掌ヲ合セテ礼拝シテ、仏ニ白シテ言

サク、「何ナル善根ヲ修シテカ、此ノ土ニ生ル、事ヲ可得キ。

願クハ此レヲ教へ給へ」ト。仏智光ニ告テ宣ハク、「仏ノ相

好、浄土ノ荘厳ヲ可観シ」ト。智光ノ申サク、「此ノ土ノ荘

厳微妙広博ニシテ、心眼ノ及所ニ非ズ。凡夫ノ心ニ、何カ

此レヲ観ゼム」ト。其ノ時ニ、仏即チ右ノ手ヲ挙テ、掌ノ

中ニ小サキ浄土ヲ現ジ給フ。ト見テ、夢覚ヌ。忽ニ絵師ヲ呼

テ、夢ニ見ル所ノ仏ノ掌ノ中ノ小浄土ノ相ヲ令写メテ、一

生ノ間此レヲ観ジテ、智光亦遂ニ往生ヲ得タリケリ。

其ノ後、其ノ房ヲバ極楽房ト名付テ、其ノ写セル絵像ヲ係

テ、其ノ前ニシテ念仏ヲ唱へ講ヲ行フ事于今不絶ズ。心有ラ

バ、必ズ可礼奉キ絵像也、トナム語リ伝ヘタルトヤ。

간고지元興寺의 류카이隆海 율사律師가
왕생한 이야기

류카이隆海가 아직 어렸을 때, 간교願曉의 설경說經을 듣고 발심하여 간고지元興寺에 수종隨從하고 출가한 뒤, 현밀顯密의 법문을 익혀 율사律師의 자리까지 오르게 된다. 그 후 임종臨終 시에 미타彌陀 염불을 읊고 극락왕생極樂往生을 이루었다는 이야기. 앞 이야기에 이어 간고지 승려의 염불 왕생담을 다룬 이야기이다.

이제는 옛이야기이지만, 간고지元興寺[1]에 류카이隆海 율사律師[2]라는 사람이 있었다. 속성俗性은 기요우미淸海 씨로, 본本[3]은 셋쓰 지방攝津國 가와카미河上[4] 사람이다. 어릴 적부터 고기잡이 일을 하였고,[5] 나이 열일고여덟까지 성인식을 치루지 않아 아직 어린애 머리를 하고 있었다. 그런데 이 셋쓰 지방 강사講師[6]로 야쿠닌藥仁[7]이라는 사람이 있었다. 그는 오랜 세월 마음에 품어

---

1   → 사찰명.
2   → 인명.
3   류카이隆海는 셋쓰 지방(攝津國)에 태어났지만, 후에 좌경左京을 본관本貫으로 삼고 좌경사람이 되었기 때문에 '본본'이라고 한 것(『삼대실록三代實錄』).
4   셋쓰 지방에서 '가와카미河上'라는 지명은 확인할 수 없으나, 가와베 군河邊郡이라는 지명은 있음. 이나 강猪名川의 상류지방을 가리키는 것으로 추정.
5   살생을 업으로 삼고, 불법과는 연이 멀었던 것을 말함.
6   셋쓰 지방의 국분사國分寺의 강사직講師職. 국사國師.
7   야쿠시지藥師寺의 승려로 야쿠닌藥仁(→ 인명)이라고 하는 승려가 있었는데 이 야쿠닌은 류카이隆海와 연령이 거의 비슷하여 여기에서 이야기하는 야쿠닌에 해당하는지 의심스럽다. 『삼대실록』・『극락기極樂記』에 '야쿠엔藥圓'으로 되어 있는데 오기誤記로 추정.

온 숙원宿願이 있어 경전을 서사書寫하여 공양하려 했는데, 그럴 만한 인연이 있어, 간고지의 간교願曉[8] 율사라는 사람을 공양 강사로 초청했다. 마침내 공양하는 당일이 되어, 류카이 율사는 그때 아직 고기잡이하는 아이였는데 그 공양을 구경을 하면서 놀고 있었다. 그러던 중 강사의 설법을 듣고 갑자기 '스님이 되어 불법을 배워보고 싶다.'는 마음이 생겨났다. 집에 돌아가 부모에게 "소자는 큰 절에 들어가 불법을 배우고 싶습니다."라고 말했다. 부모는 그것을 허락은 하였지만, 그렇게 갑작스럽게 떠날 것이라고는 생각을 하지 않았다. 하지만 이 아이는 '이 강사가 되돌이기실 때 뒤쫓아 강사가 계시는 큰 절로 가서 제자가 되자.' 이렇게 생각하고는 다음 날 간교 율사가 되돌아가는 길을 뒤쫓아 갔다. 율사는 아이를 보고 "너는 누구냐?"라고 물었다. 아이는

"저는 그 야쿠닌 강사님 근처에 사는 아이입니다. 그러나 '큰 절에 들어가 중이 되고 싶다.'는 마음에 이렇게 스님을 따라왔습니다."

라고 대답했다. 율사는 이 말을 듣고 감동을 하여 그를 데리고 간고지로 되돌아갔다.

그 후 아이는 희망대로 출가해서, 율사 곁에서 밤낮으로 그를 모시면서 법문을 배웠는데, 총명하고 이해력이 뛰어났다. 그래서 마침내 훌륭한 학승學僧이 되었다. 또한 《신뇨眞如 법친왕法親王[9]》[10] 밑에서 진언眞言 밀교를 배웠다. 이리하여 정관貞觀 16년[11]에 유마회維摩會[12]의 강사를 맡았고, 원경元慶 8년[13]에는 율사의 지위에 올랐다.

8　→ 인명.
9　*법친왕法親王은 출가 후 대군에 임명된 황자皇子.
10　사승師僧의 명기를 위한 의식적인 결자. 『삼대실록』을 참조하여 보충.
11　874년.
12　→ 불교.
13　884년.

그런데 이 사람은 원래 도심道心이 깊어 항상 염불을 외고 극락에 태어나길 기원했다. 그런 연유로 임종할 때는 목욕을 하고 몸을 청결히 한 후 제자들에게 염불을 외고 극락왕생에 관한 주요 경문經文을 독송케 하여, 그 소리가 끊임없이 울려 퍼지는 가운데 서쪽을 향해 단좌端坐한 채로 숨을 거두었다. 그때 한 제자가 스승의 머리를 북쪽으로 하여 눕혔다.[14] 다음날 아침 살펴보니, 율사는 오른손으로 아미타阿彌陀 정인定印[15]을 맺고 있었다. 장사지낼 때도 그 정인은 흐트러지지 않았다. 이를 보고 들은 사람들은 모두 감격하여 존귀하게 여기지 않는 자가 없었다.

　　그의 극락왕생은 인화仁和 2년 12월 22일[16]의 일이었다. 향년 72세. 이 사람을 간고지의 류카이 율사라고 한다고 이렇게 이야기로 전하여 내려오고 있다 한다.

14　석가 열반의 행의行儀(두북면서頭北面西)에 따른 것임.

15　→ 불교.

16　『삼대실록』의 류카이隆海 졸전卒傳에 따르면, 인화仁和 2년(886) 7월 22일 사망. 12월 22일에 죽었다는 설은 미상. 혹은 간고지의 독자적인 기록으로 추정.

元興寺隆海律師往生語第二

今昔、元興寺ニ隆海律師ト云フ人有ケリ。俗姓ハ清海ノ氏、本、摂津国ノ河上ノ人也。幼ヨリ魚鉤ヲ以テ業トス。年十七八歳マデ童ニテ有ケルニ、其ノ国ノ講師ニテ薬仁ト云フ者アツテ、年来ノ宿願有ルニ依テ、仏経ヲ儲テ供養ゼムト為ルニ、事ノ縁有ル故、元興寺ノ願暁律師ト云フ人ヲ請ジ下シタリ。既ニ供養ズル日ニ成ヌ、彼隆海律師ノ魚鉤ノ童有ケル時、其ノ所ニ行テ、物ナド見遊ビケルニ、講師ノ説教ヲ聞テ、忽ニ、「法師ト成テ法ノ道ヲ学バム」ト思フ心付テ、家ニ返テ父母ニ云ク、「我レ、大寺ノ辺ニ行テ、法師ト成テ法ノ道ヲ学バム」ト。父母此レヲ許スト云ヘドモ、忽ニ事ノ不知ザルニ、此ノ童ノ思ハク、「我レ此ノ講師ノ返リ給ハムニ走リ付テ、大寺ニ行テ、弟子ト成ラム」ト思ヒ得テ、次ノ日願

暁律師ノ返ルニ走リ付ヌ。律師童ヲ見テ、「彼ノ童ハ誰ソ」ト問フニ、童答テ云ク、「己ハ、彼ノ薬仁講師ノ辺ニ侍ツル童也。其レニ、『大寺ノ辺ニ行テ、法師ニ成ラム』ト思フ志、有ルニ依テ、御共ニ参ツル也」ト。律師此レヲ聞テ、感ジテ、相具シテ元興寺ニ返ヌ。

其ノ後、童思ノ如ク出家シテ、律師ニ随テ、日夜ニ仕ヘテ法文ヲ学ブニ、心賢クシテ悟リ明ラカ也。然レバ、遂ニ止事無キ学生ト成ヌ。亦、□□随テ、真言ノ密教ヲモ学ブ。而ル間、貞観十六年ト云フ年、維摩会ノ講師ヲ勤ム。元慶八年ト云フ年、律師ノ位ニ成ル。

而ルニ、此ノ人本ヨリ道心深クシテ、常ニ念仏ヲ唱ヘテ、極楽ニ生レムト願ヒケリ。然レバ、遂ニ命終ラムト為ル時ニ臨デ、沐浴清浄ニシテ、弟子ニ告テ、念仏ヲ唱ヘ、諸経ノ要文ヲ誦シテ、其ノ音不断ズシテ、面西ニ向テ端坐シテ失ニケリ。弟子有テ、北ニ首ヲシテ臥セツ。明ル朝ニ、此レヲ見ルニ、律師右ノ手ニ阿弥陀ノ定印ヲ結テ有リ。葬スル時キモ

其印不乱ザリケリ。　此レヲ見聞ク人不悲貴ズト云フ事無カ

リケリ。

彼ノ往生、仁和二年ト云フ年ノ十二月ノ二十二日ノ事也。

年七十二。　此レヲ元興寺ノ隆海律師ト云ケリ、トナム語リ伝

ヘタルトヤ。

도다이지東大寺의 계단戒壇 승려 묘유明祐가 왕생한 이야기

도다이지東大寺의 계단戒壇 화상和上인 묘유明祐가 일생동안 오후에는 식사를 하지 않는 계율을 지켜, 마침내 천덕天德 5년(961) 도다이지의 불교행사의 하나인 수이월회修二月會가 끝나기를 기다려 염불왕생을 이룬 이야기.

이제는 옛이야기이지만, 도다이지東大寺[1]에 계단戒壇 화상和上[2]인 묘유明祐[3]라는 사람이 있었다. 이 사람은 일생동안 지재持齋[4]를 지속해 계율을 어기는 일이 없었다. 또한 매일 밤 불당에 칩거하며 자신의 승방에서 자는 일이 없었다. 그래서 절 승려들은 모두 그를 이루 말할 수 없이 존경했다.

그런데, 천덕天德 5년[5] 2월경, 묘유 화상은 하루 이틀 조금 몸이 안 좋으셔서 식사를 평상시처럼 하지 못하셨다. 승려는

"지재할 시간도 훨씬 지났고,[6] 내가 명을 다할 때도 가까워졌구나. 지금

1　→ 사찰명. 권11 제13화 참조.
2　'계화상和上(尚)'이라고도 함. 계율을 내려주는 화상和上이라는 뜻으로, 도다이지東大寺에서는 별당別當 다음가는 요직임. 수계授戒의 의식을 집행함. '계단戒壇' → 불교.
3　→ 인명.
4　→ 불교.
5　무라카미村上 천황天皇의 치세. 961년. 2월 16일 개원改元, 응화應和 원년이 됨.
6　『극락기極樂記』에서는 제자들이 묘유의 몸이 약해진 것을 염려해서 죽을 권하였지만 식사시간이 아니었기 때문에 묘유가 식사를 거절한 것으로 되어 있음.

여기서 갑자기 계율을 어길 수는 없느니라. 올 2월에는 절에 해마다 열리는 불사佛事[7]가 있는데 나는 '이 행사를 마지막까지 치러야겠다.'라고 생각하여 어떻게든 명을 보전하고 있는 것이다."

라고 말했다. 제자들은 이 말을 듣고 존귀하게 여겼는데, 그달 17일 저녁, 제자들이 『아미타경阿彌陀經』[8]을 독송하여 회향回向[9]을 끝내자, 스승이 제자들에게, "그대들은 전과 같이 『아미타경』을 독송하여라. 내게는 지금 음악소리가 들린다."라고 하였다. 제자들이 "지금 전혀 음악이 들리지 않습니다. 어찌 그런 말씀을 하시는 겁니까?" 하고 묻자, 스승은 "나의 정신은 또렷하느니라. 실로 음악소리가 들리노라."라고 했다. 제자들은 그것을 이상하게 여기고 있었는데, 묘유 화상은 다음날 정념正念으로 염불을 외며 숨을 거두었다.

임종에 앞서 음악소리를 들었으니, 극락에 왕생한 것은 의심의 여지가 없다고 말하며 사람들은 존귀하게 여겼다고 이렇게 이야기로 전하여 내려오고 있다 한다.

---

7   도다이지의 수이월회修二月會(수이회修二會) 행사로, 우물에서 물을 길어 불전에 올리는 미즈토리水取 법회法會를 말함. 매년 음력 2월 1일에서 14일 일정으로 이월당二月堂에서 열림.

8   → 불교.

9   → 불교. 선근善根·공덕을 쌓아 남에게 돌리는 것. 여기서는 『아미타경阿彌陀經』을 독송해서 사승師僧의 왕생의 공덕으로 돌리는 것.

東大寺戒壇和上明祐往生語第三

今昔、東大寺ニ戒壇ノ和上トシテ明祐ト云フ人有ケリ。

此ノ人一生ノ間持斉ニシテ、戒律ヲ持テ破ル事無シ。毎夜二堂ニ詣テ、房ニ宿スル事無カリケリ。然レバ、寺ノ僧皆此レヲ貴ビ敬フ事無限シ。

而ル間、天徳五年ト云フ年ノ二月ノ比、明祐和上一両日ノ程聊ニ悩ム気有テ、飲食例ニ不似ズ。「我レ持斉ノ時既ニ過ヌ。亦、我レ命終ラム期近シ。何ゾ忽ニ此レヲ可破キ。此

ノ二月ハ寺ニ恒例ノ仏事有。我レ、『此ヲ過サム』ト思テ、愁ニ生タル也」ト。弟子等此レヲ聞テ、貴ビ思フ程ニ、其ノ月ノ十七日ノ夕ニ、弟子等阿弥陀経ヲ誦シテ廻向畢テ後、師弟子等ニ云、「汝等前ノ如ク阿弥陀経ヲ可誦シ。我レ只今、音楽ノ音ヲ聞ク」ト。弟子等ノ云ク、「只今更ニ音楽有ル事無シ。此レハ何ニ宣フ事ゾ」ト。師ノ云ク、「我レ、心神不変ズ。正シク音楽ノ音有リ」ト。弟子等此レヲ怪シビ無シテ失ニケリ。

二、明ル日、明祐和上心不違ズシテ念仏ヲ唱ヘテ失ニケリ。兼テ音楽ノ音ヲ聞テ、極楽ニ往生ゼル事疑ヒ無シ、トナリ。

人貴ビケル、トナム語リ伝ヘタルトヤ。

야쿠시지藥師寺의 사이겐濟源 승도僧都가 왕생한 이야기

야쿠시지藥師寺의 사이겐濟源 승도僧都는 더할 나위없는 도심道心을 지닌 염불 수도자였지만, 절의 쌀 다섯 말을 빌려 쓰고 갚지 않은 응보應報로 인해, 임종 시 지옥으로 죄인을 실어 나르는 화차火車의 마중을 받는다. 그래서 곧바로 제자들에게 명해 쌀 한 석을 되돌려놓자 화차는 그냥 돌아가고 반대로 이번에는 극락의 마중을 받았다는 이야기. 염불 공덕이 크다는 것을 나타냄과 동시에 절의 물건을 함부로 사용하는 죄가 얼마나 큰가를 훈계하는 이야기이다.

이제는 옛이야기이지만, 야쿠시지藥師寺[1]에 사이겐濟源 승도僧都[2]라는 사람이 있었다. 속성俗姓은 미나모토源 씨로, 어릴 적에 출가하여 야쿠시지에 살았고, □□[3]라는 사람을 스승으로 모시고 법문을 배워 훌륭한 학승學僧이 되었다. 그 후 점차 지위가 상승해[4] 승도의 자리까지 올랐고 오랫동안 그 절의 별당別當[5]으로 계셨다. 더할 나위 없이 도심道心이 깊었고, 비록 절의 별당이었지만 절의 물건을 개인적으로 쓰는 일이 없었고 항상 염불을 외며 극

---

1 * 현재의 나라 시奈良市 소재의 사찰, 법상종法相宗의 총 본거지임. → 사찰명.
2 * 야쿠시지藥師寺의 승려. 삼론종三論宗. 882〜964. → 인명.
3 사승師僧의 이름의 명기를 위한 의도적 결자.
4 천경天慶 8년(945) 12월 29일 권율사權律師에 임명, 천력天曆 2년(948) 10월 29일 율사律師에 임명, 천력 10년 12월 28일 소승도少僧都에 임명(『승강보임僧綱補任』).
5 → 불교.

락에 태어나기만을 기원했다.

승도가 늙어 이제 곧 명이 다하려고 할 때였다. 염불을 외면서 막 숨을 거두려는데, 승도가 갑자기 일어나 제자들을 불러 모아 놓고 말했다.

"너희들도 오랜 세월 봐 왔듯이, 나는 이 절의 별당이라고 해도 절의 물건을 함부로 개인적으로 사용하는 일도 없었고, 여념 없이 염불을 외었기에 명이 다하면 필시 극락의 마중이 있을 것이라 여겨왔다. 그런데 극락의 마중은 보이지 않고 난데없이 지옥의 화차火車[6]가 이곳에 들이닥쳤다. 이것을 보고 나는 '이게 뭐람, 어찌 이런 어처구니없는 일이! 이렇게 되리라고는 전혀 생각지도 못했는데, 도대체 내게 무슨 죄가 있어 지옥의 마중을 받아야 한단 말이냐?'라고 말했다. 그러자 그 수레를 따르던 오니鬼들이 '너는 일전에 이 절의 쌀 다섯 말을 빌려 사용했다. 그런데 아직 그것을 반납하지 않았다. 그 죄로 인해 지금 이 같은 마중을 받은 것이다.'라고 하기에 나는 '그 정도의 죄로 지옥에 떨어질 수야 없지. 지금 그 쌀을 되돌려 놓으면 되지 않겠느냐?'라고 말하자, 화차는 구석에 물러나 아직 여기에 있다. 그러니 어서 쌀 한 섬[7]을 절에 되돌려 놓아라."

라고 말했다. 제자들은 이 말을 듣고 서둘러 쌀 한 섬을 절에 되돌려 놓았다.

그 독경 종소리[8]가 들려 올 무렵, 승도는 "화차가 되돌아갔다."고 말했다. 그리고 잠시 뒤 "화차는 되돌아가고 이제 방금 극락의 마중이 있었다."라고 말하고, 합장한 채 손을 이마에 대고 눈물을 흘리며 기뻐하고 염불을 외며 숨을 거두었다. 왕생을 이룬 그 승방은 야쿠시지의 동문 북쪽 옆에 있는 방

---

6   불이 활활 타오르고 있는 수레로 죄인을 실어 지옥으로 데려간다고 함.
7   차용한 쌀 다섯 말을 배로 하여 한 섬(열 말)을 절에 반납토록 명한 것임.
8   「우지 습유이야기宇治拾遺物語」에서는 쌀 한 섬을 반납하고 그것을 보시布施로 하여 독경을 하도록 하고 있음. 그 독경을 할 때 치는 정고鉦鼓 소리가 들려 올 때, 라는 의미임.

으로, 그 승방은 현재까지도 없어지지 않고 남아 있다.

이것을 생각하면, 절의 쌀 다섯 말을 차용해서 반납 안했다는 정도의 아주 사소한 죄에 의해서도 지옥의 화차가 마중을 왔다. 하물며 자기 마음대로 절의 물건을 함부로 사용하는 별당의 죄가 얼마나 클지는 상상이 갈 것이다.

그가 왕생한 날은 강보康保 원년[9]이라는 해의 7월 5일의 일이다. 승도, 향년 83세. 야쿠시지의 사이겐 승도라는 사람이 바로 이 사람이라고 이렇게 이야기로 전하여 내려오고 있다 한다.

---

9 이때는 무라카미村上 천황天皇의 치세, 964년. 사이겐의 몰시沒時에 대해 『일본기략日本紀略』은 이 이야기와 같음. 『승강보임』, 『승강보임초출僧綱補任抄出』은 천덕天德 4년(960) 4월 5일이라 하고 있음. 몰년沒年에 대해서는 『승강보임』 이하, 76세. 83세 설은 미상. 야쿠시지의 독자적인 자료가 있었던 것으로 추정.

薬師寺済源僧都往生語第四

今昔、薬師寺ニ済源僧都ト云フ人有ケリ。俗姓ハ源ノ氏。幼ニシテ出家シ、薬師寺ニ住シテ、□ト云フ人ヲ師トシテ法文ヲ学テ、止事無キ学生ト成ヌ。其後、成リ上テ僧都マデ成テ、此ノ寺ノ別当年来有ルニ、道心並ビ無クシテ、寺ノ物ヲ不仕ズシテ、常ニ念仏ヲ唱ヘテ極楽ニ生レム事ヲ願ヒケリ。

老ニ臨デ、既ニ命終ラムト為ル時ニ、念仏ヲ唱テ絶入ナムト為ルニ、起上テ、弟子ヲ呼テ告テ云ク、「汝等年来見ツラム様ニ、此ノ寺ノ別当也ト云ヘドモ、寺ノ物ヲ犯シ不仕ズシテ、他念無ク念仏ヲ唱ヘテ、命終レバ必ズ極楽ノ迎ヘ有ラムト思フニ、極楽ノ迎ハ不見エズシテ、本意無ク火ノ車ヲ此ニ寄ス。我レ此ヲ見テ云ク、『此ハ何ゾ、本意無ク。此ク火不思デコソ有ツレ。何事ノ罪ニ依テ、地獄ノ迎ヲバ可得キゾ』ト云ツレバ、此ノ車ニ付ケル鬼共ノ云ク、『先年ニ、此ノ寺ノ米五斗ヲ借テ仕タリキ。而ルニ、未ダ其ヲ不返納ズ。其ノ罪ニ依テ、此ノ迎ヲ得タル也』ト云ツレバ、我レ、『然許ノ罪ニ依テ、地獄ニ可堕キ様無シ。其ノ物ヲ可返キ也』ト云ツレバ、火ノ車ハ寄セテ、未ダ此ニ有リ。然レバ、速ニ米

一石ヲ以テ寺ニ送リ可奉シ」ト云ヘバ、弟子等此ヲ聞テ、忩

ギ米一石ヲ寺ニ送リ奉リツ。

真ノ鐘ノ音聞ユル程ニ、僧都ノ云ク、「火ノ車ハ返リ去ヌ」ト。

其ノ後暫ク有テ、僧都ノ云ク、「火ノ車返テ、今ナム極楽ノ迎ヘ得タル」ト云テ、掌ヲ合セテ、額ニ宛テ、泣々喜テ、念仏ヲ唱ヘテゾ失ニケル。其ノ往生ジタル房ハ、薬師寺ノ東ノ門ノ北ノ脇ニ有ル房、于今其ノ房失ズシテ有リ。

此ヲ思フ、然許ノ程ノ罪ニ依テ、火ノ車迎ニ来ル。何ニ況ヤ、恣ニ寺物ヲ犯シ仕タラム寺ノ別当ノ罪、思ヒ可遣シ。

彼ノ往生ジタル日ハ、康保元年ト云フ年ノ七月ノ五日ノ事也。僧都ノ年八十三也。薬師寺ノ済源僧都ト云フ此レ也、ト

ナム語リ伝ヘタルトヤ。

히에이 산比叡山 정심원定心院의 승려 조이成意가 왕생한 이야기

히에이 산比叡山의 승려 조이成意는 평소 지제持齋를 하지 않고 마음 내키는 대로 식사를 했다. 그리고 임종 때에는 평소보다는 더 많은 양의 식사를 하였고, 다른 절의 소오相應 승려와 조묘增命승려에게 작별인사까지 고한 다음 임종하여 극락왕생을 이루었다는 이야기. 제3화의 지재왕생인持齋往生人 묘유明祐의 그것과는 대조적인 극락왕생담이다.

이제는 옛이야기이지만, 히에이 산比叡山[1] 정심원定心院[2]이라는 절의 십선사十禪師[3]로 조이成意라는 승려가 있었다. 마음이 한없이 맑고 사물에 집착하는 일이 없었다.

그런데 조이는 원래 지재持齋[4]를 좋아하지 않아 아침저녁으로 식사를 취했다. 한 제자가 스승인 조이에게

"여기 히에이 산의 고승들은 대개 지재를 합니다. 그런데 《어찌》[5] 제 스승님께서는 지재를 하지 않으시고 아침저녁으로 식사를 하십니까?"

---

1   * 현재의 시가 현滋賀縣 오쓰 시大津市와 교토 시京都市 사이에 있는 산. 천태종天台宗의 총본산임. 동탑東塔과 서탑西塔, 요카와橫川의 세 지역으로 나뉘어져 있음. → 사찰명.
2   * 히에이 산比叡山 동탑지역에 있는 한 사찰. → 사찰명.
3   * 궁중의 내도장內道場에 근무하며 천왕의 안태安泰를 기원하는 10인의 고승. → 불교.
4   * 오후에는 식사를 취하지 아니하는 계율. → 불교.
5   저본의 파손에 의한 결자. 「극락기極樂記」를 참조하여 보충.

라고 물었다. 스승은

"나는 원래 가난하여 매일 이 절에서 받는 식사 외에는 달리 어떤 음식도 얻을 수가 없다. 그래서 있으면 있는 대로 먹는 것이다. 어떤 경문經文에 '마음은 보리菩提에 지장이 된다. 하지만 음식은 보리에 지장이 되지 않는다.' 라고 되어 있다. 그렇기에 음식에 의해 후세後世 보리가 지장 받을 리 없다." 라고 답했다. 제자는 그 말을 듣고서 '지당하신 말씀'이라 생각하고 물러 갔다.

그 후 수년이 지나 조이가 제자에게, "오늘 내 음식은 평소보다도 많이 먹게 해 주게."라고 말했다. 제자는 그 말에 따라 평소보다도 식사량을 늘려 상을 차렸다. 스승은 그것을 먹고 또한 모든 제자들에게 그것을 나눠주며 "내가 준비한 이 식사를 너희들이 마음대로 먹는 것도 단지 오늘뿐이다."라고 말했다. 그리고 한 제자에게 말했다.

"너는 지금 무도지無動寺[6]의 소오相應 화상和尙[7]을 찾아가 '조이는 이제 극락으로 갑니다. 스님은 그 극락에서 뵐 수 있겠지요.' 이렇게 말씀 드려라."

그리고는 또 한 제자를 불러 말하길 "너는 천광원千光院[8]의 조묘增命 화상[9]을 찾아가 똑같은 말을 전하라."라고 명했다.

이 말은 들은 제자들은 각각 "지금 말씀은 필시 망어妄語[10]이시죠?"라고 하자 스승은,

"내가 말한 것이 만일 허언으로 오늘 내가 죽지 않는다면, 내가 미쳐서 그런 것이라 여겨라. 너희들은 거짓말을 하는 것이 아니니 조금도 부끄러워할

6 * 히에이 산 동탑지역에 있는 한 사찰. → 사찰명.
7 * 히에이 산 무도지無動寺의 승려. 엔닌圓仁의 제자. 831~918. → 인명.
8 * 히에이 산 서탑지역에 있는 한 사찰. → 사찰명.
9 시호諡號는 조간淨觀(→ 인명).
10 허언虛言. 거짓말을 하는 것. 망어계妄語戒는 오계五戒(→ 불교)·십계十戒의 하나.

필요가 없다."

라고 말했다. 그래서 명을 받은 제자들은 각각 그 두 승려의 승방으로 갔다. 그 두 곳에 갔던 제자들이 아직 돌아오기도 전에, 조이는 서쪽을 향해 합장하고 앉은 채로 숨을 거두었다. 제자들이 돌아와 그 모습을 보고 감격하여 눈물을 흘리며 존귀해 마지않았다. 또한 원내의 사람들도 이를 듣고 모두 그곳에 몰려와 존귀하게 여기고 감격해 했다.

"몸에 병도 없었는데, 자기가 이제 곧 죽을 것임을 알고 고승들에게 그것을 알리고 서쪽을 향해 죽었으니, 이야말로 필시 극락에 왕생한 분이다."라고 모두 말했다고 이렇게 이야기로 전하여 내려오고 있다 한다.

比叡山定心院僧成意往生語第五
ひえのやまのぢゃうしむゐんのそうじゃうゐわうじゃうすることだいご

今昔、比叡ノ山ノ定心院ト云フ所ノ十禅師トシテ、成意ト云フ僧有ケリ。心浄クシテ染着スル所無カリケリ。

而ルニ、成意、本ヨリ持斉ヲ不好ズシテ、心ニ任セテ朝夕ニ物ヲ食フ。弟子有テ、師ニ成意ニ問テ云ク、「山上ニ止事無キ僧多ク持斉ス。□我ガ師独リ不斉食給ズシテ、朝夕ニ食シ給フ」ト。師答テ云ク、「我レ、本ヨリ身貧クシテ、此ノ院ノ日供ノ外ニ、亦得ル所ノ物無シ。然レバ、只ニ随テ食スル也。或経ニ云ク、『心菩提ヲ障フ。食菩提ヲ不障ズ』ト。然レバ、食ニ依テ更ニ後世ノ妨ト不可成」。弟子此ヲ聞

其後数年ヲ経テ、成意弟子ニ語テ云ク、「今日ノ我ガ食ヲ常ノ程ニハ増シテ可令食シ」ト。弟子ノ、言ニ依テ食ヲ増シ

テ、備ヘタリ。師此レヲ食シ、亦、普ク弟子等ニ此レヲ分ケテ、告テ云ク、「汝等専ニ我ガ此ノ備ヲ食セム事、只今日許也」ト云テ、一人ノ弟子ニ云ク、「汝、無動寺ノ相応和尚ノ御房ニ行テ可申シ。成意只今極楽ニ可参ル。対面ヲ給ハラム事、彼ノ極楽ニシテ可有シ」ト。亦、一人ノ弟子ヲ呼テ云ク、「千光院ノ増命和尚ノ御房ニ行テ如ク前ノ可申キ」由ヲ云フ。弟子等各此レヲ聞テ云ク、「此ノ御言定テ妄語ニテヤ有ラム」ト。師ノ云ク、「我レ若シ妄語ニテ今日不死ズハ、我ガ狂テ云ケル、ト可知シ。汝ヂ何ゾ愧ヅル心有ラム」ト。然レバ弟子各彼ノ房々ニ詣ヌ。居乍ラ失ニケリ。弟子返り来テ、此ヲ見テ、泣タク悲ビ貴ム。亦、院ノ内ノ人此ヲ聞テ、皆ナ其ノ所ニ来テ貴ム。不悲ザルハ無シ。

「身ニ病無クシテ、只今死セム事ヲ知テ、止事無キ人々ニ此ヲ告テ、西ニ向テ死ヌル、此レ必ズ極楽ニ参レル人」トゾ人皆云ケル、トナム語リ伝ヘタルトヤ。

목에 혹 달린 히에이 산比叡山 승려가
왕생한 이야기

히에이 산比叡山 동탑東塔에 사는 승려가 있었다. 혹이 달린 것이 부끄러워 요카와橫
川 스나우스 봉砂礑峰에 칩거하였고, 염불과 함께 존승다라니尊勝陀羅尼와 천수다라니
千手陀羅尼의 독송을 부지런히 하며 극락왕생을 간절히 바랐다. 그러던 중에 자연스레
혹이 치유되었고 게다가 극락왕생의 소망도 이루어졌다. 같은 곳에 살던 후쇼普照 승
려가 미리 왕생의 상서로운 징조를 느꼈고, 그의 꿈에서 그 진상을 확인하였다는 이야
기. 앞 이야기에 이어서 히에이 산 승려의 염불왕생담을 다룬 이야기이다. 극락왕생을
꿈을 통해 보증하는 것은 본집에서 많이 발견되는 유형적인 모티브임.

이제는 옛이야기이지만, 히에이 산比叡山 동탑東塔[1]에 한 승려가 있었다.
목 밑에 혹이 있어 오랫동안 의사가 시키는 대로 의술을 사용해서 치료해
보았지만 낫지 않았다. 하는 수 없이 옷깃으로 그곳을 가리고 지냈지만, 역
시 기가 죽어 사람들과의 교제를 피하여 요카와橫川 스나우스 봉砂礑峰[2]이라
는 곳에 가서 칩거생활에 들어갔다.

그곳에 정착하여 살면서 밤낮 자나 깨나 염불을 외고 존승다라니尊勝陀羅
尼[3]나 천수다라니千手陀羅尼[4] 등을 독송하며 오로지 극락왕생만을 빌며 세월

---

1 → 사찰명.
2 → 사찰명.
3 → 불교.
4 → 불교.

을 보내고 있었다. 그런데 어느 날 그 혹이 □□□□.⁵ 부처님의 위력에 의해 나아버린 것이다. 낫기는 했지만, 승려는 '설령 내가 원래 장소⁶로 돌아가 지금까지 해 온대로의 생활을 계속한다 하더라도, 그리 남지 않은 인생이다. 죽어서 악도惡道⁷에 떨어지기보다는 오히려 여기서 오로지 염불을 외며 후세後世 보리菩提를 바라는 것이 최상이다. 그러니 여기를 떠나지 말자.'란 생각이 들어 이전처럼 그곳에 칩거한 채 수행을 계속했다.

한편 그 무렵 같은 히에이 산에 사는 승려가 있었는데, 이름은 후쇼普照라 했다. 후쇼는 그 승려가 살고 있던 원院과 같은 원에 살고 있었는데, '보리죽을 끓여 같은 절에 사는 사람들에게 보시를 베풀자.'라고 생각해, 어느 날 밤, 죽을 끓이기 위해 욕실의 세발 솥 부근에 있었다. 그런데 갑자기 뭐라 표현할 수 없는 향기로운 내음이 산에 가득 차고, 아름다운 음악이 허공에 퍼졌다.⁸ 후쇼는 이상하게 여겼지만, 무슨 일인지도 모른 채 그곳에서 그만 선잠이 들었다. 그런데 꿈에 보물로 아름답게 장식한 한 가마가 나타나 스나우스 봉에서 서쪽을 향해 날아갔다. 법의法衣를 걸친 많은 고승들과 천인天人처럼 보이는 다양한 사람들이 가지각색의 음악을 연주하며 그 가마 주변을 에워싸고 전후·좌우에 서서 날아가는 가마를 따라 □□.⁹ 아득히 멀어져가는 가마 안을 보니, 이 스나우스 봉에 사는 승려가 타고 있었다. 후쇼는 이런 꿈을 꾸고 깨어났다.

그 후 후쇼는 그 꿈이 사실인지 아닌지 알고 싶어 하였는데, 어떤 사람이 "스나우스 봉에 사는 그 승려가 어젯밤 죽었습니다."라고 알려주었다. 이를

---

5   저본의 파손에 의한 결자. 「극락기極樂記」의 기사에 따르면 '저절로 나았다'는 내용이 들어갈 것으로 추정.
6   원래의 주방住坊, 즉 동탑東塔 어느 원院의 승방을 가리킴.
7   → 불교.
8   향기로운 내음과 아름다운 음악에 관한 기사는 성중내영聖衆來迎의 서상瑞相으로 전형적인 표현.
9   저본의 파손에 의한 결자. 문맥을 고려하면 '갔다'는 내용이 들어갈 것으로 추정.

들은 후쇼는 자신이 본 그 꿈이 정말로 그 승려가 극락으로 가는 모습이었다는 사실을 알고, 동료 승려들에게도 "어젯밤 진짜로 극락에 왕생하는 사람을 보았다."라고 말하면서 존귀해 마지않았다. 이를 들은 사람들도 또한 감격하여 존귀하게 여기지 않는 자가 없었다.

이것을 생각하면 극락에 왕생하는 사람이라는 것도 모두 무엇인가의 인연이 있어서이다. 그 승려는 몸에 질환이 있어 그것을 부끄러워하였기에 칩거하여 수행에 정진하였고, 그 덕분에 이와 같이 왕생한 것이라고 이렇게 이야기로 전하여 내려오고 있다 한다.

比叡山頸下有瘻僧往生語第六

今、昔、比叡ノ山ノ東塔ニ僧有ケリ。頸ノ下ニ瘻有テ、年

来医師ノ教ヘニ随テ、医ヲ以テ療治スト云ヘドモ不喩ズ。然

レバ、衣ノ頸ヲ以テ彼ノ所ニ覆ヒ隠ス云ヘドモ、尚憚リ有ル

ニ依テ、人ニ交ル事無クシテ、横川ノ砂磑ノ峰ト云フ所ニ行

テ籠リ居ヌ。其ノ所ニシテ日夜寤寐ニ、念ニ仏ヲ尊勝、

千手等ノ陀羅尼ヲ誦シテ、偏ニ極楽ニ生レムト願テ、年来フ

経ルニ、其ノ瘻有□三　仏力ノ助ヲ以テ嗔ニケリ。然リ

云ヘドモ、僧、「譬ヒ本ノ所ニ返テ世ノ事ヲ可営シト云ヘド

モ、此幾ニ非ズ。死テ悪道ニ堕ムヨリハ、不如ジ只念仏

修シテ、後世ヲ祈テ、此ノ所ヲ不出ジ」ト思ヒ取テ、籠リ居

テ行ヒケリ。

而ル間、同山ニ住ム僧有リ。名ヲ普照ト云ヒケリ。同院ノ

住ム間、普照、「麦ノ粥ヲ煮テ、院ノ内ノ人ニ施セム」ト思

フ心有テ、其ノ粥ヲ煮ムガ為ニ、一夜湯屋ノ邊ニ有ル

ニ、俄ニ艶ズ馥シキ香山ニ満テ、微妙音楽ノ音空ニ聞ユ。普

照此レヲ怪シビ思フト云ヘドモ、何事ト不知ズシテ、仮ソメ

ニ寤タルニ、夢ニ、一ツノ宝ヲ以テ厳レル輦有テ、砂磑ノ峰ヲ

リ西方ヲ指テ飛去ヌ。多ノ止事ナキ僧共ノ、法服ヲ着セル、

及ビ、多ノ音楽ヲ調ブル様々ノ天人ノ如クナル人等、皆此ノ

輦ヲ囲遶シテ、前後左右ニ有テ、輦ニ随テ□二五。遥ニ輦ノ中

ヲ見レバ、彼ノ砂磑ノ峰ニ住僧此ノ輦ニ乗タリ、ト見テ、夢

覚ヌ。

其ノ後、普照此ノ夢ノ虚実ヲ知ラムト思フ間ニ、人有テ云

ク、「彼ノ砂磑ノ峰ニ住スル僧、今夜既

ニ死ニケリ」ト。普照此レヲ聞テ、実ニ彼

ノ僧ノ極楽ニ参ケル

法服(年中行事絵巻)

也、ト知テ、同法ノ僧共ニ、「我レ正ク今夜極楽ニ往生スル人ヲ見ツル」ト語テ、貴ビケリ。此レヲ聞ク人、亦悲ビ不貴ズト云フ事無カリケリ。

此レヲ思フニ、極楽ニ往生ズル人モ、皆縁有ル事也ケリ。彼ノ僧、身ニ恙有テ、其レヲ恥ヅルガ故ニ籠リ居テ勤メ行ヒテ、此ク往生ズル也ケリ、トナム語リ伝ヘタルトヤ。

본샤쿠지梵釋寺의 주승住僧 겐잔兼算이
왕생한 이야기

본샤쿠지梵釋寺의 승려 겐잔兼算은 물욕物慾이 없어 만나는 사람들에게 자주 물건을 베풀었는데, 꿈에서 전생前生에 자신이 아미타불阿彌陀佛을 섬기는 거지였던 것을 깨닫게 되고, 밤낮으로 염불에 힘쓴다. 그 공덕에 의해 병상에서 성중내영聖衆來迎의 음악소리를 듣고 제자들과 함께 염불을 지속하여 극락왕생을 이루었다는 이야기.

이제는 옛이야기이지만, 미이데라三井寺[1] 북쪽에 본샤쿠지梵釋寺[2]라는 절이 있었다. 그 절에 겐잔兼算이라는 승려가 살고 있었다. 그는 마음속으로 진에瞋恚[3]를 일으키는 일이 전혀 없었고, 만나는 모든 사람마다 물건을 베풀고자 하는 심성을 지니고 있었다. 그래서 그 자신은 재산이라 할 만한 것은 전혀 가지고 있지 않았고 승방僧坊 안에는 조금의 비축물도 없었지만, 어떻게 손에 들어오는 것이 있으면, 친한 자든 안 친한 자든 구별하지 않고 갖고 싶어 하는 자에게 주었다. 또한 이 겐잔은 어릴 적부터 도심道心이 있어 미타彌陀의 염불을 외고, 특히 부동존不動尊[4]에 많은 기원祈願을 하고 있었다.

---

1 → 사찰명.
2 → 사찰명.
3 화내고 남을 미워하는 것. 불교에서는 선심善心을 그르치는 삼독三毒의 하나라고 함.
4 부동명왕不動明王(→ 불교).

그런데 겐잔이 젊었《을》[5] 적에 꿈에 존귀한 모습의 사람이 나타나, "너는 전세前世에 아미타불阿彌陀佛을 섬기는 거지였었다."고 일러주었다. 그 계시를 믿고 겐잔은 그 이후 오랜 세월동안 염불을 외며 지내 왔다. 어느 날 중병에 걸려 병상에서 고통스러워 하였는데, 이레가 지난 후 갑자기 병상에서 일어나 앉았다. 곁에 있던 사람들은 겐잔의 병이 조금 좋아졌나 보다 생각하고 지켜보고 있는데, 겐잔은 기분 좋은 듯한 표정으로 제자승을 불러 말하길,

"이제 곧 내 목숨이 다히려고 하는데, 갑자기 시금 허공에서 아름다운 음악소리가 들려온다. 너희들에게도 똑같이 그 소리가 들리느냐?"
라고 했다. 제자는 "아니, 들리지 않습니다."라고 대답했다. 승방 안에 있던 모든 사람들에게도 물어 보았지만, 모두 들리지 않는다고 대답했다. 그때 겐잔은 제자들을 곁에 불러 모아 다 함께 염불을 외고 있었는데, 다시 누워서 제자들에게 "너희들은 계속 염불을 지속하고 멈춰서는 아니 된다."고 명했다.

그런 후 겐잔은 손에 아미타阿彌陀의 정인定印[6]을 하고 서쪽을 향해 그 인계印契가 흐트러지는 일 없이 숨을 거두었다. 제자들은 이를 보고 "분명 우리 스승은 극락왕생을 이뤘을 것이야."라고 말하고는 눈물을 흘리며 더욱더 염불을 외고 감격하여 존귀해 마지않았다. 또한 이것을 들은 사람들도 모두 존귀하게 여기지 않는 자가 없었다.

"기이奇異한 일이다."라고 하여 회자되고 있는 것을 전해 듣고 이렇게 이야기로 전하여 내려오고 있다 한다.

---

5   저본의 파손에 의한 결자. 문맥을 고려하여 보충. 이 부분 『극락기極樂記』에는 '왕년往年'으로 되어 있음.
6   → 불교.

梵釈寺住僧兼算往生語第七

今昔、三井寺ノ北ニ梵釈寺ト云寺有リ。其ノ寺ニ兼算ト云フ僧住ケリ。心ニ瞋恚ヲ発ス事ヲ離レテ、諸ノ人ヲ見テハ、必ズ物ヲ与ヘムト思フ心有ケリ。然レバ、身ニ財ヲ不持ズ、房ノ内ニ一塵ノ物ヲ不貯ズシ、自然ラ出来ル物ヲ云ヘドモ、親キ疎キヲ不撰ズ、乞フ人ニ施ス。亦、兼算幼ノ時ヨリ道心有テ、弥陀ノ念仏ヲ唱、亦、殊ニ不動尊ヲ念ジ奉ケル。

而ルニ、兼算若□時、夢ニ止事無キ人来テ、告テ云ク、「汝ハ此レ、前生ニ阿弥陀仏ニ仕リシ乞人也」ト。其ノ後、

此ノ事ヲ信ジテ、年来念仏ヲ唱ヘテ過グル間、身ニ重キ病ヲ受テ苦シビ煩ヒケルニ、七日ヲ経テ後ニ、兼算忽ニ起居ヌ。傍ニ有ル人、病頗減ズル気有ト見ル程ニ、兼算宜シ気ナル気色ニテ、弟子ノ僧ヲ呼テ語テ云ク、「我レ既ニ命終リナムト為ルニ、忽ニ空ノ中ニ微妙ノ音楽ノ音有リ。汝等同ジ此レヲ聞クヤ否ヤ」ト。弟子、「不聞ズ」ト答ヘテ、房ノ内ノ人ニ、普ク此ヲ問ニ、皆不聞ツル由ヲ云フ。其ノ時ニ、兼算弟子共ヲ呼ビ寄セテ、諸共ニ念仏ヲ唱ヘテ暫ク有程ニ、兼算亦臥ヌ。弟子共ニ告テ云ク、「汝等尚々念仏ヲ唱ヘテ、音ヲ断ツ事無カレ」。

其ノ後、兼算手ニ阿弥陀ノ定印ヲ結ビ、西ニ向テ、其ノ印不乱ズシテ失ニケリ。弟子共此ヲ見テ、「我ガ師必ズ極楽ニ往生ジヌ」ト云テ、泣々ク弥ヨ念仏ヲ唱ヘテ、悲ビ貴ビケリ。亦、此ヲ聞ク人、皆不貴ズト云フ事無カリケリ。「奇異ノ事也」トテ語リ伝フルヲ聞継テ、此ク語リ伝ヘタルトヤ。

히에이 산比叡山 요카와橫川의 진조尋靜가 왕생한 이야기

히에이 산比叡山 요카와橫川의 승려 진조尋靜는 탐욕이 없어 사람들에게 먹을 것을 베풀었다. 다년간 염불과 『금강반야경金剛般若經』 독송을 수행한 공덕에 의해, 불보살들의 마중을 받는 성중내영聖衆來迎의 꿈을 꾸고, 그 예고대로 극락왕생을 이루었다는 이야기. 진조의 성격은 앞 이야기의 겐잔兼算과 유사하다. 그리고 앞에서 나온 제6화의 염불과 다라니 주법呪法, 제7화의 염불과 부동존不動尊 신앙, 그리고 이 제8화의 염불과 『금강반야경』과 같이, 이 책의 극락왕생담에는 미타彌陀 염불수행뿐만 아니라, 『법화경法華經』 이하의 여러 경전이나 밀교 주법呪法 등 다른 근행을 겸수兼修하여 극락왕생을 이룬 예가 많다.

이제는 옛이야기이지만, 히에이 산比叡山의 요카와橫川[1]에 진조尋靜[2]라는 승려가 있었다. 날 때부터 마음에 사견邪見[3]이 없고 정직하였고, 물건을 아까워하거나 탐하는 일도 없었다. 또한 사람들이 찾아올 때마다 우선 음식을 차려 먹게 했다. 이렇게 하여 십여 년간 히에이 산에서 나오지 않고 절에 칩

---

1 → 사찰명.
2 미상. 다만 『극락기極樂記』(관영판본寬永版本)에는 '엔랴쿠지延曆寺 능엄원楞嚴院 십선사十禪師 진조尋靜는 가잔華山 가쿠에覺惠 율사律師의 제자이다.'라고 되어 있음.
3 → 불교.

거하며, 낮에는 『금강반야경金剛般若經』[4]을 읽으며 날을 보내고, 밤에는 미타彌陀의 염불[5]을 외며 밤을 지새웠다. 이렇듯 극락왕생을 하고자 진심으로 기원하고 있었다.

그러는 사이 세월은 흘러 그의 나이 벌써 일흔세 살을 맞이한 정월, 진조는 병에 걸려 며칠간 병상에 앓아누웠는데, 제자들에게 권하여 모두 함께 조조早朝, 일중日中, 일몰日沒의 삼시三時[6]에 미타의 염불삼매念佛三昧[7]를 근행하도록 했다. 이윽고 2월 상순이 되어, 진조는 제자들을 모두 곁에 불러 모아 놓고,

"지금 나는 꿈을 꿨다. 큰 빛이 비추고 그 속에 많은 고귀한 승려들이 계시고, 아름다운 보석으로 치장한 한 가마를 들고, 아름다운 음악을 연주하면서 서방西方에서 이쪽으로 오셔서 허공에 떠 계셨다. 이는 필시 극락에서 나를 마중 온 것이라 생각된다."

라고 말했다. 제자들은 이 말을 듣고 더할 나위 없이 존귀하게 여겼다.

그런데 그로부터 대엿새가 지나, 진조는 새삼 목욕을 하고 몸을 청결히 한 후 사흘 동안 밤낮으로 음식을 완전히 끊고 일심一心으로 쉼 없이 염불을 외었다. 또한 제자들을 불러 이르기를,

"너희들은 오늘과 내일 나에게 음식을 권하거나, 이것저것 질문해서는 아니 된다. 나는 지금 일심으로 극락을 관념觀念[8]할 생각이니, 혹여 다른 잡념이라도 생긴다면 왕생에 방해가 된다."

이렇게 말하고는 곧바로 서쪽을 향해 합장하고 숨을 거두었다. 제자들은

4　→ 불교. 『금강반야바라밀다경金剛般若波羅蜜多經』의 약칭임.
5　→ 불교.
6　→ 불교.
7　흔들림 없이 일심으로 아미타불阿彌陀佛의 명호名號를 외는 근행. 삼매三昧(→ 불교).
8　관상염불觀想念佛을 말함. 여기서는 마음을 가라앉히고 아미타불과 극락정토의 장엄함을 마음에 떠올려 염한다는 의미임.

이를 보고 눈물을 흘리며 더욱더 열심히 염불을 외어 스승이 극락에 왕생한 것을 존귀해하며 감격해 마지않았다. 히에이 산내 사람들도 또한 이를 듣고 모두 존귀해 하며 감격해 하지 않는 자가 없었다고 이렇게 이야기로 전하여 내려오고 있다 한다.

比叡山橫川尋靜往生語第八

今昔、比叡ノ山橫川ニ尋靜ト云フ僧有ケリ。本ヨリ心一

邪見ヲ離レテ、正直ニシテ、物ヲ惜ミ貪ボル事無シ。人ノ来

ル毎ニハ、先飯食ヲ儲ヶ令食ム。十余箇年ノ間、山ノ外ニ

出ズシテ籠リ居テ、昼ハ金剛般若経ヲ読テ日ヲ暮ラシ、夜ハ

弥陀ノ念仏ヲ唱ヘテ夜ヲ睶カシ、如此クシテ極楽ニ往生ゼム

事ヲ懃ニ願ヒケリ。

而ル間、年月積テ、尋靜ガ年既ニ七十三ニ成ル年ノ正月ニ、

尋靜ガ身ニ病ヲ受テ、日来悩ミ煩フ間、弟子共ヲ勧メテ、諸

共ニ毎日三時ニ弥陀ノ念仏三昧ヲ令修ム。而ル間、二月ノ上

旬ニ成テ、尋靜弟子共ヲ皆呼ビ寄セテ、語テ云ク、「今我レ

夢ニ、大キナル光ノ中ニ数ノ止事無キ僧在マシテ、微妙ノ宝

ヲ荘レル一ノ輦ヲ持来テ、微妙ノ音楽ヲ唱テ西方ヨリ来テ、

虚空ノ中ニ有リ。此レ極楽ノ迎ナメリト思」。弟子共此レヲ

聞テ、貴ビ思フ事無限シ。

而ルニ、其ノ後五六日ヲ経テ、尋靜更ニ沐浴シ、清浄ニシ

テ、三箇日夜、永ク飲食ヲ断テ、一心ニ念仏ヲ唱ヘテ怠ル事

無シ。亦、弟子ヲ呼テ語テ云、「汝等、今明我レニ飲食ヲ勧

メ、諸ノ事ヲ問ヒ聞カスル事無カレ。我レ一心ニ極楽ヲ観念

スルニ、他ノ思ヒ出来レバ、其ノ妨ト成ル故也」ト云テ、即

チ西ニ向テ、掌ヲ合セテ失ニケリ。弟子等此レヲ見テ、

泣々ク弥ヨ念仏ヲ唱ヘテ、師ノ極楽ニ往生ゼル事ヲ貴ビ悲ビ

ケリ。山内ノ人亦此レヲ聞テ、皆貴ビ不悲ズト云事無カリケ

リ、トナム語伝ヘタルトヤ。

히에이 산比叡山 정심원定心院의 공승供僧 슌소春素가 왕생한 이야기

히에이 산比叡山 정심원定心院의 공승供僧인 슌소春素는 밤낮으로 염불을 닦았다. 그 공덕에 의해 자신의 극락왕생 시기를 꿈에서 알게 되고, 제자인 운렌溫蓮에게 그것을 알리고 그 꿈의 계시대로 극락왕생을 이루었다는 이야기. 내용과 구성 양면에서 앞 이야기와 아주 흡사하다. 그리고 제5화 이후는 이와 같은 유형적인 왕생담이 이어지는데, 설화배열 순서도 『극락기極樂記』의 순서를 답습하고 있다.

　이제는 옛이야기이지만, 히에이 산比叡山의 정심원定心院¹이라는 절의 공승供僧² 십선사十禪師³로 슌소春素라는 승려가 있었다. 어릴 적 히에이 산에 올라가 출가하여 □□□□⁴라는 사람을 스승으로 모셔 법문을 배웠는데, 정직하고 몸을 청결히 하여 계율을 어기는 일이 없었다. 그러던 중 정심원의 공승으로서 그 원에 살게 되었는데, 이 슌소는 항상 지관止觀⁵이라는 법문을 펼쳐보며 인간의 생사 무상을 깨닫고, 또한 밤낮으로 미타彌陀의 염불을 외며 극락왕생을 염원했다.

1　→ 사찰명. * 히에이 산 동탑지역에 있는 한 사찰.
2　공봉供奉 승려란 의미. 본존本尊의 공양이나 정시定時의 독경 등을 행하여 봉사하는 승려.
3　공봉십선사供奉十禪師(→ 불교). * 궁중의 내도장內道場에 근무하며 천황의 안태安泰를 기원하는 10인의 고승.
4　사승의 이름의 명기를 위한 의도적 결자.
5　→ 불교. 『마하지관摩訶止觀』의 약칭임.

이와 같이 하여 오랜 세월 수행을 거듭해 오는 사이 점점 세월이 흘러 어느덧 슌소 나이 일흔넷이 되었다. 그해 11월경 슌소는 제자인 운렌溫蓮이라는 승려를 불러,

"지금 미타여래彌陀如來가 나를 맞이해 주시려고 존귀한 승려 한 명과 천동天童[6] 한 명을 여기로 보내셨다. 두 사람 모두 흰 옷을 입었고,[7] 그 옷 위에는 마치 꽃을 겹쳐 놓은 듯 그림이 그려져 있다. 그분이 나에게 '내년 3, 4월은 네가 극락에 왕생하는 시기다. 그러니 지금부터 곧바로 음식을 끊도록 하여라.'[8] 이리 일러 주셨다."

라고 말했다. 운렌은 이를 듣고 눈물을 흘리며 존귀해 하였고, 한편으로 '이제 자신이 스승 곁에서 함께하며 섬길 수 있는 시간도 얼마 남지 않았다.'는 사실에 불안해 하며 슬퍼하는 사이, 어느새 해도 바뀌어 그 4월이 되었다. 운렌은 마침내 스승이 왕생할 때가 다가온 것을 기뻐하면서도 동시에, 스승과 이제 헤어져야 한다는 사실에 불안해 하고 있는데, 슌소가 운렌을 불러

"일전의 미타여래가 보내신 사자使者가 또 여기에 오셔서 지금 내 눈앞에 계신다. 내가 이 땅[9]을 떠나는 것도 이제 목전에 다가왔다."

라고 일러 주었다. 그리고는 함께 염불을 외고 있었는데, 정오가 되어 서쪽을 향해 단정히 앉아 합장하고 숨을 거두었다. 운렌은 이 모습을 보고

'내 스승은 병도 없이 미타여래가 보내신 사자가 왔다고 말하고 곧바로 돌아가셨다. 이는 틀림없이 극락왕생하신 것이다.'

라고 알고 기뻐하고 존귀해 하며 더한층 열심히 염불을 외고 눈물을 흘리며

6　→ 불교.
7　일반적으로는 흑의黑衣(치의緇衣라고도 함)를 입은 승려의 반대로 속인俗人을 가리키지만, 여기서는 청정한 마음을 상징한 것으로 추정.
8　부정을 멀리하여 잡념을 끊고 관념하여 극락왕생에 대비하는 것임.
9　사바세계, 인간세계를 가리킴. 염리예토厭離穢土, 혼구정토欣求淨土 사상. 『극락기極樂記』에는 '염부閻浮'.

예배 공경했다. 히에이 산 내 사람들도 모두 이를 듣고 존귀하게 여기지 않는 자가 없었다.

이것을 생각하면, 실제로 미타여래의 사자가 찾아올 것이라고 알려준 때와 다르지 않고, 또한 아무런 병환 없이 돌아가셨으니 틀림없이 극락왕생하신 것이라고 이렇게 이야기로 전하여 내려오고 있다 한다.

比叡山定心院供僧春素往生語第九

今昔、比叡ノ山ノ定心院ト云所ノ供僧ノ十禅師ニテ春素ト云フ僧有リテ、幼ニシテ山ニ登リ出家シテ□ト云フ人ヲ師トシテ、法文ヲ学テ、心直シク身浄クシテ、犯ス所無シ。而ルニ、定心院ノ供僧トシテ其ノ院ニ住ス。春素常ニ止観ト云フ法文ヲ開キ見テ、生死ノ無常ヲ観ジ、亦日夜ニ弥陀ノ念仏ヲ唱ヘテ、極楽ニ往生ゼム事ヲ願ヒケリ。

如此ク勤メ行ヒテ年来ヲ経ルニ、漸ク年積テ、春素ガ年七十四ニ成ヌ。其ノ年ノ十一月ノ比、春素弟子温蓮ト云フ僧ヲ呼テ、語テ云ク、「今弥陀如来ガ我レヲ迎ヘ給ハムトシテ、其ノ使ニ貴キ僧一人天童一人此ニ来レリ。共ニ白キ衣ヲ着タリ。花ヲ重タルガ如シ。其ノ衣ノ上ニ絵有リ。月ハ、此レ、我ガ極楽ニ可参キ期也。今ヨリ速ニ飲食ヲ可断

シ』ト示給フ」ト。温蓮此レヲ聞テ、泣々ク貴ビ思テ、「我ガ師ニ相ヒ副ハム事今幾ニ非ズ」ト心細ク悲ク思フ間ニ、既ニ年明ケテ四月ニ成ヌ。

温蓮漸ク師ノ往生ノ期ノ来ル事ヲ喜ビ思フト云ヘドモ、別レナムト為ルヲ心細ク思フ間ニ、春素温蓮ヲ呼テ、告テ云ク、「前ノ弥陀如来ノ使ヲ得テ亦此ニ来テ、我ガ眼ノ前ニ在マス。我レ此ノ土ヲ去ナムト為ル事既ニ近シ」ト云テ、諸共ニ念仏ヲ唱ヘテ、日中ニ至テ、春素西ニ向テ端坐シテ、掌ヲ合セテ失ニケリ。

温蓮此レヲ見テ、「我ガ師身ニ病無シテ、『弥陀如来ノ使来レリ』ト云テ、忽ニ失セ給ヒヌ。疑ヒ無ク極楽ニ往生ゼル人也」ト知テ、喜ビ貴ビテ、弥ヨ念仏ヲ唱ヘテ、泣々ク礼拝恭敬シケリ。山内人皆此ノ事ヲ聞テ、不貴ズト云フ事無シ。

此レヲ思フニ、実ニ、弥陀如来ノ使ノ可来キ、ト告ゲシ期不違ズシテ、聊カ煩フ事無クシテ失タル事可疑キニ非ネバ、此ク語リ伝ヘタルトヤ。

히에이 산比叡山의 승려 묘조明清가 왕생한 이야기

히에이 산比叡山 승려 묘조明清가 염불과 밀교를 겸수兼修하여, 본인의 생각과는 달리 임종 시 지옥 불을 보았지만, 제자 조신靜眞에게 부탁하여 염불삼매念佛三昧를 닦아 지옥 불을 멸하고 숙원宿願인 극락왕생을 이루었다는 이야기. 임종 시에 지옥의 마중을 받았지만, 염불에 의해 다시 성중내영聖衆來迎을 접하는 비슷한 이야기는 본권 제47화에도 보인다.

이제는 옛이야기이지만, 히에이 산比叡山의 □□□□¹에 묘조明清²라는 승려가 있었다. 속성俗性은 후지와라藤原 씨로, 어려서 히에이 산에 올라 출가하여 □□³라는 사람을 스승으로 하여 진언眞言 밀교⁴를 배우고, 오랜 세월동안 이 산에 살며 행법行法⁵을 닦는 데 게을리하지 않았다. 또한 도심道心이 깊어 밤낮으로 미타彌陀의 염불을 외며 정성을 다해 극락왕생을 염원했다.

---

1   주탑住塔 또는 주원住院 명칭의 명기를 위한 의도적 결자. 묘조明清(請)의 주방住坊이 동탑東塔의 동곡東谷 아미타방阿彌陀房이었던 사실로 보아 '동탑'이 들어갈 것으로 추정됨.

2   '清'은 '請'의 오류로 보이며, 바르게는 '묘조明請'. 지엔智淵 승정僧正의 제자. 묘조는 무라카미村上·엔유圓融 천황天皇 시절의 저명한 태밀가台密家. → 인명.

3   사승師僧의 이름의 명기를 위한 의도적 결자. 『명장약전明匠略傳』에 따르면 '지엔(승도僧都)'이 해당할 것으로 추정.

4   → 불교. 여기서는 천태계天台系의 태밀台密.

5   → 불교. 밀교의 행의行儀와 수법修法.

이와 같이 수행하는 사이 점점 세월이 흘러, 묘조도 어느덧 노령에 달해 아주 작은 병에 걸렸다. 그때 묘조는 제자인 조신靜眞[6]이라는 승려를 가까이 불러,

"지금 지옥 불[7]이 저 멀리서 나타났다. 너도 오랫동안 봐 왔듯이 나는 오랜 세월 오로지 염불을 외어 극락왕생을 염원해 왔는데, 기대와는 달리 지금 지옥 불이 나타났다. 그렇지만 어쩌겠느냐? 역시 염불을 외어 미타여래彌陀如來의 구원을 바랄 수밖에 없구나. 달리 누가 이 상황에서 구해줄 수 있겠느냐. 그러니 나도 너희들도 다함께 성심을 다해 염불삼매念佛三昧[8]를 닦아야 한다."

고 말하고 즉시 승려들을 초청해 묘조의 머리맡에서 염불을 외게 했다.

그 후 잠시 지나 묘조는 다시 조신을 불러,

"내가 조금 전 말한 지옥 불은 지금까지 내 눈앞에 나타나 보였는데, 바로 지금 완전히 사라져 없어지고 동시에 서방西方[9]에서 달빛과 같은 것이 비춰왔다. 이것은 그야말로 염불삼매를 닦았기에 미타여래가 나를 구원하여 맞이해 주시는 전조前兆인 것이리라."

라고 말하고 눈물을 흘리며 더욱더 염불을 외었다. 조신은 이 말을 듣고 기뻐하고 존귀해 했고, 초청한 승려들에게 이 일을 알리고 모두 함께 염불을 외었다.

그리고 며칠이 지나, 묘조는 자신의 목숨이 다할 때를 미리 알고, 목욕으로 몸을 청결히 하고 서쪽을 향해 단정히 앉아 합장하고 숨을 거두었다. 제자 조신은 이 모습을 보고 스승이 말한 그대로 왕생한 사실에 기뻐하고 존

---

6 → 인명.

7 지옥의 활활 타오르는 불로, 여기서는 죄인을 마중 나온 지옥 화차火車에서 나는 불일 것임.

8 권15 제8화 주 참조.

9 서방 십만억토十萬億土에 아미타불阿彌陀佛의 극락정토가 있음.

귀해 하며 더욱더 염불을 외었다. 히에이 산 내 사람들은 이것을 듣고 모두
존귀하게 여기지 않는 자가 없었다.

이것을 생각하면, 왕생은 오직 염불에 의한 것이라고 이렇게 이야기로 전
하여 내려오고 있다 한다.

比叡山僧明清往生語第十

今昔、比叡ノ山ノ□ニ明清ト云フ僧有ケリ。俗

姓、藤原ノ氏。幼クシテ山ニ登テ、出家シテ□ト云人ヲ師

トシテ、真言ノ蜜教ヲ受ケ学テ、年来山ニ住シテ、行法ヲ修

シテ怠タル事無カリケリ。亦、道心有テ、日夜ニ弥陀ノ念仏

ヲ唱ヘテ、極楽ニ往生ゼム事ヲ勧ニ願ヒケリ。

如此ク勤メ行フ間、年漸ク積テ、明清老ニ臨デ、身ニ聊

ノ病ヲ受タリ。其ノ時ニ、明清弟子静真ト云フ僧ヲ呼ビ寄

セテ、告テ云ク、「地獄ノ火遠クヨリ現ゼリ。我レ年来見ツ

ラム様ニ、偏ニ念仏唱ヘテ極楽ニ生レム事ヲ願ヒツルニ、本

意無ク今地獄ノ火ヲ見ル。然リト云ヘドモ、尚念仏ヲ唱ヘテ、

弥陀如来ノ助ヲ蒙ラムヨリ外ハ、誰カ此レヲ救ハム。然レド

モ、我レモ人モ共ニ心ヲ至シテ念仏三昧ヲ可修キ也」ト云テ、

忽ニ僧共ヲ請ジテ、明清ガ枕上ニシテ念仏ヲ令唱ム。

其ノ後暫ク有テ、亦明清静真ヲ呼ビ寄セテ、告テ云ク、

「我レ前ニ告ツル地獄ノ火、眼ノ前ニ現ゼリツルニ、今其ノ

火既ニ滅シテ、即チ西方ヨリ月ノ光ノ様ナル光リ来リ照ス。

此レヲ思フニ、実ニ、念仏三昧ヲ修セルニ依テ、弥陀如来ノ

我レヲ助ケテ迎ヘ可給キ相也ケリ」ト云テ、泣々ク弥ヨ念仏

ヲ唱フ。静真此レヲ聞テ、喜ビ貴ビテ、請ジル所ノ僧共ニ此

ノ事ヲ告テ、諸共ニ念仏ヲ唱フ。

其ノ後、日ヲ隔テテ、明清命終ラムト為ル時ヲ知テ、沐浴シ

清浄ニシテ、西ニ向テ端坐シテ、掌ヲ合セテ失ニケリ。弟

子静真此レヲ見テ、師ノ、言ニ不違ズ往生ズル事ヲ喜ビ貴

ビテ、弥ヨ念仏ヲ唱ヘケリ。山内ノ人皆此レヲ聞テ、不貴ズ

ト云フ事無シ。

此レヲ思ニ、往生ハ只念仏ニ可依キ事也、トナム語リ伝ヘ

タルトヤ。

히에이 산比叡山 서탑西塔의 승려 닌쿄仁慶가
왕생한 이야기

히에이 산比叡山 서탑西塔의 승려 닌쿄仁慶가 여러 고장을 돌아다니며 수행한 후 도읍
에 살면서 조상造像과 사경寫經 등의 선근善根을 쌓고, 임종 시에 『법화경』을 독송하여
왕생을 이룬 이야기. 이웃사람의 꿈으로 닌쿄의 왕생이 보증되었다는 것은 유형적인
모티브로 이미 제8화에서 나타났으며, 제12화·제13화도 같은 취지의 내용임. 제9화·
제10화의 동탑東塔 승려의 왕생담에 이어서 여기서는 서탑에 사는 승려의 왕생담을
기록하고, 다음 이야기인 요카와橫川 승려의 왕생담으로 이어진다.

　이제는 옛이야기이지만, 히에이 산比叡山의 서탑西塔[1]에 닌쿄仁慶라는 승려
가 있었다. 속성俗性은 □[2]씨로, 에치젠 지방越前國 사람이다. 어려서 히에이
산에 올라 출가하여 주쿄住鏡 아사리阿闍梨라는 사람을 스승으로 하여 현밀
顯密[3]의 법문을 배웠고, 스승을 모시며 오랫동안 이 산에 살았다. 틈만 나면
『법화경』을 독송하고 진언眞言 행법行法[4]을 닦았다. 이윽고 장년壯年이 되어
히에이 산을 떠나 도읍에 나와 살고 있던 중, 어떤 사람이 그를 초청해 독경
讀經을 시킨 적이 있었는데, 그 사람으로부터 많은 존경을 받게 되어 그의

1　→ 사찰명.
2　성씨의 명기를 위한 의도적 결자.
3　현교顯敎와 밀교密敎. → 불교.
4　밀교 행법과 같은 의미. → 불교.

보살핌을 받으며 도읍에 살게 되었다. 그렇지만 어떤 때는 불도수행을 위해 도읍을 떠나 여기저기 영지靈地를 찾아다녔고, 또 어떤 때는 국사國司를 따라 멀리 여러 지방을 돌아다니기도 했다. 이렇게 살았던 그였지만, 매일 꼭 『법화경』 한 부를 독송하는 일만은 빠뜨리지 않았고, 그것을 자신을 위한 공덕으로 삼았다.

그리하여 마지막에는 도읍에 머물러 살게 되었는데, 대궁大宮⁵ □□⁶라는 곳에 자리를 잡고 살았다. 그러는 사이 점차 나이가 들어 늙어감에 따라, 닌쿄는 이 세상이 덧없고 허무하게 느껴졌고 특별히 도심이 《발發》⁷한 탓일까, 약간의 자신의 승방 도구⁸마저 팔아치워서 금강金剛·태장胎藏 양계兩界⁹의 만다라曼陀羅¹⁰를 그리고 아미타불阿彌陀佛의 상을 만들고 『법화경』을 서사書寫하여, 부모·국왕·중생·삼보三寶의 사은四恩과 일체의 세계인 법계法界¹¹를 위해 공양을 했다. 그 후 얼마 지나지 않아 닌쿄는 병에 걸려 며칠 병상에서 신음했는데 『법화경』 독송만은 게을리하지 않았다. 또한 승려도 초청하여 『법화경』을 독송시키고 진심을 다해 그것을 들었다. 며칠 이렇게 하는 사이 마침내 숨을 거두어 장례를 치렀다.

그 후 이웃사람이 꿈을 꿨다. 대궁대로大宮大路에 오색구름¹²이 하늘에서 내려옴과 동시에 아름다운 음악이 들려왔다. 그때 닌쿄가 머리를 깎고 멋진

---

5 동서 어느 쪽인가의 대궁대로大宮大路를 가리킴.
6 지명 또는 조방條房 등의 명기를 위한 의도적 결자. 조방제條坊制에 기초한 주소의 호칭이 들어갈 것으로 추정.
7 저본의 파손에 의한 결자로 추정. 『법화험기法華驗記』 기사를 근거로 보충함.
8 승방 내의 개인물품인 의류·세간 등.
9 → 불교. 이하의 내용은 아미타불阿彌陀佛 조상造像과 『법화경』 서사書寫·독송 등, 당시 왕생을 위한 수행이 제행겸수諸行兼修였다는 전형적인 예임.
10 → 불교.
11 사은법계四恩法界(→ 불교).
12 '오색五色'은 보통 청·황·적·백·흑. '오색구름'은 서운瑞雲으로, 여기서는 자운紫雲과 같은 것이며 성중聖衆의 내영來迎을 의미하는 상서로운 구름.

승복을 입고 향로香爐[13]를 들고 서쪽을 향해 서 있었다. 그러자 하늘에서 연화대蓮花臺[14]가 내려왔다. 닌쿄는 그것을 타고 허공으로 올라가 멀리 서쪽을 향해 사라졌다. 그때 한 사람이 있어 "이것은 닌쿄 지경자持經者가 극락에 왕생하는 것이다."라고 말했다. 이런 꿈을 꾼 이웃사람은 즉시 닌쿄가 살았던 승방에 가서 그 사실을 알렸다. 이를 들은 승방의 제자들은 스승을 존귀해하며 감격해 마지않았다. 그리고 또 칠칠일[15]의 법사法事가 끝난 날 밤에도, 어떤 사람이 이전에 이웃사람이 꾼 꿈과 똑같은 꿈을 꾸고 알려 주었다.

이것을 들은 사람들 모두가 틀림없이 닌쿄는 극락왕생한 인물이라 말하며 존귀하게 여겼다고 이렇게 이야기로 전하여 내려오고 있다 한다.

---

13 → 불교. 향을 넣어 피우는 도자기 또는 금속제의 그릇으로, 손잡이가 붙은 것도 있음.
14 → 불교.
15 사후 칠일마다 행하는 망령亡靈 공양의 법요法要로, 첫 칠일로부터 칠칠일(49일)에 이름.

比叡山西塔僧仁慶往生語第十一

今昔、比叡ノ山ノ西塔ニ仁慶ト云フ僧有ケリ。俗姓ハ□氏、越前国ノ人也。幼ニシテ山ニ登テ、出家シテ、住鏡阿闍梨ト云フ人ヲ師トシテ、顕蜜ノ法文ヲ受ケ学テ、年来山ニ有ケル間ニ、暇ノ隙法花経ヲ読誦シ、真言ノ行法ヲ修シテ、漸ク長大ニ成ル程ニ、本山ヲ離レテ、京ニ出テ住ム間ニ、人有テ、請テ経ヲ令読メバ、其レニ付テ京ニ有ルニ、或ル時ニハ仏道ヲ修行ゼムガ為ニ京ヲ出テ所々ノ霊験ノ所ニ流浪ス。或ル時ニハ国ノ司ニ付テ遠キ国々ニ行テゾ有ケル。如此クシテ世ヲ渡ルト云ヘドモ、必ズ毎日ニ法花経一部ヲ読誦シテ不軼ザリケリ。而ル間、遂ニ、京ニ留テ大宮ト□トニゾ住テ有ケリ。漸ク年積テ老ニ臨メレバ、世ノ中ヲ哀レニ無端ク思テ、殊ニ道心□ケン、聊ニ房ノ具ナドノ有ケルヲ投ゲ棄テ、両界ノ曼陀

羅ヲ書奉リ、阿弥陀仏ノ像ヲ造リ奉リ、法花経ヲ写シ奉テ、幾ノ程ヲ不経ズシテ、仁慶身ニ病ヲ受テ、日来悩ミ煩フ間、自ラ法花経ヲ誦シテ断ツ事無シ。亦他ノ僧ヲ請ジテ、法花経ヲ令読誦メ、心ニ至テ此レヲ聞ク。如此クシテ日来有ル間、遂ニ失ヌレバ、葬シテケリ。

其ノ後、隣ナル人ノ夢ニ、大宮ノ大路ニ五色ノ雲空ヨリ下ル。微妙ノ音楽ノ音有リ。其ノ時ニ、仁慶頭ヲ剃リ、法服ヲ着シテ、香炉ヲ取テ西ニ向テ立テリ。空ノ中ヨリ蓮花台下ル。仁慶其レニ乗テ、空ニ昇テ遥ニ西ヲ指シテ去リヌ。而ル間、人有テ云ク、「此ハ、仁慶持経者ノ極楽ニ往生ズル也」ト云フ、ト見テ、仁慶ガ房ニ此ノ事ヲ告ケリ。房ノ弟子此レヲ聞テ、貴ビ悲ビケリ。亦、七々日ノ法事畢テ、其ノ夜、或ル人夢ニ、前ノ夢ノ如ク、只同ジ様ニ見テ、告ケリ。此レヲ聞ク人、皆仁慶ハ必ズ極楽ニ往生ゼル人也ト云テゾ貴ビケル、トナム語リ伝ヘタルトヤ。

히에이 산比叡山 요카와橫川의 교묘境妙가 왕생한 이야기

히에이 산比叡山 요카와橫川의 승려 교묘境妙는 『법화경』 2만 부를 독송하고, 교간시行願寺에서 지내며 법화 삼십강을 열었다. 이윽고 자신의 임종을 미리 알고는 동료에게 작별을 고하고, 아미타불阿彌陀佛의 상에 오색五色 실을 걸치고 당기면서 염불을 하고 왕생을 이루었다는 이야기. 내용과 구조 모두 앞 이야기와 유사하다.

이제는 옛이야기이지만, 히에이 산比叡山 요카와橫川[1]에 교묘境妙라는 승려가 있었다. 속성俗性은 □□[2] 씨로, 오미 지방近江國 사람이다. 어려서 히에이 산에 올라 출가하여 스승으로부터 『법화경』 한 부를 배운 이래, 밤낮으로 독송하던 중 어느새 암송할 수 있게 되었다. 그리하여 오랜 세월동안 여념 없이 『법화경』을 계속 수지受持하여 벌써 이만 부를 독송했다.

그 후 교간지行願寺[3]라는 절에 가 머물러 살았고, 그곳에서 조용히 『법화경』을 서사書寫하고, 삼십좌三十座의 강회講會[4]를 마련하여 이 경을 강설케

---

1 → 사찰명.
2 성씨의 명기를 위한 의도적 결자.
3 → 사찰명.
4 법화法華 삼십강三十講. → 불교.

했다. 그 강회의 마지막 날에는 십종十種[5]의 공물供物을 갖추고 법식法式대로 훌륭히 강회를 행했다.

그러던 중 교묘는 자신의 임종 때를 미리 알고 히에이 산에 올라가 여기 저기 당사堂舍를 돌아다니며 예배하고, 옛 동학同學 승려를 만나 여러 가지 마음에 걸리는 일에 대해 이야기하고 "뵙는 것은 이것이 마지막입니다."라고 말했다. 이 말을 들은 사람들은 모두 이상하게 생각했다. 교묘는 다시 교간지로 되돌아갔는데, 그 후 얼마 지나지 않아 병에 걸렸다. 그때 교묘는 "이것이 나의 마지막 병이다. 이번에는 필시 죽을 것이다."라고 말하고 목욕을 하고 깨끗한 옷을 차려입고는 당堂에 들어가 아미타불阿彌陀佛 손에 오색五色[6] 실을 걸쳐 놓고 그 실을 손으로 잡아당기면서 서쪽을 향해 염불[7]을 외었다. 그리고 많은 승려를 초청해 『법화경』을 독송하여 참법懺法[8]을 행하게 하고 염불삼매念佛三昧[9]를 닦게 했다. 그러는 사이 교묘는 존귀한 모습으로 숨을 거두었다.

그 후 어떤 성인聖人이 꿈을 꿨는데, 황금수레를 타고 양손에 경經을 받쳐 들고 많은 천동天童[10]들에 둘러싸여 아득히 저 먼 곳으로 가는 교묘 성인을 보았다. 그때 한 사람이 있어 "지금 교묘 성인의 극락에 왕생하는 모습, 뭐라 말할 수 없을 정도로 참으로 영묘하도다."라고 말했다. 그는 이런 꿈을 꾸고 깨어났다.

이 꿈을 사람들에게 말했더니, 이를 들은 사람은 교묘 성인은 자신이 죽

5　『법화경法華經』 법사품法師品의 소설所說로, 꽃華・향香・영락瓔珞・말향抹香・도향塗香・소향燒香・증개繪蓋・당번幢幡・의복衣服・기악伎樂・합장合掌의 10종. 『법화경』의 서사書寫가 끝나면 이 10종으로 공양하는 것에서 『법화경』을 십종공양경이라고 부름.

6　청・황・적・백・흑의 오색실로 그것을 아미타불阿彌陀佛의 손에 묶어 두고 그 한 끝을 손에 잡고 극락정토로 인도를 기원하는 것임.

7　→ 불교.

8　여기서는 법화참법法華懺法. → 불교.

9　＊일심불란一心不亂으로 염불을 계속해서 외는 수행. → 불교.

10　→ 불교.

을 때를 미리 알고 그것을 사람들에게 알리고 존귀한 모습으로 죽었고, 어떤 성인의 꿈의 계시도 의심의 여지가 없기에, 필시 왕생하신 것이라고 하여, 존귀해 마지않았다고 이렇게 이야기로 전하여 내려오고 있다 한다.

比叡山横川境妙往生語第十二

今昔、比叡ノ山ノ横川ニ境妙ト云フ僧有ケリ。俗姓ハ□

□氏、近江ノ国ノ人也。幼クシテ山ニ登テ出家シテ、師ニ随テ法花経一部ヲ受ケ学テ後、日夜ニ読誦スル程ニ、暗ニ思ニケリ。然レバ、年来他念無ク法花経ヲ持奉テ、既ニ二万部ヲ読誦シタリ。

而ル間、行願寺ト云フ寺ニ行キ居テ、静ニシテ法花経ヲ書キ奉テ、三十座ノ講ヲ儲テ、此レヲ令講ム。其ノ講ノ結願ノ日ハ、十種ノ供具ヲ儲テ、法ノ如ク行ヒケリ。

而ル間、兼テ命終ラム時ヲ知テ、比叡ノ山ニ登テ、所々ノ堂舎ヲ廻リ礼シ、古キ同法ニ値テ、不審キ事共ヲ云置テ云ク、「此レ、最後ノ対面也」ト。此レヲ聞ク人怪ビ思フ。境妙本

ノ行願寺ニ行テ後、幾ク程ヲ不経ズシテ身ニ病ヲ受テ、言ヲ吐テ云ク、「境妙ガ最後ノ病、此レ也。此ノ度、必ズ死ナムトス」云テ、沐浴シテ浄キ衣ヲ着テ堂入テ、西ニ向テ念仏ヲ唱フ。

御手ニ五色ノ糸ヲ付テ、其レヲ引ヘテ、阿弥陀仏ノ亦、数ノ僧ヲ請テ、法花経ヲ令読誦メ懺法ヲ令行メ、念仏三昧ヲ令修ム。而ル間、境妙貴クシテ失ヌ。

其ノ後、或ル聖人ノ夢ニ、境妙聖人金ノ車ニ乗リ、手ニ経ヲ捧テ、数ノ天童ニ被囲遶テ遥ニ行ク。其ノ時ニ、人有テ云ク、「今、境妙聖人ノ極楽ニ往生ズル儀式、不可思議也」ト云フ、ト見テ、夢覚ニケリ。

此ノ事ヲ人ニ語ケレバ、此レヲ聞ク人、境妙聖人兼テ死期ヲ知テ人ニ告テ、終リ貴クテ失ヌルニ、夢ノ告ゲ疑ヒ無ケレバ、必ズ、往生ゼル人トゾ貴ビケル、トナム語リ伝ヘタルトヤ。

이시야마^{石山}의 승려 신라이^{眞賴}가
왕생한 이야기

순유淳祐를 스승으로 섬기며 진언종眞言宗을 깊이 연구한 이시야마데라石山寺의 신라이眞賴가 제자 조교長敎에게 비법을 전수한 후 산중에 들어가 염불왕생을 이루었다는 이야기. 같은 절의 승려 신주眞珠의 꿈으로 신라이의 왕생이 보증되었다는 것은 유형적인 모티브로, 제11화 이후 공통되는 요소이다. 참고로 신라이의 친족 중에서 왕생한 사람이 세 사람이나 나왔다. 본권 제38화 참조.

이제는 옛이야기이지만, 이시야마石山[1]라는 곳이 있는데, 이곳은 도지東寺[2]의 말사로 진언眞言의 가르침을 중시하는 절이다. 그 절에 신라이眞賴[3]라는 승려가 있었다. 어릴 적에 출가하여 이 절에 살며, 순유淳祐 내공봉內供奉[4]이라는 사람을 스승으로 하여 진언 밀법密法[5]을 배운 후, 매일 새벽, 한낮, 저녁의 삼시三時[6]에 행법行法[7]을 닦아 한 번도 빠뜨리는 일이 없었다.

이와 같이 수행하고 있는 사이 점점 세월은 흘러, 신라이도 어느덧 늙어

---

1   이시야마데라石山寺(→ 사찰명). 권11 제13화 참조.
2   → 사찰명.
3   → 인명.
4   저본底本에는 '源祐'라 하고 '源'에 '淳'인가로 방주傍注되어 있음. 『극락기極樂記』의 기사 등을 볼 때 분명한 오류이기에 '순유淳祐'로 수정함. → 인명.
5   → 불교.
6   → 불교.
7   → 불교.

병을 얻어 이제 곧 명이 다하려 하는 날, 제자인 조교長教라는 승려를 가까이 불러 말했다.

"나는 필시 오늘 죽을 것이다. 하지만 너는 아직 금강金剛《계界》[8] 인계印契[9]와 진언 주구呪句[10]를 배우지 않았다. 그것을 지금 바로 가르쳐 주겠다."라고 말하며 곧바로 다 전수해 주었다. 그런 연후에 목욕을 하고 제자들에게 "나는 오랫동안 이 절에 살았는데 이제 곧 죽으려고 한다. 그러니 지금 이 절을 떠나[11] 산 부근으로 옮기고자 한다."

라고 말했다. 제자들은 이 말을 듣고 스승과의 이별을 안타까워하면서도 스승의 마지막 부탁을 거역할 수 없어 가마에 태워 산으로 데려갔다. 신라이는 산에 도착하자마자 서쪽을 향해 단좌, 합장하고 염불을 외며 숨을 거두었다. 제자들은 그 모습을 보고 한없이 존귀하게 여기며 감격해 마지않았다.

그 후 같은 절에 신주眞珠[12]라는 승려가 있었는데, 꿈에 많은 고승들과 많은 천동天童[13]들이 나타나서 신라이를 맞이해 서쪽으로 떠나갔다. 꿈을 깬 뒤, 절의 승려 모두에게 이 꿈 이야기를 했다.

이를 들은 사람들은 모두 '신라이 스님은 틀림없이 극락왕생하신 분이다.'라는 것을 알고 존귀해 마지않았다고 이렇게 이야기로 전하여 내려오고 있다 한다.

---

8   저본의 파손에 의한 결자. 『극락기』를 참조하여 보충함. → 불교.
9   인상印相·수인手印·상인相印이라고 하고 단지 인印이라고 함. → 불교.
10   *밀교의 주구呪句, 단구短句를 진언眞言이라 하고, 장구長句를 다라니陀羅尼라 함.
11   당시 사체의 불결을 꺼려 죽을 때가 다가온 자를 옥외에 내놓는 습관이 있었음. 현재에도 일부 종족에는 이 풍속이 남아 죽을 때를 알자마자 자진해 산속으로 들어가는 풍속이 있다고 함. 이 부분도 그런 풍습과 관련이 있는 것으로 추정됨. 권26 제20화, 권31 제30화 참조.
12   미상.
13   → 불교.

石山僧真頼往生語第十三

今ハ昔、石山ト云フ所有リ。東寺ノ流レトシテ真言ヲ崇ムル所也。其ノ寺ニ真頼ト云フ僧有ケリ。幼クシテ出家シテ、此ノ寺ニ住シ、淳祐内供ト云フ人ヲ師トシテ、真言ノ蜜法ヲ受ケ学テ後、毎日三時ニ行法ヲ修シテ一時ヲモ闕ク事無カリケリ。

如此ク勤メ行ヒテ、年来ヲ経ルニ、真頼老ニ臨デ身ニ病有テ、既ニ命終ラムト為ルニ、弟子長教ト云フ僧ヲ呼ビ寄セテ、告テ云ク、「我レ必ズ今日死ナムトス。而ルニ、汝ヂ未ダ受ケ不学ザル金剛□ノ印契真言有リ。其レ速ニ可教シ」ト云テ、即チ授ケ畢ヌ。其ノ後、沐浴シテ、弟子共ニ告テ云ク、「我レ年来此ノ寺ニ住テ、既ニ死ナムトス。今此ノ寺ノ内ヲ出テ、山ノ辺ニ移ナムト思フ」ト。弟子共此レヲ聞テ、師ヲ惜ムト

云ヘドモ、師ノ最後ノ言ヲ不違ジト思フガ故ニ、輿ニ乗セテ山ニ将行ク。真頼山ニ行テ、即チ西ニ向テ端坐シテ、掌ヲ合セテ念仏ヲ唱ヘテ失ニケリ。弟子共此レヲ見テ、貴ビ悲ブ事無限シ。

其ノ後、同ジ寺ニ真珠ト云フ僧有リ。夢ニ、数ノ止事無キ僧幷ニ多ノ天童来テ、真頼ヲ迎ヘテ西へ去ヌ、ト見テ、夢覚テ後、寺ノ僧共ニ普ク此ノ夢ヲ語ケリ。此レヲ聞ク人皆、真頼必ズ極楽ニ往生ゼル人也ト知テ貴ビケリ、トナム語リ伝ヘタルトヤ。

다이고醍醐의 간코觀聿 입사入寺가
왕생한 이야기

'간코觀聿'는 '觀杲'와 동일인물로 여겨지며, 『삼보원전법혈맥三寶院傳法血脈』의 닌카이仁海 부법付法 제자 중에 그 이름이 보이는 점에서 이 이야기가 다이고지醍醐寺에도 전승되고 있었던 것은 분명하다. 앞 이야기에 이어 계속되는 도지東寺 관련 사찰의 밀교승 왕생담으로, 다이고지의 승려 간코觀聿가 명리名利를 버리고 산을 떠나 도사土佐 지방에 내려가 수행에 전념하여 임종 전날 제자에게 죽음을 미리 알리고 염불 왕생을 이룬 이야기.

이제는 옛이야기이지만, 다이고지醍醐寺[1]에 간코觀聿 입사入寺[2]라는 승려가 있었다. 어릴 적에 출가하여 닌카이仁海[3] 승정이라는 사람을 스승으로 모시고 진언眞言 밀법[4]을 배운 후 그 행법行法을 닦는 데 게을리하지 않았다. 그래서 밀교에서의 명성이 매우 높고 도지東寺[5]의 입사승入寺僧[6]이 되었다.

그런데 간코에게 어떠한 사정이 있었던 것일까. 강한 도심道心이 발發하

---

1 다이고지醍醐寺(→ 사찰명).
2 간코觀聿는 '觀杲'와 동일인물로 여겨지며, 『삼보원전법혈맥三寶院傳法血脈』에서는 닌카이仁海 승정 부법付法 제자 19인 중 열여섯 번째라고 함. 입사入寺(→ 불교)는 진언종에서의 승려 계급의 하나.
3 → 인명.
4 → 불교.
5 → 사찰명.
6 입사入寺와 같음. → 불교.

여 그 절을 떠나 곧바로 도사 지방土佐國[7]으로 내려가 명성이나 욕망을 모두 버리고 성인聖人이 되어 오랫동안 수행생활을 하고 있었다. 어느 날 갑자기 간코가 제자승에게

"나는 내일 미시未時[8]에 죽을 것이다. 너희들 일동은 바로 지금부터 내일 미시까지 염불을 외어 도중에 멈추지 않도록 하여라."

라 명하고, 스스로 목욕하고 깨끗한 옷을 입고 염불을 외기 시작하여 밤새 그대로 앉아 있었다. 날이 밝아 이제 막 오시午時[9]가 되었을 무렵, 간코는 지불당持佛堂[10]에 들어가 안에서 자물쇠를 채우고 칩거했다. 제자가 틈으로 엿보니, 부처 앞에 단좌하여 수행을 닦고 있었다. 잠시 시간이 지나서 제자가 문을 두드리며 불러보았지만 대답이 없어 문을 열고 들어가 보니, 합장하고 단좌한 채로 숨겨 있었다. 제자들은 그 모습을 보고 눈물을 흘리며 감격하여 존귀해 마지않았고 더한층 열심히 염불을 외었다. 그 부근에 사는 많은 사람들도 이 이야기를 전해 듣고 몰려와 예배하고 존귀해 마지않았다.

말세末世[11]에도 이런 불가사의한 일이 다 있구나 하며 이것을 본 사람이 이야기한 것을 듣고 전하여, 이렇게 이야기로 전하여 내려오고 있다 한다.

---

7 현재의 고치 현高知縣. 참고로 『삼보원전법혈맥』에서는 간코에 대해 "도사土佐라 부르고 왕생인이다"라고 되어 있는데, 이는 도사 지방으로 내려간 것에서 유래한 것으로 보임. 또는 고향이 도사 지방이었다고도 생각할 수 있겠음.

8 * 오후 2시경.

9 * 낮 12시경.

10 수호신으로 모시는 부처로서 바로 곁에서 신앙하는 불상을 안치하는 당.

11 말세도 산정방식에 따라 여러 설이 있지만, 일본에서는 보통 영승永承 7년(1052)부터 말법시대로 들어간다고 생각했음. 간코의 스승인 닌카이仁海는 영승 5년에 타계하였으니, 간코의 타계도 당연히 그 이후의 일이므로 여기서 말세라고 하는 것도 수긍이 됨.

醍醐観幸入寺往生語第十四

今昔、醍醐ニ観幸入寺ト云フ僧有ケリ。幼ニシテ出家シ

テ、仁海僧正ト云フ人ヲ師トシテ、真言ノ蜜法ヲ受ケ学テ後、

行法ヲ修シテ怠ル事無カリケリ。　然バ、道ノ思エ止事無クシ

テ、東寺ノ入寺僧ニ成ニケリ。

而ル間、観幸何ナル縁ニカ有ケム、堅ク道心発ニケレバ、

本寺ヲ去テ、忽ニ土佐国ニ行テ、偏ニ名聞利養ヲ棄テ、聖人

ニ成テ年来行ヒケルニ、或ル時ニ、俄ニ観幸弟子ノ僧ニ告テ

云ク、「我レ明日ノ未時ニ死ナムトス。汝等諸共ニ只今ヨリ

明日ノ未時マデ、念仏ヲ唱ヘテ音ヲ断ツ事無カレ」ト云テ、

自ラ沐浴シテ浄キ衣ヲ着テ、念仏ヲ始メ唱ヘテ終夜居タリ。

夜曙テ既ニ午時ニ成ル程ニ、観幸持仏堂ニ入テ内ニ差シ籠テ

居ヌ。弟子物ノ迫ヨリ臨キテ見レバ、仏ノ御前ニ端坐シテ行

ヒ居タリ。良久ク有ニ、戸ヲ叩テ呼ブト云ヘドモ音モ不為ネ

バ、戸ヲ放チテ入テ見ルニ、掌ヲ合セテ端坐シテ死テ有リ。

弟子等此レヲ見テ、泣々ク悲ビ貴ムデ、弥ヨ念仏ヲ唱ヘケリ。

其ノ辺ノ人多ク此ノ事ヲ聞継テ、集リ来テ、礼ミ貴ビケリ。

世ノ末ニモ此ノ希有ノ事ハ有ケリトテ、其レヲ見ケル人ノ

語リ伝ヘタルヲ聞キ継テ、此ク語リ伝ヘタルトヤ。

히에이 산比叡山의 승려 조조長增가
왕생한 이야기

히에이 산比叡山의 승려 조조長增가 뒷간에서 크게 깨닫고 시코쿠四國 벽지에서 은밀히 유랑생활을 했는데, 우연히 이요 지방伊豫國에서 재회한 쇼진淸尋 내공봉內供奉의 만류도 뿌리치고 평생 걸식수행을 계속해 왕생 소망을 이루었다는 이야기. 명리名利를 버리고 이산離山하여 시코쿠로 은밀히 넘어가 염불왕생을 이루었다는 점에서 앞 이야기 간코觀幸 입사入寺와 흡사하다. 그리고 이야기 중의 이요伊予의 수령 후지와라노 도모아키藤原知章의 수법修法은 장덕長德 연중 그가 이요 지방의 창실 역병 제거를 위해 아미다보阿彌陀房 조신靜眞에게 보현연명법普賢延命法・육자하림법六字河臨法을 닦게 한 사실을 가리키는 것으로, 다니류谷流의 태밀가台密家 수법의 고실故實로서 스승으로부터 가르침을 이어받던 중대사였다(아사박초阿娑縛抄, 제법요략초諸法要略抄, 육자하림법, 다니아사리전谷阿闍梨傳, 권기權記). 이런 고실과 결부되어 있는 점에서 이 이야기는 원래 조신靜眞・다니류의 여러 태밀가의 손에 의해 형성・전승된 것으로 추정된다.

이제는 옛이야기이지만, 히에이 산比叡山 동탑東塔[1]에 조조長增[2]라는 승려가 있었다. 어릴 적 히에이 산에 올라가 출가하여 묘유名祐[3] 율사라는 사람

1 　→ 사찰명.
2 　미상. 뒤의 내용에서 쇼진淸尋(조신靜眞)의 사승師僧.
3 　미상. 제3화의 '묘유明祐'는 도다이지東大寺의 승려로 되어 있고, 여기의 '묘유名祐'는 히에이 산의 승려이므로 다른 사람으로 추정됨.

을 스승으로 삼아 현밀顯密[4]의 법문을 배웠는데, 총명하고 이해력이 뛰어나 불도의 깊은 이치를 모두 잘 터득했다.

이렇게 히에이 산에 살며 세월을 보내는 사이 조조에게 강한 도심道心이 일어났다. 그래서 마음속으로 '스승인 묘유 율사님도 극락에 왕생하셨다. 나도 꼭 극락왕생해야지.'라고 깊이 생각하고 다른 사람에게도 그렇게 말했다. 어느 날 조조는 자신의 승방을 나와 뒷간에 간 채로 오랫동안 돌아오지 않았다. 제자가 이상하게 생각하고 가보니 스승의 모습이 보이지 않았다. 제자는 '혹 알고지내는 다른 승방에라도 가신 것일까?' 하고 생각도 해보았지만

'아니야, 어디 가신다 해도 일단 승방에 돌아와 손을 씻고 염주와 가사 등을 챙겨서 나가셨을 텐데, 정말 이상한 일이야.'
하고 여기저기 찾으러 돌아다녔지만 찾을 수 없었다. 승방에는 많은 경문經文이나 지불持佛[5] 등이 있었는데, 그것들을 그대로 둔 채로 사라지신 것도 이해가 되지 않았다. 설사 어디로 가셨다 해도 이것들을 처리하고 가셨을 텐데, 이렇게 마치 급사急死한 사람처럼 모든 것을 그대로 하고 홀연히 사라져 버리셨기에, 제자들이 울며 찾아 헤매었지만 그날은 보이지 않았다. 그리고 또 며칠이 지나도 끝내 보이지 않았기에, 제자들이 그 승방에 머물러 살게 되었다. 많은 법문法文들은 동문수학 제자인 쇼진淸尋 내공봉供奉[6]이라는 사람이 정리해서 모두 가져갔다. 그 후 수십 년이 흘렀지만 끝내 조조의 행방은 모른 채 끝이 났다.

---

4 현교顯教와 밀교密教. → 불교.
5 → 불교.
6 바르게는 '조신靜眞'(→ 인명)으로 추정됨. 조신이 내공봉십선사內供奉十善師였던 것은 『다니 아사리전谷阿闍梨傳』에 나와 있어 명백함. 후지와라노 도모아키藤原知章의 이요伊予에서의 수법修法 또한 사실로, 아미다보阿彌陀房 조신靜眞에 의해 행해진 것임.

그런데 쇼진 내공봉이 60세 정도가 되었을 쯤, 후지와라노 도모아키藤原知章[7]라는 사람이 이요 지방伊予國[8] 수령이 되어 임지에 내려갈 때 어떤 사정이 있어 이 쇼진 내공봉에게 기도승으로 동행해 줄 것을 부탁했다. 그래서 쇼진은 수령을 따라 이요 지방으로 내려가게 되었다. 이요지방에 도착하자 수령은 쇼진 공봉을 위해 별채에 새로운 승방을 지어 살게 하고, 수법修法 등도 그 승방에서 행하도록 했다. 수령은 이 쇼진을 존경하여, 그 지역 사람들에게 분담시켜 숙직을 서게 하거나 식사도 요리사를 특별히 지정해 두는 등 깊이 그를 신봉하였기에, 그 지방 사람들 또한 모두 쇼진을 한없이 존경했다. 그래서 승방 부근에는 날아다니는 파리 한 마리 없을 정도로 쇼진은 사람들을 심하게 호통치며 부렸다. 그러다 보니 승방 뒷마루에는 항상 사람들이 가져온 과일과 채소 등이 빽빽하게 잔뜩 놓여 있었다.

그런데 어느 날 승방 앞에 둘러쳐둔 울타리 너머로 한 늙은 중이 찾아왔다. 보니 새까맣고 끝이 다 부서져 떨어진 삿갓을 쓰고, 허리 부근에 너덜너덜 풀어진 도롱이를 걸치고, 몸에는 언제 빨았는지조차 알 수 없을 정도로 온통 더럽혀진 마포 홑옷을 두 개 정도 입은 것 같고, 짚신은 한쪽만 신고서 대나무지팡이에 의지하여 승방 안으로 거리낌 없이 성큼성큼 들어왔다. 숙직하고 있던 그 지역 사람들이 "그 집집마다 동냥을 구하는 집동냥 거지가 스님 앞에 나타났다."고 난리치며 쫓아내려고 했다. 쇼진은 '누가 왔기에 저렇게 쫓아내는 것일까?' 하고 맹장지문[9]을 열고 얼굴을 내밀어 보니, 참으로 이상한 모습을 한 거지가 와 있는 것이 아닌가. 거지는 가까이 다가와 삿갓

7 → 인명.
8 현재의 에히매 현愛媛縣. 『소우기小右記』 정력正曆 4년(993) 2월 22일과 『권기權記』 장보長保 원년(999) 11월 24일 기사로 보아, 도모아키의 이요 재임은 정력 4년 이후, 장보 원년 이전 사이의 4년간으로 추정됨.
9 원문은 "障紙"(=障子)로 되어 있음. 후스마襖(맹장지문)·唐紙 등을 가리킴. 현대어역에 후스마로 하고 있어 이를 참조하였음.

을 벗었다, 그 얼굴을 자세히 보니, 자기 스승으로 히에이 산에서 뒷간에 간 채 행방불명이 된 조조 공봉이 그곳에 서 있는 게 아닌가. 틀림없이 그렇게 보였기에, 쇼진은 놀라 마루에서 뛰어내려 땅에 엎드렸다. 거지를 쫓아내려고 지팡이를 들고 큰소리 지르며 쫓아오던 지역사람들은 쇼진이 마루에서 내려와 앉아 있는 것을 보고 어떤 사람은 멍한 표정으로 우두커니 서 있고 또 어떤 사람은 달아나면서 "그 집 동냥 거지가 스님 집에 나타나 쫓아내려고 달려갔더니 스님은 그 거지를 보고 당황하시고 마루에서 내려와 땅에 조아리고 계셔!"라고 하는 등 와자지껄 떠들어댔다.

조조는 쇼진이 마루에서 내려온 것을 보고 "어서 위로 오르시오."라고 하며 쇼진과 함께 마루로 올라가, 삿갓과 도롱이를 마루에 벗어두고 맹장지문 안으로 기어들어갔다. 쇼진도 뒤따라 들어가 조조의 앞에 몸을 엎드리고 한없이 울었고, 조조도 울음을 그치지 않았다. 잠시 뒤 쇼진이 "도대체 어찌하여 이런 모습으로 계십니까?"라고 하자, 조조는 대답했다.

"나는 히에이 산에서 뒷간에 갔을 때, 마음이 차분해져서 조용히 이 세상의 무상無常을 깨닫고 한번 이 세상에 대한 마음을 비우고 오로지 후세 왕생을 빌어보자고 생각하고 이래저래 생각하던 중, '그냥, 아직까지 불법이 그다지 유포되어 있지 않는 곳에 가서, 마음을 비우고 동냥을 해서라도 목숨만을 유지하면서 오로지 염불을 외어 극락왕생을 이루자.'고 굳게 결심했기에, 뒷간에서 곧바로 승방에 돌아가지 않고, 나막신을 신은 채 곧장 산을 뛰어내려와 그날 중에 야마자키山崎[10]에 가서, 마침 이요 지방에 내려가는 배가 있어서 그것을 타고 이 지방에 내려오게 되었다네. 그 이후 이요와 사누키讚岐[11] 두 지방을 오가며 걸식을 하며 오랫동안 지내온 것이네. 이 지방 사

10 → 지명.
11 현재의 가가와 현香川縣.

람들은 내가 반야심경般若心經[12]조차 모르는 중이라고 생각하고 있지. 그저 하루에 한 번 남의 집 대문 앞에 서서 걸식을 하기에 집동냥 거지라는 이름을 붙인 것이야. 하지만 지금 이렇게 자네를 만나고 말았으니 모두가 나에 대해 알아 버렸을 것이야. 알려진 다음은 걸식을 한들 사람들이 상대해주지 않을 것이기에 대면하지 말자고 몇 번이고 생각했지만, 옛정이 그립고 뿌리칠 수가 없어 이렇게 찾아오고 말았네. 하여 여기를 떠난다면 사람들이 아무도 나를 알아보지 못하는 지방으로 가려고 하네."

이렇게 말하고 조조기 달려 나갔기에, 쇼진은 "그렇더라도 오늘밤은 이곳에 머물러 주십시오."라고 붙잡았지만, "다 부질없는 짓이니 말하지 마시게."라는 말만 남기고 나갔다. 그 후 찾아보았지만, 정말 그 지방을 떠나 자취를 감춰 버렸다.

이윽고 그 수령의 임기가 끝나 도읍에 올라온 뒤 3년 정도 지나 집동냥 거지가 이 지방에 또 나타났다. 이번에는 그 지역사람들도 "집동냥 거지님이 오셨다."라고 하며 더할 나위 없이 공경하였다. 그리고 얼마 지나지 않아 이 집동냥 거지가 그 지방의 오래된 절 뒷산 숲속으로 들어가 서쪽을 향해 단좌하고 합장한 채로 잠든 듯이 숨을 거두었다. 그 지방 사람들이 이를 발견하고 감동하여 존귀해 마지않으며 각자 명복을 빌어 주었다. 사누키, 아와阿波,[13] 도사土佐[14] 지방 사람들도 이를 전해 듣고 그 후 5, 6년이 지날 때까지도 이 집동냥 거지를 위해 재를 올렸다.

그런 연후로, 이들 지역에서는 전혀 공덕을 쌓지 않는 곳이었는데 그 일이 있고 나서부터 이렇게 공덕을 쌓게 되었기 때문에 "부처님이 이 지역사

---

12 심경心經(→ 불교).
13 현재의 도쿠시마 현德島縣
14 현재의 고치 현高知縣.

람들을 인도하시려고 임시로 거지 몸으로 나타나 오신 것이야."라고 사람들은 모두 이렇게까지 말하며 감격하고 존귀하게 여겼다고 이렇게 이야기로 전하여 내려오고 있다 한다.

比叡山僧長増往生語第十五

今昔、比叡ノ山東塔ニ長増ト云フ僧有ケリ。幼クシテ山ニ登テ出家シテ、名祐律師ト云フ人ヲ師トシテ顕蜜ノ法文ヲ学ブニ、心深ク智リ広クシテ、長増道心発ニケリ。

然レバ、山ニ住シテ年来ヲ経ル間ニ、長増道心発ニケレバ、心ニ思ハク、「我ガ師ノ名祐律師モ極楽ニ往生シ給ヘリ。我レモ何デ極楽ニ往生ゼム」ト思ヒ歎テ、他人ニモ如此ク云ケレモ、長久ク返リ不来ザリケレバ、

弟子此ヲ怪ムデ、行キ見ルニ、無ケレバ、「外ニ知タル房ニ行タルニヤ」ト思ヘドモ、「房ニ返テ手洗ヒテ、念珠裂裟ナド取テコソ何クヘモ行カメ。怪シキ態カナ」ト思テ、所々ヲ尋ネ行クニ、無シ。房ニ多ク法文持仏ナドノ御スルモ取リ不拈ズシテ、無ケレバ、心モ不得ズ。何クヘ坐ストモ此等ヲバ

取リ置テコソ可坐キニ、此ノ俄ニ死タル人ノ様ニ不坐ネバ、弟子共泣キ迷テ求ムルニ、其ノ日不見エズ。其ノ後、日来ヲ経ト云ヘドモ、遂ニ不見エズ成ヌレバ、弟子共其ノ房ニ住テゾ有ケル。多ノ法文共ハ、同法弟子ニテ有ケル清尋供奉ト云フ人、皆拈テ運ビ取テケリ。其ノ後数十年ヲ経ト云ヘドモ、遂ニ不聞エズシテ止ヌ。

而ル間、清尋供奉モ年六十許ニ成ル程ニ、藤原ノ知章ト云フ人伊予ノ守ニ成テ、国ニ下ダルニ、此ノ清尋供奉ヲ事ノ縁有ルニ依テ祈ノ師ニ語ケレバ、守ニテ具シテ下ヌ。修法ナドモ、其ニ行タレバ、別ノ房ヲ新シク造テ居ヘタリ。清尋供奉国ノ屋ノ内ニシテ令行メケリ。守此ノ清尋ヲ貴キ者ニシテ、国人ヲ以テ宿直ニモ差シ分チ、食物ナドモ別ニ行フ人ヲ定メテ帰依スレバ、国ノ内ノ人皆清尋ヲ敬フ事無限シ。其ノ房ノ辺ヲバ、蝿ヲダニ翔ラセズシテ、清尋人ヲ追ヒ嗔ル。房ノ延ニハ菓子、御菜持来テ、所無ク居ヘ並タリ。

而ル間、房ノ前ニ切懸ヲ立渡シタル外ヨリ見レバ、ヒタ黒

ナル田笠ト云フ物ノ、鉉破レ下タルヲ着タル老法師ノ、蓑ノ腰ニテ搦メ懸タルヲ係テ、身ニハ調布ノ帷、濯ギケム世モ不知ズ朽タルヲ二ツ許着タルニヤ有ラム、藁沓ヲ片足ニ履テ竹ノ杖ヲ築テ、房ノ内ニ只入リニ入リ来テ、宿直ノ国人共此レヲ見テ、「彼ノ門乞匂、御房ノ御前へ参ヌル」ト云テ、追ヒ嘖ル。清尋、「何者ノ来ルヲ追フニカ有ラム」ト思テ、障紙ヲ引キ開キ、顔ヲ差シ出テ見レバ、奇異シ気ナル乞匂ノ来ル也ケリ。清尋、顔ヲ差シ出テ見レバ、乞匂近ク寄リ来テ、笠ヲ脱タル顔ヲ見レバ、我ガ師ノ、山ニテ厠ニ行テ失ニシ長増供奉ノ坐スル也ケリ。

切懸塀（年中行事絵巻）

坐、此ク見ツレバ、清尋驚キテ下テ居タレバ、追ヒ次キテ国人共杖ヲ持テ追ヒ嘖ル、清尋ガ下テ居タルヲ見テ、或ハ走リハ澆デ立ツ、或ハ走リ返リ去テ云ク、「彼ノ門乞匂ノ、御房ノ御前ニ参ツレバ、『追ヒ去ケム』ト思テ走リ寄リタルニ、御房ノ此ノ乞匂ヲ見テ、手迷ヒヲシテ下テコソ居給ヒツレ」ナド云ヒ騒ギ嘖ル事無限シ。

長増ハ、清尋ガ下タルヲ見テ、「疾登リ給へ」ト云テ、共ニ板敷ニ登テ、長増笠延ニ脱ギ置テ、障帷ノ内ニ這ヒ入ヌ。清尋モ次キテ入テ、長増ガ前ニシテ臥シ丸ビ泣ク事無限シ。長増モ泣ク事無限シ。暫許有テ、清尋ガ云ク、「此ハ何デ此クテハ御坐ケルゾ」ト。長増ガ云ク、「我レ山ニテ厠ニ居タリシ間ニ心静ニ思エシカバ、世ノ無常ヲ観ジテ、此ク世ヲ棄テ偏ニ後世ヲ祈ラムト思ヒ廻シニ、『只、仏法ノ少カラム所ニ行テ、身ヲ棄テ次第乞食ヲシテ命ノ許ハ助ケテ、偏ニ念仏ヲ唱へテコソ極楽ニハ往生セメ』ト思ヒ取テシカバ、即チ厠ヨリ房ニモ不寄ズシテ、平足駄ヲ履キ乍ラ走リ下テ、日ノ内ニ山崎ニ行テ、伊予ノ国ニ下ダル便船ヲ尋テ此国ニ下タル後、伊予讃岐ノ両国ニ乞匂ヲシテ年来過シツル也。此ノ国ノ人ハ、心経ヲダニ不知ヌ法師ト知タル也。只日ニ二度人ノ家ノ門ニ

立テ乞食ヲ為レバ、門乞匃ト付タル也。而ルニ、『此クテ其

二対面シヌレバ、人皆知ナムトス。被知テ後ハ、乞匃ヲモ為

ムニ人不用ニシケレバ、相ヒ不聞エジ』ト返々思ヒツレド

モ、昔ノ契リ睦マシキ故ニ心弱ク此ク対面シツル也。然レバ、

此ヨリ出デナバ、人我レトモ不知ザラム世界ニ亦行ナムト為

ル也」ト云テ、走リ出テ行ケバ、清尋、「益無キ事ナ不宣ソ

御坐セ」ト云テ留ムレドモ、「尚今夜許ラム此クテ

出テ去ヌ。其ノ後、尋ヌルニ、実ニ其ノ国ヲ去テ跡ヲ暗クシ

テ失ニケリ。

而ル間、其ノ守ノ任畢テ上テ後、三年許ヲ経テゾ、門乞匃

亦此ノ国ニ来タリケル。其ノ度ハ、国人、「門乞匃御坐ニタ

リ」ト云テ、極テ貴ビ敬ヒケル程ニ、幾ノ程ヲ不経ズシテ、

其ノ国ニ旧寺ノ有ル後ニ林ノ有ケルニ、門乞匃行テ、西ニ向

テ端坐シテ掌ヲ合セテ、眠リ入タル如クニシテ死タリケレ

バ、国人共此レヲ見付テ悲ビ貴デ、取々ニ法事ヲ修シケリ。

讃岐、阿波、土佐ノ国ニテ此ノ事ヲ聞キ継テ、五六年ニ至マ

デ、此ノ門乞匃ノ為ニ法事ヲ修シケリ。

然レバ、此ノ国々ニハ、露功徳不造又国ナルニ、此ノ事ニ

付テ、此ク功徳ヲ修スレバ、「此ノ国々ノ人ヲ導ムガ為ニ、

仏ノ権リニ乞匃ノ身ト現ジテ来リ給ヘル也」トナム人皆

云テ、悲ビ貴ビケル、トナム語リ伝ヘタルトヤ。

히에이 산比叡山의 센칸千觀 내공봉內供奉이
왕생한 이야기

히에이 산比叡山의 승려 센칸千觀이 아미타 화찬和讚(*일본어로 된 불교 찬가)을 짓고 또한 여덟 가지의 기청문을 만들고, 중생제도衆生濟度의 십원十願을 일으키는 등의 공덕을 쌓아 꿈의 계시대로 염불왕생을 이루었다는 이야기. 이야기 말미에 생전에 약속한 대로, 후지와라노 아쓰타다藤原敦忠의 장녀가 꿈에서 스승인 센칸의 서방극락행을 보았다는 기사는 앞 이야기 제15화의 사제 간 재회의 모티브와 연결되는 것이다.

이제는 옛이야기이지만, 히에이 산比叡山의 □□□□[1]에 센칸千觀 내공봉內供奉[2]이라는 사람이 있었다. 속성俗性은 다치바나 씨橘氏. 그의 어머니는 애초에 아이가 없어 남몰래 관음[3]보살에게 아기를 점지해 줄 것을 지성으로 기도하였는데, 꿈에 한 송이 연꽃을 얻는 꿈을 꾼 후, 얼마 지나지 않아 임신을 하여 센칸을 낳았다. 그 후 아이는 점차 성장하여 히에이 산에 올라가 출가하여 센칸이라 불렸다.

그리고 □□□[4]라는 사람을 스승으로 삼아 현밀顯密[5]의 법문을 같이 배웠

---

1   주거하고 있었던 사찰명 명기를 위한 의도적 결자. 센칸千觀은 천광원千光院 또는 천수원千手院에 살았다고 되어 있기에, 히에이 산 '서탑西塔'이 이에 해당하는 것으로 추정됨.
2   → 인명.
3   『발심집發心集』, 『원형석서元亨釋書』, 『온조지전기園城寺傳記』 등에는 천수관음千手觀音으로 되어 있음. 천수관음이 점지해 준 아이이기에 센칸千觀이라 명명했다는 것임.

는데, 총명하여 현교와 밀교 양면에서 이해를 못하는 것이 없었다. 일생동안 식사와 대소변을 할 때를 제외하고는 법문法文을 한시도 떼는 일이 없었다. 또한 20줄 남짓의 아미타阿彌陀 화찬和讚[6]을 손수 지었다. 도읍과 시골의 노소老少·귀천貴賤의 승려들이 이 찬讚을 보고 즐거워하며 가지고 즐기는 사이 모두 극락정토에 왕생할 인연을 맺게 되었다. 게다가 센칸은 원래부터 자비심이 깊어 사람들을 인도하고 축생畜生을 더할 나위 없이 불쌍히 여겼다.

그러던 어느 날 센칸이 여덟 가지의 기청문祈請文[7]을 만들었다. 이는 승려의 행실로서 스스로 이렇게 하지 않으면 안 된다는 것을 규정하기 위해서였다. 또 열 가지 원願을 세웠는데, 이는 중생을 구제하기 위해서였다. 그러자 센칸의 꿈에 고귀한 승려가 나타나 "그대는 도심이 정말 깊구나. 어찌 극락의 연화좌蓮華座 위에 오르지 못하겠느냐? 또한 그대가 쌓은 공덕은 헤아릴 수 없구나. 미륵[8]보살이 이 세상에 출현하실 때 반드시 만나 뵐 수 있을 것이다."라고 알려 주었다. 이러한 꿈을 꾸고 깨어난 센칸은 감격하여 눈물을 흘리며 존귀하게 여겼다.

또 권중납언權中納言[9]인 후지와라노 아쓰타다藤原敦忠[10] 경에게 장녀가 있었는데, 오랜 세월 센칸과 스승과 시주施主의 교분을 맺고 있어 센칸을 깊이 공경했다. 장녀는 어느 날 센칸에게 "스승님, 만약 돌아가시면 다시 태어나신 곳을 꼭 저에게 알려 주십시오." 하고 말했다. 이 말을 들은 후에 세월이

---

4 사승의 명기를 위한 의도적 결자. 『미이 왕생전三井往生傳』 등에 의하면 운쇼運照 내공봉이 이에 해당되는 것으로 추정됨.
5 → 불교, 현교顯敎와 밀교密敎.
6 아미타 화찬은 아미타불의 공덕을 찬탄한 법문 가요. 『보리심집菩提心集』에 센칸 작이라고 되어 있는 '극락국미타화찬' 68구句를 수록. '화찬'은 한문의 게偈를 번역한 훈가타訓伽陀에서 나온 불교가요로 대부분 칠오조七五調의 이마요今樣 가풍.
7 여기서는 부처님에 대한 서약문.
8 → 불교.
9 율령제하에서 태정관의 차관. 종 3위의 벼슬임.
10 → 인명.

흘러 마침내 센칸이 임종할 때, 손에 자신이 만든 원문願文[11]을 쥐고 입으로는 아미타 염불을 외고 숨을 거두었다.

그 후 그 여인의 꿈에, 센칸이 연꽃 배를 타고 옛날 손수 지은 아미타 화찬을 읊으며 서쪽을 향해 가는 꿈을 꿨다. 꿈에서 깨어난 후 여인은 '옛날, 스승님께 돌아가시면 태어난 곳을 가르쳐 주십사 하고 약속을 하였는데, 이 꿈이 바로 그것이야.'라는 생각에 눈물을 흘리며 기뻐하고 존귀하게 여겼다고 이렇게 이야기로 전하여 내려오고 있다 한다.

11 → 불교.

比叡山千観内供往生語第十六

今昔、比叡ノ山ノ□二千観内供ト云フ人有ケリ。

俗姓ハ橘ノ氏人也。其ノ母初メ子無クシテ、窃ニ心ヲ至テ、観音ニ子ヲ儲ケム事ヲ祈申ケルニ、母ノ夢ニ、一茎ノ蓮花ヲ得タリ、ト見テ後、幾ノ程ヲ不経ズシテ懐任シテ、千観ヲ産タリケル也。其ノ後、其ノ児漸ク長大シテ、比叡ノ山ニ登テ、出家シテ名ヲ千観ト云フ。

其ノ後、□ト云フ人ヲ師トシテ、顕密ノ法文ヲ兼学ブニ、心深ク智リ広クシテ、二道ニ於テ悟リ不得ズト云フ事無シ。食物ノ時、大小便利ノ時ヲ除テハ、法文ニ不向ザル時ハ無シ。亦、阿弥陀ノ和讃ヲ造ル事、二十余行也。

京田舎ノ老小貴賤ノ僧、此ノ讃ヲ見テ興ジ翫テ、常ニ誦スル間ニ、皆極楽浄土ノ結縁ト成ヌ。而ルニ、千観本ヨリ心ニ慈悲深クシテ、人ヲ導キ畜生ヲ哀ブ事無限シ。

而ル間、千観八車ノ起請ヲ造ル。此レ僧ノ行トシテ可翔キ事ヲ誡ル故也。亦、十ノ願ヲ発シテ衆生ヲ利益セムガ故也。

千観夢ニ、止事無キ人来テ告テ云ク、「汝ヂ道心極テ深シ。豈ニ極楽ノ蓮花ヲ隔テ無ムヤ。善根量リ無シ。定メテ、弥勒ノ下生ノ暁ヲ期セム」ト告グ、ト見テ、夢覚テ後、泣々ク悲ビ貴ビケリ。

亦、権中納言藤原ノ敦忠ノ卿ト云フ人ノ第一ノ女子有ケリ。年来、千観ニ師壇ノ契ヲ成シテ、深ク貴敬ス事無限シ。而ルニ、千観ニ語テ云ク、「師命終テ後、必ズ生レ給ヘラム所ヲ示シ給ヘ」ト。千観此レヲ聞テ後、年月ヲ経テ、遂ニ命終ラムト為ル時ニ臨デ、手ニ造ル所ノ願文ヲ捲リ、口ニ弥陀ノ念仏ヲ唱ヘテ、失ニケリ。

其ノ後、彼ノ女ノ夢ニ、千観蓮花ノ船ニ乗テ、昔シ造レリシ所ノ弥陀ノ和讃ヲ誦シテ、西ニ向テ行ク、ト見ケリ。夢覚テ後、女、「昔シ、生レム所ヲ示セ、ト契リシヲ、此レ告グル也」ト思テ、涙ヲ流シテ喜ビ貴ビケリ、トナム語リ伝ヘタルトヤ。

호코지法廣寺의 승려 뵤진^{苹珍}이 왕생한 이야기

호코지法廣寺의 승려 뵤진苹珍이 산림 고행을 통해 전국의 영지靈地를 순례한 후 만년에 이르러 한 사찰을 건립하였고, 그 절 안에 작은 별당을 짓고 그 안에 극락정토를 모각模刻한 공덕으로, 극락의 성중내영聖衆來迎을 받고 염불왕생을 이루었다는 이야기.

이제는 옛이야기이지만, 호코지法廣寺¹라는 절이 있었다. 그 절에 뵤진苹珍²이라는 승려가 살고 있었는데, 어릴 적부터 수행을 좋아해서 항상 산에 들어가 고행하거나 전국의 영험한 곳은 참배하지 않은 곳이 없었다.

이렇게 수행을 하여 세월을 보내는 동안, 만년晚年에 이르러 묘진은 한 사찰을 건립하여 그곳에 정착하여 살았다. 그 절 안에 따로 작은 별당을 만들어 그곳에 극락정토의 모습을 조각하고 항상 성심을 다해 예배공경하며 마음속으로 '이 공덕에 의해 임종 때 단좌 합장한 채 단정한 모습으로 극락에 왕생하고 싶다.'라고 열심히 빌었다. 마침내 임종할 때를 맞이하여, 뵤진은 제자들에게 염불삼매念佛三昧³를 닦게 하고는 그중 한 제자를 불러 이르기를

---

1   미상.
2   미상.
3   → 불교.

"내 귀에는 지금 가까운 허공에서 음악소리가 들린다. 필시 이는 아미타여래[4]가 나를 맞이해 주시는 징조일 것이다!"

라고 말하고 깨끗한 옷을 입고 서쪽을 향해 단좌, 합장한 채 염불을 외며 숨을 거두었다. 제자들은 이것을 보고 눈물을 흘리며 존귀해 하며 감격하여 더욱 더 염불을 외었다.

이것을 들은 사람들은 어느 한 사람 존귀하게 여기지 않는 자가 없었다고 이렇게 이야기로 전하여 내려오고 있다 한다.

4   → 불교(미타여래).

法広寺僧平珍往生語第十七

今昔、法広寺ト云フ寺有リ。其ノ寺ニ平珍ト云フ僧住ケリ。幼ノ時ヨリ修行ヲ好テ、常ニ山林ヘ参リ、不至ザル霊験所無シ。

如此ク修行シテ、年積テ、平珍老ニ臨デ一ノ寺ヲ起テ作ス。其ノ寺ノ中ニ、別ニ小サキ堂ヲ造テ、極楽浄土ノ相ヲ現ジテ、

常ニ心ヲ至シテ礼拝恭敬ジテ、自ラ思ハク、「我レ此ノ功徳ニ依テ、命終ラム時ニ形不替ズシテ極楽ニ往生ゼム」ト懃ニ願ヒケリ。遂ニ命終ラムト為ル時ニ臨デ、平珍弟子共ニ勧メテ、念仏三昧ヲ令修ム。而ルニ間、一人ノ弟子ヲ呼テ、告テ云ク、「我レ、只今空ノ中ニ音楽ノ音近ク聞ユ。定メテ此レ弥陀如来ノ我レヲ迎ヘ給フ相ナメリ」ト云テ、浄キ衣ヲ着テ、西ニ向テ端坐シテ、掌ヲ合テ念仏ヲ唱ヘテ失ニケリ。弟子等此レヲ見テ、泣々貴ビ悲ムデ、弥ヨ念仏ヲ唱ヘケリ。此レヲ聞ク人皆不貴ズト云フ事無カリケリ、トナム語リ伝ヘタルトヤ。

뇨이지如意寺의 승려 조유增祐가
왕생한 이야기

> 뇨이지如意寺의 승려 조유增祐는 다년간 염불독경에 힘썼다. 지인의 꿈으로 임종이 다
> 가왔음을 알고 묘소墓所를 준비해서 임종 시 묘소 구멍에 들어가 염불왕생을 이루었
> 다는 이야기. 이야기 말미에 임종 시 권화權化에 의한 염불창화念佛唱和의 영이靈異를
> 부기附記하고 있다.

　이제는 옛이야기이지만, 하리마 지방播磨國, 가코 군賀古郡,¹ 하치메 향蜂目
郷²에 조유增祐³라는 승려가 있었다. 어릴 적 출가하여 고향을 떠나 도읍으로
와서 뇨이지如意寺⁴라는 절에 살며 불도 수행을 하였는데, 염불독경만을 할
뿐 그 외에는 전혀 관심을 두지 않았다.

　그런데 천연天延 4년⁵이라는 해의 정월경에, 조유는 몸에 작은 종양이 생
겨 평상시처럼 음식을 먹지 못했다. 그때 조유 가까이 있던 사람이 꿈을 꾸
었는데, 이 절 경내의 서쪽방향에 한 우물이 있어, 그 옆에 세 개의 수레가

1　현재의 효고 현兵庫縣 가코 군加古郡.
2　소재 미상.
3　미상.
4　→ 사찰명. 온조지園城寺의 말사.
5　엔유圓融 천황 치세. 976년.

있었다. 한 사람이 그것을 보고 물었다. "이것은 무슨 수레입니까?" 수레 곁에 따르던 사람이 "이 수레는 조유 성인聖人을 맞이하기 위해 온 수레입니다."라고 대답했다. 이런 꿈을 꾸고 깨어났다. 그 후 시간이 꽤 흐른 뒤 또 꿈을 꾸었는데, 이전 꿈에서는 수레가 우물가에 있던 것이 이번에는 그것이 조유 성인의 승방 앞에 있었다. 이런 꿈을 꾸고 꿈에서 깨어나 조유 성인에게 그 꿈에 대해 이야기했다.

그러던 중 그달 하순경이 되어 조유가 제자를 불러 "이제 죽을 때가 가까워졌다. 어서 장례 도구를 갖추어라."라고 말했다. 이것을 들은 제자들은 놀람과 동시에 한편으로 의아하게 생각했지만, 절의 승려들은 이것을 전해 듣고 조유 승방에 모여들어 지혜 있는 승려는 법문 교리를 들려주기도 하고,[6] 또는 세상 무상의 도리를 들려주기도 했다. 조유는 그 말들을 듣고 더욱더 도심을 일으켰다.

이리하여 마침내 조유가 숨을 거두려고 할 때, 한 제자승이 조유를 묻기 위해 절에서 5, 6정町 정도 떨어진 곳에 큰 구덩이를 하나 팠다. 그러자 조유가 그곳으로 가서 그 구덩이에 들어가 염불을 외며 숨을 거두었다. 그때, 그 절 남쪽에서 많은 사람들[7]이 소리 높여 염불을 외는 소리가 들려왔다. 절의 승려들이 그 소리를 듣고 놀라 모두 기이하게 여기며 찾아보았지만 염불을 외는 사람의 모습은 어디에도 없었다. 또한 사람들에게 물어보았지만 모두 "그러한 것은 모른다."고 대답했다. 그것은 정확히 조유가 죽은 시각에 일어난 일이었다.

이것을 생각하면, 그 염불은 틀림없이 화인化人[8]이 한 것임에 틀림없다고

6　극락으로 인도해 주기 위해 설경說經을 해 준 것임.
7　『극락기』에는 '20인 정도'로 되어 있음. 내영來迎 시의 성중聖衆과 천동天童 등이 창화唱和한 것으로 추측됨. 왕생의 기서奇瑞임.
8　신불이 화化한 사람. 권화權化라고도 함.

생각하여 절의 승려들은 모두 존귀하게 여겼다고 이렇게 이야기로 전하여
내려오고 있다 한다.

如意寺僧増祐往生語第十八

今昔、幡磨ノ国、賀古ノ郡、蜂目ノ郷ニ、増祐ト云フ僧

有ケリ。幼シテ出家シテ、本国ヲ去テ京ニ入テ、如意寺ト云

フ所ニ住シテ、仏道ヲ修行ジテ、仏ヲ念ジ経ヲ読テ、更ニ他

ノ事無シ。

而ル間、天延四年ト云フ年ノ正月ノ比、増祐身ニ小瘡ノ

病有テ、飲食スル事例ニ不似ズ。其ノ時ニ、傍人ノ夢ニ、

此ノ寺ノ中ニ、西ノ方ニ一ノ井有リ。其ノ辺ニ三ノ車有リ。

人此ヲ見テ問テ云ク、「此ノ車ハ、何ゾ」。ソノ車ニ付タル人答テ云

ク、「此ノ車ハ、増祐聖人ヲ迎ヘムガ為ニ来レル所ノ車也」

ト云フ、ト見テ、夢覚ヌ。其ノ後、程ヲ経テ、亦夢ニ、彼ノ

前ニ夢ニ見シ車、初ハ井ノ下ニ有リシニ、此ノ度ハ、増祐聖

人ノ房ノ前ニ有リ、ト見テ、夢覚テ後、増祐聖人ニ此ノ事ヲ

告ケリ。

而ル間、其ノ月ノ晦ニ成テ、増祐弟子ヲ呼テ語テ云ク、「我

レ、既ニ死ナムト為ル事近ク来レリ。早ク葬ノ具ヲ可儲シ」

ト。弟子此レヲ聞テ、驚キ怪シム間ニ、寺ノ僧等此ノ事ヲ聞

テ、増祐ガ房ニ皆集リ来テ、智恵有ル者ハ、相共ニ法文ノ義

理ヲ談ジテ令聞メ、亦、世間ノ無常ナル事ヲ語テ令聞ム。増

祐此ヲ聞テ、弥ヨ道心ヲ発ス。

而ル間ニ、遂ニ増祐命終ラムト為ル時ニ臨デ、弟子ノ僧

有テ、其ノ寺ヲ五六町許去テ、一ノ大キナル穴ヲ堀テ増祐

ガ葬ラ所トス。然レバ、増祐其ノ所ニ至テ、穴ノ中ニ入テ念

仏ヲ唱ヘテ失ニケリ。此ノ時ニ、其ノ寺ノ南ノ方ニ、人多ク

音ヲ挙テ念仏ヲ唱フ。寺ノ人此ヲ聞テ、驚キ怪ムデ尋ネ求ル

ニ、念仏ヲ唱フル人無カリケリ。亦、人ニ問フニ、「然ル事

無シ」ト答ヘケリ。然レバ、此レ増祐ガ死ヌル時ニ当レリ

此レヲ思フニ、化人ノ所作ト知テ、寺ノ人皆貴ビケリ、トナ

ム語リ伝ヘタルトヤ。

무쓰 지방陸奧國 고마쓰데라小松寺의 승려 겐카이玄海가 왕생한 이야기

무쓰陸奧 지방 고마쓰데라小松寺의 승려 겐카이玄海가 꿈에 법화경과 대불정진언大佛頂眞言을 양 날개로 하여 극락정토에 도착해, 삼 년 후 왕생을 예고받은 뒤, 더욱더 두 경전을 겸수兼修하여 꿈의 계시대로 극락왕생을 이루었다는 이야기. 염불수행이 전혀 언급되어 있지 않은 것은 조금 이례적이지만, 극락왕생 행법行法이 다양했던 초기 정토신앙을 엿볼 수 있는 이야기이다. 신봉하는 경전을 양 날개로 하여 정토로 비행하는 유사이야기로는 『삼보감응요략집三寶感應要略集』 권中 승감僧感 비구 이야기, 『법화전기法華傳記』 권5 제10화의 석승연釋僧衍 이야기(『법화백좌문서초法華百座聞書抄』 3월 3일 조에도 인용) 등 중국에서도 볼 수 있는데, 특히 전자는 이 이야기의 조형祖型이라고도 볼 수 있는 것으로, 본집 권6 제44화와 『삼국전기三國傳記』 권9 제5화 등에도 보인다.

이제는 옛이야기이지만, 무쓰 지방陸奧國 닛타 군新田郡[1]에 고마쓰데라小松寺[2]라는 절이 있다. 그 절에 겐카이玄海[3]라는 승려가 살고 있었다. 처음에는 처자식을 데리고 살았지만,[4] 나중에 처자식을 벗어나 속세를 버리고 이 절에 살며 불도수행에 전념했다. 낮에는 법화경 한 부를 봉독奉讀하고, 밤에는

---

1   → 지명.
2   미야기 현宮城縣 엔다 군遠田郡 다지리 정田尻町 고마쓰小松 소재의 오래된 사찰.
3   미상.
4   부인을 가진 재속在俗의 사도승私度僧이었던 것으로 추정.

대불정진언大佛頂眞言[5]을 일곱 번 읊는 것을 일과로 하여 하루도 거르는 일이 없었다.

그러던 중 어느 날 겐카이는 꿈을 꿨다. 자신의 몸 좌우 겨드랑이에 갑자기 날개가 돋아나 서쪽을 향해 날아갔다. 천만千萬의 나라[6]를 지나 더할 나위 없이 아름다운 세계에 도착했다. 지면은 모두 칠보七寶[7]로 장식되어 있었다. 그곳에 서서 자신의 몸을 보니, 대불정진언을 왼쪽날개로 하고, 『법화경』 제8권[8]을 오른쪽날개로 하고 있었다. 그 세계의 보배나무와 가지각색의 누각·궁전 등을 둘러보고 있는데, 한 성인聖人이 나와서 겐카이에게 "네가 온 이곳이 어디인지 아느냐? 모르느냐?"라고 물으셨다. 겐카이가 "모릅니다."라고 대답하자 성인은

"여기는 극락세계의 외진 곳이다. 너는 지금 곧바로 본국으로 돌아가는 것이 좋겠다. 앞으로 3일[9] 후 너를 여기로 맞이해 줄 터이니."

라고 말씀하셨다. 이 말을 듣고 다시 전과 같이 하늘을 날아서 되돌아왔다. 겐카이는 이런 꿈을 꾸고 꿈에서 깨어났다.

겐카이가 꿈을 꾸고 있는 사이, 제자와 동자들은 "스승님이 돌아가셨어."라고 말하며 슬피 울고들 있었다. 그런데 겐카이가 되살아나 그 꿈에 대해 이

---

5 대불정존大佛頂尊(존승불정존尊勝佛頂尊)의 진언眞言으로, 불정존승다라니佛頂尊勝陀羅尼의 별칭임. → 불교(존승다라니).

6 천만의 세계. 무수한 국토의 의미.

7 → 불교.

8 『법화경』의 마지막 권으로, 보문품普門品, 다라니품陀羅尼品, 묘장엄왕품妙莊嚴王品, 권발품勸發品의 4품이 수록되어 있음.

9 『극락기』는 "삼일三日"로 되어 있고, 『법화험기法華驗記』는 "삼년三年"으로 되어 있어 『극락기』와 일치함. 『법화험기』에 "삼년"으로 되어 있는 것은 겐카이가 3년 후에 왕생했다고 하는 후문後文에 비추어 고친 것일 수도 있음. 타계他界의 시간 경과는 인간세상과는 달라, 이향異鄕의 하루가 인간세계 1년 내지 다년多年의 장기간에 해당된다는 생각은 이향엄류설화異鄕淹留說話에 나타나는 일반적인 현상임. 즉, 여기에 3일로 되어 있는 것은 후반의 3년 후 왕생한 기사와 모순되지 않으며, 극락의 3일은 인간세계의 3년에 해당된다는 것을 나타낸 것.

야기하자, 이를 들은 제자들은 한없이 감격하며 존귀하게 여겼다. 그 후 겐카이는 더 한층 성심을 다해 법화경을 읽고 대불정진언을 읊어, 마침내 3년이 지나 숨을 거두었다.

이것을 견문한 사람들이 "이렇게 꿈에서 성인이 알려준 때를 어기지 않고 돌아가셨으니 의심의 여지없이 필시 극락의 어느 곳에 태어나셨을 것이야."라고 하며 존귀하게 여겼다고 이렇게 이야기로 전하여 내려오고 있다한다.

陸奥国小松寺僧玄海往生語第十九

今昔、陸奥ノ国、新田ノ郡ニ小松寺ト云フ寺有リ。其ノ寺ニ玄海ト云フ僧住ケリ。初ハ妻子ヲ帯シテ世間ヲ過シケリ。後ニハ妻子ヲ離レ世間ヲ棄テ、此ノ寺ニ住シテ、心ヲ仏ノ道ニ懸テ、昼ハ法花経一部ヲ読奉リ、夜ハ大仏頂真言七返ヲ誦シケリ。此レ、常ノ勤メトシテ、闕ク事無シ。

而ル間、玄海夢ニ、我ガ身、左右ノ脇ニ忽ニ羽生ヌ。西ニ向テ飛ビ行ク。千万ノ国ヲ過ギ飛ビ行テ、微妙ナル世界ニ至ヌ。皆七宝ノ地也。其ノ所ニシテ我ガ身ヲ見レバ、大仏頂真言ヲ以テ左羽トシ、法花経ノ第八巻ヲ以テ右羽トシタリ。此ノ世界ノ宝樹、様々ノ楼閣宮殿共ヲ廻リ見ルニ、一人ノ聖人出来レリ。我レニ告宣ハク、「汝ガ来レル此ノ所ヲバ知レリヤ否ヤ」ト。玄海、「不知ズ」ト答フ。聖人ノ宣ハク、「此ノ所ハ此レ、極楽世界ノ一辺ノ地也。汝ヂ速ニ本国ニ返テ、今三日ヲ過テ汝ヲ可キ迎也」ト。玄海此レヲ聞テ、前ノ如ク飛ビ返ヌ、ト見テ、夢覚ヌ。

其間、弟子童子共、「既ニ我ガ師ハ死タリ」ト云テ、泣キ悲ビ合ヘリ。而ルニ、玄海活テ、弟子共ニ此事ヲ語ル。弟子共此レヲ聞テ、悲ビ貴ブ事無限シ。其ノ後、玄海弥ヨ心ヲ発シテ、法花経ヲ読ミ、大仏頂真言ヲ誦シテ、遂ニ三年ニ至テ失ニケリ。

此レヲ見聞ク人、「此ク、其教ヘタル期不違ズシテ死ヌレバ、定メテ極楽ノ辺土ニ疑ヒ無ク至リニケム」トゾ云テ、貴ビケル、トナム語リ伝ヘタルトヤ。

시나노 지방信濃國 뇨호지如法寺의 승려 야쿠렌藥連이 왕생한 이야기

시나노 지방信濃國 뇨호지如法寺의 승려 야쿠렌藥連이 평생 염불·독경에 힘쓴 공덕으로, 두 자녀에게 임종을 미리 알리고 극락왕생을 이루었다는 이야기. 사후, 유해遺骸가 사라졌다는, 이른바 시해왕생屍解往生의 기이奇異가 이야기의 중심을 이루고 있다. 시해왕생의 유화類話는 많이 있지만, 그중 『좌경기左經記』 장원長元 7년(1034) 9월 10일 기사에, 히에이 산 동탑의 료묘良明 아사리의 시체 소멸 기사 등은 본화 주인공인 야쿠렌과 가까운 시대의 같은 염불수행자의 시해담屍解譚으로서 시해屍解 왕생담이 유행한 당시 시대상이 잘 나타나 있어 주목할 만하다.

    이제는 옛이야기이지만, 시나노 지방信濃國 다카이 군高井郡[1] 나카쓰 촌中津村에 뇨호지如法寺[2]라는 절이 있었다. 그 절에 야쿠렌藥連[3]이라고 하는 사미승[4]이 살고 있었다. 야쿠렌은 처자식을 거느리고 살았지만, 일생동안 밤낮으로 『아미타경』[5]을 읽고 아미타염불을 외는 일을 게을리하지 않았다.

    야쿠렌에게는 자식이 두 명 있었다. 한 명은 남자, 한 명은 여자였다. 어느 날 야쿠렌이 두 아이를 가까이 불러

---

1   현재 나가노 현長野縣의 가미타카이 군上高井郡과 시모타카이 군下高井郡으로 분할되어 있음.
2   미상.
3   미상. 『극락기極樂記』에는 '藥蓮'. 이것이 올바르다고 추정됨.
4   사미沙彌(→ 불교).
5   → 불교.

"나는 내일 새벽에 극락에 왕생할 것이다. 그러니 즉시 옷을 빨아 단정히 하고 몸을 깨끗이 씻고 싶구나."

라고 말했다. 이 말을 들은 두 아이는 곧바로 깨끗한 옷을 준비했다. 이윽고 밤이 되어 야쿠렌은 헌옷을 벗고 목욕하여 몸을 깨끗이 한 후 정갈한 옷으로 갈아입고 혼자 법당에 들어가 아이들에게, "내일 오시午時6가 되거든 법당 문을 열거라. 그전에는 결코 문을 열어서는 안 된다."라고 명했다. 그 말을 들은 아이들은 울면서 밤새 불당 곁을 떠나지 않았다. 아이들은 이렇게 잠도 자지 않고 있었는데, 새벽녘이 되었을 무렵 법당 안에서 아름다운 음악소리가 들려왔다. 그 소리를 듣고 '이상도 하다. 지금 내가 꿈을 꾸고 있는 걸까?' 하고 생각하고 있던 중 날이 밝았다. 어느덧 오시가 되었기에 불당 문을 열어보았는데, 야쿠렌의 몸도 없고7 『아미타경』도 보이지 않았다. 그래서 이상하게 여긴 아이들이 당황하여 이리저리 찾아 헤맸지만, 결국 아버지의 몸을 끝내 발견할 수가 없었다.

이 소식을 듣고 근방의 사람들이 몰려와 아이들에게 이것저것 물었기에 아이들은 새벽녘의 음악소리에 대해 이야기를 해주었다. "그렇다면 야쿠렌은 현재 몸 그대로 왕생8한 것이야!"라며 모두 눈물을 흘리며 존귀해 하며 감격해 마지않았다.

이것을 생각하면, 왕생하는 일은 자주 있는 일이지만 그 경우 보통은 몸을 그대로 남겨둔 채 극락왕생의 징표를 남기는 것이다. 하지만 이 야쿠렌의 경우는 그 몸이 없었기에 자칫하면 '그 불당을 벗어나 영험 있는 산사山寺에라도 간 것이 아닐까.'라고 생각할 수도 있었겠지만, 아이들이 불당 곁을

---

6   * 정오 경.
7   신불神佛의 화인化人 등에 자주 일어나는 시해屍解 현상.
8   현세現世의 몸을 바꾸지 않고 그대로 극락정토에 전생轉生한 것이라 생각한 것임.

떠나지 않았고, 또 문을 열지 않았고 안에서 잠겨 있었다. 절대로 당 밖으로 나간 적이 없었으며, 당연히 그 이후 그에 관한 소식을 들을 수가 없었다.

그러므로 육체 그대로 왕생했다는 것은 있을 수 없겠지만, 새벽녘의 음악 소리를 생각하면 왕생한 것임에는 틀림이 없다. 어쩌면 몸을 지신地神[9] 등이 가져가 청정한 장소에 매장했을지도 모른다고 의심하는 자도 있었다고 이렇게 이야기로 전하여 내려오고 있다 한다.

---

9 대지를 지배하는 신령神靈. 지령地靈.

信濃國如法寺僧薬連往生語第二十

今昔、信乃国、高井ノ郡中津村ニ如法寺ト云フ寺有リ。其ノ寺ニ薬連ト云フ沙弥ノ僧住ケリ。薬連妻子ヲ具シテ世ヲ過スト云ヘドモ、一生ノ間日夜阿弥陀経ヲ読ミ弥陀ノ念仏ヲ唱ヘテ、怠ル事無シ。

薬連ガ子二人有リ。一人ハ男、一人ハ女也。而ル間、薬連此ノ二人ノ子ヲ呼テ、告テ云ク、「我レ明日ノ暁ニ、極楽一往生ゼムトス。速ニ衣裳ヲ洗ヒ浄メ、身体ニ沐浴セムト思フ」ト。二人ノ子此レヲ聞テ、忽ニ浄キ衣ヲ儲ケ調フ。而ル間、夜ニ臨デ、薬連旧キ衣ヲ脱棄テ沐浴シ、清浄ニシテ浄キ衣ヲ着テ、独リ堂ニ入テ、子共ニ教ヘテ云ク、「明日ノ午剋ニ至テ、堂ノ戸ヲ可開シ。其ノ前ニ努々堂ノ戸ヲ開ク事無カレ」ト。子共此レヲ聞テ、泣々ク終夜堂ノ辺ニ不離レズ、不寝ズシテ聞クニ、暁ニ成テ、当堂ノ内ニ微妙ノ音楽有リ。此レヲ聞テ、「奇異也。此レハ夢カ」ナド思間ニ夜暁ヌ。

既ニ午剋ニ至ヌレバ、堂ノ戸ヲ開テ此レヲ見ルニ、薬連ガ身無シ。亦、持ツ所ノ阿弥陀経見エ不給ズ。然レバ、子共、「奇異也」ト思テ、心ヲ迷ハシテ求メ尋ヌルニ、遂ニ其体不見エデ止ニケリ。

此レヲ聞テ、其ノ辺ノ人集リ来テ、子共ニ問フ。暁ノ音楽ノ事ヲ語ル。「然レバ、薬連現身ニ往生セル也」ト云テ、皆人涙ヲ流シテ貴ビ悲ビケリ。

此ヲ思フニ、往生スル事常事也ト云ヘドモ、身体ヲ留メテ、其ノ相ヲ現ハス。而、此レハ其ノ身無ケレバ、「若シ、

逃テ、貴キ山寺ナドニ行タルカ」ト可思キニ、子共其ノ辺ヲ

不去ズ、亦、堂ノ戸不開ズシテ内ヨリ閉タリ。況ヤ、遂ニ聞

ユル事無シ。

然レバ、只此ノ身乍ラ往生セル事ハ不有ジ。暁ノ音楽ノ音

ヲ思フニ、往生ハ疑ヒ無シ。但シ、体ヲバ地神ナドノ取テ浄

キ所ニ置テケルナメリ、トゾ疑ヒケル、トナム語リ伝ヘタル

トヤ。

다이니치지大日寺의 승려 고도廣道가
왕생한 이야기

다이니치지大日寺의 승려 고도廣道가 꿈에서 절 근방에 사는 노파가 그 두 아들의 회
향回向으로 극락에 왕생한 사실을 알게 됨과 동시에, 자신의 왕생도 예고받고 마침내
꿈에서의 예고대로 극락왕생을 이루었다는 이야기. 이 이야기도 염불왕생담이지만,
두 아들의 존재를 매개로 하여 이전 이야기와 연결되고 있다. 제목은 고도라는 승려의
왕생에 무게를 두었지만, 실제로는 노파의 왕생이 주된 내용으로 되어 있다.

이제는 옛이야기이지만, 다이니치지大日寺[1]라고 하는 절에 고도廣道[2]라는
승려가 있었다. 속성俗性은 다치바나 씨橘氏로 수십 년 동안 그저 극락왕생
을 바랄 뿐으로 세상일에는 전혀 관심을 두지 않았다. 그런데 그 절 근방에
노파가 살고 있었다. 매우 가난했고 두 아들을 《두고》[3] 있었는데 둘 다 출가
하여 승려가 되었다. 히에이 산比叡山의 승려로 형은 젠조禪靜[4]라고 하고 아
우는 엔에이延睿[5]라고 하였다.

그런데 그 노파는 홀로 중병에 걸려 며칠 앓다가 결국 죽었다. 그 후 아들

---

1 교토 시京都市 야마시나 구山科區 간슈지勸修寺 기타다이니치北大日에 절터가 있음.
2 미상.
3 저본의 파손에 의한 결자. 문맥을 고려하여 보충.
4 미상.
5 미상.

인 두 승려가 슬피 울며 낮에는 법화경을 독송하고 밤에는 아미타 염불을 외어 지성으로 어머니의 극락왕생을 빌었다.

바로 그 무렵 고도가 꿈을 꾸었는데, 고쿠라쿠지極樂寺[6]와 조간지貞觀寺[7]의 두 사찰 사이로 음악이 들렸다. 고도는 이것을 듣고 놀라 "무슨 음악소리지?" 하고 가서 보니, 그곳에 매우 아름다운 보물로 치장된 세 개의 수레가 있었다. 많은 승려들이 모두 향로[8]를 받쳐 들고 수레 주위를 에워싸고 이 죽은 노모老母의 집에 가서 노파를 불러내어, 천의天衣[9]를 입히고 보관寶冠[10]을 씌워 이 수레에 태워 돌아가려고 했다. 그때 그들은 아들인 두 승려에게

"너희들이 어미를 위해 『법화경』을 독송하고 아미타 염불을 외어 정성을 다해 어미의 극락왕생을 기원했기에 우리들이 맞이하러 온 것이다."

라고 말했다. 또 고도에게는, "너에게는 금방이라도 극락에 왕생할 상相이 있다."라고 알려주고는 수레를 에워싸고 서쪽을 향해 사라졌다. 고도는 이러한 꿈을 꾸고 잠에서 깨어났다.

그 후 고도는 그 죽은 노파의 집으로 가서 두 승려를 불러내어 이 꿈 이야기를 들려주었다. 승려들은 이것을 듣고 눈물을 흘리며 더할 나위 없이 감격해 하고 존귀하게 여겼다.

고도는 그 후 얼마 지나지 않아 숨을 거두었다. 그날 또한 음악소리가 허공에 가득 찼다. 이것을 들은 모든 승속僧俗·남녀들은 이것은 틀림없이 고도가 왕생한 서상瑞相이라는 것을 알고, 귀를 기울여 듣고 신앙심을 일으키는 사람이 많았다고 이렇게 이야기로 전하여 내려오고 있다 한다.

---

6 → 사찰명.
7 → 사찰명.
8 → 불교.
9 보살이나 천인天人이 입는 의복.
10 보살이나 천인이 쓰는 천관天冠.

大日寺僧広道往生語第二十一

今昔、大日寺ト云フ寺ニ広道ト云フ僧有ケリ。俗姓ハ橘ノ氏。

亦、其寺ノ辺ニ二老タル嫗有ケリ。極メテ貧クシテ二人ノ男子□ケリ。共ニ出家シテ僧ト成レリ。比叡ノ山ノ僧也。兄ヲバ禅静ト云フ、弟ヲバ延睿ト云。

而ルニ、其嫗ニシテ身ニ重キ病ヲ受タリ。日来悩ミ煩ヒテ遂ニ死ヌ。其ノ後、此二人ノ子ノ僧、歎キ悲ムデ、昼ハ法花経ヲ読誦シ、夜ハ弥陀ノ念仏ヲ唱ヘテ、心ヲ発シテ母ノ往生極楽ノ事ヲ祈ケリ。

而ル間ニ、彼ノ広道ガ夢ニ、極楽寺、貞観寺、二ノ寺ノ間音楽ノ音聞ユ。広道此ヲ聞テ驚テ、「何ゾノ音楽ナラム」ト思テ、行テ見レバ、其ノ所ニ微妙ノ宝ヲ以テ荘レル三ノ車有リ。多ノ僧、皆香炉ヲ捧テ車ヲ囲遶シテ、此ノ死タル老母ノ家ニ至テ、嫗ヲ呼テ出テ、天衣宝冠ヲ着セテ、此ノ車ニ乗セテ返リ行ナムト為ル時ニ、二人ノ子僧ニ告テ宣ク、「汝等母ノ為ニ法花経ヲ誦シ、弥陀ノ念仏ヲ唱ヘテ、懃ニ母ノ往生極楽ヲ祈ルガ故ニ、我等来テ迎フル也」ト。亦、広道ニ告テ云ク、「汝ヂ、速ニ極楽ニ可往生キ相有リ」ト云テ、車ヲ囲遶シ、西ヲ指テ去ヌ、ト見テ、夢覚ヌ。

其後、広道彼ノ死人ノ家ニ行キ、二人ノ僧ヲ呼出、此夢ヲ語ル。僧共此レヲ聞テ、涙ヲ流シテ悲ビ貴ブ事無限。其後、広道幾ノ程不経シテ失ケリ。其日、亦、音楽ノ音空ニ満タリケリ。此レヲ聞ク道俗男女、「此レ広道ガ往生ノ相也」ト知テ、耳ヲ傾ケテ心ヲ発ス人多カリケリ、ト語リ伝ヘタルトヤ。

운림원雲林院의 보리강菩提講을 시작한 성인聖人이
왕생한 이야기

운림원雲林院의 보리강菩提講을 창시한 무명 성인聖人의 왕생담임. 성인은 원래 극악
무도한 도적이었는데, 왕생을 예견한 관상인의 필사적인 노력으로 처형을 면할 수가
있었다. 그 후 크게 뉘우치고 출가하여 운림원의 보리강을 창시하였고, 관상인의 예언
대로 마침내 염불왕생을 이루었다는 경위를 기록한 것이다.

이제는 옛이야기이지만, 운림원雲林院[1]이라는 곳에 보리강菩提講[2]을 창시
한 성인聖人이 있었다. 원래 진제이鎭西[3] 사람이었다. 극악무도한 도둑이었
기에 일곱 번이나 투옥되었는데, 그 일곱 번째 붙잡혔을 때 검비위사檢非違
使[4]들이 모여 논의한 끝에 "단 한 번이라도 투옥되는 것도 인간으로서 좋은
일이 아닌데, 하물며 이 도둑은 일곱 번이나 투옥되었으니 세상에서 보기
드문 일이다. 조정에 대한 중죄인이니, 이번에는 이놈 다리를 잘라버리자."
라는 판결이 내려졌다. 다리를 자르기 위해 죄인을 가모 강변賀茂河原[5]으로

---

1 → 사찰명.
2 → 불교. 운림원의 보리강은 『대경大鏡』의 서문으로 유명함. 또한 『중우기中右記』 승덕承德 2년(1098) 5월 1일
　　조에는 그 상황이 간략히 기술되어 있다. 이 기록은 운림원의 보리강은 당시 상하귀천의 두터운 신앙을 받아
　　설경說經이나 납경공양納經供養이 행해졌고, 경내 남녀노소들이 귀의한다는 의미의 '나무南無'를 외쳐 그 소
　　리가 마치 천둥과 같았다고 전하고 있음.
3 대재부大宰府를 진제이후鎭西府라고 부른 것에서 규슈九州의 고칭古稱.
4 도읍의 사법과 치안, 경찰을 맡아보던 관청.
5 가모 강賀茂川의 강변河原. 당시 죄인의 처형장이었음.

데려가 막 다리를 자르려고 하였다. 그런데 당시 □□□⁶라는 관상인이 있었다. 이 관상인은 사람의 모습을 보고 선악善惡을 점쳐 이제껏 한 번도 틀린 적이 없었다. 그런데 도둑의 다리를 자르려고 하는 그때 이 관상인이 마침 그곳을 지나가고 있었다. 사람들이 많이 모여 있는 것을 보고 관상인이 다가가 보니 도둑의 다리를 이제 막 자르려고 하고 있었다. 관상인은 그 도둑의 관상을 보고 처형하려는 사람을 향해 "부디 나를 봐서라도 이 사람의 다리를 베지 말아 주시게."라고 소리쳤다. 집행관이

"이 녀석은 극악무도한 도둑으로 일곱 번이나 투옥된 놈입니다. 그렇기에 이번에는 검비위사들이 모여 '다리를 베어라.'라고 판결을 내렸기에 자르는 것입니다."

라고 대답했다. 관상인이 "이 남자는 반드시 왕생할 상을 가진 자다. 그러니 절대로 잘라서는 안 된다."라고 다시 말했다. 이에 대해 집행관들은 "같잖은 관상을 보는 중놈이구나. 이 정도의 악인이 어찌 왕생 따위를 한단 말이냐?"라며 개의치 않고 예정대로 당장이라도 자르려고 했다. 관상인은 자르려는 그 다리 위에 앉아

"이 다리 대신 내 다리를 잘라라. 필시 왕생할 관상을 가진 자의 다리를 자르게 하고 그냥 지나쳐서는 나중 후세後世의 죄를 면하기 어려울 것이다."

라며 큰소리로 외쳐대기에, 집행관들은 어떻게 처리해야 좋을지 난감하여 검비위사 관청에 가서 "이러이러한 일이 있습니다."라고 보고했다. 검비위사들은 또 논의를 하여 "그 정도로 훌륭한 관상인이 말하는 것이니, 그의 말을 무시하는 것도 좋지 않을 것이다."라며 검비위사 장관인 □□□□⁷라는 사람에게 이 일을 말씀드리니 "그렇다면 용서해 주고 추방해라." 하여 다리

---

6   관상인의 이름 명기를 위한 의도적 결자.
7   검비위사 관청 장관의 이름 명기를 위한 의도적 결자.

를 자르지 않고 추방했다.

그 후 이 도둑은 마음속 깊이 도심道心을 일으켜 곧바로 상투를 자르고 법사가 되었다. 그리고 밤낮으로 아미타 염불을 외고 진심으로 극락에 왕생하고자 빌었는데, 운림원에 살게 되어 이 보리강을 시작한 것이다. 정말로 그 관상인이 말한 대로 임종 때는 대단히 거룩한 모습으로 숨을 거두었다. 사람들은 모두

"오랜 세월 악행을 저질렀더라도 이와 같이 마음을 고쳐먹고 선善으로 향하면 이처럼 왕생하는 거야!"

라며 존귀하게 여겼다.

그러므로 왕생할 수 있는 사람은 반드시 그 관상을 가지고 있다고 하지만, 그것을 꿰뚫어보는 관상인이 없기에 관상하지 못하는 것이다. 이 이야기의 관상인은 그것을 꿰뚫어보고 관상한 것일 것이다. 창시한 보리강도 지금까지 끊이지 않고 이어져 오는 것은 대단히 존귀한 일이라고 이렇게 이야기로 전하여 내려오고 있다 한다.

始雲林院菩提講聖人往生語第二十二

今昔、雲林院ト云フ所ニ、菩提講ヲ始メ行ヒケル聖人有ケリ。本、鎮西ノ人也。極タル盗人也ケレバ、被捕レテ獄ニ七度被禁タリケルニ、七度トモ度捕テ、検非違使共集テ、各議シテ云ク、「此ノ盗人、一度獄ニ被禁ム事ハ世ニ難有テ吉キ事ニ非ズ、況ヤ、七度マデ獄ニ被禁タラムハ、人トシテ極タル公ノ御敵也。然レバ、此度ハ其足ヲ切テム」ト定メテ、足ヲ切ラムガ為ニ川原ニ将行テ、既ニ足ヲ切ラムトス時ニ、世□ト云フ相人有リ。人ヲ、形ヲ見テ善悪ヲ

相ズルニ、一事トシテ違フ事無カリケリ。而ルニ、其相人其盗人ノ足切ラムト為ル所ヲ過ルニ、人多ク集レルヲ見テ、寄テ見ルニ、人ノ足ヲ切ラムトス。相人、此盗人ヲ見テ、切ル者ニ向テ云ク、「此ノ人我レニ免シテ足ヲ切ル事無レ」ト。切ル者ノ云ク、「此ハ極タル盗人トシテ七度マデ獄ニ被禁タル者也。然レバ、此度ハ検非違使集テ、『足ヲ可切シ』ト被定レテ、被切也」ト。相人ノ云ク、「此レハ必ズ可往生キ相ノ具シタル者也。然レバ、更ニ不可切ズ」ト。切ル者共ノ云ク。「由無キ相為ル御房カナ。此ク許ノ悪人ハ、何ゾ往生可為キゾ。物不思エヌ相カナ。」ト云テ、只切ニ為切ムト。相人其ノ切ラムト為ル足ノ上ニ居テ、「此ノ足ノ代ニ我ガ足ヲ可切シ。必ズ可往生キ相有ラム者ノ足ヲ切ラセテ、我レ見バ、罪難遁カリナム」ト云テ、音ヲ挙テ叫ビケレバ、切ラムト為ル者共、結テ、検非違使ノ許ニ行テ、「然々ノ事ナム侍ル」ト云ケレバ、検非違使共、亦相ヒ議シテ、「然ル止事無キ相人ノ云フ事ナレバ、此レヲ不用ザラムモ不便也」トテ、非違

ノ別当□□□トイフ人ニ、此ノ事ヲ申スニ、「然ハ免追ヒ

棄テヨ」ト有ケレバ、足ヲ不切ズシテ追ヒ棄テケリ。

其ノ後、此ノ盗人、深ク道心ヲ発シテ、忽ニ髻ヲ切テ法

師ト成ヌ。日夜ニ弥陀ノ念仏ヲ唱テ、懃ニ極楽ニ生レムト願

ヒケル程ニ、雲林院ニ住シテ此ノ菩提講ヲ始メ置ケル也。

二命終ル時ニ臨デ、実ニ相叶ヒテ極テ貴クテゾ失ニケル。

「年来悪ヲ好ムト云ヘドモ、思ヒ返テ善ニ趣キヌレバ、此ク

往生ズル也ケリ」ト云テ、人皆貴合ケリ。

然レバ、往生可為キ人ハ必ズ其相有ナルヲ、見知ル相人ノ

無クシテ不相ヌヲ、此レハ

見知テ相ジタルナルベシ。

菩提講始メ置ケルモ于今不

絶ズ。極テ貴事也、トナ

ム語リ伝ヘタルトヤ。

検非違使（伴大納言絵詞）

112

단고 지방^{丹後國}의 영강^{迎講}을 시작한 성인^{聖人}이 왕생한 이야기

단고 지방^{丹後國} 성인^{聖人} 아무개가 극락왕생을 간절히 바란 나머지, 매년 섣달 그믐날에 제자로 하여금 아미타불 사자로 마중 나온 것처럼 하게 하여 성중내영^{聖衆來迎}을 연출하고 있었는데, 그 지방 태수인 오에노 기요사다^{大江淸定}의 도움을 얻어 영강^{迎講}을 창시하게 되었고, 자신은 그 법회식장에서 가상의 성중내영을 맞아 극락왕생을 이룬 이야기. 앞 이야기에 이어 법회를 창시한 성인의 극락왕생을 이야기한다. 『고사담^{古事談}』(권3 제27화)에 의하면, 히에이 산 요카와^{橫川}의 승려 간인^{覺印}('속본조왕생전續本朝往生傳』의 제15화)이 겐신^{源信}의 영강에 계발^{啓發}되어 단고 영강을 창시했다고 되어 있는데, 이 이야기의 성인, 『사석집^{沙石集}』의 단고 지방 후코지^{梟鴨寺}의 상인^{上人}, 히에이 산 승려 간인, 이 세 사람이 동일인물인지 아닌지는 분명치 않다.

이제는 옛이야기이지만, 단고 지방^{丹後國}[1]에 성인^{聖人}[2]이 있었다. 극락에 왕생하려고 바라는 사람은 세상에 많지만, 이 성인은 특히 그것을 절실히 바라고 있었다.

12월 그믐이 되어 "오늘[3] 중에 꼭 극락에 오너라."라고 편지를 써서 한 동자에게 맡기고

---

1   현재의 교토 부^{京都府}.
2   미상. 『사석집^{沙石集}』에 "단고 지방 후고지^{梟鴨寺}라는 곳에 옛날 성인이 있었다."라고 되어 있음.
3   본문중의 "오늘"은 익년^{翌年} 1월 1일에 해당.

"이른 새벽녘에 내가 후야後夜[4] 근행勤行을 위해 아직 일어나지 않는 사이 너는 이 편지를 들고 와서 이 승방 문을 두들겨라. 그때 내가 '누구십니까. 이 문을 두드리는 분은?' 하고 물으면 너는 '극락세계[5]에서 온 아미타불의 사자입니다. 이 편지를 드립니다.'라고 말하거라."

라고 지시해 놓고 승려는 잠자리에 들었다. 새벽녘이 되어 승려의 의도를 잘 이해한 동자는 스님이 말한 대로 사립문을 두들겼다. 성인은 미리 약속한 말이기에, "누구십니까. 문을 두드리는 분은?"라고 묻자, 동자가 "극락세계에서 온 아미타불의 사자입니다. 이 편지를 드립니다."라고 말했다. 그러자 성인은 눈물을 흘리며 뒹굴듯 뛰쳐나와 "무슨 일로 오셨습니까?"라고 묻고 공손하게 편지를 받아보고는 엎드려 눈물을 흘리며 울었다. 이렇게 극락정토의 내영來迎을 떠올리는 것을 매년행사처럼 수년이나 계속했기에 아미타불의 사자를 맡은 동자도 이제 익숙해져 능수능란하게 그 역할을 잘 수행했다.

그 무렵, 그 지방 수령에 오에노 기요사다大江淸定[6]라는 사람이 있었는데, 이 사람은 성인을 공경하여 그에게 귀의歸依하고 있었다. 성인은 그 수령이 그 지방에 있는 동안 수령 저택을 찾아가 만나서

"이 지방에서 영강迎講[7]이라는 것을 시작하려고 합니다만, 제 힘만으로는 할 수 있을 것 같지 않습니다. 그러니 이 일에 힘을 보태주실 수 없으신지요?"

라고 말했다. 수령은 "그런 것은 아주 쉬운 일입니다."라고 하며 그 지방 유

---

4 → 불교. 승려가 후야後夜 근행(염불, 독경)을 위해 일어나는 것. 후야는 밤을 '초·중·후'의 삼야三夜로 나눈 맨 마지막 시간으로, 야반夜半에서 새벽에 걸친 시각.
5 → 불교. 극락정토와 같은 뜻.
6 → 인명.
7 → 불교.

력자들을 소집하고 도읍에서 무인舞人과 악인樂人을 내려오게 하게 정성을 다해 수행하도록 했기에, 성인은 대단히 기뻐하며 수령에게

"이 영강을 할 때 저는 극락의 마중을 받았다고 생각을 하고 그때 그대로 숨을 거두고 싶습니다."

라고 말했다. 수령은 "반드시 그렇게 될 수 있을런지요." 하고 의심하였는데 어느 사이에 영강을 하는 날이 되었다. 매우 성대하게 의식 등을 시작하자, 성인은 향로에 향을 피워 사바婆婆⁸로 설정한 장소에 앉아 있었다. 사람이 분장한 부처⁹가 점차 가까이 다가오자, 관음觀音¹⁰은 자금紫金¹¹으로 만든 대臺를 양손으로 받쳐 들고, 세지勢至¹²는 천개天蓋¹³를 받쳐 들고, 하늘의 기악伎樂을 다루는 보살¹⁴은 계루고鷄婁鼓¹⁵를 앞에 두고 신묘한 음악을 연주하며 부처를 따라 왔다.

그 사이 성인은 눈물을 흘리며 깊이 기원을 드리고 있는 것처럼 보였는데, 관음보살이 자색 황금대를 가까이 대시어도 성인은 일어나지 않아 '존귀한 일이라고 감격해 하고 있는 거겠지.'라고 보고 있었는데, 성인은 실은 그때 이미 숨이 끊어져 죽어 있었던 것이다.

모두 음악소리에 마음이 뺏겨 성인이 죽은 줄도 몰랐기에, 부처도 이제 돌아가려고 하다가 '성인이 무엇인가 할 말이라도 있지 않을까?' 싶어 시각이

8　식장에 설정된 사바세계를 말함. 여기서는 내영을 기다리는 것임.

9　승려가 분장한 아미타불을 말함. 이하 모든 보살도 모두 승려의 분장임.

10　→ 불교. 관세음보살.

11　자마금紫磨金으로 자색을 띤 최고품질의 황금. '대臺'에는 왕생인이 올라 탐.

12　→ 불교. 대세지보살.

13　불상, 옥좌 등의 위를 가리는 것. 여기서는 자루가 달린 것으로, 왕생인이 타는 금연대金蓮臺에 받쳐 들기 위한 것.

14　악천樂天의 보살(→ 불교). 음악에 뛰어난 천부天部의 보살.

15　아악雅樂에서 다루는 가죽제의 타악기. 소형으로 목에 메고 치며 행진 때는 무인舞人과 악인樂人을 선도함 (『교훈초敎訓抄』 권7 제9화 참조).

바뀔 때까지 기다리고 있었다. 하지만 말도 없이 꼼짝도 하지 않아서[16] 이상하게 생각한 제자가 옆에 다가와 흔들어 보니 이미 굳어 경직상태가 되어 있었다. 그때야 비로소 사람들은 성인이 죽은 것을 알고 모두 제각기 "성인이 왕생하셨어!"라고 외치고 울며 존귀하게 여겼다.

실제로 평소 조그만 병도 없이 사람이 분장한 부처를 보고, '부처님의 마중을 받았다.'고 믿고[17] 죽었기에 틀림없는 왕생이라고 모두 칭찬하고 존귀하게 여겼다. 하물며 이 영강 때에 숨을 거두려고 그렇게 원했으니 왕생하신 것이 틀림이 없다.[18]

정말 불가사의하고도 존귀한 일이라고 이렇게 이야기로 전하여 내려오고 있다 한다.

---

16 죽어 몸이 경직된 모습을 말함.
17 성인에게는 가장假裝과 실제 내영來迎 사이에 차이가 없었던 것임.
18 참고로 『사석집』에는 최초의 영강에서 왕생한 것이 아니라, 오랜 세월 영강을 행한 후 실제 성중 내영을 맞아 왕생한 것으로 되어 있음.

始丹後国迎講聖人往生語第二十三

今昔、丹後ノ国ニ聖人有ケリ。極楽ニ往生セムト願フ人、

世ニ多カリト云ヘドモ、此ノ聖人ハ強ニナム願ヒケル。

十二月晦日ニ成テ、「今日ノ内ニ必ズ来レ」ト云フ消息フ

書テ、一人ノ童子ニ預ケテ教ヘテ云ク、「暁ニ我ガ未ダ後夜

起セザラム程ニ、汝ヂ此ノ消息ヲ持来テ、此ノ房ノ戸ヲ叩ケ。

我レ、『誰ソ、此ノ戸叩クハ』ト問ハバ、汝ヂ、『極楽世界コ

リ阿弥陀仏ノ御使也。此ノ御文奉ラム』ト云ヘ」ト置テ、我

レハ寝ヌ。暁ニ成テ、童子云ヒ含タル事ナレバ、柴ノ戸ヲ叩

ク。聖人儲ケタル言ナレバ、「誰ソ、此ノ戸ヲ叩クハ」ト問

フニ、『極楽ノ阿弥陀仏ノ御使也。此御文奉ラム』ト問テ、敬

ハ、聖人泣ク泣ク丸ビ出テ、「何事ニ御坐ツルゾ」ト問テ、

テ文ヲ取テ見テ、臥シ丸ビ涙ヲ流シテ泣ケリ。如此ク観ジテ、

毎年ノ事トシテ年積ニケレバ、使ト為ル童子モ習ヒテ、吉ク

馴テゾ此ノ事ヲシケル。

而ル間、其ノ国ノ守トシテ、大江清定ト云フ、此ノ人聖人ヲ

貴ビテ帰依スル程ニ、聖人守ガ国ニ有ル間、館ニ行キテ、守ニ

値テ云ク、「此ノ国ニ迎講ト云フ事ヲナム始メムト思給フ

ヲ、己ガ力一ツニテハ難叶クナム侍ル。守、「糸安キ事也」ト云テ、国ノ

可然キ者共ヲ令催シテ、京ヨリ舞人楽人ナムド呼ビ下シテ、心

ニ入レテ令行メケレバ、聖人極テ喜テ、「此ノ迎講ノ時ニ、

我レ、『極楽ノ迎ヲ得ルゾ』ト思ハムニ、命終ラバヤ」ト守ニ

云ヒケレバ、守、「必ズシモヤ」ト

思テ有ケルニ、既ニ

迎講ノ日ニ成テ、

儀式共微妙ニシテ

事始マルニ、聖人

楽人(阿弥陀二十五菩薩来迎図)

ハ香炉ニ火ヲ焼テ婆娑ニ居タリ。仏ハ漸ク寄リ来リ給フニ、観音ハ紫金ノ台ヲ捧ゲ、勢至ハ蓋ヲ差シ、楽天ノ菩薩ハ一

観音ハ紫金ノ台ヲ捧ゲ、勢至ハ蓋ヲ差シ、楽天ノ菩薩ハ一

妻ヲ前トシテ微妙ノ音楽ヲ唱ヘテ、仏ニ随テ来ル。

其間、聖人涙ヲ流シテ念ジ入タリ、ト見ユル程ニ、観音

紫金台ヲ差寄セ給タルニ、不動ネバ、「貴シト思ヒ入タルナ

メリ」ト見ル程ニ、聖人気絶テ失ニケリ。

聖人絶入タリト云フ事ヲモ不知ザリケリ。音楽ノ音ニ交レテ、

ムト為ニ、「聖人云事モヤ有ル」ト、時剋マデ待ツニ、物モ

不云ズ、不動ネバ、怪ビテ、弟子寄テ引キ動カスニ、痓ミタ

リケレバ、其時ニゾ人知テ、皆、「聖人往生ジニケリ」ト云

テ、見嗟リ泣キ貴ビケル。

実ニ、日来聊ニ煩フ事モ無クテ、仏ヲ見奉テ、「被迎レ

奉ルゾ」ト思ヒ入テ失ナムハ疑無キ往生也、トゾ讃メ貴ケ

ル。況日来此ノ時ニ命終ラムト願ヒケルニ、違フ事無シ。

実ニ奇異ニ貴キ事ナルハ。　此語リ伝ヘタルトヤ。

진제이鎭西의 천일강天日講을 행한 성인聖人이
왕생한 이야기

규슈九州 지쿠젠 지방筑前國 고쿠라쿠지極樂寺에서 천일강天日講을 홍행시킨 무명의 성인이 강이 끝나는 날 사람들이 지켜보는 가운데 본인이 예고한 대로 염불왕생을 이룬 이야기. 후일담으로 그것을 닮고 싶어 그 천일강을 이어받아 행한 승려와 비구니의 왕생 행위도 부기附記되어 있다. 앞 이야기와는 법회가 끝나는 날 자신의 예고대로 왕생을 이루었다는 공통 모티브로 서로 이어진다.

이제는 옛이야기이지만, 진제이鎭西[1]의 지쿠젠 지방筑前國[2]에 간논지觀音寺[3]라는 절이 있고, 그 옆에 고쿠라쿠지極樂寺[4]라는 절이 있었다. 그 절에 사람들을 권유[5]하여 천일강天日講[6]을 행하는 성인聖人이 있었다. 이미 강이 시작되어 그것을 행하고 있는 석상에서 성인은 모인 사람 모두에게 "나는 이 강이 끝나는 날 반드시 숨을 거둘 것입니다."라고 말했다. 이것을 들은 사람들은 모두 그 말을 믿지 않고 비웃을 뿐이었다.

그런데 점점 시간이 흘러 이 강이 끝나는 날이 이제 육 일쯤 남았을 즈음,

1 대재부大宰府를 진제이후鎭西府라고 부른 것에서 규슈九州의 고칭古稱.
2 현재의 후쿠오카 현福岡縣.
3 → 사찰명(간제온지觀世音寺).
4 미상.
5 여기서는 권진勸進의 뜻. 사람들을 설득하여 정재淨財를 모아 천일강天日講을 시작한 것임.
6 → 불교.

일찍이 성인이 "강이 끝나는 날 죽을 것이다."라고 한 것을 들은 무리들이 "성인은 앞으로 엿새는 더 살아 계실 테지."라며 조롱하고 있는 사이, 바야흐로 강이 끝나는 날도 앞으로 삼 일로 다가왔다. 그래도 사람들은

"성인이 이 세상에 이렇게 계시는 것도 이제 오늘 내일뿐인가. 용안을 자세히 봐 두자고. 성인이 돌아가시면 우리들에게는 필시 그리운 분이 되실 테니 말이지."

라며 비웃고 있었는데, 성인이 갑자기 병이 들었다. 그것을 견문한 자들은 처음 잠낀은 "뭐, 꾀병을 부리고 있는 거겠지."라고 서로 이야기하다가 정말 아픈 모습을 하고 있는 것이 아닌가! 그때서야 비로소 사람들은 "어떻게 되는 거야? 성인이 정말 강이 끝나는 날 죽는다면.", "그렇다면 매우 거룩한 일이지."라며 서로 이야기하게 되었다. 그러자 "성인의 그것은 꾀병이야"라고 비웃던 무리들도, 자주 있는 일이긴 하지만,[7] 꼴사나울 정도로 요란을 떨며 성인을 예배했다.

그리하여 마침내 강이 끝나는 날이 되었다. 승속僧俗·남녀를 불문하고 수많은 사람들이 참예參詣하러 왔다. 성인은 "이 법당에서 내가 최후를 맞이하기에는 적당치 않은 것 같다."라고 하며 사람의 등에 업혀 강변으로 나갔다.[8] 나갈 때 강사[9]를 담당하는 승려에게

"마지막 강에 나도 열석列席하고 싶었지만, 사람들이 너무 많이 모여 소란스러워 마음이 흐트러질 것 같군요. 그래서 조용한 곳으로 가는 것이니, 당신은 만전을 기해 성심으로 이 강을 맡아 해 주시오. 나는 강이 끝날 때 목숨이 다하겠지요."

---

7 '외부 상황이 바뀌면 태도를 바꾸는 천박한 사람들이 항상 그렇듯'이라는 의미.
8 임종 때 정념正念을 기하기 위해 조용한 장소를 찾은 것임과 동시에, 여기서는 죽음의 부정을 피해 절 밖으로 나간 것이라 여겨짐.
9 천일강의 마지막 날 강사를 말함.

라고 말을 해 두고 나섰다. 그 후 강사가 강을 시작했고 "성인께서 오늘이 마지막이라고 미리 아시는 것은 정말 고귀한 일입니다."라는 등 애절히 설법하고 있을 때에, 성인이 제자를 보내 "강은 끝났습니까?"라고 물었다. "이제 곧 끝나갑니다."라고 말하여 되돌려 보냈다. 그러자 또 제자가 와서 "신속히 육종회향六種回向[10]을 해 주십시오."라고 말했다. 그래서 강사는 말한 대로 회향[11]을 했다. 그때, 성인은 향로에 향을 피워 받쳐 들고 제자들과 함께 아미타 염불을 외며 서쪽을 향해 숨을 거두었다. 많은 사람들이 이것을 보고 눈물을 흘리며 한없이 존귀하게 여기며 감격하는 것이었다.

그런데[12] 그 후 또 한 승려가 찾아와 그날부터 천일강을 시작했다. 그 승려도 "나도 이전 성인과 같이 이 강이 끝나는 날 죽을 것이다."라고 하고 강을 했는데, 강이 끝나는 날에 앞 성인과 같이 숨을 거두었다. 나중의 성인은 원래 노토 지방能登國 사람으로 그곳에서 온 것이었다. 사람들은 "정말 불가사의한 일이야."라고 서로 이야기하며 존귀하게 여겼다.

그러자, 또 한 비구니가 찾아와 그날부터 전과 같이 천일강을 시작했다. "나도 이전 성인들과 마찬가지로 강이 끝나는 날 목숨을 다해야지."라며 강講을 했다. 이 비구니의 경우는 앞 두 승려처럼 강이 끝나는 날 죽었다고는 여태까지 듣지 못했다. 이것을 생각하면, 만일 그 비구니가 앞의 두 승려처럼 강이 끝나는 날 죽었다면, 누구든지 그곳에 가서 그 천일강을 이어받아 행해야 한다고 생각된다.

이 이야기는 불가사의한 사건이어서 널리 전해졌는데,[13] 그것을 듣고 전하여 이렇게 이야기로 전하여 내려오고 있다 한다.

---

10 → 불교.
11 → 불교.
12 이 이하 후일담임.
13 불가사의한 일을 설화전승의 요건으로 하고 있음에 유의.

鎮西行千日講聖人往生語第二十四

今昔、鎮西、筑前ノ国ニ観音寺ト云フ寺有。其ノ傍ニ極
楽寺ト云フ寺有。其ノ寺ニ二人ヲ勧メテ千日講ヲ行フ聖人有ケ
リ。既講ヲ始メテ行間、其ノ聖人有テ、人ニ普ク云ヒケル
様、「我レハ、此ノ講ノ畢ラム日、必ズ死ナムト為ル也」ト。

此レヲ聞ク人、皆此ノ言ヲ不信ズシテ咲ヒ嘲リケリ。

而ル間、漸ク月日過テ、此ノ講ノ畢テム事、今六日許ニ成
ヌル程ニ、聖人ノ、「講畢ラム日死ナムズルゾ」ト云ヒケル
ヲ聞キタル者共ハ、「聖人ハ、今六日ゾ世ニ在サムズル」ナ
ド鳴呼ニ云テ過グルニ、講ノ畢、今三日ニ成ニケリ。人々有
テ、「聖人ノ此ノ世ニ坐セム事、今明日許カ。吉ク見奉ラム。
恋シク御ナム」ナド云テ咲フ程ニ、聖人俄ニ身ニ病有リ。此
レヲ見聞ク人、暫ハ、「虚態ヲ為ルゾ」ナド云ヒ合タル程ニ、

態ニ心地悪気ナル気色ナルハ。其ノ時ニゾ、人、「何ゾ、此
ノ聖人ノ講ノ畢ノ日、実ニ死タラムニ」然ラバ、極テ貴カ
ルベキ事カナ」ト云ヒ合タリ。而ル間、「聖人ノ病ハ虚病ゾ」
ト咲ヒ嘲リケリシ者共、常ノ事ナレバ、様悪キマデ聖人ヲ礼ミ
見騒ギケリ。

而ルニ、既ニ講ノ終ル日ニ成テ、道俗男女員不知ズ参リ
集タリ。聖人ノ云ク、「此ノ堂ニテハ、我レ終リ可取キ様無
カメリ」トテ、川原ナル所ニ二人ニ被負テ渡ルトテ、其ノ講師
ニ告テ云ク、「我レ講ノ畢ラム二可値ニ云ヘドモ、人極テ多
ク集リテ物騒キニ依テ、心乱レヌベシ。然レバ、静ナル所ニ行
ヌ。此ノ講、吉ク御心ニ入レテ勤メ可給シ。我レハ、講ノ畢
ラム時ニゾ命可終キ」ト云ヒ置キ、去ヌ。其ノ後、講ヲ始
メテ、「聖人今日ヲ極メニ兼テヨリ知レル、貴キ事也」ナ
ド講師哀レニ説フ程ニ、聖人弟子ヲ遣セテ、「講ハ畢ヌルカ」
ト令問ニ、「只今畢ナムトス」ト云返シツ。亦、弟子来テ
云ク、「速ニ六種廻向シ給ヘ」ト。然レバ、講師云フニ随テ

一六

廻向シツ。其ノ時ニ、聖人香炉ニ火ヲ焼テ捧テ、弟子共ト共

ニ弥陀ノ念仏ヲ唱ヘテ、西ニ向テ失ニケリ。其時ニ、多ノ人

此レヲ見テ、泣々ク貴ビ悲ブ事無限シ。

而ルニ、亦、法師出来テ、其ノ日ヨリ始テ千日ノ講ヲ行ヒ

ケリ。其ノ僧亦云ク、「我レモ前ノ聖人ノ如ク、此講ノ畢ラム

日死」ト云テ、行ヒケル程ニ、其ノ僧亦講ノ畢ル日、前ノ聖

人ノ如ク失ニケリ。其ノ後ノ聖人ハ、本能登国ヨリナム来タ

リケル。「此レ、希有ノ事也」ト云ヒ合テ貴ビケリ。

而ルニ、亦尼出来テ、其ノ日ヨリ、亦千日ノ講ヲ始メ行ヒ

テ、「我レモ前々ノ聖人ノ如ク、講ノ畢ラム日、命終ラム」

ト云テゾ行ヒケル。其レハ、前ノ二人ノ僧ノ如クニ、講ノ畢

ル日、命終タリト八未ダ不聞エズ。此ヲ思ニ、其尼前ノ二人

ノ僧ノ如ク、講ノ畢ラム日命終リナバ、誰モ其ノ所ニ行ニ、

其ノ講ヲ継テ可行キ也トゾ思ユル。

此レ、奇異ノ事ナル依テ、普ク語リ伝フルヲ聞キ継テ、語

リ伝ヘタルトヤ。

셋쓰 지방攝津國 나무 위의 사람이 왕생한 이야기

8월 15일 달 밝은 밤, 수행승인 아무개가 셋쓰 지방攝津國 미노오箕面 폭포 소나무 아래에서 그 소나무 위에 있는 인물이 극락왕생을 예고받는 것을 듣고, 그 정해진 날에 그곳에 가서 그 인물이 왕생을 이루는 것을 실제로 본 이야기. 예고 왕생담이 이어지는 가운데, 이 이야기는 특히 신운표묘神韻標渺하여 몽환夢幻적인 느낌이 감도는 이야기이다.

이제는 옛이야기이지만, 셋쓰 지방攝津國[1] 《데豊》[2]시마 군島郡 미노오箕面[3] 폭포 아래쪽에 큰 소나무가 있었다. 그 나무 아래[4]에서 한 수행승이 야숙을 하고 있는데, 마침 8월 15일 밤이라 달은 매우 밝고 하늘은 맑게 개어서 주위는 매우 조용했는데, 갑자기 하늘에서 신묘한 음악과 노櫓 소리가 들려왔다. 그때, 이 나무 위에서 무슨 소리가 났다. "저를 맞이하기 위해 오신 겁니까?" 그러자 공중에서

"오늘 밤은 다른 사람을 맞이하기 위해 다른 곳에 가는 길이다. 너는 내년

---

1 셋쓰 지방攝津國은 현재의 오사카 부大阪府 · 효고 현兵庫縣.
2 「극락기」의 '豊島(郡)'에 근거하여 보충함. '豊'자의 탈자거나 아니면 저본 파손에 의해 생긴 공간이 전사轉寫 과정에서 소멸된 것이라 생각됨.
3 → 지명.
4 승려가 수행을 위해 나무 아래에 야숙하는 것은 두타행頭陀行 12종의 하나로 수하좌樹下坐라고 함.

오늘밤 맞이할 것이야."

라는 대답 이외에 다른 소리는 들리지 않는다. 이윽고 음악소리도 점점 멀어져 갔다. 그 나무 아래에 있던 수행승은 그때 비로소 나무 위에 사람이 있다는 것을 알게 되었다. 그래서 나무 위의 사람에게 "이 나무 위에 계시는 분은 도대체 누구십니까?"[5] 라고 묻자 나무 위에서

"지금의 노 소리는 아미타의 사십팔대원四十八大願[6]이 중생을 극락으로 맞이하기 위해 오는 뗏목[7]소리지."

라고 대답했다.

나무 아래 승려는 이 말을 들었지만 이 일에 관해서는 아무에게도 말하지 않은 채 이듬해 8월 15일이 되었다. 그날 밤 살그머니 이전의 나무 아래에 가서 작년 들은 말을 믿고 기다리고 있는데, 한밤중이 되어 작년과 같이 하늘에 신묘한 음악소리가 들리고 곧이어 나무 위 사람을 맞이해 떠나갔다.

승려는 이것을 듣고 다른 사람에게 이야기했는데, 이것을 듣고 전하여, 이렇게 이야기로 전하여 내려오고 있다 한다.

---

5 이 일구一句 『극락기』에는 "이게 무슨 소리입니까?"로 되어 있음. 이쪽이 뒷 문장의 "지금의 노 소리는 아미타의 사십팔대원四十八大願이 중생을 극락으로 맞이하기 위해 오는 뗏목소리지."와 자연스럽게 연결됨.
6 → 불교. 아미타불의 사십팔대 서원誓願.
7 중생을 구제하여 사바娑婆에서 피안(정토)으로 인도하는 서원誓願을 하천을 건너는 뗏목에 비유한 것임.

摂津国樹上人往生語第二十五

今、昔、摂津国、嶋ノ郡ノ箕面ノ滝ノ方ニ大キナル松ノ木有リ。木ノ下ニ一人ノ修行ノ僧、寄宿シタリケルニ、八月十五日ノ夜ナレバ、月極テ明クシテ、天晴レテ静ナルニ、忽ニ、空ニ微妙ノ音楽ノ音及ビ櫓ノ音有リ。而ル間、此ノ木ノ上ニ音有テ云ク、「我レヲ迎ヘムガ為ニ来リ給ヘルカ」。空ノ中ニ答テ云ク、「今夜ハ、他ノ人ヲ迎ヘムガ為ニ、他所ニ行ク也。汝ヲバ明年ノ今夜可迎キ也」ト云テ、亦他音無シ。

而ル間、音楽ノ音漸ク遠ク成テ過ギ去ヌ。其ノ時ニ、此ノ木ノ下ニ宿セル修行ノ僧、始メテ、此ノ木ノ上ニ二人有ケリ、ト云フ事ヲ知。僧木ノ上ノ人ニ問テ云ク、「此レ何ナル人ノ此ノ木ノ上ニハ在スゾ」ト。木ノ上ニ答テ云ク、「此レ四十八ノ大願ノ筏ノ音ト也」。

木ノ下ノ僧、此レヲ聞クト云ヘドモ、此事ヲ人ニ不語ズシテ、明ル年ノ八月ノ十五日ニ成ヌ。其ノ夜、窃ニ彼ノ木ノ下ニ行テ、去年ノ言ヲ信ジテ待ツ間ニ、夜ニ至テ、去年ノ如ク空ニ微妙ノ音楽ノ音有テ、木ノ上ノ人ヲ迎ヘテ去ニケリ。

僧此レヲ聞テ語リ伝フルヲ聞継テ、此語リ伝ヘタルトヤ。

하리마 지방播磨國 가코賀古 숙역宿驛의 교신敎信이 왕생한 이야기

가치오데라勝尾寺의 승려 쇼뇨勝如가 하리마 지방播磨國 사미沙彌 교신敎信에게 교신 본인의 극락왕생과 자신의 왕생을 예고받고, 제자를 보내 교신 왕생의 진실을 확인 하게 되고, 자신도 예고받은 일시에 염불왕생을 이룬 이야기. 앞 이야기와 마찬가지 로 셋쓰 지방攝津國 이야기로, 왕생의 예고와 실현의 형식이 공통된다. 이 이야기는 교 신·쇼뇨의 결연結緣 왕생담으로 세상에 널리 퍼진 이야기로 여러 서적에 산견散見되 며(부록의 〈출전·관련사료 일람〉 참조), 가치오데라의 쇼뇨의 묘에 인접해서 교신의 묘납 이 만들어지거나(『셋쓰 지방 가치오데라 약연기攝津國勝尾寺略緣起』, 『오초산 가치오데라 연기 應頂山勝尾寺緣起』), 잇펜一遍의 제자 탄아湛阿가 교신의 상월명일祥月命日을 기념해 하 리마 지방 교신지敎信寺에서 노구치野口의 대염불을 권진勸進 창시創始한(『봉상기峰相 記』) 것 등도 교신·쇼뇨의 결연왕생結緣往生이 얼마나 염불행자念佛行者의 신앙과 동 경을 모았는지를 단적으로 말해 준다. 또한 요교쿠謠曲의 '노구치 판관野口半官' 등도 참조.

이제는 옛이야기이지만, 셋쓰 지방攝津國[1] 시마노시모 군島下郡[2]에 가치오 데라勝尾寺[3]라는 절이 있었는데, 그 절에 쇼뇨勝如[4] 성인聖人이라는 승려가 살

---

1 셋쓰 국攝津國은 현재의 오사카 부大阪府·효고 현兵庫縣.
2 『극락기極樂記』에도 "島下郡"으로 되어 있음. 『후습유왕생전後拾遺往生傳』에서는 가치오데라勝尾寺의 소재를 "豊島郡"으로 하고 있음.
3 → 사찰명.
4 → 인명. '證如'(『제사연기집諸寺緣起集』)라고도 함.

고 있었다. 도심道心이 깊어 따로 초암草庵을 지어 칩거하여 십여 년간 육도
六道⁵에 윤회하는 중생을 위해 열심히 무언행無言行⁶을 닦았다. 그 사이 제자
동자승을 보는 것조차 거의 드물었고, 하물며 낯선 사람을 만나는 일 따위
는 전혀 없었다.

어느 날 한밤중⁷에 사람이 찾아와 사립문을 두드렸다. 쇼뇨는 그 소리를
듣기는 했지만, 무언행을 닦고 있었기에 '누구냐.'고 물을 수가 없어 헛기침
을 하여 두들기는 사람에게 알렸다. 그러자 두들긴 사람이

"저는 하리마 지방播磨國 가코 군賀古郡 가코賀古의 숙역宿驛⁸ 북쪽 부근에
사는 사미승沙彌僧 교신敎信⁹이라는 자입니다. 오랫동안 아미타 염불을 외어
극락에 왕생하고자 염원하였는데, 오늘 마침내 극락왕생을 이뤘습니다.¹⁰
성인께서도 또한 모년某年 모월某月 모시某時¹¹에 극락의 마중을 받을 것입니
다. 그래서 그것을 알려 드리고자 이렇게 찾아온 것입니다."
라고 말하고 돌아갔다.

쇼뇨는 이 말을 듣고 놀람과 동시에 기이한 일이라 여겨서 다음 날 아침
곧바로 무언행을 멈추고 제자인 쇼간勝鑑이라는 승려를 불러

---

5 → 불교.
6 무언無言 수행. 무언계無言戒라고도 함. 『대집경大集經』 무언보살품無言菩薩品에서 설명하는 무언동자(태자)
   의 고사故事에 근거하여 무언 관상觀想에 의해 불과佛果를 추구하는 행법. 본권 제1화의 라이코賴光의 행법
   도 이에 해당함.
7 『후습유왕생전』에서 '정관貞觀 8년(866년) 8월 15일 밤중'이라고 한 것은 쇼뇨의 죽은 때인 정관 9년(867년)
   8월 15일경에서 역산하여 결연왕생담에 걸맞게 교신敎信의 죽은 때를 만년 전으로 설정한 것임. 비슷한 예
   가 제25화에도 보임.
8 고대 『대보령大寶令』에 의해 주요 가도街道에 만든 역참驛站. 말과 인부 등을 두고 숙사도 갖추고 있었음.
9 미상. 『봉상기峰相記』에는 "고후쿠지興福寺의 석학碩學, 법상종의 명장明匠"으로 정관 8년(866) 8월 15일 몰
   沒, 향년 팔십 세라고 하지만 의문임. '사미'라는 말과 후문에 비추어 볼 때, 처를 가진 재가在家의 사도승私
   度僧이었다고 보아야 할 것임.
10 이것에 의하면 내방來訪한 것은 교신의 망령亡靈인 것이 됨. 『극락기』에는 "오늘 극락에 왕생하려고 한다."
   라고 되어 있음.
11 연월일이 불명료함에도 불구하고 나중에 기입하기 위한 공간을 설정하지 않은 예로서 주목됨.

"내게 어젯밤 이러이러한 전갈이 있었네. 자네는 즉시 하리마 지방播磨國 가코 군賀古郡 가코賀古의 숙역宿驛 부근에 가서 교신이라는 스님이 있는지 알아보고 오게."

라고 부탁했다. 쇼간은[12] 스승이 분부한 대로 하리마 지방에 가서 그 장소를 찾아보니, 숙역 북쪽에 작은 암자가 있었다. 그 암자 앞에 어떤 사람의 시체가 있고, 개[13]와 까마귀가 모여 그 시체를 앞 다투어 뜯어먹고 있었다. 암자 안에는 한 노파와 한 아이가 있었는데, 둘 다 매우 슬피 울고 있었다.

쇼간은 이들을 보자마자 암자 문 입구로 다가가 "당신들은 누구신지요? 왜 그렇게 울고 계시는 겁니까?"라고 물었다.

"저기 죽은 사람은 오랜 세월 같이 살아온 제 남편입니다. 이름은 사미 교신이라고 하지요. 평생 아미타 염불을 외어 밤낮으로 자나 깨나 게을리하는 일이 없었지요. 그래서 이웃마을 사람들은 습관적으로 모두 교신을 아미타마로阿彌陀丸라고 그렇게 불렀습니다. 그런데 어젯밤 죽고 말았습니다. 이 노파는 이렇게 나이를 먹은 지금 오랜 세월 함께 살아 온 남편을 잃어 슬퍼하는 것이며 여기에 있는 이 아이는 교신의 아들입니다."

쇼간은 이 말을 듣고 돌아가 쇼뇨 성인에게 자세히 그 사정을 이야기했다. 이를 들은 쇼뇨 성인은 눈물을 흘리며 감격하고 존귀하게 여기며 곧바로 교신의 집을 찾아가 눈물을 흘리며 염불을 왼 후 원래 암자로 되돌아왔다.

그 후 쇼뇨는 한층 더 성심을 다해 밤낮으로 열심히 염불을 외었다. 이윽고 그 교신이 알려준 그해 그달 그날이 되어 마침내 고귀한 최후를 마쳤다. 이를 들은 사람들은 모두 '쇼뇨는 필시 극락왕생을 이룬 사람이다.'라는 것

---

12 이 이하 다음 단락 쇼간의 귀환까지 이 이야기에서는 시간적 진행에 따라 서술하고 있는데, 「극락기」에서는 쇼간이 그곳에서 되돌아와서 그 상황을 보고하는 형태로 서술함.
13 「극락기」에는 "개떼들이 다투며 먹었다"로 되어 있음.

을 알고 존귀하게 여겼다. 그 교신은 처자식을 가졌다고는 해도 오래도록 계속 염불을 외어 왕생하였던 것이다.

그러므로 왕생은 뭐라 해도 염불의 힘에 의해 이루어지는 것이라고 이렇게 이야기로 전하여 내려오고 있다 한다.

今昔、摂津国ノ嶋ノ下ノ郡ニ勝尾寺ト云フ寺有リ。其ノ寺ニ勝如聖人ト云フ僧住シケリ。道心深クシテ、別ニ草ノ庵ヲ造テ、其ノ中ニ籠リ居テ、十余年ノ間、六道ノ衆生ノ為ニ無言シテ勤メ行ヒケリ。弟子童子ヲ見事ソラ、尚シ希也。況ヤ他人ヲ見ル事ハ無シ。

而ル間、夜半ニ人来テ、柴ノ戸ヲ叩ク。勝如此ヲ聞クニ、ドモ、無言ナルニ依リテ問フ事不能ズシテ、咳ノ音ヲ以テ叩ク人ニ令知ルニ、叩ク人ノ云ク、「我レハ此ノ幡磨ノ国、賀古ノ郡ノ賀古ノ駅ノ北ノ辺ニ住ツル沙弥教信也。年来弥陀ノ念仏ヲ唱ヘテ、極楽ニ往生ゼムト願ヒツル間、今日既ニ極楽ニ往生ズ。聖人亦、某年某月某日、極楽ノ迎ヘヲ可得給シ。然レバ、此ノ事ヲ告ゲ申サムガ為ニ来レル也」ト云テ去ヌ。

勝如此ヲ聞テ、驚キ怪ムデ、明ル朝ニ、忽ニ無言ヲ止メテ、弟子勝鑑ト云フ僧ヲ呼テ語テ云ク、「我レ今夜然々告有リ。汝ヂ速ニ彼ノ幡磨ノ国、賀古ノ郡、賀古ノ駅辺ニ行テ、『教信ト云フ僧有ヤ』ト尋テ可返来シ」。勝鑑師ニ教ニ随テ、彼ノ国ニ行テ、其ノ所ヲ尋ネ見ルニ、彼ノ駅ノ北ノ方ニ小サキ奄有リ。其ノ奄ノ前ニ一ノ死人有リ。狗烏集リテ、其ノ身ヲ競ヒ噉フ。奄ノ内ニ、一人ノ嫗、一人ノ童有リ。共ニ泣キ悲ム事無限シ。

勝鑑此レヲ見テ、奄ノ口ニ立寄テ、「此ハ何ナル人ノ何ナル事有テ泣クゾ」ト問フニ、嫗答テ云ク、「彼ノ死人ハ此レ我ガ年来ノ夫也。名ヲバ沙弥教信ト云フ。一生ノ間弥陀ノ念

仏ヲ唱ヘテ、昼夜悟寐ニ怠事無カリツ。然レバ、隣リ里ノ

人皆教信ヲ名付テ阿弥陀丸ト呼ビツ。而ルニ、今夜既ニ死ヌ。

嫗年老テ年来ノ夫ニ今別レテ、泣キ悲ム也。亦、此ノ侍ル

童ハ教信ガ子也」ト。勝鑑此ヲ聞テ、返リ至テ、勝如聖人ニ

此事ヲ委ク語ル。勝如聖人此レヲ聞テ、涙ヲ流シテ悲ビ貴

ムデ、忽ニ教信ガ所ニ行テ、泣々念仏ヲ唱ヘテゾ本ノ庵ニ返

ニケル。

其ノ後、勝如弥ヨ心ヲ至シテ、日夜ニ念仏ヲ唱ヘテ怠ル事

無シ。而ル間、彼ノ教信ガ告ゲシ年ノ月日ニ至テ、遂終リ

貴シテ失ニケリ。此レヲ聞ク人、皆、「必ズ極楽ニ往生セル

人也」ト知テ貴ビケリ。彼ノ教信妻子ヲ具シタリト云ヘドモ、

年来念仏ヲ唱ヘテ往生ズル也。

然レバ、往生ハ偏ニ念仏ノ力也、トナム語リ伝ヘタルトヤ。

기타 산北山의 에토리餌取 법사法師가
왕생한 이야기

후다라쿠지연기담補陀落寺緣起譚이라고도 불러야 하는 이야기로, 엔쇼延昌 승정이 젊었을 때 우연히 오하라 산大原山 깊은 산속에서 염불삼매를 닦는 처를 거느린 에토리餌取 법사法師와 결연結緣을 맺고, 그의 부탁을 받아들여 에토리 법사 왕생의 연고지에 후다라쿠지를 건립했다는 이야기. 에토리 법사가 엔쇼에게 왕생할 때 예고해 줄 것을 약속하고, 후일 꿈속에서 그 통고를 받은 엔쇼가 제자를 현지에 파견해 법사 처의 말에 의해 법사의 왕생을 확인하는 점 등, 앞 이야기의 사미沙彌 교신敎信의 왕생과 공통되는 모티브를 갖고 있다. 같은 유형의 이야기인 뒷이야기 제28화와 같은 내용도 존재해서 곧바로 사실담으로 인정하기는 어렵지만, 정토교의 성행과 더불어 파계破戒나 비천卑賤한 신분이지만 염불 이행易行으로 오로지 왕생만을 희구한 재가승의 출현과 그 생태를 엿보기에 충분한 설화이다.

이제는 옛이야기이지만, 히에이 산比叡山 서탑西塔[1]에 살았던 엔쇼延昌[2] 승정僧正이라고 하는 사람이, 아직 젊은 승려로서 수행 중이었을 때의 일이다. 교토의 기타 산北山의 깊은 산속에서 단지 홀로 수행을 쌓고 있었는데, 어느 날 오하라 산大原山[3] 서북방향에 해당되는 깊은 산속에 들어가 길을 헤매

---

1 → 사찰명.
2 → 인명.
3 교토 시京都市 북동부 사쿄 구左京區에 속한 산지. 헤이안시대 이후 정토신앙의 염불 수행자가 많이 거처한 곳으로, 중세 불교문학자 가모노 조메이鴨長明 등도 이곳에 잠시 살았음.

게 되었다. '어디 사람이 사는 마을은 없을까?'라고 생각하면서 헤맸지만 마을을 찾을 수 없었다. 그런데 다행히 서쪽 계곡 방향에 희미하게 연기가 피어오르는 것이 보였다. '사람이 있는 거겠지.' 하며 기쁜 마음에 서둘러 걸어 가까이 가보니 한 채[4]의 작은 집이 있었다. 가서 부르자 한 여인이 나왔다. 승려를 보고 "누구십니까?"라고 묻기에 "산에서 길을 잃은 수행승입니다. 오늘 하룻밤 숙박을 청하오."라고 대답하자 여인은 승려를 집안으로 들였다.

승려가 들어가 보니, 집안에는 베어 온 땔나무가 쌓여 깔려 있었다. 승려는 그 위에 앉았다. 조금 시간이 지나자 밖에서 누군가가 들어왔다. 나이든 법사法師로 무엇인가 짊어지고 온 것을 문 입구에 내려놓고 안쪽으로 들어갔다. 그러자 조금 전의 그 여인이 나와서 묶은 짐을 풀고 그것을 작은 칼로 잘게 썰어서는 삶았다. 냄새가 지독하여 이루 말할 수가 없었다. 그렇게 삶은 후 꺼내서 잘라 둘이서 먹기 시작했다. 잠시 뒤 다 먹은 후 그곳에 있는 작은 냄비에 물을 퍼 담아 그 밑에 큰 나무를 세 개 정도 모아 불을 지폈다. 이 여인은 법사의 마누라였던지라 그 후 부부는 함께 잠자리에 들었다.

'그러고 보니 분명 소나 말고기를 가지고 와 먹은 게로군. 어이없게도 에토리餌取[5] 집에 오고 만 것이야!'
라고 생각하니 왠지 무서워서 어딘가에 기대고 밤을 새우고자 생각하던 중, 어느새 후야後夜[6]가 되자 법사가 일어나는 소리가 났다. 그리고 미리 끓여둔 물을 머리부터 뒤집어쓰고 몸을 청결히 한 후 따로 놓아둔 옷을 꺼내 입고 집을 나갔다. 승려는 수상히 여겨 살그머니 나가 법사의 뒤를 밟아 보니 집

---

4 『타문집打聞集』에는 "두세 채 있었다."로 되어 있음.
5 소나 말을 잡아서 매나 닭의 먹이로 한다는 뜻. 소나 말을 잡아 고기를 파는 사람을 말함.
6 → 불교.

뒤편에 작은 암자⁷가 있었고 그 안으로 법사가 들어갔다. 선 채로 몰래 상황을 살펴보았는데, 법사는 부시로 불을 일으켜 불전佛前에 등불을 올리고 향로에도 불을 붙였다. 놀랍게도 부처님 전에 앉아 아미타 염불을 외며 수행을 하고 있는 게 아닌가! 승려는 그 염불소리를 듣고 있노라니, 처음에는 이런 어이없는 사내도 다 있구나 싶었는데, 이런 수행을 하고 있다니! 하고, 더할 나위 없이 감동을 받아 존경스러운 마음이 들었다.

밤이 완전히 샐 무렵 사내는 수행이 끝나 암자에서 나왔다. 승려는 곁에 다가가 말했다,

"당신은 하잘것없는 천한 사람이라고 생각했는데, 이처럼 고귀한 수행을 하시다니 어찌된 일입니까?"

그러자 에토리 법사가

"저는 보잘것없는 하찮은 인간입니다. 여기에 있는 여인은 오랜 세월 함께 살아온 제 마누라입니다. 저는 달리 먹을거리가 없어 에토리가 잡다 남긴 소나 말고기를 가져와 그것을 먹으면서 연명하고 있습니다. 하지만 염불을 외는 일 이외에는 어떤 수행도 하지 않고 긴 세월 살아왔습니다. 제가 죽을 때는 꼭 알려드리겠습니다. 또한 제가 죽은 후는 이 장소에 절을 세워 주십시오. 이 집은 오늘 당신께 물려 드리겠습니다."

라고 이렇게 약속을 했다. 그 후 이 수행승은 그 집을 떠나 여기저기 수행을 거듭한 후 얼마 후 히에이 산 서탑의 승방으로 되돌아왔다.

그 후 세월이 흘러 당시 수행승도 훌륭한 승려가 되어 그 에토리 법사와 약속한 것은 까맣게 잊어버리고 서탑 승방에 살고 있었다. 그러던 어느 해 3월 말 꿈속에서, 서쪽 하늘에서 이루 말할 수 없는 아름다운 음악소리가

---

7 이하의 내용에 비추어볼 때 아마도 지불당持佛堂일 것임. 제28화에서는 이런 작은 암자를 지불당이라 하며, 「타문집」에는 "지당持堂"으로 되어 있음.

들려왔고, 점점 승방 앞으로 가까이 와 누군가 문을 두드렸다. "누구십니까? 승방 문을 두드리시는 분은?" 하고 묻자,

"몇 해 전에 기타 산에서 약속한 걸인[8]입니다. 저는 지금 극락의 마중을 받아 이 사바세계[9]를 떠나 그곳으로 가게 되었습니다. 이전 약속한 것이기도 하고 해서 그것을 알려드리고자 일부러 찾아뵙고 말씀드리는 것입니다."

라고 대답하는 소리가 들리자마자 아득히 서쪽을 향해 음악소리는 점점 멀어져 갔다. '나가서 만나야지.' 생각하여 서둘러 급히 일어나는 순간 꿈이 깼다.

승려는 놀랍고 기이한 생각에, 날이 새자마자 제자승을 불러 기타 산의 그 장소를 알려 주며 알아보고 오도록 보냈다. 제자가 그곳에 가보니, 부인 혼자 집안에서 울고 있었다. "제 남편은 어젯밤 한밤중에 거룩하게 염불을 외며 돌아가셨습니다." 제자는 이것을 듣고 되돌아와 그 상황을 스승께 말씀드렸다. 이를 들은 스승은 눈물을 흘리며 더없이 존귀하게 여기셨다. 그후 이 엔쇼 승정은 무라카미村上[10] 천황에게 이 일을 고하고 그 장소에 절을 세워 후다라쿠지補陀落寺[11]라고 이름 지었다.

그러므로 이 이야기를 듣는 사람은 모두 '음식 여하는 왕생에 방해가 되지 않는다. 오직 염불에 의해 극락에 가는 것이다.'라는 것을 알게 되었다. 엔쇼 승정도 또한 그 후 염불을 외고 선근善根을 쌓아 극락왕생[12]하셨다고 이렇게 이야기로 전하여 내려오고 있다 한다.

8　여기서는 에토리 법사가 거지처럼 자신을 낮추어 말한 것임.
9　인간세계. 사바세계.
10　→ 인명.
11　→ 사찰명.
12　엔쇼 승정의 극락왕생에 대해서는 『법화험기法華驗記』(상上·6)에 상세한 전기가 있음.

北山餌取法師往生語第二十七

今昔、比叡ノ山ノ西塔ニ延昌僧正ト云ケル人ノ、未ダ下﨟ニテ修行ジケル時ニ、京ノ北山ノ奥ニ独リ行ケルニ、大原山ノ戌亥ノ方ニ当テ深キ山ヲ通ケルニ、「人里ヤ有ル」ト思テ行クニ、人里モ不見エズ。而ルニ、西ノ谷ノ方ニ髴ニ煙ヲ見付タリ。「人ノ有ル所ナメリ」トテ喜ビ思テ、念テ歩ビ行ク。近ク寄テ見レバ、一ツ小サキ家有リ。寄テ人ヲ呼ベバ、一人ノ女出来タリ。僧ヲ見テ、「此ハ何人ゾ」ト問ヘバ、答ヘテ云、「修行者ノ山ニ迷ヒタル也。今夜許宿シ給ヘ」ト。

人家ノ内ニ入レツ。

僧入テ見レバ、柴ヲ苅テ積置タリ。見レバ、年老タル法師ノ物ヲ許有テ、外ヨリ人入リ来ル。暫ク行ヘバ、極テ哀レニ貴ク思ヒ成ヌ。夜明ケ離ル時ニ、行ヒ畢テ奄ヲ出ヅルニ、僧値テ云ク、「賎人ト思ヒ奉ツルニ、此ク行ヒ給フハ何ナル事ゾ」ト。餌

結タル物ヲ解キ、刀ヲ以テ小サク切ツ。鍋ニ入レテ煮ル。其ノ香甚キ事無限シ。吉ク煮テ後、取リ上テ切ツ、此法師ト女ト二人シテ食フ。其後、小サキ鍋ニ有ルニ水ヲ汲入レテ、下ニ大キナル木ヲ三筋許差合セテ火ヲ燃ヤシ立テ、此ノ女ハ食フ也ケリ。奇異ク、餌取ノ家ニモ来ニケルカナ」ト怖ロシク思テ、寄リ臥テ夜ヲ明サムト思フニ、後夜ニ成ル程ニ、聞ケバ、此法師起ヌ。涌シ儲タル湯ヲ頭ニ汲ミ懸テ沐浴シ、其ノ後ニ別ニ置タル衣ヲ取テ着テ、家ヲ出ヌ。怪ク思テ、僧窃ニ出テ、法師ノ行ク所ヲ見レバ、後ノ方ニ小サキ奄有リ、其レニ入ヌ。僧窃ニ立聞ケバ、此法師火ヲ打テ、前ニ灯シ付テ、香ニ火ヲ置ツ。早ウ、仏ノ御前ニ居テ、弥陀ノ念仏ヲ唱テ行也ケリ。僧此レヲ聞クニ、此ル奇異キ者ト思ツルニ、此夜明ケ離レヌ。

乞食聖（餓鬼草紙）

取ノ法師答テ云、「己ハ奇異ク弊キ身ニ侍リ。此侍ル女ハ己ガ年来ノ妻也。亦、可食キ物ノ無ケレバ、餌取ノ取残シタル馬牛ノ肉ヲ取リ持来テ、其レヲ噉テ命ヲ養テ過ギ侍ル也。而ルニ、念仏ヲ唱フルヨリ外ニ勤ムル事無シテナム来ニ成ヌル。死ナム時ハ必ズ告ゲ奉ラム。亦、己レ死ナム後ニハ、此ノ所ヲバ寺ヲ起給ヘ。今日譲リ奉リツ」ト契ヲ成シテ、修行者其所ヲ出テ所々修行ジテ、山ノ西塔ノ房ニ返ヌ。

其ノ後、年月積テ、修行者モ止事無ク成テ有ル間ニ、此餌取ガ契シ事皆忘レテ、西塔ノ房ニ有ニ、三月ノ晦方ニ夢ニ、西ノ方ヨリ微妙音楽ノ音空ニ聞ユ。漸ク房前ニ近付テ、房ノ戸叩ク。「誰ソ、此ノ房戸叩クハ」ト問ヘバ、答テ云ヘ、「先年ニ、北山ニシテ契リ申シ、乞匃ノ侍。今此ノ界ヲ去テ、極楽ノ迎ヘヲ得テ参侍ル也。其ノ由ヲ告ゲ申サムガ為ニ、契リ

申シ、事ナレバ、態ト参テ申ス也」ト云テ、遥ニ西ヲ指テ楽音去ヌ。「出テ値ハム」ト思テ、忩ギ起ク、ト思フ程ニ、夢覚ヌ。

驚キ怪デ、夜明ケテ後ノ弟子ノ僧ヲ呼テ、彼ノ北山ヲ教ヘテ遣テ令見ム。僧彼ノ所ニ行テ見ニ、妻一人泣々居タリ。妻ノ云ク、「我ガ夫ハ今夜ノ夜半ニ、貴ク念仏ヲ唱ヘテ失ヌ」ト。弟子此ヲ聞テ、返リ其ノ由ヲ師ニ申ス。師此ヲ聞テ、涙ヲ流シテ貴ブ事無限。其ノ後、延昌僧正村上ノ天皇ニ此ノ由ヲ申テ、其所ニ寺ヲ起タリ。補陀落寺ト名付ク。

然レバ、此ヲ聞ク人、「食ニ依テハ往生ノ妨ト不成ズ。只念仏ニ依テ極楽ニハ参ル也ケリ」ト皆知ケリ。延昌僧正モ亦、其ノ後念仏ヲ唱ヘ、善根ヲ修シテ極楽往生シケリ、トナム語リ伝ヘタルトヤ。

진제이鎭西의 에토리餌取 법사法師가
왕생한 이야기

수행승 아무개가 수행차 규슈九州를 순례하던 중에 우연히 에토리餌鳥 법사法師인 조존淨尊의 초암에 묵게 되었고, 그곳에서 조존의 염불삼매의 모습에 감복하여 조존의 왕생 시 결연을 맺기로 약속을 했다. 그리고 승려가 약속한 기일에 그곳에 가보니 예고한 대로 조존이 비구니인 처와 함께 합장한 채 극락왕생을 이루었다는 이야기. 장소와 등장인물의 차이는 있지만, 내용과 구조면에서 앞 이야기와 아주 닮은 에토리 법사의 염불 왕생담으로, 문장과 표현 면에서도 유사한 부분이 많다.

이제는 옛이야기이지만, 불도佛道를 수행하며 전국을 돌아다니는 승려가 있었다. 일본 육십여 지방六十餘國 어디 한 곳도 가보지 않은 곳이 없고, 여기저기 돌아다니며 전국 방방곡곡의 영지靈地를 배례拜禮하다가 이윽고 진제이鎭西[1]에 다다랐다. 그곳의 여러 지방을 돌아다니던 중, □□[2]에서 갑자기 길을 헤매 사람 하나 보이지 않는 장소로 오고 말았다. '어떻게든 마을로 나가야 할 텐데.' 하며 승려는 비탄悲嘆에 잠겼는데 며칠이 지나도 그곳에서 전혀 빠져나올 수가 없었다.

그러던 중 우연히 산중에 한 채의 초암이 있는 것을 발견했다. 기뻐하며

---

1 대재부大宰府를 진제이후鎭西府라고 부른 것에서 규슈九州의 고칭古稱.
2 지명 명기를 위한 의도적 결자.

가까이 가서 "여기서 오늘밤 좀 묵게 해 주십시오."라고 말했다. 그러자 암자에서 한 여인이 나와 "이곳은 사람을 묵게 할 수 있는 곳이 못 됩니다."라고 말했다. 다시 승려가

"저는 수행하며 돌아다니던 중 산길을 헤맨 나머지 지금 너무 지쳐 한 걸음도 더 걸을 수가 없습니다. 다행히 가까스로 여기까지는 왔습니다만. 비록 무슨 일이 있더라도 묵게 해 주십시오."

라고 말했다. 그러자 여인은 "그렇다면 오늘밤만 묵으십시오."라고 말했다. 승려는 기뻐하며 암자 안으로 들어갔다. 여인은 새 방석과 기적을 깔아 승려를 앉히고 또한 청정한 음식을 만들어 승려에게 먹게 했다. 승려는 그것을 깨끗이 다 비웠다. 그러던 중 밤이 되었는데, 한 사내가 무엇인가를 짊어지고 왔다. 암자에 들어와 짊어진 짐을 내려놓았다. 보니 법사法師였다. 머리카락은 서너 치† 정도 자라 있고,[3] 변변치 않은 승복을 걸치고 있었다. 무섭기도 하고 또 지저분하기도 하여 도저히 가까이 다가갈 수가 없었다. 이 법사가 승려를 쳐다보고는 여인에게 물었다. "여기에 계시는 분은 누구냐?" "길을 헤매어 찾아온 수행자입니다만, 오늘밤만이라고 하시어 여기 있는 것입니다."라고 여인이 말했다. 법사는 "이 오륙 년간 한 번도 이런 분이 오신 적이 없다. 전혀 예상치도 못한 일이야."라고 말하고 가져온 것을 먹기 시작했는데, 보니 그것은 소나 말 고기였다. '황당한 곳에 오고 말았군. 내가 에토리飼取[4] 집에 와 버렸어!'[5]하고 승려는 후회를 했지만 이미 밤이 되었고 달리 갈 만한 곳도 없어 어쩔 수 없이 그대로 있었는데, 고약한 냄새가 암자에 진동했다. 정말 불결하고 한심하기 짝이 없었다.

---

3   머리를 깎지 않은 재가승.
4   소나 말을 잡아서 매나 닭의 먹이로 한다는 뜻. 소나 말을 잡아 고기를 파는 사람을 말함.
5   유사한 표현은 본권 제27화에도 보임.

이렇게 잠도 자지 않고 상황을 살피고 있는데, 축시丑時[6]쯤이 되자 그 법사가 일어나 몸을 씻고 따로 놓아둔 옷을 입고 암자를 나와 뒤편으로 갔다. '도대체 무엇을 하려는 걸까?' 하고 승려는 살그머니 법사의 뒤를 밟아가 엿들어 보니, 놀랍게도 암자 뒤편에 한 칸의 지불당[7]이 만들어져 있고, 법사는 그 안에 들어가 부시로 불을 일으켜 불전佛前에 등불과 향을 올리고 우선 법화참법法華懺法[8]을 행하고 있었다. 그리고는 『법화경』 한 부를 독송하고 예배를 드린 후 마지막으로 아미타 염불을 외었다. 그 소리가 더할 나위 없이 고귀했다.

날이 밝아 법사가 지불당을 나왔다. 그곳에서 승려를 만나 이렇게 말했다.

"저 불제자 조존淨尊[9]은 어리석어 아무것도 모르는 놈입니다. 인간으로 태어나 비록 법사가 되었지만, 계율을 어기고 그렇다고 부끄러워하는 마음도 없으니 자칫 악도惡道[10]에 떨어질 수도 있겠지요. 현세에 영화를 누릴 만한 신분도 못되고, 그렇다고 불도에 전념하여 계율을 지키고, 신체·언어·마음의 삼업三業[11]을 바르게 지키려고 해도 저에게는 부처님의 가르침대로는 실행할 수가 없습니다. 범부凡夫인 이 몸은 의식衣食을 해결하기 위해 여러 가지 죄를 짓고, 시주施主[12]에게 도움을 구하려고 해도 그 은혜에 보답하기 어렵습니다. 그러니 모든 일은 전부 죄가 되지 않는 일이 없다 할 것입니다. 이래서 저 조존은 세상 사람들이 결코 원하지 않는 음식을 구하여 그것으로 목숨을 연명하고 불도 성취를 빌며 이렇게 살고 있습니다. 그 음식이

---

6   오전 2시.
7   → 불교.
8   → 불교.
9   미상.
10 → 불교.
11 → 불교.
12 → 단월檀越(불교), 단나檀那.

라는 것이 세상 사람들이 먹지 않는 소나 말고기입니다. 그런데 당신께서는 전세로부터 인연이 있어서 이곳에 오셨습니다. 그것이 너무 기뻐서 당신께만은 알려 드리고자 합니다. 조존은 앞으로 몇 년 지나 모년 모월 모일에, 이 사바세계를 떠나 극락에 왕생할 것입니다. 만일 당신께서 결연結緣을 맺으려고 하신다면 그때 이곳으로 와 주십시오."

이를 들은 승려는 '비천한 거지같은 사내라고 생각했었는데, 실로 존귀한 성인聖人이셨구나!'라고 생각하며 몇 번이나 굳게 약속을 하고 그곳을 떠나 미을로 내려갔다.

그 후 수년이 지나 약속한 때가 되었다. 그 법사의 말이 진실인지 거짓인지 확인하기 위해 승려는 그 장소로 갔다. 조존은 승려가 온 것을 보고 대단히 기뻐하며

"오늘밤 조존은 현세의 몸을 버리고 극락에 왕생합니다. 육식을 끊은 지 벌써 삼사 개월이 되었습니다."

라고 하며 머리를 깎고 목욕을 한 후 청정淸淨한 옷으로 갈아입었다. 한편 그 여인은 비구니가 되어 있었다. 이윽고 밤이 되어 승려는 이전처럼 암자에서 지켜보고 있었다. 조존은 비구니와 함께 지불당에 들어갔다. 귀를 기울여 들으니 밤새도록 둘이서 염불을 외고 있었다. 어느새 새벽녘이 되었을 무렵, 암자 안이 번쩍번쩍 빛이 났다. 승려는 그것을 보고 어찌 된 영문일까 하고 생각하고 있는데, 하늘에서 아름다운 음악소리가 들리고 점점 그것이 서쪽을 향해 사라졌다. 그 사이 암자 안에는 뭐라 형용할 수 없는 향기로운 내음으로 가득 찼다. 이윽고 날이 완전히 밝아 승려가 지불당에 들어가 보니, 놀랍게도 조존과 비구니 둘 다 합장하고 서쪽을 향해 단좌한 채로 죽어 있었다.

이를 본 승려는 한없이 눈물을 흘리며 예배를 드렸고, 그 암자에서 나오

지 않고 그대로 그곳에 머물러 살며 불도수행을 계속했다. 우연히 그 이야기를 전해들은 사람들이 모두 이곳에 와 결연을 맺고 돌아갔다. 그 후 이곳이 어떻게 되었는지는 알 수 없다.

'이것은 참으로 불가사의한 일이다.' 하여 그곳에 간 지방 사람들이 이야기한 것을 듣고 전하여 이렇게 이야기로 전하여 내려오고 있다 한다.

鎭西餌取法師往生語第二十八

今昔、仏ノ道ヲ修行ズル僧有ケリ。

無ク行テ、貴キ霊験ノ所々ヲ礼ケル間ニ、鎭西ニ行キ至ニケリ。国々ヲ廻リ行キケル程□ニシテ忽ニ山ノ中ニ迷テ、人無キ界ニ至ヌ。「人里ニ出ム事ヲ得ム」ト思ヒ歩クト云ドモ、日来ヲ経ニ、更ニ出事モ不得ズ。

而ル間、山ノ中ニ一草菴有ル所ヲ適ニ見付タリ。近ク寄テ、其ノ菴ニ「宿セム」ト云ニ、菴ノ内ヨリ一人ノ女出来テ云ク、「此ニ人ノ宿リ可給キ所ニモ非ズ」ト。僧ノ云ク、「己レ修行ズル間、山ニ迷ヒ、身疲レ力無シ。而ルニ、幸ニ此ニ来レリ。譬ヒ何ナル事有ト云トモ宿ベシ」ト。女云ク、「然バ、今夜許ハ宿リ給ヘ」ト。僧喜テ、菴ニ入リヌ。女浄キ筵薦ヲ取出テ敷テ僧ヲ居ヘ、亦、浄食物ヲ調テ僧ニ食スレバ、

皆食ツ。而かる間、夜ニ入ヌレバ、人物ヲ荷テ来レリ。菴ノ内ニ入テ荷タル物ヲ置ク。見レバ法師也。頭髪ハ三四寸許ニ生ヒテ、綴ヲ着タリ。怖ロシク穢クテ更ニ可近付クモ非ズ。僧ヲ見テ、女ニ問テ云ク、「此ハ誰人ノ御スルゾ」ト。女ノ云ク、「修行者ノ道ニ迷ヒ給ヘルガ、今夜許トテ御スル也」ト。法師ノ云ク、「此ノ五六年ノ間、更ニ此様ナル人見エ来リ不給ズ。糸思ヒ不懸ヌ事也」ト云テ、此ノ持来タル物共ヲ食ヲ見レバ、牛馬ノ肉也ケリ。僧此レヲ見ルニ、「奇異キ所ニモ来ニケルカナ。我ハ餌取ノ家ニ来ニケリ」ト思テ、夜ハ成ヌ、可行キ所無ケレバ、只居タルニ、臰キ香狭キ菴満タリ。穢ク侘キ事無限シ。

而ル間、不寝ズシテ聞ケバ、丑ノ時許ニ、此法師起テ湯ヲ浴ミ、別ニ置タル衣ヲ着テ、菴ヲ出テ、後ノ方ニ行ク。僧、「何事為ナラム」ト思テ、窃ニ行テ立聞バ、早ウ、菴ノ後ニ一間ナル持仏堂造置テ、其レニ入、火ヲ打テ、仏前ニ明シ香ヲ置、先ヅ法花ノ懺法ノ行ヒツ。次ニ法花経一部ヲ誦シテ、

礼拝シテ後ニハ弥陀ノ念仏ヲ唱フ。其音貴、事並無シ。

睦ヌレバ、持仏堂ヨリ出ヅルニ、此僧ニ値ヌ。語テ云ク、

「弟子浄尊ハ愚痴ニシテ悟ル所無シ。人ノ身ヲ受ケ法師ト成レリト云ドモ、戒ヲ破リ慙無クシテ、返テ悪道ニ堕ナムトス。

今生ニ栄花ヲ可楽身ニモ非ズ。只仏ノ道ヲ願テ、戒律ヲ持テ三業ヲ調ヘム事ハ、仏ノ教ヘニハ不叶ズ。分段ノ身ハ衣食ニ依ニ罪造ル。檀越ヲ憑マムト思ヘバ、其恩難報シ。然レバ、諸ノ事皆不罪障ズト云フ事無シ。此レニ依テ、浄尊世間ニ人ノ望ミ離タル食ヲ求テ、命ヲ継テ、仏道ヲ願フ。所謂ル、牛馬ノ肉村也。而ニ、宿世ノ縁有テ、此来リ給ヘリ。喜ビ午ラ告ゲ申ス也。浄尊今何ノ年ヲ経テ、某年某月某日此界フ棄テ極楽ニ往生ゼムトス。若シ結縁セムト思バ、其時ニ来給ヘ」ト。僧此事ヲ聞テ、「賤乞匃ノ様ナル者ト思ツルニ、実ニ貴キ聖人ナリ」ト思テ、返々ス契ヲ深ク成シテ、其所ヲ出テ、里ニ行ヌ。

其ノ後ニ、年来ヲ経テ契シ時ニ成ヌレバ、其虚実ヲ知ラ

ガ為ニ、彼ノ所ニ行ヌ。浄尊僧ノ来レルヲ見テ、喜ブ事無限シ。語テ云ク、「浄尊今夜此ノ身ヲ棄テ極楽ニ往生ジナムトス。既ニ肉食ヲ断、三四月ニ成ヌ」ト云テ、頭ヲ剃リ、沐浴シテ、浄キ衣着タリ。亦、有シ女ハ尼成ニケリ。而間、既ニ夜ニ入ヌ。此僧、前ノ如ク奄ニ有テ見ルニ、浄尊モ尼モ共ニ持仏堂ニ入ヌ。聞ケバ、終夜共ニ念仏ヲ唱フ。既ニ夜暁クル時ニ成テ、奄ノ内ニ光耀ク。僧此ヲ見テ、奇異マレト思ヒ思フ程ニ、空ニ微妙ノ音楽ノ音有リ。漸ク西ニ去ヌ。其ノ間、奄ノ内ニ艶シキ香満タリ。而ル間、夜暁ケ畢ヌレバ、其ノ僧持仏堂ノ内ニ入テ見レバ、浄尊モ尼モ共ニ、西ニ向テ端坐シテ死タリ。

僧此ヲ見テ、涙流シテ泣々ク礼拝シテ、其ノ所ヲ不去シテ、其所ニ奄ニ留リ住シテ仏法ヲ修行シケリ。若此

仏前の香炉・蠟燭（慕帰絵詞）

ノ事ヲ伝ヘ聞ク国ノ人ハ、皆此ノ所ニ来テ結縁シテゾ返シ。

其ノ後、其ノ所ノ様ヲ不知ズ。

「此レ、希有事也」トテ、其ノ所ニ行キタル国ノ人語リ伝フ

ルヲ聞キ継テ、語リ伝ヘタルトヤ。

가가 지방加賀國의 승려 진자쿠尋寂가 왕생한 이야기

제27화부터 시작하는 재가승在家僧 왕생을 다룬 일련의 동형同型의 이야기로, 히에이 산 승려인 쇼엔攝圓이 어느 날 가가 지방加賀國의 재가승인 진자쿠尋寂 집에 머물게 되고, 그의 의뢰를 받고 같이 삼칠일간의 법화참법法華懺法을 행하여 진자쿠의 염불왕생을 곁에서 지켜보았다고 하는 이야기.

이제는 옛이야기이지만, 히에이 산比叡山 □□□[1]에 쇼엔攝圓[2]이라는 승려가 있었다. 중요한 볼일이 있어 북륙도北陸道[3] 쪽으로 가고 있었는데, 가가 지방加賀國 □□[4] 군까지 와서 날이 저물어 어느 인가에 묵게 되었다. 그 집의 여자 주인은 특히 선심善心을 가진 자로 그날 묵은 쇼엔에게 진심으로 귀의하여 음식을 차려주기도 하고 이것저것 잘 돌봐 주었다. 이윽고 밤이 되자 이 집 주인이 밖에서 돌아왔다. 보니 승려였다. 그는 쇼엔이 와 있는 것을 보고 대단히 기뻐했다. 쇼엔은 이 집 주인 승려가 말하는 것을 들어보니, 이 승려는 비록 이렇게 처자식을 거느리고 있지만 대단히 도심이 깊은 자로 생각되었다.

1 　주거하는 탑 또는 주거하는 원院 명기를 위한 의도적 결자.
2 　미상.
3 　와카사若狹·에치젠越前·가가加賀·노토能都·엣추越中·에치고越後·사도佐渡의 일곱 지방으로 구성.
4 　군명 명기를 위한 의도적 결자. 가가 지방加賀國은 현재의 이시카와 현石川縣.

그런데 한밤중이 지날 무렵, 집주인 승려가 일어나는 듯 했다. 목욕을 하고 따로 놓아둔 청정한 옷을 꺼내 입고 지불당[5]에 들어갔다. 손가락으로 염주[6]를 돌리며 부처님께 예배드리고는 『법화경』을 독송했다. 한 부를 다 읊고 나서 죄[7]를 참회懺悔[8]하고 그 후 아미타 염불을 외며 회향回向[9]을 하고 지불당을 나왔다.

그러는 사이 날은 밝아 그 승려가 쇼엔에게 와서

"이 불제자 진자쿠尋寂[10]는 긴 세월 『법화경』을 독송하고 아미타 염불을 외어 불도 성취를 바라고는 있습니다만, 속세는 버리지 못하고 이렇게 처자식을 두고 있습니다. 그렇다고는 해도 목숨이 얼마 남지 않아 오로지 후세의 극락왕생만을 기대하고 있습니다. 그런데 저는 오늘 내일 정도에 목숨을 다합니다만, 다행히 당신께서 이곳에 오셨습니다. 조금만 더 이곳에 계셔서 저의 죽음을 지켜봐 주십시오."

라고 말했다. 쇼엔은 이 말을 듣고 승려가 한 말을 전부 그대로 믿기 어려웠지만, 그의 말대로 그 집에 머물게 되었다.

쇼엔과 진자쿠 두 사람은 그날부터 시작해 삼칠일[11]간 매일 육시六時[12]에 참법懺法[13]을 행했다. 그러자 진자쿠가 쇼엔에게 "오늘밤 저는 극락에 왕생할 것입니다."라고 말했다. 그리고는 목욕을 하고 옷을 입고 지불당에 들어가 『법화경』을 독송하고 염불을 외며 서쪽을 향해 단좌한 채 숨을 거두었

5   → 불교.
6   → 불교.
7   범한 죄를 참회하여 법화참법을 행한 것으로 추정됨.
8   → 불교.
9   → 불교. 공덕을 쌓아 남에게 돌리는 것.
10   미상.
11   이십일일.
12   → 불교. 하루를 여섯으로 나눈 염불 독경의 시간.
13   → 불교. 법화참법法華懺法.

다. 쇼엔은 그 모습을 지켜보고 눈물을 하염없이 흘리며 예배하고 감격해하며 존귀하게 여겼다. 그리고 그 마을 사람이 꿈을 꿨다.

"이 진자쿠 집 위 일대에 자운紫雲[14]이 길게 뻗쳐 있고 하늘에는 아름다운 음악소리가 들리며 진자쿠가 연화대에 앉아 하늘로 올라갔다."는 꿈이었고 그것을 눈물을 흘리며 이야기해 주었다.

그 후 쇼엔은 히에이 산에 돌아가 널리 사람들에게 이야기했는데,[15] 이것을 들은 사람들은 누구 하나 존귀하게 여기지 않는 자가 없었다.

이것을 생각하면, 정말 진자쿠는 아무런 병도 없이 자신의 임종을 미리 알고 그것을 쇼엔에게 알리고 같이 선근善根을 행하고 죽은 것이다. 하물며 또한 꿈의 통고까지 있었으니 진자쿠의 극락왕생은 의심의 여지가 없는 일이다.

이 이야기를 듣는 사람들은 모두 성심을 다해 극락왕생을 바라야 한다고 이렇게 이야기로 전하여 내려오고 있다 한다.

14 자주색의 상서로운 구름으로 성중내영聖衆來迎의 한 방증임.
15 「법화험기法華驗記」에는 강보康保 연간(964~8)의 일이라 함.

加賀国僧尋寂往生語第二十九

가가노구니의 승녀 진지쿠尋寂가 왕생한 이야기

今昔、比叡ノ山ノ□摂円ト云フ僧有ケリ。要事有テ、北陸道方ニ行ケルニ、加賀国□ノ郡ニ行キ至テ、日暮ニケレバ、人ノ家ニ借リ宿ヌ。其ノ家ノ主ノ女、殊ニ善心有ケレバ、此ノ宿レル摂円ヲ懃ニ帰依シテ、食物ヲ備ヘテ労ケリ。

而ル間、夜ニ入テ、家ノ主外ヨリ来レリ。摂円此レヲ見レバ僧也。摂円ガ宿レルヲ見テ、喜ブ事無限シ。摂円家主ノ僧ノ言ヲ聞クニ、此ク妻子ヲ具シテ世ヲ経ト云ヘドモ、事ニ触レテ物打云フ様殊ニ道心有ト思ユ。

夜中過程ニ聞ケバ、家主ノ僧起ヌ。湯ヲ浴テ、別ニ置タル浄キ衣ヲ取テ着ル。持仏堂ニ入ヌ。念珠押シ摵テ、仏ヲ礼拝シテ、法花経ヲ誦ス。一部ヲ誦シ畢テ、罪障ヲ懺悔シテ、次ニ弥陀ノ念仏ヲ唱ヘテ、廻向シテ持仏堂ヨリ出ヌ。

而ル間、夜暁ヌレバ摂円ガ居タル所ニ来テ、語テ云ハ、「弟子尋寂、年来法花経ヲ読誦シ、弥陀ノ念仏ヲ唱ヘテ、仏道ヲ願フト云ヘドモ、世難棄キニ依テ、此ク妻子ヲ具シタリ。然レドモ残ノ命幾ニ非ザルガ故ニ、偏ニ菩提ヲ期ス。而ニ、我ク今明、命終ナレド、幸ニ君此ニ来リ給ヘリ。此ニ暫ク坐シテ我ガ入滅ニ値給ヘ」ト。摂円此レヲ聞テ、僧ノ言ヲ難信シト言ヘドモ、随テ留ヌ。

其ノ日ヨリ始メテ、摂円家主ノ尋寂、共ニ三七日ノ間六時ニ懺法ヲ行フ。亦、尋寂摂円ニ語テ云ク、「我レ、今夜極楽ニ可往生シ」ト云テ、沐浴シテ、衣ヲ着テ持仏堂ニ入ヌ。手ニ香炉ヲ取テ法花経ヲ誦シ、念仏ヲ唱ヘテ西ニ向テ端坐シテ入滅シヌ。摂円此レヲ見テ、涙ヲ流シテ、泣々ク礼拝シテ悲

ビ貴ブ。其ノ里ノ人ノ夢ニ、「彼ノ尋寂ガ家ノ上ニ当テ紫雲
聳ク。空微妙ノ音楽ノ音有テ、尋寂蓮花ノ台ニ居テ、空ニ昇
テ去ヌ」ト見テナム、泣々ク告ケル。

其ノ後、摂円本山ニ返テ、普ク人ニ語ケレバ、此レヲ聞ツ
人皆不貴ズト云事無カリケリ。

此ヲ思フニ、実ニ尋寂身ニ病無クシテ、兼テ其ノ期ヲ知テ、
摂円ニ告テ、共ニ善根ヲ修シテ入滅ス。況ヤ、亦夢ノ告可
疑キニ非ズ。

此ヲ聞カム人、皆心ヲ発シテ、往生極楽ヲ可願シ、トナム
語リ伝ヘタルトヤ。

미노 지방美濃國의 승려 야쿠엔藥延이
왕생한 이야기

히에이 산比叡山 부도지無動寺의 성인聖人이 어느 날 미노 지방美濃國의 재가승在家僧
인 야쿠엔藥延의 집에 묵게 되고, 염불 수행하는 야쿠엔은 자신의 극락왕생을 성인에
게 예고하는데, 수년이 지나 약속한 대로 야쿠엔이 성인의 꿈에 나타나 극락왕생을 알
려 주었다는 이야기. 일련의 재가승 왕생담 중에서도 특히 제27화부터 이 이야기에 이
르는 총 4화는 동형同型의 설화로, 전통적인 법화法花 죄멸 신앙에 입각하여 염불만 하
면 극락왕생을 이룰 수 있다고 주장하는 정토교의 보급에 도움을 주려는 의도가 엿보
인다.

　이제는 옛이야기이지만, 히에이 산比叡山 무도지無動寺¹에 성인²이 있었다.
어릴 적 히에이 산에 올라 출가하여 스승을 따라 현밀顯密³의 가르침을 배웠
는데, 그 교의敎義를 모두를 잘 이해했다. 또한 도심이 깊고 자신의 후세後世
를 두려워하는 마음을 가지고 있었다.⁴
　성인이 어느 날 무슨 사정이 생겨 미노 지방美濃國⁵으로 내려가게 되었는

1　→ 사찰명.
2　미상.
3　→ 불교. 현교顯教와 밀교密教.
4　죽고 나서 지옥에 떨어지지 않기 위해 살아 있는 동안 선행을 쌓으려는 마음.
5　현재의 기후 현岐阜縣.

데, 도중 날이 저물어 길가에 있는 어느 인가에 묵게 되었다. 그 집 주인을 보니 모습은 법사인데 진짜 승려는 아니었다. 머리카락은 두 치 정도 자라 있었고,[6] 속인이 입는 스이칸水干 하카마袴[7]를 입고 있었다. 또한 평소 사냥과 물고기 잡이를 일상적으로 하여 물고기와 새를 음식으로 먹었다. 성인은 이를 보고 이 집에 묵은 것을 후회했지만, 한밤중에 나갈 수도 없는 노릇이었다. 어쩔 수가 없어 '오늘밤은 여기서 밤을 지새우자.'고 생각하고 그대로 있었는데, 한밤중이 좀 지날 무렵 이 주인 법사가 일어나 목욕하고 청정한 옷을 입고 집 뒷문으로 나갔다. '도대체 어디에 가는 걸까?' 하고 뒤를 밟아가 상황을 살피는데, 그곳에 작은 건물이 하나 있는데 지불당持佛堂[8]이었다. 법사는 그 안에 들어가 부시로 불을 일으켜 등불에 불을 밝히고 향로에 불을 넣고, 염주를 비비며 부처님께 예배하고 먼저 참법懺法[9]을 행하고 다음으로 『법화경』을 독송했다. 한 부를 다 읊고 나자 날이 밝았다. 그 후 아미타염불을 외었다. 승려는 그것을 듣고 정말 불가사의한 일이라고 생각하고 원래 장소로 되돌아갔다.

그 법사는 사시巳時[10]가 되어 지불당에서 나와 성인한테로 가서

"저 불제자 야쿠엔藥延[11]은 전세前世로부터 정해진 죄업罪業에 의해 살생만 일삼고 그런 일을 부끄러워하는 마음 또한 없다고는 하지만, 오로지 지성으로 아미타 염불을 외어 극락에 왕생하기를 바라고 있습니다. 그 공덕에 의해 저는 모년 모월 모일에 극락에 왕생할 것입니다. 성인께서는 저와 전세의 인연이 깊어 지금 이 집에 와서 묵고 계십니다. 그러니 그때 꼭 오셔서

---

6   머리를 깎지 않은 재가승이라는 한 증거임.
7   풀을 사용하지 않고 물에 적셔 널빤지에 펴 말린 천으로 만든 하카마(겉옷으로 입는 아래옷). 민간 평복.
8   → 불교.
9   → 불교.
10 오전 12시.
11 미상.

결연結緣¹²을 해 주십시오."

라고 말했다. 성인은 야쿠엔이 하는 말을 들었지만 아무래도 믿어지지 않았다.

『법화경』을 읊고 염불을 외는 것이 한없는 공덕이라고는 하나, 물고기를 잡고 새를 죽이는 자다. 이것은 매우 큰 죄로 이런 죄를 지으면서 어찌 그대로 극락왕생을 이룰 수 있단 말인가? 이것은 그냥 한번 해보는 소리일 것이야.'

라고 생각하고 성인은 무도지로 돌아갔다.

그 후 몇 년이 흘렀고 성인은 그 미노 지방의 야쿠엔과 약속한 일은 까맣게 잊고 있었다. 그런데 성인이 어느 날 꿈을 꿨다. 동쪽에서 자운紫雲이 길게 뻗쳐 성인의 승방에 가까이 다가오고 그때 하늘에는 음악소리가 들린다. 그리고 구름 속에서 다음과 같은 소리가 났다.

'사미 야쿠엔은 극락의 마중을 받아 극락에 왕생합니다. 일전에 약속한 것이므로 그때 맺은 인연을 잊지 않고 지금 이렇게 찾아와서 알려드리는 것입니다.'

라고 성인에게 알렸다. 꿈을 깬 후 성인은 하염없이 울고 눈물을 흘리며 예배드리고 감격해 하며 존귀하게 여겼다.

성인이 다른 사람들에게 이 이야기를 들려주자, 이것을 듣는 사람들도 모두 감격해 하며 존귀하게 여겼다. 이 일은 □□¹³ 승평承平¹⁴ 무렵의 일이었다.

그 후 다른 사람에게 들은 바에 의하며, 이 야쿠엔이 죽은 시각은 성인이 꿈에서 본 시각과 꼭 일치했다고 이렇게 이야기로 전하여 내려오고 있다 한다.

---

12 인연을 맺음.
13 파손에 의한 결자. '지난' 등으로 추정됨.
14 승평은 스자쿠朱雀 천황 치세로 931〜8년임.

美濃国僧薬延往生語第三十

今昔、比叡ノ山ニ無動寺ニ聖人有ケリ。幼ニシテ山ニ登テ出家シテ、師ニ随テ顕蜜ノ法ヲ学ブニ、皆其ノ道ニ達レリ。

亦、道心深クシテ、後世ヲ恐ル心有リ。

而ルニ、事ノ縁有ルニ依テ、美濃ノ国ニ下ル間、日暮レテ道ノ辺ニ有ル人ノ家ニ借宿ヌ。其ノ家ノ主ヲ見レバ、形法師也ト云ヘドモ、僧ニ非ズ。頭ノ髪ハ二寸許ニ生ジテ、俗ノ水干袴ヲ着タリ。亦、狩漁ヲ役トシテ、魚鳥ヲ食トセリ。聖

人此レヲ見テ、此ノ家ニ宿ケル事悔フト云ヘドモ、夜中ニ可出キ事ニ非ズ。「其ノ夜ヲ暁サム」ト思テ有ルニ、夜半過ル程ニ、此ノ家主ノ法師起テ、沐浴シテ浄キ衣ヲ着テ、後ノ方ノ戸ヨリ出ヌ。「何ヘ行クゾ」ト思テ、尻ニ立テ伺ヒ見レバ、小サキ屋有リ。持仏堂也ケリ。其ニ入ヌ。火ヲ打テ、御明ヲ灯シ香ニ付ケテ、念珠ヲ摺テ仏ヲ礼拝シテ、先ヅ懺法ヲ行フ。次ニ法花経ヲ誦ス。一部ヲ誦シ畢ルニ夜暁ヌ。其ノ後、弥陀念仏ヲ唱フ。聖人此レヲ聞クニ「奇異也」ト思テ、本ノ所ニ返ヌ。

巳時ニ至テ持仏堂ヲ出ヌ。聖人ノ所ニ至テ云ク、「弟子薬延罪業ニ依テ殺生ヲ宗トシテ、慇ノ心無シト云ヘドモ、偏ニ心ヲ至シテ法花経ヲ誦シ、弥陀ノ念仏ヲ唱テ、極楽ニ往生セム事ヲ願フ。此レニ依テ、某年某月某日、必ズ極楽ニ往生ゼムトス。聖人機縁深ク在マシテ、今此ノ家ニ来リ宿リ給フ。必ズ其ノ期ニ結縁シ給ヘ」ト。聖人薬延ガ言ヲ聞クト云ヘドモ、難信シ、「法花経ヲ誦シ、念仏ヲ唱フル、此レ無限キ功

徳也ト云ヘドモ、魚ヲ捕リ鳥ヲ殺ス、此レ極メテ重キ罪障也。

何ゾ如此ノ罪ヲ造乍ラ、忽ニ極楽ニ往生ズル事有ラムヤ。

「此レ只云フ事ゾ」ト思テ、無動寺ニ返ヌ。

其ノ後年来ヲ経テ、聖人彼ノ美濃ノ国ニシテ薬延ガ契シ事
共皆忘レニケリ。而ル間、聖人ノ夢ニ、東ノ方ヨリ紫雲
聳テ聖人ノ房ニ近付キ、音楽ノ音空ニ有リ。雲ノ中ニ音有テ、
聖人ニ告テ云ク、「沙弥薬延今日極楽ノ迎ヘヲ得、往生ズル
也。先年ニ契リ申シ事ナレバ、結縁不忘ズシテ、今来テ告ゲ
申ス也」ト。驚キ覚テ後、聖人涙ヲ流シテ、泣々ク礼拝シテ
悲ビ貴ビケリ。

聖人ノ語ルヲ聞ク人、皆悲ビ不貴ズト云フ事無カリケリ。

此ノ事□○承平ノ比ノ事也ケリ。

其ノ後伝ヘ聞クニ、彼ノ薬延ガ死タル時違事無シ、トナ
ム語リ伝ヘタルトヤ。

히에이 산比叡山 입도入道 신카쿠眞覺가
왕생한 이야기

히에이 산比叡山에서 진언眞言 행법行法만을 닦은 신카쿠眞覺 입도入道가, 임종 때 영조靈鳥로부터 서방으로 가자고 권유받고 극락정토의 장엄을 관상觀想했다는 이야기이다. 그가 임종하는 날 밤 세 사람이 동일하게 신카쿠가 용두선龍頭船을 타고 극락의 마중을 받는 꿈을 꾸었다고 한다. 이 이야기부터 제35화까지는 발심하여 출가한 속세 남자의 왕생담이 연이어 기록되어 있다.

이제는 옛이야기이지만, 입도入道 신카쿠眞覺[1]는 권중납언權中納言[2]인 후지와라노 아쓰타다藤原敦忠[3] 경의 4남이었다. 애초 출가 전에는 우병위좌右兵衛佐□□□[4]라고 했다.

그런데 강보康保 4년 □□[5]경, 갑자기 도심道心을 일으켜 히에이 산比叡山에 올라 □□[6]라는 사람을 스승으로 삼아 진언밀법[7]을 배웠다. 금강계・

---

1 → 인명. '입도入道' → 불교.
2 율령제하에서 태정관의 차관, 종從 3위의 벼슬임.
3 → 인명.
4 속명俗名 명기를 위한 의도적 결자. 주1로 보아 '후지와라노 사리藤原佐理'가 해당됨. '우병위좌右兵衛佐'는 종오위從五位의 벼슬임.
5 출가한 시일 명기를 위한 의도적 결자. 『하루살이 일기蜻蛉日記』 강보康保 4년(967) 7월 기록에는, 병위좌兵衛佐가 아직 나이도 어린데 부모와 처를 버리고 산에 올라 법사가 되었다는 내용과 더불어 얼마 안 있어 처도 비구니가 된 연유가 기록되어 있음.
6 사승師僧의 명기를 위한 의도적 결자.
7 → 불교.

태장계의 양 만다라와 아미타 수행법[8]을 마음에 새겨, 매일 새벽·한낮·저녁의 삼시三時[9]에 그 수행법을 닦아 일생동안 멈추는 일이 없었다. 또한 이 입도는 원래부터 정직하여 사악한 마음이나 방자한 행위를 하지 않았다. 게다가 강한 도심을 가져 더할 나위 없이 자비심이 깊고 참고 인내하는 마음[10]이 강했다.

이렇게 지내는 사이 세월이 흘러 어느덧 임종 때가 다가왔고 입도는 가벼운 병에 걸렸지만 고통은 거의 느끼지 않았다. 마침내 입도는 동료 승려에게 알렸다.

"이곳에 새하얀 꼬리를 가진 새가 날아와서 '자, 가요. 자, 가요.'라고 지저귀며 말하고 그대로 서쪽을 향해 날아갔다네."

그리고 또, "눈을 감으면 눈앞에 아름답게 장식된 극락의 모습이 어렴풋이 나타나 보이네!"라고 말하고 마침내 입멸入滅[11]하는 날 입도가 서원을 세워 말하길, "저는 12년간 수행을 쌓았지만, 그 선근善根을 오늘 전부 극락왕생으로 돌립니다."라고 말하고 그대로 숨을 거두었다. 그날 밤 세 사람이 꿈에서 많은 고귀한 승려들이 용두선龍頭船[12]을 타고 가까이 와서 신카쿠 입도를 태워 맞이해 가는 꿈을 꾸고는 그것을 사람들에게 알렸다.

이것을 생각하면, 세 사람이 모두 조금도 다르지 않고 똑 같은 꿈을 꾼 이상 입도는 틀림없이 극락왕생을 이룬 사람이라는 것을 알 수 있다. 이 이야기를 들은 사람들은 모두 눈물을 흘리며 감격하고 존귀하게 여겼다고 이렇게 이야기로 전하여 내려오고 있다 한다.

---

8 아미타阿彌陀의 법法(→ 불교).
9 → 불교.
10 인욕忍辱(→ 불교).
11 → 불교.
12 익수선鷁首船과 한 쌍을 이룸. 뱃머리에 용머리를 조각하거나 그려서 장식한 배. 중고 때 귀족의 유연遊宴이나 악인樂人의 탈것으로도 사용했음.

比叡山入道真覚往生語第三十一

今昔、入道真覚ハ権中納言藤原ノ敦忠ノ卿ノ第四子也。

初ハ俗ニシテ右兵衛ノ佐□ト云ケリ。

而ルニ、康保四年ト云フ年□ノ比、俄ニ道心発ニケレ
バ、年□ニシテ出家シテ山ニ登テ□ト云フ人ヲ師トシテ、
真言ノ蜜法ヲ受ケ学ブ。両界及ビ阿弥陀ノ法ヲ持テ、毎日ニ
時ニ此ノ法ヲ行ヒテ、一生ノ間不断ザリケリ。入道本ヨリ心
直クシテ、邪見放逸ヲ離タリトヤ。況ヤ道心深ク発ニケレ
バ、慈悲忍辱ナル事並無シ。

而ル間、年月積テ、遂ニ入道命終ラムト為ル時ニ臨デ、

身ニ聊ノ病有ト云ヘドモ、苦シブ所少シ。而ル間、入道同
法ノ僧共ニ告テ云ク、「此ニ白キ鳥ノ尾長キ、来テ囀テ云ク、
『去来々々』ト。即チ西ニ向テ飛ビ去ヌ」ト。入道亦云ク、
「我レ目ヲ閉レバ、眼ノ前ニ弥ニ極楽ノ功徳荘厳ノ相ヲ現ズ」。
如此ク云テ、遂ニ入滅スル日、入道誓ヲ発シテ云ク、「我レ、
十二年ノ間、修スル所ノ善根、今日極楽ニ皆廻向ス」ト云テ、
即チ入滅シニケリ。其ノ夜三人ノ人、夢ニ、数ノ止事無キ僧
共竜頭ノ船ニ乗テ来テ、真覚入道ヲ此ノ船ニ乗セテ迎ヘテ去
ヌ、ト見テ、告ケリ。

此レヲ思フニ、三人ノ夢ノ違フ事無ク、只同ジ様ニ見タリ
ケルニ、必極楽ニ往生ゼル人也ト知ヌ。此レヲ聞ク人、皆
涙ヲ流シテ悲ビ貴ビケリ、トナム語リ伝ヘタルトヤ。

가와치 지방河內國 입도入道 진유尋祐가
왕생한 이야기

가와치 지방河內國 입도入道 진유尋祐가 마쓰노오지松尾寺에 살면서 밤낮으로 염불 수행에 전념한 결과, 50여 세에 염불왕생을 이루었는데, 그때 큰 광명이 번쩍번쩍 빛나 어두운 밤을 대낮처럼 밝히는 기이한 현상이 일어났다고 하는 이야기. 인생 중반에 발심 출가한 속인俗人의 극락왕생담이다.

이제는 옛이야기이지만, 가와치 지방河內國 가와치 군河內郡 □□□¹ 향鄕에 입도入道 진유尋祐²라는 자가 있었다. 애초 출가 전의 성性은 □□□□³라고 했는데, 깊은 도심이 일어나 출가한 후 처자식 곁을 떠나 이즈미 지방和泉國 마쓰노오松尾 산사山寺⁴에 살며 밤낮으로 자나 깨나 아미타 염불을 외며 항상 정인定印⁵ 수행법을 닦았다. 또한 원래 자비심이 깊은 사람이라 항상 사람들에게 무엇인가를 베풀려고 했다.

그런데 진유 입도가 50여 세가 되었을 무렵의 정월 초하루, 머리가 아프

---

1 향명鄕名의 명기를 위한 의도적 결자.
2 미상. 입도入道 → 불교.
3 출가전 성명 명기를 위한 의도적 결자.
4 → 사찰명.
5 → 불교. 밀교의 인법印法.

다고 하며 잠시 침상에 누웠다. 그러자 술시戌時⁶경에서 해시亥時⁷경에 걸쳐 큰 빛이 나타나 그 산중일대를 구석구석 비추었다. 달도 뜨지 않은 어두운 밤이었지만, 초목의 가지 잎 하나하나가 선명하게 보일 정도였다. 이를 본 자들은 모두 '불가사의한 일이구나.'라고 생각했지만, 어떤 연유인지는 몰랐다. 그때 진유 입도는 고귀한 최후를 마치며 입멸했다. 그 후 점차 빛은 사라져 갔다. 그 일대에 사는 귀천貴賤·남녀 모두는 이것을 듣고 이 절로 모여와 서로 거룩한 일이라 여겼다. 다음 날 아침 마을 사람들이 제각기 서로

"지난밤 갑자기 마쓰노오 산사에 큰 빛이 빛났다. 그것은 도대체 무슨 빛이야? 혹시 그 산사에 불이라도 난건 아닐까?"

라고 의심스러운 듯 서로 이야기했는데, 어떤 사람이 "아니, 그것은 진유 입도가 극락왕생한 징조였어!"라고 말했다. 마을사람들은 이 말을 들은 후 모두 존귀하게 여기며 감격해 했다.

이것을 생각하면, 원래 도심이 견고한 성인⁸이 아니라 단순한 속인일지라도 도심을 일으켜 출가 입도하여 진심으로 극락에 왕생하고자 바라면 이렇게 왕생하는 일이 많은 것이다. 그《러므로 이》⁹ 이야기를 듣는 사람은 모두 성심을 다해 염불을 외고 극락왕생하고자 바라야 한다고 이렇게 이야기로 전하여 내려오고 있다 한다.

6 　오후 8시.
7 　오후 10시.
8 　반승반속半僧反俗적인 사미승 등과는 달리, 어릴 적부터 불문에 들어가 도심 견고하게 소정의 수행을 쌓은 정규의 승려를 말함.
9 　파손에 의해 전사轉寫되는 과정에서 누락된 것으로 추정됨.

河内国入道尋祐往生語第三十二

今昔、河内ノ国ノ、河内ノ郡ノ□ノ郷ニ、入道尋祐ト云フ者有ケリ。初ハ俗ニシテ□トヲケリ。道心深ク発ニケレバ、出家シテ後、妻子ヲ離レテ、和泉ノ国、松尾ノ山寺ニ移リ住シテ、日夜寤寐ニ弥陀ノ念仏ヲ唱ヘ、常ニ印仏性ヲ修ス。亦、本ヨリ心ニ慈悲有テ、人ニ物ヲ施スル心尤モ広シ。

而ル間、尋祐入道年五十二余ル程ニ、正月の一日頭痛スト云テ、聊ニ悩ム。其ノ時ニ、戌時許ヨリ亥時許ニ至ルマデ、大ナル光出来テ、普ク其ノ山ノ内ヲ照ス。暗キ夜也ト云ヘドモ、現ハニ木ノ枝葉明カニ見エケリ。此レヲ見ル人、皆、「希有也」ト思テ、何ノ故也ト云フ事ヲ不知ズ。其後、此ノ光漸ク消ニケリ。其ノ辺ノ貴賤男女此ノ事ヲ聞テ、此ノ寺ニ集リ来テ、不貴ザルハ無シ。明ル朝ニ、里ノ人各互ニ問テ云ク、「夜前松尾ノ山寺ニ、俄ニ大ナル光有リキ。此ノ何ノ光ゾ。若シ彼ノ山寺ニ火事ノ出来ケルカ」ト疑ヒケル間ニ、人有テ、「尋祐入道ノ極楽ニ往生シケル瑞相也」ト云ヒケレバ、里ノ人此レヲ聞テ後ゾ皆貴ビ悲ビケル。

此レヲ思フニ、本ヨリ堅固ノ聖人ニ非ズシテ俗也ト云ヘドモ、心ヲ発シテ出家入道シテ慇ニ「極楽ニ往生ゼム」ト願ヘバ、如此ク往生ズル事多カリ。然レ□レヲ聞カム人心ヲ至シテ念仏ヲ唱ヘテ、「極楽ニ往生ゼム」ト可願シ、トナム語リ伝ヘタルトヤ。

미나모토노 이코源懇가 병환으로 출가하여 왕생한 이야기

미나모토노 이코源懇가 20여 세에 병을 얻어 출가한 후 염불에 힘써 극락왕생을 바랐는데, 임종 시 형인 안포安法 법사法師를 불러 성중내영聖衆來迎의 음악과 함께 공작새의 내유來遊를 알리고 극락왕생을 이룬 이야기.

이제는 옛이야기이지만, 미나모토노 이코源懇[1]라는 사람이 있었다. 내장료內匠寮[2] 장관인 가나우適[3]라는 사람의 일곱 번째 자식이었다. 어릴 때부터 불법을 가까이 하여 인과因果[4]의 도리를 알았고 특히 자비심이 깊었다. 또한 책을 많이 읽어 총명했다.

그런데, 이코의 나이 스물 정도가 되었을 쯤, 병에 걸려 이십 일 남짓 병상에 누워 있었는데, 갑자기 세상이 싫어져 머리를 깎고 출가해 버렸다. 그 후 오로지 자신의 후세後世를 걱정하여 아미타 염불을 외며 극락왕생을 바랐다.

그때 이코 형인 안포安法[5]라는 승려가 있어 하원원河原院[6]에 살고 있었다.

---

1 → 이 이야기 이외에는 미상.
2 중무성中務省 소속으로 공장工匠·기물器物의 관리를 담당.
3 → 인명. 내장료內匠寮의 장관으로 종 5위품 벼슬임.
4 → 불교.
5 → 인명. 참고로 안포법사와 이코 및 하원원에 관해서는 베르닐 프랭크 박사의 '미나모토노 도루源融와 하원원河原院' 『풍류風流와 귀귀鬼鬼』에 상세히 나와 있음.
6 → 지명.

이코 입도入道[7]가 그 안포를 불러

"지금 내게는 서쪽에서 아름다운 음악소리가 나는 것이 들리는데, 형님에게도 그것이 들립니까?"

라고 말했다. 안포는 "아니, 들리지 않네."라고 대답했다. 그러자 입도가

"또 여기 내 앞에 공작[8] 한 마리가 날아와 돌아다니며 놀고 있습니다. 이것도 보이지 않으십니까?"

라고 말했다. 안포는 "보이지 않네."라고 대답했다. 그러던 중 입도는 서쪽을 향해 단좌, 합장한 채 숨을 거두었다. 안포는 이 모습을 보고 눈물을 흘리며 감격해 하며 존귀하게 여겼다. 이를 들은 사람들 또한 모두 존귀한 일이라 생각했다.

이것을 생각하면, 입도는 임종에 즈음해 귀로 아름다운 음악소리를 듣고 공작새가 날아와 춤을 추며 노는 것을 보았던 것이다. 게다가 서쪽을 향해 단좌, 합장한 채로 죽었으니 극락에 왕생한 것은 틀림없는 일이라고 이렇게 이야기로 전하여 내려오고 있다 한다.

---

7 → 불교.
8 공작조孔雀鳥(→ 불교).

源憩依病出家往生語第三十三

今昔、源ノ憩ト云フ人有ケリ。内匠ノ頭適ト云ケル人ノ第七子也。幼クヨリ心仏法ノ方ニ趣テ、因果ヲ知、殊ニ慈悲有ケリ。亦、文書ヲ学ビ読テ、心ニ智リ有リ。

而ル間、憩年二十余ノ程ニシテ、身ニ病ヲ受テ、二十余日ノ間悩ミ煩ヒケルニ、遂ニ世ヲ厭フ心深クシテ、忽ニ髻ヲ切テ出家シテケリ。其ノ後、偏ニ後世ヲ恐レテ、弥陀ノ念仏ヲ唱ヘテ、極楽ニ往生ゼムト願フ。

而ル間、憩ガ兄ニ安法ト云フ僧有リ。川原ノ院ニ住セリ。憩入道、彼ノ安法ヲ呼テ語テ云ク、「我レ只今西方ニ微妙ノ音楽ノ音有ト聞ク。君此レヲ同ジク聞ヤ否ヤ」ト。安法答テ云ク、「不聞ズ」ト。入道云ク、「此ニ一ノ孔雀鳥来テ、我ガ前ニ翔テ舞ヒ遊ブ。亦、此レヲ見ヤ否ヤ」ト。安法、「不見ズ」ト答フ。而ル間、入道西ニ向テ端坐シテ、掌ヲ合セテ失ニケリ。安法此レヲ見テ、涙ヲ流テ泣キ悲デ貴ビケリ。此レヲ聞ク人、亦不貴ズト云フ事無シ。

此レヲ思フニ、命終ル時ニ臨デ、耳ニ微妙ノ音楽ノ音ヲ聞キ、目ニ孔雀鳥来テ舞ヒ遊ブヲ見。況ヤ、西ニ向テ端坐合掌シテ失ヌレバ、極楽ニ往生ズル事疑ヒ無シ、トナム語リ伝ヘタルヤ。

다카시나노 요시오미高階良臣가 병환으로 출가하여 왕생한 이야기

궁내경宮內卿 다카시나노 요시오미高階良臣가 병상에서 염불에 힘써 임종 3일 전에 출가·수계受戒하여 성중내영聖衆來迎을 맞은 이야기. 병환에 의해 출가하여 왕생을 이룬 점이 앞 이야기와 공통된다.

이제는 옛이야기이지만, 엔유圓融[1] 천황 치세에 궁내경宮內卿 다카시나노 요시오미高階良臣[2]라는 사람이 있었다. 재능이 뛰어나 한시문漢詩文에 능통했다. 젊어서 왕성할 때는 조정에 출사出仕하여 관위官位의 승진은 제 뜻대로 다 이루었다. 마침내 노경老境에 접어들어 불법을 깊이 신봉하고 현세의 명예나 욕망을 버리고 후세의 극락왕생을 마음에 두게 되어, 『법화경法華經』을 읊고 아미타 염불을 외었다.

그러던 중 천원天元 3년[3]이라는 해의 정월 무렵부터 병이 들어 병상에서 신음했는데, 이전보다도 더 열심히 경을 읊고 염불을 외는 일을 게을리하지 않았다. 하지만 병이 낫지 않고 어느덧 칠월이 되었다. 그런데 임종의 시기가 오늘인지 내일인지 하던 중에 병이 조금 나아졌기에, 온 집안의 처자식

---

1 → 인명.
2 → 인명.
3 엔유圓融 천황의 치세. 980년.

과 친족들이 이루 말할 수 없이 기뻐했다.

　그때 요시오미가 승려를 초청해 상투를 자르고 승려가 되어 수계受戒[4]하였다. 그리고 3일이 지나 병이 낫고 기력도 회복했기에 처자식과 친족들에게 할 말을 다 전하고 7월 5일에 숨을 거두었다. 그가 죽었을 때 갑자기 집 안은 이루 말할 수 없는 향기로 가득 찼고 하늘에는 아름다운 음악소리가 들렸다. 또한 때마침 혹서酷暑의 시기여서, 보통이라면 시체가 썩어 심한 악취가 날 터인데, 며칠이 지나도 썩지 않고 악취가 나는 일도 없었다.

　이것을 듣거나 본 사람들은 '불가사의한 일'이라고 서로 말하며 존귀하게 여겼다고 이렇게 이야기로 전하여 내려오고 있다 한다.

高階良臣依病出家往生語第三十四

今昔、円融院ノ天皇ノ御代ニ、宮内卿高階ノ良臣ト云フ人有ケリ。殊ニ身ニ才有テ、文ノ道ニ達レリ。若ク盛也ケル時ハ公ニ仕リテ、官爵思ヒノ如ク也ケリ。齢漸ク傾テ後ハ、深ク仏法ヲ信ジテ、現世ノ名聞利養ヲ棄テ、後世ノ往生極楽ノ事ヲ心ニ懸テ、昼夜寤寐ニ法花経ヲ誦シ、弥陀ノ念仏ヲ唱ヘケリ。

而ル間、天元三年ト云フ年ノ正月ノ比ヨリ、身ニ病ヲ受、悩ミ煩フ間、弥ヨ経ヲ誦シ念仏ヲ唱ヘテ怠ル事無シ。而ルニ、既ニ七月ニ成ヌルニ、明後日死ナムトテ、病喩ル事無クシテ、家ノ内ノ妻子眷属モ喜ビ合ヘル事無限シ。

而ル間、良臣僧ヲ請ジテ髻ヲ切テ、僧ト成テ戒ヲ受ケリ。

其後、三日ヲ経テ、病喩テ心地直シク成ヌレバ、妻子眷属ニ向テ、諸ノ事皆云ヒ置テ、五日ト云フニ失ニケリ。其ノ死ヌル時ニハ、家ノ内ニ俄ニ艶ズ馥バシ香満テ、空ノ中ニ微妙ノ音楽聞エケリ。亦、極熱ノ比ニテ、死人ノ身乱レテ甚ダ晃カルベキニ、日来ヲ経ト云ドモ、身不乱ズシテ晃キ気無カリケリ。

此レヲ聞キ見ル人、「奇異也」ト云ヒ合テ貴ケリ、トナム語リ伝ヘタルトヤ。

다카시나노 나리노부^{高階成順} 입도入道가 왕생한 이야기

지쿠젠筑前의 수령인 다카시나노 나리노부高階成順가 부모의 반대를 무릅쓰고 출가한 후, 주택을 불당으로 개조하여 『법화경法華經』 장강長講을 열고, 또한 아미타경 독송과 염불삼매의 근행 등 많은 공덕을 쌓은 지 8년여, 임종 시 정념正念으로 염불왕생을 이루었다는 이야기. 앞 이야기의 다카시나노 요시오미高階良臣의 왕생담에 이어서 이 이야기는 그 증손자에 해당하는 다카시나노 나리노부의 왕생담을 배치한 것이다.

이제는 옛이야기이지만, 이치조一條 천황[1] 치세에 지쿠젠筑前[2]의 수령인 다카시나노 나리노부高階成順[3]라는 사람이 있었다. 이요伊予의 전 수령이었던 아키노부明順의 자식이다. 젊은 나이에 장인藏人에 발탁되어 식부式部[4]를 맡았고 그 공로로 지쿠젠筑前의 수령이 된 사람이다. 이 사람은 원래 온화한 성격의 소유자로, 거짓이나 부정을 저지르는 일이 전혀 없었다. 또한 어릴 때부터 도심이 깊어 주야로 『법화경』을 독송하고 아미타 대주大呪[5]를 수지受持하여 진심으로 불교에 귀의하고 있었다. 그래서인지 부임지인 지쿠젠에

---

1 → 인명.
2 현 후쿠오카 현福岡縣 북서부.
3 → 인명.
4 국가의 주요의식과 인사를 담당.
5 → 불교. 아미타여래근본다라니.

내려가 그곳에 있는 동안에도 무슨 일이 있을 때마다 자비를 베풀고 사람들을 대단히 불쌍히 여겼다. 그래서 그 지방 사람들은 모두 기뻐하고 수령에게 감사해 하고 있었다.

그러던 중 임기도 끝나 도읍으로 되돌아왔는데, 그 후 신앙심이 더한층 깊어져 속세를 버리고 출가하고자 굳게 결심하고 부모[6]에게 말했다.

"저는 요즈음 속세를 버리고자 하는 마음이 점점 깊어져 출가하고자 하옵니다. 허락해 주시옵소서."

라고 말씀을 드려도 부모는 허락을 해주지 않았다. 그렇지만 나리노부의 출가에 대한 결심은 변함이 없어 열심히 부모에게 간청했다. 부모가 필사적으로 말렸지만, 나리노부는 세상일에는 전혀 관심이 없고 단지 후세의 극락왕생만을 바라고 있었다. 그리하여 마침내 상투를 자르고 승려가 되어 수계受戒[7]하고 조렌乘蓮이라 칭했다. 부모는 울며 슬퍼했지만 어쩔 도리가 없었다.

출가한 후 그는 더욱더 열심히 불도를 수행하여 하루도 게을리하는 일이 없었다. 그는 살고 있는 집을 불당으로 개조하여 불상과 법문을 안치하고, 천태종·법상종[8]의 고승들을 초청하여 그 법당에서 장기간에 걸쳐[9]『법화경』법좌를 열게 하고는 매 강좌마다 청문하여 그 공덕을 기렸다. 그는 매일 법강에 아미타 화상畵像 일구一軀와 『법화경』 한 부 그리고 『소아미타경小阿彌陀經』[10] 한 권을 공양했다. 또한 그날그날의 강좌가 끝나면 『법화경』 중의 존귀한 문구를 뽑아 적고는 목소리 좋은 스님들을 불러 소리를 맞춰 그

---

6   아버지 아키노부明順는 관홍寬弘 6년(1009)에 죽었으니, 나리노부가 에치젠에 부임한 만수萬壽 2년(1025)에는 이미 이 세상 사람이 아니었을 것으로 추정됨.

7   → 불교.

8   구체적으로는 천태종은 엔라쿠지延曆寺, 법상종은 고후쿠지興福寺를 가리킴. 남도북령南都北嶺의 덕망 높은 승려라는 뜻임.

9   장기에 걸쳐 행하는 『법화경』강. 법화 삼십강, 법화 백강 등.

10 정토삼부경 중 『무량수경無量壽經』을 『대경大經』 혹은 『대아미타경大阿彌陀經』이라 하는 것에 대해, 『아미타경』(→ 불교)의 칭호임.

문구를 고귀하게 읊게 하여 부처님을 찬탄[11]했다. 그리고 또 강좌 후에는 꼭 『아미타경』을 읽게 하고 불상주위를 돌며 염불삼매[12]를 행했다. 이와 같이 고귀하게 많은 선근을 쌓아 8년여 남짓 되었다. 그 사이 이 법좌에는 귀천을 불구하고 온 도읍의 승속僧俗·남녀가 구름처럼 몰려와 결연結緣[13]을 맺고자 청문했다.

어느덧 조렌 입도入道는 노경老境에 접어들었는데, 그 무렵 악창惡瘡[14]에 걸렸다. 수일이 지나 마침내 목숨이 다하려고 할 때, 마음이 흐트러지는 일 없이 입으로 아미타 염불을 외며 숨을 거두었다. 그 후 어떤 사람이 꿈에 '조렌 입도가 배를 타고 서쪽을 향해 갔다.'라는 꿈을 꿨다. 이것을 들은 사람들은 모두 눈물을 흘리며 감격해 하고 존귀하게 여겼다.

이것을 생각하면, 조렌 입도는 『법화경』을 읊고 염불을 외며 보리菩提[15]를 위해 많은 선근을 쌓아 거룩한 최후를 마친 것이다. 게다가 꿈의 계시까지 있었으니 극락왕생은 틀림없는 일이라고 이렇게 이야기로 전하여 내려오고 있다 한다.

---

11 → 불교.
12 → 불교.
13 → 불교.
14 종양 등의 피부질환 전반을 지칭하는 말임.
15 → 불교. 불과佛果, 성불成佛의 의미지만, 여기서는 보리의 인因이 되는 선근善根, 공덕의 의미임.

高階成順入道往生語第三十五

今昔、前ノ一条ノ院ノ御代ニ、筑前ノ守高階ノ成順ト云
人有ケリ。伊予前司明順ガ子也。若クシテ蔵人ニ任ジテ、式
部ノ労ニ依テ、筑前ノ守ニ成タル也。此人本ヨリ心柔ニシ
テ詔曲ヲ離レタリ。亦、若クヨリ道心深クシテ日夜ニ法花経
ヲ読誦シ、阿弥陀ノ大呪ヲ受ケ持チテ、専ニ仏法帰依シケリ。

而ル間、彼ノ任国ニ下向シテ国ニ有ケル間モ、事ニ触レテ慈
悲有テ、人ヲ哀ブ事無限シ。然レバ、国ノ人皆首ヲ傾ケテ喜
ビケリ。

而ル間、既ニ任畢ヌレバ、京ニ返リ上リヌ。其ノ後、道心
盛リニ発ニケレバ、世ヲ厭テ出家セムト思カリケレバ、父
母ニ向テ云、「已レ世ヲ厭フ心深クシテ、出家セムト思フ。
此ノ心ヲ許シ給ヒテムヤ否ヤ」ト。父母此レヲ聞クト云ヘド
モ、許ス心無シ。然レドモ、成順ノ出家ノ心尚不止ズシテ、
懃ニ父母ニ此ノ事ヲ乞請ク。父母強ニ此レヲ制止スト云ヘ
ドモ、成順偏ニ此ノ世ノ事ヲ不思ズシテ、只後世菩提ヲ願ヘ
遂ニ髻ヲ切テ僧ト成テ、戒ヲ受ケツ。名ヲ乗蓮ト云フ。父母
歎キ悲ムト云ヘドモ、甲斐無シ。

出家ノ後ハ、弥ヨ仏道ヲ修行ジテ怠ル事無シ。其ノ住ケル
屋ヲバ堂ト改メテ仏ヲ居ヘ奉リ、法文ヲ安置シテ、天台法相
ノ智者ノ僧ヲ請ジテ、其ノ堂ニシテ長日ニ法花経ヲ令講テ、
座毎ニ不欠ズ聴聞シテ、其ノ功徳ヲ貴ブ。其ノ講ニ、毎日ニ

[一四]阿弥陀ノ絵像一軀、法花経一部、小[一五]阿弥陀経一巻ヲ供養ズ。

[一六]講莚ノ後ニハ法花経ノ中ノ貴キ文ヲ書キ出シテ、音声吉キ僧ヲ呼ビ集メテ、音ヲ同クシテ此ノ文ヲ貴ク令誦メ、仏ヲ讃歎[一七]シ奉ケリ。亦、講莚ノ後ニハ、必ズ阿弥陀経ヲ令読メテ、[一八]行道シテ念仏三昧ヲ修シケリ。

[一九]如此ク貴ク善根ヲ様々ニ修シテ、八箇年ニ余ニケリ。其ノ間、此ノ講莚ニハ京中ノ貴賤ノ[二〇]道俗男女集リ来テ、結縁ノ為ニ聴聞スル事無限シ。

[二一]而ル間、乗蓮入道年漸ク半ニ過ル程ニ、身ニ悪瘡ノ病ヲ受ツ。日来ヲ経ル間ニ、遂ニ命終ラムト為ル時ニ臨デ、心不乱[二二]ズシテ、口ニ弥陀ノ念仏ヲ唱ヘテ失ニケリ。其ノ後、或ル人ノ夢ニ、乗蓮入道船ニ乗テ、西方ヲ指シテ行ヌ、ト見ケリ。[二三]亦、蓮花ヲ踏テ、雲ヲ陵テ空ニ昇ヌ、ト見ケリ。此レヲ聞ツ[二四]人、皆涙ヲ流シテ貴ビ悲ビケリ。[二五]

[二六]此レヲ思フニ、乗蓮入道、年来法花経ヲ誦シ、念仏ヲ唱ヘ、[二七]多ノ菩提ヲ修シテ、貴クシ失ヌルニ、亦夢ノ告有レバ、疑ジ[二八]無キ往生也、トナム語リ伝ヘタルトヤ。

고마쓰小松 천황天皇의 손녀 비구니가
왕생한 이야기

남편과 세 아들을 먼저 여윈 고마쓰小松 천황의 손녀 비구니가 요통腰痛 치료를 위해 육식을 멀리하고 염불수행에 힘쓴 공덕으로, 저절로 치유되고 오십여 세에 극락왕생을 이룬 이야기. 지금까지 광의廣義의 승들의 왕생담이 계속되다가, 이 이야기부터 제 41화까지는 비구니 왕생담이 배열되어 있다.

이제는 옛이야기이지만, 고마쓰小松[1] 천황天皇의 손녀에 해당하는 분에 한 비구니[2]가 있었다. 젊을 때 □□□□[3]라는 사람에게 시집가 세 명의 아이를 낳았지만, 그 아이들은 어릴 적에 잇따라 모두 죽고 말았다. 어머니는 몹시 슬퍼하며 사는 보람도 없이 세월을 보내고 있었는데, 그 뒤 얼마 되지 않아 또 남편이 죽고 말았기에 무상한 이 세상을 몹시 슬퍼하고 혐오하며, 과부생활을 끝내고 재혼할 생각은 전혀 하지 않았다. 오히려 시간이 지날수록 도심道心이 강하게 일어나 결국 출가하여 비구니가 되었다. 그 후 다른 생각 없이 오직 아미타 염불을 외는 데 몰두했다.

그런데 이 비구니는 평소 허리에 병이 있어 기거에 불편함이 있었다. 그

---

1 → 인명. 고코光孝 천황을 가리킴.
2 미상.
3 성명의 명기를 위한 의도적 결자.

래서 의사에게 진찰을 받았는데, 의사가

"이것은 몸이 마르고 피로해서 오는 병입니다. 빨리 육식[4]을 하시는 것이 좋겠어요. 그 이외에 치료방법은 없습니다."

라고 말했다. 비구니는 의사의 이런 진단을 받았지만 '육식으로 양생養生을 하여 병을 고치자.'라는 생각은 하지 않고 한층 더 열심히 염불을 외어 '극락에 왕생하자.'고만 바랄 뿐 다른 생각은 없었다. 그런데 그 후 어떤 치료도 하지 않았는데도 불구하고 허리 병이 저절로 나아 원래처럼 기거에 불편함이 없게 되었다. 또한 이 비구니는 천성이 온화하고 자비심이 깊어 사람들을 한없이 동정하였고 동물들을 사랑했다.

이윽고 비구니가 나이 50여 세가 되었을 무렵, 갑자기 몸에 작은 병이 생겨[5] 몸져누웠는데, 어느 날 공중에서 아름다운 음악소리가 들려왔다. 옆 마을 사람이 그 소리를 듣고 놀라 불가사의한 일이라 여기고 있었는데, 비구니는 곁에 있는 사람에게

"아미타 부처님이 지금 여기에 오셔서 저를 마중해 주시고 계십니다. 저는 지금 영원히 이 사바婆婆세계[6]를 떠나 극락에 왕생하려고 합니다."

라고 말하고 서쪽을 향해 숨을 거두었다. 이것을 본 사람들은 감격해 하며 존귀하게 여기지 않는 자가 없었다.

"이것은 정말 불가사의한 일이다."라고 이야기한 것을 듣고 전하여, 이렇게 이야기로 전하여 내려오고 있다 한다.

---

4 불교에서 육식은 살생계殺生戒에 저촉되지만, 병환 치료 등 경우에 따라서는 허용될 수도 있었음.
5 죄가 가벼우면 가벼운 병에 걸리고 죄가 무거우면 무거운 병에 걸린다는 사회 통념에 따른 것임.
6 인간세계.

小松天皇御孫尼往生語第三十六

今昔、小松ノ天皇ノ御孫ニテ尼有ケリ。若クシテ□

□ト云フ人ニ嫁テ、三人ノ子ヲ産セリ。其ノ子共、幼クシテ皆打次キ失ニケリ。母此レヲ歎キ悲ムト云ヘドモ、甲斐無クシテ過間ニ、其ノ後幾ノ程ヲ不経ズシテ、亦其ノ夫失ニケレバ、世ノ無常ナル事ヲ厭テ過ルニ、寛ニシテ人ニ近付ク事無カリケリ。而ル間、念念ニ道心発ニケレバ、遂ニ極出家シテ尼ト成ヌ。其ノ後、偏ニ弥陀ノ念仏ヲ唱ヘテ、更ニ余ノ思モ無シ。

而ル間、尼腰ニ病有テ、起居ニ不叶ズ。然レバ、医師ニ問フニ、医師ノ云ク、「此レ身ノ痩セ疲レタルニ依テ至ス所ノ病也。速ニ肉食ヲ可用シ。其ノ外ニ療治ニ不可叶ズ」ト。尼

医師ノ言ヲ聞クト言ヘドモ、「肉食ヲ用テ身ヲ助テ、病ヲ癒サム」ト思フ心無クシテ、肉食スル事不能ズシテ、弥ヨ念仏ヲ唱ヘテ、「極楽ニ往生ゼム」ト願フヨリ外ノ思ヒ無シ。而ルニ、不療治ズト云ヘドモ、腰ノ病自然ニ癒テ、起居本ノ如ク也。尼本ヨリ心柔燸ニシテ慈悲有リ。然レバ、人ヲ哀ビ生類ヲ悲ブ事無限シ。

而ル間、尼年五十余ニ成ル程ニ、忽ニ身ニ少シノ病有テ悩ミ煩フ間、空ノ中ニ微妙ノ音楽ノ音有リ。隣ノ里ノ人此レヲ聞テ驚キ怪ブ間、尼傍ニ有ル人ニ告テ云ク、「阿弥陀如来今来リ給テ、我レヲ迎ヘ給フ。我ガ只今永ク此ノ土ヲ去テ、極楽ニ往生ジナムトス」ト云テ、西ニ向テ失ニケリ。此レヲ見ル人、涙ヲ流シテ悲ビ貴ビケリ。此レヲ聞ク人、亦不貴ザル八無カリケリ。

「此レ奇異ノ事也」トテ語リ伝フルヲ聞キ継テ、此ク語リ伝ヘタルトヤ。

이케가미池上 간추寬忠 승도僧都의 여동생 비구니가 왕생한 이야기

앞 이야기에 계속 이어지는 비구니승의 왕생담으로, 간추寬忠 승도僧都의 여동생인 비구니가 승도의 부양扶養을 받으며 평생 처녀의 몸으로 염불에 힘쓰고 임종 시 사흘 동안 부단염불不斷念佛을 닦아 극락왕생을 이룬 이야기.

이제는 옛이야기이지만, 이케가미池上 간추寬忠[1] 승도僧都라는 사람이 있었다. 그 사람의 같은 어머니의 배에서 태어난 여동생으로 한 비구니가 있었다. 이 비구니는 온화한 성격의 소유자로 방탕한 행동을 하거나 사악한 마음을 가지는 일이 없었다. 또한 일생동안 독신생활을 해 결혼한 적이 없고[2] 현세를 꺼려 항상 후세만을 생각하고 있었는데, 어느 날 마침내 머리를 깎고 비구니가 되었다. 간추 승정은 이런 여동생 비구니가 가여워서 자신이 사는 절[3] 가까이에 그녀를 살게 하고 아침저녁 보살펴주고 있었다.

이리하여 비구니는 어느덧 노경老境에 이르렀는데, 오직 아미타 염불을

---

1 → 인명.
2 독신으로 일생동안 사음계邪淫戒를 범하지 않은 것을 말함.
3 간추는 처음에 다이안지大安寺나 도다이지東大寺에 살았고, 나중에 닌나지仁和寺 안에 있는 이케가미지池上 寺 등에 살았음(『승강보임僧鋼補任』, 『닌니지제원가기仁和寺諸院家記』, 『삼보원전법혈맥三寶院傳法血脈』, 『제문 적보諸門蹟譜』). 이 절이 그들 중 어디에 해당되는지는 분명치 않지만 닌나지 내의 말사인 이케가미지가 유력해 보임.

계속 외며 여념 없이 극락왕생만을 바랐다. 어느 날 비구니는 승도를 불러 "저는 모레 극락에 왕생합니다. 그래서 오늘부터 부단염불不斷念佛[4]을 행하고자 합니다."라고 말했다. 승도는 이 말을 듣고 기뻐하고 존귀하게 여기며 고승들을 불러 모아 삼일 낮밤으로 끊임없이 염불 삼매를 닦게 했다. 그때 비구니가 또 승도를 불러

"지금 서방西方에서 매우 아름다운 보석으로 장식된 가마가 날아와 내 눈 앞에 있습니다. 그러나 이곳은 더럽고 탁한 곳[5]이기에 불보살佛菩薩님들은 되돌아가셨습니다."

라고 말했다. 승도는 이 말을 듣고 눈물을 흘리며 한없이 울었다. 비구니도 또한 눈물을 흘리며 기뻐하며 존귀하게 여겼다. 그래서 승도는 울먹이면서 두 번에 걸쳐 풍송諷誦[6]을 행했다.

다음날 아침 비구니는 승도를 또 가까이 불러 "지금 보살성중菩薩聖衆이 이곳에 오셨습니다. 제가 왕생할 때가 된 것입니다."라고 알리고 휘장대에 살짝 숨어 앉아 염불을 외며 숨을 거두었다. 승도는 이것을 지켜보고 한없이 눈물을 흘리며 기뻐하고 존귀하게 여기며 한층 더 성심을 다해 비구니의 후세 왕생을 기원했다. 이것을 전해들은 사람들 또한 모두 존귀하게 여기지 않는 자가 없었다.

이것을 생각하면, 비구니가 극락의 마중을 보고 그것을 알려준 것은 아주 드문 존귀한 일이라고 이렇게 이야기로 전하여 내려오고 있다 한다.

---

4 → 불교.

5 내영來迎의 성중聖衆이 부정不淨을 꺼린다는 사고방식은 권6 제26화에도 보임.

6 여기서는 극락정토로 인도하기 위해 경문經文이나 게송偈頌 등을 소리 내어 읽는 것.

池上寛忠僧都妹尼往生語第三十七

今昔、池上ノ寛忠僧都ト云フ人有ケリ。其ノ人ノ同母ノ妹ニテ一ノ尼有ケリ。其ノ尼心柔軟ニシテ、永ク放逸邪見ヲ離レタリ。亦、一生ノ間寨ニシテ、男嫁グ事無カリケリ。常ニ世ヲ厭テ後世ノ事ヲ心ニ懸ク。遂ニ髪ヲ剃テ尼ト成ヌ。寛忠僧都此ノ妹ノ尼ヲ哀レムデ、其ノ住ム寺ノ辺ニ迎ヘ居ハテ、朝暮ニ此レヲ養育シケリ。

而ル間、尼漸ク老ニ臨ムデ、只弥陀ノ念仏ヲ唱ヘテ他念無ク、極楽ニ往生ゼムト願ヒケリ。而ルニ、尼僧都ヲ呼テ告テ云ク、「我レ明後日ニ極楽ニ往生ゼムトス。然レバ、今日コリ始メテ、不断ノ念仏ヲ修セムト思フ」ト。僧都此レヲ聞テ、喜ビテ貴ビテ、貴キ僧共ヲ請ジ集メテ、三箇日夜ノ間、不断ノ念仏三昧ヲ令修。其ノ時ニ、尼亦僧都ヲ呼テ、告テ云ク、

「只今西方ヨリ微妙ノ宝ヲ以テ荘レル輦飛ビ来テ、我ガ眼前ニ有リ。但シ、此濁穢ナルニ依テ、仏菩薩ハ返リ去リ給ヒヌ」ト。僧都此レヲ聞テ、涙ヲ流シテ泣ク事無限シ。尼モ亦泣々ク喜ビ貴ブ。

明ル日、亦尼僧都ヲ呼ビ寄セリ。告テ云ク、「今ノ菩薩聖衆此ニ来リ給ヘル。我レ往生ノ時至レル也」ト云テ、隠居テ、念仏唱ヘテ失ニケリ。僧都此レヲ見、涙ヲ流シテ泣々ク貴ビテ、弥ヨ尼ノ後世ヲ訪ヒケリ。亦、此レヲ聞キ及ブ人ハ、皆不貴ズト云フ事無カリケリ。

此ヲ思フニ、尼目ニ極楽ノ迎ヘヲ見テ、告ケル事難有ク貴キ事也、トナム語リ伝ヘタルトヤ。

이세 지방伊勢國 이타카 군飯高郡의 비구니가 왕생한 이야기

염불을 전수專修하여 극락정토에 태어나고자 하는 마음이 강했던 이세 지방伊勢國 비구니가, 부처님의 가호加護로 손 껍질을 벗겨 그곳에 극락정토 그림을 모사模寫, 비장秘藏하여 임종 시 성중聖衆의 내영來迎을 받았다는 이야기. 본권 제13화에 기록된 이시야마데라石山寺의 승려, 신라이眞賴 일족의 왕생담이다.

이제는 옛이야기이지만, 이세 지방伊勢國 이타카 군飯高郡[1]의 가무히라 향上平鄕[2]에 한 비구니가 있었다. 그 이시야마데라石山寺의 신라이眞賴[3]라는 승려는 이 비구니의 자손이다.

이 비구니는 원래 도심이 깊었기에 출가해 비구니가 되었고, 오로지 아미타 염불을 외어 극락에 왕생하기만을 계속 빌며 세월을 보내고 있었다. 비구니는 이전부터 자신의 손 피부껍질을 벗겨 극락정토의 상相을 그리려고[4] 굳게 결심하고 있었는데, 자기 스스로는 벗길 수가 없어 허무하게 날을 보내

---

1 현재의 이난 군飯南郡.
2 현재 미에 현三重縣 마쓰사카 시松阪市에 편입.
3 → 인명.
4 손의 피부를 벗겨 극락정토를 모사模寫한다고 하는 것은 다소 광신적이라 할 수도 있겠지만, 지카쿠慈覺 대사 엔닌圓仁의 『입당구법순례행기入唐求法巡禮行記』에 의하면, 일본에서 당나라에 들어간 료센靈山 삼장三藏은 자신의 손 피부껍질의, 길이 네 치, 폭 세 치를 벗겨 불상을 그려 오대산 정상의 보통원普通院에 안치했다고 하니 강렬한 신앙심의 표현으로 그런 것도 행해졌다는 것을 알 수 있음.

고 있던 중, 한 낯선 승려가 찾아와 "당신이 간절히 바라는 뜻을 이룰 수 있도록 내가 당신의 손의 피부껍질을 벗겨 드리지요."라고 말했다. 비구니는 이 말을 듣고 기뻐하며 벗기도록 했다. 승려는 곧바로 벗기고는 끝나자마자 금세 사라져 버렸다. 그 뒤 비구니는 극락정토의 상을 바라던 대로 그리고 그것을 한시도 자신의 몸에서 떼어놓지 않고 수지受持하고 있었다. 비구니가 마침내 숨을 거두려 할 때 허공에서 아름다운 음악소리가 들려왔다. 고귀한 모습으로 돌아가셨기에 틀림없이 극락에 왕생하셨다고 이를 들은 사람들은 모두 존귀하게 여겼다.

자손인 신라이도 왕생했고, 신라이의 여동생도 또한 왕생했다. 그러므로 이 일족一族에는 세 사람의 왕생인이 나왔다. 이 또한 아주 드문 존귀한 일이라고 이렇게 이야기로 전하여 내려오고 있다 한다.

伊勢国飯高郡尼往生語第三十八

今昔、伊勢ノ国、飯高郡、上平ノ郷ニ一人ノ尼有ケリ。

此ノ尼本ヨリ道心有ケレバ、出家シテ尼ト成テ、偏ニ弥陀ノ念仏ヲ唱ヘテ、極楽ニ往生ゼムト願ヒテ年来ヲ経ル間、尼

此石山寺ノ真頼ト云フ僧ハ、此ノ尼ノ末孫也ケリ。

手ノ皮ヲ剥テ、極楽浄土ノ相ヲ図シ奉ラムト思フ心懃也ケ

ルニ、自ラ此レヲ剥グ事不能ズシテ過ル間、一ノ不知ヌ僧出

来テ、尼ニ向テ云ク、「我レ汝ガ懃ノ志ヲ遂ゲムガ為ニ、

汝ガ手ノ皮ヲ剥ガム」ト。尼此レヲ聞テ、喜テ此レヲ令剥ム。

僧即チ此レヲ剥ギ畢テ後、忽ニ失ヌ。其ノ後、尼極楽浄土ノ

相ヲ、心ノ願ヒ如ク写シ奉テ、一時モ身ヲ不離ズ持シ奉レ

リ。尼遂ニ命終ル時ニ臨デ、空ノ中ニ微妙ノ音楽ノ音有ケ

リ。終リ貴クテ失ヌレバ、必ズ極楽ニ往生ジヌト、聞ク人皆貴ビ

ケリ。

末孫ノ真頼往生ズ。真頼ガ妹ノ女、亦往生ジニケリ。然レ

バ、此ノ族ニ三人ノ往生ノ人有リ。此レ難有ク貴キ事也、ト

ナム語リ伝ヘタルトヤ。

겐신源信 승도僧都의 어머니인 비구니가
왕생한 이야기

겐신源信 승도僧都의 수행 대성大成을 바라고 재차 하산下山한 겐신을 꾸짖은 어머니가, 절에 들어간 뒤 9년 후 어쩐지 불길하여 하산한 겐신에게 인도를 받으며 염불 왕생을 이룬 이야기. 왕생담이지만 묘사 중심은 어머니 비구니의 아들을 생각하는 자비심과 견고한 도심道心의 서술에 있고, 맹자孟子 어머니의 단기고사斷機故事나, 에도 초기 유학자인 나카에 도주中江藤樹 어머니의 언행을 연상시킨다. 권12 제30화 · 32화 참조.

이제는 옛이야기이지만, 히에이 산 요카와橫川¹의 겐신源信² 승도僧都는 야마토 지방大和國의 가즈라키노시모 군葛下郡³ 사람이다. 어릴 적에 히에이 산比叡山에 올라 학문을 닦아 훌륭한 학승學僧이 되었기에, 산조三條 대후궁大后宮⁴ 주최의 팔강八講⁵에 부르심을 받았다. 이 팔강이 끝난 후 하사받은 많은 답례품 중에 일부를 골라 야마토 지방에 있는 어머니에게

"이것은 대후궁님의 팔강에 갔다가 받은 물건입니다. 처음 받은 것이므로 어머님께 먼저 보여 드리는 것입니다."

---

1 → 사찰명.
2 → 인명.
3 현재의 나라 현奈良縣 기타가쓰라기 군北葛城郡.
4 스자쿠朱雀 천황의 제1황녀. 마사코昌子 내친왕內親王. → 인명.
5 → 불교(법화팔강法華八講). 이 팔강은 장덕長德 2년(996) 8월 16일에 열린 태황태후의 법화팔강을 말하는 것으로 추정(『대계大系』).

라고 편지를 써 보냈다. 어머니의 답장에는,

"보내 주신 물건들은 기쁘게 잘 받았습니다. 그처럼 유명한 학승이 되셨다니 정말 축하드립니다. 그러나 그렇게 팔강 같은 것으로 여기저기 돌아다니시는 것은 이 어미가 처음 뜻한 바가 아닙니다. 당신은 영광이라고 생각하고 계시는지 몰라도 이 늙은 어미의 마음은 다릅니다. 이 늙은 어미가 생각하고 있는 것은 '나에게는 딸들은 많지만 아들은 당신뿐이다. 그런데 원복元服도 치르지 않고[6] 히에이 산에 올려 보낸 이상은, 학문을 닦아 도노미네多武峰 성인聖人[7]과 같이, 뛰어난 재주를 갖춘 훌륭한 스님이 되시어, 이 늙은 어미의 후세後世를 위해서도 도움을 받자.'라고 생각하고 있었지요. 그런데 그처럼 명성이 자자한 스님이 되어 여기저기 화려하게 얼굴을 내미시는 것은 제 기대와는 반대입니다. 저도 이제 늙어 '내가 살아 있는 동안 당신이 청아淸雅한 성인이 되시는 것을 이 눈으로 보고 안심하고 죽고 싶구나.'라고 생각하고 있었습니다."

라고 쓰여 있었다. 승도는 이 편지를 보고 눈물을 흘리고 울며 즉시 또

"이 겐신은 명성이 자자한 스님이 되고자 하는 마음은 추호도 없고, 단지 어머니 보살님이 살아 계시는 동안 고귀한 황족 분들의 팔강에도 이렇게 다녀왔다는 것을 전해드리고 싶은 일념에 서둘러 알려드렸을 뿐입니다만, 지금 이와 같이 말씀을 받자오니 저로서는 정말 고맙고 기쁜 마음입니다. 앞으로 가슴에 깊이 새기겠습니다. 그래서 지금부터 산속 칩거蟄居생활을 시작하여 바라시는 성인이 되고 나서, 어머님이 '이제 정말 성인이 되었구나. 이제는 만나 주자.'라고 하실 때에 찾아뵙도록 하겠습니다. 그렇지 않는 한,

---

6 원복元服에 의해 성인成人 남자가 되는 것이기에, 이 구절에는 '속세남俗世男으로 하지 않고'라는 뜻이 내포되어 있음.

7 조가增賀(→ 인명) 성인을 말함.

결코 이 히에이 산에서 나가지 않을 것입니다. 비록 제 어머니이시지만 어찌 이렇게 저를 훌륭히 잘 인도해 주시는지요."

라고 편지를 써서 보냈는데, 그 답장에는

"이제 겨우 안심하고 죽을 수 있을 것 같습니다. 거듭거듭 기쁘게 생각합니다. 결코 수행을 소홀히 해서는 안 됩니다."

라고 적혀 있었다. 승도는 그것을 읽은 후 두 번에 걸친 어머니 답신을 법문法文 속에 고이 말아 넣어두고 때때로 꺼내서는 읽고 울었다.

이렇게 산에 틀어박혀 지낸 지 6년이 지났다. 7년째 되는 어느 봄날, 어머니에게 편지를

"산에 틀어박혀 지낸 지 벌써 6년이란 세월이 흘렀습니다만, 오랜 세월동안 뵙지 못해 혹 저를 그리워하고 계시는 것은 아니신지요? 그렇다면 정말 얼굴만 잠시 보여 드리겠습니다."

라고 써서 보냈다. 이에 대해 어머니의 답장에는,

"정말로 보고 싶습니다만, 만난다고 해서 죄[8]가 소멸되는 것은 아니지요. 당신이 아직도 그렇게 산에 틀어박혀 노력하고 계시는 것을 들은 것만으로 저는 기쁩니다. 제가 먼저 말을 꺼내지 않는 한, 산에서 내려오시면 안 됩니다."

라고 적혀 있었다. 승도는 이것을 읽고

'나의 어머니이신 보살님은 보통 분이 아니시다. 이 세상 평범한 어머니는 도저히 이렇게 말할 수가 없지.'

라고 생각하고 지냈는데 어느새 9년이 흘렀다.

어머니가 '내가 말을 먼저 꺼내지 않는 한 와서는 안 된다.'고 하셨지만,

---

8 불교에서 말하는 죄장罪障(→ 불교). 극락왕생에 장애가 되는 것.

이날따라 왠지 모르게 어머니가 걱정이 되고 갑자기 보고 싶어졌다.

"'혹 어머니 보살님의 임종이 다가온 걸까. 아니면 내가 죽는 것은 아닐까?' 너무 불안한 느낌이 들어 '와서는 안 된다'고 하셨지만 어쨌든 찾아가 뵙자."

고 마음먹고 길을 나섰다. 야마토 지방에 들어서자 도중에 편지를 든 어떤 남자와 만났다. 승도가 "당신은 어디에 가십니까?"라고 묻자, 남자가

"이러이러한 비구니 분께서 요카와에 계시는 아드님이신 스님께 드리는 편지를 가져가는 중입니다."

라고 말했다. "그렇게 말하는 그 사람이 바로 저올시다." 하며 그 편지를 받아들고 말을 탄 채 가면서 얼른 뜯어보니 어머니의 필적이 아닌 듯 갈겨쓴 글씨였다. 가슴이 답답해지며 '무슨 일이 있는 걸까?' 하고 놀라 얼른 읽어 보니,

"요 며칠 감기라도 걸렸나 생각했었는데, 나이 탓일까요? 왠지 요 2, 3일 쇠약해져 기력이 다한 듯합니다. '제가 말씀드리지 않는 한 산을 내려와서는 안 된다'고 강하게 말하였지만, 죽을 때가 되니 '이제 한 번 더 만나 뵙지도 못하고 죽는 게 아닐까?'라는 생각이 들어 한없이 보고 싶어져 편지를 씁니다. 빨리 오십시오."

라고 쓰여 있었다. 이것을 읽고 승도는

'왠지 걱정이 된 것은 이런 일이 있었기 때문인 것이다. 어미와 자식 간의 인연은 가엾은 일이라 하지만, 나를 불도佛道로 권해 들어서도록 하신 어머님이신 만큼 필시 그런 생각이 들은 게야.'

하고 이래저래 생각에 잠기니, 눈물이 비 오듯 쏟아진다. 제자인 학승 두세 명을 데리고 왔는데 그들에게도 "왠지 그렇게 걱정이 된 것은 이런 일이 있었기 때문이었구나."라고 하며 말을 재촉하여 가는데 해질 무렵 집에 당도

했다. 서둘러 어머니의 머리맡에 다가가 보니, 매우 쇠약해져서 위험한 상태였다.

승도가 "제가 왔습니다."라고 큰 소리로 말하자, 비구니가 말했다.

"어떻게 이리 빨리 오실 수 있었습니까? 오늘 아침 새벽에 심부름꾼을 막 보냈을 뿐인데."

승도가

"이런 시급한 상태로 계셔서인지, 요즘 왠지 어머님이 보고 싶어져 이리로 오던 도중에 길에서 그 심부름꾼을 만났습니다."

라 답했다. 비구니는 그 말을 듣고

"이렇게 기쁠 수가! 비록 전에는 만나지 않겠다고 말했지만, 지금은 죽기 전에 한 번만이라도 더 볼 수 있을까 걱정하고 있었는데, 이렇게 와 주시니 전생에서부터 모자 간의 인연이 깊은가 봅니다. 참으로 고마운 일입니다."

라고 숨이 넘어갈 듯 말했다. 승도가 "염불을 외고 계십니까?"라고 여쭙자, "마음으로는 외고 싶은데, 기력을 잃은 데다, 권勸⁹해 주시는 분이 없습니다."라고 말했다. 그래서 승도가 여러 가지 좋은 이야기¹⁰를 들려주고는 염불을 권하니, 비구니는 마음으로부터 도심을 일으켜 염불을 일이백 번 읊고 나서 새벽녘에 사라지듯 숨을 거두었다. 승도는

"만일 내가 오지 않았다면 어머니 보살님의 임종은 이렇지 못했을 것이다. 어미자식 간의 인연이 깊어 내가 찾아와 뵙고 염불을 권하였기에, 도심을 일으켜 염불을 외고 돌아가셨다. 그러므로 왕생은 틀림이 없다. 더구나

---

9 염불을 먼저 외어 인도해 주는 것. 도사導師가 먼저 염불이나 경문의 한 구를 외고 나서 다른 사람이 따라 하는 것이 염불이나 독경 방식임.

10 경문을 읊거나 극락의 장엄을 설명하거나 하여 어머니 비구니의 왕생에 도움을 주고자 한 것을 말함. 소위 인도引導로, 본권 제37화에도 간추寬忠 승정이 여동생 비구니의 임종에 풍송諷誦를 행했다는 기사가 보임.

나를 성인의 도聖道[11]로 이끌어주신 공덕으로 인해 이 같이 존귀한 최후를 마칠 수 있었던 것이다. 그렇다면 부모는 자식에게, 자식은 부모에게 있어 더할 나위 없이 뛰어난 선지식善知識[12]이었던 것이다."

라며 눈물을 흘리며 요카와로 되돌아갔다.

요카와에 사는 성인들도 이 이야기를 듣고 정말 심금을 울리는 모자간의 정情이라며 눈물을 흘리며 존귀하게 여겼다고 이렇게 이야기로 전하여 내려오고 있다 한다.

---

11 명리名利를 버리고 성인聖人으로서 오로지 불도에 힘쓰는 길. 어머니 비구니가 명승의 길을 선택하지 말고 성인이 되도록 권고한 것을 염두에 두고 한 말임.

12 사람을 불도로 인도하는 스승이나 벗.

源信僧都母尼往生語第三十九

今昔、横川ノ源信僧都ハ大和国、葛下ノ郡ノ人也。幼ケ

シテ比叡ノ山ニ登テ、学問シテ止事無キ学生ニ成ニケレバ、

三条ノ大后ノ宮ノ御八講ニ被召ニケリ。八講畢テ後、給ハリ

タリケル捧物ノ物共ヲ、少シ分テ、大和国ニ有ル母ノ許ニ、

遣ケル物ナレ

バ、先ヅ見セ奉ル也」トテ遣タレバ、母ノ返事ニ云ク、「遣

セ給ヘル物共ハ喜テ給ハリヌ。始タル物ナレ

「此クナム后ノ宮ノ御八講ニ参テ給ハリタル。

ルハ、無限ク喜ビ申ス。

但シ、此様ノ御八講ニ

参リナドシテ行キ給フ

ハ、法師ニ成シ聞エシ

本意ニハ非ズ。其ニハ

微妙ク被思ラメドモ、嫗ノ心ニハ違ニタリ。嫗ノ思ヒシ事

ハ、『女子ハ数有レドモ、男子ハ其一人也。其レヲ、元服ヲ

モ不令為ズシテ、比叡ノ山ニ上レバ、学問シテ身ノ才吉ク

有テ、多武ノ峰ノ聖人ノ様ニ貴クテ、嫗ノ後世ヲモ救ヒ給

ヘ』ト思ヒシ也。其レニ、此ク名僧ニテ花ヤカニ行キ給ハ

ハ、本意ニ違フ事也。我レ年老ヒヌ。『生タラム程ニ聖人ニ

シテ御セムヲ心安ク見置テ死ナバヤ』トコソ思ヒシカ」ト書

タリ。僧都此レヲ披テ見ルニモ涙ヲ流シテ、泣々ク即チ亦返

事ヲ遣テ云ク、「源信ハ、更ニ名僧ニ心無ク

キ給ヘル時、如此ク止事無キ宮原ノ御八講ナドニ参テ、聞カ

セ奉ラムト思フ心深クシテ念ギ申シツルニ、此ク被仰タレバ、

極テ哀ニ悲クテ、喜シク思ヒ奉ル。然レバ、仰セニ随テ山

籠リヲ始テ、『聖人ニ成ヌ。今ハ値ハム』ト被仰レム時ニ可

参キ。不然ザラム限リハ山ヲ不可出ズ。但シ、母ト申セドモ

極タル善人ニコソ御マシケレ」ト書テ遣リツ。其ノ返事ニ云

ク、「今ナム胸落居テ、冥途モ安ク思ユル。返々ス喜シク思

ヒ聞ユ。努々愚ニ不可御ズ」ト。僧都此レヲ見テ、此ノニ
度ノ返事ヲ法文ノ中ニ巻キ置テ、時々取リ出シテ見ツヽゾ泣
キケル。

此ク山ニ籠テ六年ハ過ヌ。七年ト云フ年ノ春、母ノ許ニ云
ヒ遣テ云ク、「六年ハ既ニ山籠ニテ過ヌルヲ、久々不見奉ネ
バ、恋シクヤ思シ食ス。然バ白地ニ詣デム」ト。返事ニ云ク、

「現ニ恋シク思ヒ聞ユレドモ、見聞エムニヤ罪ハ滅ビムズ
ル。尚山籠ニテ御セムヲ聞カムノミゾ喜カルベキ。此レヨリ
不申ザラム限リハ不可出給ズ」ト。僧都此レヲ見テ、「此ノ
尼君ハ只人ニモ無キ人也ケリ。世ノ人ノ母ハ此ク云ヒテム
ヤ」ト思テ過ス程ニ、九年ニ成ヌ。

「不告ザラム限リハ不可来ズ」ト云ヒ遣セタリシカドモ、怪
ク心細ク思テ、母ノ俄ニ恋ク思エケレバ、「若尼君ノ失セ可
給キ尅ノ近ク成ニタルカ。亦我ガ可死キニヤ有ラム」ト哀レ
ニ思エテ、「然ハレ、『不可来ズ』トハ宣ヒシカドモ、詣デ
ム」ト思テ、出立テ行クニ、大和国ニ入テ、道ニ男文ヲ持テ

値ヘリ。僧都、「何
ヘ行ク人ゾ」ト問
ヘバ、男ノ云ク、

「然々ノ尼君ノ、横
川ニ坐スル子ノ御房
ノ許ヘ遣ス文也」ト
云ヘバ、「然カ云ハ我レ也」ト云テ、文
ヲ取テ馬ニ乗リ乍ラ行タク披テ見レバ、尼君ノ手ニハ非デ、
賤ノ様ニ被書タリ。胸塞リテ、「何ナル事ノ有ニカ」ト思エ
テ読メバ、「日来何トモ無ク風ノ発テ見ユルニ、年ノ
高キ気ニヤ有ラム、此ノ二三日弱クテ力無ク思ユル也。『不
申ザラム限ハ不可出給ズ』トハ心強ク聞エシカドモ、限ノ尅
ニ成ヌレバ、『今一度不見進ラデヤ止ナムズラム』ト思フニ、
無限ク恋ク思エ給ヘバ、申ス也。疾疾ク御セ」ト書タルヲ見
ルニ、「怪ク心ニ此ク思エツルニ、此ク有ケレバニコソ有ケ
レ。祖子ノ契リ哀ナル事ト云ヒ乍ラ、仏ノ道ニ強ク勧メ入
レ給フ母ナレバ、此クハ思エケル也ケリ」ト思ヒ次クルニ、

文使(春日権現験記)

190

涙、雨ノ如ク落テ、弟子ナル学生共二三人許具シタリケレバ、

其レ等ニモ、「此ル事ノ有ケレバ也ケリ」ト云テ、馬ヲ早メ

テ行ケレバ、日暮ニゾ行キ着タリケル。忩ギ寄テ見レバ、無

下ニ弱ク成テ、憑モシ気モ無シ。

僧都、「此クナム詣来タル」ト高ヤカニ云ヘバ、尼君、「何

デ疾クハ御ツルゾ。今朝ノ暁ニコソ人ハ出シ立ツレ」ト。僧

都ノ云ク、「此ク御シケレバニヤ、近来恋ク思エ給ヒツレバ、

参ツル程ニ、道ニゾ使ハ値タリツル」ト。尼君此レヲ聞テ、

「穴喜シ。死ぬとき二ハ値ヒ給フマジャニヤト云思ツル」ト。此

ク御ハシ値ヒタル事、契リ深ク哀レニモ有ケルカナ」ト、気

ノ下ニ云ヘバ、僧都ノ云ク、「念仏ハ申シ給ヘヤ」ト。尼君、

「心ニハ申サムト思ヘドモ、力無キニ合セテ、勧ムル人ノ無

キ也」ト云ヘバ、僧都貴キ事共ヲ云ヒ聞セツ、念仏ヲ勧ムヽ

バ、尼君懃ニ道心ヲ発シテ、念仏ヲ一二百返許唱フル程

ニ、暁方ニ成テ消入ル様ニテ失ヌレバ、僧都ノ云ク、「我レ、

不来ザラマシカバ、尼君ノ臨終ハ此クハ無カラマシ。我レ祖

子ノ機縁深クシテ、来リ値テ念仏ヲ勧メテ、道心ヲ発シテ、

念仏ヲ唱ヘテ失セ給ヒヌレバ、往生ハ疑ヒ無シ。況ヤ我レヲ

聖ノ道ニ勧メ入レ給ヘル志ニ依テ、此ク終ヒハ貴クテ失給

フ也。然レバ、祖ハ子ノ為、子ハ祖ノ為ニ無限カリケル善知

識カナ」ト云テゾ、僧都涙ヲ流シテ横川ニハ返タリケル。

横川ノ聖人達モ此レヲ聞テ、哀也ケル祖子ノ契也、ト云テ

ゾ泣々ク貴ビケル、トナム語リ伝ヘタルトヤ。

에이칸睿桓 성인의 어머니인 샤쿠묘釋妙 비구니가 왕생한 이야기

에이칸睿桓 성인의 어머니인 사쿠묘釋妙 비구니는 정직하고 계율을 잘 지키는 사람이었다. 주야로 『법화경』을 읊고 백만편百萬遍 염불하기를 수백 번, 마침내 부처님이 가호加護하는 꿈을 꾸고, 임종 시 평소 모시는 부처님의 손에 걸쳐둔 오색실을 잡고 마음이 흐트러지는 일 없이 정념正念으로 왕생을 이룬 이야기.

이제는 옛이야기이지만, 에이칸睿桓[1]이라는 성인聖人이 있었다. 그 어머니는 어릴 때부터 온화하고 정직한 성품을 가진 자로, 사람을 동정하고 동물을 각별히 사랑했다. 언젠가 도심道心이 강하게 일어나 마침내 머리를 깎고 비구니가 되어 샤쿠묘釋妙[2]라 했다. 출가 후에는 계율을 잘 지켜 한 번도 어기는 일이 없었다. 더러운 손으로는 물병도 안 들었고, 손을 씻지 않고는 가사袈裟를 입지 않았다. 부처님 전에 갈 때는 손을 반드시 씻고, 몸을 깨끗이 한 후 참배했다. 서쪽을 향해서는 절대로 대소변을 하지 않았고, 또한 잘 때에도 다리를 서쪽으로 하거나 베개를 동쪽으로 하지 않았다.[3] 주야로 『법화

---

1 미상. 장덕長德 2년(996) 8월 26일자 '승범호등연서기청문僧範好等連署起請文'(『헤이안 유문平安遺文』·4576)에 보이는 '睿桓'이 동일인물로 추정되나 명확하지 않음.
2 『법화험기法華驗記』가 전하는 내용 이외는 미상.
3 서쪽 방향은 극락정토가 소재하는 방향이기 때문에 대소변의 부정不淨을 피하고 누워 잘 때도 다리를 그쪽으로 향하지 않게 했다는 뜻임.

경」을 독송하고 자나 깨나 아미타 염불을 외어 백만편百萬遍[4] 염불하기를 수백 번에 이르렀다.

그런데, 이 샤쿠묘의 꿈에 항상 부처님이 나타나, "나는 실은 너를 극락으로 마중하기 위해 항상 여기에 와 너를 수호하고 있도다."라고 샤쿠묘에게 말씀하시는 꿈을 꿨다. 샤쿠묘는 어느새 노경老境에 이르렀고, 이제 숨을 거두려고 할 때, 모시는 부처님을 마주보고 부처님의 손에 걸쳐둔 오색실을 잡고, 성심을 다해 염불을 외며 마음이 흐트러지는 일 없이 숨을 거두었다. 이를 보고 들은 사람들은 어느 한사람 존귀하게 여기지 않는 자가 없었다.

이는 정력正歷 3년[5]의 □월 □[6]일의 일이라고 이렇게 이야기로 전하여 내려오고 있다 한다.

---

4 → 불교.
5 이치조一條 천황의 치세. 992년.
6 원문에는 공간이 없으나 공간을 보충해 넣었음. 원래 "□月 □日"로 되어 있었던 공간 간격이 전사轉寫 과정에서 소멸해서 월일이 공간을 두지 않고 붙어 있는 경우임.

睿桓聖人母尼釈妙往生語第四十

今昔、睿桓ト云フ聖人有ケリ。其ノ母若ヨリ心柔軟ニ、正直
ニシテ、人ヲ哀レビ生類ヲ悲ブ心深カリケリ。堅ク道心発ニ
ケレバ、遂ニ髪ヲ剃テ尼ニ成ヌ。名ヲバ釈妙ト云フ。出家ノ
後ハ、戒律ヲ持テ犯ス事無シ。穢キ手ヲ以テ水瓶ヲ不取ズ。
手ヲ不洗ズシテハ袈裟ヲ不着ズ。仏ノ御前ニ参ル時ニハ、手

ヲ洗ヒ身ヲ浄メテゾ参ケル。永ク西ニ向テ大小便利ヲセズ。
亦、跡ヲ西ニセズ、枕ヲ東ニセザリケリ。昼夜ニ法花経ヲ読
誦シ、寤寐ニ弥陀ノ念仏ヲ唱ヘテ、百万返ヲ満タル事数百度
也。

而ル間、釈妙常ニ夢ニ、仏来リ給テ、釈妙ニ告テ宣ハク、
「我レハ此レ、汝ヲ引摂セムト為ニ、常ニ来テ守護ス」ト宣
フ、ト見ケリ。釈妙遂ニ老ニ臨デ命終ラムト為ル時ニ、仏ニ
向ヒ奉テ、五色ノ糸ヲ仏ノ御手ニ懸テ、其レヲ取テ、心ヲ
至シテ念仏ヲ唱ヘテ、心不違ズシテ失ニケリ。此レヲ見聞ク
人皆不貴ズト云フ事無シ。

此レ、正暦三年ト云フ年ノ□月□日ノ事也、トナム語リ
伝ヘタルトヤ。

진제이^{鎭西}의 지쿠젠 지방^{筑前國}의 유랑^{流浪}하는 비구니가 왕생한 이야기

주인에게 쫓겨 유랑流浪하던 진제이의 지쿠젠 지방筑前國의 염불비구니가 자신을 맡아서 부양해준 어느 부인의 은혜에 보답하기 위해, 자신의 임종 시를 미리 알려주고 자신의 극락왕생에도 결연을 맺도록 해 주었다는 이야기. 고야 산高野山의 모某 주지가 12, 3세경 실제 그 집에 있다가 그 부인으로부터 들었다고 하는 이야기로, 이 이야기는 그 주지승의 입을 매개로 세상에 전파된 것으로 추정할 수도 있다.

이제는 옛이야기이지만, 진제이鎭西¹의 지쿠젠 지방筑前國²에 연고자가 한 사람도 없는 비구니가 있었다. 의지할 데가 하나도 없어 그 지방에서 덕망 높은 승려가 살고 있는 산사를 찾아가 그곳에서 승려의 식사를 돌봐주며 오랜 세월동안 신세를 지고 있었다. 이 비구니는 항상 아미타 염불을 외고 있었는데, 그것도 살짝 작은 목소리로 외는 게 아니라, 아주 큰 소리로 마치 외치는 듯 염불을 외었다. 그래서 성인聖人의 제자들은 비구니가 염불을 외는 것을 못마땅히 여겨, 무슨 일이 있을 때마다 스승인 승려에게 비구니 험담을 하여 결국 쫓아내게 하였다.

---

1 → 지명.
2 * 현재의 후쿠오카 현福岡縣.

비구니는 쫓겨나서, □□³을 들고 '염불을 외자, □□' □□ 갈 데도 없고 하여, 넓은 들판에 나가 염불을 외고 있었다. 그때 그 지방에 한 자비심 깊은 부인이 있었는데, 이 비구니가 정처 없이 돌아다니며 염불을 외고 있는 것을 측은히 여겨 자기 집에 불러들였다.

"그렇게 정처 없이 지내다니 가엾어라. 여기는 집도 넓고 정원도 넓으니 여기에 있으면서 염불을 외도록 하세요."

라고 말했다. 비구니는 기뻐하며 그 집에 머물러 살게 되었다. 음식 등을 주며 인정을 베풀어 주기에 비구니는 한없이 기뻐하며 그 부인에게

"이렇게 아무것도 하지 않고 신세를 지고 있으니 송구스럽기 짝이 없습니다. 모시풀이라도 주실 수 없으신지요? 그것을 짜서 드릴까 합니다."

라고 말했다. 부인은 "왜 그런 걸 짜시려고 해요? 짜지 않으셔도 됩니다."라고 했지만, 비구니는 그래도 꼭 모시풀을 달라고 하여, 다른 사람보다 더 정성을 들여 그것을 짜서 드렸다. 부인은

'넓은 주택이라 염불이라도 외도록 하자고 있으라고 하였는데, 이런 것 하나도 이렇게까지 정성을 들여 만들다니 정말 감동스럽구나.'

라고 생각하면서 지내는 사이 어느덧 삼사 년이 지났다.

어느 날 비구니가 부인을 불러

"저는 모레 죽을 것입니다. 목욕을 좀 하게 해 주실 순 없으신지요? 오랜 세월동안 온정을 베풀어 주신 은혜 정말 감사하여 임종하는 제 모습을 보여 드릴까 합니다만,⁴ 이 사실은 아무에게도 말씀하시지 말아 주십시오."

라며 하염없이 울었다. 부인은 그 말을 듣고 측은한 생각에 슬퍼했지만, 그

---

3 이 구절 전후의 문장과 연결이 잘 안됨. 파손에 의한 것이라면, 원래 전후에 빈 공간이 더 있었던 것이 전사 轉寫 과정에서 소멸된 것으로 추정됨. 탈문脫文을 예상.

4 타인의 극락왕생에 결연結緣하는 것은 선근善根의 하나로, 본인의 왕생에도 도움이 됨. 본권 제26화~제29 화 참조.

것을 아무에게도 말하지 않았다. 이윽고 당일이 되어 비구니에게 목욕을 시키고 깨끗한 옷으로 갈아입혀 주었다. 부인은 한 칸 정도 떨어져 지켜보고 있는데, 비구니는 지금까지 한 대로 소리를 내어 염불을 외며 앉아 있었다. 그사이 밤이 되었고, 자子·축시丑時쯤⁵ 되었을까 싶은 무렵, 집 뒷밭에 지금까지 본적도 없는 아름다운 빛이 갑자기 나타났다. 부인은 그것을 보고 놀라고 기이하게 여기며 '이것은 도대체 어찌된 일이지?' 하며 보고 있는데, 사향麝香⁶의 향기에도 견줄 수 없는, 이상하고 향기로운 향기가 주변에 온통 가득 찼고, 하늘에서는 자운紫雲⁷이 내려와 그 부근 일대에 깔려 있었다. 이를 본 부인도 한마음으로 염불을 외고 있는데, 비구니는 서쪽을 향해 앉아 합장한 채 손을 이마에 대고 숨을 거두었다. 부인은 세상에서 보기 드문, 이렇게 놀랄 정도의 멋진 광경을 보고 감격해 하고 존귀하게 여기며, 눈물을 흘리며 예배를 드렸다.

그런데 고야 산高野山⁸에 있는 □□□ 상좌上座⁹라는 승려가 당시 12, 3세 정도로 그 집에 있었는데, 부인은 그 승려에게 그 일에 대해 자세히 이야기했다. 불·보살佛菩薩이나 성중聖衆¹⁰이 오신 것 같지는 않았지만, 자운紫雲과 빛 등은 똑똑히 직접 눈으로 보았다고 말을 전했다. 그리고 그 비구니의 남아 있는 향기를 부인은 자기 것으로 옮겨 나중에까지도 가지고 있었다. 자운과 빛을 보았고 그 향기를 맡은 것으로 보아, 생각건대 이 부인은 결코 죄가 깊은 사람이 아니다. 이 부인도 성심을 다해 기원하면 결국은 왕생할 수

---

5   정확한 시각을 몰랐기 때문에 이렇게 말한 것임. 오전 1시에서 2시경.
6   사향은 수컷 사슴 포피선包皮腺의 분비물로 만든 향료로 강렬한 방향芳香을 냄.
7   성중聖衆의 내영來迎을 의미하는 상서러운 구름.
8   → 지명.
9   승명의 명기를 위한 의도적 결자. 상좌(→ 불교)는 주지. 여기서 갑자기 고야 산의 주지승이 등장하고 소년 때 직접 여인으로부터 체험담을 들었다고 기록한 것은 그가 이 이야기의 전승원傳承源이었다는 것을 시사함.
10 극락에 있는 천인天人들.

도 있을 것이라고 여겨진다. 이 이야기를 듣는 사람 모두 감격해 하며 존귀하게 여겼다.

그러므로 왕생하는 사람은 모두 자신의 죽을 때를 미리 알고 이와 같이 남에게 알려 주는 것이다. 이 이야기를 듣는 사람은 모두 발심하여 염불을 외고 극락왕생을 바라야 한다고 이렇게 이야기로 전하여 내려오고 있다 한다.

鎮西筑前国流浪尼往生語第四十一

今昔、鎮西筑前ノ国ニ相ヒ知ル人モ無キ尼有ケル。

付ク方モ無カリケレバ、其ノ国ノ山寺ニ貴キ僧ノ有ケル許ニ寄テ、其ノ僧ノ食物ヲシテ年来被仕テ有ケルニ、尼常ニ弥陀ノ念仏ヲ唱ヘケリ。忍テモ不唱ズシテ、此ク高声ニ、其ノ音極メテ高クシテ叫ブガ如也。然レバ、聖人ノ弟子共此ヲ唱フルヲ憖ミテ、師ニ事ニ触レテ不宜ヌ様ニ云ヒ聞セテ、令追ナケリ。

尼被追出テ、□聞テ、尼、「念仏ヲ唱ヘバ、□」可行キ方モ無クテ、広キ野ニ行テ念仏ヲ唱ヘケルヲ、其ノ国ノ人ノ妻トシテ有ケル女有ケリ。心ニ慈悲有テ、此ノ尼ノ迷ヒ行テ念仏ヲ唱フルヲ哀ビテ、呼ビ寄セテ、尼ニ云ク、「此ッ迷ヒ行クガ糸惜ケレバ、此ハ家モ広シ、庭モ広シ、然バ此ニ居テ念仏モ申セ」ト云ケレバ、尼喜テ、其ノ家ニ居ヌ。食物ナド宛モ哀バ、尼無ク喜テ、家主ノ女ニ云ク、「此クテ徒ニ候ニ、芋ヲ給ヘ、続テ奉ラム」ト云ヘバ、女、「何ゾノ芋ヲカ続マム」ト云ヘドモ、尼強ニ乞テ、人ヨリ真心ニ吉ク続テ取セタレバ、女、『『広キ所ナレバ、念仏モ令申ムガ為ニ居タラム』トコソ思ヒツルニ、此ル事ヲサヘ真心ニ為ルコソ哀レナレ」トテ過ル程ニ、三四年許ニモ成ヌ。

而ル間、尼家主ノ女ヲ呼テ云ク、「己ハ、明後日ニ死候ヒナムトス。沐浴シ侍ラムヤ。年来哀レビ給ヒツル事ノ喜ク侍レバ、『死ナム時ノ事見セ奉ラム』ト思フ也。此ノ事人語リ不可給ズ」ト云、泣ク事無限シ。家女、此レヲ聞テ哀ビ悲ビテ、人ニ此ノ事ヲ不語ズ。既ニ其ノ日ニ成ヌレバ、尼ニ沐浴セサセテ浄キ衣ヲ着セツ。家女、一間許ヲ去テ見居タレバ、此ノ尼音ヲ高クシテ前々ノ如ク念仏ヲ唱ヘテ居タル程ニ、夜ニ入テ、子丑ノ時許ニ成ヌラムト思フ程ニ、後ノ畠ノ中ニ世ニ不知ズ微妙キ光俄ニ出来レバ、家女此レヲ見テ、驚キ怪

デ、「此レハ何ナル事ゾ」ト思テ見居タレバ、亦、麝香ナ
ドニモ不似ズ奇異ニ馥バシキ香匂ヒ満タリ。空ヨリ紫其
ノ辺ニ涌キ居テ見エケレバ、家女モ此レヲ見テ、念仏ヲ申入
テ有ル程ニ、尼ハ居乍ラ西ニ向テ、掌ヲ合テ額ニ宛テ失ニ
ケリ。家女世ニ此ク奇異ク微妙キ事ヲ見ツル事ヲ悲ビ貴ビ
テ、泣々ク礼拝シケリ。

其ノ後、高野ニ有ル□上座ト云フ僧ノ、其ノ時ニ廿二
三歳許ニテ其ニ有ケルニナム、家女此ノ事ヲ語リケル。仏
菩薩聖衆ノ来リ給フトハ不見エザリケリ。紫雲光リナドハ
慥ニ見ケリ。亦、其ノ尼ノ移リ香、女移シテ後マデ持タリケ
リ。家女モ、紫雲光リヲ見、其ノ香ヲ聞ケムハ、此レヲ思
フニ、定メテ罪人ニハ不有ジ。「遂ニ、願バ往生ズル事モ有
ナム」トゾ思ユル。此レヲ聞ク人皆悲ビ貴ビケリ。

然レバ、往生ズル人ハ、皆兼テ其ノ期ヲ知テ、此ク人ニ告
グル也。此レヲ聞テ、人皆心ヲ発シテ念仏ヲ唱ヘテ、極楽ヲ
可願シ、トナム語リ伝ヘタルトヤ。

요시타카義孝 소장少將이 왕생한 이야기

후지와라노 요시타카藤原義孝의 도심道心을 전하는 평소의 행동과 왕생 시의 삽화挿話를 기록한 이야기로, 같은 이야기 혹은 부분적으로 같은 이야기는 여러 서적(부록의「출전·관련자료 일람」참조)에 보여 저명한 이야기이다. 권24 제39화에도 관련기사가 보인다. 비구니 왕생담은 앞 이야기를 끝으로 끝나고, 이 이야기부터 제47화까지는 재가 남在家男(왕신王臣·사서士庶)의 왕생담이 이어진다.

이제는 옛이야기이지만, 이치조一條 섭정攝政¹ 나리라는 분이 계셨다. 그의 아들 형제는, 형은 우근위부右近衛府 소장少將² 다카카타擧賢³라고 하고, 동생은 좌근위부左近衛府 소장 요시타카義孝⁴라고 했다. 동생인 요시타카 소장은 어릴 적부터 도심道心이 깊고 불법을 깊이 신봉해 악업惡業을 짓지 않고 물고기나 새를 먹지 않았다.

어느 날, 당상관堂上官들이 많이 모여 있는 자리에 이 소장이 불려갔다. 가보니, 함께 모여 먹고 마시며 놀고 있었는데, 상 위에는 붕어알로 버무린 붕어회가 있었다. 요시타카 소장은 이를 보고 먹을 생각은 하지 않고 "어미 고기에 새끼를 버무린 것을 먹다니, 이런!" 하고 눈에 눈물을 글썽이며 그 자

---

1 → 인명. 후지와라노 고레마사藤原伊尹임.
2 *옛날, 근위부近衛府의 차관.
3 → 인명.
4 → 인명.

리를 떴다. 사람들은 그가 자리를 뜨는 것을 보고, 회 맛이 완전히 사라지고 말았다. 이처럼 소장은 물고기나 새를 먹지 않았고, 하물며 스스로 동물을 죽이는 일은 절대 없었다. 공무가 한가할 때는 오로지 『법화경法華經』을 읊고 아미타 염불을 외었다.

천연天延 2년[5]이라는 해의 어느 가을, 세간에는 천연두[6]라는 병이 유행해 실로 시끄러운 때였다. 청명하게 달 밝은 밤, 홍휘전弘徽殿[7]의 세전細殿[8]에 상궁 두세 명 정도가 모여 앉아 잡담을 하고 있는데, 전상간殿上間[9] 쪽에서 온 것이리라, 요시타카 소장이 부드러운 노시直衣[10]를 입고 세전으로 들어와 그 상궁들과 이야기를 나누었다. 그 모습은 정말 어떤 곡절이 있어 보이고, '아주 사소한 이야기인데도 정말 도심이 깊은 분이구나.' 생각될 정도였다. 밤도 점점 깊어져 가고 소장은 그곳에서 나와 북쪽을 향해 걸어갔다. 종자從者로는 단지 시중드는 동자 한 명만이 따르고 있었다. 천천히 북진北陣[11] 부근을 지나갈 때, 소장은 걸으면서 방편품方便品[12]의 비구게比丘偈[13]를 아주 존엄하게 읊었다. 세전에 있던 상궁들은 이를 듣고 '이분은 참 도심 깊은 분이신 것 같다. 도대체 어디로 가시는 걸까?' 하고 종자를 불러 "그 소장이 어디로 가시는지 뒤를 밟아 알아내 오거라." 하고 보냈다. 종자가 뒤를 밟아 보니,

---

5 974년. 엔유圓融 천황 치세 기간임.
6 당시의 천연두 유행 상황은 『천연이년기天延二年記』에 자세히 기록되어 있음.
7 헤이안 궁궐 뒷 전각의 하나. 청량전의 뒤쪽에 위치한 중궁, 후비들의 처소.
8 전각의 두 건물을 잇는 복도. 아마도 이곳에 상궁·궁녀들의 방이 있었을 것임.
9 청량전淸凉殿에 있는 당상관堂上官의 대기소.
10 헤이안 시대에 귀족 남성이 입은 평상복.
11 헤이안 궁궐 외곽의 북문. 삭평문朔平門을 말함. 그곳에 병위부兵衛府의 대기소가 있어 그렇게 불렀음.
12 → 불교. 『법화경』 제2품.
13 방편품의 "비구비구니比丘比丘尼, 유회승상만有懷僧上慢, 우바새아만優婆塞我慢 우바니불신優婆尼不信 여시사중등如是四衆等 기수유오천其數有五千" 이하의 121행의 게송偈頌을 말함.

소장은 토어문土御門[14]으로 나와 대궁大宮 길을 북쪽으로 가서, 세손지世尊寺[15] 동문으로 들어가 그 동쪽 바깥채[16] 앞에 있는 붉은 매화나무 아래에 서서 "나무南無 서방극락 아미타불, 명종命終 결정決定 왕생극락."[17]이라 외며 예배를 하고 툇마루로 올라갔다. 종자는 이를 지켜보고 동자 곁에 다가가 "항상 이렇게 예배하시는가?"라고 묻자, 동자는 "사람이 보고 있지 않을 때는 항상 이렇게 예배하십니다."라고 대답했다. 종자가 되돌아와 보고를 드리자, 상궁들은 그 말을 듣고 대단히 감격해 했다.

그런데 그 다음날부터 소장은 천연두에 걸려 "입궐할 수 없다"고 하던 와중에 이번에는 형인 다카카타 소장도 같은 병에 걸려, 형제가 함께 자택의 서쪽과 동쪽 침실에 각각 앓아 누웠다. 어머니[18]는 두 사람 사이를 여기저기 오가며 정신없이 간병하고 계셨다. 그런데 형인 소장은 단 삼 일 만에 중태에 빠져 죽고 말았다. 그래서 사람이 죽으면 일반적으로 하는 것처럼 머리를 북쪽으로 향하게[19] 하여 장사를 지냈다. 어머니는 동생 소장이 누워 있는 곳에 가 눈물을 흘리며 슬피 울었다. 그 동생인 소장도 여전히 중병처럼 보였지만, 소장은 큰 소리로 방편품方便品을 읊고 있었다. 절반 정도 읊었을 때 숨을 거두었다. 그 사이 뭐라 표현할 수 없는 향기[20]가 병상에 가득 찼다. 그래서 사람들은

"한 번에 두 아드님을 잃은, 이런 슬픔을 겪으신 어머님의 마음이야 오죽하실까. 만일 아버님이신 섭정 나리가 살아 계셨다면 얼마나 슬퍼하셨을까."

---

14 동쪽의 토어문土御門. 상동문上東門.

15 → 사찰명.

16 '東の對の屋'.

17 나무南無(→ 불교). 서방극락정토의 아미타불에 귀의하여, 사후 반드시 극락정토에 왕생하도록 기념한 구句임.

18 요시아키라代明 친왕親王의 딸로 게이시惠子.

19 석가모니의 열반涅槃을 모방하여 죽은 자의 머리맡을 북쪽으로 향하게 바꾸는 것.

20 임종 시의 묘향妙香은 극락왕생의 한 징표임.

라며 서로 이야기를 주고받았다.

그 후, 삼 일이 지나 어머니가 꿈을 꾸었는데 형인 소장이 중문中門 부근에 서서 심하게 울고 있었다. 어머니는 바깥채[21] 모퉁이에 서서 그것을 보고 "왜 집에 들어오지 않고 그렇게 울고 있습니까?"라고 물으시자, 소장은

"어머님 곁에 가려고 해도 갈 수가 없습니다. 저는 염마왕閻魔王[22] 앞에서 어떤 죄로 왔는지 조사를 받았습니다만 '이 자는 아직 당분간 수명이 남아 있군. 즉시 방면하여라.'라고 해서 방면되어 돌아왔는데, 제가 죽자마자 급히 머리맡을 북쪽으로 바꿔 놓아 버리셨기에 제 혼이 들어갈 곳이 없어져서 이렇게 헤매 돌아다니고 있습니다. 왜 그렇게 하셨습니까?"
라고 하였다. 어머니는 이러한 꿈을 꾸고 잠에서 깨어났다. 꿈에서 깨어난 어머니의 심정은 오죽하였겠는가.

또 당시 우근위부右近衛府 중장中將[23]인 후지와라노 다카토藤原高遠[24]라는 사람이 있었다. 요시타카義孝 소장과는 친구 사이였는데, 꿈에서 소장을 만났다. 꿈에서 다카토 중장이 소장을 보고 대단히 기뻐하며 "그대는 어디에 계시오?"라고 물었다. 소장은 "옛날은 봉래蓬萊 궁궐 안 달빛 아래에서 친교를 맺고, 지금은 극락계의 바람과 노니노라."[25]라고 한 수 읊고는 감쪽같이 보이지 않았다. 중장은 이러한 꿈을 꾸고 잠에서 깨어났다. 그리고 그 시를 적어두었다. 이 이야기를 들은 사람들은 "도심 있는 사람은 후세後世도 기대할 수 있는 것이다."라며 칭송하고 존귀하게 여겼다.

---

21 '對の屋'.
22 → 불교.
23 * 옛날 근위부近衛府의 차관의 차위.
24 → 인명.
25 '봉래 궁궐'은 궁궐을 의미하고 '극락계'는 극락정토를 의미함. 전반구句와 후반구는 생전 궁중에서의 교유交遊와 사후 극락왕생의 경우境遇를 대비시킨 대구對句. '생전은 궁중 달 아래서 친교親交를 맺고, 사후에는 극락정토의 바람에 날리어 자유무애自由無礙의 경지에 있다.'라는 의미.

소장은 살아 있을 때도 학식이 풍부하고 시를 잘 지었었는데, 꿈속에서 지은 시도 정말 훌륭하다. 그리고 그 꿈에서 "극락에서 노닌다."라고 하였고 또 죽을 때 왕생의 서상瑞相도 보였으니 틀림없이 왕생을 이룬 사람이라고 이렇게 이야기로 전하여 내려오고 있다 한다.

義孝小将往生語第四十二

今昔、一条ノ摂政殿ト申ス人御ケリ。其ノ御子二、兄ハ

右近少将挙賢ト云フ、弟ヲバ左近ノ小将義孝ト云ケリ。義

孝ノ少将ハ、幼カリケル時ヨリ道心有テ、深ク仏法ヲ信ジテ、

悪業ヲ不造ズ魚鳥ヲ不食ズ。

其ノ時ニ、殿上人数有テ、此ノ少将ヲ呼ケレバ、行タリ

ケルニ、物食ヒ酒飲ナドシテ遊ケルニ、鮒ノ子鱠ヲ備タリケ

レバ、義孝ノ少将此レヲ見テ、不食ズシテ云ク、「母ガ肉村

二子ヲ敢タラムヲ食ハムコソ」ト云テ、目ニ涙ヲ浮ベテ立テ

去ニケルヲ、人々此レヲ見テ、鴬ノ味モ失ゾ有ケル。此様

ニシテ魚鳥ヲ食フ事無カリケリ。況ヤ自ヲ殺生ズル事ハ永ク

無カリケリ。只、公事ノ隙ニハ常ニ法花経ヲ誦シ、弥陀ノ念

仏ヲ唱ヘケリ。

而ル間、天延二年ト云フ年ノ秋ノ比、世ノ中ニ疱瘡ト云フ

病発テ、極テ騒ガシカリケルニ、有明ノ月ノ極テ明カリケ

ル夜、弘徽殿ノ細殿ニ女房二三人許居テ物語ナドスル間、

義孝ノ少将襴装束□ヨカニテ、殿上ノ方ヨリ来ニヤ有

ラム、細殿ニ来テ女房ト物語スル様、現ハニ「故有ラム」ト

見エテ、「墓無キ事ヲ云フニ付テモ道心有ルカナ」トゾ思エ

ケル。夜漸ク深更ヌレバ、少将北様へ行ヌ。共ニハ小舎人童

只一人ゾ有ケル。北ノ陳漸ク行ク程ニ、方便品ノ比丘偈ヲ

極テ貴ク誦シテ行ケル。細殿ニ有ル女房共此レヲ聞テ、「此

ノ君ハ道心深キ人ナメリ。何チ行クラム」ト思テ、侍ヲ呼テ、

義孝歩行の道順

206

「此ノ少将ノ行カム方見テ、返来レ」トテ遣レバ、侍、少将
ノ後ニ立テ行クニ、小将土御門ヨリ出テ、大宮登リ行テ、世
尊寺ノ東ノ門ヨリ入テ、東ノ台ノ前ニ紅梅ノ木ノ有ル下ニ立
テ、西ニ向テ、「南無西方極楽阿弥陀仏命終決定往生極
楽」ト礼拝シテナム、板敷ニ上ケル。侍此レヲ見テ、小舍
人童ニ寄テ、「例モ此クヤ礼拝シ給フ」ト問ケレバ、童、「人
ノ不見ヌ時ハ、例モ必ズ此クナム礼拝シ給フ」トゾ答ヘケル。
侍返テ此ノ由ヲ語ケレバ、女房共此レヲ聞テ、極テ哀レガ
リケリ。

而ル間、其ノ次ノ日ヨリ、小将疱瘡ニ煩テ、「内ニモ不参
ズ」ナド云ケル程ニ、兄ノ挙賢ノ小将モ同ジク煩テ、寝殿ノ
西東ニ臥テナム共ニ煩ヒケル。母上ハ中ニ立テリ、行テ見
給ヒケル。兄ノ少将ハ只三日重ク成テ失ニケレバ、枕ナド賛
ヘテ、例ノ失タル人ノ如ク葬シテケリ。然レバ、弟ノ小将ノ
煩フ方ニ、母ハ涙ヲゾ歎キ悲ビケル。其ノ病亦極テ重シ、ト
見給ケル程ニ、少将音ヲ挙テ方便品ヲ誦シケルニ、半許誦

シケル程ニ失ニケリ。其ノ間、艶ズ馥バシキ香其ノ所ニ満タ
リケリ。然レバ、「一度ニ二人ノ子ヲ失ヒテ見給ヒケム母ノ
御心何許有ケム。父ノ摂政殿御マサマシカバ何許思シ歎カ
マシ」トゾ人云ケル。

其ノ後、三日ヲ経テ、母ノ御夢ニ、兄ノ小将中門ノ方ニ立
テ極ク泣ク。母台ノ角ニシテ此レヲ見テ、「何ド不入給ズシ
テ、此ク泣キ給フゾ」ト問ヒ給ヒケレバ、少将、「参ラム
トハ思ヘドモ、不参得ヌ也。我レ、閻魔王ノ御前ニシテ罪ニ
被勘ヘラルニ、『此レハ未ダ命遠カリケリ。速ニ可免シ』トテ
被免ツレバ、返来タルニ、忩テ、枕ヲ被賛ニケレバ、魂ノ入
ル方ノ違テ、活動事ヲ不得ズシテ迷ヒ行ク也。心踈キ態セサ
セ給ヘル」トテ恨タル気色ニテ泣ク、ト見ル程ニ、夢覚ヌ。

母夢覚テ後、思シケム事何許也ケム。
亦、其ノ時ニ右近ノ中将藤原ノ高遠ト云フ人有ケリ。義孝
ノ小将ト得意ニテナム有ケルニ、夢ニ、故義孝ノ小将ニ値ヌ。
高遠ノ中将此レヲ見テ、極テ喜ク思テ、「君ハ何コニ御スル

ゾ」ト問ケレバ、義孝ノ小将答テ云ク、「昔ハ契ギリ蓬萊ノ

宮ノ裏ノ月ニ、今ハ遊ブ極楽界ノ中ノ風ニ」ト云テ、掻消ツ

様ニ失ヌ、ト見テ、夢覚ヌ。其ノ後チ、高遠ノ中将此ノ文ヲ

書付テ置テケリ。此レヲ聞ク人、「道心有ル人ハ、後ノ世ノ

事ハ憑シカルベシ」トナム云テ、讃メ貴ビケル。

小将生タリシ時モ、身ノ才有テ文ヲ吉ク作ケレバ、夢ノ

内ニ作タル文モ微妙キ物ニテナム有ル。夢ニ、「極楽ニ遊ブ」

ト告タルニ、亦終ニ往生ノ相ヲ現ズ。疑ヒ無キ往生ノ人也、

トナム語リ伝ヘタルトヤ。

단바丹波의 중장中將 마사미치雅通가
왕생한 이야기

단바丹波의 중장中將 마사미치雅通는 영화榮華를 자랑하며 살생을 저질렀지만, 마음속에는 항상 도심을 간직하여 평소 『법화경』의 제바품提婆品을 독송한 공덕으로 극락왕생을 이룬 이야기. 사승師僧이 꿈에서 마사미치의 왕생을 확인한 것이나, 그것을 불신하던 후지와라노 미치마사藤原道雅가 로쿠하라미쓰지六波羅蜜寺에서 노비구니의 꿈이야기를 듣고, 그제서야 마사미치의 왕생을 진심으로 믿게 되었다는 기사가 첨부되어 있나. 앞 이야기에 이은 귀인貴人의 왕생담이다.

이제는 옛이야기이지만, 단바丹波 중장中將이라는 사람이 있었다. 이름은 마사미치雅通[1]라고 하며, 우소변右少辨 □□[2] 입도入道라는 사람의 아들이다. 원래부터 정직하여 거짓말이나 부정을 저지르는 일이 없었고 다른 사람에게 악한 마음을 품어 본 적이 없었다. 하지만 젊었을 때는 당상관堂上官이다 보니 영화榮華 영달榮達에 빠져 비슷한 신분의 귀족 자제들과 노닐던 중, 본의 아니게 죄를 지은 적이 있었다. 봄이 되면 사람들과 함께 산에 들어가 사슴 사냥을 하고, 가을에는 들판에 나가 꿩을 잡았던 것이다.

이처럼 죄를 지으며 영화를 즐기고 있었지만 마음속에는 도심이 자리 잡

---

1 → 인명. 『법화험기法華驗記』에는 "좌근위부左近 중장中將 미나모토노 마사미치源雅通".
2 마사미치의 부친 이름의 명기를 위한 의도적 결자. '도키미치時通'로 추정됨.

고 있어, 언제나 현세를 벗어나려는 마음을 가지고 있었고, 『법화경』을 항상 외웠다. 그중에서도 제바품提婆品[3]을 깊이 마음에 담아 두고 있어, 매일 열 번도 스무 번도 읊었다. 이 제바품 안에 '정심신경淨心信敬, 불생의혹不生疑惑, 불타지옥不墮地獄, 아귀축생餓鬼畜生, 약재불전若在佛前, 연화화생蓮花化生.'[4]

이라는 문구文句를 아침저녁으로 입버릇처럼 읊었다. 이렇게 지내는 중에 병에 걸려 며칠 병상에 몸져누웠는데, 달리 이렇다 할 증세도 없이 병세가 심해져, 이제 막 임종을 맞이할 즈음에 제바품을 읊고 그 이외에는 한마디 도 하지 않고 죽고 말았다.

그런데 그 중장은 생전에 어느 성인聖人과 사승師僧과 시주施主의 관계를 깊이 맺고 있었는데, 성인은 아직 중장이 죽은 것도 모르고 초야初夜[5] 경 부처님 앞에 앉아 염불을 외다가 그만 잠이 들었는데 꿈에서 오색구름이 허공에 드리워지고 점차 내려와 그 단바 중장 집의 침전寢殿 위를 덮었다. 아름다운 빛을 비추며 향기가 가득 찼고 하늘에는 아름다운 음악이 들려왔다. 그 오색구름, 음악소리가 점차 서쪽을 향해 멀어져가는 꿈을 꾸고 성인은 잠에서 깨어났다. 성인은 '기이한 일이다.'라는 생각이 들고 가슴이 두근거려, 날이 새자마자 중장 집에 가서 물어보니, 한 사람이 나와 "중장님은 어젯밤 술시戌時[6]에 이미 돌아가셨습니다."라고 말했다. 성인은 하염없이 울며 그 꿈에 대해 이야기하고 돌아와 중장의 후세를 위해 추선 공양을 정성으로 올렸다. 세상 사람들도 이를 듣고 "단바 중장은 의심의 여지없이 왕생을 이룬 사람이다."라고 말하며 존귀하게 여겼다.

3　→ 불교. 제바달다품提婆達多品의 약칭.
4　청정한 마음을 가지고 경설經說을 신봉하여 의혹을 품지 않는 자는 지옥, 아귀, 축생의 악도惡道에 떨어지
　　는 일이 없을 것이다. 또한 만일 부처님 앞에 태어난다고 한다면 연화 속에 화생化生할 것이라는 뜻임.
5　밤을 '초·중·후'의 삼야三夜로 나눈 첫 번째. 오후 8시경.
6　* 오후 8시경.

그 당시 우경대부右京大夫[7] 후지와라노 미치마사藤原道雅[8]라는 사람이 있었다. 수帥 내대신內大臣[9]이라는 분의 아들이다. 이 자는 제멋대로에다 비뚤어진 성품의 소유자로, 그 성인의 꿈 이야기를 듣고도 믿으려 하지 않고

"성인의 그 꿈은 쓸데없는 헛된 꿈이다. 오랜 세월동안 마사미치 중장과 사승과 시주의 관계를 맺어서 중장을 칭송하려고 일부러 그런 근거 없는 말을 꺼낸 것에 지나지 않는다. 애당초 그 마사미치 중장은 살아 있을 때는 살생만 하고 영화榮華를 좋아했던 인간이다. 도대체 무슨 선근善根이 있어 극락에 왕생한단 말인가? 만일 그것이 사실이라면 극락에 태어나겠다고 생각하는 사람은 모두 살생을 중히 여기고 영화를 즐기면 되는 것이다."

라며 험담을 했다. 그런데 그 무렵 로쿠하라미쓰지六波羅蜜寺[10]에서 설법이 행해진다 하여, 미치마사도 청문聽聞하기 위해 그 절에 가서 설법을 듣고 있었다. 우연히 그가 탄 수레 앞에 늙은 비구니가 두세 사람이 있었다. 그중의 한 비구니가 눈물을 흘리며 한없이 울면서 말했다.

"저는 가난하고 이미 늙어 여태껏 한 점의 선근도 쌓지 못했습니다. 이 세상을 이렇게 허무하게 보내면 사후에 삼악도三惡道[11]에 떨어지지는 않을까 밤낮으로 탄식하며 부처님께 구원해 달라고 빌었더니, 어젯밤 꿈에 존귀한 모습의 노승이 나타나, '너는 절대 한탄하지 말거라. 전심專心으로 염불을 왼다면 틀림없이 극락에 왕생할 수 있을 것이다. 그 좌근위부左近衛府 중장 마사미치 아손朝臣도 선근은 쌓지 못했지만 오로지 바른 마음을 가지고 『법화경』을 독송했던 연유로 극락에 왕생할 수 있었던 것이다.'라고 말씀하

---

7 * 도읍 행정·치안·사법을 담당하는 기관인 우경직右京職의 책임자로 종5품의 관직.
8 → 인명.
9 → 인명. 후지와라노 고레치카藤原伊周를 가리킴.
10 → 사찰명.
11 → 불교.

셨습니다. 저는 그 꿈을 꾸고 나서 정말 기쁘기 그지없었습니다. 그 단바 중장이 왕생하신 것도 틀림없는 사실입니다. 정말 거룩하고도 존귀한 일입니다."

미치마사는 이것을 듣고 '마사미치 중장의 왕생은 정말이었구나.'라고 믿고, 그 이후 의심하는 일도 험담하는 일도 없었다.

이 이야기를 들은 사람은 모두

'극락에 왕생하는 것은 선근을 쌓았는지, 쌓지 않았는지에 의한 것이 아니다. 오로지 바른 마음을 가지고 경전을 읊고 염불을 외면 되는 것이다.' 라는 것을 알고 존귀하게 여겼다고 이렇게 이야기로 전하여 내려오고 있다 한다.

丹波中将雅通往生語第四十三

今昔、丹波中将ト云フ人有ケリ。名ヲバ雅通ト云フ。右
少弁ノ□入道ト云フ人ノ子也。本ヨリ心直シクシテ諂曲無
カリケリ。人ノ為ニ悪キ心ヲ不発ズ。但シ、若カリケル程ニ
殿上人ニテ有ケレバ、栄耀ヲ以テ宗トシテ、同ジ程ノ君達ナ

ドト遊ビ戯ルヽ間、心ニ非ズ罪ヲ造ケリ。人ニ伴ナヒテ春ハ
山ニ入テ鹿ヲ狩リ、秋ハ野ニ出テ鴿ヲ殺ス。
如此ク罪ヲ造リ、栄花ヲ好ムト云ヘドモ、内ニハ道心有テ、
常ニ世ヲ厭フ心有ケレバ、常ニ法花経ヲ誦シケリ。其ノ中ニ、
提婆品ヲゾ深ク心ニ染メテ、毎日ニ二十二返モ誦シケル。此
ノ品ノ中ニ、
浄心信敬　不生疑惑　不堕地獄　餓鬼畜生　若在仏前
蓮花化生
ト云フ文ヲ朝暮ノ口実トシテ誦ケル。而ル間、身ニ病ヲ受テ
日来悩ケル間ニ、何トモ無ク病重リテ既ニ限ニ成ヌル時ニ、
偏ニ提婆品ヲ誦シテ、更ニ其ノ外ノ事ヲ不云ズシテ失ニケリ。
而ルニ、此ノ中将、生タリケル時、或ル聖人ト師檀ノ深キ
契リ有ケルニ、聖人中将失タリト云フ事ヲ未ダ不知ズシテ、
初夜ノ程ニ、仏ノ御前ニ念誦シテ、居乍ラ眠入タリ
ケル夢ニ、五色ノ雲空ヨリ聳キ下テ、彼ノ丹波中将ノ家ノ寝
殿ノ上ニ覆フ。光ヲ放チ馥バシキ香満テ空ニハ微妙ノ音楽ノ

音聞ユ。其ノ五色ノ雲、音楽ノ音、漸ク西ヲ指テ去ヌ、ト見テ、夢覚ヌ。聖人、「怪キ事カナ」ト心ニ騒ギ思テ、夜暁ルヤ遅キト、彼ノ中将ノ家ニ行テ尋ヌレバ、人有テ、「夜前ノ戌時ニ、中将ハ早ク失給ヒニキ」ト云ヘバ、聖人泣々々彼ノ夢ヲ語テ返テ、中将ノ後世ヲ弥ヨ訪ヲケリ。世ノ人モ此レヲ聞テ、「丹波中将ハ疑ヒ無ク往生ジタル人也」トゾ云ヒ、貴ビケル。

其ノ時ニ、右京大夫藤原ノ道雅ト云フ人有ケリ。帥ノ内大臣ト申シケル人ノ子也。放逸邪見也ケル人ニテ、彼ノ聖人ノ夢ノ事ヲ聞テ不信ズシテ云ク、「彼ノ聖人ノ夢ハ極タル虚夢也。年来雅通ノ中将ト師檀ノ契有ル故ニ、彼レヲ讃メムガ為ニ由無シ事ヲ云出タル也。彼ノ雅通ノ中将、生タリシ時殺生ヲ宗トシテ栄花ヲ好シ人也。若シ此ノ事実ナラバ、極楽ニ生レムト思ハム人ハ殺生ヲ宗トシ、栄花ヲ可好キ也」ト謗リ嘲ル間、六波羅ニ講演有テ、道雅ノ朝臣聴聞セムガ為ニ六波羅ニ行テ聴聞スル

間、車ノ前ニ老タル尼ニ三人許有リ。其ノ中ニ一人ノ尼涙ヲ流シテ泣々語リ云ク、「我レ身貧クシテ年老ニタリ。一塵ノ善根ヲ造ル事無シ。徒ニ此ノ世ヲ過シテ三悪道ニ返ナムズル事ヲ夜ル昼歎キ悲デ、此ノ事ヲ申スニ、昨日ノ夜夢ニ見様、貴キ姿シタル老タル僧出来テ、我レニ告テ宣ハク、『汝ヂ、更ニ歎ク事無クシテ、心ヲ専ニシテ念仏ヲ唱ヘバ、必ズ極楽ニ往生ゼム事疑ヒ不有ジ。彼ノ左近ノ中将雅通ノ朝臣ハ、善根ヲ不造ズト云ヘドモ、只心ヲ直クシテ法花経ヲ読誦セシ故ニ、既ニ極楽ニ往生ズル事ヲ得テキ』ト宣ヒテ。然レバ、尼此ノ夢ヲ見タレバ無限ク喜ク思ユル也。彼ノ丹波中将ノ往生シ給タル事モ疑ヒ無キ事也ケリ。哀ニ貴シ」ト語ル。

道雅ノ朝臣此レヲ聞テ、「雅通ノ中将往生ハ実也ケリ」ト信ジテ、其ノ後ヨリハ不疑ズシテ謗ル事無カリケリ。此レヲ聞ク人、皆、「極楽ニ往生ズル事ハ、善根ヲ造ルニハ不依ズ、只心ヲ直クシテ経ヲ誦シ念仏ヲ可唱キ也ケリ」ト知テ、貴ビケリ、トナム語リ伝ヘタルトヤ。

이요 지방^{伊予國}의 오치노 마스미^{越智益躬}가 왕생한 이야기

재가인在家人이면서 정행淨行과 지계持戒의 생활을 보낸, 이요 지방伊予國 오치 군越智郡의 오치노 마스미越智益躬가 극락왕생을 이룬 이야기. 앞 이야기와 마찬가지로『법화경法華經』독송과 염불이 왕생의 요인으로 되어 있다.

이제는 옛이야기이지만, 이요 지방伊予國¹ 오치 군越智郡의 대령大領² 오치노 마스미越智益躬³라는 사람이 있었다. 젊을 때부터 노년에 이르기까지 공무公務를 수행함에 있어 소홀함이 없었다. 또한 도심道心이 깊어 불법을 믿고, 인과因果⁴의 도리를 알아서 매일 낮에는『법화경法華經』한 부를 꼭 읊고, 밤에는 아미타 염불을 외었다. 아직 머리를 깎고 출가는 안했지만, 십중금계十重禁戒⁵를 받아 자기 법명을 조진定眞이라 했다.

이렇게 불도에 정진하여 세월을 보내는 사이 어느덧 늙어 이제 곧 임종할 때가 되었다. 고통도 없고 마음의 흐트러짐도 없이 서쪽을 향해 단좌한

---

1 *현재의 에히메 현愛媛縣.
2 일군一郡의 장관. 차관은 소령小領.
3 『예장기豫章記』,『오치 계도越智系圖』,『고노 씨계도河野氏系圖』등에 따르면, 고레이孝靈 천황의 후예. 하쿠오 百男의 아들로서 고노河野 씨의 선조先祖로 무예가 출중하여 많은 전공을 세운 것으로 전해지고 있음.
4 → 불교.
5 → 불교.

채 손으로 정인定印[6]을 맺고 입으로는 염불을 외며 숨을 거두었다. 그때 하늘에서는 아름다운 음악소리가 들려왔다. 인근 마을사람들이 모두 이것을 들었다. 또한 말로 표현할 수 없는 향기가 온통 집안에 가득 찼다. 이를 보거나 들은 사람들은 모두 눈물을 흘리며 존귀하게 여겼다.

다만 그는 머리를 깎지 않고 법명을 붙였다. 이왕이면 확실하게 출가를 해야 마땅하겠지만, 속인俗人이면서도 분명 왕생한 것은 틀림없으니 존귀한 일이라고 이렇게 이야기로 전하여 내려오고 있다 한다.

6 → 불교. 아미타의 정인.

伊予国越智益躬往生語第四十四

今昔、伊予ノ国、越智ノ郡ノ大領越智ノ益躬ト云フ者有

ケリ。若ヨリ老ニ至ルマデ公事ヲ勤テ怠ル事無シ。亦、道

心深クシテ仏法ヲ信ジ因果ヲ知ル。昼ハ法花経一部ヲ必ズ誦

シ、夜ハ弥陀ノ念仏ヲ唱フ。此レ常ノ所作也ケリ。未ダ頭ヲ

不剃ズト云ヘドモ、十重禁戒ヲ受テ法名ヲ定メテ、定真トム

フ。

如此ク勤メ行ヒテ年来ヲ経ルニ、年老ヌ。遂ニ命終ラムー

為ル時ニ臨デ、身ニ病無ク、心不乱ズシテ、西ニ向テ端坐シ

テ、手ニ定印ヲ結ビ、口ニ念仏ヲ唱ヘテ失ニケリ。其ノ時ニ、

空ニ微妙ノ音楽ノ音有リ。近辺ノ里村ノ人、皆此レヲ見ケリ。

亦、艶ヌ馥バシキ香家ノ内ニ匂ヒ満タリケリ。此レヲ見聞ク

人、皆涙ヲ流シテ貴ビケリ。

但シ、頭ヲ不剃ズシテ法名ヲ付タリ。同クハ可出家シト云

ヘドモ、俗作ラモ現ハニ往生疑ヒ無ケレバ、貴キ事也、トナ

ム語リ伝ヘタルトヤ。

엣추越中의 전사前司 후지와라노 나카토藤原仲遠가 도솔천兜率天에 왕생한 이야기

이 이야기도 또한 도심 깊은 재가인在家人의 왕생담이다. 엣추越中의 전사前司 후지와라노 나카토藤原仲遠가 『법화경法華經』을 중심으로 진언다라니眞言陀羅尼와 염불을 겸수兼修해 도솔천兜率天에 왕생했다는 이야기임.

이제는 옛이야기이지만, 엣추越中[1]의 전사前司 후지와라노 나카토藤原仲遠[2]라는 사람이 있었다. 젊을 때부터 도심道心이 깊어, 현세의 일은 생각하지 않고 오로지 후세後世[3]의 악보惡報만을 걱정했다. 늘 출가하고 싶어 했지만 당장 처자식을 버리고 떠날 수 없어 출가를 생각하면서도 그대로 집에 머물러 살고 있었다.

하지만 짧은 시간에도 짬을 내 『법화경法華經』을 독송讀誦하고 부처님의 명호名號를 외었다. 말이나 마차를 타고 어딘가에 갈 때에도 손에는 경전을 들고 독송하였고, 바쁜 일상생활이었지만 매일 『법화경』 한 부, 이취분理趣

---

1   * 현재의 도야마 현富山縣.
2   장인藏人, 빗추備中의 수령(『존비분맥尊卑分脈』). 엣추越中의 수령이었다는 기록은 『법화험기法華驗記』 이외에는 확인이 안 됨.
3   → 불교.

分,[4] 보현십원普賢十願,[5] 존승다라니尊勝陀羅尼,[6] 수구다라니隨求陀羅尼,[7] 아미타대주阿彌陀大呪[8]를 읊는 일을 게을리하지 않았다. 그래서 일생동안 읊은 『법화경』만 해도 만여 부, 그 이외의 염불과 독경은 헤아릴 수도 없고, 청문한 『법화경』 강좌[9] 수는 천여 강좌, 만든 불상과 서사한 경전 또한 무수히 많았으며, 남에게 물건을 베푼 보시행布施行 또한 많았다.

이렇게 해서 마침내 임종이 다가왔을 때, 마음의 흐트러짐 없이 『법화경』을 읊고, 곁에 있는 사람에게 "나는 지금 도솔천兜率天[10]에 왕생할 것이다."라고 말하고 합장한 채 숨을 거두었다. 그때 집 안에 뭐라 표현할 수 없는 향기가 가득 찼고, 허공에서는 아름다운 음악소리가 들려왔다.

이를 들은 사람들은 모두 "오랜 세월동안 『법화경』을 수지受持하셨으니 틀림없이 도솔천에 왕생하셨어."라고 존귀하게 여기며 칭송하였다고 이렇게 이야기로 전하여 내려오고 있다 한다.

---

4 → 불교.
5 → 불교.
6 → 불교.
7 → 불교.
8 → 불교.
9 『법화경』강은 한 권 내지 한 품을 강설하는데, 1회의 강연을 일좌一座로 함.
10 → 불교.

越中前司藤原仲遠往生兜率語第四十五

今昔、越中ノ前司藤原ノ仲遠ノ朝臣ト云フ人有ケリ。若
ヨリ道心有テ、偏ニ世ノ事ヲ不思ズシテ、只後世ノ事ヲノミ
恐レケリ。常ニハ出家ノ思ヒ有リト云ヘドモ、忽ニ妻子ヲ難

棄キニ依テ、思ヒヲ懸ケ乍ラ自然ラ過ケリ。

一寸ノ暇ヲ惜テ法花経ヲ読誦シ、仏ノ名号ヲ唱ヘケリ。馬
車ニ乗テ道ヲ行ク時ニモ、手ニ経ヲ捲テ断ツ事無カリケリ。
世路ヲ赴ルト云ヘドモ、毎日ノ所作トシテ、法花経一部、理
趣分、普賢ノ十願、尊勝陀羅尼、随求陀羅尼、阿弥陀ノ大呪、

此等ヲ誦シテ事無カリケリ。一生ノ間、読タル所ノ法花
経万余部也。自余ノ念仏読経ハ其ノ員ヲ不知ズ。法花講ヲ
聴聞スル事千余座也。仏ヲ造リ経ヲ書タル事、其ノ員有リ。人

ノ物ヲ与ヘ施ヲ行ジタル事亦多カリ。

而ル間、遂ニ命終ラムト為ル時ニ臨デ、心不乱ズシテ、法
花経ヲ誦シテ、傍ナル人ニ告テ云ク、「我今兜率天上ニ可生
シ」云テ、掌ヲ合テ失ニケリ。其ノ時ニ、家ノ内ニ艶ズ馥

バシキ香匂ヒ満テ、微妙キ音楽ノ音空ニ聞エケリ。

此レヲ聞ク人、皆、「年来法花経ヲ持テルニ依テ、必ズ兜
率天上ニ生レヌ」トゾ云テ、貴ビ讃ケル、トナム語リ伝ヘタ
ルトヤ。

나가토 지방長門國 아무阿武 대부大夫가
도솔천兜率天에 왕생한 이야기

파계破戒와 살생을 일삼던 극악무도한 나가토 지방長門國 아무阿武 대부大夫가 『법화
경法華經』 제8권의 공덕으로 소생蘇生하게 되고, 그 후 발심發心하여 출가하여 『법화
경』 독송에 전념해 도솔천兜率天에 왕생한 이야기. 권14 제10화·권19 제14화 등을 상
기시키는 악인의 발심 왕생담으로, 『법화경』 독송에 의한 도솔천 왕생이라는 모티브
로 앞 이야기와 연결된다.

이제는 옛이야기이지만, 나가토 지방長門國 □□ 군群¹에 아무阿武 대부大
夫²라는 자가 있었다. 대단히 사나운 심성의 소유자로 살생殺生³을 일삼고,
사람들이 두려워하여 그 위세가 온 지방에 미쳐 하고 싶은 대로 수많은 악
업惡業을 일삼았다. 오랜 세월동안 이런 행위만 계속해서 일말一抹의 선근도
쌓지 못했다.

그러나 어느덧 노경老境에 접어들어 중병에 걸렸다. 여러 날 병상에 신음
한 끝에 이제 곧 죽을 때가 되어, 많은 승려들을 초청해 『법화경』을 전독轉
讀⁴시켜 병의 쾌유를 빌었는데, 수일 후 죽고 말았고 승려들은 모두 돌아갔

---

1   군명의 명기를 위한 의도적 결자. '아무阿武'가 상정想定됨.
2   미상. 다만, 이 지역 호족으로 5품이었던 자의 통칭일 것임.
3   → 불교.
4   → 불교.

다. 하지만 그중 한 지경자持經者가 있었는데 사정이 있어 죽은 자의 후세를 추선 공양하기 위해 그곳에 머물러 『법화경』을 읊고 있었다. 제8권의 "시인 명종是人命終, 위천불수수爲千佛授手"[5]라는 부분을 읊고 있는데, 죽은 자가 갑자기 되살아났다. 온 집안사람들이 이것을 보고 눈물을 흘리며 기뻐하고 더할 나위 없이 존귀하게 여겼다.

그런데 이 사자死者는 점차 제정신이 돌아와 일어나 앉아 합장하고, 마주 앉은 지경자로부터 이 『법화경』 문구를 듣고 눈물을 흘리며 지경자에게 부탁하여 다시 그 문구를 예닐곱 번을 읊게 했다. 병자는 이것을 들으며 한없이 존귀하게 여기며 지경자에게

"내가 죽자마자 명도冥途의 악귀들이 찾아와 나를 내몰듯이 연행해 갔습니다. 그때 지경자님이 이 문구를 읊자 갑자기 천동天童[6]이 나타나 나를 다시 데려와 이 인간세계로 되돌려 보내 준 것입니다."

라고 하였다. 그 후 아무 대부는 병도 나아 건강을 되찾았다.

아무 대부는 어느새 그동안의 오랜 세월에 걸친 악행을 잊고 도심을 일으켜 머리를 깎고 승려가 되어 슈카쿠修覺라 했다. 그리고는 『법화경』을 배워 밤낮으로 성심을 다해 열심히 독송讀誦을 했다. '이 현세는 부질없는 곳이다. 오로지 후세 보리菩提만을 바라자.'라고 생각하고, 이후 완전히 악행을 끊고 선근善根을 쌓는 사이, 어느덧 노경에 접어들었다. 마침내 임종을 앞두고 많은 승려를 초청하여 『법화경』을 전독하고 자신도 또한 『법화경』을 읊으면서 죽었다.

그 후 어떤 승려의 꿈에, 그 슈카쿠 입도入道가 쇠약해지지도 않은 용모를

---

5 『법화경』 제8권·보현普賢보살 권발품勸發品 제28에 등장하는 구절의 일부임. 보현보살이 강설하는 내용으로, 말세의 『법화경』 지경자가 임종할 때 천불千佛이 그 손을 잡아주어 공포가 사라지고 도솔천의 미륵보살 곁으로 왕생케 한다는 것을 설한 부분임.

6 → 불교. 동자 모습의 천인天人.

하고 의복도 정연히 차려입은 채 나타나 "저는 『법화경』을 독송한 공덕으로 지금 도솔천[7]에 태어났습니다."라고 말하는 꿈을 꿨다. 그래서 승려는 이 꿈을 슈카쿠의 처자식과 그 일족들에게 이야기해 주었다. 이 이야기를 들은 사람은 모두 눈물을 흘리며 기뻐하고 존귀하게 여겼다.

이것을 생각하면, 오랜 세월동안 악업을 지었지만 그것을 반성하고 선한 길로 들어섰기에 이렇게 존귀한 일도 있는 것이라고 이렇게 이야기로 전하여 내려오고 있다 한다.

7   → 불교.

長門国阿武大夫往生兜率語第四十六

今昔、長門ノ国、□ノ郡ニ阿武ノ大夫ト云フ者有ケリ。

極テ心武クシテ殺生ヲ業トシテ、人ニ被恐レテ、威勢国ニ満テ、恣ニ悪業ヲ造ル事無限シ。年来如此クノミシテ、善根ヲ勤ル事ヲ更ニ不知ザリケリ。

而ル間、年老ニ臨デ、身ニ重キ病ヲ受テ、日来悩ミ煩テ既ニ死ナムト為ル程ニ、数ノ僧ヲ請ジテ、法花経ヲ令転読テ、病ノ嚔ム事ヲ令祈ムト云ヘドモ、日来ヲ経テ遂ニ死ヌ。然レバ、僧共皆返ヌ。而ルニ、其ノ中ニ一人ノ持経者有リ。事ノ縁有ルニ依テ、死人ノ後世ヲ訪ハムガ為ニ留リ居テ、死人ニ向テ法花経ヲ誦スル間、第八巻ノ「是人命終 為千仏授手」ト云フ所ヲ誦スルニ、此ノ死人忽ニ活ヌ。家ノ中ノ人此レヲ見テ、泣々ク喜ビ貴ブ事無限シ。

而ル間、死人漸ク人心地ニ成テ、起居テ掌ヲ合テ、持経者ニ向テ此ノ文ヲ聞テ、涙ヲ流シテ持経者ヲ勧メテ、此ノ文ヲ六七返令誦ム。病人此レヲ聞テ、貴ブ事無限シ。持経者ニ語テ云ク、「我レ死ツル時、冥道ノ悪鬼等我レヲ駈リ追テ将去ツル間ニ、持経者此ノ文ヲ誦シ給ヒツルニ、忽ニ天童来テ、

我レヲ令将返テ、人界ニ令趣テ返シタル也」ト。其ノ後、病噢テ例ノ如クニ成ヌ。

阿武ノ大夫年来ノ悪行ヲ忘レテ、道心ヲ発テ、頭ヲ剃テ僧ト成ヌ。名ヲ修覚ト云フ。其ノ後法花経ヲ受ケ習テ、心ヲ至シテ日夜ニ読誦シケリ。「此ノ世ハ益無キ所也ケリ。偏ニ後世ノ菩提ヲ願ハム」ト思取テ、永ク悪ヲ断チ善ヲ修スル間、年老ニ臨デ、遂ニ命終ラムト為ル時、数ノ僧ヲ請ジテ、法花経ヲ令転読メ、自ラモ亦法花経ヲ誦シテ失ニケリ。

其ノ後、一ノ僧ノ夢ニ、彼ノ修覚入道形チ不衰ズ、衣服直クシテ、僧ニ語リ云ク、「我レ、法花経ヲ読誦セシ力ニ依テ、今兜率天上ニ生レヌ」ト云フ、ト見ケリ。然レバ、此ノ夢ヲ修覚入道ガ妻子眷属ニ語リケリ。此レヲ聞ク人皆涙ヲ流シテ喜ビ貴ビケリ。

此レヲ思フニ、年来悪ヲ行ズト云ヘドモ、思ヒ返テ善ニ趣ヌレバ、此ク貴キ也、トナム語リ伝ヘタルトヤ。

악업惡業을 지은 사람이 마지막에 염불을 외어 왕생한 이야기

파계破戒와 사후死後의 인과응보를 불신하던 악인惡人이, 임종 시 지옥 화차火車의 마중을 받고 참회하여 아미타 명호名號를 외고 성중聖衆의 내영來迎을 받았다는 이야기. 앞 이야기에 이어지는 악인의 발심發心 왕생담으로, 남자 왕생담의 마지막 이야기이다. 다만, 같은 이야기가 계속 반복되고 특이한 점도 없는 등, 이 이야기는 서투른 감이 들어, 편자의 결점이 많이 노출된 이야기로 판단된다. 참고로, 이 이야기는 근대소설가 아쿠타가와 류노스케芥川龍之介의 작품 『로쿠노미야六宮의 공주』의 임종장면의 소재로 활용되었다.

이제는 옛이야기이지만, □□ 지방[1]에 한 사람이 있었다. 항상 죄를 짓고 살생[2]과 방종한 생활 등, 모든 면에서 이루 말할 수 없었다.

그렇게 □□[3] 몇 년이 지났는데, 어떤 사람이 "죄를 짓는 자는 반드시 지옥에 떨어진다."라고 했다. 남자는 이 말을 듣고도 전혀 믿으려 하지 않고

"죄를 짓는 자는 반드시 지옥에 떨어진다니, 터무니없는 거짓말이다. 그런 일이 있을 리가 없다. 어째서 그런 일이 있을 수 있단 말인가."

하며 더욱 살생을 하고 온갖 방종한 짓을 다했다.

1 　지방명의 명기를 위한 의도적 결자.
2 　→ 불교.
3 　결자가 생긴 이유에 대해서는 미상.

그러는 사이 이 남자는 중병에 걸렸고 며칠이 지나 이미 죽음에 직면하게 되었다. 그때 이 남자의 눈에 화차火車[4]가 보였다. 그것을 본 이후 병자는 매우 두려워져, 한 훌륭한 승려를 초청하여 말했다. 남자는

"저는 오랫동안 함부로 죄를 짓고 살아왔습니다. 어떤 사람이 '죄를 짓는 자는 반드시 지옥에 떨어진다.'고 가르쳐 주었지만, 그것은 '터무니없는 거짓말이다.'라고만 생각하여 죄 짓는 일을 그만두지 않았고, 지금 죽을 때가 되어 내 눈앞에 화차가 찾아와 나를 데려가려고 합니다. 이러고 보니 '죄를 짓는 자는 반드시 지옥에 떨어진다.'라는 말이 정말이었군요."

하며 오랜 세월 동안 이를 믿지 않은 것을 후회하고 슬퍼하며 한없이 울었다.

승려는 머리맡에서 이를 듣고

"당신은 '죄를 지으면 지옥에 떨어진다.'는 것을 오랜 세월동안 믿지 않았었는데, 지금 화차가 온 것을 보고 믿을 생각이 들었는가?"

라고 물었다. "화차가 눈앞에 나타나서 정말 믿게 되었습니다."라고 병자가 대답했다. 그러자 승려가

"그렇다면 '아미타 염불을 외면 반드시 극락에 왕생한다.'라는 것을 믿으시오. 이는 부처님이 가르쳐 주신 말[5]입니다."

라고 말했다. 병자는 이 말을 듣고 합장한 채 손을 이마에 대고, "나무아미타불南無阿彌陀佛"[6] 하고 확실히 천 번을 외었다. 그러자 승려가 "화차가 아직도 보이느냐? 어떠냐?"라고 병자에게 묻자 병자는 "화차는 갑자기 사라졌고, 금색의 큰 연화蓮花 한 잎[7]이 눈앞에 보입니다."라고 말을 하고나자마자

---

4   불이 활활 타오르고 있는 수레로 죄인을 실어 지옥으로 데려간다고 함.
5   소위 정토삼부경淨土三部經 등에 자세히 설명되어 있는 부분임.
6   → 불교.
7   성중聖衆이 사자死者를 태워 극락정토로 이끄는 금색의 연화대蓮花臺일 것임.

숨을 거두었다. 그때 승려는 감격하여 눈물을 흘리고 존귀해하며 되돌아갔다. 이를 보고 들은 사람들 모두 존귀해 하지 않는 자가 없었다.

이것을 생각하면, 부처님이 설하신 바와 조금도 다르지 않기에 오로지 염불을 외어야 한다고 이렇게 이야기로 전하여 내려오고 있다 한다.

造悪業人最後唱念仏往生語第四十七

今昔、□国ニ一人有ケリ。罪ヲ造ルヲ以テ役トセリ。殺生放逸惣テ無限シ。

如此クシテ□年来ヲ経ル間、人有テ教ヘ云ク、「罪ヲ造レル人ハ必ズ地獄ニ堕ル也」ト。此ノ人此ノ事ヲ聞クニ云ハ、「罪ヲ造ル人地獄ニ堕ツ」ト云ハ極タル虚言也。敢テ不信ズシテ云ク、「罪ヲ造ル人地獄ニ堕ツ」ト云ハ極タル虚言也。更ニ然ル事不有ジ。何ニ依テカ、然ル事有ラム」ト云テ、弥ヨ殺生ヲシ、放逸ヲ宗トス。

而ル間、此ノ人、身ニ重キ病ヲ受テ、日来ヲ経テ既ニ死ナムトス。其ノ時ニ、此ノ人ノ目ニ火ノ車見エケリ。此レヲ見テヨリ後、病人恐ヂ怖ル、事無限クシテ、一人ノ智リ有ル僧ヲ呼テ、問テ云ク、「我レ年来罪ヲ造ルヲ以テ役トシテ過ツルニ、人有テ、『罪造ル者ハ地獄ニ堕ツ』ト云テ制セシヲ、『此レ、虚言也』トノミ思テ、罪造ル事ヲ不止ズシテ、今死

ナムト為ル時ニ臨デ、目ノ前ニ火ノ車来テ、我レヲ迎ヘムトス。然レバ、『罪造ル者地獄ニ堕ツ』ト云フ事ハ実ニコソ有ケレ。年来不信ザリケル事ノ悔ヒ悲ビテ、泣ク事無限シ。

僧枕上ニ居テ、此レヲ聞テ云ク、「汝ヂ、『罪ヲ造テ地獄ニ堕ツ』ト云フ事ヲ年来不信ズト云ヘドモ、今火ノ車ノ来ルヲ見テ信ジツヤ」ト。病人ノ云ク、「然レバ、火ノ車目ノ前ニ現ジタレバ、深ク信ジツ」ト。僧ノ云ク、「『弥陀ノ念仏ヲ唱フレバ、必ズ極楽ニ往生ス』ト云フ事ヲ信ゼヨ。此レモ仏ノ説キ教ヘ給ヘル所也」ト。病人此レヲ聞テ、掌ヲ合セ額ニ宛テ、「南無阿弥陀仏」ト憧ニ千度唱フル、僧病人ニ問テ云ク、「火ノ車ハ、尚見ユヤ否ヤ」ト。病人、答テ云ク、「火ノ車ハ忽ニ失ヌ。金色シタル大キナル蓮花一葉ナム目ノ前ニ見ユル」ト云フマ丶ニ、失ケリ。其ノ時ニ、僧涙ヲ流シテ、悲ビ貴ビテ返ニケリ。此レヲ見聞ク人不貴ズト云フ事無シ。

此レヲ思フニ、仏ノ説キ給フ所ニ露モ不違ネバ、只念仏ヲ可唱キ也、トナム語リ伝ヘタルトヤ。

오미近江의 수령, 히코자네彦眞의 아내인 도모 씨伴氏가
왕생한 이야기

도심道心이 깊었던 오미近江 수령의 아내가 남편과 동침을 하지 않는 등 순결한 몸을 유지하고, 또한 우물 안에 넣어둔 붕어 두 마리를 방류하여 임종 시 성중聖衆의 내영來迎을 받아 왕생을 이룬 이야기. 앞 이야기까지의 재가남在家男 왕생담의 뒤를 이어, 이 이야기부터 제53화까지는 재가녀在家女의 왕생담이 이어진다.

이제는 옛이야기이지만, 오미近江[1]의 수령으로 히코자네彦眞[2]라는 사람이 있었다. 그의 아내인 도모 씨伴氏는 어릴 적부터 도심이 깊어 아미타불阿彌陀佛을 깊이 신봉하고 있었다. 그러던 중 이 여인은 히코자네와 부부가 되어 깊은 인연을 맺었지만 남편과 같은 침상에서 자지 않고 그 몸에 가까이 접촉하는 일도 없이, 항상 몸을 순결하게 유지하고 염불을 외었다.

어느 날, 여인은 태장계胎藏界의 만다라曼陀羅[3] 앞에 앉아 남편 히코자네를 불러,

"저는 오랜 세월 당신과 부부의 인연을 맺었지만, 같은 침상에서 자지 않고 몸을 가까이 접촉한 적도 없었습니다. 하지만 필시 그 나름의 죄가 있을

---

1   * 현재의 시가 현滋賀縣.
2   → 인명.
3   태장계회胎藏界會 만다라曼茶羅(→ 불교).

테지요.⁴ 그러니 저는 지금부터 당신과 같은 곳에 살지 않으려고 합니다. 저에게 집 한 채를 내어 주십시오. 따로 살며 그 죄를 벗어나고 싶습니다.”

라고 말했다. 그러자 히코자네는 아내의 말을 승낙했다.

아내는 또

“저는 오랜 세월동안 아미타 염불을 외어 오직 극락에 왕생하고자 하는데, 그런데도 약간의 문제가 있습니다. 그것이 무엇일까 생각해보니, 몇 해전 어떤 사람이 저에게 많은 붕어를 주었는데, 그중 살아 있는 붕어가 두 마리 있었습니다. 저는 그것들이 너무 가여워 우물에 넣어 주었습니다. 하지만 그 붕어들은 좁은 우물 안에 언제까지나 갇혀 있어, 필시 '넓은 곳에서 살고 싶다.'고 슬퍼하고 있겠지요. 혹여나 그 붕어들을 슬프게 한 죄가 왕생에 지장을 초래하고 있지는 않을까요?”

라고 했다. 히코자네는 그 말을 듣고 즉시 우물에 사람을 내려 보내 바닥을 뒤져보게 하고, 두 마리 붕어를 찾아서 넓은 연못에 풀어 주었다. 그 후 여인이 임종하려고 할 때에, 연꽃 향기가 온 집안에 가득 찼고, 자운紫雲이 드리워져 내려와 발簾 안으로 들어왔다. 그리고 마침내 고통 없이 서쪽을 향해 염불을 외며 숨을 거두었다. 이것을 보고 들은 사람들은 모두 존귀하게 여기지 않는 자가 없었다.

이것을 생각하면, 정말 사소한 죄라도 왕생에 지장을 초래할 수 있다. 하물며 제멋대로 죄를 짓는 사람의 왕생은 극히 어려운 일이겠지만, 그래도 마지막에는 오직 성심을 다해 염불을 외어야 한다고 이렇게 이야기로 전하여 내려오고 있다 한다.

---

4 비록 동침은 안 했지만, 부부가 된 이상 분명 그 나름의 죄는 있을 것이라는 뜻.

近江守彦真妻伴氏往生語第四十八

今昔、近江守彦真ト云フ人有ケリ。其ノ妻伴ノ氏若ヨリ道心有テ、弥陀仏ヲ念ジ奉ケリ。而ル間、此ノ女彦真ト夫妻ト成テ、其ノ契リ深シト云ヘドモ、同ジ床ニ不臥ズシテ触バヒ近付ク事無シ。常ニ身ヲ浄クシテ念仏ヲ唱フ。

而ル間、女胎蔵界ノ曼陀羅ノ御前ニ居テ、夫彦真ヲ呼テ語テ云ク、「我レ年来汝ト夫妻ノ契リ有リト云ヘドモ、同ジ床ニ不臥ズシテ、触バヒ近付ク事無シ。然レドモ、定メテ其ノ罪無キニ非ジ。然レバ我レ汝ト同所ニ不居ジ。一家ヲ我レニ与ヘヨ」ト、「別ニ居テ、其ノ罪ヲ遁レム」ト。然レバ、彦真妻ノ云フニ随テ、其ノ事ヲ受ツ。

妻亦云ク、「我レ年来弥陀ノ念仏ヲ唱ヘテ、懃ニ極楽ニ往生ゼムト為ルニ、聊カ滞リ有リ。此レヲ量ラフニ、先年ニ人有テ我レニ鮒ヲ数令得タリキ。我レ其レヲ哀レムデ、取テ井ノ中ニ入レテキ。其ノ中ニ生タル鮒ニ二ツ有リ而ルニ、彼ノ鮒定メテ狭キ所ニ久ク有テ、『広キ所ニ有ラム』ト悲ラム。若シ其ノ罪ノ故ニ滞ルカ」ト。彦真此レヲ聞テ、忽ニ井ニ人ヲ下シテ、底ニ捜リ令求メテ、二ノ鮒ヲ取テ、広キ江ニ持行テ令放ツ。其ノ後、女命終ル時ニ臨デ、紫雲聳キ下テ、簾ノ内ニ入タリケリ。遂ニ女身ニ苦シブ所無クシテ、西ニ向テ念仏ヲ唱ヘテ失ニケリ。此レヲ見聞ク人、皆不貴ズト云フ事無シ。

此レヲ思フニ、然許ノ罪ニ依テ、往生ノ滞リト成ル。況ヤ心ニ任セテ罪ヲ造レラム人ハ、往生極楽ノ難有キ事ナレドモ、只最後ニ実ノ心ヲ至シテ念仏ヲ可唱キ也、トナム語リ伝ヘタルトヤ。

우대변右大辨인 후지와라노 스케요藤原佐世의 아내가
왕생한 이야기

도심道心이 깊었던 우대변右大辨, 후지와라노 스케요藤原佐世의 아내가 오라버니인 엔
쿄延敎의 가르침으로 여러 경經의 요문要文을 배우고, 매월 15일에 서방西方을 향해 염
불을 왼 공덕으로, 장녀를 출산한 후 한 달 남짓 지나 극락왕생을 이룬 이야기.

　이제는 옛이야기이지만, 우대변右大辨[1] 후지와라노 스케요藤原佐世[2]라는 사
람이 있었다. 그의 아내는 야마시로山城[3]의 수령, 오노노 다카키小野喬木[4]라
는 사람의 딸이다. 이 여인은 어릴 때부터 인과因果의 도리를 알고 불법을
믿어 도심道心이 있었다. 이윽고 스케요와 결혼해 몇 년이나 지났지만, 도심
은 여전하여 염불과 독경을 게을리하지 않았다.

　그런데 이 여인의 오라버니로 한 승려가 있었다. 이름은 엔쿄延敎[5]라 했
다. □□□[6]의 승려로 불법을 통달한 사람이었다. 여인은 이 엔쿄를 불러

1　＊변관辨官의 하나. 종4품 벼슬에 해당. 변관은 태정관太政官 실무를 담당하는 주요 요직으로, 장래 대신大
　　臣, 납언納言 등 3품 이상으로 오를 수 있는 길이 열려 있는 출세의 등용문이었음.
2　→ 인명.
3　＊현재의 교토 부京都府 남동부.
4　→ 인명.
5　미상.
6　사찰명의 명기를 위한 의도적 결자.

"저는 불도를 배우고 싶습니다. 가르쳐 주십시오."라고 부탁했다. 엔쿄는 이 말을 듣고 가엾게 여겨『관무량수경觀無量壽經』[7] 및 여러 경전 중에 있는 극락왕생에 관한 주요 문구를 발췌하여 여동생에게 가르쳐 주었다. 여동생은 이것을 습득하여 자나 깨나 밤낮으로 마음에 담아두고 잊어버리는 일이 없었다. 또한 매월 15일[8] 해질녘에는 반드시 온몸을 땅에 엎드려[9] 서쪽을 향해 예배하고 "나무서방일상안양정토미타불南無西方日想安養淨土彌陀佛"[10]이라고 읊는 것을 일상생활로 하고 있었는데, 부모가 이것을 알고 "젊을 때에는 결코 이런 근행을 해서는 안 됩니다. 이런 것은 몸을 해치는 근원이에요."라며 억지로 하지 못하게 했지만, 여인은 근행을 그만두지 않았다.

여인은 어느새 스물다섯이 되어 처음으로 여자아이를 한명 낳았다. 하지만 산후회복이 좋지 않아 한 달 남짓 지나 죽었다. 그때 아름다운 음악소리가 하늘에서 들려왔다. 이것을 들은 옆 마을 사람들이 모두 "그 여인이 극락에 왕생한 서상瑞相이야."라며 감격해 하며 존귀하게 여기지 않는 자가 없었다.

출가도 하지 않고 비록 여인일지라도 이렇게 왕생하는 법이라고 이렇게 이야기로 전하여 내려오고 있다 한다.

---

7 → 불교.

8 십오일은 십재일十齋日의 하나로, 아미타불을 기념하여 정진·지계하는 날임. 아미타불의 연일緣日(『지장본원경地藏本願經』, 『지장시왕경地藏十王經』, 『습개초拾芥抄』).

9 전신을 땅에 엎드리는 최고의 경례. 오체투지五體投地(→ 불교).

10 '나무南無'(→ 불교). '일상日想'은 일상관日想觀으로, 『관무량수경』에서 설법하는 극락왕생을 위한 십육관법의 하나임. 위의威儀를 갖추어 서방西方을 향해 해가 지는 것을 관상하는 행법. 이것에 의해 마음의 산란함을 진정시키고 극락정토의 소재를 정관靜觀함. '안양정토安養淨土'는 안주安住해서 수양하여 신속하게 불과를 얻는 정토라는 의미로, 아미타불의 극락정토를 말함. 스케요의 아내는 이렇게 읊고 일상관을 행하여 극락정토를 바라고 있었던 것임.

右大弁藤原佐世妻往生語第四十九

今昔、右大弁藤原ノ佐世ト云フ人有ケリ。其ノ妻ハ山城ノ守小野喬木ト云ケル人ノ娘也。其ノ女幼ノ時ヨリ因果ヲ知テ、仏法ヲ信ジテ道心有ケリ。而ル間、彼ノ佐世ニ嫁テ年来ヲ経ルニ、道心不退ニシテ、念仏読経不怠ズ。

而ルニ、此ノ女ノ兄ニ一人ノ僧有リ。名ヲ延教ト云フ。□

□ノ僧トシテ智リ明ケシ。女兄ノ延教ヲ呼テ語テ云ク、「我レ仏ノ道ヲ学ビ知ラムト思フ。願クハ此レヲ教ヘ給ヘ」ト。延教此レヲ聞テ、哀デ、観無量寿経及ビ諸経中ニ、極楽ノ要文ヲ書キ出シテ、女ニ教フ。女此レヲ習ヒ悟テ、日夜寤寐ニ念ジテ、忘ル事無カリケリ。亦、毎月ノ十五日ノ黄眠ノ時ニ至テハ、必ズ五体ヲ地ニ投テ、西ニ向テ礼拝シテ、「南無西方日想安養浄土弥陀仏」ト唱フ。此レ常ノ事ナルヲ、

父母此ノ事ヲ聞テ制止シテ云ク、「若キ時必ズ如此クノ勤メヲ不為ズ。此レ身ノ衰フル根元也」ト強ニ止ムト云ヘドモ、女此ノ勤メ止ル事無シ。

而ル間、女年二十五ト云フニ、始テ一人ノ女子ヲ産セリ。後悩ミ煩フ事一月余有テ、遂ニ死ヌ。其ノ時ニ、微妙ノ音楽ノ音空ニ聞ユ。此レヲ聞ク隣リ里ノ人、皆、「此ノ女ノ極楽ノ往生ゼル相ゾ」ト知テ、不悲貴ズト云フ事無カリケリ。

女不出家ズシテ、女也ト云ヘドモ、此ク往生ズル也、ト語リ伝ヘタルトヤ。

후지와라藤原 성씨를 가진 여인이
왕생한 이야기

염불 수행자였던 후지와라藤原 씨의 모某 여인이, 해마다 접근하는 성중내영聖衆來迎의 음악을 듣고 더욱 염불에 정진하여, 임종 시 정념正念으로 왕생을 이룬 이야기.

이제는 옛이야기이지만, 한 여인[1]이 있었다. 성은 후지와라 씨藤原氏이다. 이 여인은 태어날 때부터 온화한 성품의 소유자로, 자비심이 깊고 항상 극락왕생을 마음에 두고 염불을 외기를 밤낮으로 게을리하는 일이 없었다.

그러는 사이 점점 나이가 들어 노년에 이르렀는데, 어느 날 사람들에게

"저는 오랜 세월동안 '극락에 태어나고 싶다.'고 바라고 계속 밤낮으로 염불을 외어 왔는데, 지금 저 멀리 아름다운 음악소리가 들려왔습니다. 이것은 제가 왕생할 서상瑞相[2]인 것일까요?"

라고 말했다. 그 사람은 이 말을 듣고 존귀한 일이라고 생각하고 있었는데, 그 이듬해 여인이 또

"작년에 들었던 음악 소리가 좀 더 가까이 왔습니다. 이것은 제가 왕생할 때가 좀 더 가까워졌기 때문인 것일까요?"

1 　미상.
2 　전조前兆, 미리 알림.

라고 말했다. 또 그 다음 해에

"전에 들었던 음악소리가 해마다 가까이 다가옵니다. 특히 최근에는 제 침실 위에서 들립니다. 바야흐로 왕생할 때가 온 것입니다."

라고 하며 게을리하는 일 없이 한층 더 열심히 염불을 외었다. 마침내 여인 은 병에 걸리지도 않고 고통도 없이 존귀한 최후를 마쳤다. 이것을 보고 들 은 사람들이 "이 여인은 분명 극락에 왕생했구나."라며 감격하며 존귀하게 여겼다.

이것을 생각하면, 왕생할 수 있는 사람에게는 미리 그 서상이 나타나는 것이라고 이렇게 이야기로 전하여 내려오고 있다 한다.

女藤原氏往生語第五十
をむなのふぢはらのうぢわうじやうすることだいごしふ

今昔、一人ノ女有ケリ。姓ハ藤原ノ氏也。此ノ本ヨリ
いまはむかし、ひとりをむなあり。しゃうはふぢはらうぢなり。こノをむなもと

心柔軟ニシテ慈悲有ケリ。常ニ極楽ニ心ヲ懸テ、日夜ニ念
こころにうなんじひありつねごくらくこころかけにちやねむ

仏ヲ唱ヘテ、怠ル事無カリケリ。
ぶつとなおこたことな

而ル間、漸ク年積テ老ニ臨デ、女、人ニ語テ云ク、「我レ
しかあひだやうやとしつもりおいのぞむをむなひとかたりいはわれ

年来、『極楽ニ生レム』ト願テ、昼夜ニ念仏ヲ唱ツルニ、今
としごろごくらくうまレむねがひちうやねむぶつとな

遥ニ微妙キ音楽ノ音ヲ聞ク。此レ可往生キ相カ」ト。人此ノ
はるかめでたおむがくこゑきこノわうじやうすべさうひとこノ

事ヲ聞テ貴ビ思フ間、其ノ明ル年、亦云ク、「去年聞シ音
ことききたふとおも あひだそノあくとしまたいはこぞききおむ

楽ノ音、今少シ近付ニタリ。此レ往生ノ期ノ近付ク故カ」ト。
がくこゑいますこちかづきこレわうじやうごちかづゆゑ

亦、其ノ明ル年シ云ク、「前ノ音楽ノ音年ヲ追テ近付ク。就
またそノあくとしいはまへおむがくこゑとしおひちかづ なか

中ニ、近日寝屋ノ上ニ聞ユ。今往生ノ時至レリ」ト云テ、弥
ノこのごろねやうへきこいまわうじやうときいたりいひいよ

ヨ念仏ヲ唱ヘテ怠ル事無シ。而ル間、女身ニ病無ク、苦ブ所
ねむぶつとなおこたことなしかあひだをむなみやまひなくるしところ

無クシテ終リ貴クシテ失ニケリ。此レヲ見聞ク人、「此ノ女
なくをはたふとうせこレみきひとこノをむな

必ズ極楽ニ往生シヌ」ト知テ、悲ビ貴ビケリ。
かならごくらくわうじやうしりかなしたふと

此レヲ思フニ、往生スベキ人ハ兼テ其ノ相現ズル事也ケリ、
こレおもわうじやうひとかねそノさうげんことなり

トナム語リ伝ヘタルトヤ。
かたりつた

이세 지방伊勢國 이타카 군飯高郡의 노파老婆가 왕생한 이야기

도심道心이 깊고 삼보三寶 공양에 열심이던 이세 지방伊勢國 이타카 군飯高郡의 어느 노파老婆가, 임종 시에 입고 있던 옷이 저절로 벗겨지고 성중聖衆으로부터 받은 아름다운 연꽃을 손에 들고 극락왕생을 이룬 이야기.

이제는 옛이야기이지만, 이세 지방伊勢國 이타카 군飯高郡[1] □□[2] 향鄕에 한 늙은 노파老婆가 있었다. 도심道心이 깊어 한 달의 전반 15일간은 불사佛事를 행하고, 후반 15일간은 세속 일을 했다. 그 불사를 행하는 방법이란 언제나 향을 사서 그 군내의 모든 절에 가지고 가서 부처님께 공양드리는 것이었다. 또한 봄가을 계절에 맞춰 들판이나 산에 가서 계절 꽃을 꺾어와 그 향과 함께 공양을 바쳤다. 또한 쌀·소금 및 과실, 그 밖의 각종 채소를 마련해 그 군내의 모든 승려께 공양을 드리는 식으로 행하였다.

이처럼 불佛·법法·승僧 삼보三寶에 공양하는 것을 일상생활로 하며 극락에 왕생하기를 간절히 원하며 오랜 세월을 보내왔는데, 어느 날 이 노파가 갑자기 병이 들어 며칠이나 병상에 몸져눕게 되었다. 자식과 손자를 비롯해

1 　현재의 미에 현三重縣 이난 군飯南郡.
2 　향명의 명기를 위한 의도적 결자.

가솔들은 모두 이것을 한탄하며 음식과 마실 것을 권하며 병을 고치려고 애썼는데, 어느 날 노파가 갑자기 병상에서 일어났다. 그러자 지금까지 입고 있던 옷이 자연히 벗겨져 떨어졌다. 간병하고 있던 자들이 의아하게 여기며 보니, 노파가 오른손에 한 잎의 연꽃을 들고 있었다. 꽃잎의 크기는 7, 8치 정도로 광택이 선명하고 색깔은 정말 아름답고, 더할 나위 없이 향기로워서 도저히 이 세상 꽃이라고 보이지 않았다. 간병하던 자들이 이것을 보고 '기이한 일이다.'라고 생각하여 병자에게 "그 손에 들고 계시는 꽃은 어디에 피어 있던 꽃입니까? 그리고 누가 가져다 준 겁니까?"라고 물었다. 병자는

"이 꽃은 보통사람이 간단히 가져다 줄 수 있는 꽃이 아닙니다. 극락정토에서 나를 마중하러온 성중聖衆께서 가져와 주신 꽃입니다."

라고 대답했다. 간병하던 자들은 이 말을 듣고 '불가사의한 일이다.'라고 생각하며 존귀하게 여기던 중, 병자는 앉은 채로 숨을 거두었다. 이것을 보고 들은 사람들은 "그 사람은 틀림없이 극락의 마중을 받았다."라고 하며 감격해 하고 존귀하게 여겼다.

이것을 생각하면, 애초 입고 있던 옷이 자연히 벗겨져 떨어졌다는 것은 어찌된 영문인지 잘 모르겠지만, "노파가 극락에 왕생하므로 그 옷이 더럽고 지저분한 것이기에 벗겨 떨어진 것은 아닐까?"라고 사람들은 의심했다. 또한 자연히 연화蓮花가 나와 그것을 손에 든 것은 노파를 마중하는 극락의 성중이 가져와 주신 것이라고 모두가 깨달았다. 그것은 범부凡夫의 육안으로는 보이지 않는 것이다. 노파가 왕생할 때가 되어 육안이 아닌 심안心眼으로 확실히 보고 간병인에게 알린 것이다.

그 꽃은 그 후 어떻게 되었을까? 있는지 없는지 모르겠지만, 필시 사라지고 말았을 것이라고 이렇게 이야기로 전하여 내려오고 있다 한다.

伊勢国飯高郡老嫗往生語第五十一

今昔、伊勢ノ国、飯高ノ郡、□ノ郷ニ一人ノ老タル嫗有ケリ。道心有テ、月ノ上十五日ニハ仏事ヲ修シテ、下十五日ニハ世路ヲ営ケリ。其ノ仏事ヲ勤ケル様ニ、常ニ香ヲ買キ。

其ノ郡ノ内ノ諸ノ寺ニ持参テ、仏ニ供養ジ奉ケリ。亦、春秋ニ随テ、野ニ出デ山ニ行テ、時ノ花ヲ折テ、其ノ香ニ加ヘテ、仏ニ供養ジ奉ケリ。亦、米塩及ビ菓子雑菜等ヲ調ヘテ、其ノ郡ノ内ノ諸ノ僧ニ供養ジケリ。

如此キ三宝ヲ供養ズル事、常ノ事トシテ、年ヲ経ル間、此ノ嫗忽ニ身ニ病ヲ受テ、勤ニ極楽ニ往生ゼムト願テ、数ノ年ヲ経ル間、子孫ヲ初メトシテ、家ノ従等皆此ヲ歎テ、飯食ヲ勧メ病ヲ扶ケムト為ルニ、嫗俄ニ起居ヌ。本着タリツル所ノ衣ハ自然ラ脱落ヌ。看病ノ者此レヲ怪ムデ見レバ、嫗右ノ手ニ二葉ノ蓮花ヲ持タリ。葩ノ広サ七八寸許ニシテ、光リ鮮ヤカニ、色微妙クシテ、香馥バシキ事無限シ。更ニ此ノ世ノ花ハ不見エズ。看病ノ輩此レヲ見テ、「奇異也」ト思

極楽の迎え（阿弥陀二十五菩薩来迎図）

テ、病者ニ問テ云ク、「其ノ持給ヘル花ハ何コニ有ツル花ゾ。

亦、誰人ノ持来テ与ヘタルゾ」ト。病者答テ云ハ、「此ノ花

ハ、輒ク人持来テ得サスル花ニモ非ズ。只我レヲ迎フル人ノ

持来テ与ヘタル也」ト。此レヲ聞ク看病ノ輩、「奇異也」ト

思テ貴ブ間、病者居乍ラ失ニケリ。此レヲ見聞ク人、「疑ヒ

無キ極楽ノ迎ヘヲ得タル人也」ト云テ、悲ビ貴ビケリ。

此レヲ思フニ、本着タリケル衣ノ自然ラ脱落ケム、心不得

ヌ事也。「主ノ極楽ニ往生ズル二依テ、汙穢ノ衣ナレバ、脱

落ルナメリ」トゾ人疑ヒケル。亦、自然ニ蓮花出来テ手ニ取

ル事ハ、「嫗ヲ迎フル極楽ノ聖衆ノ持来テ与ヘ給ケル也」ト

空ニ人知ヌ。其レヲ凡夫ノ肉眼ニハ不見ザル也。嫗ハ可往

生キ時ニ至テ、肉眼ニ非ズシテ、懾ニ見テ告ケル也。

其ノ花其ノ後何ガ有ケム。有無シヲ不知ズ。定メテ失ニケ

ム、トナム語リ伝ヘタルトヤ。

가가 지방加賀國 □□군의 여인이
왕생한 이야기

가가 지방加賀國의 어느 과부가 도심道心이 깊어 해마다 연못 속의 연꽃을 아미타부처님 전에 공양드렸는데, 마침내 연꽃이 활짝 필 때 병이 들어, 친족과 지인들에게 향응을 베풀고 결별을 고한 후, 임종 시 정념正念으로 왕생을 이루었다는 이야기. 왕생의 서상瑞相으로서, 임종한 날 밤 연못 속의 연꽃들이 모두 서방西方으로 나부꼈다는 진귀한 현상이 일어났다고 한다.

이제는 옛이야기이지만, 가가 지방加賀國[1] □□ 군[2] □□[3] 향鄕에 한 여인이 있었다. 오랜 세월 동안 아내로서 가사에 전념했는데, 집도 매우 부유하고 재산도 많았다. 그러던 중 남편이 죽었다. 그 후 여인은 과부인 채로 도심道心을 일으켜 그 집에 혼자 살고 있었다.

그런데 그 집에 작은 연못이 있고, 그 연못 안에 연꽃이 자라고 있었다. 여인은 이 연꽃을 보며 항상 '이 연꽃이 활짝 필 때쯤 내가 극락에 왕생하고 그때에 이 연꽃을 아미타 부처님께 공양으로 바치자.'라고 기원했다. 연꽃을 볼 때마다 항상 이렇게 생각하고, 연꽃이 필 때쯤이면 매번 그것을 따서

1　＊현재의 이시카와 현石川縣 남부.
2　군명의 명기를 위한 의도적 결자.
3　향명의 명기를 위한 의도적 결자.

그 군내 모든 사찰에 가져가서 부처님 전에 공양하였다.

그러는 사이 점점 세월이 흘러 어느덧 이 여인도 노경에 접어들었는데, 어느 날 병이 들었다. 마침 그때가 연꽃이 활짝 필 때였기에 여인은 병에 걸린 것을 기뻐하고

"내가 오래전부터 소원한 대로 연꽃이 만개滿開할 때에 병이 들었다. 이것을 생각해 보면, 나는 필시 극락에 왕생할 수 있는 인연이 있는 것이야."

라고 하며 즉시 친족들과 이웃 사람들을 집으로 불러 모아 음식을 대접하고 술을 권하며

"저는 오늘 이 사바娑婆세계[4]를 떠나려고 합니다. 오랜 세월 베풀어주신 온정은 결코 잊지 못할 것입니다. 여러분을 뵙는 것도 오늘 이 하루뿐입니다."

라고 말했다. 친족과 이웃사람들은 이 말을 듣고 슬퍼하면서도 더할 나위 없이 존귀한 일이라 생각했다. 얼마 안 있어 여인은 마침내 거룩하게 숨을 거두었다. 그날 밤, 그 작은 연못 연꽃들이 전부 서쪽방향으로 나부끼고 있었다.[5] 이것을 본 사람들이 '저것은 그 여인이 왕생했다는 서상瑞相이다.'라는 것을 알고 모두 눈물을 흘리며 존귀하게 여겼다. 이것을 전해 듣고 많은 근처 사람들이 찾아와서 보고 예배를 하고 돌아갔다.[6]

"이것은 정말 불가사의한 일[7]이다."라고 하여 이야기한 것을 듣고 전하여, 이렇게 이야기로 전하여 내려오고 있다 한다.

4　인간계.
5　연꽃이 전부 서방 극락정토 방향으로 나부끼고 있는 것을 극락왕생의 징표로 삼은 것임.
6　여인의 왕생에 결연을 하여 추후 자신의 왕생에 도움을 받고자 한 것임. 본권 제41화 참조.
7　불가사의한 일을 설화전승의 요인으로 하고 있음. 본권 제24화, 제28화 참조.

加賀国□郡女往生語第五十二

今ハ昔、加賀ノ国、□ノ郡、□ノ郷ニ一ノ女有ケリ。

年来人ノ妻トシテ世路ヲ営テ有ケルニ、家大キニ富テ、財豊也ケリ。而ル間、其ノ夫死ニケリ。其ノ後、妻寛ニシテ道心ヲ発シテ家ニ独リ居タリ。

而ルニ、其ノ家ニ小池有リ。其ノ池ノ中ニ蓮花生タリ。

女此ノ蓮花ヲ見テ、常ニ願ケル様、「此ノ蓮花ノ盛ニ開ケ〻時ニ当テ、我レ極楽往生セム便トシテ、此ノ蓮花ヲ以テ賛シテ、弥陀仏ヲ供養ジ奉ラム」ト。蓮花ヲ見ル時毎ニ思テ、蓮花ノ開ル時ニ成ヌレバ、其レヲ取テ、其ノ郡ノ内諸ノ寺ニ持参テ、仏ニ供養ジ奉ケリ。

而ル間、漸ク年積テ、此ノ女老ニ臨デ、時ニ身ニ病ヲ受タ

リ。此ノ時、此ノ蓮花ノ盛ニ開ケタル時ニ当レリ。然レバ、此ノ蓮花ヲ受タル事ヲ喜テ云ク、「我レ年来ノ願ノ如ク、此ノ蓮花ノ盛ナル時ニ、身ニ病ヲ受タリ。此レヲ以テ思ニ、必ズ極楽ニ可往生キ機縁有ケリ」ト云テ、忽ニ親キ族隣ノ人ナド

ヲ家ニ呼ビ集メテ、飲食ヲ与ヘ、酒ヲ勧メテ告テ云ク、「我レ今日此ノ界ヲ去ナムトス。年来ノ睦ビ難忘シ。対面セム事今日許也」ト。親キ族隣人等此レヲ聞テ、哀レニ貴ク思フ事無限シ。而ル間、女遂ニ終リ貴クシテ失ニケリ。其ノ夜、其ノ小池ノ蓮花皆悉ク西ニ靡テゾ有ケル。此レヲ見ル人、

「此ノ女ノ往生スル相也」ト知テ、皆涙ヲ流シテゾ貴ビケル。此レヲ聞キ継シ傍ノ人多ク来テ見テ、礼拝シテゾ返ケル。

「此レ希有ノ事也」トテ、語リ伝ヘフルヲ聞キ継ギ、此ク語リ伝ヘタルトヤ。

오미 지방近江國 사카타 군坂田郡의 여인이
왕생한 이야기

앞 이야기와 닮은 연화蓮花 공양에 의한 극락왕생담으로, 오미 지방近江國 오키나가
씨息長氏의 딸 아무개가 쓰쿠마筑摩의 연못가에 핀 연꽃을 아미타불阿彌陀佛에게 공양
드리고 임종 시에 성중聖衆의 내영來迎을 받았다는 이야기. 제48화부터 계속된 재가녀
在家女(우바이優婆夷)의 왕생담은 이 이야기에서 끝이 난다.

이제는 옛이야기이지만, 오미 지방近江國[1] 사카타 군坂田郡 □□□[2] 향鄕에
한 여인이 있었다. 성은 오키나가 씨息長氏이다. 온화한 성품의 소유자로,
인과因果[3]의 도리를 알아 불법을 믿고 특히 도심道心이 깊어 밤낮으로 극락
왕생을 바라며 염불을 외었다.

그런데 그 지방 내에 쓰쿠마筑摩[4]라는 곳이 있었는데, 그곳에 후미[5]가 있었
다. 그 후미에 연화蓮花가 자라고 있었다. 이 여인은 후미에 가서 연꽃을 따
와 지성으로 아미타 부처님 전에 공양하고 "극락으로 인도해 주시길 비나이
다."라고 지성으로 빌었다.

---

1 * 현재의 시가 현滋賀縣.
2 향명의 명기를 위한 의도적 결자.
3 → 불교.
4 시가 현滋賀縣 사카타 군坂田郡 요네하라 정米原町 아사즈마 쓰쿠마朝妻筑摩 지역. 비와 호琵琶湖 호반에 있
   고, 구舊 이리에 촌入江村에 속함.
5 바다가 뭍으로 파고들어 연못 같은 꼴로 된 곳. 여기서는 비와 호琵琶湖의 후미일 것임.

이렇게 하여 어느 사이에 오랜 세월이 흘러 마침내 임종할 때가 되어 자운紫雲이 서방西方에서 드리워져 내려와서 마치 피어오르듯 깊숙이 집안으로 들어와 여인의 주위를 감쌌는데, 실제로 그것을 본 사람이 많았다. 이윽고 여인은 자운에 에워싸인 채 숨을 거두었다. 이것을 보고 들은 사람들은 모두 "그 여인은 틀림없이 극락에 왕생한 사람이다."라고 말하며 감격해 하고 존귀하게 여겼다. 실제로 임종할 때 자운이 가까이 와 집안에 들어와서는 여인의 몸을 감싼 채 숨을 거두었으니, 극락왕생은 의심의 여지가 없다.

이 이야기를 듣는 사람들은 지성으로 극락왕생을 바라야 한다고 이렇게 이야기로 전하여 내려오고 있다 한다.

近江国坂田郡女往生語第五十三

今昔、近江ノ国、坂田ノ郡、□ノ郷ニ、一人ノ女有ケリ。姓ハ息長ノ氏。心柔軟ニシテ因果ヲ悟リ、仏法ヲ信ジテ殊ニ道心有ケリ。日夜ニ極楽ヲ願テ念仏ヲ唱ヘケリ。

而ルニ、其ノ国ノ内ニ、筑摩ト云フ所有リ。其ノ所ニ江有リ。其ノ江ニ蓮花生タリケリ。此ノ女其ノ江ニ行テ、蓮花ヲ取テ、心ヲ至シテ、弥陀仏ニ供養ジテ、「極楽ニ迎ヘ給ヘ」ト懃ニ願ケリ。

此ノ如クシテ、既ニ数ノ年ヲ経ルニ、遂ニ命終ラムト為ル時ニ臨デ、紫雲西ヨリ聳キ来テ、家ノ内ニ涌キ来テ、女ヲ纏テ有ケレバ、現ニ此レヲ見ル人多カリケリ。而ル間、女、紫雲ニ交リ乍ラ失ニケリ。此レヲ見聞ク人、皆、「此ノ女必ズ極楽ニ往生ゼル人也」ト知テ、悲ビ貴ビケリ。実ニ、命

終ル時、紫雲来テ家ノ内ニ入テ、身ヲ纏テ失ヌレバ、更ニ可疑キニ非ズ。

此レヲ聞カム人心ヲ至シテ極楽ヲ可願シ、トナム語リ伝ヘタルトヤ。

248

닌나지仁和寺 간포觀蜂 위의사威儀師의 종자從者 동자가 왕생한 이야기

간포觀蜂 위의사威儀師의 종자從者 동자인 다키마루瀧丸가, 비천한 신분에도 도심道心이 깊어, 나루타키鳴瀧 가까이에 작은 암자를 짓고 염불을 외어 극락왕생을 이룬 이야기. 본권은 여기까지 비구·사미·비구니·우바새·우바이 순서로 정연하게 왕생인을 배열해 왔는데, 마지막에 그 어디에도 속하지 않는, 말하자면 예외적인 비천한 동자 왕생담을 수록하여 끝을 맺고 있다.

이제는 옛이야기이지만, 닌나지仁和寺[1]에 간포觀蜂[2] 위의사威儀師라는 자가 있었다. 그의 종자從者로 한 동자童子가 있었는데, 말의 풀을 베고 똥을 치우는 정도로 신분이 낮은 동자[3]였다. 나이는 17, 8세 정도로 이름을 다키마루瀧丸[4]라 했다. 손으로 만든 변변치 않은 마포 옷을 입혔는데, 소매도 없이 무릎 부근까지 내려온 옷으로 겨울은 두 장을 겹쳐 입히고 여름에는 단 한 장을 입혀 일을 시키고 있었다.

그런데 8월경, 이 동자가 주인에게 "볼일이 있어 외출하고자 합니다."라고

---

1 → 사찰명.
2 → 인명. '위의사威儀師'는 종의사從儀師 위의 직책으로, 법회의 의전·규범 등을 지휘하는 역승役僧임.
3 잡역雜役에 종사하는 비천한 종자 동자. 17, 8세가 되어도 아직 머리를 올리지 않고 동자 모습을 하고 있었던 것임.
4 미상.

휴가를 청하자, 이것을 들은 사람들은 모두 "저 동자 녀석, 자기 분수도 모르고 어엿한 종자마냥 휴가를 청하는군." 하며 비웃었다. 하지만 이 동자는 닌나지 서쪽에 있는 나루타키鳴瀧[5]라는 곳에 가서 물가에서 목욕을 하고[6] 고마쓰바라小松原의 어떤 곳에 가서 억새풀을 베어 와 작은 암자를 지었다. 그리고 그 안에 들어가 서쪽을 향해 합장한 채 큰 소리로 "나무아미타불"[7]을 열 번, 스무 번 정도 읊었다. 그 부근에서 소나 말을 치던 아이들이 이 소리를 듣고 "다키마루는 무엇을 하고 있나?" 하고 알고 싶어 가까이 와서 서서 보니, 이렇게 염불을 외고 염불소리가 멈추자마자 고개를 떨구고 죽어 버렸다. 합장한 손은 그대로였다. 아이들은 이것을 보고 놀라서 사람들에게 이것을 알리자, 닌나지 승려들이 수도 없이 몰려와 이 모습을 보고 "정말 불가사의한 일이다."라고 하며 존귀하게 여기며 모두 돌아갔다. 이 동자는 훨씬 이전부터 무슨 말을 하는지는 모르지만 입을 경미하게 움찍거리고 있었다. 지금 생각해 보니 "그렇다면 염불을 외고 있었던 게로구나." 하고 사람들은 깨닫고 모두 존귀하게 여겼다.

이것을 생각하면, 신분도 천하고 사리도 잘 분간하지 못하는 동자였지만, 오래전부터 극락왕생을 원했던 것일까. 입을 움찍거리고 있었던 것은 염불을 외고 있었던 것이리라. 목숨이 다할 때를 미리 알고 조용한 곳으로 가서 앉은 채 합장하고 염불을 외고 서쪽을 향해 죽은 이상 틀림없이 극락에 왕생한 자라고 이렇게 이야기로 전하여 내려오고 있다 한다.

---

5   교토시京都市 우쿄 구右京區 나루타키鳴瀧 지역. 우다 강宇多川이 흐르고 있음.
6   몸을 깨끗하게 한 것임.
7   → 불교.

仁和寺観峰威儀師従童往生語第五十四

今昔、仁和寺二観峰威儀師ト云フ者有ケリ。其ノ従二人ノ童有ケリ。馬ノ草令苅メ、糞ナド取テ令棄ムル程ノ下童也。年十七八歳許也ケリ。名ヲバ滝丸ト云フ。調布ヲ衣二着タリ。夏ハ袖モ無キ衣二シテ、長ハ臈本二シテ、冬ハ二ツ許、夏ハ一ツ着セテゾ仕ヒケル。

而ル間、此ノ童八月許二、主ニ、「物へ行カム」ト暇ヲ乞ヒケレバ、此レヲ聞ク人、皆、「人々シク此ノ童ノ暇申シタル」ナド云テ咲ヒケリ。而ルニ、此ノ童仁和寺ノ西二鳴滝ト

云フ所二行テ、河二水ヲ浴テ、小松原ノ有ル所二行テ、薄ヲ苅集テ、小キ蘆ヲ造テ、蘆ノ内二入リ居テ、西二向テ掌ヲ合セテ、音ヲ挙テ、「南無阿弥陀仏」ト十二三十度許唱フルニ、其ノ辺ノ馬牛飼フ童部此ノ音ヲ聞テ、其ノ合セタル手ハ然ラ有リ。童部此レヲ見テ、寄テ立チ並テ見ルニ、如此ク念仏ヲ唱ヘテ、念仏ノ音止ヌレバ、頸ヲ打垂レテ死ヌ。

ト思テ、驚テ人二告レバ、仁和寺ノ人員不知ズ集リ来テ、此レヲ見テ、「寄異ノ事也」ト貴ビテ皆返ニケリ。此ノ童ハ世ヲ経テ、何ニ無クロヲゾ動シケル。此レヲ思ヒ合スルニ、「早ウ念仏ヲ唱ヘケル也ケリ」トゾ人心得テ貴ビケル。

此レヲ思フニ、賤ノ物ノ故モ不知ヌ童也ト云ヘドモ、年来極楽ヲ願ケルヤ。口ヲ動カシケルハ、念仏ヲ申シケルナメリ。遂二命終ラムト為ル時ヲ知テ、静ナル所二行キ居テ、居乍ラ掌ヲ合セ念仏ヲ唱ヘテ、西二向テ死ヌレバ、疑ヒ無ク極楽

二往生ジタル者、トゾ語リ伝ヘタルトヤ。

금석이야기집今昔物語集

권 16

【三寶靈驗】

주지主旨 본권은 관음영험담을 집성하여 관음의 중생구제의 제상諸相을 기록한다. 앞
권에 염불 왕생담을 수록해 아미타불의 공덕을 설說한 뒤, 이어서 아미타불의 협시脇侍인
관음보살의 중생 교화와 구제, 그리고 영험을 설한 권이라고도 할 수 있을 것이다.

승려 교젠行善이 관음觀音의 도움으로 중국에서 돌아온 이야기

고려국高麗國(고구려)에 건너간 유학생 교젠行善이, 고구려 멸망을 맞아 피난하던 도 중, 노옹老翁으로 권화權化한 관음觀音의 가호加護를 받아 위난危難을 모면하고, 그 후 당으로 건너가 수행을 한 후 무사 귀환한 이야기. 이국異國에서의 관음영험담으로 뒷 이야기와 연결된다.

이제는 옛이야기이지만, □□¹ 천황 치세에 교젠行善²이라는 스님이 있었 다. 속성俗姓은 다테베堅部 씨³이다. 조정은 불법을 배워 전수케 하기 위해 그를 고려국高麗國⁴에 파견했다.

그래서 교젠은 그 나라로 건너갔는데, 마침 그 나라는 타국의 공격을 받 아 멸망⁵ 직전에 있었던 때로, 온 나라 사람들이 모두 성안⁶에 들어박혀 사 람 하나 보이지 않았다. 교젠도 허둥지둥 달아났는데, 가는 방향에 큰 강이

---

1 천황명의 명기를 위한 의도적 결자. 『영이기靈異記』의 내용으로 보면, 스이코推古 천황이 이에 해당되나, 후 술하는 교젠의 사적事績을 살펴보면, 덴치天智 천황의 치세로 추정됨. → 주 2.
2 미상. 『속기續紀』 양노養老 5년(721) 6월 23일자에, "조칙에 이르기를, 사문沙門 교젠行善은 궤를 짊어지고 유 학遊學하기를 벌써 칠대七代가 지났다. 난행難行을 전부 겪고 35가지 술術을 터득하여 이제 일본으로 돌아 왔다."고 하여 그 이름이 보임.
3 『영이기』는 '가타베堅部'. 가타베 씨족에 대해서는 『신찬성씨록新撰姓氏錄』에 백제계 귀화인의 자손으로 되 어 있고, '효덕기孝德紀'에는 다테베堅部가 고려(고구려)계 귀화인의 씨족으로 추정되는 내용이 있음. 교젠이 고구려로 유학 간 것은 이것과 관련이 있는 것으로 추정됨.
4 → 지명.

있었다. 강가에 이르러 강을 건너려고 했지만, 강이 깊어 도저히 걸어서 건널 수가 없었다. '배를 타고 건너자.'고 생각하여 배를 찾아보았지만, 배도 전부 감춰 버려서 없었다. 다리도 있기는 하였지만, 모두 부숴놓아 건널 방도가 없었다. 그러는 사이, '당장 누가 쫓아오지는 않을까.' 싶어 눈앞이 깜깜했다. 다급해진 교젠은 어찌할 바를 모르고 부서진 다리 위에 앉아 오로지 관음만을 염念할 뿐이었다. 그러자 갑자기 한 늙은 노인이 배를 저으며 강 안쪽에서 나타나 교젠에게 "빨리 이 배를 타고 건너시오."라고 말했다. 교젠은 크게 기뻐하며 그 배를 타고 강을 건넜다. 곧바로 《배를》[7]에서 내려 뭍으로 올라가 뒤돌아보니, 노인의 모습은 보이지 않고 배도 보이지 않았다. 그래서 교젠은 비로소 '이는 관음님이 구해주신 것이다.'라고 생각하고 예배하며 발원發願했다. '앞으로 제가 관음상을 만들어 깊이 공경하고 공양드리겠습니다.' 이렇게 깊이 맹세하고 그곳을 도망쳐 궁성으로 가, 그곳에서 잠시 몸을 숨기고 있던 중 전란도 진정되었다. '이 나라에 있어서는 아무런 도움이 되지 않겠다.'라고 생각하고 그곳에서 곧바로 당唐으로 건너가 □□[8]라는 사람을 스승으로 삼아 불법을 배웠다. 한편 일전에 세웠던 발원에 따라 관음상을 만들어 바쳐 밤낮으로 지성으로 예배 공경하였다. 그랬더니, 당나라 황제[9]가 교젠을 불러들이시고 하문을 하셨는데, 고구려에서 강을 건넜을 때의 그 일을 전해 들으시고, 교젠에게 깊이 귀의하셨다. 또 세간에서는 교젠을 "물가江邊의 법사"[10]라 불렀는데, 그것은 관음이 늙은 노인으

---

5   나당 연합군에 의한 고구려 멸망은 668년. 『삼국사기』 신라기는 문무왕 8년(668) 9월 21일. 고구려왕이 항복을 한 것으로 하고 있음.

6   당시 고구려 도읍은 평양.

7   저본의 파손에 의한 결자. 『영이기』를 참조하여 보충.

8   저본은 공간 간격을 두지 않음. 전사轉寫 과정에서 소멸된 것으로 보고 공간을 보충함. 사승명의 명기를 위한 의도적 결자. 이 문장은 모두의 '불법을 배워 전수케 하기 위해'라는 내용과 서로 호응됨.

9   황제. 시대적으로는 당 고종高宗이 해당.

10 『부상약기扶桑略記』는 "당시 사람들은 그를 가와베河邊 보살이라 했다", 『원형석서元亨釋書』는 "가와베河邊

로 권화權化해 강을 건너게 해주셨다는 이야기를 듣고 그렇게 부른 것일 것이다.

이렇게 해서 당나라에 머물러 있었는데, 일본의 견당사遣唐使 □□□¹¹라는 사람이 일본으로 돌아올 때, 그를 따라 양로養老 2년¹²이라는 해에 일본으로 돌아왔다. 그리고 고구려에서 전란과 조우遭遇하여 강을 건널 수 없었을 때, 노옹老翁이 나타나 배로 건너게 해준 일 등을 자세히 이야기했다. 우리나라 사람들은 이 이야기를 듣고 한없이 존귀하게 여겼다. 그 관음상도 함께 가지고 왔는데,¹³ 우리나라에 돌아와서는 고후쿠지興福寺¹⁴에 살며 특별히 깊이 공양드렸다.

이 교젠을 우리나라에서는 '노사老師¹⁵ 교젠'이라 불렀다고 이렇게 이야기로 전하여 내려오고 있다 한다.

보살로 불렀다."로 되어 있음.

11 견당사 이름의 명기를 위한 의도적 결자. 『부상약기』에 의하면, '다지히 마히토 아가타모리多治比眞人縣守'가 이에 해당.

12 겐쇼元正 천황의 치세. 718년. 『부상약기』에는 동년 9월로, 『선린국보기善隣國寶記』에는 동년 10월로 함.

13 『부상약기』에는 "그러다가 이 상像이 갑자기 사라졌다. 소재도 모른다."고 하여 그 후 행방불명이 되었다고 전함.

14 → 사찰명.

15 노승의 경칭.

第一話

僧行善依観音助従震旦帰来語第一

今昔、□天皇ノ御代ニ行善ト云フ僧有ケリ。俗姓ハ堅部ノ氏。仏法ヲ習ヒ令伝ムガ為ニ、高麗国ニ遣ス。

然レバ、行善彼ノ国ニ至ルニ、其ノ国他国ノ為ニ被破ケル時当テ、国ノ人皆王城ノ方ニ籠テ、国ニ人無ケレバ、行善騒ギ迷テ逃テ行ケルニ、大ナル河有リ。其ノ辺ニ至テ、河ヲ渡ラムト為ルニ、河深クシテ、歩ニテ渡ル事不能ズ。「此レハ船ニ乗テ渡ラム」ト思テ、船ヲ求ルニ、船モ皆隠シテケリ。而ル間、橋有ト云ヘドモ、皆破リテケリバ可渡キ様無シ。「此ニ人カ追テ来ラムズラム」ト思フニ、更ニ物不思エズ。然レバ、「行善可為キ方無キニ依テ、破レタル橋ノ上ニ居テ、只観音ヲ念ジ奉ル間、忽ニ老タル翁、船ヲ指テ、河ノ中ヨリ出来テ、行善ニ告テ云ク、「速ニ此船ニ乗テ可渡シ」ト。

行善喜テ、船ニ乗テ渡ヌ。即□下テ、陸ニテ見ルニ、翁モ不見エズ、船モ無シ。然レバ、行善、「此レ、観音ノ助ケ給フ也ケリ」ト思テ、礼拝シテ願ヲ発ス。「我レ観音ノ像ヲ造リ奉テ、恭敬供養ジ奉ラム」ト誓テ、其ノ所ヲ遁レ去テ、王城ノ方ニ行テ、暫ク隠レテ有ル程ニ、乱モ静マリヌレバ、「此ノ国ニ有テハ益無カリケリ」ト思テ、其ヨリ伝ハリテ唐ニ渡ヌ。□ト云フ人ヲ師トシテ法ヲ学ス。亦願ヲ発シ所ノ観音ノ像ヲ造リ奉テ、供養ジテ、日夜ニ恭敬ジ奉ル事無限シ。

其ノ時ニ、唐ノ天皇行善ヲ召テ被問ケルニ、彼高麗ニシテ河ヲ渡ル間ノ事共聞給テ、行善ヲ帰依シ給フ事無限シ。亦、世ニ行善ヲ河ノ辺ノ法師ト付タリ。観音ノ化身シテ河ヲ渡シ給タレバ、其ヲ聞テ云フナルベシ。如此クシテ唐ニ有ル間、日本ノ遣唐使□ト云フ人ノ帰朝シケルニ付テ、養老二年ト云フ年、日本ニ返リ来ニケリ。行善高麗ニ付テ、乱ニ値テ河ヲ不渡ナリシ時、老翁来テ船ヲ渡セリシ事共、具ニ語リケリ。此ノ国ノ人此レヲ聞テ、貴リ

ブ事無限シ。其観音ノ像ヲモ具シ奉テ、此ノ国ニ返テ、興福寺ニ住シテ、殊ニ恭敬供養ジ奉ケリ。

此ノ国ニテハ老師行善トゾ云ヒケル、トナム語リ伝ヘタルトヤ。

이요 지방伊予國 오치노 아타이越智直가 관음觀音의 도움으로 중국에서 돌아온 이야기

백제에 원군援軍으로 출병한 오치노 아타이越智直가 포로가 되었으나, 관음의 가호加護로 탈출하여 무사히 귀국하여, 조정에 아뢰어 관음당을 건립한 이야기. 관음의 가호에 의해 이국異國에서의 위난危難을 모면하고 무사 귀환한 모티브로 앞 이야기와 연결된다.

이제는 옛이야기이지만, □□¹ 천황 치세에, 이요 지방伊予國 오치 군越智郡² 대령大領³의 선조先祖로, 오치노 아타이越智直⁴라는 자가 있었다. 백제국百濟國⁵이 당唐의 공격을 받아 멸망하려 할 때 그 나라를 돕기 위해 조정에서는 많은 군사를 보냈는데, 이 아타이도 그 일원으로 파견되었다.

아타이는 백제국에 도착해 도와주려고 하였으나, 역부족으로 당나라 쪽 군사에 사로잡혀 당唐⁶으로 압송되었다. 일본인 여덟 명이 함께였다. 그리

---

1 천황명의 명기를 위한 의도적 결자. 시기를 고려할 때, '사이메이齊明'나 '덴치天智' 천황이 이에 해당함.
2 현재의 에히메 현愛媛縣 이마바리 시今市 오치 군越智郡 일대.
3 일군의 장관. 차관은 소령小領.
4 '越智'는 씨氏. '直'는 팔성八姓의 하나. 다만 이 이야기에서는 '直'를 이름으로 오해하고 있음. 『관음이익집觀音利益集』에서는 '신곤眞言'이라 함. 전傳 미상. 오치 씨는 오치 군의 유력호족으로 한반도로 출병한 자도 많음. '오치씨계도越智氏系圖'에 의하면, 오치 모리오키越智守興는 덴치天智 천황의 명을 받아 신라로 원정을 갔음.
5 → 지명. 사이메이齊明 천황 6년(660)에 나당연합군에 의해 멸망.
6 '당나라 영토'를 말하는지, '당나라 진영'을 의미하는지 명확치 않음.

고 어떤 섬에 유폐되어 모두 한 장소에서 한없이 슬피 울고들 있었다. 이제
는 일본에 돌아가는 희망도 완전히 잃고, 각자 부모나 처자식을 애타게 그
리워하고 있었는데, 우연히 그곳에서 관음상 일구一軀를 발견했다. 여덟 명
모두 대단히 기뻐하고 지성으로 기원을 드렸다.

"관음님은 모든 중생의 소원을 들어주시기를, 마치 부모가 자식을 사랑하
듯 하십니다. 그러므로 이것은 정말 대단히 어려운 일입니다만, 제발 자비
를 베푸시어 저희들을 구원하여 본국으로 되돌아가게 해 주십시오."

이와 같이 눈물을 흘리며 며칠이나 계속 부탁을 드렸다. 그런데 이 장소
는 어느 방향으로도 달아날 방도가 없고, 모두 사람이 지키고 있었다. 다만
뒤쪽은 깊은 바다로, 해안에는 많은 나무들이 자라 있었다. 그래서 여덟 명
은 모여 의논하고 계획을 짰다.

"몰래 이 뒤쪽 해안에 있는 큰 소나무를 베어서 배 모양으로 도려내어, 그
것을 타고 몰래 여기를 탈출하자. 사람도 다니지 않는 바다지만, 그 바다 속
에서 죽어도 상관없다. 여기서 죽는 것보다는 차라리 낫다."

이렇게 의논을 하고, 여덟 명이 함께 나무를 잘라 급히 서둘러 통나무배
를 만들었다. 그리고 그 배에 타고 그 관음상을 배 안에 안치하여, 각자 발
원하여 눈물을 하염없이 흘리며 지성으로 염원을 드렸다. 당나라 사람들은
섬 뒤쪽은 의심도 하지 않았기에 달아난 것을 눈치채지 못했다. 그러는 동
안 어느새 서풍이 불기 시작해, 화살과 같이 일직선으로 세차게 배를 규슈
九州에 당도케 했다. 모두가 '이는 오직 관음님이 구해주신 것이다.'라고 생
각하고, 기뻐하며 해안에 내려 각자 집으로 돌아가니, 처자식들은 더할 나
위 없이 서로 기뻐했다. 여덟 명은 지금까지의 사정을 말하고 그 관음의 구
원을 존귀하게 여겼다.

그 후 조정에서도 이 일을 전해 들으시고 그들을 불러들여 그 사정을 물

으셨기에, 지금까지 있었던 일을 하나도 빠짐없이 소상히 말씀드렸다. 천황은 이것을 들으시고 감격하시고 존귀해 여기시며, 소원대로 상을 내릴 것이라 말씀하셨기에, 아타이는

"이 나라에 한 군郡을 만들고 그 곳에 당堂을 지어, 이 관음상을 안치해 드리고 싶습니다."

라고 말씀드렸다. 그러자 천황은 "원하는 대로 하여라."라고 분부를 내리셨다. 아타이는 소원대로 군을 만들고 당을 지어 그 관음상을 안치해 모셨다. 이후 지금에 이르기까지 자손 대대로 이 관음을 공경하며 모셔오고 있다. 또한 그 지방의 오치 군이라는 것은 이때부터 생긴 것이라고 이렇게 이야기로 전하여 내려오고 있다 한다.

伊予国越智直依観音助従震旦返来語第二

今昔、□天皇ノ御代ニ、伊予ノ国、越智ノ郡ノ大領ガ

先祖ニ、越智ノ直ト云フ者有ケリ。百済国ノ破ケル時、彼ノ

国ヲ助ケムガ為ニ、公ケ数々ノ軍ヲ遣ス中ニ、此ノ直ヲ遣シケ

リ。

直彼ノ国ニ至テ助ケムト為ルニ、不堪ズシテ、唐ノ方ノ

軍ニ被取テ、唐ニ将行ヌ。此ノ国ノ人八人同ク有リ。一ノ州

ニ籠メ置タレバ、同ジ所ニ八人有テ、泣キ悲ム事無限シ。

八本朝ニ返ラム事望ミ絶タル事ナレバ、各ノ父母妻子ヲ恋ル

程ニ、其ノ所ニシテ観音ノ像一軀ヲ見付奉タリ。八人同ク

此レヲ喜テ、心ヲ発シテ念ジ奉ル様、「観音ハ一切ノ衆生ノ

願ヲ満給フ事、祖ノ子ヲ哀ガ如シ。而ニ、此レ難有キ事也ト

云フトモ、慈悲ヲ垂給テ、我等ヲ助テ、本国ニ令至メ給ヘ」

ト泣々ク申シテ、日来ヲ過ル程ニ、此ノ所ハ、余方ハ皆可逃

キ様無ク人皆有ル方也、只後ロノ方、深キ海ニシテ、辺リニ

多ノ木有リ。八人同ク議シテ構ル様、「蜜ニ此ノ後ロ

海ノ辺ニ有ル大ナル松ノ木ヲ伐テ、此レヲ船ノ形ニ刻テ、其

レニ乗テ蜜ニ此ヲ出デ、人不通ヌ海也ト云フトモ、只海ノ

中ニシテ死ナム。此ニ乗テ死ナムヨリハ」ト議シテ、八人シテ

此ノ木ヲ伐テ忽ニ刻リツ。此ニ乗テ、此ノ観音ノ像ヲ船ノ内

ニ安置シ奉テ、各ノ願ヲ発シテ、泣々ク念ジ奉ル事無限シ。

国ノ人後ロヲ疑フ事無クシテ此レヲ不知ズ。而ル間、自然ラ

西ノ風出来テ、船ヲ箭ヲ射ガ如ク直シク筑紫ニ吹キ着タリ。

「此レ偏ニ観音ノ助ケ給フ也」ト思テ、喜ビ乍ラ岸ニ下テ、

各ノ家ニ返ヌレバ、妻子此レヲ見テ喜ビ合ヘル事無限シ。事

ノ有様ヲ語テ貴ビケリ。

其ノ後、公ケ此レヲ聞食シテ、事ノ有様ヲ被召問ルニ、有シ事ヲ不落ズ具ニ申ス。此レヲ公ケ聞シ食テ、哀ビ貴ビ給ニ、申サム所ノ事ヲ恩シ給ハムト為ルニ、越智ノ直申シテ云ク、「当国ニ二ノ郡ヲ立テ、堂ヲ造テ此ノ観音ノ像ヲ安置シ奉ラム」ト。而ルニ、公ケ「申スニ可随シ」ト被仰下ヌレバ、直思ノ如ク郡ヲ立テ、堂ヲ造テ、其観音ノ像ヲ安置シ奉ケリ。其ヨリ後今ニ至ルマデ、其ノ子孫相伝ヘツヽ此ノ観音ヲ恭敬ジ奉ル事不絶ズ。亦、其ノ国ノ越智ノ郡、此ヨリ始リケリ、トナム語伝ヘタルトヤ。

스오 지방周防國의 판관대判官代가 관음觀音의 도움으로 목숨을 부지한 이야기

평소 『법화경』 보문품普門品을 독송하고 관음을 신봉하던 스오 지방周防國의 판관대判官代가, 관청에서 돌아오는 길에 원수의 습격을 받고 참살되는데, 실은 평소 귀의歸依 하였던 관음觀音 보살이 그의 몸을 대신해줘 무사히 귀가할 수 있었다는 영험담임. 대역代役의 모티브는 지장地藏 보살이나 부동명왕不動明王 영험담 등에도 있어 유형적인 것임. 본권 제5화 참조. 무사 귀환으로 앞 이야기와 연결된다.

이제는 옛이야기이지만, 스오 지방周防國 구가 군玖珂郡[1]에 사는 사람[2]이 있었다. 그 지방의 판관대判官代[3]였다. 어릴 때부터 불·법·승 삼보三寶를 믿어서, 항상 『법화경』 제8권 보문품普門品[4]을 독송하고 관음을 섬겼다. 매월 18일[5]에는 스스로 지재持齋[6]를 하고 스님을 초청해 보문품을 강독케 하였다. 또한 그 군내에는 한 산사山寺가 있었는데, 미이데라三井寺[7]라 하여 관음의 영험이 특히 신통하신 절이다. 판관대는 이 절을 참배하고, 이 절의 관음을

---

1   현재의 야마구치 현山口縣 이와쿠니 시岩國市, 야나이 시柳井市, 구가 군玖珂郡 일대.
2   미상.
3   지방 관리로 국수國守의 대관代官임. 그 지역 유력호족이 임명되었음.
4   → 불교. 관음품觀音品이라고도 함. 이른바 관음경.
5   → 불교. 십재일十齋日의 하나로, 관음을 기념해서 지계하는 날. 관음觀音의 연일緣日.
6   → 불교. 여기서는 광의廣義의 정진결재精進潔齋를 의미.
7   → 사찰명.

오랫동안 공경하고 있었다.

그런데 이 지방 내에는 판관대를 원수로 여기는 자가 있어, 방심하고 있을 때 틈을 노려 그를 죽이려고 호시탐탐 노리고 있었다. 어느 날 판관대가 관청에 나가 공무를 끝내고 귀갓길에 올랐는데, 그 원수가 많은 군사를 거느리고 매복해 있는 곳을 지나가고 있었다. 원수는 기뻐하며 판관대를 죽이려 하였다. 적을 거느리던 군사와 함께 판관대를 발견하고 기뻐하며 그를 말에서 끌어내려, 칼로 베고 활을 쏘고, 창으로 찔렀다. 그리고 다리를 자르고 손을 부러뜨리고, 눈알을 도려내고, 코를 베고 입을 찢어 갈기갈기 치참하게 죽여 버렸다. 이렇게 하여 원수는 오랜 숙원을 이루었다고 기뻐하며 날아가듯 달아났다.

그런데 판관대는 원수와 원수 군사들이 자기를 말에서 끌어내려 베고 쏘고 했지만, 전혀 상처를 입지 않았다. 그렇지만 무서웠던 것을 말하자면 이루 말로 표현할 수가 없었다. 혼이 다 빠져서 앞뒤 뭐가 뭔지 도무지 정신이 없었지만, 하여튼 무사한 것을 다행으로 여기며 집으로 돌아왔다. 이 지방과 군내 사람들은 모두 "판관대가 살해당했다."고 떠들어댔다. 원수도 그를 죽였기에 안심하고 있었는데, 그 판관대가 살아서 집에 있다는 소문을 듣고는, 믿으려 하지 않았고 도무지 이상해서 견딜 수가 없었다. 그래서 몰래 판관대 집에 사람을 보내 살펴보게 하니, 그 사자가 돌아와

"어젯밤 갈기갈기 칼로 베어죽인 판관대가 어디 한 곳 상처도 없이 멀쩡히 살아 있습니다요."
라고 말했다. 원수는 이를 듣고 멍해져 뭐라 말할 수가 없었다.

그 후 판관대의 꿈에 고귀하고 기품이 있는 스님이 나타나

"나는 너의 몸을 대신해 많은 상처를 입었다. 이는 너의 위난危難을 구해주려고 했기 때문이다. 만일 그것이 사실인지 아닌지를 알고 싶으면, 미이

데라의 관음을 보면 알 것이다."

라고 말씀하셨다. 이런 꿈을 꾸고 꿈에서 깨어난 다음날 아침, 판관대는 서둘러 미이데라를 참배하여 관음을 예배하고 공양드렸는데, 그 머리부터 발끝까지 어느 한 곳도 성한 곳이 없을 정도로 상처투성이었다. 게다가, 손은 부러뜨려져 앞에 버려져 있고, 다리는 잘려나가 옆에 놓여 있고, 눈알은 도려내어졌고, 코는 베어져 있었다. 판관대는 이를 보고 눈물을 흘리며 소리내어 한없이 슬피 울고 있었다. 멀리서도 가까이서도 그 지역 사람들이 이 소식을 전해 듣고 몰려와, 이 상처 입은 관음을 예배하고 감격해 하며 존귀하게 여겼다. 그 후 많은 사람들이 협력하여 이 관음을 원래대로 보수補修해 드렸다. 그 뒤로 그 지방의 지위 고하를 막론한 모든 사람들이 농담조로, 이 판관대에게 '철鐵[8] 판관대'라는 별명을 붙여 불렀다. 이는 그 많은 군사에 단신으로 맞서, 갈기갈기 찢기고 활을 맞았지만 티끌만큼의 상처도 입지 않았기 때문일 것이다. 또한 원수는 이 이야기를 듣고 그 이후 악심을 딱 끊고 도심을 일으켜, 판관대와 아주 친하게 지내며 친교를 두텁게 맺게 되어, 과거의 증오심은 완전히 잊어버렸다. 그리고 이 이야기를 듣는 사람들은 성심을 다해 관음을 숭배하게 되었다.

이것을 생각하면, 관음의 영험이 불가사의한 것은 인도·중국[9]을 비롯해 우리나라에 이르기까지 새삼 특별한 것은 아니지만, 이 이야기는 관음이 실제로 사람을 대신하여 상처를 입으신 것이기에, 그것이 존귀하고 감명 깊은 것이다.

그러므로 이 세상에 생을 받은 자는 꼭 관음을 기념祈念해야 한다고 이렇게 이야기로 전하여 내려오고 있다 한다.

---

8 금, 철과 같이 견고하다는 뜻의 별명. 현대어의 '철인鐵人', '불사신不死身'과 같은 표현.

9 관음의 영험이 뛰어나다는 것을 강조하는 표현임. 이 책 천축·진단부에 실려 있는 관음영험담, 혹은 본권 제19화에 실려 있는 신라 왕비 이야기 등을 염두에 둔 서술로 추정됨.

周防国判官代依観音助存命語第三

今昔、周防ノ国、玖珂ノ郡ニ住ム人有ケリ。其ノ国ノ判官代也。幼ノ時ヨリ心ニ三宝ヲ信ジテ、常ニ法花経ノ第八巻ノ普門品ヲ読誦シテ、観音ニ仕ケリ。毎月ノ十八日ニハ、自ラ持斉シテ、僧ヲ請ジテ、普門品ヲ令読誦シム。亦、其ノ郡ノ内ニ一ノ山寺有リ。三井ト云フ。観音ノ験ジ合フ寺也。判官代常ニ此ノ寺ニ詣キ。其ノ観音ヲ恭敬シ奉ル事、久ク成ニケリ。

而ルニ、此ノ判官代其ノ国ノ内ニ敵有テ、短ヲ伺ヒ隙ヲ計テ、判官代ヲ殺サムト思ケリ。而ル間、判官代国府ニ参テ、公事ヲ勤テ家ニ返ル間、彼ノ敵数ノ軍ヲ具シテ、道ニシテ待ケルニ、判官代来リ会ヌ。敵喜テ、判官代ヲ殺ス。敵并ニ具セル所ノ軍等、判官代ヲ見付テ喜テ、判官代ヲ馬ヨリ引キ落シテ、刀釼ヲ以テ切リ、弓箭ヲ以テ射、桙ヲ以テ貫キ、足ヲ切リ、手ヲ折リ、目ヲ彫リ、鼻ヲ削リ、口ヲ割キ、段々ニ其ノ身ヲ殺シ伏セツ。敵年来ノ本意ヲ遂ツル事ヲ喜テ、飛ガ如クニシテ逃ゲヌ。

而ルニ、判官代ハ、敵ヨリ始メ軍共我レ馬ヨリ引落シテ、切リ射ルト云ヘドモ、更ニ身ニ当ル事無クシテ、一分許ノ疵

無シ。怖シト云ヘバ愚也ヤ。心肝失セテ物不思エズト云ヘド
モ、身ニ差無キ事ヲ喜テ家ニ返ヌ。国郡ノ内ノ人皆、「判官
代被殺ヌ」ト聞ツ。敵モ、殺ツレバ心安ク思テ有ル程ニ、

判官代生テ家ニ有ル由ヲ聞テ、敵不信ズシテ、奇異ニ思フ
事無限シ。然レバ、密ニ判官代ガ家ニ人ヲ遣リテ令見ルニ、
使返テ云ク、「夜前段々ニ殺セル所ノ判官代、一分ノ疵無シ
テ有リ」ト。敵此レヲ聞クニ、実ニ奇意ク思フ事無限シ。

而ル間、判官代急テ夢ニ、貴ク気高キ僧来テ告テ云ク、「我レ
汝ガ身ニ代テ、多ノ疵ヲ蒙レリ。此レ汝ガ急難ヲ救フ故也。
若シ虚実ヲ知ラムト思ハヾ、三井ノ観音ヲ可見奉シ」ト宣フ
ト見テ、夢覚ヌ。明ル朝、判官代急テ三井ニ詣デ、観音ヲ
礼ミ奉ルニ、首ヨリ始メテ跌ニ至マデ、一分全キ所無ク、観音
ノ御身ニ疵有。御手ヲ折テ前ニ棄テ、御足ヲ切テ傍ニ置キ、
御眼ヲ彫リ、鼻ヲ削テ奉レリ。判官代此レヲ見テ、涙ヲ流
シ、音ヲ挙テ、泣キ悲ム事無限シ。

国ノ内ノ近ク遠キ人、此レヲ聞テ集来テ、此ノ疵ヲ礼ミ

奉テ、貴ミ悲ム。其ノ後、諸ノ人力ヲ加ヘテ、本ノ如ク修
補シ奉ツ。此ノ後ハ、国ノ内ノ上中下ノ人、此ノ判官代ヲ
戯レノ言ニ、金判官代トゾ付タリケル。其レハ、若干ノ軍ニ
只一人値テ、段々ニ切リ被射ルト云ヘドモ、塵許ノ疵無キガ
故ニ云フナルベシ。亦、敵此ノ事ヲ聞テ、永ク悪キ心ヲ止テ、
道心ヲ発シテ、判官代ニ親ク昵テ、深キ契ヲ成シテ、本ノ心
ヲ失ニケリ。亦、此レヲ聞ク人、慇ニ此観音ニ仕ケリ。

此レヲ思フニ、観音ノ霊験ノ不思議ナル事、天竺震旦ヨリ
始メテ我ガ国ニ至マデ、于今不始ズト云ヘドモ、此ハ正シク
人ニ代テ、疵ヲ受ケ給ヘル事貴ク悲キ也。

然レバ、世ニ有ラム人、専ニ観音ヲ可念奉シ、トナム語
リ伝ヘタルトヤ。

단고 지방丹後國 나리아이데라成合寺 관음觀音의 영험 이야기

단고 지방丹後國, 나리아이데라成合寺 승려가, 폭설로 인해 절에 갇혀 아사餓死 직전에 있었을 때, 본존 관음께 염원을 드려 멧돼지를 얻어서 굶주림을 견뎌냈다. 후일, 멧돼지인 줄 알고 먹었던 그것이 실은 관음상의 좌우 허벅지였다는 것에 깜작 놀라고, 관음의 영험을 존귀하게 여기며 기원을 드리자, 양 허벅지는 원래대로 나리아이成合(복원의 뜻)되었다는 이야기. 나리아이데라의 사찰명 유래담으로 사람들 입에 많이 회자되는 이야기이다. 앞 이야기와는 관음상이 대신하여 몸이 잘렸다는 점에서 연결된다.

이제는 옛이야기이지만, 단고 지방丹後國에 나리아이데라成合寺[1]라는 산사山寺가 있었다. 관음의 영험이 신통한 절이다.

그 절을 나리아이成合[2]라고 하는 유래를 찾으면 이렇다.[3] 옛날 불도수행을 하는 가난한 승려가 있었는데, 그 절에서 기도하며 수행을 하고 있었다. 절은 높은 산 위에 있어, 그 지방 내에서도 특히 눈이 많이 쌓이고 바람이 강하게 부는 곳이었다. 어느 한겨울 눈이 많이 내려 누구 하나 찾아오는 사람이 없었고, 식량은 이미 며칠 전에 바닥이 나, 아무것도 먹지 못하고 굶어 죽을

---

1 → 사찰명. 현재는 '나리아이데라成相寺'로 표기함.
2 → 옛 지방명.
3 이야기 말미의, "이 절을 나리아이成合라고 하는 것이다"와 호응하여, 사찰유래담으로서의 연기緣起를 구성함. 같은 이야기를 수록한 『삼국전기三國傳記』도 연기 형식을 취하고 있으며, 『이려파자유초伊呂波字類抄』에는 고로故老의 이야기로 전하고 있음.

수밖에 없는 지경이었다. 그렇다 해도 눈이 많이 쌓여 있어 마을로 내려가 탁발할 수도 없고, 먹을 만한 초목도 없었다. 얼마동안은 견디고 있었지만, 벌써 열흘이나 지나자 힘이 다 빠져 일어날 기력조차도 없었다. 그래서 승려는 불당의 동남쪽 구석에, 헤어진 도롱이를 깔고 누웠다. 힘이 다하여 나무를 주워와 불을 피울 수도 없었다. 절은 파손된 채로여서, 바람은 쌩쌩 불고 심한 눈보라로 실로 무서웠다. 기력도 다 잃어, 경을 읽을 수도 부처에게 기도드릴 수도 없었다. '조금만 더 참으면 조만간 먹을 것을 얻을 수 있다.'는 생각도 들지 않아 정말로 불안하기 짝이 없었다. 이제 곧 죽을 것이라 각오는 하면서도 이 절 관음에게 "부디 살려 주십시오."라고 염원하며,

"관음님은, 단 한 번만이라도 그 이름을 부르면 모든 소원을 들어주신다고 들었습니다. 저는 오랜 세월 관음님을 믿고 의지하고 있었는데, 그 부처님 앞에서 굶주려 죽는다는 것이 너무나도 슬픕니다.[4] 제가 높은 관직을 청하거나 귀중한 보물을 원한다면 들어주실 수야 없으시겠지만, 단지 오늘 하루 먹고 목숨을 보전할 만큼의 음식만은 베풀어 주시기를."

라고 염원하며, 절 서북쪽[5] 구석의 찢어진 곳으로 밖을 대다보니, 늑대에게 물린 멧돼지가 눈에 들어왔다. '그렇다면 이것은 관음님이 주신 거구나. 이걸 먹자.' 이렇게 생각했지만,

'아니야, 아니야. 오랜 세월 부처님을 믿으면서 어찌 지금에 와서 이걸 먹을 수 있단 말인가. 평소에 늘, '생명이 있는 것은 모두 전세의 부모다.'[6] 라고 들었다. 나는 지금 굶주려 죽을 것만 같《지만, 어찌 부모의》[7] 살을 찢어

4　『고본설화집古本説話集』에는 관음을 한결같이 신앙했음에도 불구하고 죽음을 맞이하는 상황에 이른 것을 한탄하는 내용이 이어짐.
5　예로부터 조령祖靈이나 신령神靈이 찾아오는 방향으로, 삼가야 하는 곳임. 그래서 스님은 동남 구석에 있는 것임.
6　불교 윤회전생輪廻轉生 사상에 근거함. → 권12 제25화 참조.
7　저본의 파손에 의한 결자임.

먹을 수 있단 말인가. 게다가 산 것의 고기를 먹는 자는 영원히 성불의 길을 잃고 악도惡道[8]에 떨어지게 된다. 그러니 어떠한 짐승이라도 사람을 보면 달아나는 것이고, 짐승을 먹는 사람을 부처님도 보살님도 영원히 버리시는 것이다.'

이렇게 생각하고는 거듭거듭 그만두려 했지만, 사람의 마음이라는 것이 한심한 것이라서, 후세에 악도에 떨어져 고통받을 것을 생각지 않고, 오늘의 배고픈 고통을 참지 못해, 칼을 꺼내 멧돼지 양쪽 허벅지살을 잘라 냄비에 넣어 끓여 먹었다. 그 맛이라는 것은 무엇에도 비할 데가 없었다. 허기가 완전히 사라지고 포만감에 즐거운 마음이 잠시 들었다. 그렇지만 이내 중죄重罪[9]를 범한 것을 후회하고 울며 슬퍼하는 사이, 어느덧 눈도 사라지고 많은 마을사람들이 찾아오는 소리가 들렸다. 그 사람들이 말하는 걸 들어보니

"이 절에 사시는 스님은 도대체 어찌 되셨을까? 눈이 많이 쌓여 사람이 다닌 흔적도 없네. 시일도 상당히 지났으니 식량도 다 떨어졌을 터인데, 인기척이 없는 걸 보니 혹 죽은 것은 아닐까?"

라며 이구동성으로 이야기하고 있었다. 스님은 그 소리를 듣고 '우선 삶아 먹은 이 멧돼지를 어떻게 해서든 치워야 하는데.'라고 생각했지만, 벌써 사람들이 근처에 와 있어 어찌할 수가 없었다. 아직 먹다 남은 고기도 냄비에 들어 있었다. 이런 생각을 하니 정말 부끄럽고 슬펐다.

그러는 사이, 사람들이 모두 안으로 들어와 "지금까지 어떻게 지내셨습니까?"라며 절 안을 둘러보고 있는데, 냄비 안에 노송나무를 잘게 썰어 삶아 먹다 남긴 흔적이 있었다. 사람들은 이것을 보고 "스님, 아무리 굶주리셔도 그렇지, 나무를 삶아 먹는 사람이 어디 있습니까?"라며 불쌍히 여기고는 문득

8 → 불교. 지옥. 아귀. 축생의 삼악도三惡道.
9 육식의 죄를 범한 것.

272

불상을 바라보는데, 그 부처 좌우 허벅지 쪽이 도려내어져 있었다. '그렇다면 이것은 스님이 잘라 먹은 것이 분명한데.'라는 생각이 들고 기가 막혀서

"스님, 어차피 나무를 드시려면 절 기둥이라도 잘라 드시지, 어째서 부처님의 귀하신 몸에 상처를 내드린 겁니까?"

라고 물었다. 스님은 놀라며 부처를 쳐다봤는데, 사람들이 말하는 것처럼 좌우 허벅지가 도려내어져 있었다. 그래서 비로소

'그럼 그 삶아먹은 멧돼지는, 관음님이 나를 구원해 주시려고 멧돼지로 몸을 바꾸신 거란 말인가.'

라고 알아차리고 고귀하고 슬퍼져, 지금까지 있었던 일을 모두 이야기하니, 듣는 사람들도 눈물을 흘리며 한없이 감격해 하고 존귀하게 여겼다.

그래서 스님은 불상 앞에 앉아 관음을 마주보며

"만일 그것이 정말 관음님의 시현示現[10]이시라면, 《원래의 모습 그대로 되돌아와 주십시오."

라고》[11] 말씀드렸다. 그러자마자, 모든 사람들 눈앞에서 좌우 허벅지가 원래대로 《완전한 모습이 되셨다.》[12] 이를 지켜본 사람들 중에 감격의 눈물을 흘리지 않는 자가 《없었다.》[13] 《그래서》[14] 이 절을 나리아이成合[15]라고 하는 것이다.

이 관음은 지금도 계신다.[16] 신심信心 있는 사람은 반드시 참배하여 예배드려야 한다고 이렇게 이야기로 전하여 내려오고 있다 한다.

---

10 → 불교.
11 저본의 파손에 의한 결자. 「고본설화집」을 참조하여 보충함. 이하 동일.
12 저본의 파손에 의한 결자.
13 저본의 파손에 의한 결자.
14 저본의 파손에 의한 결자.
15 접합接合해서 원래대로 된다는 뜻. 복원.
16 설화의 현실성을 강조하기 위한 유형적 표현임. 화중인물이나 사물과 관련된 것이 현재까지도 전해져 존재한다는 뜻.

丹後国成合観音霊験語第四

今昔、丹後国ニ成合ト云フ山寺有リ。観音ノ験ジ給フ所也。

其ノ寺ヲ成合ト云フ故ヲ尋ヌレバ、昔シ仏道ヲ修行スル貧キ僧有テ、其ノ寺ニ籠テ行ケル間ニ、其ノ寺高キ山ニシテ、其ノ国ノ中ニモ雪高ク降リ、風嶮ク吹ク。而ルニ、冬ノ間ニテ、雪高ク降リテ人不通ズ。而ル間、此ノ僧粮絶テ日来ヲ経ルニ、物ヲ不食シテ可死シ。雪高クシテ、里ニ出テ乞食スルニモ不能ズ。亦、草木ノ可食キモ無シ。暫クソ念ジテモ居タレ、既ニ十日許ニモ成ヌレバ、力無クシテ可起上キ心地セズ。然レバ、堂ノ辰巳ノ角ニ、茨ノ破タル敷テ臥タリ。力無ケレバ木ヲ拾テ火ヲモ不焼ズ。寺破損ジテ風モ不留ズ。雪風嶮クシテ極テ怖ロシ。力無クシテ経ヲモ不読ズ、仏ヲモ不念ゼズ。

「只今過ナバ、遂ニ二食物可出来シ」ト不思ネバ、心細キ事無限シ。今ハ死ナム事ヲ期シテ、此ノ寺ノ観音ヲ「助ケ給ヘ」ト念ジテ申サク、「只一度観音御名ヲ唱フルソラ、諸ノ願ヲ満給ナリ。我レ年来観音ヲ憑ミ奉テ、仏前ニシテ餓死ナム事コソ悲シケレ。高キ官位ヲ求メ、重キ罪報ヲ願ハバコソ難カラメ、只今日食シテ命ヲ生ク許ノ物ヲ施シ給ヘ」ト念ズル間ニ、寺ノ戌亥ノ角ノ破タルヨリ見出セバ、狼ニ被敢タル猪有リ。「此ハ観音ノ与給フナメリ。食シテム」ト思ヘド

モ、「年来仏ケヲ憑ミ奉テ、今更ニ何デカ此ヲ食セム。聞バ、
『生有ル者ハ皆、前生ノ父母也』ト。我レ食ニ餓ヘテ死ナム
ト□肉ヲ村屋ブリ食ハム。況ヤ生類ノ肉
食人ハ仏ノ種ヲ断テ、悪道ニ堕ツル道也。然レバ、諸ノ
獣ハ人ヲ見テ逃去ル。此ヲ食スル人ヲバ、仏モ菩薩モ遠去
リ給事ナレバ、」返々ス思ヒ返セドモ、人ノ心ノ拙キ事ハ、
後世ノ苦ビ不思ズシテ、今日ノ飢ニ苦ビニ不堪ズシテ、
釰ヲ抜テ、猪ノ左右ノ腪ノ肉ヲ屠リ取テ、鍋ニ入テ煮テ食
シツ。其ノ味甘キ事無並シ。飢ノ心皆止テ、楽キ事無限シ。
然レドモ、重罪ヲ犯シツル事ヲ泣キ悲デ居タル程ニ、雪漸
ク消ヌレバ、里ノ人多ク来ル音ヲ聞ク。其ノ人ノ云ク、「此
ノ寺ニ籠タリシ僧ハ何ガ成リニケム。雪高テ人通タル跡千無
シ。日来ニ成ヌレバ、今ハ食物モ失ニケム。人気モ無キハ死
ニケルカ」トロタニ云フヲ、僧聞テ、「先ヅ此ノ猪ヲ煮散タ
ルヲ、何デ取リ隠サム」ト思フト云ヘドモ、程無クシテ可為キ
方無シ。未ダ食ヒ残シタルモ鍋ニ有リ。此ヲ思フニ、極テ恥

ヂ悲ビ思フ。
而ルニ間、人々皆入リ来ヌ。人々、「何ニシテカ日来過シ
ツル」ナド云テ、寺ヲ廻□見ルニ、鍋ニ檜ノ木ヲ切リ入レ
テ、煮テ食ヒ散シタリ。人々此レヲ見テ云ク、「聖リ、食ニ
飢タリト云ヒ乍ラ、何ナル人カ木ヲバ煮食フ」ト云テ哀レガ
ル程ニ、此ノ人々仏ヲ見奉レバ、仏ノ左右ノ御腪ヲ新切リ
取タリ。「此レハ、僧ノ切リ食ヒタル也ケリ」ト、奇異ク思
テ云ク、「聖リ、同
ジ木ヲ食ナラバ、寺
ノ柱ヲモ切食ム。何
ゾ仏ノ御身ヲ壊リ
奉ル」ト云フニ、

僧驚テ仏ヲ見奉ルニ、人々云ク、「我ノ切ガ如ク、左右ノ御腪ヲ切リ
取タリ。其ノ時ニ思ハク、「然ラバ、彼ノ煮テ食ツル猪ハ、
観音ノ我ヲ助ケムガ為ニ、猪ニ成リ給ヒケルニコソ有ケレ」
ト思フニ、貴ク悲クテ、人々ニ向テ事ノ有様ヲ語レバ、此レ

蕢（信貴山縁起）

ヲ聞ク者、皆涙ヲ流シテ、悲ビ貴ブ事無限シ。

其ノ時ニ、仏前ニシテ、観音ニ向ヒ奉テ白シテ言サク、

「若シ此ノ事観音ノ示シ給フ所ナラバ、本ノ如クニ□二

申ス時ニ、皆人見ル前ニ、其ノ左右ノ腮本ノ如ク成□三

□。人皆涙ヲ流シテ□四泣悲ズト云フ□五

此ノ寺ヲ成合ト云フ也ケリ。

其ノ観音千今在ス。心有ラム人ハ必ズ詣デ、可礼奉キ也、

トナム語リ伝ヘタルトヤ。

단바 지방丹波國 군사郡司가 관음상觀音像을 만든 이야기

단고 지방丹後國 구와타 군桑田郡의 군사郡司가, 도읍의 불사佛師에게 의뢰해 관음상觀音像을 만들게 한다. 군사는 너무나 잘 만들어준 것에 대한 보상으로 불사에게 자기의 애마愛馬를 준다. 하지만 애마가 그립고 아까워서 하인을 시켜 불사가 돌아가는 길에 매복하여 활로 쏴 죽이고 말을 되찾아 온다. 그런데 후일 군사는 불사가 무사하고, 실은 그 관음觀音이 불사의 몸을 대신하여 활을 맞았다는 것을 알게 되어 참회하여 출가했다는 이야기. 아나오지穴穗寺의 관음영험담으로 세상에 유포된 저명한 이야기이다. 관음의 신체 내력 설화라는 섬에서 본권 세3화와 유사한 이야기이나.

이제는 옛이야기이지만,[1] 단바 지방丹波國 구와타 군桑田郡[2]에 사는 군사郡司[3]가 다년간의 숙원宿願인 관음상을 만들어 모시려고 도읍에 올라와, 한 불사佛師[4]에게 간절히 의뢰하고 제작비를 건넸다. 불사가 제작을 승낙하고 비용을 받자, 군사는 기뻐하며 자기 지방으로 돌아갔다.

이 불사는 원래 자비심이 깊어 불상을 만들어 생활하고 있었다고는 하나,[5]

1 　이 이야기는 『부상약기扶桑略記』, 『법화험기法華驗記』에서는 응화應和 2年(962), 『이려파자유초伊呂波字類抄』에서는 관홍寬弘 연간(1004~12)의 사건으로 함.
2 　현재의 교토 부京都府 가메오카 시龜岡市, 기타구와타 군北桑田郡 일대.
3 　국사國司의 감독하에 있으면서 군郡의 정무政務를 담당. 그 지방 유력자가 임명되었음. 이 군사를 『법화험기』(장고관본彰考館本), 『이려파자유초』, 『제사약기諸寺略記』에서는 "우지노 미야나리宇治宮成", 『부상약기』에서는 "우지노 스쿠네 미야나리宇治宿禰宮成"라고 함.
4 　* 불상 제작을 업으로 하는 사람.
5 　당시 불사가 불상 제작을 생활수단으로 하여 신앙심이 얕았다는 것을 이 글에서도 알 수 있음.

어릴 적부터 관음품觀音品[6]을 몸에서 떼어놓는 일이 없었고, 매일 꼭 서른세 권을 독송하였다. 또한 매월 관음 날인 18일[7]에는 지재持齋[8]를 지키며, 열심히 관음을 섬기고 있었다. 그런데 이 불사는 의뢰를 받은 지 삼 개월 정도 만에, 그것도 군사가 예상한 것보다도 훨씬 빨리, 매우 아름답게 관음상을 만들어 군사 집에 직접 가지고 와 전했다. 본디 이런 것은 불상제작비를 받았다 하더라도 대개 약속 날을 어겨 훨씬 늦는 것이 보통이다. 그런데 예상외로 이렇게 빨리 만들었을 뿐만 아니라, 생각하고 있던 그대로의 아름다운 불상을 만들어 왔기에, 군사는 한없이 기뻐하며 '이 불사에게 어떤 상을 주면 좋을까?' 생각해 보았지만, 그다지 잘사는 처지가 아니어서 마땅한 것이 없었다. 가지고 있는 것이라곤 단지 말 한 필뿐이었다. 그 말은 대여섯 살 정도로, 키《는》[9] 팔 《치》[10] 정도의 검은 말이었다. 성질은 순하고, 발도 튼튼하여 잘 걷고, 달리는 것도 빠르다. 잘 놀라지도 않고, 지치지도 않았다. 지금까지 많은 사람들이 이 말을 보고 아무리 갖고 싶어 해도, 군사는 이것을 무한한 보물로 여겼기에, 누구에게도 주지 않고 수년간 가지고 있었다. 하지만 너무 기쁜 나머지 이 불사에게만은 '그럼 이걸 주는 걸로 하자.'고 생각하고, 직접 꺼내와 건네주었다. 불사는 매우 기뻐하며 안장을 얹혀 말을 타고, 원래 타고 온 말은 종자에게 끌게 하여, 군사의 집을 나서 도읍으로 올라갔다.

군사는 지금까지 그 말을 자신이 앉아 있는 바로 옆에 두고 소중히 길러 왔는데, 그 말이 없어지고 마구간 안에 먹다 남긴 풀이 이리저리 흐트러

6 　→ 불교.
7 　십재일十齋日의 하나. 관음觀音의 연일緣日.
8 　비시식非時食 계율을 지키는 것. 정오 이후에는 식사를 취하지 않는 것을 말함.
9 　파손에 의한 결자. 문맥을 고려하여 보충함.
10 　한자표기를 위한 의도적 결자. '寸(치)'가 이에 해당. 말 등 높이는 4척尺을 기준으로 하고, 그것을 넘는 높이만을 '寸(치)'로 나타냈음. 따라서 여기서의 말 높이는 4척 8치 정도였다는 뜻임.

져 있는 것을 보는 순간, 그 말이 새삼스럽게 그립고 사랑스러워져서 갑자기 말을 주고만 것이 너무나 후회되었다. 정말 잠시도 참을 수가 없어 안절부절□□□□□□□□**11**려고 생각은 해보았지만, 아무래도 포기할 수 없어, 마침내 친한 □□□□□**12**서 말하길, □□□□□□□□□**13** 덕德을 위해 이 말을 주었지만, 아무래도 □□□**14**석惜□□□□**15** 나를 생각해서 그 말을 다시 되찾아와 주지 않겠는가? 도둑인 척하고 불사를 쏴죽이고 반드시 되찾아오게. 라고 말했다. 하인은 "그것은 쉬운 일입니다."라고 하며 화살을 등에 메고 말을 타고 달려갔다.

한편, 불사는 일반적인 길로 가고 있었다. 하인은 샛길을 통해 앞질러 시노무라篠村**16**라는 곳에 가서 밤나무 수풀 속에 매복하고 있었다. 잠시 뒤 불사가 말을 □**17** 타고 이곳으로 왔다. 하인은 '가슴 아픈 짓을 하지 않으면 안 되는구나.'라고 생각은 하였지만, 당부하신 주인의 부탁을 어길 수 없어 활에 뾰족한 화살을 메겨 바로 정면으로 말을 달리며 불사를 향해 강하게 시위를 당겨 쐈다. 4, 5장丈**18** 정도의 거리에서 쏜 이상 어떻게 빗나갈 수 있겠는가. 배꼽 윗부분을 관통하여 등에 화살촉이 튀어나왔다. 불사는 화살과 함께 말에서 뒤로 벌러덩 떨어졌다. 고삐가 풀려 달리는 말을 뒤쫓아가 붙잡아 주인집으로 돌아갔다. 군사는 이를 보고 대단히 기뻐하며 원래처럼 옆에 묶어두고 애지중지하며 길렀다.

---

11 파손에 의한 결자. '그만 두려고' 등의 내용으로 추정됨.

12 파손에 의한 결자. 후문의 내용으로 미루어 볼 때, '하인을 불러' 등으로 추정됨.

13 파손에 의한 결자. 바로 밑의 '덕德'은 은혜, 덕분의 뜻임. 불사에 대해 사의謝意를 표하는 내용이 있었을 것으로 추정됨.

14 파손에 의한 결자.

15 파손에 의한 결자. '아깝다고 생각되니, 자네가' 등의 내용으로 추정.

16 교토 부京都府 가메오카 시亀岡市 시노 정篠町 일대. 교통의 요충지. 이곳에서 오에 산大枝山을 넘어 도읍인 교토로 들어갔음.

17 파손에 의한 결자. '신나게' 등의 내용이 들어갈 것으로 추정됨.

18 1장丈은 약 3m임.

그 후 수일이 지났지만, 불사 집으로부터 아무런 문의가 없어 '이상하다.'고 생각하고, 그 하인을 도읍으로 보내 불사의 집으로 보냈다. 보낼 때 일러주길

"'어떻게 지내십니까? 오랫동안 연락이 없어서 별일 없으신지 찾아뵈려 왔습니다.' 이렇게 말하여라."

라며 보냈기에, 하인은 도읍에 올라와 태연한 얼굴을 하고 불사 집에 들어갔다. 그 집은 문 입구에서 쑥 들어간 곳에 지어져 있었고, 앞뜰에는 매화나무가 있었다. 불사는 그곳에 말을 묶어두고, 두 명으로 하여금 말을 쓰다듬거나 여물을 주게 하면서 툇마루에 앉아서 보고 있었다. 말을 보니, 이전보다도 《번지르르》[19]하고 살이 쪄 있었다. 하인은 그 모습을 보고 너무나 기이한 생각이 들었다. 쏴 죽인 불사가 살아 있고, 되찾아온 말도 그곳에 있었다. '혹시 잘못 본 게 아닐까?' 생각하고 선 채로 뚫어지게 다시 보았는데, 틀림없는 불사이고 말도 그 말이 틀림이 없다. 너무 놀라 당황하고 공포심에 사로잡혔지만, 어쨌든 군사한테 들은 대로 말을 전했다. 그러자 불사는

"아니, 아무 일도 없습니다. 이 말을 많은 사람들이 탐을 내어 팔라고 하지만, 이 말이 명마여서 팔지 않고 가지고 있습니다."

라고 말했다.

하인은 아무리 생각해도 기이하여, 그 일을 빨리 주인에게 알려주기 위해 나는 듯이 달려 내려가, 서둘러 주인에게 자초지종을 말했다. 군사는 이를 듣고 '정말 기이한 일이구나.'라고 생각하여 마구간에 가보니, 어느새 말이 사라져 버렸다. 군사는 공포에 떨며 관음상 앞에 가서 자신이 한 짓을 참회하려고 관음을 보니, 그 가슴에 화살이 꽂혀 있고 피가 흐르고 있었다. 곧바

---

19 한자표기를 위한 의도적 결자. 문맥을 고려하여 보충함.

로 하인을 불러 그것을 보게 하고, 둘 다 몸을 땅에 엎드려 소리 내어 언제까지나 계속 울고 있었다. 그 후 두 사람 모두 당장 출가하여 산사[20]에 들어가 불도를 수행하였다.

그 관음[21]의 화살 상처는 지금까지도 벌어진 채 아물지 않고 있다. 사람들이 모두 찾아와 이를 예배하며 공양드린다. 불사가 자비심이 깊은 자였기 때문에, 관음이 그의 몸을 대신해 활을 맞아 주신 것은 관음의 본원本願[22] 그대로이기에, 실로 존귀하고 감개무량한 일이다.

신심信心 있는 사람은 반드시 참배하여 예배드려야 하는 관음님이라고 이렇게 이야기로 전하여 내려오고 있다 한다.

---

20 미상.
21 「부상약기」, 「이려파자유초」, 「관음이익집觀音利益集」, 「보물집寶物集」 등에 의하면, 아나오지穴穗(太)寺 관음을 말함. → 사찰명.
22 근본 서원誓願. 보문품普門品에 설하는 관음의 본원으로, 삼십삼신三十三身으로 변화變化해서 중생을 구제한다는 것임.

丹波国郡司造観音像語第五

[一〇]今昔、丹波ノ国、桑田ノ郡ニ住ケル郡司、年来宿願有ルニ依テ、観音ノ像ヲ造奉ラムト思テ、京ニ上テ、一人ノ仏師ヲ語ヒテ、其料物ヲ与ヘテ、懃ニ語フ。仏師可造キ由ヲ受テ、料物ヲ受ケ取ツ。郡司喜ビテ国ニ返ヌ。

此ノ仏師ノ心ニ慈悲有テ、仏ヲ造テ世ヲ渡ルト云ヘドモ、幼ノ時ヨリ観音品ヲ持テ、必ズ毎日ニ三十三巻ヲ誦シケリ。

亦、毎月ノ十八日ニハ持斉シテ懃ニ観音ニ仕リケリ。而ルニ、此ノ仏師郡司ノ語ヒヲ請テ後、三月許バカリヲ経ル間ニ、郡司不思懸ザル程ニ、此ノ観音極テ美麗ニ造リ奉テ、仏師具シテ郡司ガ家ニ将テ奉タリ。如此クノ物ハ、仏ノ料物ヲ請取タリト云ヘドモ、約ヲ違ヘテ久ク程ヲ経ル事、常ノ事也。而ルニ、不思懸ズ、此ク疾ク造奉レルニ合セテ、仏ヲ造ヒノ如ク美麗ニ造テ将奉レバ、郡司無限ク喜テ、「此ノ仏師ニ何ナル禄ヲ与ヘム」ト思フニ、身不合ニシテ可与キ物無シ。只具タル物ハ馬一ツ也。黒キ馬ノ年五六歳許ナルガ、長ケ□八□許也。口和ニシテ足固シ。道吉ク行テ走リ疾シ。物驚キ不為ズシテ痩難シ。諸ノ人此ノ馬ヲ見テ欲ガルト云ヘドモ、郡司此レヲ無限キ財ト思テ、年来持タルニ、此ノ仏師ノ喜サニ、「然バ此ヲ与ヘテム」ト思テ、自ラ引出シテ与ツ。仏師極テ喜テ、鞍ヲ置テ乗テ、本乗タリツル馬ヲバ引カセテ、郡司ガ家ヲ出デ、京ニ上ヌ。

此馬ヲバ居ル傍ニ立テ、飼ヒツルニ、其ノ厩ニ草ナド食ヒ

散シタルヲ見ルニ、此ノ郡ノ司ノ恋シク悲ク思ヒテ、忽ニ渡

シツル事悔シキ事無限シ。片時思ヒ可延クモ非ズ、燻リ糟

様ニ□□思ヘドモ、更ニ思ヒ不止ズシテ、遂

ノ馬ヲ宛ツレドモ、更ニ為□悟□。我ヲ思ハバ、此

ノ馬ヲ取返テ来ナムヤ。盗人ノ様ヲ造テ、仏師ヲ射殺シテ、

ニ親シ□□テ云ク、□□□。徳ノ為ニ、此

必ズ取テ来レ」ト。郎等「安キ事也」ト云テ、弓箭ヲ帯シテ、

馬ニ乗テ走ラセテ行キヌ。

仏師ハ直キ道ヨリ行。郎等ハ近キ道ヨリ前立チテ、篠村ト云

フ所ニ行テ、栗林ノ中ニ待立テリ。暫許有テ、仏師此ノ馬

ニ乗テ□ハシテ来ル。郎等、「心踈キ態ヲモセムト為ルカナ」

ト思ヘドモ、憑ミヲ係ケタリ主ノ云フ事背キ難ケレバ、弓ヲ

疾腐箭ヲ番テ、向ヒ様ニ走ラセテ、仏師ニ押シ向ケテ、弓ヲ

強ク引テ、四五丈許ノ程ニテ射ムニハ、何ニシニカハ放サム、

臍ノ上ノ方ヲ背ニ箭尻ノ射出シツ。仏師仰ケ様ニ箭ニ付テ落

ヌ。馬ハ放レテ走ルヲ、追ヒ廻シテ捕ヘテ、返テ主ノ家ニ将

行ヌ。郡司此レヲ見テ、喜ブ事無限シ。本ノ如ク傍ニ立テ、

撫テ飼フ。

其ノ後、日来ヲ経ルニ、仏師ノ許ヨリ尋ヌル事モ無ケレバ、

「怪シ」ト思テ、此ノ郎等ヲ京ヘ上ゲテ、仏師ノ家ヘ遣ル。

『何事カ御スル。久ク案内

ヲ不申ネバ不審クナム』ト

云ヘ」ト教ヘテ遣タレバ、

郎等京ニ上テ、然モ気無ク

テ仏師ノ家ニ這入タレバ、

其ノ家ハ引入レテ造タルニ、

前ニ梅ノ木ノ有ルニ、此ノ馬ヲ繋テ、人二人ヲ以テ撫サセテ草

飼ハセテ、仏師ハ延ニ見居タリ。奇異ク思フ事無限シ。

其レヲ見テ、馬有ショリモ□メキ肥ニ

肥タルヲ見テ、奇異ク思フ事無限シ。射殺シテシ仏

師モ有リ、取返シテシ馬モ有レバ、「若僻目カ」ト思テ守リ

立テルニ、仏師モ鮮ニ有リ、馬モ不違ネバ、肝迷ヒ心騒ギテ、

「怖ロシ」ト思フト云ヘドモ、郡司ノ言ヲ語ル。仏師ノ云ク、

仏師（七十一番歌合）

「何事モ不侍ズ。此ノ馬ヲ万ノ人ノ欲ガリテ、『買ハム』ト申

セドモ、馬ノ極タル一物ナレバ、不売シテ持テ侍ル也。」

郎等、尚、「奇異」ト思テ、此ノ事ヲ疾ク主ニ聞セムト為

ニ、走ルガ如クニシテ返リ下ヌ。主ノ許ニ忩ギ行テ、此ノ事

ヲ語ル。郡司モ此レヲ聞テ、「奇異」ト思テ、厩ニ行テ見ル

ニ、忽ニ其ノ馬不見エズ。郡司恐ヂ怖レテ、観音ノ御前ニ

参テ、「此事懺悔セム」ト思テ、観音ヲ見奉レバ、観音ノ御

胸ニ箭ヲ射立奉テ、血流レタリ。即チ、彼郎等等ヲ呼テ、此

レヲ見セテ、共ニ五体ヲ地ニ投テ、音ヲ挙テ泣キ悲ム事無限

シ。其後、二人乍ラ忽ニ髻ヲ切リテ出家シツ。山寺ニ行テ、

仏道ヲ修行ジケリ。

其ノ観音ノ御箭ノ跡、于今開テ不塞ズ。人皆参テ此レヲ礼ミ

奉ツル。仏師ノ慈悲有ルヲ以テ、観音ノ代ニ箭ヲ負ヒ給フ事、

本ノ誓ニ不違ネバ、貴ク悲キ事也。

心有ラム人ハ必ズ参テ礼ミ可奉キ観音ニ在ス、トナム語

リ伝ヘタルトヤ。

무쓰 지방陸奧國의 매잡이가 관음觀音의 도움으로 목숨을 유지한 이야기

무쓰 지방陸奧國의 매를 잡아 생계를 꾸리던 남자가 단애절벽의 매 둥지에서 매 새끼를 잡으려고 이웃사람과 함께 나갔는데, 이웃사람에게 속아 단애절벽 중턱에 홀로 내버려진다. 그러나 평소 관음을 신앙한 덕택에 관음품觀音品이 변한 큰 뱀의 도움을 받고 탈출에 성공, 살아 돌아와 관음의 영험에 감동을 받아 출가하였다는 이야기. 세상에 널리 알려진 이야기로, 중세에는 설경說經의 이야기 재료로도 사용되었다. 그리고 관음품 정선에 칼이 꽂혀 있었다고 하는 것은 앞 이야기의 관음상에 활이 꽂혀 있었다는 것과 서로 통한다.

이제는 옛이야기이지만, 무쓰 지방陸奧國[1]에 한 남자[2]가 살고 있었는데, 오랜 세월 매 새끼[3]를 둥지에서 꺼내 와 필요한 사람에게 주고, 그 대가를 받아 생계를 꾸려나갔다. 오랜 세월, 매가 둥지를 튼 곳을 봐두었다가 나중에 새끼를 꺼내 왔는데, 어미 매가 그것을 괴롭다고 생각했던 것일까, 원래 장소에 둥지를 짓지 않고, 도저히 사람이 미치지 못하는 장소를 찾아 둥지를 만들어 알을 낳았다. 그곳은 병풍을 친 듯한 암벽의 돌출부위로, 아래를 보면 바닥끝도 알 수 없는 바다였다. 그 정상에서 훨씬 아래쪽에 나무가 자라

---

1 → 옛 지방명.
2 미상.
3 매를 새끼 때부터 키워. 매 사냥을 시키기 위해 훈련시키기 위한 수요가 있었던 것임.

늘어뜨려져 해면을 뒤덮고 있었다. 그 나뭇가지 끝에 낳은 것이었다. 실제로 사람이 다가가려고 해도 다가갈 방법이 없을 것 같은 그런 곳이었다.

이 매잡이 남자는 그것을 모르고 매 새끼를 잡을 시기가 되어, 매가 항상 둥지를 튼 곳으로 가 보았다. 어찌 있을 리가 있겠는가.[4] 게다가 올해는 둥지를 튼 흔적조차도 없다. 남자는 이를 보고 몹시 놀라 주변을 뛰어다니며 찾아보았지만, 아무리 찾아봐도 없었다. '혹여 어미매가 죽은 것은 아닐까? 아니면 다른 장소에 둥지를 틀었을지도 모른다.'고 생각하여, 날마다 이쪽 저쪽 산과 봉우리를 찾아다니던 중, 마침내 저 멀리 희미하게 매 둥지를 발견하고 기뻐하며 다가가 봤지만, 도저히 사람이 다가갈 수 있는 곳이 아니었다. 위에서 내려가려 해도 워낙 손바닥을 수직으로 세워 놓은 것 같은 바위 절벽이다. 밑에서 올라가려고 하면 바닥끝도 알 수 없는 바다이다. 겨우 매 둥지를 발견했다고는 하지만, 어찌할 도리가 없어 집에 돌아가, 앞으로 자신이 살아갈 길이 막막해져 버린 것을 한탄하였다.

그래서 이웃에 사는 남자에게 이것을 말하고

"나는 늘 매 새끼를 잡아 지역 사람에게 주고 그 대가를 받아, 그것으로 한 해 양식으로 해서 여태껏 오랜 세월 살아왔는데, 올해는 매가 그런 곳에 집을 짓고 알을 낳아, 이제 매 새끼를 잡을 방법이 사라졌다네."

하고 푸념하자, 이웃남자가 "잘만 궁리하면 어떻게든 잡을 수가 있을 것 같기도 한데."라고 말해 그 둥지가 있는 곳으로 함께 나섰다. 그 장소를 보고 이웃남자가

"암벽 정상에 큰 말뚝을 박고, 그 말뚝에 백여 발[5]의 밧줄을 연결하고, 그

---

4   제1단의 어미 매가 새로운 둥지를 만든 것을 근거로 말하고 있는 것임.

5   원문에는 "尋"로 되어 있음. 어른이 양손을 좌우로 펼친 길이로, 약 5척(1.52m)에서 6척(1.82m). * 한국어로는 '발'. 길이의 단위. 한 발은 두 팔을 양옆으로 펴서 벌렸을 때 한쪽 손끝에서 다른 쪽 손끝까지의 길이임.

밧줄 끝에 큰 바구니를 매달아 그것을 타고 둥지 있는 곳으로 내려가 잡으면 된다."

고 가르쳐 주었다.

매잡이남자는 이 말을 듣고 기뻐하며 집에 돌아와 바구니·밧줄·말뚝을 잘 갖추어 둘이서 둥지로 갔다. 미리 계획한 대로 말뚝을 박고, 밧줄을 묶고, 바구니를 연결하여 매잡이가 그 바구니에 타고 이웃남자는 밧줄을 잡고 천천히 내려준다. 드디어 저 먼 밑의 둥지 있는 곳에 도착했다. 매잡이는 바구니에서 내려 둥지 옆에서 매 새끼를 꺼내 날개를 묶고 바구니에 넣어 끌어올리게 했다. 자기는 그곳에 머무른 채 한 번 더 바구니가 내려오면 그때 올라가려고 기다리고 있는데, 이웃남자는 바구니를 당겨 올려 매 새끼를 꺼내자마자 다시 바구니는 내리지 않고 매잡이를 내버려둔 채 집에 가버렸다. 그리고 매잡이 집에 가서

"당신 남편을 바구니에 실어 여차여차 내리고 있던 중에 밧줄이 끊어져 바다 속으로 떨어져 죽고 말았소."

라고 말했다. 이것을 들은 처자식은 슬픔에 젖어 한없이 울었다.

한편 매잡이는 둥지 옆에서 바구니가 내려오면 올라가려고, 이제는 내려올까 이제는 내려올까 기다리고 있었지만, 바구니는 내려오지 않고 어느새 며칠이 지나고 말았다. 그는 좁고 조금 쑥 들어간 바위 위에 앉아 있어, 정말 조금이라도 몸을 움직인다면 저 아래 까마득한 바다로 떨어질 것만 같았다. 그래서 지금은 그대로 죽음만을 기다리고 있는데, 이 남자는 오랜 세월 이렇게 죄[6]를 짓고 살아왔지만, 매월 18일에는 정진하여 관음품觀音品[7]을 독송 공양하였다. 그렇기에 이때 생각하길

---

6 매사냥에 필요한 매를 잡아 다른 새를 포획시키는 죄. 살생의 죄.
7 → 불교.

'나는 오랜 세월동안 넓은 하늘을 날아다니는 매 새끼를 잡아, 다리에 끈을 묶어 연결해두어 놔주지 않고 새를 잡게 했습니다. 현세現世에서 그 죄[8]로 인해 응보[9]를 받아, 지금 당장 목숨을 잃으려고 합니다. 바라옵건대, 대자대비관음[10]님, 제가 오랜 세월 『관음경觀音經』을 수지한 것에 의해, 이 세상은 이렇게 죽고 맙니다만, 내세來世에는 삼도三途[11]에 떨어뜨리지 마시고 반드시 정토로 인도해 주십시오.'

라고 염원을 드렸다. 그때 큰 독사가 마치 금 사발같이 빛나는 눈을 하고 혀를 날름거리며, 망망대해에서 나타나 암벽을 타고 올라와 매잡이를 한입에 집어삼키려고 했다. 매잡이는 '뱀에게 잡아먹히느니 차라리 저 바다에 떨어져 죽자.'라 생각하고는, 단도를 빼들어 그에게 덤벼드는 뱀 머리에 꽂았다. 뱀은 놀라 위로 기어 올라갔다. 매잡이는 그 뱀에 탄 채 저절로 암벽 위로 올라가게 되었다. 그 후 뱀은 감쪽같이 사라졌다. 그때 비로소 '그렇다면 관음님이 뱀으로 변신하여 나를 구해 주신 것이야.'라는 것을 알고, 눈물을 하염없이 흘리며 예배하고 집으로 향했다. 요 며칠 먹지도 못하고 굶주린 탓에 지쳐서 가까스로 걸어서 집에 도착해 문 입구를 보니, 오늘은 자신의 초칠일[12] 날로 상중喪中의 팻말이 세워져 있고 문이 닫혀 있었다. 문을 두드려 열고 안으로 들어가니, 처자식은 눈물을 흘리며 아무튼 무사히 돌아온 것을 기뻐했다. 그 후 자초지종을 자세하게 들려주었다.

그러는 사이 18일이 되어, 목욕 정진精進하고 『관음경』을 독송 공양하려고 경전상자를 열어보니, 경전 축軸에 단도가 꽂혀 있었다. 그것은 자신이 그

---

8   살생의 죄. → 주6.
9   원문에는 "현보現報"(→ 불교).
10 대비관음大悲觀音(→ 불교).
11 → 불교.
12 사후 7일째. 초칠일初七日.

둥지에서 뱀 머리에 찌른 단도였다. '그렇다면 이것은 관음품이 뱀이 되어 나를 구해주신 것이다.'라고 깨닫자, 한없이 존귀하고 감개무량했다. 곧바로 도심을 일으켜 상투를 자르고 법사가 되었다. 그 후 한층 더 수행에 힘써 악심을 전부 끊어 버렸다.

멀리서도 가까이서도 모두 이것을 듣고 존귀하게 여기지 않는 자가 없었다. 하지만 이웃남자는 얼마나 부끄러운 생각이 들었을까. 그러나 매잡이 남자가 그를 원망하는 일은 없었다. 관음의 영험이 불가사의한 것은 바로 이와 같으시다. 세상 사람들은 이것을 듣고 오로지 성심을 다해 기념^{祈念}드려야 한다고 이렇게 이야기로 전하여 내려오고 있다 한다.

陸奧国鷹取男依観音助存命語第六

みちのおくのくにのたかとりをのこくわんのむのたすけによりていのちをたもつことえのたいろく

今昔、陸奧国二住ケル男、年来鷹ノ子ヲ下シテ、要ニス

ル人二与ヘテ、其ノ直ヲ得テ世ヲ渡リケリ。鷹ノ樔ヲ食タ

ル所ヲ見置テ、年来下ケルニ、母鷹此ノ事ヲ思ヒ侘ビケルニヤ

有ケム、本ノ所二樔ヲ不食ズシテ、人ノ可通ベキ様モ無キ所

ヲ求メテ、樔ヲ食ヒテ、卵ヲ生ミツ。巌ノ屏風ヲ立タル様ナ

ル崎二、下大海ノ底ヰモ不知ヌ荒礒二テ有リ、其レ遥二下

テ生タル木ノ大海二差覆ヒタル末二生テケリ。実二人可寄付

キ様無所ナルベシ。

此ノ鷹取ノ男鷹ノ子可下キ時二成ニケレバ、例樔食フ所ヲ

行テ見ルニ、何シニカ有ラムズル。今年ハ樔食タル跡モ無

シ。男此レヲ見テ、歎キ悲デ、外二走リ求ルニ、更二無ケレ

バ、「鷹ノ母ノ死ニケルニヤ。亦、外二樔ヲ食タルニヤ」ト

思テ、日来ヲ経テ、山々峰々ヲ求メ行クニ、遂二此ノ樔ノ所

幽二見付テ、喜ビ乍ラ寄テ見ルニ、更二人ノ可通キ所二非ズ。

上ヨリ可下キニ、手ヲ立タル様ナル巌ノ喬也。下ヨリ可登キ

二、底ヰモ不知ヌ大海ノ荒礒也。鷹ノ樔ヲ見付タリ云ヘド

モ更二力不及ズシテ、家二返テ、世ヲ渡ラム事ノ絶ヌルヲ歎

ク。

而ルニ、隣二有ル男二此ノ事ヲ語ル。「我レ、常二鷹ノ子

ヲ取テ、国ノ人二与ヘテ、其ノ直ヲ得テ、年ノ内ノ貯ヘトシ

テ年来ヲ経ツルニ、今年既二、鷹ノ樔ヲ然々ノ所二生タルニ

依テ、鷹ノ子ヲ取ル術絶ヌ」ト歎クニ、隣ノ男ノ云ク、「人

ノ構ヘバ、自然ラ取リ得ル事モ有ナム」ト云テ、彼ノ樔ノ所

二二人相ヒ具シテ行キヌ。其ノ所ヲ見テ、教フル様、「巌ノ

上二大ナル梢ヲ打立テ、其ノ梢二百余尋ノ縄ヲ結ビ付テ、

其ノ縄ノ末二大ナル籠ヲ付テ、其ノ籠二乗テ樔ノ所二下テ可

取キ也」ト。

鷹取ノ男此レヲ聞テ、喜テ家二返り、籠、縄、梢ヲ調へ

儲テ、二人相ヒ具シテ、樔ノ所二行ヌ。支度ノ如ク梢ヲ打立

縄ヲ付テ籠ヲ結ビ付テ、鷹取其ノ籠ニ乗テ、隣ノ男縄ヲ取テ漸ク下ス。遥ニ樔ノ所ニ至ヌ。鷹取籠ヨリ下テ樔ノ傍ニ居テ、先ヅ鷹ノ子ヲ取テ、翼ヲ結テ籠ニ入レテ、先ヅ上ゲツ。我ハ留テ、亦下ル度ビ昇ラムト為ル間、隣ノ男籠ヲ引上ゲテ、鷹ノ子ヲ取テ、亦、籠ヲ不下シテ、鷹取ヲ棄テ、家ニ返ヌ。鷹取ガ家ニ行テ、妻子ニ語テ云ク、「汝ガ夫ハ、籠ニ乗セテ然々カ下シツル程ニ、縄切レテ海ノ中ニ落テ死ヌ」ト。妻子此レヲ聞テ、泣キ悲ム事無限シ。

鷹取ハ樔ノ傍ニ居テ、籠ヲ待テ昇ラムトシテ、今ヤ下スト待ニ、籠ヲ不下シテ日来ヲ経ヌ。狭シテ少シ窪メル巌ニ居テ、塵許モ身ヲ動サバ、遥ニ海ニ落入ナムトス。然レバ、只死ナム事ヲ待テ有ルニ、年来此ノ罪ヲ造ルト云ヘドモ、毎月十

囲碁(春日権現験記)

八日ニ、精進ニシテ、観音品ヲ読ミ奉リケリ。爰ニ思ハク、「我レ年来飛ビ翔ケル鷹ノ子ヲ取テ、足ニ緒ヲ付テ繋ギ居ヘテ不放ズシテ、鳥ヲ令捕ム。此ノ罪ニ依テ、現報ヲ得テ、忽ニ死ナムトス。願クハ大悲観音、年来持奉ルニ依テ、此ノ世ハ今ハ此クテ止ミヌ、後生ニ三途ニ不堕ズシテ、必ズ浄土ニ迎ヘ給ヘ」ト念ズル程ニ、大ナル毒蛇、ニシテ、舌皆ヲシテ、大海ヨリ出デ、巌ノ喬ヨリ昇リ来テ、鷹取ヲ呑マムトス。鷹取ノ思ハク、「我レ蛇ノ為ニ被呑レムヨリハ、海ニ落入テ死ナム」ト思テ、刀ヲ抜テ、蛇ノ我ニ懸ル頭ニ突キ立ツ。蛇驚テ昇ルニ、鷹取蛇ニ乗テ、自然ラ岸ノ上ニ昇ヌ。其ノ後、蛇掻キ消ツ様ニ失ス。爰ニ知ヌ、「観音ノ蛇ト変ジテ、我ヲ助ケ給フ也ケリ」ト知テ、泣々礼拝シテ家ニ返ル。日来物不食ハズシテ、餓ヘ羸レテ、漸ク歩テ家ニ返テ、門ヲ見レバ、今日七日ニ当テ、物忌ノ札ヲ立テ門閉タリ。門ヲ叩キ、開テ入タレバ、妻子涙ヲ流シテ、先ヅ返来レル事ヲ喜ブ。其ノ後、具サニ事ノ有様ヲ語ル。

而ル間、十八日ニ成テ、沐浴精進ニシテ観音品ヲ読奉ラ

ムガ為ニ、経箱ヲ開テ見ルニ、経ノ軸ニ刀立テリ。我ガ彼櫟

ニシテ、蛇ノ頭ニ打立シ刀也。「観音品ノ蛇ト成テ、我ヲ助

ケ給ヒケル」ト思フニ、貴ク悲キ事無限シ。忽ニ道心ヲ発シ

テ、髻ヲ切テ法師ト成ニケリ。其ノ後弥ヨ勤メ行テ、永ク

悪心ヲ断ツ。

遠ク近キ人、皆、此ノ事ヲ聞テ、不貴ズト云フ事無シ。但

シ隣ノ男、何ニ恥カリケム。其レヲ恨ミ、憶ム事無カリケリ。

観音ノ霊験ノ不思議、此ナム御マシケル。世ノ人此レヲ聞

テ、専ニ心ヲ至シテ念ジ可奉シ、トナム語リ伝ヘタルトヤ。

에치젠 지방越前國의 쓰루가敦賀의 여인이
관음觀音의 은혜를 입은 이야기

에치젠 지방越前國 쓰루가敦賀에 사는 고독하고 가난한 여인이, 자기를 위해 부모가 남겨준 관음상에게 기원을 드려 꿈에서 계시를 받게 된다. 우연히 와카사 지방若狹國으로 향하는 미노 지방美濃國의 부유한 남자가 그 집에 묵게 되는데, 관음의 가호에 의해 그와 결혼하고 행복한 삶을 살았다는 이야기. 가난하고 불행한 여자가 관음의 가호로 결혼하고 행복을 찾는다는 단순한 구조의 단편소설적인 영험담으로, 뒷이야기와 그 뒷이야기와도 동일 모티브로 연결된다.

이제는 옛이야기이지만, 에치젠 지방越前國 쓰루가敦賀[1]라는 곳에 사는 사람이 있었다. 재산은 별달리 없었지만, 어떻게든 살아가고 있었다. 딸이 한 명뿐으로 다른 자식은 없었다. 그래서 그 딸을 금이야 옥이야 애지중지하며 '장래 걱정이 없도록 해 주자.'고 생각하여 결혼을 시켰는데, 그 남편이 딸의 곁을 떠나고 돌아오지 않았다. 이런 일이 몇 번이나 반복되자 결국은 과부 생활을 하는 것을 부모가 슬퍼하여 이후로는 결혼시키는 것을 단념하고 말았다.

그리고 살고 있는 집 뒤편에 불당을 짓고, 이 딸을 지켜 주시도록 관음을

---

1 현재의 후쿠이 현福井縣 쓰루가 시敦賀市.

그곳에 안치하고 공양을 행한 후 곧바로 아버지는 죽고 말았다. 딸은 이를 한탄하고 슬퍼하며 지냈는데, 얼마 안 있어 모친도 죽고 말았다. 딸은 한층 더 슬픔에 빠져 울며 슬퍼했지만, 어쩔 도리가 없는 일이었다. 자기 땅도 하나 없는 형편으로 살아가고 있는데다, 과부인 딸이 단지 홀로 남겨져 어찌 행복할 수 있겠는가? 부모의 물건이 조금이라도 남아 있는 동안은 그나마 종자들도 몇몇 있었지만, 그런 것이 다 없어진 후로는 한 사람도 남아 있지 않았다.

이런 연유로 먹는 것, 입는 것 모두 몹시 어려워, 간혹 먹을 것이 생기면 직접 요리해서 먹고, 없을 때는 공복으로 지냈다. 하지만 항상 관음을 공양하며,

"아버지가 저에게 좋은 남편을 가지게 하려고 했던 보람이 있도록 저를 구원해 주십시오."

하고 기원하였다. 그러던 중, 꿈에 뒤쪽에서 노승이 나타나,

"정말 너의 처지가 딱해서 남편을 얻을 수 있도록 남편감을 부르러 보냈으니 내일에는 올 것이야. 그러면 그자가 말하는 대로 따르면 될 것이다."

하고 말하는 것을 듣고 꿈을 깼다. '이것은 필시 관음님이 도와 주시려고 하시는 거야!' 이렇게 생각하고, 곧바로 목욕을 하고 관음 앞에 가서 예배를 드렸다. 그 후 이 꿈에 희망을 걸고 다음날 아침이 되자마자 집안을 청소하고 기다렸다. 집은 원래 넓게 지어져 있어, 부모가 세상을 떠난 후 딸은 그 넓은 집을 다 사용하지 못하고, 크지만 텅 빈 집의 한쪽구석에 살며 생활하고 있었다.

이윽고 그날 저녁이 되어, 많은 말발굽소리가 들리고 어떤 사람들이 찾아왔다. 살짝 밖을 엿보니, 숙소를 빌리려고 이 집에 온 사람들이었다. "어서들 들어오십시오." 하니, 모두 안으로 들어왔다. "좋은 곳에 숙소를 잡았군.

아주 넓어서 좋구나."라고 서로 말했다. 엿보니, 주인은 서른 살 정도로 대단한 호남好男이었다. 종자·낭등郎等·부하 등 전부 합쳐 7, 80명 정도는 족히 되 보이는 사람들이 몰려 들어와 앉아 있었다. 방석은 없어 깔지 않았지만, 주인은 가죽 고리짝을 감싼 멍석을 방석으로 겹쳐 깔고 앉아 있었고, 주위에는 막이 둘러쳐 있었다. 날이 저물자 고리짝 안의 음식을 꺼내 와 먹었다. 그 후 밤이 되었는데, 이 숙소를 빌린 사람이 여자가 있는 곳으로 살며시 와서, "거기에 계시는 분께 드릴 말씀이 있습니다." 하고 가까이 다가왔다. 이렇다 할 칸막이도 없었기에 남자는 들어와 곧장 여인의 손을 잡았다. "무슨 짓입니까?"라고는 했지만 뿌리치지는 않고, 꿈의 예고도 있고 해서 말하는 대로 따르고 말았다.

이 남자는 미노 지방美濃國[2]에서 권세도 재력도 있는 호족의 외아들이었는데, 부모가 죽고 많은 재산을 상속받아 부모와 견주어도 손색이 없는 자였다. 하지만 깊이 사랑한 아내가 죽고 난 후는 독신이었기에, 이곳저곳에서 '사위가 되어 주시게.' '아내가 되고 싶어요.' 하며 타진해 왔지만, '전처를 닮은 여자가 아니면 ….' 하고 속으로 생각하며 독신으로 있었다. 그러던 중 와카사 지방若狹國[3]에 볼일이 있어 가는 중이었던 것이다. 우연히 낮에 숙소를 빌렸을 때, '어떤 사람이 사는 걸까?' 하고 엿보니, 그 여자가 죽은 처와 꼭 빼닮았다. '정말 처와 꼭 닮았구나.' 하고 생각하니, 눈이 아찔하고 가슴도 뛰고, '빨리 날이 저물었으면 좋겠군. 곁에 가까이 다가가 얼굴을 자세히 한 번 보았으면.' 하는 일념으로 여기에 들어온 곳이다. 그런데 말하는 모습을 비롯해 모두 전처와 조금도 다를 바 없었다. 기쁜 마음으로 깊은 인연을 맺었다. '와카사 지방에 가기로 하지 않았다면 이 여자를 발견할 수 없었을

---

2 현재의 기후 현岐阜縣.
3 현재의 후쿠이 현福井縣 남서부.

테지.' 하며 연신 기뻐하고 있었다. 이윽고 날이 밝아 와카사로 떠나려고 하였는데, 여자에게 옷이 없는 것을 보고 여러 가지 옷들을 선사하고 국경을 넘어 와카사로 떠났다. 그때, 낭등郎等과 네댓 사람의 종자를 합쳐 스무 명 정도를 이 집에 남겨 두었다. 여자는 이 사람들에게 음식을 먹일 방도도 없고 말들에게 먹일 풀도 없어서 고민하고 있었다. 그러자 이전 부모가 부리고 있던 시녀의 딸로 어디엔가 살아 있다고 하는 것은 들었었는데, 한 번도 와 본적이 없는 여자가 뜻하지 않게 그날 아침 일찍 찾아왔다. '누가 온 것일까.' 생각하며 물어보니

"저는 당신의 부모님께서 예전에 부리던 시녀의 딸이옵니다. 요 수년간 무사히 지내시는지 걱정되어서 찾아뵙지 않으면 안 된다고 생각하면서도 세상사에 쫓겨 찾아뵙지도 못하고 있었습니다. 오늘은 이것저것 다 버리고 찾아뵙게 되었습니다. 이렇게 어렵게 지내시고 계시다면 누추하고 지저분하옵니다만 저희 집에서 지내시지요. 물론 정성을 다하기야 하겠습니다만 떨어져 계셔서 아침저녁 찾아뵙는다 해도 소홀한 점이 많을 겁니다."

등 세세하게 이야기를 하고 나서 "그건 그렇고 여기에 오신 사람들은 누구십니까?"라고 물었다.

"여기에 숙소를 잡으신 분이 오늘 아침 와카사로 떠났습니다. 내일 이곳에 돌아온다고 말하며 놔두고 간 사람들입니다. 그 사람들에게도 먹일 것이 없어서 해가 중천에 떴는데 어찌하지도 못하고 있습니다."

라고 말하자, 그 여자가 "그들은 대접해 드리지 않으면 아니 되는 분의 일행입니까?"라고 물었다.

"그렇게까지 할 일은 아니라고 생각합니다만 모처럼 이곳에 머물게 된 사람에게 식사를 내드리지 못하는 것도 무정한 일일 테지요. 게다가 전혀 상관치 않고 내버려 둘 사람들은 아닙니다."

라고 대답하자 여자는,

"정말 안됐군요. 하지만 정말 때마침 오늘 제가 찾아왔네요. 그럼 집에 돌아가서 준비를 해서 오겠습니다."

하고 나갔다. 그래서 '이것도 역시 이 관음님이 도와주신 것이로구나.'라고 생각해서 합장하고 기념祈念드리고 있자 곧 그 여자가 여러 가지 물건을 사람들에게 들게 하여 가지고 왔다. 그것을 보니, 가지가지 음식이 있었고, 말에 먹일 먹이도 있었다. '이렇게 기쁜 일이 또 있을까.' 생각하며, 마음껏 그 사람들을 대접했다.

그 후, 여자에게,

"이것은 도대체 어찌된 일입니까? 부모님이 다시 되살아오신 것만 같습니다. 정말로 덕분에 창피를 당하지 않고 무사히 해결되었습니다."

하고 울자, 이 여자도 눈물을 흘리며,

"긴 세월, '어떻게 지내시나.' 생각하면서도, 세상 살아가는 사람들이 다 그렇듯, 마음의 여유도 없이 살아왔습니다만, 정말 다행스럽게도 오늘에서야 찾아뵐 수 있었는데 어떻게 대수롭지 않게 여길 수 있겠습니까? 와카사에서 돌아오시는 분은 언제쯤 돌아오십니까? 그분을 모시는 일행은 몇 분입니까?"

하고 물었다.

"글쎄요, 정말인지 아닌지 모르지만, 내일 저녁 무렵 돌아올 것이라고 들었어요. 일행은 지금 이곳에 머물고 계신 분들을 포함해 칠팔십 명 정도 계셨습니다."

라고 하자, 여자는, "그럼 그 준비도 어떻게든 해보겠습니다." 하고 말하기에, "오늘 일만으로도 생각지도 못했는데 어찌 부탁드릴 수 있겠습니까?"라고 말하자, 여자는 "앞으로 어떠한 일이라도 말씀만 하시면 그대로 따르겠습니다." 하고 말하고 나갔다.

　그날도 해가 저물고, 다음날이 되어 신시申時[4] 쯤, 와카사에 갔던 사람들이 되돌아왔다. 그때, 이 여자가 많은 물건을 하인들에게 들게 하여 찾아와, 지위가 높은 사람 낮은 사람 할 것 없이 모든 사람들을 접대했다. 주인 남자는 《어느새》[5] 방에 들어와 여인의 옆에 누워, "내일은 미노에 함께 갑시다." 라는 등의 이야기를 했다. 여자는 '도대체 일이 어떻게 되는 거지?'라고 생각했지만, 오직 꿈의 계시를 믿고 하자는 대로 하기로 했다. 자신을 찾아온 그 여자는 다음날 아침 출발 준비 등을 하고 있있는데, 집주인 여자는 '생각지도 못했는데 이 같은 은혜를 입게 되었다. 이 여자에게 답례로 무엇을 주지?' 하고 이래저래 곰곰이 궁리해 보았지만, 무엇 하나 줄 만한 게 없었다. 단지, '혹시나 무슨 일이 생기면' 하고 다홍 생명주生絹 하카마[6]를 한 벌 가지고 있었는데, '이걸 주면 되겠다.'고 생각하고 자신은 남자가 벗어준 흰색 하카마를 입고 이 여자를 불러,

　"지금까지 몇 해 동안 이런 고마운 사람이 있으리라고는 생각도 못했는데, 뜻밖에 이럴 때, 마침 와주어 창피를 당하지 않게 해준 은혜는 세세생생世世生生[7] 잊을 수 없을 겁니다. 이런 나의 마음을 어떻게라도 전하고 싶어 정말 마음뿐입니다만, 이걸…."
하고 하카마를 주려고 했다. 그러자 그 여자는,

　"남자분이 보고 있는데, 그 옷으로는 너무 초라해 보여 저야말로 무엇인가 드리려고 생각했습니다. 그러니 이걸 어찌 받을 수 있겠습니까?"
하고 받으려 하지 않았다.

4　*오후 4시경
5　파손에 의한 결자로 추정. 문맥을 고려하여 보충.
6　*겉옷으로 입는 아래옷.
7　생과 사를 반복하여 거치는 숱한 세상. 영원. 영겁.

"저는 벌써 몇 년 동안이나 '저에게 손을 내미시는 분이 있으면…' 하고 줄곧 생각해 왔습니다만, 뜻밖에 저분이 같이 가자고 말씀하셔서, 내일은 어떻게 될지 아무도 모르는 일이지만, 따라갈 생각으로 있으니 이별의 기념이라 여기세요."

하고 울면서 주자, "그렇게 기념이라고 하신다면 감사하게 생각하겠습니다." 하고 받고 나갔다.

두 사람이 이야기하던 곳 바로 가까운 곳에 남자가 있었는데, 그는 잠자는 척 누워서 그 이야기를 모두 듣고 있었다. 어느새 출발할 때가 되어, 그 여자가 마련해둔 음식을 먹고, 말에 안장을 얹고 끌고 와 이 여자를 태우려고 했다. 그때 여자가 생각하기를 '사람의 목숨은 알 수 없는 일이니, 이 관음님께 다시 예배드리는 일도 어려울지 모르겠다.' 하고 관음 앞에 가서 참배하고 그 모습을 보니, 어깨에 무엇인가 빨간 것이 걸쳐 있었다. '이상하다.'고 생각하고 자세히 보니, 그것은 그 여자에게 준 하카마가 아닌가! 이것을 보고, '그렇다면 그 여자라고 생각한 것은, 실은 관음님이 변신하셔서 도와주신 것이었구나.'라는 것을 알아차리고, 몸부림치며 뒹굴며 울었다. 남자는 이 모습을 보고 이상하게 여겨 다가와 "도대체 무슨 일입니까?" 하고 주위를 둘러보니 관음상 어깨에 다홍 하카마가 걸쳐있었다. 그것을 발견하고, "이것은 어찌된 일입니까?" 하고 물으니 여자는 자초지종을 눈물을 흘리며 이야기했다. 남자는

'이 이야기는 저번에 잠자는 척하며 누워서 들었던 것인데, 그때 그 여자에게 준 하카마가 분명하다.'

는 생각이 들자, 감격해서 같이 울었다. 낭등들 중에도 사리분별이 있는 자는 이를 듣고 존귀하게 여기며 감격하지 않는 자가 없었다. 여자는 거듭 예배드리고 나서, 관음을 법당 안에 안치하고 그 문을 잠그고 남자를 따라 미

노로 향했다.

그 후 두 사람은 부부로서 변심하지 않고 사이좋게 살았는데, 많은 남녀 아이를 낳았다. 그리고 항상 쓰루가에 가서 성심을 다해 관음을 섬겼다. 그 찾아온 여자에 대해서는 사방팔방 다 찾아보았지만, 끝내 찾을 수 없었다.

이는 오로지 관음의 본원本願[8]이 틀리지 않으셨기에 가능했던 일이다. 세상 사람들은 이를 듣고 오로지 관음을 섬겨야 한다고 말했다고 이렇게 이야기로 전하여 내려오고 있다 한다.

---

8 근본 서원誓願. 보문품普門品에서 설파하는 관음의 본원으로, 삼십삼신三十三身으로 변화變化해서 중생을 구제한다는 것임.

越前国敦賀女蒙観音利益語第七

今昔、越前ノ国、敦賀ト云フ所ニ住ム人有ケリ。身ニ財ヲ不貯ズト云ヘドモ、構テ世ヲ渡ケリ。娘一人ヨリ外ニ亦子無シ。然レバ、娘ヲ亦無キ者ニ哀ビ悲ムデ、「憑モシク見置」ト思テ、夫ヲ合ケルニ、其ノ夫去テ不来ズ。如此ク為ル事、既ニ度々ニ成ヌ。遂ニ裏ニテ有ルヲ、父母思ヒ歎テ、後ニハ夫ヲ不合ザリケリ。

此テ、居タル家ノ後ニ堂ヲ起テ、此ノ娘助ケ給ハムト為ニ、観音ヲ安置シ奉ル。供養ジテ後チ、幾ク不経シテ父死ニケリ。娘此レヲ思ヒ歎ケル間ニ、程無亦母モ死ニケリ。然レバ、弥ヨ娘泣キ悲ムト云ヘドモ、甲斐無シ。聊ニ知ル所モ無クシテ世ヲ渡ケルニ、裏ナル娘一人残リ居テ、何デカ吉キ事有ラム、祖ノ物ノ少シモ有ケル限ハ、被仕ル、従者モ少々有ケレドモ、其ノ物共費テ後ハ、被仕ル、者一人モ不留ズ成ニケリ。

然レバ、衣食極テ難ク成テ、若シ求メ得ル時ハ自シテ食フ。不求得ザル時ハ餓ニノミ有ケルニ、常ニ此ノ観音ニ向ヒ奉テ、「我ガ祖ノ思ヒ俸テシ験シ有テ、我ヲ助ケ給ヘ」ト申ス間ニ、夢ニ、此ノ後ノ方ヨリ老タル僧来テ告テ云ク、「汝ヂ極メテ糸惜ケレバ、夫ヲバ[一四]セムズト思テ、呼ビニ遣タレバ、明日ヲ此ニ可来キ。然レバ、其ノ来タラム人ノ云ハム事ニ随ヘシ」ト云フ、ト見テ、夢覚ヌ。「観音ノ、我ヲ助ケ給ハズル也ケリ」ト思テ、忽ニ水ヲ浴テ、観音ノ御前ニ詣デ、礼拝ス。其ノ後、此ノ夢ヲ憑テ、明ル日ニ成テ、家ヲ掃テ此レヲ待ツ。家本ヨリ広ク造タレバ、祖失テ後ハ住ミ付タル事コソ無ケレドモ、屋許ハ大ニ空ナレバ、片角ニゾ居タリケル。

而ル間、其ノ日ノ夕方ニ成テ、馬ノ足音多クシテ人来ル。臨テ見レバ、人ノ宿ラムテ此ノ家ヲ借ル也ケリ。速ニ可宿キ

由ヲ云ヘバ、皆入ヌ。「吉キ所ニモ宿リヌルカナ。此広クテ吉シ」ト云ヒ合タリ。臨見レバ、「主ハ三十許有ル男ノ、糸清気也。従者、郎等、下﨟取リ加ヘテ七八十人許ハ有ラム」ト見ユ。皆入テ居ヌ。畳無ケレバ不敷ズ。主人皮子裏タル莚ヲ敷皮ニ重テ敷テ居ヌ。廻ニハ屏縵ヲ引キ廻シタリ。日暮レヌレバ、旅籠ニテ食物ヲ調テ持来テ食ヒツ。其ノ後、夜ニ入テ、此ノ宿タル人、忍タル気色ニテ云ク、「此ノ御マス人ニ物申サン」トテ寄リ来ルヲ、指セル障モ無ケレバ、入来テ引カヘツ。「此ハ何ニ」ト云ヘドモ、辞イナビ可得クモ無キニ合セテ、夢ノ告ヲ憑テ、云フ事ニ随ヌ。

此ノ男ハ、美濃ノ国ニ勢徳有ケル者ノ一子ニテ有ケルガ、其ノ祖死ニケレバ、諸ノ財ヲ受ケ伝ヘテ、祖ニモ不劣ヌ者ニテ有ケル也ケリ。其レガ心指シ深ク思タリケル妻ノ死ニケレバ、裏ニテ有ケルヲ、諸ノ人、「智ニセム」「妻ニ成ラム」ト云ヒケレドモ、「有シ妻ニ似タラム女ヲ」トテ過ケルガ、若狭ノ国ニ可沙汰キ事有テ行ク也ケリ。其レガ昼宿ツル時、「何ナル人ノ居タルゾ」ト思テ臨ケルニ、只失ニシ妻ノ有様ニ露違フ事無カリケリ。「只、其レゾ」ト思エテ、目モ暮レ心モ騒ギテ、「何シカ、日モ疾ク暮レヨカシ、寄テ近カラリ始テ、万ノ事露違フ事無カリケリ。其レニ、物打交ル気色ヲモ見」テ、入来ル也ナリ。其レニ、喜ビ乍ラ深キ契ヲ成ヌ。「若狭ノ国へ不行ザラマシカバ、此ノ人ヲ見付ケシヤハ」ト、返マス喜テ、其ノ夜モ暁ヌレバ、若狭へ行クトテ、女ノ着物ノ無キヲ見テ、衣共着セ置テ、超ニケリ。郎等四五人ガ従者共取リ加ヘテ、二十人許ノ人ヲゾ置タリケル。其レニ物食スベキ方モ無ク、馬共ニ草可飼キ様モ無カリケレバ、思ヒ歎テ居タル程ニ、祖ノ仕ヒシ女ノ娘、世ニ有トハ聞キ渡ケレドモ、来ル事ハ無キニ、不思懸ズ其朝テ来タリケレバ、「誰ニカ有ラム」ト思ヒテ間ヘバ、女ノ云ク、

皮籠（七十一番歌合）

「我ハ君ノ祖ニ被仕シ女ノ娘也。年来モ心ノ答ニ参ラムト思

ヒ乍ラ、世ノ中ニ忩サニ交ギレテ、過ギ候ヒツルヲ、今日ハ

万ヅヲ棄テヽ、参ツル也。此便無クテ御マストナラバ、怪クト

疎乍ラ明暮レ訪ヒ奉ムハ、愚ナル事モ可有シ」ナド、細々

ト語ヒ居テ、「抑モ此ノ候フ人々ハ何ニ人」ト問ヘバ、「此ニ

宿タル人ノ若狭ヘ今朝行ヌルガ、明日此ニ返リ来ラムトシテ、

留メ置ケル也。其等ニモ可食キ物ノ無ケレバ、日ハ高ク成ヌ

レドモ、可為キ様モ無クテ居タル也。」ト云テヘバ、女ノ云ク、

「知リ奉ラセ可給キ人ノ御共人ニヤ」ト。参テ云ク、「態トハ

不思ネドモ、此ニ宿リタラム人ニ物ヲ不食セデ過サムモ口惜

カルベシ。只思ヒ可放キ人ニモ非ズ」ト。女ノ云ク、「糸不

便ニ候ケル事カナ。今日シモ賢ク参リ候ヒニケリ。然ラバ、

返テ、其ノ事構テ参ラム」ト云テ出ヌレバ、亦、「何ニモ此

ノ観音ノ助ケ給フ也ケリ」ト思テ、手ヲ摺テ弥ヨ念ジ奉ル程

ニ、即チ、此ノ女物共ヲ持セテ来タリ。見レバ、食物共様々

ニ多カリ。馬ノ草モ有リ。「無限ク喜シ」ト思テ、心ノ如ク

此ノ者共ヲ饗応ジツ。

其ノ後、女ニ云ク、「此ハ何ニ。『我ガ祖ノ生返テ御シタル

ナムメリ』トナム思フ。恥ヲ隠シツルカナ、

此ノ女モ打泣テ云ク、「年来モ『何デ御マシラム』ト思ヒ乍

ラ、世ノ中ヲ過シ候フ者ハ心ノ暇無キ様ニテ過ギ候ヒツルヲ、

今日シモ参リ合テ何デカ愚ニ思ヒ奉ラム。若狭ヨリ返リ給

ハム人ハ、何返リ給ハムズルゾ。御共人何人許ゾ」ト問ヘバ、

「不知ヤ。実ニ有ラム、『明日ノ夕方、此ニ可来シ』トゾ聞

ク。共ニ有ル者、此ニ留タル者ノ、取リ加テ七八十人許ゾ有

シ」ト云ヘバ、女、「其ノ御儲ヲ構ヘ候ハム」ト云フニ、「今

日ダニ不思議ヌニ、其マデハ何ガ可有キ」ト云ヘバ、女、

「何ナル事也トモ、今ヨリハ何デカ不仕ザラム」ト云ヒ置去

ヌ。

其ノ日モ暮レヌ。亦ノ日ニ成テ、申時許ニゾ若狭ノ人来タ

ル。其ノ時ニ、此ノ女多ノ物共ヲ持セテ来レリ。上下ノ人ヲ

皆饗応ジツ。男ハ

入臥シテ、明
日ニハ美乃へ具シ
テ可行キ由ナド語
フ。女「何ナル

紅の袴(松崎天神縁起)

事ナラム」ト思ヘドモ、偏ニ夢ヲ憑テ、男ノ云フニ随テ有リ。

此ノ来レル女ハ、暁ニ立ムズル儲ナムド営ムデ有ルニ、家主

ノ女ノ思ハク、「不思係ヌニ此許ノ恩ヲ蒙ヌ。此ノ女ニ何ヲ

カ取セマシ」ト思ヒ廻セドモ、更ニ取ラスベキ物無シ。但シ、

「自然ラノ事モヤ有ル」トテ、紅ノ生ノ袴一腰持ケルヲ、

「此ヲ取セム」ト思テ、我ハ男ノ脱ギ置タル白キ袴ヲ着テ、

此ノ女ヲ呼ビテ云ク、「年来、然ル人ヤ有ラムトモ不思ザリ

ツルニ、不思係ズ此ル時シモ来リ合テ、恥ヲ隠シツル事ノ

世々ニモ難忘ケレバ、何ニ付テカ知セムト思テ、志許ニ此

レヲ」トテ、袴ヲ取スレバ、女ノ云ク、「人ノ見給フニ、御

様モ異様ナレバ、我レコソ何ヲモ奉ラムト思ヒツルニ、此ハ

何デカ給ラム」トテ不取ヌヲ、「此ノ年来ハ、『倡フ水有ラ

バ』ト思渡ツルヲ、不思係ズ、此ノ人、『具シテ行カム』ト
云ヘバ、明日ハ不知ズ、随テ行キナムズレバ、形見ニモ為

ヨ」トテ泣々ク取ラスレバ、「此、形見ト仰セラル、ガ、
忝ケレバ」トテ得テ、去ヌ。

程ド無キ所ナレバ、此ノ男虚寝シテ、此云フヲ聞キ、臥タ

リ。既ニ出立テ、此ノ女ノ調へ置タル物共食テ、馬ニ鞍置テ

引出シテ、此ノ女ヲ乗セムズル程ニ、女ノ思ハク、「人ノ命

定メ無ケレバ、此ノ観音ヲ亦礼ミ奉ラム事難シ」ト思テ、観

音ノ御前ニ詣デ、見奉レバ、御肩ニ赤キ物係タリ。

ト思テ吉ク見レバ、此ノ女ニ取セツル袴也ケリ。此ヲ見テ、

「然ハ、此ノ女ト思ヒツルハ、観音ノ変ジテ助ケ給ヒケル也

ケリ」ト思フニ、涙ヲ流シテ臥シ丸ビ泣ク、男其ノ気色ヲ

「怪シ」ト思テ、来テ、「何ナル事ノ有ルゾ」ト見廻スニ、観

音ノ御肩ニ紅ノ袴係タリ。此レヲ見テ、「何ナル事」ト問

へバ、女初ヨリ事ノ有様ヲ泣々ク語ル。男、「虚寝シテ聞キ

臥シタリツルニ、女ニ取ラセツル袴ニコソ有ナレ」ト思フニ

悲シクテ、同ジク泣キヌ。郎等ノ中ニモ、物ノ心ヲ知タル者

ハ此レヲ聞テ、貴ビ不悲ズト云フ事無シ。女返々ス礼拝シテ、

堂ヲ閉納メテ、男ニ具シテ美乃ヘ越ニケレ。

其ノ後、夫婦トシテ、他ノ念無ク棲ケル程ニ、男女ノ子息

数生テケリ。常ニ敦賀ニモ通テ、勤ニ観音ニ仕ケリ。彼

ノ来レリシ女ハ、近ク遠ク令尋ケレドモ、更ニ然ル女無カリ

ケリ。

此レ偏ニ、観音ノ誓ヲ不誤給ザルガ至ス故也。世ノ人此レ

ヲ聞テ、専ニ観音ニ可仕シ、トゾ云ケル、トナム語リ伝タ

ルトヤ。

우에쓰키데라殖槻寺의 관음觀音이
가난한 여인을 도우신 이야기

야마토 지방大和國의 시키시모 군敷下郡에 사는 군사郡司의 딸이, 부모가 세상을 떠난 후 고독하고 가난한 삶을 살았는데, 우에쓰키데라殖槻寺의 관음에 기원하고, 관음 화신의 가호에 의해 물품을 얻고, 우연히 그 집에 숙박한 옆 군의 군사아들과 결혼하여 행복한 삶을 살았다는 이야기. 앞 이야기와 구조가 동일한 관음영험담이다.

이제는 옛이야기이지만, 야마토 지방大和國의 시키시모 군敷下郡[1]에 우에쓰키데라殖槻寺[2]라고 하는 절이 있었다. 등신等身[3]의 동銅 성관음聖觀音[4]의 영험이 뛰어난 절이다.

그 주변에, 그 군의 군사郡司가 살고 있었다. 딸 하나가 있었는데 부모가 이를 애지중지 소중히 키우고 있었기에, 항상 이 우에쓰키데라에 데리고 가 참배하며 "이 딸에게 여자의 매력과 부를 주시옵소서." 하고 빌었다. 어느덧 딸도 20세 남짓이 되었기에, 구혼을 청하는 자가 줄을 섰다. 하지만 부모는 "마음에 안 드는 사람은 결코 사위로 삼지 않겠다." 하고 신랑을 고르며 좀처럼 결혼을 안 시키는 사이, 어머니가 이렇다 할 병도 없이 며칠 병상에

1 현재의 나라 현奈良縣 시키 군磯城郡 일대.
2 → 사찰명.
3 등신대等身大. 사람의 크기와 같음.
4 → 불교.

눕더니 그만 죽고 말았다. 아버지는 어머니보다 나이가 더 많아, '앞으로 어찌 될지.' 걱정하고 있었는데, 아버지도 또한 얼마 안 있어 며칠 앓지도 않고 2, 3일 정도 병상에 몸져누운 채 죽고 말았다.

그 후 이 딸은 혼자 그 집에 살았는데, 시간이 지날수록 집도 황폐해져 갔다. 부리던 종자들도 모두 어딘가로 가버리고, 가지고 있던 논밭도 남에게 빼앗기거나 하여 자기 땅이 없어져 날이 갈수록 생활이 어려워졌다. 이런 연유로 이 딸은 불안해하며 눈물을 흘리며 밤을 지새우고 날을 보내는 사이 4, 5년이 지났다. 그사이에도 우에쓰키데라에 참배하여 관음의 손에 실을 걸쳐두고 그 한 끝을 자신의 손으로 잡고 꽃을 뿌리고 향을 피우고 지성으로 관음을 대하며

"저는 오직 혼자이고 아버지도 어머니도 없습니다. 집안은 텅 비어 아무런 재산도 없습니다. 그러니 살아가려고 해도 방도가 없습니다. 대자대비하신 관음[5]님, 부디 자비를 베푸시어 저에게 복을 내려주시옵소서. 비록 제가 전세의 악업惡業으로 인해 가난한 신분으로 태어났다고 해도, 관음님의 서원誓願[6]을 생각하면 어떻게 구원받지 못할 수가 있겠습니까?"
라고 말하며 밤낮으로 눈물을 흘리며 예배하며 진심으로 기원하였다.

그런데 인근 군郡의 군사郡司에게 아들 한 명이 있었다. 30세 정도로 상당히 호남好男이었다. 정직하고 상궤常軌를 벗어나는 일 등은 전혀 하지 않았다. 처와는 더없이 서로 사랑하며 지내왔는데, 그 처가 임신하여 출산할 때 그만 죽고 말았다. 이 남자는 울며 슬퍼했지만, 어찌할 도리가 없었다. 복상服喪 기간이 지나자 '한번 도읍에 올라가 마음에 드는 여자를 찾아보자.'고

---

5 대비관음大悲觀音 → 불교.
6 근본 서원誓願. 보문품普門品에 설하는 관음의 본원으로, 삼십삼신三十三身으로 변화變化해서 중생을 구제한다는 것임.

생각하여 도읍으로 올라왔는데, 도중에 날이 저물어 그 시키노시모 군 군사의 딸이 사는 집에 들어가 숙박을 했다.

집주인 여자는 모르는 사람이 무리하게 들어와 숙박을 했기에,[7] 무서워 집 한쪽구석에 몸을 숨기고 있었다. 숙소를 빌려주지 않겠다고 생각은 했지만, 문을 잠그고 못 들어오게 할 수도 없는 노릇이라, 하인을 내보내면서

"저 사람들이 말하는 것은 무엇이든 '예 예' 하고 들어 주거라. 저런 무리들을 화내게 하면 좋지 않다."

하고 주의를 주었다. 돗자리 등을 꺼내 깔아주고 적당한 상소를 청소시켰더니, 이 숙소를 잡은 남자는 "이곳에 사시는 분은 정말 친절하군." 하고 말하면서, 나와서 청소하고 있는 하인을 가까이 불러 "이 집은 돌아가신 군사님 댁이 아니었던가?" 하고 물었다. "그러하옵니다."라고 대답하자, 또 "소중히 키우시던 따님이 한 분 있었을 텐데, 어찌 되셨는가?" 하고 물었다. "이렇게 손님이 오셨기에 서쪽 구석에 물러나 조용히 계십니다."라고 대답하자, "아, 그런가." 하고 지참한 도시락 통을 열어 식사를 한 뒤 잠을 청했다.

남자는 여행 중의 잠자리여서 그런지 잠이 잘 오지 않아 일어나 여기저기 배회徘徊하며 다니던 중, 집주인 여자가 숨어 있는 쪽으로 오게 되었다. 조용히 가까이 다가가 귀를 세워 들어보니, 귀품 있는 여인의 기색으로 한숨을 쉬며 소리를 죽여 우는 소리가 들렸다. 정말로 가엾게 여겨져, 그냥 지나치지 못하고 조용히 미닫이문을 열어젖히고 가까이 다가갔다. 여자는 몹시 겁먹은 표정으로 《떨고 있는》[8]데, 불쑥 몸을 가까이 갖다 댔다. 가만히 살짝 붙어 누워 몸을 더듬자, 여자는 어찌할 바를 모르고 옷을 단단히 여미고 옆

---

7 당시 여관이 없었기에, 적당한 집에 무리하게 들어가 숙박한 풍습을 엿볼 수 있음. 앞 이야기도 마찬가지임.

8 한자의 명기를 위한 의도적 결자. 문맥을 고려하여 보충.

드려 누었는데, 이쯤 되면 무슨 거리낌이 있을까. 남자는 여인의 가슴 깊이 들어가 껴안고 누었다. 가까이 보니 더한층 근사하고 사랑스러워 보였다. 모습도 아름답고 나이도 □□[9]로, 더없이 사랑스럽다.

'시골 처녀이면서 어찌 이렇게 아름다운지! 고귀한 분의 따님이라도 이 정도야 안 되겠지.'

하고 몹시 감격스러워 하며 같이 잤는데, 어느덧 날이 새자 여자는 남자에게 "일어나 어서 나가 주세요."라고 말했다. 하지만, 남자는 일어날 생각조차 하지 않았다.

어느새 비가 내리기 시작했고 금방 그칠 것 같지도 않았다. 남자는 엉덩이를 붙이고 나가려고 하지 않았다. 남자에게 아침밥을 내줘야 한다고 생각은 해도, 가난해서 먹을 것이 없어 내주지 못하고 있는 사이, 어느덧 해가 중천에 떴다. 여자는 이를 슬퍼하며 입과 손을 씻고, 불당[10]을 참배하여 관음의 손에 걸쳐둔 실을 당기고 울면서 "제가 오늘 창피를 당하는 일이 없도록, 지금 곧바로 무엇인가 베풀어 주시기를." 하고 기원하고, 집에 돌아와 텅 비어 있는 부뚜막에 앉아 손으로 얼굴을 감싸고 웅크려 앉아 슬퍼하고 있는데, 신시申時[11]가 되었을 무렵, 누가 문을 두드리며 사람을 부르는 소리가 들렸다. 나가보니, 이웃의 부잣집 여자가 큰 궤짝에 가지가지 음식과 야채 등을 넣어 보내왔다. 들여다보니, 부족한 것이 하나도 없이 식기, 그릇, 접시 등 모두 갖춰져 있었다. 심부름 온 여자가 이것들을 꺼내며 "손님이 와 계신다는 것을 듣고 가져왔습니다. 그저 식기류만은 나중에 돌려주십시

---

9 연령의 명기를 위한 의도적 결자.

10 관음을 안치하는 불당. 전반의 줄거리에서 보면, 우에쓰키데라의 관음당을 말하는 것이 되겠지만, 뒷글에서 볼 때, 여인 자택의 한 구석에 있는 관음당을 가리키는 것이 됨. 이는 전반과 후반의 전거典據가 달라 생긴 모순인데, 이 모순은 전반은 우에쓰키데라의 관음영험담이고, 후반은 자택 관음영험담이기 때문에 생긴 것임.

11 * 오후 4시경.

오."라고 말했다. 여자는 이것을 보고 대단히 기뻐하며 그것으로 남자에게 식사를 차려 주었다.

그 후 여자는 이 일에 관해 이리저리 궁리를 하며, 어떻게든 은혜를 갚고 싶었지만 갚을 방도가 없어 자기가 입고 있는 단 한 벌의 옷을 벗어, 그것을 그 이웃집 심부름 여자에게 주었다.

"큰 은혜를 입었는데, 저는 가난한 처지라 드릴 것이 없습니다. 그저 이때 묻은 옷밖에 없습니다. 그래서 이거라도 드릴까 합니다."

라고 말하며 눈물을 흘리며 주니, 하녀는 이것을 받아 걸치고 되돌아갔다. 한편 이 남자는 이 음식을 보고 바로 먹지 않고, 여인의 얼굴을 응시한 채 의아한 표정을 지었지만 배가 너무 고픈 나머지 몇 번이나 밥을 청해 더 먹었다. 게다가 여인과는 이미 정을 나눈 일도 있고 해서 도읍에 올라가는 일은 까맣게 잊어버리고, 오직 이 여인과 앞으로 오래오래 부부로서 살고 싶어졌다.

그러자 또 그 이웃 부잣집 여자가 비단 열 필과 쌀 열 가마를 보내왔다. "이 비단으로 옷을 짜 입으세요. 쌀은 술로 하여 저장해 두시고요."라고 말했다. 여자는 이것을 받고 조금 이상한 느낌은 들었지만, 어쨌든 감사의 인사를 하려고 이웃 부잣집으로 가서 눈물을 흘리며 감사의 인사를 하자, 그 부잣집 여자가

"무슨 일이신지요. 혹여 무엇인가에 홀리신 건 아니신가요? 저는 전혀 모르는 일이고 그런 일은 하지 않았습니다. 게다가 심부름으로 그곳에 갔다는 여자 따윈 저희 집에 없습니다."

라고 말했다. 여자는 이 말을 듣고 기이하게 생각하며 집에 돌아와서 어느

때와 마찬가지로 불당[12] 안에 들어가 관음께 예배드리려고 그 모습을 쳐다보니, 그 하녀에게 준 옷이 관음의 몸에 걸쳐져 있었다. 이것을 보고 여자는 눈물을 흘리며 '그렇다면 관음님이 도와주신 거였구나.'라고 깨닫고, 그곳에 넙죽 엎드려[13] 눈물을 흘리며 예배했다. 이윽고 날이 저물어 남자가 찾아왔다. 여자는 눈물을 흘리며 이것을 이야기하였고 함께 한없이 관음을 공경하며 예배드렸다.

그 후 부부가 되어 이 집에 살며 부모가 살아계실 때처럼 풍족한 생활을 보내며, 부부 모두 부족한 것 없이 해로하여 오래도록 행복하게 살았는데 '이는 오로지 관음님이 도와주신 덕분이다,'라고 생각하고 존귀하게 여기며 공양하는 일을 게을리하지 않았다.

이것을 생각하면, 관음의 본원本願은 정말 불가사의하다. 실제로 사람이 되어 옷을 입으신 일은 참으로 존귀하고 감격에 겨운 일이다. 우에쓰키데라의 관음이라는 것이 바로 이것이다. 그 관음은 지금도 그 절에 안치되어 있다. 반드시 참배하여 예배드려야 하는 관음이라고 이렇게 이야기로 전하여 내려오고 있다 한다.

---

12 여인 자택의 한 구석에 있는 관음당.
13 오체투지五體投地(→ 불교).

殖槻寺観音助貧女給語 第八

一〇 今昔、大和ノ国、一五 敷下ノ郡ニ、殖槻寺ト云フ寺有リ。

一四 等身ノ銅ノ正観音ノ一六 験ジ給フ所也。

其ノ辺ニ其ノ郡ノ郡司有ケリ。一人ノ娘有ケルヲ、父母此レヲ愛デ悲ヒ傅ヒケレバ、常ニ此ノ殖槻寺ニ将参デ、「此ノ女子ニ愛敬、富ヲ令得メ給ヘ」ト祈リ申ケル程ニ、娘ノ年二十二余ニケレバ、仮借スル人数有ケレドモ、父母、「心ニ不叶ザラム智ハ不取ジ」ト思テ、人ヲ撰テ、不合セザリケル程ニ、其ノ母身ニ何トモ無キ病ヲ受テ、日来煩テ死ニケリ。

父ハ母ヨリモ年老タリケレバ、「何ニカ成ナムズラム」ト思ケル程ニ、亦、日来不煩シテ二三日許悩テ死ニケリ。

其ノ後チ、此ノ女子一人家ニ有テ、月日ノ行ニ随テ、住ム宅モ荒レ以行ク。仕ケル従者共モ皆行キ散リ、領ジケル田畠モ人ニ皆押取ナド シテ、知ル所モ無カリケレバ、不合ニ成ル事、日ヲ経テ増ル。

然レバ、此ノ娘メ心細キマヽニ、哭キニノミ経テ日ヲ暮ラシ夜ヲ睦ケル程ニ、四

聖観音(図像抄)

五年ニモ成ヌ。

而ル間、此ノ女子此ノ観音ノ御手ニ糸ヲ懸テ、此ヲ引テ花ヲ散シ、香ヲ焼テ、心ヲ至シテ申サク、「我独身ニシテ父母無シ。家空クシテ財物無シ。身命ヲ存セムニ、便無シ。願クハ、大悲観音慈悲ヲ垂レ給マヒテ、我ニ福ヲ授ケ給ヘ。譬クヒ、我レ前世ノ悪業ニ依テ、貧キ身ヲ受タリト云フトモ、観音ノ誓ヲ思フニ、何ドカ不助給ザラム」ト、日夜ニ泣々ク礼拝恭敬シテ願ヒ請ケリ。

而ル間、隣ノ郡ノ司ノ子ナル男有リ。年三十許ニテ形ヨ清気也。心モ直クシテ狂ヲ離レタリ。而ルニ、其ノ妻無限ク相念シ過ケルニ、懐任シテ子産ム程ニ死ニケレバ、夫歎キ悲ムト云ヘドモ、甲斐無クシテ忌ノ程ヲ過シテ、「京ニ上テ、心ニ叶ハム妻ヲ求ム」ト思テ、既ニ京ニ上ルニ、道ニシテ日暮ヌレバ、彼ノ死ニシ敷下ノ郡ノ郡司ノ娘ノ家ニ寄テ宿リ。家主ノ女不知ヌ人ノ押テ宿レバ、恐レテ片角ニ隠レ居ヌ。不宿サジト為ケレドモ、可立キニモ非ネバ、人ヲ出シテ、

「云ハム事請有テ聞ケ。此ル者ハ腹立ヌレバ悪キ事ゾ」ト云テ、畳ナムド取出シテ令敷メ、可然キ所掃セナドスレバ、「極テ情有ケル所ノ人カナ」ト云テ、其ノ出デヽ掃ナド為ル人ヲ呼テ、宿ル人ノ云ク、「此ハ故郡殿ノ家ニハ非ズヤ」ト問ヘバ、「然ニ候フ」ト答フ。亦云ク、「傳キ給ヒシ娘ノ御セシハ何ニカ成リ給ヒニシ」ト問ヘバ、「此ク客人ノ御マセバ、忍デ西ノ方ニ立寄テナム御ス」ト答ケレバ、「然也」ト聞テ、旅籠ナド涼シテ、物ナド食ヒテ、寝ヌ。

旅所ニテ不被寝ネバ、起テヽズミ行ク程ニ、家主ノ女ノ隠レ居タル方ニ行ヌ。和ラ立副テ聞ケバ、アテヤカナル女ノ気ハヒニテ、打歎キ泣キナド為ル音忍ヤカニ聞ユ。極テ哀レニ思ユレバ、聞キ過シ難クテ、和ラ遺戸ヲ引開テ歩ミ寄レバ、女、「イミジク恐シ」ト思テ、□□キ居タル所ニ搔寄ヌ。和ラ副臥シテ捜レバ、女、「破無」ト思テ、衣ヲ身ニ纏テ低シ臥シタレドモ、何ノ憚バカリカハ有ラム、男懐ニ搔入テ臥シヌ。近増シテイミジク哀ニ思ユ。身成モ厳シク、程モ

一ニテ、労タキ事無限シ。「田舎人ノ娘何デ此ク有ラム。止事無キ人ノ娘モ此ク許ハ非ジ者ヲ」トナム哀レニ思ヒ臥シタル。墓無クテ明ヌレバ、女男ヲ「疾ク起去ネ」ト云ヘドモ起キム心地モ不為ズ。

而ル間、雨降テ不止ズ。然レバ、男留テ不行ズ。家貧クシテ食物無キニ依テ、男ニ令食ル物無クシテ、日高ク成ヌ。女此レヲ歎キテ、口ヲ瀬ギ手ヲ洗テ、堂ニ詣デ、観音ニ懸奉レル糸ヲ引テ、泣キ悲ムデ申シテ云ク、「今日我レニ恥ヲ令見給フ事無クシテ、忽ニ我ニ財ヲ施シ給ヘ」ト申シテ、家ニ返テ空キ竈ニ向テ、頬ヲ押ヘテ蹲居テ歎ケル間、日申時ニ及テ、門ヲ叩テ人ヲ呼ブ音有ケレバ、出デヽ見ルニ、隣ニ富メル一人ノ女有リ、長櫃ニ種々ノ飯食菜等ヲ入レテ持来タリ。見ルニ、不具ヌ物無シ。器、銃、楪子等モ皆具セリ。此レヲ与ヘテ云ク、「客人在マス由ヲ自然ラ聞テ、奉ル也。但シ、器ヲバ後ニ返シ給ヘ」ト。家女此レヲ見テ、大キニ喜テ、男ニ令食ム。

一四 其ノ後、家女尚此ノ事ヲ思フニ、此ノ恩難報ニ依テ、只一ツ着タル所ノ衣ヲ脱テ、隣家ノ使ノ女ニ与ヘテ云ク、「我レ難有キ恩ヲ蒙ルト云ヘドモ、身貧キニ依テ、可奉キ物無シ。只此ノ垢衣ノミ有リ。此レヲ奉ル」ト云テ、泣々ク与ケレバ、使ノ女此レヲ取テ打チ着テ、返去ヌ。而ル間、男此ノ食物ヲ見テ、先ヅ不食シテ、女ノ顔ヲ守テ怪ブ。然レドモ、餓ヘニ及ベルガ故ニ、食シテ返ス。此ノ女ヲ嫁ケルニ依テ、忽ニ京ニ上ラム事ヲ不好ズシテ、偏ニ永キ契ヲ思フ。

一五 而ル間、彼ノ隣ノ富女ノ許ヨリ、絹十疋、米十表ヲ送テ云ク、「絹ヲバ着物ニ縫テ着給ヘ。米ヲバ酒ニ造テ貯ヘ給ヘ」ト。家女此レヲ得テ、心ニ怪ビ思テ、此ノ事ヲ喜バムガ為ニ、隣ノ富家ニ行テ、泣々ク此ノ喜ビヲ云フニ、隣ノ富女ノ云ク、「此ハ若シ物ノ

長櫃(信貴山縁起)

付給ヘルカ。我レ更ニ此ノ事不知ズ。而ル事無シ。亦、彼ノ
使ニ行タリケム女、此ニ無キ者也」ト云フ。「家女此レヲ聞
テ、怪デ、家ニ返テ、常ノ如ク堂ニ入テ、観音ヲ礼ミ奉ラム
ト為ルニ、見奉レバ、彼ノ使ノ女ニ与ヘシ所ノ女、観音ノ
御身ニ懸タリ。女此レヲ見テ、涙ヲ流シテ、「此レ観音ノ助
ケ給フ也ケリ」ト知テ、身ヲ地ニ投テ、泣々ク礼拝シケリ。
暮レヌレバ、男来レリ。女泣タク此ノ由ヲ語テ、共ニ恭敬シ
奉ル事無限シ。

其ノ後、夫婦トシテ此ノ家ニ住テ、大ニ富メル事祖ノ時ノ
如シ。夫婦共ニ愁ヘ無クシテ、命ヲ持チ身ヲ全クシテ久ク有
ケリ。「此偏ニ、観音ノ助ニ依テ也」ト思ニ、恭敬供養ジ奉
ル事不怠ザリケリ。

此ヲ思フニ、観音ノ御誓不可思議也。現ニ人ト成テ、衣
ヲ被ギ給ヒケム事ノ哀レニ悲キ也。殖槻寺ト云フ此レ也。亦、
其ノ観音于今其ノ寺ニ在マス。人必ズ参テ可礼　奉観音
也、トナム語リ伝ヘタルトヤ。

여인이 기요미즈^{淸水} 관음^{觀音}을 섬겨
그 은혜를 입은 이야기

가난하고 고독한 여인이 주야로 기요미즈데라淸水寺의 관음을 참배하여 구원을 기원하였는데 우연히 지나가던 무쓰 지방陸奧國의 국수國守 아들 눈에 띄어 결혼하여 행복한 삶을 보냈다는 이야기. 노파에게 기념으로 준 머리카락이 관음의 손에 감겨져 있는 것으로, 노파가 관음의 화신이라고 알게 된다는 전개는 제7화·제8화와도 공통되는 모티브로 영험담에서는 유형적인 것이다.

　이제는 옛이야기이지만, 도읍에 부모도 없고, 친척도 없이 매우 가난한 한 여인이 있었다. 나이는 젊고 아름다웠지만 가난한 탓에 남편을 가지지 않고 독신으로 지냈다.

　이런 탓에 그날그날의 생활도 지탱하기 어려운 형편으로 살고 있었는데, 마음속으로 '관음^{觀音}¹님의 구원을 받지 않으면, 나의 가난한 처지로 보아 부를 얻기는 어려울 것이다.'라는 생각이 들어, 그때부터 매일 아침저녁, 기요미즈淸水² 관음을 참배하여 이 일을 기원하였다. 옛날에는 기요미즈로 가는 언덕길이 모두 덤불 투성이로, 인가도 없고 조금 높게 작은 산처럼 된 곳이 있었다. 그곳에 섶나무로 지은 작은 암자에서 한 노파가 살고 있었다. 그

1　→ 불교.
2　기요미즈데라淸水寺(→ 사찰명). 그 창건 경위에 대해서는 권11 제32화 참조.

노파가 이 기요미즈를 참배하는 여인을 불러 세우고 "매일 아침저녁으로 참배하다니 정말로 기특한 일이시군요. 아시는 분은 안 계십니까?" 하고 말했다. 여자가 "아는 사람이라도 있으면 이런 삶을 살고 있겠습니까?"라고 말하자, 노파는

"그 또한 딱한 일이십니다. 언젠가 행복해지겠지요. 가을 무렵까지는 누추하더라도 이 암자에서 식사라도 하시면서 참배하시도록 하시죠."

라고 말하고, 이런 암자라고 생각되지 않을 정도로 깨끗한 식사를 매번 차려 불러들였다. 여자는 그곳에서 매번 식사를 맛있게 하고나서 참배를 하였는데, 어느새 입고 있던 단벌옷조차도 너덜너덜하게 찢어져서, 몸이 훤히 다 보이게 되었다. 그럼에도 불구하고 전세의 응보가 걱정이 되어, 더한층 강한 신앙심으로 참배를 계속하였다. 어느 날 동틀 녘 불당에서 나와 귀갓길에 올라 로쿠하라미쓰지六波羅蜜寺³ 부근을 지나는데, 몹시 힘들어서 오타기데라愛宕寺⁴ 대문에 기대고 쉬고 있었다.

그러는 사이 도읍 쪽에서 말을 타거나 걸어서 많은 사람들이 몰려왔다. '어떤 사람들일까?' 하고 무서워하고 있는데, 그중에 주인이라고 생각되는 말 탄 사람이 가까이 다가와 말에서 내렸다. '여기서 누군가를 기다리는 걸까?' 하고 생각하고 있는데, 옆에 다가와 여인의 얼굴을 보며 "이렇게 혼자 계시는 당신은 누구십니까?" 하고 물었다. 여자가 "기요미즈에 다녀오는 자입니다만."라고 대답하자, 남자는

"저에게는 어떤 사정이 있어, 당신께 드릴 말씀이 있습니다. 제가 하자는 대로 따라 주십시오."

---

3   → 사찰명.
4   오타기데라愛宕寺는 야마시로 지방山城國 오타기 군愛宕郡의 도리베 산鳥邊山의 입구에 있었던 절. 교토 시京都市 히가시야마 구東山區 고마쓰 정小松町의 로쿠도친코지六道珍皇寺를 말함.

하고, 근처 작은 집을 두드려 열고 여인을 안으로 데리고 들어갔다. 주위는 어둡고 게다가 여자 한 사람이다. 뿌리칠 수도 없어서 남자가 하자는 대로 동침을 했다.

그 후 남자는 여자에게

"저에게는 그럴 만한 전세의 숙세宿世가 있어, 당신을 제 것으로 할 수가 있었습니다. 깊은 인연을 맺고자 합니다. 저는 먼 지방으로 가는 자인데, 함께 가시지 않겠습니까?"

하고 말했다. 여자는

"저는 아는 사람도 없는 처지입니다. 그래서 그동안 '도읍을 떠나 멀리 벗어나고 싶다.'고 생각했었는데, 어디든 데려가 주신다면 정말 기쁜 일이지요."

라고 대답했다. 남자가 "도읍에 찾아뵈어야 할 아는 사람은 없습니까?"라고 묻자, 여자는 "그럴 사람이라도 있으면 이런 모습으로 있겠습니까?"라고 대답했다. "그것은 참 잘됐네요. 자, 빨리 갑시다."라고 남자가 말하자, 여자가 "실은 잊을 수 없는 사람이 한 사람 있습니다만, 그 사람을 한 번 다시 만나 보고 싶어요."라고 말했다. "그 사람은 어디에 있습니까?"라고 남자가 묻자, 여자는

"여기서 2정町5 정도 올라가면 섶나무로 지은 작은 암자가 있고, 그곳 노파가 요 몇 년 저에게 친절하게 대해 주었습니다. 그분께 작별인사를 하고 가고 싶어요."

라고 하여, 남자는 "그럼 빨리 가서 얘기하세요. 그렇지만 입으신 옷이 아무래도 너무 초라해 보이는군요." 하고 서둘러 고리짝을 열어 깨끗한 옷을 한

---

5 1정은 약 110m.

벌, 그리고 생명주生絹《의》[6] 하카마《를》[7] 꺼《내어》[8] 여자에게 입혀 데리고 함께 갔다.

암자에 도착해 말에서 내려 "계십니까?"라고 하자, "있어요." 하고 노파가 나왔다. 여자는

"뜻밖의 사람과 길에서 만났는데, '함께 가자.'고 말씀해 주셔서 가게 되었습니다만, '여차여차 인사를 드리고 나서' 떠나자고 생각해 찾아뵈었어요. 오랫동안 친절하게 저를 돌봐 주셨는데, 앞으로 살아서 서로 다시 뵐 수는 없을 거라 생각이 드네요."

라고 하며 한없이 울었다. 노파는

"이리 되리라 생각했기에, '참배하세요. 필시 헛되지는 않을 거예요.'라고 말씀드린 거지요. 자, 주저마시고 빨리 내려가세요. 정말 기쁜 일입니다."

라고 말했다. 이 여자는 '노파에게 뭔가 기념으로 주자.'고 이래저래 곰곰이 생각해 봤지만, 몸에 가진 것이라고는 아무것도 없었다. '부모와 헤어지는 사람도 머리카락을 그 기념으로 하지.' 하는 생각이 닿아, 왼쪽 머리카락을 한 움큼 뽑아서 끊어 그것을 노파에게 주니, 노파는 손에 들고 눈물을 흘리며 "정말 따뜻하고 의리가 두터우시군요." 하고 그것을 손가락 끝에 세 번 정도 감고서,

"서로 목숨이 다해, 장차 만날 기회가 없더라도, 이 손가락만큼은 없어지지 않을 겁니다. 이걸 정표로 하여 찾아와 주세요."[8]

라고 말했다. 여자는 그 의미를 잘 모른 채 눈물을 흘리며 헤어졌다.

그런데 이 남자는 실은 무쓰 지방陸奧國 국수國守의 아들로, 국수가 부임지

---

6 파손에 의한 결자. 문맥을 고려하여 보충.
7 파손에 의한 결자. 문맥을 고려하여 보충.
8 노파가 기요미즈 데라 관음의 권화權化인 것을 암시한 발언으로, 이하 전개의 복선이 되고 있음.

에 있는 동안, 줄곧 도읍에 머물며 '마음에 드는 여자를 발견해 데리고 내려가자.'고 생각하여 찾고 있었는데, 발견하지 못하고 내려가는 중이었다. 지금의 이 여인을 보자마자 '정말로 찾고 있던 여자다.'라는 생각이 들어서 데려가는 것이었다. 여자는 길을 가면서도 노파가 자꾸 생각이 났고, 눈물을 흘리며 그 지방에 도착해서도 곧 사람을 도읍에 올려 보내 노파를 찾게 했다. 하지만, '아무리 해도 그 같은 암자는 보이지 않고 노파도 없다.'고 하여 찾아낼 수 없었다. '다시 한 번 만나고 싶었는데, 죽은 것일까?' 하고 슬퍼하던 중, 국수 임기 4년⁹이 끝나, 여자는 도읍에 올라가 직접 그곳에 가보았다. 이전의 언덕은 있었지만 섶나무 암자는 없었다. '정말 슬픈 일'이라 생각하며, 기요미즈 불당에 참배하여, '생각지도 않았는데, 이렇게 풍족한 나날을 보내게 된 것도 모두 관음님의 덕분이다.'라고 생각하고 올려다보니, 장막 동쪽에 서 계시는 관음¹⁰의 그 시무외施無畏¹¹ 손에 자기가 그때 잘라 노파에게 준 머리카락이 감겨 있었다. 이를 보자 존귀하고 감격스러워 이루 말할 수 없었다. '그럼 그때, 나를 구하기 위해 노파로 권화權化하신 거로구나.'라고 생각하니, 감격하여 소리를 크게 내어 계속 울며 집으로 돌아갔다.

　그 후 부부는 싸우는 일도 없었고, 아무런 부족함 없이 살았다. 관음이 도와주신 이상은 어찌 소홀함이 있겠는가라고 이렇게 이야기로 전하여 내려오고 있다 한다.

9　국수의 임기는 4년. 남편의 아버지인 무쓰 지방 국수의 임기가 끝나서 남편과 함께 귀경한 것임.

10　현재의 기요미즈데라 본당(관음당)에는 중앙에 십일면천수관음, 왼쪽(동측)에 승군지장勝軍地藏, 오른쪽(서측)에 승적비사문천勝敵毘沙門天이 각각 안치되어 있음.

11　→ 불교.

女人仕清水観音蒙利益語第九

今昔、京ニ父母モ無ク、類親モ無クテ、女人有ケリ。

年若クシテ形チ美麗也ト云ヘドモ、極テ貧シキ一ノ、夫不相具シテ裏ニテ有リ。

如此ク便無クシテ年来有ルニ、心ニ思ハク、「観音ノ助ケニ非ズハ、我ガ貧シキ身ニ富ヲ難得ナム」ト思ヒ得テ、日夜朝暮ニ清水ニ詣デ、此ノ事ヲ願フ、昔ハ清水ニ参ル坂モ皆藪ニシテ、人ノ家モ無カリケルニ、少シ高クシテ小山ノ様ナル所有ケリ、其ノ清水ニ詣ヅル女人ヲ呼テ云ク、「極テ貴ク日夜ニ参リ行キ給カナ。知タル人モ不御ニヤ」ト。女ノ云ク、「知タル人ノ侍ラムニハ、此ル様デハ侍ナムカハ」ト。嫗ノ云ク、

「糸哀ナル事カナ。今吉キ身ニ成リ給ヒナム。秋比マデハ怪クトモ、此奄ニテ物ナドハ食ツ、参リ給ヘ」ト云テ、奄ノ程ヨリハ、食物若清気ニシツ、呼ビ入レテ、其レヲ食ヒツ、参ケルニ、適マ一ツ着タル衣モ、只破ニ破レテ、身モ現ハニ成リヌ。其ニ付モ身ノ宿世思ヒ遣レテ、弥ヨ道心ヲ発テ参ルニ、暁ニ御堂ヨリ出ル間、六波羅ノ程ヲ下ルニ、極メテ苦シクテ、愛宕ノ大門ニ寄テ息ミ居タリ。

而ル間、京ノ方ヨリ多ノ人或ハ馬ニ乗リ、或ハ歩ノ人多ク来ル。「何人ナラム」ト恐シク思ヒ居タルニ、主人ト思シク馬ニ乗タル人、打寄テ馬ヨリ下ヌ。「人ナド待ニヤ有ラム」ト思フ程ニ、寄来テ、女ノ顔ヲ打見テ云ク、「何人ノ此ニハ独リ御ゾ」ト。女ノ云ク、「清水ヨリ出ヅル人也」ト。男ノ云ク、「我レ思フ様有テ、君ニ申事有リ。我申サム事ニ随ヒ給ヘ」トテ、其ノ辺ニ有ル小屋ヲ叩キ開テ、将入ヌ。女、夜ル二シテ独也、辞ビ可得キ様無クテ、遂ニ男ノ云フニ随テ、臥ヌ。

其ノ後、男ノ云ク、「我レ可然キ宿世有テ、君ヲ得タリ。深キ契ヲ成サムト思フ。我レハ遠キ国ニ行ク人也。我ガ行カム所ニ具シテ御ナムヤ」ト。女ノ云ク、「我レハ知ル人無キ身也。然レバ、『只、都ヲ離レテ消失ナバヤ』ト年来思フニ、何ク也トモ将御セバ、極テ喜クコソハ侍ラメ」ト。男ノ云ク、「京ニハ知リ可尋キ人ハ無カ。ノ有ラムニハ、此ル様ニテハ侍リナムヤ」ト。女ノ云ク、「然レバ糸吉キ事カナ。早ク去来給ヘ」ト。男ノ糸惜キ者ノ有ルヲ、『今一度見バヤ』トナム思」ト。男ノ云ク、「其レハ何クニ有ルゾ」ト。女□云ク、「此ヨリ二町許登テ小サキ柴ノ奄有ルニ住ム嫗ノ、年来哀レニ当ツル告テ行ムト思也」ト。男ノ云ク、「速ニ行テ可告シ。但シ、着給ヘル衣コソ極テ見苦シケレ。女ニ皮子ヲ開テ、清気ナル衣一重生□袴□取□女ニ着セテ、具シテ将行ク。

奄ニ行着テ、馬ヨリ下テ、「御スルカ」ト云ヘバ、「候フ」

トテ出来タリ。女ノ云ク、「不思懸ヌ人ノ、道ニ値テ、『去来』ト有レバ、具シテ行ク。『此クト申シテコソハ』ト思テナム。年来哀レニ当リ給ヒツルニ、我モ人モ生テ亦見ム事難シ」ト云次ケテ、泣ク事無限シ。嫗ノ云ク、「然バコソ申シ、カ、『此ク参リ給ヘド、空ハ不有ジ』トハ。只疾ク下リ給ヒネ。此ノ女、『何ヲガナ形見ニ嫗ニ取セム」ト思ヒ廻スニ、身ニ持タル者無クシテ思ハク、「父母ニ別レ、人モ髪ヲコソ形見ニハスレ」ト思テ、ノ髪ヲ一丸ガレ掻出シテ押シ切テ、嫗ニ取スレバ、嫗此レヲ取テ打泣テ「哀レニ思ヒ知タリケル事」ト云テ、指ノ崎ニ三纏許巻テ、「命無クテ互ニ値フ事難クトモ、此ノ指ハ世モ失セ不侍ジ。此レヲ注ニテ尋ネ給ヘ」ト云ヘバ、女何ニ云フ事トモ不心得ズシテ、泣々ク別レヌ。

早フ、此ノ男陸奥守ト云ケル人ノ子ノ、守ノ国ニ有ケル間、日来京ニ有テ、「心ニ付カム女ヲ求テ、具シテ下ラム」ト思テ求メケルニ、不求得ズシテ下ルガ、此ヲ打見ルニ、「只、

此レ也ケリ」ト思フ様ニテ、具シテ行ク也ケリ。女ハ道スガ
ラ嫗ノ事ノミ哀ニ思ヒ出サレテ、泣々ク行着テ、程無ク人ヲ
上テ尋サセケレドモ、「何ニモ而ル奄モ無シ。嫗モ無シ」ト
テ、不尋得ザリケレバ、「失ニケルニヤ。今一度モ不相見ズ」
ト心苦シク思ケル程ニ、四年畢テ上ケルマヽニ、自ラ行テ見
レバ、有シ岳ハ有レドモ、柴ノ奄モ無シ。「哀ニ悲シ」ト思
ヒ乍ラ、御堂ニ参テ、「此ク不思議ズ乏キ事無クテ有ル、偏
ニ観音ノ御助也」ト思テ、打見上ゲ奉タレバ、御帳ノ
東ノ方ニ立給ヘル観音御ス。其ノ世無畏ノ御手ニ、我ガ切
テ嫗ニ取セシ髪ヲ
纏テ立給ヘル見
ニ、哀ニ悲キ事
無限ナシ。「然ハ
我ヲ助ケムガ為
ニ、嫗ト現ジ給ヒ
ケム事」ヲ思フ

与願印

施無畏印と与願印（施無畏印に通用）

ニ、難堪クテ、音モ不惜ズシテゾ、泣々ク返ニケル。
其ノ後、夫婦違フ事無ク、身モ乏キ事無シテナム有ケル。
観音ノ助ケ給ハムニハ将ニ愚ナラムヤハ。
此クナム語リ伝ヘタルトヤ。

여인이 호즈미데라穗積寺 관음觀音의 은혜를 입은 이야기

나라奈良의 좌경左京에 사는 가난한 여인이 호즈미데라穗積寺의 천수관음에 구원을 기원 드린바, 여동생으로 권화權化한 관음으로부터 절의 불당 수리비였던 돈 100관貫을 받아, 가난한 신분에서 벗어나 부자가 되었다는 영험담. 관음이 가난한 여자의 기원에 감응感應해서 축복을 내려 주셨다는 영험담으로 앞 이야기와 동일한 유형이다.

이제는 옛이야기이지만, 나라奈良 좌경左京의 구조이방九條二坊[1]에 사는 한 가난한 여자[2]가 있었다. 아홉 명의 자식을 낳았지만, 집이 몹시 가난하여 세상을 살아갈 방도가 막막했다.

그런데 호즈미데라穗積寺[3]라는 절에 천수관음千手觀音[4]이 계셨다. 이 가난한 여인은 그 절 관음께 참배하여 지성으로 "부디 관음님, 자비를 베푸시어 저에게 조금이라도 생활의 양식을 주시옵소서."라고 기원을 드렸다. 하지만 1년이 지나도 그 영험은 나타나지 않았다.

그러던 중, 오이大炊 천황[5] 치세인 천평보자天平寶字 7년[6]이라는 해의 10월 1일 해질 녘, 생각지도 않았는데 이 가난한 여자에게 여동생이 찾아왔다.

---

1 * 방坊은 방형方形으로 구획된 동네를 말함.
2 미상.
3 → 사찰명.
4 → 불교.
5 제47대 준닌淳仁 천황을 말함. → 인명.
6 763년.

가지고 온 한 개의 가죽 궤짝을 언니에게 맡기고, 돌아갈 때 일부러 발에 말똥을 묻히고,[7] "내가 곧 찾으러 올 테니 그동안 이것을 잘 보관해 둬요."라고 말하고 가버렸다. 그 후 언니는 여동생이 찾아오면 이 가죽 궤짝을 되돌려 주려고 생각하면서 기다리고 있는데, 좀처럼 찾아오지 않는다. 그래서 기다리다 못해 여동생 집에 가 무슨 연유인지 물어보니, 여동생은 그런 일은 처음 듣는 소리라고 말했다.

언니는 '이런 기이(奇異)한 일도 다 있네.'[8]라고 생각하고, 집에 돌아가 가죽 궤짝을 열어보니 안에 돈 100관(貫)이 들어 있었다.

그래서 언니는

'여동생에게 물어도 모른다고 하니, 혹시 이것은 호즈미데라의 천수관음님이 나를 도와주시고자 여동생의 모습으로 변하여, 돈을 가지고 오셔서 베풀어 주신 것이 아닐까?'

라고 생각하고, 즉시 그 절을 참배하여 관음을 올려다보니, 관음의 다리에 말똥이 척 하니 묻어 있었다. 언니는 이것을 보자마자 눈물을 흘리며 감격하여 '정말로 관음님이 나를 구원해 베풀어 주신거야!'라는 것을 알게 되었다.

그 후 3년이 지났을 무렵, 사람들이

"천수원(千手院)[9]에 넣어둔 절 수리비용 돈 100관(貫)이 창고에 붙인 봉인도 그대로인 채 없어져 버렸다."

고 떠들어 댔다. 그때에 비로소, 언니는 '그 가죽 궤짝의 돈이 그 절의 돈이었구나.'라는 것을 깨닫고 전보다도 더 관음의 영험을 깊이 믿고 눈물을 흘

---

7 말미에 있는 바와 같이, 이 다리에 묻은 말똥에 의해 여동생이 관음의 권화인 것을 알 수 있음. 이 문장은 그 복선임.

8 놀람을 동반한 불가사의한 생각. '기이'하게 여기는 것은 설화의 중요한 요소의 하나.

9 호즈미데라의 천수원으로, 천수관음상을 안치한 불당.

리며 더할 나위 없이 공경해 마지않았다. 그리고 아침저녁, 향을 피우고 등명燈明을 켜고 공경하고 예배드리는 사이, 빈궁貧窮의 슬픔이 사라지고, 부귀의 즐거움을 얻게 되어, 마음껏 많은 아이들을 키울 수가 있었다.

그 관음은 지금까지도 그 절에 계신다. 반드시 참배하여 예배드려야 하는 관음이시라고 이렇게 이야기로 전하여 내려오고 있다 한다.

女人蒙穂積寺観音利益語第十

にょにんほづみでらのくわんのむのりやくをかうぶることのだいじふ

今昔、奈良ノ左京、九条二坊ニ、一人ノ貧シキ女有ケリ。

九ノ子ヲ産メリ。家極テ貧シクシテ、世ヲ過スニ便リ無シ。

而ルニ、穂積寺ト云フ寺ニ千手観音在ス。此ノ貧女ノ、

寺ノ観音ノ御前ニ詣テ、心ニ至シテ申サク、「願クハ、観音ノ

慈悲ヲ垂レ給テ、我ニ聊ノ便ヲ施シ給ヘ」ト祈リ請リ。然

レドモ、一年其ノ験シ無シ。

而ル間、大炊ノ天皇ノ御代ニ、天平宝字七年ト云フ年ノ十二

月一日ノ夕暮方ニ、不慮ザル外ニ、其ノ貧女ノ妹来テ、

合タリ。其ノ時ニ、姉「彼ノ皮櫃ノ銭ハ彼寺ノ銭也ケリ」

一ノ皮櫃ヲ持来テ、彼ノ姉ニ寄シテ、返去ルトテ、故ニ足ニ

馬ノ屎ヲ塗付テ、姉ニ語テ云ク、「我レ今来テ取ラム程、此

レヲ寄シ置ク也」ト云テ、去ヌ。其ノ後、姉有テ取ラム程、此

ラムヲ待テ、此ノ皮櫃ヲ取セム」ト思テ待ツニ、久ク不見エ

ズ。然レバ、待煩テ、姉妹ノ許ニ行テ、妹ニ此ノ事ヲ問フ

ニ、妹不知ザル由ヲ答フ。姉、「奇異也」ト思テ、返テ皮櫃

ヲ開テ見ルニ、銭百貫有リ。

姉此ノ事ヲ思フニ、「妹、『不知ズ』ト云フ。若シ、此レ、

彼ノ穂積寺ノ千手観音ノ我レヲ助ケムガ為ニ、妹ノ形ニ成テ、

銭ヲ持来テ施シ給ヘルカ」ト思テ、忽ニ其ノ寺ニ詣デ、観

音ヲ見奉レバ、観音ノ御足ニ馬ノ屎ヲ塗付タリ。姉此ヲ見

テ泣キ悲デ、「実ニ観音ノ我レヲ助ケテ施シ給ヒケル」ト知

ヌ。

其ノ後、三年ヲ経テ聞ケバ、「千手院ニ納メ置タル修理料

ノ銭百貫、倉ニ付タル封モ不替ズシテ、失ニタリ」ト云ヒ

ト思フニ、弥ヨ観音ノ霊験ヲ深ク信ジテ、涙ヲ流シテ貴ブ事

無限シ。朝暮ニ、香ヲ焼テ、灯ヲ燃シテ、礼拝恭敬ジ奉ル

間、貧窮ノ愁ヲ止テ、富貴ノ楽ビヲ得テ思ヒノ如ク数ノ子ヲ

養ヒケリ。

其ノ観音于今其ノ寺ニ在マス。必ズ詣デ、可礼拝奉キ

観音ニ在ス、トナム語リ伝ヘタルトヤ。

관음觀音의 떨어진 두부頭部가 자연히 붙은 이야기

도읍인 나라奈良의 시모쓰케노데라下毛野寺 관음상 두부頭部가 이렇다 할 원인도 없이 빠져 떨어졌는데, 하루가 지나 자연히 원래대로 복원되었다는 이야기. 앞 이야기와는 나라奈良의 도읍에 얽힌 관음영험으로 연결된다. 그리고 이 이야기부터 제14화까지는 쇼무聖武 천황 치세하의 관음상 영이靈異를 말하는 이야기가 이어진다.

이제는 옛이야기이지만, 도읍인 나라奈良에 시모쓰케노데라下毛野寺[1]라는 절이 있었다. 그 절 금당金堂[2]의 동쪽 협사脇土[3]로 관음이 서 계신다.

쇼무聖武[4] 천황의 치세에, 그 관음의 두부頭部가 이렇다 할 이유도 없는데, 갑자기 목 부분이 떨어져버리셨다. 시주施主[5]가 이를 보고 '곧바로 붙여 드리자.'고 생각하고 있었는데, 하루 낮밤이 지난 아침이 되어 보니, 그 머리는 아무도 붙여 드리지 않았는데 자연히 원래대로 붙어 있었다.

이것을 본 시주는 "이것은 누가 붙여 드렸는가?" 하고 찾아다녔지만, 붙여 드렸다는 사람은 한 사람도 없었다. 그래서 '정말 불가사의한 일도 다 있

---

1   미상. '下野寺', '下毛寺'로도 표기. 시모쓰케 씨下毛野氏 일족의 사찰로 추정되기도 함. 사명寺名은 『영이기靈
　　異記』 중권 제35화에도 보이며, 또한 정창원문서正倉院文書(「대일본고문서大日本古文書」에 수록)의 753년과
　　758년 문서에도 보임.
2   사찰의 본존을 안치하는 당사堂舍. 본당本堂.
3   금당은 남면南面이기 때문에 동쪽은 본존의 왼편에 위치함. 즉 왼쪽 협사脇土와 같은 의미임. 협사는 '脇侍',
　　'狹侍'로도 표기함. 이 절 본존은 관음을 왼쪽 협사로 하기 때문에 아미타불임.
4   → 인명.
5   단월檀越(→ 불교).

다.'라고 생각했는데, 그때 관음이 빛을 발하였다. 놀란 시주는 도대체 어찌 된 일인지 전혀 알 수가 없었다. 그러자 지혜 있는 사람이 있어서,

"'보살[6]의 몸이라는 것은 상주常住[7]하여 멸滅하는 일이 없다.'는 것을 어리석은 불신자들에게 알려 주려고, 이렇다 할 원인도 없이 머리가 떨어지시고 아무도 붙여 드리지 않았는데 원래대로 되신 것이다."
라고 말했다.

시주는 이를 듣고 한없이 감격하고 더할 나위 없이 존귀하게 여겼다. 또한 이것을 보고 들은 사람들도 모두 존귀하게 여겼으며 '정말 불가사의한 일이다.'라고 이야기로 전하여 이렇게 내려오고 있다 한다.

---

6 → 불교.
7 → 불교. '상주常住'는 상주불변常住不變이라는 의미. 불보살佛菩薩의 법신상주法身常住 사상을 설하고 있음. 시각적인 보살의 형상은 파괴되어도, 그 본체인 법신法身은 영원히 존재하여 불변불멸이라는 것을 말함.

観音落御頭自然継語第十一
くわんのんのおちたるおほむかしらじねんにつぎたることだいじふいち

今昔、奈良ノ京ニ下毛野寺ト云フ寺有リ。其ノ寺ノ金堂
ノ東ノ脇士ニ観音在マス。

聖武天皇ノ御代ニ、其ノ観音ノ御頭、其ノ故無クシテ、俄
ニ頭ヨリ落給ヒニケリ。檀越此レヲ見テ、「即チ継ギ奉ラム」
ト思フ間ニ、一日一夜ヲ経テ朝ニ見奉レバ、其ノ頸人モ継
ギ不奉ザルニ、自然ニ本ノ如ク被継給ヒニケリ。

檀越此レヲ見テ、「此ハ誰ガ継ギ奉タルゾ」ト尋ヌルニ、
更ニ継ギ奉レル人無シ。然レバ、「奇異也」ト思フ間ニ、観
音光ヲ放テ、檀越驚テ、此レ何ノ故ト云事ヲ不知ズ。但シ、
智リ有ル人ノ云ク、『菩薩ノ御身ハ常住ニシテ、滅スル事無
シ』ト云フ事ヲ、愚痴不信ノ輩ニ令知メ給ハムガ為ニ、其ノ
故無クシテ頭落給テ、人継ギ不奉ザルニ、本ノ如ク成リ給フ
也」ト。

檀越此レヲ聞テ、悲ビ貴ブ事無限シ。亦、此レヲ見聞ク人、
皆貴ビテ、「奇異ノ事也」トテ語リ伝ヘタルトヤ。

관음觀音이 화난火難을 피하기 위해
당사堂舍를 떠나신 이야기

쇼무聖武 천황 치세에 이즈미 지방和泉國 지누珍努 산사山寺의 관음당觀音堂이 화재로 소실되었을 때, 본존本尊인 성관음상聖觀音像이 스스로 당사 밖으로 나와 화난火難을 면한 이야기. 신神·불상佛像이 스스로 영이靈異를 나타내 화난을 면한 이야기는 유형적인 것으로, 본집 권17 제6화와 『하세데라 험기長谷寺驗記』 상권 제10화 등이 있다. 경전이나 내시소內侍所(신경神境)가 화재로부터 안전하였다는 유화類話도 많다.

이제는 옛이야기이지만, 이즈미 지방和泉國¹ 이즈미 군和泉郡² 내에, 지누珍努 산사山寺³라는 절이 있었다. 그 산사에 정관음正觀音⁴ 목상木像이 계셨다. 그 지방, 그 군의 사람들은 더할 나위 없이 이 관음을 숭상하고 공경하였다.

그런데, 쇼무聖武⁵ 천황 치세에 그 산사에 화재가 생겨, 이 관음이 계시는 당사堂舍가 불탔다. 하지만 이 관음은 그 불난 당사에서 밖으로 나와, 2장丈⁶ 떨어진 곳에 서 계셨다. 티끌만큼의 상처도 입지 않으셨다. 사람들은 이것

---

1 → 옛 지방명.
2 현재의 오사카 부大阪府 기시와다 시岸和田市, 이즈미오쓰 시泉大津市, 이즈미 시和泉市 일대. 국부國府가 있었던 곳.
3 미상. 『영이기靈異記』에는 "珍努上山寺". 본집 권17 제45화의 "지누노카미血渟上 산사"와 같은 절일 것으로 추정. → 사찰명.
4 → 불교(성관음聖觀音).
5 → 인명.
6 1장丈은 10尺으로 약 3m.

을 보고, '기이奇異한 일이다.'[7] 라고 생각하며, '누가 꺼내드린 거겠지.' 하고 찾아 돌아다녔지만, 꺼내드린 자가 없었다. 그래서 산사의 스님들은 눈물을 흘리며 감격해 하고 "이는 분명 관음님 자신이 화재火災의 난을 피하고자 당사에서 나오신 거야." 하며 눈물을 흘리며 공경하고 예배드렸다.

실제로 이를 생각해 보면, 보살[8]이라는 것은 형태도 없고, 사람의 마음에도 잡히지 않고, 눈에도 보이지 않고, 향기가 나도 맡을 수 없게 계시지만,[9] 중생에게 신심信心을 일으키게 하려고 영험을 베푸시기를 이와 같이 하고 계시는 것이다.

이를 보고 들은 사람들은 머리를 깊이 숙여 이 관음을 공경하였다고 이렇게 이야기로 전하여 내려오고 있다 한다.

---

7   놀람을 동반한 불가사의한 생각. '기이'하게 여기는 것은 설화의 중요한 요소의 하나.
8   → 불교. 여기서는 성관음 보살을 말함.
9   보살의 본체인 법신法身에 관해 이야기하고 있음.

観音為遁火難去堂給語第十一
くわんのむひのなんをのがれむがためにだうをさりたまふことをきりたまふことだいじふいち

今昔、和泉ノ国、和泉ノ郡ノ内ニ、珍努ノ山寺ト云フ所有リ。其ノ山寺ニ正観音ノ木像在マス。国郡ノ人、此ノ観音ヲ崇メ貴ビ奉ル事無限シ。

而ル間、聖武天皇ノ御代ニ、彼ノ山寺ニ火出来テ、其ノ観音在マス堂焼ヌ。而ルニ、其ノ観音、其焼クル堂ヨリ外ニ出デ、二丈ヲ去テ在マス。塵許損ジ給フ事無シ。人皆此レヲ見テ、「奇異也」ト思ヒ、「此ハ誰ガ取リ出シ奉ツルゾ」ト尋ヌルニ、取リ出シ奉レル人無シ。其ノ時ニ、山寺ノ僧共、泣キ悲ムデ、「此レ観音ノ自ラ火難ヲ遁レムガ為ニ、堂ヲ出給ヘル也ケリ」ト、泣々ク礼拝恭敬ジ奉ツル。

実ニ此レヲ思ニ、菩薩ハ色ニモ現ゼズ、心ニモ離レ、目ニモ不見エズ、香ニモ聞エ不給ズトモ云ヘドモ、衆生ニ信ヲ令発ムガ為ニ、霊験ヲ施シ給フ事如此クゾ在ケル。此レヲ見ク人、首ヲ低ケテ此ノ観音ヲ恭敬ジ奉ケリ、トナム語リ伝ヘタルトヤ。

관음觀音이 도둑을 맞은 후
스스로 자신을 드러내신 이야기

쇼무聖武 천황 치세에, 야마토 지방大和國 헤구리 군平群郡, 오카모토데라岡本寺의 관음상觀音像 여섯 체六體가 도둑맞아 행방불명이 되지만, 연못 내의 솔개로 권화權化하여 소재를 알려 절에 돌아온 이야기. 앞 이야기와 마찬가지로 재난에 조우한 관음상이 스스로 영이를 나타내어 난難을 면한 영험담.

이제는 옛이야기이지만, 야마토 지방大和國,¹ 헤구리 군平群郡²의 이카루가 촌鵤村³에, 오카모토데라岡本寺⁴라는 절이 있었다. 그 절에 동銅 관음상觀音像 열두 체十二體가 계셨다. 그 절은 비구니 절이었다.

그런데 쇼무聖武⁵ 천황 치세에, 그 동 관음상 여섯 체를 도둑맞았다. 그래서 찾으려고 애썼지만 찾을 수 없었다.

그 후 상당히 시간이 지난 어느 여름 무렵, 그 군 숙역宿驛⁶ 서쪽 방면에 작은 연못이 있는데, 그 연못 주변에 소몰이 아이들이 우르르 많이 모여 있었

---

1 → 옛 지방명.
2 → 지명.
3 현재의 나라 현奈良縣 이코마 군生駒郡 이카루가 정斑鳩町.
4 → 사찰명. 『영이기靈異記』에는 '오카모토아마데라岡本尼寺'.
5 → 인명.
6 '헤구리 역平群驛' (『영이기』). '역'은 고대 율령제에서 가도街道 30리(약 16km)마다 둔 숙역宿驛임. 역마驛馬를 갖추고 역사驛使에게 말과 숙식을 제공했음.

다. 못 안에는 작은 나무가 튀어나와 있고, 그곳에 솔개가 멈춰 있었다. 이를 본 아이들이 작은 돌멩이나 흙덩이를 주어와 그 솔개에게 던졌는데, 솔개는 날아가지 않고 그대로 머물러 있었다. 그래서 아이들은 던지는 것을 관두고, 못에 들어가 솔개를 잡으려고 하니, 솔개가 갑자기 보이지 않았다. 앉아 있던 나무는 그대로 있었다. 그 나무를 자세히 보니, 금 손가락이었다. 아이들은 이상하게 생각해 그것을 잡아끌어 올려보니, 관음 동상銅像이었다. 아이들은 못가로 끌어올리고 마을사람들에게 이를 알렸다. 마음사람들이 찾아와 이것을 보았나.

그 오카모토데라 비구니들도 이를 전해 듣고 찾아왔다. 보니, 그 절의 관음이셨다. 위에 칠해진 금박金箔은 모두 벗겨 떨어진 상태로 있었다. 비구니들은 관음 주위를 에워싸고 슬퍼하며

"잃어버리고 오랜 세월 저희들이 찾아 헤매던 관음님, 무슨 일로 도둑의 난難을 겪으셨는지요?"

라며, 즉시 가마를 만들어 그 안에 태워서 원래의 오카모토데라로 모셔가 안치하고 예배드렸다. 그러자 그 일대의 도속道俗·남녀들이 몰려와서 진심으로 공경하고 예배드렸다.

이것을 생각해 보면, 그 못에 있던 솔개는 분명 진짜 솔개가 아니었을 것이다. '관음이 솔개로 변신하여 소재를 가르쳐주신 것이다.'라고 생각하니, 정말 존귀하고 감격에 겨운 일이다. 부처라는 것은 사람의 마음에 따라 영험을 베푸시는 것이기에, 도둑이 훔쳐간 것도 이와 같은 영험을 나타내시기 위해서이다.

사람들은 모두 이것을 깨닫고 지성으로 관음을 섬겨야 한다고 이렇게 이야기로 전하여 내려오고 있다 한다.

観音為人被盗後自現給語第十三
くわんのむひとのためにぬすまれてのちみづからげんじたまふことだいじふさむ

今昔、大和ノ国、平郡ノ鵤ノ村ニ、岡本寺ト云フ寺有リ。

其ノ寺ニ銅ノ観音ノ像十二体在マス。此ノ寺、尼ノ住スル所也。

而ルニ、聖武天皇ノ御代ニ、彼ノ銅ノ像六体、盗人ノ為ニ被取ヌ。

其ノ後、程ヲ経テ、其ノ郡ノ駅ノ西ノ方ニ小サキ池ケ有リ、夏比、其ノ池ノ辺ニ牛飼フ童部数有テ有ルニ、池ノ中ニ小キ木指出タリ。其ノ木ニ鵄居タリ。童部此レヲ見テ、塊拾テ、鵄ヲ打ツニ、鵄不去ズシテ尚居タリ。然レバ、童部投ゲ打ツ事ヲ止テ、池ニ下テ鵄ヲ捕ヘムト為ルニ、鵄忽ニ失ヌ。居タリツル木ハ尚有リ。其ノ木ヲ吉ク見レバ、金ノ指ニテ有リ。童部怪ムデ、此レヲ取テ牽キ上ル、観音ノ銅ノ像ニテ在マス。童部此レヲ陸ニ牽キ上テ、里ノ人ニ此ノ事ヲ告グ。里人来テ此レヲ見ル。

彼ノ岡本寺ノ尼等此事ヲ伝へ聞テ、来テ見ルニ、尼等観音ヲ衛繞テ泣悲ムデ、「我等失ヒ奉テ、年来求メ奉ル観音、何ナル事有テカ、賊難ニ値ヒ給へル」ト云テ、忽ニ擧テ入レ奉テ、本ノ岡本寺ニ渡シ奉テ、安置シテ礼拝シ奉ケリ。而ル二、其ノ辺ノ道俗男女、集リ来テ礼拝恭敬ズル事無限シ。

此レヲ思フニ、彼ノ池ニ有ケム鵄ハ、実ノ鵄ニハ非ジ。「観音ノ変ジテ鵄ト成テ示シ給ヒケル也」ト思ガ貴ク悲キ也。仏人ノ心ニ随ヒテ霊験ヲ施シ給フ事ナレバ、盗人ノ為ニ被取給フモ、如此ク霊験ヲ現ジ給ハムガ為也。人皆此レヲ知テ、心ヲ至シテ観音ニ可仕シ、トナム語リ伝ヘタルトヤ。

미테시로노 아즈마비토御手代東人가 관음観音을 염念하여 부富를 얻기를 기원한 이야기

쇼무聖武 천황 치세에, 요시노 산吉野山 수행자인 미테시로노 아즈마비토御手代東人가, 관음에게 금전·쌀·미녀를 얻고 싶다고 기원한 바, 그 후 아와타粟田의 삼위三位 딸의 병을 고쳐주어 결혼하고, 그녀가 죽은 후에는 그 여동생을 처로 맞이하여 복을 얻어 부자가 되었다는 치부致富 영험담. 관음에 기원하여 치부한 모티브는, 본권 제28화에 보이는 민담 '지푸라기장자わらしべ長者'와 공통되고, 장자 딸의 병을 고쳐주고 복을 얻는 모티브는 민담 '몽견소승夢見小僧'과 동일 유형임.

이제는 옛이야기이지만, 쇼무聖武[1] 천황 치세에 미테시로노 아즈마비토御手代東人[2]라는 사람이 있었다. 이 사람은 요시노 산吉野山[3]에 들어가 법法을 닦으며[4] 부富를 기원했다. 특히 관음에게 정성으로 "나무 동전만관 백미만석 호녀 다득南無銅錢萬貫白米萬石好女多得"[5]이라고 말하며 기원하였다. 이와 같이 기원을 하여 3년이 지났다.

그런데 그 무렵, 삼위三位 아와타粟田 아손朝臣[6]이라는 사람이 있었다. 그

---

1 → 인명.
2 미상. 미테시로御手代는 성, 아즈마비토東人는 이름.
3 → 지명.
4 산악수행을 하여 영험력靈驗力을 몸에 익히는 것을 말함.
5 '나무南無' → 불교. 그렇다 치더라도, 이 원망願望은 금전金錢, 미곡米穀, 미녀美女라는, 너무나 노골적으로 물욕과 색욕의 현세이익을 추구한 것이라 할 수 있음.
6 → 인명. 아와타 씨粟田氏로 삼위三位가 된 인물로는 아와타粟田 아손朝臣 마히토眞人가 있지만, 마히토는 양노養老 3년(719) 2월 5일에 이미 사망(『속기續紀』)했기에, 쇼무聖武 천황 치세 때의 사람은 아님.

딸은 아직 시집을 가지 않고, 히로세廣瀬[7] 집에 있었는데, 어느 날 갑자기 병에 걸렸다. 몹시 심한 고통으로 신음했지만, 아무리 시간이 지나도 낫지가 않았다. 그래서 아버지 경卿[8]은 이를 슬퍼하며 많은 사람들에게 물어보고, 이 병을 위해 기도시킬 승려를 찾으러 보냈는데, 그 사자使者가 아즈마비토를 만나 와 주도록 부탁을 하였다. 이에 아즈마비토는 즉시 와서 병자를 기도하니, 곧바로 병이 나았다.

그런데, 이 딸이 아즈마비토에게 깊은 애욕의 정을 품게 되었다. 이 사실을 알게 된 아즈마비토는 몰래 딸과 관계를 가졌다. 그러자 이를 전해들은 부모는 격노하여 아즈마비토를 잡아 감옥에 감금해 버렸다. 하지만 딸은 사랑하는 마음을 이기지 못하고, 아즈마비토를 그리워하며, 은밀히 감옥 곁을 떠나지 않았다. 아즈마비토를 감시하는 사람은 딸의 마음을 알고 그녀를 동정하여, 아즈마비토를 풀어주어 서로 정을 통하게 하였다. 이러는 사이, 부모도 딸의 마음을 알고는 두 사람의 관계를 허락하여 부부로 살게 해주었다. 나중에는 집도 물려주고 재산을 모두 아즈마비토에게 주었다.

그 후 수년이 지나, 이 여자는 병에 걸려 죽었다. 임종 때, 여동생을 향해,

"나는 이제 곧 죽을 거야. 그런데 한 가지 마음에 걸리는 일이 있어. 내 소원을 네가 들어줄 수 있겠니?"

하고 말했다. 여동생은 언니에게, "나는 뭐든지 언니가 말하는 대로 할게요."라고 대답했다. 그러자 언니는,

"나는 아즈마비토가 걱정이 되어 언제까지나 잊을 수가 없을 것 같아. 그러니 내가 죽으면 네가 아즈마비토의 처가 되어, 집안을 지켜주면 안 되겠니?"

---

7 야마토 지방大和國 히로세 군廣瀬郡. 현재의 나라 현奈良縣 기타가쓰라기 군北葛城郡의 북동부.
8 삼위三位 이상의 사람에게 붙이는 존칭임.

하고 말했다. 여동생은 언니의 유언을 받아들였다. 언니는 기뻐하며 죽었다. 부모도 또한 언니의 유언대로 여동생을 아즈마비토에게 허락하고 집의 재산을 넘겨주었다. 그래서 두 사람은 부부가 되어 오래도록 같이 살게 되었다.

아즈마비토는 기원을 하고 실제로 큰 복덕을 얻었는데, 이는 수행修行의 험력驗力과 관음의 위덕威德에 의한 것이라고 하며, 이를 보고들은 사람들은 칭찬하고 존귀하게 여겼다고 이렇게 이야기로 전하여 내려오고 있다 한다.

御手代東人念観音願得富語第十四

今昔、聖武天皇ノ御代ニ御手代ノ東人ト云フ人有ケリ。

此ノ人、吉野ノ山ニ入テ、法ヲ修シテ富ヲ願フ。殊ニ観音ヲ念ジ奉テ申サク、「南無銅鐵万貫、白米万石好女多得」ト。

如此ク念ジテ、三年ヲ経。

而ルニ、其ノ時、三位粟田ノ朝臣ト云フ人有リ。其ノ娘未ダ不嫁ズシテ広瀬ノ家ニ有ルニ、忽ニ身ニ病ヲ受タリ。勤ニ痛ミ苦ムト云ヘドモ、癒ル事無シ。然レバ、父ノ卿歎キ悲デ、諸ノ人ニ此ノ事ヲ問テ、此ノ病ヲ令祈ムガ為ニ、其ノ使東人ニ値テ、東人ヲ請ズ。即チ来テ、此ノ病者ヲ祈ルニ、病癒ヌ。

而ル間、此ノ女東人ニ深ク愛欲ノ心ヲ発ス。東人其ノ心ヲ見テ、女ト窃ニ嫁ヌ。其ノ後、父母此ノ事ヲ聞テ、嗔テ、東人

ヲ捕ヘテ、搦㯮ニ籠テ居ヘツ。而ルニ、女愛ノ心ニ不堪ズシテ、東人ヲ恋ヒ悲ムデ、忍デ其ノ辺ヲ不離ズ。然レバ、東人ヲ預カレル者、女人ノ心ヲ知テ、東人ヲ免シテ女ト令通ム。

如此ク為ル間、父母モ娘ノ心ヲ知テ、遂ニ免シテ夫婦ト成シツ。

後ニハ家ヲ譲リ、財物ヲ皆東人ニ与フ。

其ノ後、数年ヲ経テ、其ノ女病ヲ受テ遂ニ死ヌ。死ヌル時ニ妹ニ語テ云ク、「我レ今死ナムトス。但シ、思フ事一ツ有リ。汝ヂ許スヤ否ヤ」ト。妹ノ云ク、「我レ君ノ思ヒニ可随シ」ト。姉ノ云、「我レ東人ガ事ヲ思フニ、永ク不忘ズ。然レバ、我レ死ナム後、汝ヂ東人ガ妻トシテ、家ノ内ヲ令守メムト思フ」ト。妹、姉ガ遺言ヲ受ケツ。姉喜テ死ヌ。父母亦姉ノ遺言ニ随ヒテ、妹ヲ東人ニ与ヘテ、家ノ財ヲ授ク。然レバ、夫婦トシテ久ク有ケリ。

東人願ヒニ依テ、大福徳ヲ得タル、此レ修行ノ験力、観音ノ威徳トゾ、見聞ク人讃メ貴ビケル、トナム語リ伝ヘタルトヤ。

관음^{觀音}을 섬기는 사람이
용궁에 가서 부^富를 얻은 이야기

관음을 독실하게 신앙하는 도읍의 남자가, 불구佛具의 하나인 여의如意를 만드는 장인 匠人에게 잡힌 작은 뱀(실은 용왕의 딸)을 구해준 보답으로, 연못 속 용궁으로 안내되고, 귀환할 때에 용왕으로부터 선물받은 황금 떡을 쪼개어 사용해 평생 부유하게 살았다는 이야기. 기기신화記紀神話에도 보이는 우미사치야마사치海幸山幸 이야기나, 우라시마 浦島 전설과 동형의 용궁방문을 모티브로 하는 이향엄류異鄉淹留 설화임. 동일 모티브 는 민담 '물고기부인魚女房', 민담 '용궁부인龍宮女房' 등에서도 볼 수 있음. 이와 같은 민 간전승 모티브를 기본 축으로 하고, 관음영험담의 수미首尾를 갖추어 재구성된 것임.

이제는 옛이야기이지만, 도읍에 사는 한 나이 젊은 남자가 있었다. 이름
은 전해지지 않으나, 아마도 신분은 시侍¹일 것이다. 그는 가난하여 일상생
활을 해나가는 것도 어려운 형편이었다. 그런데 이 남자는 매월 18일²에 지
재持齋³를 하여, 지성으로 관음을 섬겼고, 또 당일에는 하루 100개의 절을 참
배하여,⁴ 부처님께 예배드렸다.

---

1 귀인의 곁에서 신병경호나 잡무에 종사하는 신분이 낮은 자. 종자. * 일본어로 '사부라이'로 읽음. 후세의 사
   무라이侍와는 다르게, 신분이 낮은 고용살이를 하는 남자의 총칭.
2 → 불교. 십재일十齋日의 하나. 관음의 연일緣日.
3 → 불교.
4 '백사참배百社参り' '백도참배百度参り' 등과 같은 것으로 깊은 신심을 나타내는 행위. 또한 『속고사담續古事
   談』 권5에는 단바丹波 수령 사다쓰구貞嗣가 백 개의 절의 금고金鼓를 쳤다는 이야기가 나옴.

오랜⁵ 세월 동안 이와 같이 하고 있었는데, 어느 해 9월 18일, 여느 때와 마찬가지로 절들에 참배하러 갔다. 옛날에는 절의 수가 적었고, 미나미야 마시나南山科⁶ 부근을 걷고 있었다. 깊은 산속의 인가에서 멀리 떨어진 곳에서, 오십세 정도의 남자와 만났는데 이 남자는 지팡이 끝에 무엇인가를 걸어서 들고 있었다. '무얼 들고 있는 걸까?' 하고 자세히 보니, 그것은 1척 정도의 얼룩무늬모양의 작은 뱀이었다. 서로 지나칠 때 보니, 이 뱀은 아직 살아 움직이고 있었다. 이 남자는 뱀을 들고 있는 남자에게 "당신은 어디에 가시요?"라고 물었다. 그러자 뱀을 든 남자는, "상경하는 길입니다. 그런데 임자는 어디로 납십니까?" 하고 말했고, 남자는

"저는 부처님께 참배하러 절을 돌아다니고 있는 중이지요. 그건 그렇고, 당신이 갖고 있는 뱀으로 뭘 하려고요?"

하고 물었다. 뱀을 가진 남자는 "이건 긴히 필요가 있어 특별히 잡아서, 가지고 가는 겁니다." 하고 대답했다. 남자는,

"그 뱀을 저를 봐서 풀어 주세요. 살아 있는 동물을 죽이는 것은 죄⁷를 짓는 일이지요. 오늘은 관음님의 날이니, 관음님을 봐서라도 풀어주시오."

하고 말했다. 그러자 뱀을 가진 남자가

"그 관음님은 인간에게도 은혜를 베풀어 주시는 거죠. 저도 필요하니까 이걸 잡아가는 겁니다. 저라고 해서 뭐든지 살아 있는 동물을 죽이고야 싶겠습니까만, 이 세상을 살아가는 데는 여러 가지 길이 있는 겁니다."

라고 말했다. "그건 그렇고, 그것으로 뭘 하려고 하시는 거요?"라고 남자가

---

5   이 단 이하, 작은 뱀을 입은 옷과 교환하여 구하고, 방생하는 구성은 유형적인 것으로, 다음 이야기의 게ㆍ
    개구리를 구해 준 이야기를 비롯해, 권5 제19화, 권9 제13화, 권17 제26화, 권19 제29화 등의 거북이를 사들
    여 구해 주는 이야기와 공통된 전개임.
6   야마시로 지방山城國 우지군宇治郡 야마시나 향山科鄕의 남부. 현재의 교토 시京都市 야마시나 구山科區 남
    부 일대.
7   불교의 오계의 하나인 살생계殺生戒를 범하는 죄. 악보惡報를 받는 원인이 됨.

묻자, 뱀을 든 자는,

"나는 오랜 세월 여의如意[8]라는 것을 만들고 있습니다. 그 여의를 만들 때 쓰는 쇠뿔을 펼 때에는 이런 작은 뱀의 기름을 짜서 펼치는 겁니다. 그 때문에 잡은 것이고요."

라고 했다. 남자는, "그런데 그 여의는 무엇에 쓰려고 하시는 거지요?"라고 하자,

"이상한 말씀을 다 하시네요. 여의 만들기를 전업專業으로 하여, 그것을 필요한 분에게 주고, 그 대가를 받아 의식衣食을 해결해 나가는 거지요."

하고 뱀 가진 자가 대답했다. 남자는,

"그렇다고 하면, 살기 위해 어쩔 수 없이 하는 거군요. 하지만 거저 달라고 하는 것이 아니고요. 이 입고 있는 옷과 바꾸시죠."

하였다. 그러자, 뱀 가진 자가, "어떤 옷으로 바꿔 주신다는 겁니까?" 하고 말했다. 남자는 "가리기누狩衣[9]건 하카마袴[10] 건 당신이 마음에 드는 것으로 교환하죠." 하자, "그런 것으로는 바꿀 수 없소."라고 했다. 남자가 "그럼 이 입고 있는 와타기누綿衣[11]와 바꿔 주시오."라고 말했다. 뱀 가진 자가, "그거라면 바꿔도 좋소." 하여, 남자는 옷을 벗어 주었고, 그는 그것을 받고, 뱀을 남자에게 주고 떠나려고 했다. 남자가 "이 뱀은 어디에 있었지요?"라고 묻자, "저기 작은 연못에 있었습니다."라고 대답하고 저 멀리 가 버렸다.

그 후 남자는 그 연못에 뱀을 가져가서 적당한 곳을 찾아 모래를 파헤쳐 그곳에 넣고 차갑게 한 뒤 놓아주자, 뱀은 물속으로 들어갔다. 이를 끝까지

---

8 → 불교. 일종의 효자손으로 글자 그대로. 마음대로 가려운 데를 긁는 도구였는데, 후에는 법회法會의 도사導師나 설경사設經師가 소지하는 불구佛具가 되어 권능權能의 표지로 사용되었음. 구슬·뼈·뿔·대나무·나무 등으로 만들고, 끝이 동그랗게 고사리 모양으로 구부려져 있음.

9 가리기누는 원래 수렵용 의복이었는데, 귀족·관인 등의 약식 의복, 평복으로 되었음.

10 *겉옷으로 입는 아래옷. 민간 평복.

11 솜을 넣은 의복.

지켜보고는 이제 됐다고 생각하고, 절이 있는 곳으로 걸어가고 있는데, 2정町[12] 정도 가서 열두세 살 정도의, 멋진 옷과 하카마를 입은 아름다운 여자가 이쪽으로 왔다. 남자는 이를 보고, 이런 깊은 산에서 이런 여자와 맞닥뜨린 것을 '기이하다.'고 생각하고 있는데, 여자가 "저는 당신의 마음이 너무 고맙고 기쁜 마음에 감사의 인사를 드리고자 찾아왔습니다."라고 말했다. 남자는 "도대체 무엇 때문에 감사를 하신다는 거지요?"라고 묻자,

"제 목숨을 구해주셨기에 부모님께 말씀드렸더니, '즉시 모셔 오너라. 인사 말씀을 드려야겠다.'고 하시어, 이렇게 마중하러 왔습니다."

하고 대답했다. 남자는 '그렇다면, 이 여자는 그때 그 뱀이란 말인가.' 하고 생각하니, 매우 감동은 하였지만 무서워져서 "당신의 부모님은 어디에 계시지요?"라고 묻자, "바로 저기에요. 제가 안내해 드리겠습니다." 하고, 조금 전의 연못 쪽으로 가려고 했다. 무서워 달아날까도 생각했지만 "결코 당신께 나쁘게 하는 일은 없을 거에요."라고 하며 정성껏 권하기에, 함께 마지못해 연못가까지 따라갔다. 여자는

"여기서 잠시만 기다려 주세요. 먼저 가 손님이 오시는 것을 알려드리고 다시 돌아오겠습니다."

라고 말하자마자, 갑자기 보이지 않게 되었다. 남자는 연못가에서 왠지 으스스한 기분으로 있는데, 다시 그 여자가 나타나, "자아, 안내해 드리지요. 잠시만 눈을 감고 잠들어 계세요." 하기에, 자는 척했다고 생각하는 그 순간, "이제 됐습니다. 눈을 뜨십시오." 하여 눈을 떠보니 정말로 훌륭하게 장식된 문 앞에 와 있었다. 우리나라의 성城 따위와는 도저히 비교가 안 될 정도로 아름다웠다. 여자는 "여기서 기다려 주세요. 부모님께 전하고 오겠습

---

12 1정은 약 110m.

니다." 하고, 문 안으로 들어갔다. 잠시 뒤 다시 나와서는 "제 뒤를 따라 오십시오."라고 해서 조심조심 여자의 뒤를 따라갔다. 몇 겹이나 연이은 훌륭한 궁전이 있었는데 모두 칠보七寶[13]로 만들어져 빛이 나고 있었다. 이윽고 도착하여 중앙의 어전御殿이라고 생각되는 곳을 보니, 가지각색의 구슬로 장식되어 있고, 더할 나위 없이 아름다운 장막과 침소가 설치되어, 모든 것이 다 찬란히 빛나고 있었다. '이곳은 극락일까?' 하고 생각하고 있는데, 잠시 뒤에 품위 있고 근엄한 모습을 한, 수염이 긴 예순 정도의 사람이 훌륭한 의상을 몸에 두르고 나타나서 남자에게 "사 이쪽으로 올라오세요."라고 말했다. 남자는 처음에는 '누구를 말하는 걸까?'라고 생각했는데 '나를 부르는 거구나.'라고 알아차리고, "황송하기 그지없습니다. 여기서 말씀을 삼가 듣겠습니다." 하고 황송한 듯 대답했다. 그러자

"그것은 아니 되옵니다. 당신을 모시고 만나는 데엔 뭔가 이유가 있을 것이라 생각하고 계시지 않습니까? 어서 올라 오세요."

라고 말했다. 그리하여 남자가 조심조심 올라가 앉자, 이 사람이

"더할 나위 없이 고맙고 기쁜 당신의 마음에 감사의 인사를 드리고자 초대하였습니다."

라고 말했다. 남자는 "도대체 무슨 말씀을 하시는 겁니까?"라고 하자, 이 사람은

"아니, 이 세상에 자식을 생각하지 않는 자는 없습니다. 저에게는 많은 아이들이 있는데, 막내 여식이 오늘 낮에 무심코 근처 연못에서 놀고 있었습니다. 여러 번 말렸지만 듣지 않아 그대로 놀게 내버려 뒀는데 돌아와서 '오늘 자칫 사람에게 잡혀 죽을 뻔했는데 이분이 지나는 길에 만나 목숨을 구

13 → 불교.

해 주셨어요.'라고 말해, 한없이 기뻐서 감사의 인사를 드리고자 초대한 것입니다."

라고 하였다. 그때 남자는 '그럼 이 사람은 그 뱀의 부친이었단 말인가?' 하고 깨달았다. 그 후, 이 사람이 부하를 부르자, 품위 있고 사나운 듯한 모습을 한 자들이 들어왔다. "이 손님에게 접대를 해 드려라."라고 하니, 멋진 밥상을 가져와 앞에 대령했다. 자기도 음식을 먹으며, 남자에게 "자, 드실까요." 하며 권하기에, 완전히 안심한 것은 아니지만 음식을 먹었다. 그 음식은 더할 나위 없이 맛이 좋았다. 남은 음식을 치우기 시작했을 때, 이 주인이 "저는 실은 용왕이요. 여기에 벌써 오래전부터 살고 있습니다. 그래서 이번 답례로, 여의주如意珠[14]라도 드리려고 생각했지만, 일본은 사람의 마음이 악한지라,[15] 그것을 계속 가지고 계시지는 못할 겁니다. 그래서 그 대신에…. 그래그래, 거기에 있는 상자를 가져오너라."

하고 부하에게 명하자, 옻칠을 한 상자를 하나 가져 왔다. 상자를 열어보니, 황금 떡[16]이 하나 들어 있었다. 두께는 세 치 정도였다. 이를 꺼내어 한중간을 잘랐다. 그 한쪽을 상자에 넣어두고 또 한쪽을 남자에게 내어주며 "이것을 한 번에 다 사용하지 말고 쪼개어 사용하시면 평생 동안 궁색한 일은 없을 겁니다."

라고 말했다. 그래서 남자는 이를 받아 품에 집어넣고 "이제 돌아가고자 합니다."라고 말하자, 일전의 여자가 나와서, 조금 전의 문이 있는 곳으로 남자를 데려가, "아까 하신 것처럼 눈을 감고 계세요."라고 하기에 눈을 감자,

---

14 → 불교. 모든 소망을 다 들어준다는 보주. 용왕의 뇌중腦中에 있다고도 하고, 용궁에 비장秘藏되어 있다고도 함.

15 동일한 취지의 기사로, 본집 권11 제4화에 "일본은 신의 마음도 뒤틀려 있고, 사람의 마음도 악한 지라."라고 하는 내용이 있음.

16 소위, 무진장無盡藏 보주寶呪로, 권17 제47화의 쌀자루도 같은 것임.

바로 이전의 연못가로 와 있었다. 여자는

"저는 여기까지 배웅해 드립니다. 여기서부터는 혼자서 돌아가세요. 이번의 은혜는 언제까지나 잊지 않겠습니다."

하며 순식간에 사라진 듯 보이지 않게 되었다.

남자가 집에 돌아오자, 집에 있는 자가 "어찌 이렇게 오래도록 돌아오지 않으셨어요?" 하고 물었다. 자신은 아주 잠깐 동안이라고 생각했는데, 놀랍게도 □[17]일이나 지나 있었던 것이다. 그 후, 남들에게 숨기고 살그머니 그 반쪽의 떡을 쪼개고 쪼개어 필요한 물품과 교환했기에, 군색한 일이 없이 풍족한 생활을 보내고 부자가 되었다. 이 떡은 아무리 쪼개도 원래대로 되돌아가 이 남자는 평생 더할 나위 없는 부자로 한층 더 관음을 섬기게 되었다. 그가 죽은 후에는 이 떡도 사라지고 없어, 자식에게 전해지는 일은 없었다.[18]

그 남자는 열심히 관음을 섬겼기 때문에, 용왕의 궁전도 보고 황금의 떡도 손에 넣을 수가 있어, 부자가 된 것이었다.

이 이야기는 언제쯤의 이야기인지는 모르지만, 사람들이 이야기하는 것을 듣고 전하여, 이렇게 이야기로 전하여 내려오고 있다 한다.

---

17 일수日數 명기를 위한 의도적 결자. 이향異鄉과 인간계에서는 시간의 경과가 다름. 여기서는 뜻밖에도 긴 시간이 경과되어 있었을 것임.

18 인간계에 가져온 무진장 보주는 소실되는 것을 말함. 이런 종류의 이야기에서의 유형적인 결말임.

仕観音人行竜宮得富語第十五

今昔、京ニ有ケル年若キ男有ケリ。誰人ト語リ不伝ヘズ。

侍ナルベシ。身貧クシテ、世ヲ過スニ便無シ。而ルニ、此

[一〇]ノ男毎月ノ十八日ニ持斉シテ、殊ニ観音ニ仕ケリ。亦、其

ノ日、百ノ寺ニ詣デ、仏ヲ礼シ奉ケリ。

年来如此為ル間、九月ノ十八日ニ、例ノ如クシテ、寺々

ニ詣ヅルニ、昔ハ寺少クシテ、[一六]南山階ノ辺ニ行ケルニ、道ニ、

山深クシテ人離レタル所ニ、年五十許ナル男値タリ。[一七]杖ノ崎

ニ物ヲ懸テ持タリ。「何ヲ持タルゾ」ト見ニ、[一八]一尺許ナル

[一九]小蛇ノ斑ナル也。行キ過ル程ニ見レバ、此ノ小蛇動ク。

[二〇]此ノ男、蛇持タル男ニ云ク、「何コへ行ク人ゾ」ト。蛇持ノ

云ク、「京へ昇ル也。亦、主ハ何コへ御スル人ゾ」ト。若キ

男ノ云ク、「己レハ仏ヲ礼ムガ為ニ寺ニ詣ヅル也。然テ、其

ノ持タル蛇ハ何ノ料ゾ」ト。蛇持ノ云ク、「此レハ物ノ要ニ

[二二]宛テムガ為ニ、態ト取テ罷ル也」ト。若キ男ノ云ク、「其ノ

蛇、[二三]己レニ免シ給テムヤ。生タル者ノ命ヲ断ツハ罪得ル事也。

[二五]今日ノ観音ニ免シ奉レ」ト。蛇持ノ云ク、「[二四]観音ト申セドモ

人ヲモ利益シ給フ。要ノ有レバ取テ行ク也。必ズ者ノ命ヲ殺

サムト不思ネドモ、世ニ経ル人ハ様々ノ道ニテ世ヲ渡ル事

也」ト。若キ男ノ云ク、「然モ何ノ要ニ宛テムズルゾ」ト。蛇持ノ云ク、「己レハ、年来、如意ト申ス物ヲナム造ル。其ノ如意ニ牛ノ角ヲ延ニハ、此ノ小蛇ノ油ヲ取テ、其レヲ以テ為ル也。然レバ、其ノ為ニ取タル也。若キ男ノ云ク、「然テ、其ノ如意ヲバ何ニ宛給ゾ」ト。蛇持ノ云ク、「怪クモ宣カナ。其ヲ役ニシ

如意（真言宗持物図釈）

テ、要シ給フ人ニ与ヘテ、其ノ直ヲ以テ衣食ニコソ成ス也」ト。若キ男ノ云ク、「現ニ難去キ身ノ為ノ事ニコソ有ナレ。然レドモ只ニテ可乞キニ非ズ。此ノ着タル衣ニ替ヘ」ト。蛇持ノ云ク、「何ニ替ヘ給ハムト為ルゾ」ト。若キ男ノ云ク、「狩衣ニマレ、袴ニマレ替ヘム」ト。蛇持ノ云ク、「其レハ不可替ズ」ト。若キ男ノ云ク、「然ラバ、此ノ着タル綿衣ニ替ヘヨ」ト。蛇持ノ云ク、「其レニハ替ヘテム」ト云ヘバ、男衣ヲ脱テ与フルニ、衣ヲ取テ蛇ヲ男ニ与ヘテ去ルニ、男ノ云ク、

「此ノ蛇ハ何コニ有ツルゾ」ト問ヘバ、「彼シコナル小池ニ有ツル也」ト云テ、遠ク去ヌ。

其ノ後、其ノ池ニ持行テ、可然キ所ヲ見テ、砂ヲ堀リ遣テ、冷シク成シテ放タレバ、水ノ中ニ入ヌ。心安ク見置テ、男、寺ノ有ル所ヲ差テ行ケバ、二町許行キ過ル程ニ、年十二三許ノ女ノ形チ美麗ナル、微妙ノ衣袴ヲ着タル、来リ会ヘリ。男此レヲ見テ、山深ク此レ値ヘバ、「奇異也」ト思フニ、女ノ云ク、「我レハ、君ノ心ノ哀レニ喜ケレバ、其ノ喜ビ申サムガ為ニ来ル也」ト。男ノ云ク、「何事ニ依テ喜ビハ宣ハムゾ」ト。女ノ云ク、「己ガ命ヲ生ケ給ヘルニ依テ、我レ父母ニ此ノ事ヲ語ツレバ、『速ニ迎ヘ申セ。其ノ喜ビ申サム』ト有ツレバ、」男、「此ハ有ツル蛇カ」ト思フニ、哀レ物カラ怖シクテ、「君ノ父母ハ何ニゾ」ト問ヘバ、「彼也。我レ将奉ム」ト云テ、有ル池ノ方ニ将行クニ、怖シケレバ、遁レムト云ヘドモ、女、「世ニモ御為ニ悪キ事ハ不有ジ」ト強ニ云ヘバ、慰ニ池ノ辺ニ具シテ行ヌ。女

ノ云ク、「此ニ暫ク御セ。我ハ前ニ行キテ、来リ給フ由告ゲ
テ、返来ラム」ト云テ、忽ニ失ヌ。男池ノ辺ニ有テ、気六借
ク思フ程ニ、亦、此ノ女出来テ、「将来ラム。暫ク目ヲ閉テ
眠給ヘ」ト云ヘバ、教ヘニ随テ眠リ入ル、ト思フ程ニ、

妙ク荘リ造レル門ニ至レリ。我ガ朝ノ城ヲ見ルニモ此ニハ可
当クモ非ズ。女ノ云ク、「此ニ暫ク居給ベシ。父母ニ此ノ由
申サム」トテ門ニ入ヌ。暫ク有テ、亦、出来テ、「我ガ後ニ
立テ御セ」ト云ヘバ、恐々ヅ女ニ随テ行クニ、重々ニ微妙ノ

宮殿共有テ、皆、七宝ヲ以テ造レリ。光リ耀ク事無限シ。既
ニ行畢テ、中殿ト思シキ所ヲ見レバ、色々ノ玉ヲ以テ荘テ・
微妙ノ帳床ヲ立テ、耀キ合ヘリ。「此ハ極楽ニヤ」ト思フ
程ニ、暫ク有テ、気高ク怖シ気ニシテ、鬢長ク年六十許ナル

人、微妙ニ身ヲ荘リテ、出来テ云ク、「何ラ。此方ニ上リ給
ヘ」ト。男、「誰ヲ云フニカ」ト思フニ、「我ヲ呼ブ也ケリ
ト。「何デカ参ラム。此ク乍ラ仰ヲ承ラム」ト畏テ云ヘバ、

「何デカ。迎ヘ奉テ対面スル、様有ラムトコソ思サメ。速ニ
上ヘ給ヘ」ト云ヘバ、恐々ヅ上テ居タレバ、此ノ人ノ云ク、
「極テ哀レニ喜シキ御心ニ、喜ビ申サムガ為ニ迎ヘ申ツル
也」ト。男ノ云ク、「何事ニカ候ラム」ト。此ノ人ノ云ク、

「世ニ有ル人、子ノ思ハ更ニ不知ヌ事無シ。己レハ、子数有
ル中ニ、弟子ナル女童ノ、此ノ昼適マ此ノ渡リ近キ池ニ遊ビ
侍ケルヲ、極テ制シ侍レドモ不聞カネバ、心ニ任カセテ遊バ
侍ルニ、『今日、既ニ人ニ被取テ可死カリケルヲ、其ノ来リ

合テ命ヲ生ケ給ヘル』ト、此ノ女ノ語リ侍レバ、無限ク喜
クテ、其ノ喜ビ申サムガ為ニ迎ツル也」ト。男、「此レハ、
蛇ノ祖也ケリ」ト心得ツ。此ノ人、人ヲ呼ブニ、気高ク怖シ
気ナル者共出来レリ。「此ノ客人ジ主ジ仕レ」ト云ヘバ、微妙

ノ食物ヲ持来テ居ヘタリ。自モ食ヒ、男ニモ「食ヘ」ト勧ム
レバ、心解テ不思ネドモ食ヒツ。其ノ味ヒ甘キ事無限シ。
下シナド取リ上グル程ニ、主人ノ云ク、「己レハ、此レ竜王
也。此ニ住テ久ク成ヌ。此ノ喜ビニ、如意ノ珠ヲモ可奉ケ

レドモ、日本ハ人ノ心悪シク
シテ、持チ給ハム事難シ。然
レバ、其ココニ有ル箱取テ来
レ」ト云ヘバ、塗タル箱ヲ持
来レリ。開クヲ見レバ、金ノ
餅一ツ有リ。厚サ三寸許也。
此レヲ取出シテ中ヨリ破リ
ツ。片破ヲバ箱ニ入レツ。今片破ヲ男ニ与ヘテ云ク、「此ヲ
一度ニ仕ヒ失フ事無クシテ、要ニ随テ片端ヨリ破リツヽ、仕ヒ
給ハヾ命ヲ限ニテ乏キ事有ジ」。然レバ、男此レヲ取テ懐ニ
差シ入レテ、「今ハ返ナム」ト云ヘバ、前ノ女子出来テ、有
ツル門ニ将出デヽ、「前ノ如ク眠リ給ヘ」ト云ヘバ、眠タル
程ニ、有リシ池ノ辺ニ来ニケリ。女子ノ云ク、「我レ此マデ
送リツ。此ヨリ返リ給ヒネ。此ノ喜サハ世々ニモ難忘シ」ト
云テ、掻消ツ様ニ失ヌ。
男ハ家ニ返リ来レバ、家ノ人ノ云ク、「何ゾ、久ク不返来

竜（華厳縁起絵）

ザリツル」ト。暫ク思ヒツレドモ、早ウ□日ヲ経ニケル也
ケリ。其ノ後、人ニ不語ズシテ、窃ニ此ノ餅ノ片破ヲ破リ
ツヽ、要ノ物ニ替ヘケレバ、貧キ事無シ。万ノ物豊ニテ富人
ト成ニケリ。此ノ餅破レドモ破レドモ同ジ様ニ成リ合ヒツ
有ケレバ、男一生ノ間極タル富人トシテ、弥ヨ観音ニ仕
ケリ。一生ノ後ハ、其ノ餅失セテ、子ニ伝フル事無カリケリ。
慇ニ観音仕レルニ依テ、竜王ノ宮ヲモ見、金ノ餅ヲ
モ得テ、富人ト成ル也ケリ。
此レ、何レノ程ノ事ト不知ズ、人ノ語ルヲ聞テ伝ヘテ、語
リ伝ヘタルトヤ。

야마시로 지방山城國 여인이 관음觀音의 도움으로 뱀의 위난危難을 벗어난 이야기

야마시로 지방山城國 구제 군久世郡에 사는 어떤 사람의 딸이 관음에 깊이 귀의하였다. 그러던 어느 날, 어떤 사람에게 붙잡힌 게蟹를 구해서 풀어주었다. 그 후 부친이 뱀에 잡아먹히려고 하는 개구리를 구해주기 위해, 당황하여 자기도 모르게 뱀과 딸과의 결혼을 약속하게 되어 버렸고, 곧이어 뱀의 내방來訪을 받게 되는데, 관음의 가호와 게의 보은에 의해 그 위난危難을 면했다는 이야기. 가니마타데라蟹滿多寺(현재 가니만데라蟹 滿寺)의 연기담으로, 사람들에게 널리 회자되고 있는 이야기이다. 옛날이야기 '게의 보은蟹報恩'과 같은 유형의 동물보은담 요소를 가지며, 앞 이야기와 마찬가지로, 민간전 승을 기본 축으로 하여, 관음영험담으로 재구성된 것이다. 그리고 유사 모티브로는 옛 날이야기 '뱀 사위蛇媚入(물 동냥형)', '원숭이 보은猿報恩', '개구리 보은蛙報恩' 등이 있다.

이제는 옛이야기이지만, 야마시로 지방山城國[1] 구제 군久世郡[2]에 사는 사람에게 한 딸이 있었는데, 7살 때부터 관음품觀音品[3]을 배워 독송讀誦하였다. 매월 18일[4]에는 정진精進[5]하여 특히 관음에게 기원을 드렸다. 12세가 되어 마침내 『법화경法華經』 한 부를 다 배웠다. 비록 어린 마음이 아직 조금은 남

---

1 → 옛 지방명.
2 교토 부京都府 우지 시宇治市 남부, 조요 시城陽市 일대.
3 → 불교.
4 → 불교. 십재일十齋日의 하나. 관음觀音의 연일緣日.
5 → 불교. 정진결재精進潔齋. 정해진 작법에 따라, 심신을 청정히 유지하며, 행위·음식 등을 삼가는 것.

아 있었지만, 자비심이 깊어 사람들을 불쌍히 여길 줄 알고 악한 마음이 없었다.

어느 날, 이 딸이 집을 나서 놀고 있었는데, 어떤 사람이 한 마리 게를 잡아 끈으로 묶어들고 걸어가고 있었다. 이를 본 딸이, "그 게를 가져가 어쩌시려고 해요?" 하고 물었다. "가져가 먹는 게지." 하고 그 게를 가진 남자가 대답했다.

"그 게를 저에게 주세요. 먹을 것이라면 저의 집에 죽은 물고기가 많이 있어요. 그것을 이 게 대신에 드릴 테니까요."
하고 딸이 말하자, 남자는 승낙하고 게를 딸에게 주었다. 딸은 게를 받아서 강에 가져가 풀어 주었다.

그 후 딸의 아버지인 노옹老翁이 밭을 갈고 있었을 때, 한 마리 독사가 개구리를 삼키려고 뒤쫓아 왔다. 노옹은 그 모습을 보고 개구리를 가엾게 여겨 뱀을 향해,

"뱀아! 그 개구리를 놓아주면 안 되겠니? 내가 말한 대로 놓아주면, 너를 내 사위로 삼아 주지."
라고, 당황하여 자기도 모르게 입을 잘못 놀려 버렸다. 이를 들은 뱀은 노옹의 얼굴을 지그시 응시하고는 개구리를 버리고 덤불 속으로 기어들어가 버렸다. 노옹은 '아아, 쓸데없는 말을 해버리고 말았구나.' 하며, 집으로 돌아가 그 일을 걱정한 나머지, 목으로 음식도 넘어가지 않았다. 처와 딸은 이를 보고 아버지에게 "도대체 무슨 일로 아무 것도 못 드시고, 이렇게 상심하고 계십니까?" 하고 물었다. 아버지는

"실은, 여차저차한 일이 있었는데, 내 당황하여 그만 나도 모르게 그런 말을 해버리고 말아서, 그것을 걱정하고 있다."
라고 하였다. 그러자 딸은 "어서 진지 드셔요. 전혀 걱정 안 하셔도 됩니

다."라고 말했다. 그래서 아버지는 딸이 말하는 대로 밥을 먹고 염려하지 않았다.

그런데 그날 밤 해시亥時[6]가 되었을 즈음, 누가 찾아와 문을 두드렸다. 아버지는 "이는 그 뱀이 찾아온 것이 분명하다."라고 알아차리고, 딸에게 귓속말을 했다. 딸은 아버지에게 "뱀에게 '사흘이 더 지나면 오시오.' 이렇게 약속해 주십시오." 하고 말했다. 아버지가 문을 열어보니, 거기에 오위五位[7]의 모습을 한 사람이 서 있었다. "오늘 아침 약조하셨기에 이렇게 찾아 왔습니다."라고 말했다. 아버지는 "오늘부터 사흘이 지난 후에 와 주시오."라고 하자, 오위는 그 말을 듣고 돌아갔다.

그 후, 이 딸은 두꺼운 판자로 창고를 하나 만들게 하여, 주위를 견고하게 두르고는 사흘째 저녁 해질녘, 이 창고 안에 들어가 문을 꼭 잠그고 아버지에게

"오늘밤 그 뱀이 와 문을 두드리면 곧바로 열어주세요. 저는 오직 관음님의 가호만을 믿겠습니다."

하고 말하고 그대로 창고에 들어가 두문불출했다.

초야初夜[8]쯤 되자, 전의 오위가 찾아와 문을 두드렸다. 곧바로 문을 열어주었다. 오위는 들어와 딸이 틀어박혀 있는 창고를 보고나자 격노하여, 원래의 뱀 모습으로 되어, 창고를 칭칭 에워싸며 꼬리로 문을 두드렸다. 부모는 이 소리를 듣고 몹시 놀라 공포에 떨었다. 그런데 한밤중이 되어, 그 문 두드리는 소리가 딱 멈췄다. 그때 뱀의 비명이 들려왔는데, 이윽고 그 소리도 멈췄다. 날이 밝아, 주위를 살펴보자 커다란 게를 두목으로 하여, 몇 천

---

6 오후 10시경.
7 주의朱衣를 착용着用한 5위位 모습을 한 사람. 5위의 조복朝服은 주의朱衣. 본집 권27 제6화·제30화에 보이는 바와 같이, 이류異類가 변신해서 인간의 모습으로 나타날 때, 오위 관인官人으로 분장하는 경우가 대부분임.
8 * 오후 8시경.

만의 게들이 몰려와 이 뱀을 잘라 죽여 버렸다. 그 게들도 어느새 모두 어딘 가로 기어가 버렸다.

딸은 창고를 열고

"지난밤, 밤새 제가 관음품을 독송하고 있으니, 모습이 단정하고 아름다운 스님이 나오셔서는 저에게 '너는 전혀 무서워할 필요가 없느니라. 단지, 원사급복갈蚖蛇及蝮蝎 기독연화연氣毒烟火燃[9] 등과 같은 경문을 외면되느니라.'라고 가르쳐 주셨습니다. 이는 오로지 관음님의 가호에 의해 이 위난危難을 면한 것입니다."

라고 아버지에게 말했다. 이를 들은 부모는 한없이 기뻐하였다.

그 후, 이 뱀을 고통[10]으로부터 구제하고, 또 많은 게들을 살생죄로 인한 응보에서 구제해 주기 위해 그 땅에 뱀 사체를 한데 모아 묻고, 그 위에 절을 세우고, 불상을 만들고 경전을 서사書寫하여 공양했다. 그 절 이름을 가니마타데라蟹満多寺[11]라고 한다. 그 절은 지금까지도 있다. 이를 세간에서는 사투리로 가미하타데라紙幡寺[12]라고 말하는 것 같은데, 그것은 원래의 유래를 모르기 때문이다.

이것을 생각해보면 그 집의 딸은 정말 보통사람이 아니라고 생각된다. 또한 관음의 영험이라는 것은 불가사의한 것이라고 세상 사람들은 이야기하며 존귀하게 여겼다고 이렇게 이야기로 전하여 내려오고 있다 한다.

---

9 『법화경』 제8권 보문품(관음품)의 일절. 뒤에 "염피관음력念彼觀音力 심성자회거尋聲自廻去"로 이어진다. '원사蚖蛇 · 복갈蝮蝎'은 독사 · 독충 류. '수많은 독사나 독충이 뱉는 독연毒煙이나 독화毒火가 활활 타오르듯 하여도(그 관음의 힘을 기원하면, 그 소리에 따라 저절로 달아날 것이다)'의 의미.

10 용이나 뱀이 평소 받는 3종류의 고통. 삼열三熱의 고통. 권11 제15화 및 권14 제3화 참조. 『법화경法華經』 독송이나 서사공양에 의해 뱀을 사도蛇道로부터 구제하는 이야기로 권13 제17화, 권14 제3화 · 제4화 등이 있음.

11 → 사찰명.

12 향명鄕名 '가무하타蟹幡 加無波多'에서 '紙幡' '綺幡'로 표기하게 된 것임. 현재 절의 소재지명은 가바타綺田임.

山城国女人依観音助遁蛇難語第十六

やましろのくにのにょにんのむのたすけによりてへみのなんをのがるることだいじふろく

今昔、山城ノ国、久世ノ郡ニ住ケル人ノ娘、年七歳ヨリ

観音品ヲ受ケ習テ読誦シケリ。毎月ノ十八日ニハ精進ニシテ、

観音ヲ念ジ奉ケリ。十二歳ニ成ルニ、遂ニ法花経一部ヲ習

ヒ畢ヌ。幼キ心也ト云ヘドモ、慈悲深クシテ、人ヲ哀ビ、悪

キ心無シ。

而ル間、此ノ女家ヲ出デ、遊ビ行ク程ニ、人蟹ヲ捕ヘテ結

テ持行ク。此ノ女此レヲ見テ、問テ云ク、「其ノ蟹ヲバ何

ノ料ニ持行ゾ」ト。蟹持答テ云ク、「持行テ食ムズル也」ト。

女ノ云ク、「其ノ蟹我ニ得メヨ。食ノ料ナラバ、我ガ家ニ

死タル魚多カリ。其レヲ此ノ蟹ノ代ニ与ヘム」ト。男女ノ云

フニ随テ、蟹ヲ女ニ令得メツ。女蟹ヲ得テ、河ニ持行テ放チ

入レツ。

其ノ後、女ノ父ノ翁田ヲ作ル間ニ、毒蛇有テ、蝦ヲ呑ガ為

ニ追テ来ル。翁此レヲ見テ、蝦ヲ哀テ、蛇ニ向テ云ク、「汝

ヂ其蝦ヲ免セ。我ガ云ハムニ随テ免シタラバ、我レ汝ヲ智

為ム」ト不意ズ騒ギ云ヒツ。蛇此レヲ聞テ、翁ノ顔ヲ打見テ、

蝦ヲ棄テ、藪ノ中ニ逃入ヌ。翁、「由無キ事ヲモ云テケルカ

ナ」ト思テ、家ニ返テ、此ノ事ヲ歎テ、物ヲ不食。妻并ニ

此ノ娘、父ニ問テ云ク、「何ニ依テ物ヲ不食シテ、歎タル気

色ナルゾ」ト。父ノ云ク、「然々ノ事有ツレバ、我レ不意

ニ騒テ然カ云ツレバ、其レヲ歎ク也」ト。娘ノ云、「速ニ物

可食シ。歓キ給フ事無カレ」ト。然レバ、物ヲ食テ不歓ズ。

而ル間、其ノ夜ノ亥時ニ臨デ、門ヲ叩ク人有リ。父、「此ノ蛇ノ来タルナラム」ト心得テ、娘ニ告ルニ、娘ノ云ク、『今三日ヲ過テ来レ』ト約シ給ヘ」ト。父門ヲ開テ見レバ、五位ノ姿ナル人也ド、云ク、「今朝ノ約ニ依テ参リ来レル也」ト。父ノ云ク、「今ヲ三日ヲ過テ可来給シ」ト。五位此ノ言ヲ聞テ返ヌ。

其ノ後、此ノ娘厚キ板ヲ以テ倉代ヲ令造メテ、其ノ倉代ニ入居テ、戸ヲ強ク閉ヂ、父ニ云ク、「今夜彼ノ蛇来テ門ヲ叩カバ、速ニ可開シ。我レ偏ニ観音ノ加護ヲ憑ム也」ト云ヒ置テ、倉代ニ籠居ヌ。

初夜ノ時ニ至ルニ、前ノ五位来テ門ヲ叩クニ、即チ門ヲ開ツ。五位入来テ、女ノ籠居タル倉代ヲ見テ、大ニ怨ノ心ヲ発シテ、本ノ蛇ノ形ニ現ジテ、倉代ヲ囲ミ巻テ、尾ヲ以テ戸ヲ叩ク。父母此レヲ聞テ、大ニ驚キ恐ル、事無限シ。夜半ニ成

テ、此ノ叩ツル音止ヌ。其ノ時ニ、蛇ノ鳴ク音聞ユ。亦、其ノ音モ止ヌ。夜明テ見レバ、大ナル蟹ヲ首トシテ、千万ノ蟹集リ来テ、此ノ蛇ヲ螯殺テケリ。蟹共皆這去ヌ。

其ノ倉代ヲ開テ、父サマニ語テ云ク、「今夜我レ終夜観音品ヲ誦シ奉ツルニ、端正美麗ナル僧来テ、我ニ告テ云ク、『汝ヂ不可怖ズ。只、「蚖蛇及蝮蝎気毒烟火燃」等ノ文ヲ可憑シ』ト教ヘ給ヒツ。此レ偏ニ観音ノ加護ニ依テ、此ノ難ヲ免レヌ也」ト。父母此レヲ聞テ、喜ブ事無限シ。

其ノ後蛇ノ苦ヲ救ヒ、多ノ蟹ノ罪報ヲ助ケムガ為ニ、其ノ地ニ握テ、此ノ蛇ノ屍骸ヲ埋テ、其ノ上ニ寺ヲ立テ、仏像ヲ造リ、経巻ヲ写シテ、供養ジツ。其ノ寺ノ名ヲ蟹満多寺ト云フ。其レヲ、世ノ人和カニ紙幡寺ト云フ。本縁ヲ不知ザル故也。

此レヲ思ニ、彼ノ家ノ娘糸只者ニハ非ズトゾ思ユル。観音ノ霊験不可思議也トゾ世ノ人貴ビケル、トナム語リ伝ヘタルトヤ。

빗추 지방^{備中國} 가야노 요시후지^{賀陽良藤}가 여우의 남편이 되어 관음^{觀音}의 도움을 받은 이야기

빗추 지방^{備中國} 가야 군^{賀陽郡}의 가야노 요시후지^{賀陽良藤}는 부인이 부재 중에 여우가 변신한 여자와 결혼해 행방불명이 되었는데, 속인^{俗人}으로 변신한 관음^{觀音}이 지팡이로 찌르자 여우 소굴인 창고 아래에서 기어 나왔다는 이야기. 사람이 아닌 이류^{異類}와의 혼인담이 관음영험담으로 변모된 것으로 앞 이야기와는 사람이 아닌 이류와의 혼인^{婚姻}의 가부^{可否}가 하나의 요소로 되어 연결된다. 오토기조시^{御伽草子} '여우 이야기^{狐の草紙}'에는 지장영험담^{地藏靈驗譚}으로 되어 있으나 같은 유형의 전승임.

이제는 옛이야기이지만, 빗추 지방^{備中國}[1] 가야 군^{賀陽郡}[2] 아시모리 향^{葦守鄉}에 가야노 요시후지^{賀陽良藤}[3]라는 사람이 있었다. 대부업을 하여 집안은 부유했지만 천성이 바람둥이여서 여색을 좋아했다.[4]

그런데 관평^{寬平} 8년[5]이라는 해 가을 아내가 상경해서 요시후지 홀로 집에서 홀아비생활을 하였는데[6] 어느 해질 녘 밖으로 나가 근처를 어슬렁어슬

---

1 → 옛 지방명.
2 현재의 오카야마 현^{岡山縣} 아시모리^{足守} 일대.
3 미상.
4 이 구절은 『선가비기^{善家秘記}』에는 없음. 다만 그 아내를 "음분^{淫奔}"하였다고 되어 있음.
5 896년. 우다^{宇多} 천황 치세.
6 『선가비기』에는 "그 부인은 음란하여 상경했다."라고 되어 있음.

령 거닐고 있으니 갑자기 아름다운 젊은 여자[7]가 눈에 띄었다. 여태 본 적도 없는 미녀였기에 불끈 욕정이 생겨 어떻게든 해볼 수작으로 다가갔다. 그러자 여자가 도망가려는 기색을 보여 요시후지는 다가가 여자의 손을 잡고 "당신은 누구시오?" 하고 묻자, 여자는 요염한 자태로 "이름 따위를 아뢸 만한 사람이 못 되옵니다."[8]라고 대답하니 그 모습이 참으로 매력적이었다. 그래서 요시후지가 "자아, 저희 집으로 가시지요."라고 말하자, 여자는 "그것은 아니 되옵니다."라며 손을 떼려고 했다. "그럼, 당신이 사시는 곳은 어디입니까? 제가 바래다 드리지요."라고 요시후지가 말하자, 여자는 "바로 근처에요."라며 걸어가기 시작했다. 여자의 손을 잡은 채 요시후지가 걸어가 보니 아주 가까이에 으리으리한 집이 있었고 안을 들여다보니 참으로 멋지게 《꾸며져》[9] 있었다. 요시후지는 이를 보고 '그런데, 이런 집이 있었던가?' 하고 생각했는데, 집안에는 지위 고하를 막론한 다양한 남녀들이 있어 "아가씨께서 돌아오셨다."라고 제각기 말하며 난리법석을 떨었다. '그렇다면 여자가 이 집안의 딸인가 보군.' 하고 생각하니 기분이 좋아져서 그날 밤 이 여자와 정을 나누었다. 다음날 아침 이 집의 주인인 듯한 사람이 나와서 요시후지에게

"그럴 만한 인연[10]이 있어서 이렇게 오신 것이겠지요. 이제 이대로 여기에 머물러 주십시오."

라며 편하게 지낼 수 있도록 해주었다. 그러다가 이 여자에게 완전히 정이 들어 오래도록 부부의 연을 맺고 기거를 함께하며 나날을 보내게 되어 요시

7　여우는 음양사상에서는 음기를 품고 있는 요괴라 하여 여자로 변하여 남자를 홀림.
8　여자의 대답은 수수께끼에 쌓여 있는 것처럼 보임과 동시에 요시후지의 마음을 끌고 있음. 또한 이 여자가 여우가 둔갑한 것이라는 사실의 복선이 됨.
9　한자의 명기를 위한 의도적 결자. 문맥을 고려하여 보충.
10　전생으로부터의 인연. 불교적 숙명관.

후지는 자신의 집과 아이들은 완전히 잊어버리고 말았다.

한편 원래《의》[11] 요시후지 집에서는 주인이 해질 녘부터 보이지 않자 '여느 때처럼 또 어떤 여자한테 가서 머물며 놀고 있을 테지.'라고 생각했지만 밤이 되어도 돌아오지 않자 화를 내는 자도 있었다. "정말 황당하구나. 찾아 보거라." 하며 말하고 있는 사이 한밤중도 지나 버려 근방을 다 찾아보았지만 찾을 수 없었다.

"'멀리 떠났나?' 하고 생각해 봐도 여장旅裝은 모두 그대로이니 그렇다면 평상복인 채로 어딘가 가버린 것이로군."

이렇게 말하며 소동을 벌이던 중 날이 새버렸다. 있을 만한 곳을 여기저기 찾아봤지만 어디에도 없었다. "젊어 변덕이 심한 때라면 혹시나 출가나 투신이라도 하신다지만 참으로 기묘한 일이군." 하고 시끄럽게 떠들었다. 그렇지만 당사자 요시후지가 있는 그곳에서는 세월이 흘러 부인이 아이를 임신하고 달이 차 무사히 아이를 출산했다. 그래서 부부 사이도 더욱 다정해졌고 이렇게 지내다 보니 세월은 그저 한없이 흘러가는 듯했고 '모든 것이 만족스럽다.'고 생각했다.

원래의 요시후지 집에서는 그가 행방불명이 된 이후 아무리 찾아봐도 찾아낼 수가 없자 요시후지의 형인 대령大領[12] 도요나카豊仲, 동생인 통령統鈴[13] 도요카게豊蔭, 기비쓰히코 진구지吉備津彦神宮寺[14]의 녜의禰宜[15] 도요쓰네豊恒, 요시후지 아들인 다다사다忠貞 등 모두 부유한 사람들이었는데 이 사람들이 슬피 탄식하며 "하다못해 요시후지의 시체라도 찾자."며 모두 함께 서원誓願

---

11 파손에 의한 결자. 문맥을 고려하여 보충.
12 군郡의 군장郡長. 그 지역의 호족이 되었음.
13 두령頭領과 같은 의미. 향장鄕長 다음 가는 유력자.
14 → 사찰명. 기비쓰 신사吉備津神社를 가리킴. 신궁사神宮寺라는 것은 신불습합神佛習合에 근거하여 신사 부설의 사찰을 말함. 여기에서는 신사와 동일시하고 있음.
15 신주神主의 아래. 축祝의 상관에 해당하는 신직神職.

을 하여 십일면관음상十一面觀音像[16]을 만들기로 하고, 비자나무를 잘라 요시후지의 키와 똑같은 높이로 조각하여 이를 향해 예배하며 "적어도 시체만이라도 찾게 해 주십시오."라며 기청祈請드렸다. 또한 행방불명된 날부터 염불과 독경을 시작하여 요시후지의 후세 명복을 빌었다.

그랬더니 요시후지가 있는 그곳에 갑자기 한 속인俗人[17]이 지팡이를 짚고 나타났다. 주인을 비롯해 집안사람들은 이를 보고 모두 이루 말할 수 없이 두려움에 떨며 도망쳐 버렸다. 그러자 그 속인은 지팡이로 요시후지의 등을 찔러 좁은 곳에서 밖으로 밀쳐냈다.

그 무렵 요시후지 집에서는 요시후지가 사라진 후, 십삼 일째 되는 저녁 무렵으로 집안사람들 모두 요시후지를 그리워 슬퍼하며 "아무리 생각해도 불가사의한 실종이야. 바로 얼마 전 일이야."라고 서로 말들을 주고받고 있었다. 그때 앞의 창고 마루 밑에서 괴상하게 생긴 검은 원숭이 같은 것이 손발을 짚고 느릿느릿 기어 나왔다.[18] "뭐야, 이것은!" 하며 이것을 본 모두가 소란스럽게 떠들고 있는데 그것이 "나다." 하고 말했다. 목소리를 들어보니 틀림없이 요시후지였다. 자식인 다다사다忠貞는 도무지 믿기지 않았지만 정말 부친의 목소리임에 틀림이 없자 "이것은 또 무슨 일인가." 하며 아래로 뛰어내려와 끌어올렸다. 그러자 요시후지가[19]

"나는 혼자 홀아비 생활을 할 때는 항상 누구든 여자와 정을 통하고 싶다고 생각했는데 뜻밖에도 고귀한 분의 사위가 되어 오랜 세월 동안 거기에 머물고 있던 중, 사내아이 한 명을 얻었어. 예쁜 아이로 나는 아침저녁으로

<hr>

16 → 불교.
17 승려가 아닌 사람. 지팡이를 짚고 왔기에 노옹老翁이라고 추정. 뒤에 관음의 권화임을 알 수 있음. 『선가비기』에는 "우바새優婆塞"라고 되어 있음.
18 등이나 엉덩이를 높이 들고 기어 나오는 모습. 동물과 같이 기는 모양.
19 이 이하의 요시후지의 발언에 의한 여자와의 해후邂逅에서 결혼에 이르기까지의 경위는 『선가비기』와 크게 상이함.

껴안아주며 잠시도 손에서 떼놓지 않았지. 나는 그 아이를 나의 적자嫡子[20]로 삼을 생각이다. 다다사다는 차남으로 하지. 이렇게 말하는 것은 내가 그 아이의 어미를 소중하게 생각하기 때문이야."[21]

라고 말했다. 다다사다는 이를 듣고 "그 아이는 어디에 있습니까?"라고 하자, 요시후지가 "저기에 있다."라고 말하며 창고 쪽을 가리켰다. 다다사다를 비롯한 집안 사람들이 기가 막혀 하며 요시후지의 모습을 보니 완전히 깡말라 병든 사람 같았다. 입고 있는 옷이라고 보니 실종 시 입었던 옷 그대로였다. 그래서 바로 사람을 창고 마루 밑으로 보내 살펴보도록 하자 수많은 여우가 순식간에 뿔뿔이 흩어져 달아났다. 그리고 그곳에 요시후지의 침소가 있었다. 그제서야 요시후지가 여우에 홀려, 여우의 남편이 되어 제정신을 잃고 그런 말을 한다는 것을 알게 되었다. 그래서 바로 존귀한 스님을 모셔서 기도를 드리게 하고 음양사를 불러 부정을 없애게 하고 또 몇 번이고 물로 목욕을 시켜 보았지만 이전의 요시후지로는 돌아오지 않았다. 그후 차츰 제정신이 돌아왔지만 요시후지에게 있어서는 이 얼마나 부끄럽고 기이한 일이란 말인가. 요시후지가 창고 마루 밑에 있었던 것은 십삼 일간이었지만 요시후지 자신에게는 십삼 년[22]과 같이 여겨졌다. 또한 창고의 지지대[23] 밑의 높이는 겨우 사, 오 치寸에 지나지 않았지만, 요시후지에게는 높고 넓게 느껴져 그곳을 출입하고서는 커다란 집이라고 생각했다. 이것은 모두 영호靈狐의 □□[24] 짓이다. 그 지팡이를 짚고 들어 온 속인이라는 것은

---

20 「선가비기」에서는 "장남 다다사다를 서자庶子로 삼고, 이 아이를 적자嫡子로 삼는다."라고 되어 있음. 결국 다다사다를 서자로 격하시키고 여자를 정처正妻로 앉혀 그 아이를 적자로 삼겠다는 의미.

21 여자를 정처로 맞이하겠다는 의미. 일부다처제 시대에는 신분이 높은 쪽을 정처로 함.

22 「선가비기」에는 "삼년"으로 되어 있음. 이계異界와 인간계에서는 시간의 경과가 서로 다르다는 생각에 기반을 두고 있음. 우라시마浦島 전설傳說을 비롯해 이향엄류異鄕淹留 설화에서는 공통되는 특징.

23 여기에서는 바닥이나 마루를 지지하는 가로로 댄 나무.

24 한자의 표기를 위한 의도적 결자. 해당어 미상.

만들어 바친 관음觀音이 권화權化하신 것이었다.

그러므로 세상 사람들은 꼭 관음께 기원을 해야 하는 것이다. 그 이후 요시후지는 몸에 아무 이상 없이 십여 년이 지나 예순한 살로 세상을 떠났다.[25]

이 이야기는 당시 빗추 지방 수령[26]인 미요시노 기요쓰라三善淸行[27] 재상宰相이 이야기한 것을 듣고 전하여, 이렇게 이야기로 전하여 내려오고 있다 한다.

25 『선가비기』에도 '그 후 요시후지는 아무 탈 없이 십여 년, 61세에 죽었다.'고 되어 있음.
26 정확하게는 빗추의 차관(備中介). 관평寬平 5년(893)에 임명되고, 관평 8년(896)도 재임在任. 또한 미요시노 기요쓰라(기요유키)三善淸行가 이 이야기의 첫 번째 전승자로 된 것은 『선가비기』의 모두冒頭에, "내가 관평寬平 5년(893)에 빗추 개備中介가 되었다. 그때 가야 군賀夜郡 사람 가야노 요시후지賀陽良藤라는 자가 있었다."라고 나와 있는데 기요쓰라가 최초의 기록자인 것에 유래하여 그것을 답습한 것임. 다만 『금석이야기집』의 이 이야기는 『선가비기』를 직접적인 출전으로 하지 않았음.
27 → 인명.

빗추 지방 備中國 가야노 요시후지 賀陽良藤가 여우의 남편이 되어 관음觀音의 도움을 받은 이야기

備中国賀陽良藤為狐夫得観音助語第十七

今昔、備中ノ国、賀陽ノ郡、葦守ノ郷ニ、賀陽ノ良藤ト云フ人有ケリ。銭ヲ商テ家豊カ也。天性淫奔ニシテ心色メカシ。

而ルニ、寛平八年ト云フ年ノ秋、其ノ妻、京ニ上レル間、良藤窃ニシテ独リ家ニ有ルニ、夕暮方外ニ出デ、イミテ行クニ、忽ニ美麗ナル女ノ年若キヲ見ル。良藤未ダ不見ザリツル者ニテ、愛欲ノ心ヲ発シテ触バ、ムト為ルニ、女逃ヌベキ気色ナレバ、良藤歩ビ寄テ、女ヲ捕ヘテ、「何ナル人ゾ」ト問ヘバ、女気ハヒ花□ヤカニテ、「誰ニモ非ズ」トモ答フル様労タ気也。良藤、「我ガ有ル所ヘ去来」ト云フニ、女、「見苦シキ事」ト云テ、引キ離レムト為レバ、良藤、「然ハ、只彼コ何コニ有ルゾ。我レ具シテ行カン」ト云ヘバ、女、「ニ」トテ歩ビ行クニ、良藤女ヲ捕ヘ乍ラ行ク。糸近キ所ニ清気ニ造タル家ニ、又内ヲ見レバ、可有カシク□タリ。良藤、「何デ、此ノ所ニ有ツラム」ト思ニ、家ノ内ニ上中下ノ男女様々ニ有テ、「君御坐シニタリ」ト騒ギ合タリ。「此ノ女ハ此ノ家ノ娘也ケリ」ト思フニ、喜シクテ、其ノ夜通ジヌ。明ル朝ニ、家主ト思ユル人出来テ、良藤ニ云ク、「可然キニテコソ此クテ御シツラメ。今ハ此クテ御セ」ト云テ、目安ク持成シテ有ルニ、良藤此ノ女ニ心移リ畢テ、永ク契ヲ成シテ、起キ臥シ過スニ、「我ガ家子共、何ナラム」ト不思エズ。彼ノ本□家ニハ、夕暮方ヨリ不見ネバ、「例ノ、何コニ這隠レタルニカ」ト思フニ、夜ニ入マデ不見ヌヲ憐ム者モ有リ。「穴物狂ハシ。尋ネ申セ」ナド云フ程ニ、夜半ニモ過ヌレバ、其ノ辺ヲ尋ヌルニモ無シ。「遠ク行ニケルカ」ト思ヘバ、装

束モ皆有リ。白衣ニテ失ニケリ」。如此ク騒グ程ニ、夜モ曙ヌ。可行キ所々尋ヌルニ更ニ無シ。「若キ程ノ心不定ヌナラバコソ出家ヲモシ身ヲモ投ゲ給メ。糸奇異ナル態カナ」ト騒グニ、彼ノ良藤ガ有ル所ニハ、年月ヲ経テ其ノ妻既ニ懐任シヌ。月満チ平ニ二子ヲ産ツ。然レバ、弥ヨ契リ深クシテ過ル程ニ、年月只行キニ行ク心地シテ、「様々思フ様也」ト思フ。

本ノ家ニハ、良藤失テ後、尋ネ求ムト云ヘドモ、値フ事不得ズシテ、良藤ガ兄大領・豊仲、良藤ガ弟統領・豊蔭、吉備津彦神宮寺ノ禰宜豊恒、良藤ガ子忠貞等、皆家富ル者共也、此等皆歎キ悲ムデ、「良藤ガ屍ヲモ求メ得」ト思テ、共ニ願ヲ発シテ、十一面観音ノ像ヲ造ラムトシテ、栢ノ木ヲ伐テ、良藤ガ長等シク造テ、此ニ向テ礼拝シテ、

十一面観音(図像抄)

「屍ヲダニ見ム」ト祈リ請。亦、

彼ノ失ニシ日ヨリ始メテ、念仏読誦経ヲ始メテ、良藤ガ後世ヲ訪フ。

而ル間、彼ノ良藤ガ有ル所ニ、俄ニ一人ノ俗杖ヲ突テ来ル。家ノ人主ヨリ始メテ、此レヲ見テ恐ヂ怖ル、事無限シ。皆逃ゲ去ヌ。俗杖ヲ以テ良藤ガ背ヲ突キテ、狭キ所ヨリ令出シム。

而ル間、良藤失セテ後十三日ト云フ夕暮ニ、人々良藤ヲ恋ヒ悲ムデ、「然テモ奇異ニ失セニシカナ。只今許ノ事ゾカシ」ナド云ヒ合ツル程ニ、前ナル蔵ノ下ヨリ、怪ク黒キ者ノ猿ノ様ナルガ、高這ヲシテ這出デ来レバ、「何ゾ、此レハ」ト有ル限リ見嘆ルニ、「我也」ト云フ音、良藤ニテ有リ。子ノ忠貞奇異ニ思フト云ヘドモ、現ニ祖ノ音ニテ有レバ、「此ハ何ニ」ト云テ、土ニ下テ引キ上ツ。良藤ガ云ク、「我レ、裏ニシテ独リ有リシ間、常ニ女ニ通ゼムト思ヒシニ、忽ニ止事無キ人ノ智ト成テ、年来有ツル間、一ノ男子ヲ儲タリ。其ノ形チ美麗ニシテ、我レ朝夕ニ抱キ、手ヲ放ツ事無カリツ。我ノ此レヲ太郎トス。忠貞ヲバ次ノ子トセム。其ノ児ノ母我レ

陰陽師（北野天神縁起）

貴ブガ故也」ト。忠貞此レヲ聞テ云ク、「其ノ御子ハ何コニ
ゾ」ト。良藤ガ云ク、「彼コニ有リ」ト倉ノ方ニ指ヲ差ス。
忠貞ヨリ始メテ家ノ人此ヲ聞テ、「奇異」ト思テ、良藤ガ形
ヲ見レバ、痩タル事病ニ煩ヘル人ノ如シ。着物ヲ見レバ、着
テ失ニシ衣也。即チ人ヲ以テ蔵ノ下ヲ令見レバ、多ノ狐有テ、
逃テ走リ散ニケリ。其ノ所ニ良藤ガ臥ス所有ケリ。此ヲ見テ、
「良藤狐ニ被謀テ、夫ノ夫ト成テ、移シ心無クシテ、此ク云
フ也ナリ」ト知テ、忽ニ貴キ僧ヲ請ジテ令祈メ、陰陽師ヲ呼
テ令祓テ、度々沐浴セサセテ見ルニ、有シ人ニ不似ズ。其ノ
後、漸ク本ノ心ニ成テ、何ニ恥カシク奇異也ケム。良藤倉ノ
下ニ居テ十三日也。而ルニ、良藤十三年ト思エケリ。亦、倉
ノ桁ノ下縫ニ二四五寸

許也。而ルニ、良藤高ク広ク思エテ、出入シテ大ナル屋ナ
ド、思エケリ。皆此レ霊狐ノ□ノ徳也。彼ノ杖ヲ突テ入レ
ル俗ト云ハ、造リ奉ル所ノ観音ノ変ジ給ヘル也。
然バ、世ノ人専ニ観音ヲ念ジ可奉シ。其ノ後、良藤身ニ
恙無クシテ十余年有テ、年六十一ニシテ死ニケリ。
此ノ事ハ、三善ノ清行ノ宰相ノ、其ノ時ニ備中ノ守ニテ有
ケルガ語リ伝ヘタルヲ聞次テ、語リ伝ヘタルトヤ。

이시야마石山 관음觀音이 사람을 이롭게 하기 위해 와카和歌의 아랫구를 붙여준 이야기

오미 지방近江國 이카고 군伊香郡의 군사郡司가 아름다운 자신의 부인을 연모戀慕하는 국사國司로부터 와카의 아랫구를 붙이는 난제難題를 받고 곤경에 빠지지만, 이시야마石山 관음의 가호加護에 의해 내기에 이겨 영지를 얻고 번영했다는 이야기. 『하세데라 영험기長谷寺靈驗記』의 하권 제20화는 하세데라 관음영험담으로 변형된 같은 이야기임. 난제설화難題說話의 한 유형으로, 동일 모티브는 옛날이야기 '초상화각시繪姿女房(난제형難題型)', '용궁각시龍宮女房', '피리부는 사위笛吹きゝ聟' 등 여러 곳에 보임. 오토기조시御伽草子 '이카고이야기伊香物語'는 이 전승을 단편소설화한 것임.

이제는 옛이야기이지만, 오미 지방近江國[1] 이카고 군伊香郡[2]의 군사郡司를 하는 남자가 있었다. 그의 아내는 젊고 아름다우며 사려도 깊고 세간에 둘도 없을 정도의 출중한 재능을 지닌 여자였다. 그래서 역대의 국사國司들이 이 여인의 소문을 듣고는 어떻게든 이 여자를 자기 것으로 하겠다고 마음먹고 빈번히 연모의 정을 보내왔지만, 여자는 완강히 정조를 지키며

'설령 상대가 아무리 훌륭한 사람이든 보잘것없는 사람이든 간에, 자기 남편 이외에 마음을 줄 수는 없어.'

라고 결심하고, 국사가 보내온 연문戀文에 답장조차 하지 않았다.

---

1 → 옛 지방명.
2 현재의 시가 현滋賀縣 이카 군伊香郡 일대.

그런데 □□의 □□³라고 하는 사람이 국사가 되어 이 지방을 다스리게 되었는데, 이 여인의 이야기를 듣고, 지금까지의 여느 국사보다도 집요하게 이 여인을 자기 것으로 만들고자 했으나,

'남편에게 부인을 내어놓으라고 요구할 수도 없는 노릇이고, 연문戀文을 보내 연모의 정을 밝혀본들, 이전의 이야기들을 들어보면 잘 될 것 같지 않고, 참으로 어찌하면 좋을까.'

하고 궁리한 끝에 계획을 세웠다. 국사는 "관청에서 급한 용무가 있다."고 하고 이 군사를 불렀다. 군사는 '무슨 일일까?' 하고 황급히 찾아왔다. 국사가 "가까이 불러들여라."라고 분부하니, 군사는 두려워 흠칫거리며 땅에 무릎을 꿇고 앉아 황공해 한다.

국사가

"그런데, 이 지방에도 사람은 많지만, 여러모로 물정을 잘 아는 자를 꼽자면 그대를 빼 놓을 수야 없지. 그래서 옛일도 묻고 요즘 일도 묻고자 하여 불러낸 것이네."

하고 말했다. 남자는 '아, 처벌을 내리시려고 하는 것이 아니었구나.' 하고 안도하여 옛이야기 등을 아뢰고 있는데, 국사가 "자, 술도 좀 들게나." 하며 몇 번이나 술잔을 받게 하여 긴장을 푼 상태가 되었을 때, "실은 한 가지 그대에게 부탁하고 싶은 일이 있네. 어떤가, 들어주지 않겠는가?"라고 말했다. 군사가 "어찌 국사님의 명령을 거스르겠습니까?"라고 대답하자, 국사는

"나는 자네와 겨루어 보고 싶은데, 개의치 말고 나에게 실컷 도전해 보게. 그대가 이기면 이 지방을 나누어 다스리게 해 주겠네. 내가 이기면 아무 말 말고 그대의 부인을 나에게 주게."

---

3   국사 성명의 명기를 위한 의도적 결자.

하고 말했다. 군사는 몸을 조아리고

"국사님의 명령에는 결코 이길 수 없습니다. 그렇다고는 하지만 이것은 도대체 무슨 일이옵니까?"

라고 말하며 떨고 있자, 국사가

"아니, 그대는 뭐라는 건가. 딱히 진다고 정해진 것도 아니고, 이길 수도 있는 일이지 않은가. 좌우지간 승패는 전혀 알 수 없는 일이니까."

라고 말했다. 군사는 속으로

'도저히 나는 국사에게 이길 수는 없을 것이다. 그렇다고 해서 그토록 오 랫동안 사랑하고 아껴왔던 부인을 내주는 일 따위는 할 수야 없다. 그렇다 고 해서 이제 와서 거절할 수도 없는 노릇이다.'

라고 생각하고 있는데, 국사는 벼루를 가져오게 해 글을 썼다. 다 쓰고 나서 는 봉인하여 측근에게 그 위에 도장을 찍게 하고, 그것을 편지함에 넣어 그 위에도 도장을 찍게 하고 "이것을 저 남자에게 주어라."라고 말하고는 군사 를 향해

"이것은 열어보면 안 된다. 이 안에는 와카의 윗구가 있다. 윗구와 맞도록 아랫구를 달아 제출하라.[4] 그럼 이것을 가지고 집으로 돌아가서 오늘로부터 7일째에 다시 여기로 가져와야 한다. 와카의 위·아랫구를 잘 어울리게 달 아 오면 그대가 이긴 것이 된다. 그 즉시 지방을 나누어가져 다스리면 될 것 이다. 만약 그대가 잘 달아 오지 못하면 그대의 부인을 나에게 넘기기만 하 면 되는 것이야."

라고 말하고 편지함을 주었다. 군사는 망연자실하여 받아 들고 집으로 돌

---

4 윗구를 봉하여 아랫구를 다는 일종의 연가連歌를 유희로서 내기로 한 것임. 그리고 『하세데라험기長谷寺験 記』에서는, "상자 안의 봉인된 것을 꺼내어 말하길, 이 안에 연가連歌를 넣었으니, 보지 말고 달아 와야 한 다."라고만 되어 있어, 국사가 봉한 것이 윗구인지 아랫구인지가 불분명. 단지 그 이야기에서는 이 이야기 와는 반대로 아랫구가 봉인되어 있었음.

아와 고민하며 괴로워하고 있었다. 아내는 '무슨 일 때문에 관청에 불려 가신 것일까?' 하고 걱정하고 있었는데, 남편이 괴로워하는 모습이기에 가슴이 미어지는 심정으로 "대체 무슨 일이 있으셨습니까?"라고 물었다. 남편은 잠시 동안 대답하지 못하고 부인의 얼굴을 보고 그저 하염없이 눈물을 흘렸다. 이 모습을 본 부인은 가슴이 무너지는 심정으로 "정말 무슨 일이십니까?"라고 물으니, 남자는 망설이며 어렵게

"오랜 세월 당신 곁을 한시도 떨어지지 않고, 사랑스럽고 귀엽게 여겼는데, 그런 당신과 부부로 있을 수 있는 것도 이제 대엿새뿐이라고 생각하니 슬퍼서 그러오."

라고 말했다. 이 말을 들은 부인이 "이상한 말씀을 다 하시네요. 무슨 일인지 빨리 말씀해 주세요."라고 하자, 남자는 하염없이 눈물을 흘리며

"국사님이 이러이러 말씀을 하시고는 이 글을 주셨소. 칠일 이내로는 무슨 수를 쓰더라도 이 시가의 아랫구를 제대로 붙일 재간이 없소. 그러면 내가 지는 건 의심할 여지가 없는 일이기에 당신과 헤어지는 날은 이제 얼마 남지 않은 것이라오."

라고 말했다. 그러자 부인은

"그런 것은 사람의 힘으로는 어떻게 할 수 있는 일이 아닙니다. 오직 부처님만이 이승에서 이루기 힘든 사람의 소원을 들어주신다고 합니다. 그중에서도 관음[5]님은 어버이가 자식을 사랑하듯, 목숨이 있는 모든 것을 가엾게 여기신다고 들었습니다. 그러니 지금 당장 이 지방에 계시는 이시야마데라 石山寺[6]의 관음님께 부탁을 드리러 가는 게 좋을 것이라고 생각해요."

---

5 → 불교.
6 이시야마데라(→ 사찰명). 이시야마데라의 창건에 대해서는 권11 제13화 참조. 또한 이 전후, 『하세데라험기』에서는 부인이 일곱 살 때 병을 얻어, 모친이 이시야마데라 관음의 계시로 하세데라 관음께 참배하여 머물며 기원을 드렸더니, 은혜를 입어 병이 나았던 취지를 설명하고, 하세데라 관음께 기원드려야 한다는 점

라고 하고, "오늘부터 정진精進을 시작해서 칠 일째[7]에 돌아오는 것이 좋겠어요."라고 하며 정진精進을 시작하게 했다.

집안사람들 모두가 심신을 깨끗이 하고 남자는 삼 일째에 이시야마데라에 참배하러 갔다. 하룻밤[8] 머물며 기원을 드렸으나 꿈도 꾸지 못했다. 남자는 비탄에 잠겨

'나는 필시 관음님의 자비하신 은혜 안에 들어갈 수 없는 몸인가 보다. 이것도 어쩔 수 없는 인연이구나.'[9]

라고 생각하고, 동이 틀 무렵[10] 불당에서 나와 울상을 하고 집으로 막 돌아가고 있었는데, 길에는 이제 막 참배하러 가는 사람도, 또 돌아오는 사람도 많이 있었다. 그중에서 배려 깊은 어떤 사람이 "무엇을 그리도 슬퍼하고 계십니까?"라고 물어왔지만, "아니오, 조금도 슬퍼하지 않습니다."라고 대답하며 돌아오는데, 그다지 젊지 않은 기품 있는 여성이 이치메市女 갓[11]을 쓰고 시녀 한두 명을 데리고 조용히 걸어왔다. 그 여성이 이 남자를 보고 멈춰서서 "거기 참롱參籠하고 돌아가시는 분, 몹시 슬퍼하고 계신 듯한데 무슨 사정이라도."라며 말을 걸어왔다. 남자는 "아니오, 조금도 슬프지 않습니다. 저는 이카고 군에서 온 사람입니다."라고 대답했다. 여성이 "하지만 뭔가 고민거리가 있으실 겁니다. 이야기해 주시지요."라고 자꾸 물어보기에, 남자는 기이한 생각이 들어 '이것은 관음님이 나를 불쌍히 여기시고 변신해

을 서술함. 결국 동일전승이 『하세데라험기』에서는 하세데라 관음의 영험이 신통하다는 점을 강조하는 형태로 고쳐져 있어 주목됨.

7　국수와 약속한 이레 당일 날을 말함. 참롱參籠은 보통 칠일 간을 한 단위로 함.

8　뒷 문장에 "사흘 밤을 머무르며"라고 나오는 부분과 모순됨.

9　어쩔 수 없는 숙명. 전생에서부터의 인연.

10　원본에는 "後夜"로 되어 있음. 하룻밤을 초初·중中·후後 삼야三夜로 나눌 때, 가장 마지막 시간으로 현재의 오전 4시 전후.

11　중고中古·중세中世시대에 여성이 외출 시에 썼던 볼록한 형태의 갓. 골풀이나 대나무 껍질로 짜고 옻칠을 하였음.

서 말씀하고 계신 것일지도 모른다.'라는 생각에 대답했다.

"사실은 이러 이러한 일이 있어서 관음님의 구원을 받고자 이시야마데라에 참배하러 가서 사흘[12] 밤낮을 머무르며 기도드렸지만 관음님께서 꿈 하나조차 보여주지 않으시니, 이것은 제게 그럴 수밖에 없는 인연이 있어서 이겠거니 하고 한탄하며 돌아가고 있던 중이었지요."

여성은

"그러셨습니까? 정말 아무것도 아닌 일인데, 빨리 말씀하시지 않으시고 는…. 답변에는 이렇게 쓰세요."

라고 말하고는, "아직 만나 뵌 적도 없는데, 당신이 그립게 느껴집니다."[13]라고 가르쳐 주었다. 남자는 이를 듣고 뭐라 말할 수 없이 기뻤다. 남자는 이것은 관음님께서 가르쳐주신 것임에 틀림없다고 생각하면서 "당신은 어디에 사시는 분이십니까? 이 은혜는 정말 말로 표현할 수가 없습니다."라고 하자, 이 여성이

"글쎄요, 저를 누구라고 하면 좋을지.[14] 그렇지만 언젠가 제가 누군지 알아채 주신다면 기쁘겠습니다."

라고 말하고는 절 쪽으로 걸어가 버렸다.

남자가 집에 돌아오자, 아내는 오기를 기다리고 있다가 "어찌 됐나요? 어찌 됐나요?" 하고 물었다. 실은 이러이러한 일이 있었다고 남자가 이야기해주자, 아내는 "역시 예상대로 은혜가 있었군요."라고 말했다. 남자는 아랫구를 써서 편지상자와 함께 칠 일째 밤에 관청으로 올라갔다. 국사는 남자가 왔다고 듣고는

---

12 앞 문장에 의하면 이시야마데라에서 하룻밤 참롱하고 다음날 새벽 근행 후 퇴출한 것으로 되어 있음.
13 원문에는 "ミルメモナキニ人ノコヒシキ"라고 되어 있음.
14 여인이 이시야마데라 관음의 권화權化임을 암시하고 있음.

'아무튼 기일대로 나타난 것만 해도 기이한 일이다. 그렇다고는 해도 아랫구는 잘 붙여 올 리가 없겠지.'

라고 생각하고, "이리로 와라." 하고 부르자, 남자는 상자와 아랫구를 내밀었다. 국사는 아랫구를 보고 불가사의한 일[15]도 다 있다고 생각하며 상자를 열어보니 윗구와 딱 맞아떨어졌기 때문에, 몹시 감탄하여 두려워하며 많은 포상을 주었다. 그리고는 "나의 완패다."라고 하며 약속대로 지방을 나누어 다스리게 하였다.

이 상자 안의 시가 윗구는 "왜인지 놀라도"[16]라고 되어 있었는네, 거기에 '아직 만나 뵌 적도 없는데, 당신이 그렇게 느껴집니다.'[17]라고 붙인 것은 정말로 훌륭했다. 관음님이 붙여 주신 것인데 어찌 잘못될 리가 있겠는가.

그 후 이 군사는 지방을 나누어 다스리고, 관음의 은혜에 보답코자 그 이시야마데라에서 하루 법회를 열었고, 그것을 이후에도 오래도록 상례화해서 지금까지 끊이지 않고 계속되고 있다. 그 군사의 자손이 이어받아 지금까지 그 법회를 열고 있다고 한다.

관음의 영험이 불가사의함은 이와 같은 것이라고 이렇게 이야기로 전하여 내려오고 있다 한다.

---

15 거의 드문 일. '기이奇異'와 함께 설화의 발생과 전승의 중요한 요소 중 하나임.

16 원문에는 "近江(あふみ)なる伊香(いかご)の湖(うみ)の如何(いか)なれば"로 되어 있음. 제2구까지는, 이카い か'를 이끌어 내는 서사序詞. '무슨 이유로', '왜일까' 의 의미.

17 원문에는 "みるめもなきに人のこいしき". '미루메みるめ'는 괘사掛詞로, '見る目'와 '海松布', 두 가지 뜻을 걸어 함께 나타냄. '見る目'는 여기서는 남녀가 서로 보는 것, 만나는 것을 의미. '海松布'는 해송으로 녹갈색을 띤 해초. 한 수의 전체 의미는 "왜인지 몰라도, 아직 만나 뵌 적도 없는데, 당신이 그렇게 느껴집니다." 라는 의미.

石山観音為利人付和歌末語第十八

今昔、近江ノ国ニ伊香ノ郡ノ司ナル男有ケリ。其ノ妻若クシテ形チ美麗也。心バセ思量リ有テ、世ニ並ビ無キ物ノ上手也ケリ。然レバ、代々ノ国司此ノ女ノ有様ヲ聞テ、懃ニ仮借シケレドモ、女心強クシテ、「何デ此ノ女ヲ得ム」ト思テ、「吉トモ悪クトモ我ガ夫ヨリ外ニ人ヲ可見キ事ニハ非ズ」ト思ヒ取テ、守ノ文ヲ遣ケル返事ヲダニ不為ザリケリ。

而ニ、[　]「ノ[　]」ト云フ人、国ノ司トシテ国ヲ政ツニ、此ノ女ノ有様ヲ聞テ、前々ノ守ヨリモ強ニ此ノ女ヲ得ムト思フニ、「夫ニ『妻奉レ』ト可乞キニモ非ズ。何ニセマシ」ト思ヒ廻シテ、謀ル様、「御館ニ急事有リ」ト云テ、此ノ郡ノ司ヲ召ス。郡ノ司、「何ニ事ニカ有ラム」ト、守、「前ニ召出ヨ」ト云ヘバ、郡ノ司恐レ思テ、膝ヲ土ニ突テ畏マリテ候フ。

守ノ云ク、「国ニ人多カリト云ヘドモ、物ノ故知タル人ハ汝ヲナム見ル。然レバ、『昔ノ事ヲモ問ヒ、今ノ事ヲモ聞ム』ト思テ召ツル也」ト。男、「勘当ニハ非ザリケリ」ト思テ、昔ノ事ナド申シテ居タル程ニ、守、「酒給ベ」トテ度々飲セテ、気色打解ヌル時ニ、守ノ云ク、「我ガ云ハムト思フ事ナム有ル。其レヲバ汝ヂ聞カムヤ」ト。郡ノ司、「何デカ国宣ヲバ背キ申サン」ト云ヘバ、守ノ云ク、「『我レト尊ト

文箱（年中行事絵巻）

諍ヲセム」ト思フヲ、我
ニテ不憚ズ諍ヘ。尊勝タラ
バ、国ヲ分テ令知メム。我
レ勝タラバ、吉クトモ悪ク
トモ、尊ノ妻ヲ我レニ得セ
サセヨ」ト。郡ノ司畏マリ

テ云ク、「国宣ニ何デカ勝チ奉ラム。尚、此レ何ナル事
カ」ト振ヒ居レバ、守ノ云ク、「何ゾ尊必ズ負ケム。可勝キ
様モ有ラム。只勝負定メ無キ事也。郡ノ司心ニ思フ様、

「我レ守ニ可勝キ様不有ジ。然トテ、年来哀レニ思フ妻ヲ出
シテム、可有キカナ。然トテ、今ハ何ガ可云キ」ト思フ程
ニ、守硯ヲ取寄テ、文ヲ書ク。書畢テ、封ジテ上ニ印ヲ差セ

テ、其レヲ文箱ニ入テ、其ノ文箱ノ上ニモ亦印ヲ差セ
「此レ彼ノ尊ニ給ヘ。此レヲ開テ可見キニ非ズ。此ノ内ニハ
和歌ノ本ナム有ル。其ノ末ヲ同心ニ付合セテ奉レ。然レバ、
此レヲ得テ家ニ持行テ、今日ヨリ後七日ト云ハムニ、可返持

参来也。和歌ノ本末ヲ付合セテ持参タラバ、尊ハ勝ヌ。速ニ
国ヲ分テ可知シ。若シ、尊付誤タラバ、尊ノ妻ヲ我レニ得
サス許也」トテ取ラセタレバ、郡ノ司、我レニモ非ズ此レヲ
得テ、家ニ返テ、物歓タル気色ナレバ、妻、「御館ニ召ツル
ハ何事ナラム」ト不審ク思フ程ニ、歓タル気色ナレバ、胸塞
リテ云ク、「何事ノ有ツルゾ」ト。男良久不答ズシテ、妻

ノ顔ヲ見テ、只泣キニ泣ク。妻此レヲ見テ肝ヲ失テ、「此ハ
何ナリツル事ゾ」ト云ヘバ、男踉蹌テ云ク、「年来、汝ヲ片
時立去ル事無ク、哀レニ悲ク思ツルニ、見ム事ノ今五六日ト
思フガ悲キ也」ト。妻、「奇異ノ事也。疾ク聞カム」ト云ヘ
バ、男泣タク云ハク、「守殿然々宣テ、此ノ文ヲ給タリ。
七日ノ内ニハ、何ナル事ト知テカハ此ノ歌ノ末ヲ可付合キ。

然レバ、我レ負ケム事疑ヒ無キ事ナレバ、別レナムズル事ノ
近キ也」ト。妻ノ云ク、「此ノ事、人ノ力ノ可及キ事ニモ非
ザルナリ。『仏ナム世ニ難有キ人ノ願ヲバ満給フナル。其ノ中
ニモ、観音ハ一切衆生ヲ哀ビ給フ事、祖ノ子ヲ悲ブガ如シ』

ト聞ク。然レバ、速ニ此ノ国ノ内ニ在マス石山ノ観音ニ可申キ也」トテ、「今日ヨリ精進ヲ始メテ、七日ニ当ラムニ可返キ也」ト云テ、精進ヲ令始シム。

一家清マハリテ三日ト云フニ、男石山ニ詣ヌ。[14]一夜籠レルニ、夢ヲダニ不見ズ。男歎キ悲デ、「我レ観音大悲ノ利益ノ内ニ入マジキ身ニコソ有メ。可然キ事也ケリ」ト思テ、後夜ニ堂ニ出デ、歎タル気色ニテ家ヘ返ルニ、参ル人[15]モ多ク、出ル人モ数有リ。心有ル人ハ、「何事ヲ歎ク人ゾ」ト問ヘバ、

「何事ヲカ歎カム」ト答ヘツ、返ルニ、糸若クハ無キ女房ノ気高ゲナル、市女笠ヲ着テ、共ニ女二人許シテ漸ク歩テ参ル。此ノ男ヲ見テ立留テ云ク、「彼ノ返リ給フ主、何ゾ歎タル気色ニテハ」ト。男ノ云ク、「我レ何事ヲカ歎カン。己レ

ハ伊香ノ郡ヨリ参レル也ラム。」ト切ニ云ヘバ、女房ノ云ク、「若シ観音ノ我ヲ哀デ、変ジテ宣フ事ニヤ有ラム」ト思テ、「実ニハ、[15]然ノ事ニ依テ、観音ノ助ヲ蒙ラムガ為ニ、石山ニ参テ三日三夜

籠ツルニ、[16]聊ノ夢ヲダニ見セ不給ネバ、可然キ事ト思ヒ歎テ罷リ返ル也」ト。女房ノ云ク、「[17]糸安カリケル事ヲ、疾クハ不宣ハデ。只[18]此クヲ云ヘ」トテ、「ミルメナキニ[19]人ノコヒシキ」ト云フヲ聞クニ、喜キ事ニ限リ無シ。「此レハ観音ノ示シ[20]給フ也ケリ」ト思ヒ乍ラ、「君ハ[21]何コニ御スル人ニカ。何デカ此ノ喜ビハ可申尽キ」ト云ヘバ、女房、「[22]不知ヤ、我レヲバ誰トヤ云ハム。思ヒ出デ、喜シクコソハ」トテ、寺ノ方へ歩ビ去ヌ。

男ハ家ニ返タレバ、妻待チ受テ、「何ニ、何ニ」ト問フニ、男、「然々ノ事有ツ」ト語レバ、妻、「然ニハコソ」ト云テ、此ノ歌ノ末ヲ書テ、前ノ文箱ニ具シテ、七日ト云フタ方御館

ニ参タレバ、守、「来タリ」ト聞テ、「先ツ奇異ニ二日ヲ不違ズ来タル

市女笠（石山寺縁起）

カナ。

　然リトモ歌ノ末ハ否付ジ」ト思テ、「此方ニ参レ」ト召セバ、箱ト歌ノ末トヲ奉レリ。守歌ノ末ヲ見テ、「此レ希有ノ事也」ト思テ、箱ヲ開テ見ルニ、違フ事無ケレバ、返々ス感ジ恐レテ、多クノ物ヲ与ヘケリ。亦、「我レ既ニ負ヌ」トテ、約ノ如ク国ヲ分テ令知メケリ。

　此ノ箱ノ内ノ歌ノ本ハ「アフミナルイカゴノウミノイカナレバ」トゾ有ケルニ、此ク「ミルメモナキニ人ノコヒシキ」ト付ケレバ、実ニ目出タシ。観音ノ付ケ給ハムニ当ニ愚ナラムヤ。

　其ノ後、此ノ郡ノ司国ヲ分テ知テ、観音ノ恩ヲ報ジ奉ラムガ為ニ、彼ノ石山寺ニ十一日ノ法会ヲ行ヒテ、永ク恒例ノ事トシテ、于今不絶ズ。其ノ郡ノ司ノ子孫相継ツ、于今其ノ法会ヲ勤ム也。

　観音ノ霊験ノ不思議ナル事、此クゾ有ケル、トナム語リ伝ヘタルトヤ。

신라의 왕비가 국왕에게 벌을 받아 하세長谷 관음觀音의 구원을 받은 이야기

신라국新羅國 왕비가 윤리에 반한 밀통을 저지르고 왕에게 잡혀 참을 수 없는 심한 벌을 받았는데, 일본의 하세관음長谷觀音에게 빌어 구원을 받고 그 사례로 재물을 하세데라長谷寺에 봉납奉納한 이야기. 하세데라 관음의 영험력이 국외에까지 미치고 있다는 것을 널리 퍼뜨리려는 영험설화. 『하세데라험기長谷寺驗記』에는 인명에 고유명사를 넣어 구체성을 드러내려고 하고 있으나, 여기서는 일체 고유명사를 드러내지 않고 평이하게 서술한다.

이제는 옛이야기이지만, 신라新羅[1]라는 나라에 왕비가 있었다.[2] 그 왕비는 은밀히 몰래 어떤 남자와 정情을 통하고 있었다. 그것을 국왕이 듣고 격노하여 왕비를 잡아다가 머리카락에 줄을 묶어 선반[3]에 매달고, 발을 지면에서 4, 5척[4] 정도 떨어지는 높이로 끌어올려 매달아 놓았다.

왕비는 몹시 괴로웠지만 어떻게 할 수가 없어, 스스로 마음속으로 생각했다.

'나는 이와 같이 참기 힘든 벌을 받고 있지만, 나를 구해줄 사람은 아무도

---

1 → 지명.

2 『하세데라험기長谷寺驗記』에는 이 사건을 무라카미村上 천황 때라고 하고 있으나, 신라는 무라카미 천황 즉위(946) 이전에 고려에게 이미 멸망(935)하였으므로 시대 설정이 맞지 않음.

3 원본은 "마키間木"로 되어 있음. 이것은 벽의 중간에 걸친 판자의 횡목橫木으로, 물건들을 올려놓는 일종의 선반임.

4 *약 1.5m.

없습니다. 하지만 들은 바에 의하면, 이 나라에서 아득히 먼 동쪽에 일본이라는 나라가 있다고 합니다. 그 나라에 하세長谷[5] 라는 곳이 있어, 그곳에는 영험을 베풀어 주시는 관음觀音님이 계신다고 들었습니다. 보살님[6]의 자비는 대해보다도 깊고, 세상보다도 넓다고 합니다. 그러므로 지성으로 소원을 빈다면, 어찌 그 구원을 받지 않을 수 있겠습니까?'

라고 생각하며 기원을 담아 눈을 감고 깊이 염하고 있는데, 갑자기 발밑에 황금 발판이 나타났다. 그래서 왕비는 '이것은 내가 정성을 다해 기원을 드려 관음이 구해 주신 것이다.'라고 생각하여 그 발판을 밟고 서 있자 조금도 괴롭지가 않았다. 이 발판은 다른 사람 눈에는 보이지 않았다.

그 후 며칠이 지나 왕비는 죄를 용서받게 되었다. 왕비는 '이것은 오로지 하세관음이 구원해주신 덕분이다.'라고 생각해서, 사신[7]을 임명해 많은 재물을 가지고 일본에 보내 하세관음에게 바쳤다. 그중에는 큰 방울·거울·황금으로 만든 발簾이 있었지만 그것들은 지금도 이 절에 보관되어 있다.

실로 하세관음의 영험은 불가사의하다. 기원을 드리는 자는 외국 사람까지도 그 은혜를 입지 못하는 일이 없다. 그러므로[8] 사람들은 꼭 이곳에 발길을 옮기고, 머리를 깊이 숙여 예배를 드려야 한다고 이렇게 이야기로 전하여 내려오고 있다 한다.

---

5 → 사찰명. 나라 현奈良縣 사쿠라이 시櫻井市 하세長谷에 있는 하세데라험長谷寺.
6 관세음보살(→ 불교). 하세 관음을 가리킴.
7 「하세데라험기」에서는 '의평선생義平先生 이하 7인'의 사자를 일본 천력天曆 6년(953년) 3월에 파견, 보물 33종을 헌납했다고 하고, 봉납장奉納狀과 그 보물목록을 들고 있음. 천력 6년은 신라 멸망(935년) 후 17년째에 해당됨. 봉납장의 날짜인 '행중후中 6년 2월'은 해당 연호 불명不明으로 사실이라고는 생각하기 어려움.
8 이 이하 『우지습유이야기宇治拾遺物語』에는 없음. 편자가 부가한 상투적인 화말평어.

第19話

新羅后蒙国王咎得長谷観音助語第十九

今昔、新羅ノ国ニ国王ノ后有ケリ。其ノ后キ、忍テ窃ニ
人ニ通ジニケリ。国王此ノ事ヲ聞テ、大ニ嗔テ、后ヲ捕ヘテ
髪ニ縄ヲ付テ、間木ニ鉤リ係テ、足ヲ四五尺許引上テ置タ
リケリ。

后辛苦悩乱ストハ云ヘドモ、更ニ可為キ方無クシテ、自ラ
心ノ内ニ思ハク、「我レ此ク難堪キ咎ヲ蒙ルト云ヘドモ、我
レヲ可助キ人無シ。而ルニ、伝ヘテ聞ケバ、『此ノ国ヨリ東
ニ遥ニ去テ、日ノ本ト云フ国有ナリ。其ノ国ニ長谷ト云フ所
有ケリ。観音ノ、霊験ヲ施シ給フ、在マス』ト。菩薩ノ慈悲
ハ、深キ事大海ヨリモ深ク、広キ事世界ヨリモ広シ。然レバ、
憑ヲ係ケ奉ラム人、何ドカ其ノ助ヲ不蒙ザラム」ト祈請ジテ、
目ヲ塞テ思ヒ入テ有ル間ニ、忽ニ足ノ下ニ金ノ楲出来ヌ。然

レバ、后、「此レ、我ガ念ジ奉レルニ依テ、観音ノ助ケ給フ
也」ト思テ、其ノ楲ヲ踏ヘテ立テルニ、苦シブ所無シ。此ノ
楲ヲ人見ル事無シ。

其ノ後、日来ヲ経ルニ、后被免ニケリ。后、「偏ニ此レ長
谷ノ観音ノ助ゾ」ト知テ、使ヲ差テ、多ノ財物ヲ令持メテ、
日本ニ送テ長谷ノ観音ニ奉ル。其ノ中ニ、大キナル鈴、鏡、
金ノ簾有リ。于今彼ノ山ニ納メ置タリ。

実ニ長谷ノ観音ノ霊験不思議也。念ジ奉ル人他国マデ其ノ
利益ヲ不蒙ズト云フ事無シ。人専ニ歩ヲ運ビ、首ヲ低ケ礼拝
シ可奉シ、トナム語リ伝ヘタルトヤ。

진제이鎭西에서 상경하는 사람이 관음觀音의 도움으로 도적의 난을 모면하고 목숨을 구한 이야기

대재부大宰府 대이大貳의 막내가 지쿠젠筑前 국수國守의 딸과 결혼해 부인을 데리고 상경하던 도중, 하리마 지방播磨國 이나미印南 들판 근처에서 법사 행색을 한 도적에게 속아, 부부가 함께 위기일발의 상황에 빠졌는데, 하세데라長谷寺 관음의 가호에 의해 도적무리를 소탕한 이야기. 앞 이야기와는 하세데라 관음에게 기원을 해서 그 영험력에 의해 위험상황에서 구원받는다는 점에서 연결된다. 또한 위기적 상황과 그곳에서 벗어나는 스펙터클함은, 본집 권31 제14화와 일맥상통하는 점이 있다.

이제는 옛이야기이지만, 대재大宰 대이大貳[1] □□□□[2]라는 사람이 있었다. 많은 자식들이 있었지만 그 막내는 아들로 아직 어려서 겨우 스무 살 정도였다. 막내는 용모도 수려한데다가 똑똑하고 사려도 깊었다. 무문武門은 아니지만 힘이 세고 용맹했다.

부모는 이 아이를 애지중지했기에 부임지인 진제이鎭西[3]로 데리고 와 있었는데, 그때의 대재 소이小貳[4]로 지쿠젠筑前 국수國守 □□□□□[5]라는 자

---

1 대재부의 차관次官. 수쑤帥 아래, 소이小貳 위에 있는 관직으로, 대재부의 정무를 총괄했음.
2 대재부 대이의 성명의 명기를 위한 의도적 결자.
3 규슈九州의 다른 이름임. 옛날 대재부大宰府를 진제이후鎭西府라고 한 데서 비롯됨.
4 대이 밑에서 대이 정무를 보좌함.
5 지쿠젠 국수 성명의 명기를 위한 의도적 결자.

가 있었다. 그자에게는 딸이 있었는데, 아주 예쁘고 심성도 고왔으며 나이는 아직 스무 살이 되지 않았다. 부모는 이 딸을 애지중지하여 □□[6] 지방에 함께 데리고 와 있었다.

그런데 대이大貳가 "내 막내와 귀관貴官의 딸을 맺어 줍시다."라고 자꾸 요구를 하자 지쿠젠 국수는 상관인 대이의 명을 거스를 수가 없어 길일을 정해 결혼시켰다.

그 후 두 사람은 부부로서의 연을 맺고 서로 사랑하며 살고 있었는데, 이 남자에게는 예전부터 임관任官하려는 희망이 있어 상경하고 싶은 생각이 있었다. 그렇지만 아내와는 한시도 떨어질 수가 없을 것 같아 "당신을 데리고 함께 상경하려 하오."라고 하자, 아내가 그것을 받아들여 함께 상경하게 되었다. 뱃길은 위험하다고 하여 육로로 상경했는데, 길을 서두르기에 종자從者를 스무 명 정도를 선발해 거느리고 갔다. 걸어가는 자가 많았고, 짐을 실은 말 등도 많이 있었다.

밤낮 없이 계속 상경하던 중에 하리마 지방播磨國[7] 이나미印南 들판[8]에 접어들었다. 신시申時[9]를 지난 시각으로 마침 12월경이라 바람이 불고 간간이 눈도 내렸다. 그러자 말을 탄 법사가 북쪽의 산 쪽에서 나타나서 다가와 말에서 내렸다. 보아하니 나이는 오십 남짓 정도 되 보이고 살이 쪄서 당당한 풍채에 인덕이 있어 보이는 법사였다. 적색 천의 히타타레直垂[10]에 보라색의 사시누키指貫[11]를 입고, 짚신을 신고 옻칠을 한 채찍을 들었으며 날뛰는 말에

6 　지방명의 명기를 위한 의도적 결자. 지쿠젠 국수가 데려간 것이기에 상식적으로는 '지쿠젠'이 이에 해당.
7 　→ 옛 지방명.
8 　하리마 지방播磨國 이나미 군印南郡·가코 군加古郡 일대의 평야로, 현재의 가코가와 시加古川市에서 아카시 시明石市에 걸친 평야. 가코 강加古川 입구의 좌측 연안에 해당.
9 　＊오후 4시경.
10 　당시 귀족이나 무사의 평복. 에보시烏帽子와 함께 착용.
11 　소매에 끈이 달려 있어 그것을 잡아당겨 입는 하카마. 원래 수렵용이었으나 헤이안 시대에는 평복.

는 자개로 된 안장이 놓여 있었다. 법사는 아주 공손히

"소인은 지쿠젠 국수나리를 오랫동안 모시던 자이옵니다. 이 북쪽 근처에 살고 있습니다만, 풍문으로 당신께서 상경하신다는 소식을 듣고 말 다리라도 좀 쉬게 하여 가시도록, 누옥陋屋이옵니다만 저희 집에 들러주시길 청하려 찾아온 것이옵니다."

라고 말했다. 그 태도는 실로 예의가 있었다. 그래서 종자들이 모두 말에서 내렸다. 주인도 말을 멈추고

"아니, 실은 중요한 일이 있어 밤낮을 가리지 않고 상경하년 중인지라 이번에는 실례해야겠소. 하지만 이렇게까지 간절하게 말씀하시니, 해가 바뀌어 내려올 때에는 반드시 들리도록 하지요."

라고 말했다. 하지만 법사가 하도 간절히 만류하여 좀처럼 뿌리치지 못하고 있던 중 날이 저물어갔다. 종자들도 "이렇게까지 간절히 말씀하시는데."라고 해서 "그럼." 하고 가자, 법사는 기뻐하며 말을 타고 앞장서 갔다. "바로 금방입니다."라고 했지만, 삼사십 정町[12] 정도나 가니, 산기슭에 토담을 높게 두르고 많은 집들이 늘어서 있었다. 안으로 들어가 침전寢殿[13]으로 여겨지는 집의 남면南面에 자리를 잡았는데 갖가지 성찬이 마련되어 있었다. 멀리 떨어진 곳에는 시侍의 대기소[14]가 있어서 종자들에게도 성대하게 대접하였다. 말에게도 여물을 먹이는 등 더할 나위 없이 요란스러운 대접이었다.[15] 이 남자[16] 옆에는 한두 명의 시녀가 시중을 들고 있었다. 이윽고 옷을 벗고 쉬게 되었다. 눈앞에는 훌륭한 식탁이 차려져 있고 술 등도 있었지만 여행의 피

---

12 3, 4km 남짓. 1정町은 60간間으로 약 110m.
13 침전寢殿 양식의 중심이 되는 건물로, 남향의 정전正殿. 손님의 응접장소.
14 주인 남자가 있는 침전에서 멀리 떨어진 장소임에 주의. 법사의 계략으로 종자들을 주인으로부터 멀리 떼어놓은 것임.
15 야단법석을 떠는 큰 향응임. 말할 것도 없이 술과 안주로 종자들을 만취시키려는 계산임.
16 원문에는 "我ガ(내)"로 되어 있는데 화자가 주인공과 일체가 된 표현.

로 탓에 눈에 들어오지 않았다. 시녀들은 먹고 마시다가 어느 사이에 잠들어 버린 듯하였다. 부부는 피로 때문에 잠을 이루지 못하고 베갯맡 이야기를 나누며 서로 사랑을 속삭이다가 "이런 여행지에서 앞으로 어떻게 되지는 않을까. 왠지 이상하게 불안한 생각이 드네."라고 말하는 사이 점차 밤이 깊어갔다.

그러던 중 안쪽에서 사람의 발소리가 나고 누군가 다가왔다. 의아하게 생각하고 있는데 가까이 다가와 머리맡의 미닫이문을 열었다. '웬 놈이야?' 하고 일어서는 순간 머리카락을 잡고 막무가내로 끌어냈다. 남자는 원래 힘이 셌지만 별안간에 일어난 일이라 머리맡에 둔 칼에는 손을 댈 겨를도 없이 부지불식간에 끌려나왔다. 상대는 덧문[17] 밑을 차부수고 남자를 밖으로 끌어내고는 "가나오마로金尾丸 있느냐? 항상 하던 대로 잘 해치워라."라고 불렀다. 그러자 무시무시한 목소리로 "여기에 대기하고 있사옵니다."라고 대답하자마자 남자의 목덜미를 잡고 끌고 갔다. 놀랍게도 이것은, 이 저택의 한쪽 구석에 토담을 두르고 옆문[18]을 만들어 그 안에 깊이 삼 장丈[19] 정도의 우물처럼 구덩이를 파서, 끝을 뾰족하게 만든 죽창[20]을 그 바닥에 촘촘히 세워 놓고, 오랜 세월동안 이처럼 도읍을 오르내리는 사람들을 속여 저택으로 끌어들여서 하루 밤낮으로 죽은 듯이 취하게 하는 술을 준비해두고 그것을 마시게 하여, 일행의 주인은 이 구멍에 빠뜨리고, 취해서 죽은 듯이 쓰러져 있는 종자들의 소지품을 빼앗은 후에 죽일 놈은 죽이고 살릴 놈은 살려 종자로 부려먹기 위해서였다. 이 남자는 그것도 모르고 온 것이었다.

---

17 원문에는 "시토미도蔀戸". 상하 두 장의 판자문으로, 아래를 고정시켜서 위를 매달아 올려서 엶. 여기에서는 고정되어 있는 아랫 문을 차서 뜯어낸 것을 의미.
18 정문의 옆에 설치한 입구의 문.
19 1장丈은 10尺으로 약 9m.
20 구덩이 바닥에 죽창이나 칼, 검, 창 등을 세워 살상殺傷하는 장치.

그런데 가나오마로가 이 남자를 끌고 그 구덩이 옆으로 데리고 가 옆문을 열어 자신은 옆문 바로 앞에 서서 남자를 안으로 떠밀어 넣었는데, 남자가 옆문 옆에 있는 작은 기둥을 잡고 있어서 떠밀어 넣을 수가 없었다. 그러자 가나오마로는 구덩이 쪽에 서서 당겨 넣으려고 했다. 구덩이 쪽은 어느 정도 경사가 져 있었는데, 이 남자가 몸을 돌려 피하면서 가나오마로를 세게 밀쳤기에 가나오마로는 구덩이에 거꾸로 떨어졌다. 남자는 옆문을 닫은 후 마루 밑으로 기어들어가 앞으로 어떻게 해야 할지 생각했지만 어찌할 방도가 없었다. 종자들을 깨우러 가려 해도 모두 죽은 듯이 취해 있었고 게다가 중간에 해자가 있어 다리를 떼놓았다.

가만히 마루 밑에 숨어 귀를 기울이고 있으니, 그 법사가 자신의 아내 곁으로 와서

"이런 얘기를 하면 아마 징그러운 녀석이라고 생각하시겠지만, 낮에 갓에 드리워진 비단이 바람에 젖혀졌을 때 당신 얼굴을 뵙고는 완전히 반해 버렸습니다. 무례함을 용서하시오."

라고 말하면서 누웠다. 그러나 아내가

"하지만 제게는 숙원宿願이 있어 백일간 정진精進을 하며 상경 중입니다만, 그게 앞으로 삼일 남았습니다. 기왕이면 그것이 끝나고 나서 말씀에 따르도록 하지요."

라고 말했다. 법사는 "아니, 그 이상의 공덕을 만들어 드리지요."라고 말했지만, 여인이

"의지하고 있던 남편이 이렇게 눈앞에서 사라져 버린 이상 당신에게 몸을 맡길 수밖에 없으니 싫다고는 하지 않겠습니다. 그러니까 그렇게 너무 서두르지 마세요."

라며 몸을 허락하려고 하지 않자, 법사는 "하긴 지당하신 말씀이오."라고 말

하며 원래 왔던 쪽으로 되돌아갔다.

무슨 일이 있어도 설마 자신의 남편이 그렇게 간단히 죽임을 당하지 않았을 것이라고 아내는 생각했지만, 마루 아래에서 위의 이야기를 듣고 있던 남자는 분하고 슬펐다. 살펴보니 아내가 앉아 있는 앞쪽 바닥에 큰 구멍이 뚫려 있었다. 남자는 나무 조각을 집어 구멍으로 내밀었다. 아내는 이것을 발견하고 '예상대로 남편은 무사했구나.' 생각하고 그 나무를 당겨 움직이자, '이제 아내도 알아챘구나.' 하고 아래에 있는 남자는 생각했다. 그 후에도 그 법사는 누차 찾아와서 강압적으로 설득했지만, 아내가 계속 이래저래 말머리를 돌리고 얼버무리며 들어주질 않자 또 다시 되돌아갔다.

그 때 아내가 조용히 덧문을 열자 남자가 마루 밑에서 나와 방에 들어서자마자 서로 손을 잡고 하염없이 눈물을 흘렸다. '죽더라도 같이 죽자.'고 각오를 하고, 남자가 "내 칼은 어떻게 했소?"라고 묻자, 아내가 "당신이 끌려 나갈 때에 다다미 밑에 숨겨 두었어요."라고 말하며 꺼내주었기에, 남자가 기뻐하며 아내에게 옷을 한 벌 입히고 자신은 칼을 들고 북면北面[21]의 집 주인 거실 쪽으로 가서 안을 들여다보니, 긴 화로 옆에 도마를 일고여덟 개 두고 남자 여러 명이 많은 음식을 두고 지저분하게 먹고 있었다. 그 옆에는 활·화살통·갑주甲冑·도검이 나란히 세워져 있었다. 법사를 보니, 앞에 받침대를 두 개 늘어놓고 그 위에 갖가지 은 식기를 올려두고 지저분하게 먹은 후 사방침[22]에 기대어 고개를 숙이고 앉은 채 《꾸벅꾸벅》[23] 졸고 있었다.

이것을 본 이 남자는 '하세長谷[24] 관음님, 부디 저를 도와주셔서 부모님을

---

21   남면의 반대. 남면에 있던 주인공 사내는 북면에 있는 법사나 그 부하들이 있는 공간으로 몰래 다가간 것임.

22   앉아서 팔꿈치를 고고 몸을 기대는 도구.

23   한자의 명기를 위한 의도적 결자. 『하세데라험기長谷寺驗記』를 참조하여 보충.

24   → 사찰명(하세데라長谷寺).

한 번 더 만나게 해 주십시오.'라고 기원을 하고,

'법사는 뜻밖에도 자고 있다. 달려들어 목을 찌르고 함께 죽어 버리자. 그 밖에 내가 도망칠 수 있는 방법은 없다.'[25]

고 각오하고, 몰래 다가가자마자 아래로 숙인 목을 겨냥해서 세게 칼을 내리치니, "아악!" 하고 양손을 높이 쳐들고 나뒹굴었다. 그곳을 계속해서 칼로 찌르자 죽었다.

이 사이 법사의 옆에 수하들이 상당수 있었지만, 실로 관음의 도움이 있었기에 수하들은 '많은 사람들이 기습을 해와 이 법사를 죽여 버린 것.'이라고 생각한데다가 또한 그들은 본의 아니게 이렇게 포로가 된 자들이었기에 맞서려고 생각하지 않았다. 하물며 두목으로 모시던 자는 죽어 버렸다. 이미 싸울 기력도 잃고 각자 입을 모아,

"저희들은 나쁜 짓을 한 적이 없습니다. 원래는 이러이러한 사람의 종자였는데 본의 아니게 이렇게 하고 있는 것이옵니다."

라고 하기에 이들을 적당한 장소에 처넣고 많은 사람들이 습격해온 것처럼 행동하며 날이 밝기를 기다렸는데, 그 시간이 참으로 길게 느껴졌다. 가까스로 날이 밝아 자신의 종자들을 불렀더니, 종자들은 모두 아직 꿈을 꾸고 있는 듯 눈을 비비며 퉁퉁 부은 얼굴로 나왔는데, 밤중의 이야기를 듣고서는 단번에 술이 깼다.

그래서 토담이 있는 곳으로 가서 옆문을 열어보니, 구덩이 깊은 바닥에 대나무로 된 뾰족한 창이 빈틈없이 서 있고, 그것에 관통된 오래된 시체와 최근의 새 시체들로 가득 차 있었다. 어젯밤의 가나오마로를 보니 마른 몸에 장신長身의 소년으로 볼품없는 아사기누麻衣[26] 한 장을 입고 게타를 신은

---

25 절체절명絶體絶命의 상황파악. 극한상황을 설정하여 거기에서 새로운 전개가 시작됨. 설화서술의 한 방법.
26 6위 이하의 사람이 입던 무늬가 없는 평상복. 여기에서는 마직물로 만든 볼품없는 의복으로 추정.

채로 창에 찔려 미처 죽지 못하고 움직이고 있었다. '이야기로만 듣던 지옥이라는 것이 바로 이런 곳일까.' 이렇게 생각하면서 어젯밤 이 집에 있던 수하들을 불러들이자 모두 나왔다. 그리고 오랫동안 이곳에서 시키는 대로 마지못해 한 일들을 제각기 이야기했다. 그래서 이 자들을 벌하지는 않았다. 바로 사람을 상경시켜 자초지종을 보고 드렸더니, 조정에서는 이 일을 들으시고는 '아주 장한 일을 했다.'고 칭찬의 말씀을 해 주셨다. 그 후 남자는 상경하여 관직을 하사받고 무엇 하나 부족함 없이 아내와 살게 되었지만, 이 일을 떠올리며 얼마나 울고 웃었을지? 한편 그 법사 도둑과 연이 있다는 사람도 끝내 나타나지 않았다.

현명하고 사려 깊은 사람은 이렇게 하는 것이다. 그렇다고는 해도 사람들은 이 이야기를 듣고 잘 모르는 곳에는 경솔하게 가서는 안 된다.

또한 이 일은 오로지 관음의 구원에 의한 것이다. 관음은 사람을 죽이려고 하시지는 않지만, 법사가 많은 사람을 죽인 것을 좋지 않게 생각하시어 그렇게 하신 것이리라.

그러므로 악인을 죽이는 것은 보살행菩薩行[27]이라고 이렇게 이야기로 전하여 내려오고 있다 한다.

---

27 살생계殺生戒는 오계五戒(→ 불교)·십계 중 하나로, 불교에서 금하는 중죄임. 그것을 관음이 저질렀다는 모순을 중생제도를 위한 방편으로서 정당화한 부분.

従鎮西上人依観音助遁賊難持命語第
二十

今昔、大宰ノ大弐□ト云フ人有ケリ。子共数有ケ
ル中ニ、弟子ナル男有ケリ。年未ダ若クシテ僅ニ二十許也。
形チ美麗ニシテ心賢ク思量有ケリ。武勇ノ家ニ非ズト云ヘ
ドモ、力ナド有テ極テ猛カリケリ。
父母此レヲ愛スルニ依テ、相具シテ鎮西ニ有ルニ、其ノ時
ノ小卿トシテ筑前ノ守□ト云フ人有ケリ。其娘有リ。其ノ娘
形チ端厳シテ心厳シ。年未ダ二十ニ満ズ。父母此レヲ寵ズル
故ニ、相具シテ□国ニ有リ。
而ル間、大弐、□「我ガ男子ニ此ノ小卿ノ娘ヲ合セヨ」ト切
ニ云ニケレバ、守大卿ノ云フ事難背キニ依テ、吉日ヲ以テ合
セテケリ。
其ノ後、夫妻トシテ契リ深クシテ相ヒ思テ有ケルニ、此ノ
等モ皆下ヌ。

男本ヨリ官ノ望ミ有テ、京ニ上セムト為ルニ、男此ノ妻ヲ片
時難去ク思テ、「相具シテ上ラム」ト云ヘバ、云フニ随テ相
具シテ上グ。「船ノ道ハ定メ無シ」トテ、歩ヨリ上ルニ、忩ニ
グ道ニテ、郎等共撰ビ勝テ二十人許ナム有ケル。歩ノ人多ク、
物負タル馬共数有リ。
夜ヲ昼ニ成シテ上ル間ニ、幡磨ノ国、印南野ヲ過ルニ、申
打下ル程ニ、十二月ノ比ニテ、風打吹キ、雪ナド少シ降ル。
而ル間、北ノ山ノ方ヨリ、馬ニ乗タル法師出来タリ。近ク寄
来テ馬ヨリ下ルヽヲ見レバ、年五十余許ニテ、太リ宿徳気
ナル法師ノ、赤色ノ織物ノヒタヽレ、紫ノ指貫ヲ着テ、薬杏
ヲ履テ、塗タル鞭ヲ持テ、早ル馬ニラ天ノ鞍置テ乗タリ。畏
マリテ云ク、「己レハ、筑前ノ守殿ノ年来ノ仕リ人也。此ノ
北渡ニナム住侍ベルガ、自然ラ、『御京上有リ』ト承ハリ
テ、『御馬ノ足モ息サセ給ハムガ為ニ、怪ノ宿ニ入ラセ給
ヘ』トテ参ツル也。」ト云フ様マ、極テ便々シ。其ノ時ニ、郎
主人モ馬ヲ引テ云ク、「大切ナル事有テ、夜ヲ

昼ニテ上レバ、此ク志有ケレバ、年返テ下ラムニ必ズ参リ

来ム」ト。法師強ニ留レバ、引放チ難キ程ニ、日モ山ノ葉

近ク成ヌ。郎等ナドモ、「此ク強ニ被申ルニナム」云ヘバ、

「然ラバ」トテ行ケバ、法師喜テ前ニ打テ行ク。「只此ゾ」

トハ云ツレドモ、三四十町許行テ、山辺ニ築垣高クシテ屋共

数有ル所也。打入テ、寝殿ト思シキ南面ニ居ヌ。階々ノ儲

共有リ。遥ニ去タル所ニ侍有リ。饗共ニ器量シク、馬共ニ

草食ハセ、騒グ事無限シ。我ガ有ル所ニハ女一両ナン有ル。

此クテ装束ナド解テ臥シヌ。前ノ物ナド器量シク、酒ナド有

レドモ、苦サニ悩シクテ不見入ズ。前ナル女房ナド、皆物食

ヒ酒ナド飲テ臥ヌメリ。我レ、妻夫ハ苦サニ不被寝デ、物語

ナドシテ、哀ナル契ヲシテ、「此ル旅ノ空ニテ何ナルベキニ

カ。怪シク心細ク思ユルカナ」ト云フ程ニ、夜漸ク深ク成ヌ。

而ル間、奥ノ方ヨリ人ノ足音シテ来ル。怪シト思フ程ニ、

近ク来テ、枕上ナル遣戸ヲ引開ク。男、「誰レゾ」ト思テ、

起上ル、髮ヲ取モ只引キニ引出ス。力有ル人ナレドモ、俄ノ

事ナレバ、我ニモ非デ被引ル程ニ、枕ナル刀ヲダニ不取敢ヘ

蔀ノ本ヲ放テ、男ヲ押シ出シテ云ク、「金尾丸有ヤ。例ノ事

吉ク仕」。怖シ気ナル音ニテ「候フ」ト答テ、我ガ立頸ヲ

取テ、引キ持行ク。早ク、片角ナル築垣ヲ築廻シテ、脇戸ヲモ

杭ヲ隙無ク立テ、深サ三丈許、井ノ様ナル穴ヲ堀テ、底ニ竹ノ鋭

年来如此ク上リ下ル人ヲ謀リ入レテ、一

日一夜死タルガ如ク酔フ酒ヲ飲セテ、其ソレヲ、主ヲバ

此ノ穴ニ突キ入レテ、従者共ノ酔死タル物ヲ剝ギ取リ、可殺

キヲバ殺シ、可生キヲバ生ケテ仕ヒケル也。其レヲ不知シ

テ来タル也ケリ。

然テ、金尾丸我レヲ引テ其ノ穴ノ許ニ引キ持テ行テ、脇戸

ヲ開テ、金尾丸脇戸ノ此方ニ立テ、突キ入ル。。脇戸ノ保々

立ヲ捕ヘテ不被突入ネバ、金尾丸穴ノ方ニ立テ、引入ムト

為ルヲ、少シ小坂ナルニ、去様ニ金尾丸ヲ強ク突ケバ、逆

二穴ニ落入ヌレバ、脇戸ヲ閉テ、延ノ下ニ曲リ居テ思フニ、

為ム方無シ。眷属共ヲ起シニ行カムト為レバ、皆酔ヒ死タル

二、只荘ヲ隔テヽ橋ヲ引キテケリ。

和ラ板敷ノ下ニ入テ聞ケバ、法師我ガ妻ノ許ニ来テ云フナ
ル様、「転ト思スラム。然レドモ、昼牟子ヲ風ノ吹キ開タリ
ツルヨリ見奉ツルニ、更ニ物不思ズ。罪免シ給ヘ」トテ、打
覆テ臥シヌ。然レドモ女ノ云ク、「我レ、宿願有テ百日ノ精
進ヲナムシテ上ツルニ、今只三日有ルヲ、同クハ、其レ畢テ
云ハム事ニ随ハム」ト。法師ノ云ク、「其ニ増タル功徳ヲ
造ラセ奉ラム」ト云ヘドモ、女、「憑タリツル人ハ此ク目前
ニ無ク成ヌレバ、今ハ身ヲ任セ可奉キ身ナレバ、可辞ニ非
ズ。更ニ忩ギ不可給ズ」ト云テ、親クモ不成ネバ、法師、
「現ニ然モ有ル事也」ト云テ、内ヘ入ヌ。

女ノ思ハク、「然リトモ、我ガ男ハ世モ無下ノ死ニハ不為
シ。此ノ妻ノ居タル前ノ程ニ、板敷ニ大ナル穴有ケリ。其レ
ヲ見付テ、木ノ端ヲ以テ指上タルヲ、妻見付テ「然バ
コソ」ト思テ其ノ木ヲ引キ動シタレバ、「心得テケリ」ト思

フニ、此ノ法師度々来テ
語フト云ヘドモ、女トカク
云ヒツヽ不聞ネバ、女ト入リ
云入来リテ、女和ラ部ヲ放レ
バ、板敷ノ下ヨリ出デ、
入来テ、先ヅ互ニ泣ク事無
限シ。「死ヌトモ共ニ死ナム」
ト問ヘバ、「被引出シ程ニ畳ノ下ニ指入タリ」トテ取出シタ
レバ、男喜ビ、衣一ツ許着セテ、大刀ヲ持テ、北面ノ居タ
ル方ニ和ラ行テ臨ケルニ、長地火炉ニ俎共七八ツ立テ、万
ノ食物置テ散シテ男共有リ。弓、胡録、甲冑、刀釼立並タリ。
法師ハ前ニ台一双ニ銀ノ器共ニ物食散シテ、脇足ニ押シ係
テ打チ低キテ、居乍ラ□ヲシテ寝タリ。

其ノ時ニ、此ノ人思ハク、「長谷ノ観音我ヲ助ケ給テ、父
母ニ今一度値ハセ給ヘ」ト念ジテ、「此ノ法師ノ不思ズシ
テ寝タルヲ、走リ寄テ頸切テ共ニ死ナム。何ニモ我レ可遁キ

むしの垂れ衣(粉河寺縁起)

様無シ」ト思ヒ得テ、和ヲ寄セ、低タル頸ヲ差シ宛テ、強ク打タレバ、「耶々」トテ手ヲ捧テ迷フニ、次ケテ打ケレバ死ニケリ。

其ノ程、前ナル男其員有リト云ヘドモ、実ニ観音ノ助ケ給ヒケレバ、「多ノ人忽ニ入来テ、此ノ法師ヲ殺シツル」ト思エケルニ、亦、心ニ非ズ皆如此クシテ被取タリケル者共ナレバ、「手迎ヘセム」ト思ズ。況ヤ、主ト有ツル者ハ死ヌ。今ハ甲斐無クテ、各口々ニ「已等ハ過シタル事不候ヘバ、可然キ所々ニ追ヒ籠テ、人数有ル様ニ翔ヒ成シテ、夜ノ暁ヲ待ツ程、極テ心モトナシ。適マ睡ヌレバ、郎等共出シテ見ルニ、夢ノ心地シツ、、目押摺リナムドシテ酔ヒ醒シテ出来タリ。「此ク」ト聞テゾ、酔モ悟ケル。

彼ノ脇戸ヲ開テ行テ見レバ、深キ穴ノ底ニ、竹ノ鋭杭ヲ隙無ク立テ、其ニ被貫ル者、旧キ新キ多カリ。夜前ノ金尾丸ハ長高キ童ノ痩タルガ、賤シキ布衣一ヲ着テ、平足駄ヲ履

ヤ。

乍ラ被貫レテ、未ダ死モ不畢デ動ク。「地獄ト云フ所モ此クヤ有ラム」ト見テ、夜前ノ此ノ家ニ有シ男共ヲ召出セバ、皆出来テ、年来不意ヌ事共ヲ申合タリ。

然レバ、咎ヲ不行ズ。使ヲ上テ、京ニ此ノ由ヲ申シケレバ、公聞シ召シテ、「賢キ態シタリ」ト感ゼサセ給ケリ。京ニ上テ、官給ハリテ、思フ様ニテナム有シ事共云ケン。

此ノ妻ト住テナム有ケル。盗人法師ハ其縁ト云フ人モ不聞エデ止ニケリ。心バセ賢ク思量有ル人ハ此ル態ヲナムシケル。但シ、人、何ニ泣見咲ヒ見、有シ事共云ケン。

亦、此レ偏ニ観音ノ御助也。観音ノ人ヲ殺サムトハ不思食ネドモ、多ノ人ヲ殺セルヲ悪シト思食ケルニヤ。

然レバ、悪人ヲ殺スハ菩薩ノ行也、トナム語リ伝ヘタルトヤ。

脇息（春日権現験記）

진제이鎭西로 내려간 여자가 관음觀音의 도움으로 도적의 난을 벗어나 목숨을 구한 이야기

교토에서 진제이로 내려간 남의 집에 고용살이 하던 여자가, 남편의 신원이 도적임을 알고 간하였더니 남편에게 못가로 끌려가 살해당할 뻔 했는데, 용변을 구실로 궁지에서 탈출, 관음을 기원해서 목숨을 구한 이야기. 그 후 여자는 국사國司의 자식과 재혼해 번창하고, 전 남편은 새 남편의 고소로 처형된다. 앞 이야기와는 진제이에 사는 부부를 둘러싸고, 도적의 난을 벗어나는 관음영험이라는 점에서 연결된다.

이제는 옛이야기이지만, 진제이鎭西[1] □[2] 지방에 살던 사람이, 상경하여 여러 일들이 있어 수개월 머물던 중, 홀로 사는 생활에 외로움을 느끼게 되었는데, 묵고 있던 집의 이웃 하녀의 주선으로, 어떤 귀인 집에 종살이하던 젊고 예쁜 여자를 아내로 맞이하게 되었다.

그때부터 남자는 이 여자를 곁에서 떼어놓지 않고 귀여워했는데, 지방으로 돌아가지 않으면 안 되는 때가 되어 이 여자에게 함께 가자고 했더니, 여자는 도읍에는 친척도 지인도 없었으므로 진작부터 '누군가가 같이 가자고 해 준다면 함께 가야지.'라고 생각하고 있었기 때문에, 남자에게 그 말을 듣고 따라가기로 했다. 이웃집 여자도 "주선한 보람이 있었다."며 기뻐했다.

---

1 규슈九州의 다른 이름임. 옛날 대재부大宰府를 진제이후鎭西府라고 한 데서 비롯됨.
2 지방명의 명기를 위한 의도적 결자.

이리하여 여자를 데리고 고향으로 돌아 왔는데, 남자는 원래 부유했기 때문에 무엇 하나 어려움 없이 지내는 동안 2, 3년이 흘렀다.

그런데 이 남자는 숨기고 있었지만 도적을 업으로 하고 있는 자로, 부인도 어느덧 그것을 알아채고 말았다. '낯선 타지[3]에서 뭔가 무서운 일이라도 일어나지 않아야 할 텐데.'라고 생각은 했지만, 남자가 자신을 곁에서 떼놓지 않고 사랑하고 있어서 모르는 척 지내고 있었다. 때로는 '도둑질을 그만두도록 말해볼까.'라고 생각도 했지만 한편으로는 이렇게 사나운 사내였기에 두렵기도 해서 좀처럼 말을 꺼내지 못했다. 그렇지만 역시 '그만두도록 말해 줘야지.' 하고 결심했다. 어느 깊은 밤 주변이 고요해진 무렵 함께 자는 잠자리에서 이런저런 이야기를 하고, 장래를 서로 서약한 그때에 아내가 "사실은 말씀드리고 싶은 것이 있습니다. 들어주시겠습니까?"라고 말했다. 남자가

"무슨 일이든 들어주지 못할 게 어디 있겠는가? 설령 목숨을 잃는 일일지라도 결코 싫다고 하지 않으리다. 하물며 그 밖의 일 따위야 뭐."

라고 하기에 여자는 기뻐하며 "최근 몇 년간 이상한 일을 봐 왔는데, 그것을 그만둬 주시지 않겠습니까?"라고 말했다. 이것을 듣자마자 남자는 안색이 변하고 입을 다물어 버렸다. 여자는 '아아, 해서는 안 될 말을 해버렸구나.'라고 후회했지만, 이제 와서 돌이킬 수 있는 일이 아니었다. 그래서 그 후로는 두 번 다시 말을 꺼내지 않았다. 그런데 그 이후부터 남자의 태도가 돌변하여, 아내 곁에 다가오려고도 하지 않았다. 아내는 '해서는 안 될 말을 했으니 필시 나는 죽임을 당하겠구나.' 하고 한탄하고 있었지만, 이 여자는 예

---

3 원문은 "여행지(旅ノ宅)"라고 되어 있음. 여자는 도읍 교토를 중심으로 생각해서 진제이에서의 생활을 여행지라고 의식하고 있음.

전부터 관음품觀音品[4]을 매일 읊고 있었기 때문에 '관음님 제발 도와주시옵소서.'라고 마음 속 깊이 기원했다.

그러다가 4, 5일 정도 지나서, 남자가 아내에게 "오늘, 이 근처의 온천에 가려고 하는데, 어떻소? 가지 않겠소?"라고 말했다. 여자는 '그렇다면 오늘 나를 죽이려고 하는 것이구나.' 하고 깨달았으나 달아날 방도도 없어서 따라가게 되었다. 남자는 부인을 말에 태우고 자신도 말에 타고 화살 통을 메고 종자 두 명 정도를 대동하여 신유辛酉[5] 무렵에 출발했다. 아내는 이제 곧 죽을 것이라 생각하니 슬퍼서 눈물이 흘러내려 가는 길도 전혀 눈에 들어오지 않았지만, 오로지 마음속으로 관음을 외며 '이 세상은 이것으로 끝이겠지요. 적어도 후세에는 도와주시옵소서.'라고 부탁을 드렸다.

이렇게 가던 중에 이윽고 한쪽은 산, 또 다른 한쪽은 늪이라고는 하지만 연못 같은 습지의 오솔길로 막 접어들었을 때, 아내가 남자에게 "지금 급한 용무를 보고 싶어졌어요.[6] 말에서 잠깐 내려주세요."라고 말했다. 남자는 언짢은 표정으로 종자에게 "할 수 없군, 이봐라, 내려줘라."라고 하자, 종자가 여자 곁으로 다가가 안아 내려주었다. 그래서 늪 근처에서 대변을 보는 모습으로 웅크려 앉았다. 내려준 남자가 가까이에 서 있기에 여자는 "이런 때에 가까이에 서 있다니 뭡니까? 저리 가세요."라고 하자, 주인 남자도 2단段[7] 정도 떨어져 말을 세우고 서 있었다. 아내는 '죽임을 당할 바에는, 이 늪에 몸을 던져 버리자.'[8]라고 생각하고, 입고 있는 옷을 벗어 그 위에 이치메

---

4 → 불교.
5 오후 5시경.
6 여자는 거짓말을 해서 도망갈 기회를 노리고 있던 것임. 부녀자가 용변을 핑계 삼아 상대를 방심하게 하고 틈을 봐서 도망치는 방법으로, 권29 제29화에도 보임.
7 일 단段은 약 6간間으로 약 11m.
8 절체절명絶體絶命의 상황파악. 극한상황을 설정하여 거기에서 새로운 전개가 시작됨. 설화서술의 한 방법.

市女 삿갓[9]을 두어 웅크리고 앉아 있는 것처럼 보이게 하고, 알몸으로 몰래 늪으로 들어갔는데 주인도 종자들도 조금도 알아채지 못했다. 이 늪의 표면은 진흙탕 같아서 갈대 등이 빽빽이 나 있고 바닥이 매우 깊었지만, 여자는 물속으로 들어가자마자 늪의 한가운데로 여겨지는 쪽으로 정신없이 기어갔다. '이제 곧 죽겠지.'라고 생각하면서도 관음에게 계속 기원을 하며 어딘지도 모르는 물속을 기어갔다. 이렇게 늪 바닥을 기면서 물속에서 들어보니, 멀리서 남자의 거친 목소리가 들리며 "어째서 이렇게 시간이 걸리는 거야. 빨리 말에 타거라."라고 말하는 것 같았다. 하지만 여자의 목소리가 들리지 않자 가부라 화살鏑矢[10]로 갓을 쐈다. 갓 위를 꿰뚫었지만 아래에 있을 여자의 목소리[11]도 화살의 반응도 없어 갓 아래는 텅 비었다고 생각한 남자가 종자에게 "이상하구나. 여봐라, 살펴보고 오너라."라고 명령했다. 종자가 가까이 가서 봤지만 여자가 없자 "안 계십니다."라고 말했다. 그래서 주인 남자가 말에서 내려와 보니, 옷과 갓은 있으나 사람이 없었다. 놀라서 바로 산 쪽을 찾아보았지만 없었다. 늪에 들어갔으리라고는 의심도 하지 않았다. 그러는 사이 날이 저물어 어두워져 버렸고 남자는 머리카락을 쥐어뜯을 정도로 분해했지만, 어쩔 수 없이 집으로 돌아갔다.

한편 여자는 멀리 깊은 곳까지 기어들어가, 밤새도록 계속 기어 동이 틀 무렵이 되었을 쯤 겨우 조금 얕은 곳으로 나올 수 있었다. 보니, 근처에 어렴풋이 물가가 보였다. 인가처럼 보이는 것도 보이자 기뻐하며 바로 물가로

---

9 중고中古·중세中世시대에 여성이 외출 시에 썼던 볼록한 형태의 갓. 골풀이나 대나무 껍질로 짜고 옻칠을 하였음.

10 '가부라鏑'란 나무·대나무 뿌리·뿔을 이용하여 무청 모양의 화살촉으로 안을 동굴 모양으로 파서 여러 개의 구멍을 낸 것. 그것을 화살 끝에 단 것이 가부라 화살. 구멍으로 바람이 들어가서, 윙윙 소리를 내며 날아감. 옛날, 싸움에 앞서 양편에서 서로 효시嚆矢를 쏘아서 기세를 올려 개전開戰의 신호로 삼을 때 등에 사용.

11 삿갓 아래의 목소리. 즉 여자의 비명.

올라왔다. 완전히 진흙 인형과 같이 되어 있었기에 물이 있는 곳으로 가서 몸을 씻었다. 3월 무렵의 일이라 매우 추웠다. 덜덜 떨면서 '어딘가 집으로 들어가야겠다.'라고 생각하고 있는데 이윽고 날도 훤히 밝아 왔다. 그러자 지팡이를 짚은 한 할아버지가 옆으로 다가와서 여자에게 "그렇게 알몸으로 계시다니, 대체 누구십니까?"라고 말했다. 여자가 "사실은 도둑을 만났습니다. 어쩌면 좋습니까?"라고 하자, 할아버지는 "저런! 가엾게도. 자 이리로 오십시오." 하고는 자신의 집으로 데리고 돌아가 아내인 노파에게 "이봐, 여기 좀 봐. 딱하신 양반이 오셨어."라고 말했다. 노파도 정이 깊은 여자로 불쌍히 생각하고 조잡한 아오襖[12]라는 옷을 입히고 안쪽으로 앉혀 불로 따뜻하게 녹여줬다. 이윽고 여자는 다시 살아 돌아온 듯한 기분이 되어 그곳에서 잤는데, 음식 등 정성을 다해 먹여주기도 하고 2, 3일 돌봐주는 사이 자세히 보니 참으로 예쁜 여자다. 놀랍게도 이곳은 여자가 죽을 뻔한 늪지에서 까마득히 멀리 떨어져 □□□□□□□□.[13]

　그런데 그 지방의 국사國司 □□□□[14]라고 하는 사람의 아들로 젊은 남자가 있었는데 아직 부인이 없었다. 이 집 노파의 딸은 국사의 저택에 종살이를 하고 있었는데 휴가를 얻어 집으로 돌아왔을 때 이 여자를 보았다. 며칠 함께 서로 이야기를 나누고 지내다가 이 딸이 저택으로 가서 여자의 모습을 이야기하니, 주인집 아들은 그것을 듣고 바로 그 작은 집으로 가서 막무가내로 안으로 들어가 보니, 참으로 느낌이 좋은, 어디 하나 흠잡을 곳이 없는 여자가 초라한 아오를 입고 앉아 있었다. 다가가 끌어안으려고 하자 여자도 거부하지 못하고 서로 다정한 사이가 되었다. 그 후 남자는 옷[15] 등

---

12 겹옷. 면을 넣은 것도 있었음.
13 파손에 의한 의도적 결자. 현재 있는 곳을 설명하는 구절이 있었을 것으로 추정됨.
14 국사의 성명 명기를 위한 의도적 결자.
15 초라한 옷을 입고 있었기 때문에 고급스러운 의상을 주고 갈아입게 한 것.

을 주고 자기 집으로 맞아들여 같이 살게 되었다.

이렇게 수일 저택에 살고 있는 동안, 여자는 과거 일을 모두 빠짐없이 눈물을 흘리며 이야기하자, 남자는 '정말로 기이한 일도 다 있구나.'라고 말하고 아버지인 국사에게는 이 여자에 관한 이야기는 하지 않고

"《그》[16] 지방에 이러이러한 이름의 남자가 있는데, 오랫동안 도둑질을 업으로 하여, 최근 도읍에서 한 여자를 아내로 맞이했습니다만, 그 아내를 죽이려다가 놓쳤답니다. 그 아내는 목숨을 보존하여 여기에 살고 있습니다. 신속히 그 남자를 불러들여 체포해야 마땅하다고 생각합니다."

라고 말했다. 국사는 이것을 듣고 사람을 그 지방에 보내 사건의 경위를 전했다. 그 지방에서도 예전부터 그러한 소문이 있었던 참에 이렇게 전달받았기 때문에, 바로 그 남자를 체포해 그 지방의 관리[17]을 붙여 호송해 왔기에 그 남자를 심문했다. 얼마동안은 자백하지 않았지만 고문을 한 결과, 결국 있는 그대로 자백을 했다. 원래의 아내는 발簾 안에서 이것을 보고 참으로 가련하게 생각했다. 이 도둑 남자는 결국 들판으로 끌려가 목이 베이고 말았다.

여자는 이 국사의 아들과 오래도록 부부가 되어 상경하여 살게 되었다. 여자는 '이것은 오로지 관음의 도움이다.'라고 믿고 한층 더 성심을 다해 관음을 섬겼다.

믿음이 두터운 자는 이렇게 부처의 은덕을 입는 것이다. 이 이야기는 여자가 이야기한 것이라고 이렇게 이야기로 전하여 내려오고 있다 한다.

---

16 이 지방은 아버지가 다스리는 지방과는 별도의 지방이기 때문에, 여기에 공란을 둔 것임.

17 당시의 범죄자 처형제도가 어떻게 되어 있었는지는 명확하지 않지만, 다른 지방의 범죄자를 다른 지방에서 처벌하는 것은 망설여졌을 것이라고 여겨짐. 그 지방 관리를 붙여 호송해 온 것도 그 당시의 사정과 관계가 있다고 추정됨.

下鎮西女依観音助遁賊難持命語第
二十一

今昔、鎮西□国ニ住ケル人京ニ上テ、要事有ケレバ京ニ月来有ケルニ、便無カリケリ。宮仕シケル女ノ年シ若ク形チ美麗也ケルヲ、宿タル家ノ隣ニ有ケル下女合セテケリ。

其ノ後、男此ノ女ヲ難去ク思テ過ルニ、男本国ヘ可返キ時ニ成テ、此ノ女ヲ具シテ行ムト云ケレバ、女京ニ相憑ム人モ無ク、知タル人モ無ケレバ、「倡フ水有ラバ」ト思ヒ渡ケルニ、男ノ此ク云ケレバ、出立ケリ。隣ノ女モ、「申シ伝タリシ甲斐有」トテ喜ビケリ。此クテ、既ニ此ノ妻ヲ具シテ本国ニ下ヌ。男本便有ケレバ、思フ様ニ有ル程ニ、二三年ニ成ヌ。

而ル間、男隠スト為レドモ、盗ヲ役トシケルヲ、妻漸ク其ノ気色ヲ知ヌ。「旅ノ空ニテ怖シキ事ヤ出来ラムズラム」ト思ヘドモ、我ヲ難去ク思タレバ、不知ヌ様ニテ過グルニ、「此ノ事ヲ制セバヤ」ト思フニ、亦、此ク猛キ者ナレバ、怖シクテ不云ヌヲ、尚、「制シテム」ト思テ、静也ケル時、二人臥シテ、万ヅ語ヒ行末ノ事ヲ契ケル次ニ、妻ノ云ク、「我レ君ニ云ハムト思フ事有リ。聞スヤ」ト。男ノ云ク、「何事也トモ云フトモ、何ゾ不聞ザラム。譬ヒ命ヲ失フ事也トモ、

可辞キニ非ズ。況ヤ余ノ事ヲバ」ト。女喜ト思テ云ク、「年
来怪キ事ヲ見ヲ、其レ止メ給テムヤ」ト。男此レヲ聞マヽニ、
気色替テ物モ不云デ止ヌ。女、「由無キ事ヲモ云フ事ケルカ
ナ」ト悔ク思ヘドモ、可取返キ事ナラネバ、女、「由無キ事ヲモ云フ事無シ。
其ノ後、男気色替テ、妻ノ辺ニモ不近付ズ。妻、「由無キ事
ヲ云テ、我レ必ズ被殺ナムトス」ト歎ケルニ、本ヨリ観音品
ヲナム毎日ニ読奉ケレバ、「観音助ケ給ヘ」ト心ノ内ニゾ
念ジケル。

而ル間、四五日許有テ、男妻ニ云ク、「今日此近キ所ニ行
テ湯浴スルニ、去来給ヘ」ト云ヘバ、女、「今日我レヲバ殺
サムズルニコソ有ケレ」ト心得タリト云ヘドモ、可遁キ方無
ケレバ、具シテ行ムトス。妻ヲ馬ニ乗セテ我モ馬ニ乗テ、胡
録搔負テ、従者二人許具シテ、申酉ノ時許ニ出立テ行ク。
妻涙ヲ流シテ、死ム事ヲ悲デ、更ニ道モ不見ネドモ、只心ノ
内ニ観音ヲ念ジ奉テ、「此ノ世ハ此テ止ナムトス。後生助ケ
給ヘ」トゾ申シケル。

此クテ行ク程ニ、片辺ハ山ニテ、今片辺ハ、沼ト云バ池ノ
様ナル沢立タル所也ケル細キ道ヲ行ケルニ、妻男ニ云ク、
「只今、糸破無キ事ナム有ル。馬ヨリ暫ク下ム」ト。男気悪
気ニテ、「然ハ、其レ下セ」ト云ヘバ、従者寄来テ抱キ下
ツレバ、沢辺ニ下リテ、遠キ事ヲ為ル様ニテ居タリ。抱キ下
シツル男ノ近ク立ルヲ、女ノ、「此ク有ル所ニハ近ク無キ
事ゾ。去ケ」ト云ケレバ、主ノ男モ二段許ヲ去テ、馬ヲ引
ヘテ立ルニ、妻、「我レ被殺ヨリハ此ノ沼ニ入テ身ヲ投テム」
ト思テ、着タリケル衣共ヲ脱ギテ、其ノ上ニ市女笠ヲ置テ、
居タル様ニシテ、我レハ裸ニテ窃ニ沼ニ這入ヌルニ、此等露

胡籙(年中行事絵巻)

不知ズ。此ノ沼ノ上ヘハ泥ノ如クシテ、葦ナド云フ者生ヒ滋リテ、底ハ遥ニ深カリケルニ、落入ケルママニ息ト思シキ方ヘ、只這ニ這ヒケルニ、「今ハ死ナムズラム」ト思テ、観音ヲ念ジ奉テ、何コトモ無ク這ヘバ、底ヲ這テ行クニ、水ノ下ニテ聞ケバ、遠ラカニ男ノ声ニテ荒ラカニ、「何ド久ハ有ルゾ。早ク乗ヨ」ト云ナルニ、女ノ音ヲ不為ネバ、蕪箭ヲ以テ射タレバ、笠ノ上ヲ射ツルニ、下音モ無ク、箭ノ風モ不答シテ空ナレバ、男、「怪シ。其レ見ヨ」ト従者ニ云フニ、従者寄テ見ルニ、人無ケレバ、「不御ズ」ト云フニ、驚テ、先ヅ馬ヨリ下テ見ルニ、衣ト笠トハ有テ、主ハ無シ。驚テ、先ヅ山ノ方ヲ追求ムルニ無シ。「沼ニ入ヌラム」ト不疑ズ。而ル間、日暮レテ暗ク成ヌレバ、男頭ヲ搔テ妬ガルト云ヘドモ、可為キ方無クテ、家ヘ返ル。

女ハ遥ニ息ニ這出デ、終夜這テ、暁ニ成テ少シ浅キ所ニ這出ヌ。見レバ、紫ニ陸近ク見ユ。人里ノ様ナル所見ユレバ、喜ビ乍ラ、先ヅ陸ニ上ヌ。身ハ十形ナレバ、水ノ有ル所ニ寄テ洗フ。三月許ノ事ナレバ、極テ寒シ。籟々震フ、「人ノ家ニ立入ラバヤ」ト思フニ、夜モ白々ト成ヌ程ニ、翁ノ嫗ヲ突タル、出来テ打見テ、「此ハ何ナル人ノ裸ニテハ御スルゾ」ト云ヘバ、女「盗人ニ値タル也。何ガ可為キ」ト云ヘバ、翁、「穴糸惜シ。去来給ヘ」ト云テ、家ニ将行テ、妻ノ嫗ニ、「此レ見ヨ。此ハ人ノ御スルゾ」ト云ヘバ、嫗慈悲有ケル者ニテ、此レヲ哀ムデ、賤ノ襖ト云フ物着セテ、奥ノ方ヘテ、火ニ炮ナドシテ食セテ、活タル心地シテ臥ルニ、食ヒ物ナド吉クシテ食セテ、二三日営ハル程ニ、見レバ、実ニ端正ナル女也。

而ニ、其ノ国ノ司□ト云フ人ノ子也ケル若カリケル人、未ダ妻モ無クシテ有ケルニ、此ノ家ノ嫗ノ娘館ニ宮仕シテ有ケルニ、家ニ出デ、見ルニ、此ノ人有リ、打語ナドシテ日来有ケルニ、其ノ女童館ニ行テ此ノ人ノ有様ヲ語ルニ、此ノ家ノ子ノ主此ヲ聞テ、忽ニ其ノ小家ニ行テ、押入テ見ルニ、此ノ人ノ有様ヲ見レバ、実ニ糸目安クテ、此ハ弊シ見ユル所モ無テ、賤ノ襖ヲ着テ

居タリ。寄テ触バヽムト為ルニ、可辞キ様無ケレバ、親ツ成ニケリ。其ノ後、男衣共ナド着セテ、館ニ迎テ住ケリ。

［四］日来ヲ住ル程ニ、女有シ事共ヲ不落ズ、泣々ク語ケレバ、男コ、「奇異也ケル事カナ」ト思テ、父ノ守ニ、此ノ女ノ事トハ不云デ、守ニ云ケル様、「　　　」国ニ某ニ申ナル男、年来盗ヲ以テ業トシテ、近来京ヨリ女ヲ迎テ、其ノ妻ヲ殺サムトシケルニ、逃シテケレバ、其ノ妻ノ許ナム有ル。速ヤカニ可召キ也」ト。守此ノ事ヲ聞テ、使ヲ彼ノ国ニ遣テ、此ノ由ヲ云送ル。彼ノ国ニモ、其ノ男本ヨリ其ノ聞ヘ有ケルニ合セテ、此ク云ヒ送タレバ、即チ其ノ男ヲ搦テ、国人ヲ具シテ送タレバ、此ノ事ヲ問フニ、暫ハ不落ザリケレドモ、責問ケレバ、遂ニ有ノマヽニ云ヒケリ。本ノ妻廉ヲ内ニシテ此ヲ見テ、糸哀レニ思ケリ。此ノ盗人男ヲバ、野ニ将行テ頸ヲ切テケリ。

［一四］女ハ此ノ家ノ子ト永ク夫妻トシテ、京ニ上テ住ケリ。「此レ偏ニ観音ノ御助也」ト信ジテ、弥ヨ懃ニ観音ニ仕ケリ。

実ノ心有ル者ハ、此ゾ仏ノ利益ヲモ蒙ケル。［一五］女ノ語ケル也、トナム語リ伝ヘタルトヤ。

벙어리 여자가 이시야마^{石山} 관음^{觀音}의 도움으로
말하게 된 이야기

태어날 때부터 말을 못하는 아름다운 여자가, 양친이 돌아가신 후 결혼하지만 버려져 이시야마데라^{石山寺} 관음에게 간절히 기원했더니, 고명^{高名}한 영험자^{靈驗者}의 가호로 말할 수 있게 되고, 험자에게 준 수정 구슬의 연^緣으로 남편과도 재회하여 맺어졌다는 이야기. 앞 이야기와는 불행한 결혼 후에 행복한 결혼을 한다는 점에서 느슨하게 연결된다.

이제는 옛이야기이지만, 그다지 멀지 않은 옛날에, 누구라고는 알 수 없지만 도읍인 교토에 집안이 미천하지 않은 사람의 딸이 있었다. 용모는 매우 아름다웠지만, 태어날 때부터 벙어리였기 때문에 부모는 밤이나 낮이나 이 사실을 한탄하며 슬퍼했지만, 아무런 소용이 없었다. 한동안은 '이것은 신이 내린 재앙일까, 아니면 영^靈[1]의 짓일까?' 하고 의심하며 신불^{神佛}에게 기원을 드리기도 하고 존귀한 승려를 불러 기도를 하게 하기도 했지만, 성인이 되어도 역시나 말을 못했기에, 나중에는 부모도 별로 신경을 쓰지 않게 되어 버렸다. 그래도 유모만은 이 여자를 애처롭게 생각하며 지내고 있던 중 부모가 잇달아 죽고 말았다.

---

1   생령生靈·사령死靈 등 인간에게 들러붙어 화를 입히는 영귀. 원령, 악령.

유모는 이전보다 더 이 여자를 불쌍히 여겨 한탄하면서

'어떻게 해서든 남편을 갖게 해서 아이를 낳고 장래 편안하게 살아갈 수 있도록 해주고 싶다. 용모도 아름다우니 당분간은 아내로 삼을 사람도 분명 있을 것이다.'

라고 생각하고, 수려하고 인정이 있는 한 전상인殿上人[2]에게 아무것도 모른 체하고 주선하였다. 유모는 여자에게도 눈물을 흘리며 사정을 잘 말하고 납득시켰기 때문에 두 사람은 맺어졌는데, 그 후 남자는 매일같이 여자 집을 다녀갔다. 남자는 여자의 아름다움을 보고 잠시도 떼어놓기가 힘들 정도로 사랑스럽게 여겨서 뭐든 여자에게 이야기를 걸었지만, 여자는 전혀 말을 하지 않기 때문에, 남자는 한동안은 '부끄러워하고 있는 걸까?' 하고 생각했지만, 여자가 무엇인가 말하고 싶어 하면서 눈에 눈물을 머금고 있는 것을 보고 '이 여자는 벙어리였구나.'라고 알아차렸다. 그 후로는 깊은 애정은 품고 있으면서도 불구라고 생각하니 다소 발길이 소원해졌고, 이를 여자는 괴롭게 여겨 어딘지도 모르게 자취를 감춰 버렸다.

남자가 여자의 집에 가보니 여자가 없었다. '그럼, 숨어버린 거구나.'라고 생각하니, 여자의 얼굴이나 모습이 생각나고 마음에 걸려 그리워하며, 있을 만한 곳을 사방팔방 전력을 다해 찾았지만 찾을 수 없었기에 한탄하며 세월을 보내고 있었다. 여자는 이시야마石山[3]라는 곳에 있었다. 자기 유모의 친척인 승려를 찾아가려고 친한 시녀 한 명과 어린 여자아이만을 데리고 밖으로 나갔다. '비구니가 되어야겠다.'고 결심했기 때문에 이시야마데라의 불당[4]에 묵으면서 지성으로

2 청량전淸凉殿에 오르는 것이 허락된 당상관堂上官. 4위·5위, 또는 6위의 궁중 잡무를 처리하던 직원.
3 이시야마데라石山寺(→ 사찰명).
4 본존 여의륜관음如意輪觀音을 안치하고 있는 본당. 관음당.

"관음께서는 이루기 어려운 사람들의 소원을 들어주시기를, 그 어떤 다른 부처님보다 뛰어나신다고 들었습니다. 하오니, 제발 이 병을 고쳐주세요. 만약 저의 전생의 악업[5]이 중하여 구해주실 수가 없으시다면 바로 죽으려고 합니다. 그때에는 아무쪼록 후세後世를 구제해 주십시오."[6]

라고 기원했다.

이렇게 기원을 올리며 수일을 틀어박혀 있었는데, 당시 히에이 산比叡山의 동탑東塔[7]에 □□[8]라고 하는 아사리阿闍梨가 있었다. 매우 뛰어난 수험자修驗者[9]였다. 당시 사람들은 모두 머리를 조아리고 그에게 귀의歸依하고 있었는데, 이 사람이 이시야마[10]에 참배했을 때 불당에서 이 벙어리 여자가 기도하고 있는 것을 보고 "당신은 누구십니까? 어떠한 사정으로 불당에 묵으며 기도하고 있는 겁니까?"라고 물었다. 여자는 말을 할 수 없었기 때문에 종이에 써서 사정을 이야기했다. 그러자 아사리가

"내가 당신의 병을 위해 기도해 드리지요. 이것은 오로지 관음께서 중생에게 베푸는 은혜에 의한 것입니다."

라고 말했다. 여자가 고맙다는 말을 다시 써서 보여줬기에 아사리는 관음 앞에서 열심히 가지加持[11]를 시작하여, 삼 일 밤낮 쉬지 않고 계속 기도드렸으나 효험이 나타나지 않았다. 그래서 아사리는 분발해서 목소리를 한층 더 거칠게 하며 눈물을 흘리며 가지를 했는데, 여자가 입속에서 뭔가를 토해내기를 두 시간 정도, 그 후 말할 수 있게 되었으나 그것은 혀짤배기 사람 같

---

5 → 불교.
6 극락왕생을 기원한 것.
7 → 사찰명.
8 승명의 명기를 위한 의도적 결자. 『삼국전기三國傳記』에는 "히에이 산의 행자行者 무도지無動寺 원만방圓滿房의 아사리阿闍梨라고 하는 대험자大驗者"라고 되어 있음.
9 가지기도加持祈禱의 영험력靈驗力을 갖춘 승려. 험자驗者(→ 불교).
10 이시야마데라는 진언종의 사찰이지만, 히에이 산과는 가까워서 자주 왕래가 있었음.
11 → 불교.

왔다. 그 후 차츰 보통사람과 같이 말할 수 있게 되었다. 참으로 오랜 세월 악령惡靈이 행한 짓이었던 것이다.

여자는 눈물범벅이 되어 아사리에게 절을 하고 감사로 드리는 작은 표시라며 오랫동안 가지고 있던 수정 구슬을 주었다. 아사리는 구슬을 받고 원래 있던 히에이 산으로 돌아갔다.

여자는 그대로 산[12]에 머물러 있었지만, 원래 남편이었던 전상인은 이 여자를 아무리 해도 찾지 못해 갑자기 도심을 일으켜 여기저기 영험靈驗[13]한 곳을 돌며 참배를 계속하고 있었다. 이윽고 히에이 산으로 올라가 근본중당根本中堂[14]을 참배했는데, 그 아사리를 예전부터 알고 있었기 때문에 그 승방에 가서 식사 등을 하고 휴식하고 있는데, 예의 그 수정구슬이 옆에 걸려 있었다. 그것을 보자마자 반사적으로 아사리에게 "이 구슬은 어디에 있던 것입니까?"라고 물었다. 아사리가

"이시야마데라에 벙어리인 여성이 머물며 기도를 하고 있었는데, 그 사람을 기도로 낫게 해 주고 받은 것입니다."

하고 대답했다. 벙어리라고 듣자마자 가슴이 뛰어 더욱 자세하게 정황을 물으니, 아사리는 자초지종을 이야기해 들려주었다. 들어보니 틀림없이 그 여자다. 기쁨에 가슴을 두근거리며 도읍으로 돌아왔다.

그 후 곧바로 이시야마데라로 가서 물어보니, 여자는 한동안은 신분을 숨기고 상대하려고 하지 않았지만, 억지로 면회를 요청하여 지금까지의 일을 여자에게 호소했더니, 여자도 '그런 것이었구나.' 하고 결국 남녀의 정을 나누었다. 그리고 서로 지금까지의 일들을 눈물을 흘리며 서로 이야기하고,

---

12 이시야마를 가리킴. 『삼국전기』에는 "여자는 여전히 이시야마에 있었고, 보문품普門品을 독경하고 있었다." 라고 나옴.

13 영험소靈驗所(→ 불교).

14 → 불교.

바로 데리고 출발하여 도읍으로 돌아와 깊은 언약을 맺고 부부로서 살게 되었다. '이것도 오로지 관음의 은혜이다.'라고 생각하여 두 사람 모두 한층 더 지성으로 관음을 섬겼다.

관음의 영험은 이와 같은 것이라고 이렇게 이야기로 전하여 내려오고 있다 한다.

瘂女依石山観音助得言語第二十二

벙어리 여자가 이시야마石山 관음観音의 도움으로 말하게 된 이야기

今昔、誰トハ不知ズ、中比、京二階不苟又人ノ娘有ケリ。

形ハ極テ美麗ニシテ、生ケルヨリ瘂ニテゾ有ケレバ、父母明暮此ヲ歎キ悲ムト云ヘドモ、甲斐無シ。暫ハ、「神ノ崇力。若ハ霊ノ為ルカ」ナド疑テ、仏神ニ祈請シ、貴キ僧ヲ呼テ祈ラセケレドモ、長大スルマデ遂ニ物云フ事無ケレバ、後ニハ、父母棄テ不知ザリケリ。然レバ、乳母ノミ此ノ人ヲ哀レムデ過ル程ニ、父母打次キ失ニケリ。

弥ヨ、乳母此ノ人ヲ悲ムデ、歎キ思ケル様、「此ノ人ニ男ヲ合セテ、子ヲ令生テ、末ノ便トモ為バヤ。形チ美麗ナレバ、此ノ人ニ男ノ許ニ行タルニ、無ケレバ、「失ニケリ」ト思フニ、形有様ヲ思ヒ出サレテ、心ニ係リテ、此ヲ恋ヒ悲ムデ、諸ノ所々ヲ尋求レドモ、尋得ル事無ケレバ、歎キ乍ラ過グルニ、女ハ、石山ト云フ所ニ此ノ乳母ノ類也ケル僧ノ有ケルヲ

ク、心ニ情有ケルヲ、然気無クテ合セテケリ。

女ニモ乳母泣々此ノ由ヲ云聞セテ、心ヲ得サセタレバ、合テ後日来通フニ、男女ノ美麗ナルヲ見テ、難去ク労タク思テ万ヲ語ルニ、女惣テ物ヲ不云ネバ、暫ハ「恥シヒタルカ」ト思フニ、物ノ云ハムト思タル気色乍ラ、目ニ涙ヲ浮ヲ見テ、男、「此レハ瘂也ケリ」ト心得ツ。其ノ後、志シハ愚ニ非ズト云ヘドモ、物ノ云「片輪者也ケリ」ト思テ、跡ヲ暗クシテ失ニケリ。枯々ニ成ヲ、女、「心疎シ」ト思テ、少シ男女ノ許ニ行タルニ、無ケレバ、「失ニケリ」ト思フニ、

参籠（石山寺縁起）

尋テ、親キ女房一人女ノ童許ヲ具シテ行ニケリ。 其ニシテ

「尼ニ成ナム」ト思ケルニ、此ノ石山ノ御堂ニ籠テ、心ヲ至

シテ念ケル様、『観音ハ難有キ衆生ノ願ヲ満テ給フ事、他ノ

仏ケニハ勝レ給ヘリ』ト聞ク。然レバ、我ガ此ノ病ヲ救ヒ給

へ。若シ、前世ノ悪業重クテ、救ヒ給ハムニ不能ズハ、我レ

速ニ死ナム。必ズ後世ヲ助ケ給ヘ」ト。

如此ク念ジテ、日来籠タル間ニ、比叡ノ山ノ東塔ニ□ト

云フ阿闍梨有リ。世ニ勝レタル験者也。時ノ人皆首ヲ低テ

帰依スル事無限シ。 其ノ人石山ニ参タルニ、御堂ニシテ此ノ

痙女ノ籠タルヲ見テ、問テ云ク、「此レ、誰人ノ、何ノ故有

テ籠レルゾ」ト。女物ヲ不云ネバ、文ニ書キテ有様ヲ聞カス。

阿闍梨ノ云ク、「我レ君ノ病ヲ祈テ試ム。此レ偏ニ、利益衆

生ノ故也」ト。女喜ブ由ヲ亦書テ試ムルニ、阿闍梨観音ノ

御前ニシテ心ヲ至シテ加持スルニ、三日三夜音ヲ不断ズ。然

レドモ其ノ験シ無シ。其ノ時ニ、阿闍梨嗔ヲ発シテ泣々ク加

持スルニ、女ノ口ノ中ヨリ物ヲ吐出ス事、一時許也。其ノ

後、物ヲ云事舌付ナル人ノ如シ。然レドモ、其ヨリ物ヲ云フ

事例ノ人ノ如シ。早ウ年来悪霊ノ致ケル也。

女泣々ク阿闍梨ヲ礼拝シテ、注シ許ニトテ、年来持タリ

ケル水精ノ念珠ヲ、阿闍梨ニ与ヘツ。阿闍梨念珠ヲ得テ、本

ノ山ニ返ヌ。

女ハ尚山ニ有ルニ、彼ノ本ノ男ノ殿上人ノ、女ヲ不求得ズ

シテ、忽ニ道心ヲ発シテ所々ノ霊験ノ所ニ参リ行ケルニ、比

叡ノ山ニ登テ、中堂ニ参ケルニ、此ノ阿闍梨本ヨリ知タリケ

レバ、其ノ房ニ行テ物ナド食テ打息ムニ、彼ノ水精ノ念珠ヲ

物ニ係タルヲ見テ、不意ニ阿闍梨ニ問テ云ク、「此ノ念珠ハ

何コナリツルゾ」ト。阿闍梨ノ云ク、「石山ニテ痙ナリシ女

房ノ籠リシヲ祈止テ得タリシ也」ト。此レヲ痙ト聞クニ、心

騒テ細ニ問フニ、有様ヲ語ル。此レヲ聞クニ、只其レニテ有

リ。心ノ内ニ喜テ京ニ忩ギ返ヌ。

其ヨリ石山ニ行テ尋ヌルニ、暫ハ隠スト云ヘドモ、強ニ

尋テ年来ノ事ヲ云入ルニ、女、「然也ケリ」ト聞テ、遂ニ合

ヌ。

　互ニ泣々ク年来ノ事共ヲ語テ、忽ニ相具シテ京ニ返テ、深キ契ヲ成シテ夫妻トシテ棲ケリ。「偏ニ此レ観音ノ利益也」ト知テ、弥ヨ共ニ心ヲ至シテ仕ケリ。

　観音ノ霊験此クゾ有ケル、トナム語リ伝ヘタルトヤ。

맹인盲人이 관음觀音의 도움으로 눈을 뜬 이야기

나라奈良의 야쿠시지藥師寺 근방에 사는 맹인 여자가 천수관음千手觀音의 일마니수日摩尼手에게 기원하여, 관음의 권화權化에게 치료를 받고 두 눈이 보이게 되었다는 이야기. 관음이 신체의 장애를 치유하는 영험담임. 앞 이야기와는 관음에게의 깊은 신앙에 의해, 신체장애로부터 구제받은 모티브로 연결된다.

이제는 옛이야기이지만, 도읍인 나라奈良에 있는 야쿠시지藥師寺[1] 동쪽부근 마을에 한 사람이 있었다. 두 눈이 보이지 않아 오랫동안 이를 한탄하며 슬퍼했지만, 나을 기미조차 보이지 않았다.

그런데 이 맹인이 천수관음千手觀音[2]의 서원誓願에 '눈이 보이지 않는 사람을 위해 일마니日摩尼의 손[3]으로 만져서 눈을 떠주게 해주겠다.'라고 되어 있다는 것을 듣고 이것을 깊이 믿으며 일마니의 손에 기원을 담아, 야쿠시지의 동문 쪽에 앉아서 손수건을 앞에 깔고 지성으로 일마니의 이름을 소리높여 읊고 있었다. 왕래하던 사람이 이를 보고 불쌍하게 생각하여 돈이나 쌀 등을 손수건 위에 놓아 주었다. 또한 정오正午[4] 독경하는 시각에 치는 종

---

1 → 사찰명. 창건 경위에 관해서는 권11 제17화 참조.
2 → 불교.
3 천수관음千手觀音의 일마니日摩尼(→ 불교)를 든 손. 왼쪽 엄지손가락에 일마니의 보주寶珠를 들고 있음. 일마니수日摩尼手라고도 함. 태양의 상징으로 맹인이 이 보주를 만지면 개안開眼하여 광명을 얻는다고 믿어졌음.
4 일중日中 때(→ 불교). 육시六時(하루 동안, 6회 근행하는 시각) 중 하나. 승려가 오전 중에 먹는 식사를 마치

소리를 듣고 사찰에 들어가 승려들에게 음식을 구걸하여 목숨을 연명하며 오랜 세월 지내왔다. 그러다가 아베阿部 천황[5]의 치세 무렵, 이 맹인이 있는 곳에 두 사람이 찾아왔는데, 전혀 알지 못하는 사람들이었다. 또한 맹인이기 때문에 그 모습은 보이지 않았다. 이 두 명이 맹인에게 "우리들은 그대가 가련하여 그대의 눈을 씻어주려고 한다."라고 말하고는 둘이서 맹인의 좌우 눈을 치료했다. 치료가 끝나고 맹인에게 "우리들은 앞으로 이틀 후에 꼭 다시 이곳으로 돌아올 것이다. 잊지 말고 기다리고 있거라."라고 말하고 사라졌다.

그 후 이제껏 보이지 않았던 눈이 별안간 떠져 원래대로[6] 사물이 보이게 되었다. 그렇지만 그 두 사람이 찾아오겠다던 약속한 날에 아무리 기다려도 그들은 나타나지 않았다. 때문에 결국 두 사람이 어떤 사람인지 그 정체는 알 수 없었다. '분명 관음께서 사람으로 권화權化하시어 구해주신 것이다.'라는 생각에 눈물을 흘리며 감격해하고 기뻐했다.

이것을 보고 들은 사람들은 관음의 은혜의 불가사의함을 존귀하게 여기며 숭상했다고 이렇게 이야기로 전하여 내려오고 있다 한다.

고 나면, 정오의 종을 듣고 사찰 안으로 들어와서 남은 밥을 공양받는 것임.
5   아베阿部 천황(→ 인명). 고켄孝謙 천황이 다시 재위에 오른 쇼토쿠稱德 천황을 가리킴. 『영이기靈異記』에는 "帝姬阿部天皇之代"로 되어 있음.
6   여자는 도중에 맹인이 되었다는 것을 알 수 있음.

盲人依観音助開眼語第二十三

今昔、奈良ノ京ノ薬師寺ノ東ノ辺ノ里ニ一ノ人有ケリ。
二ノ眼盲タリ。年来此レヲ歎キ悲ムト云ヘドモ、事無カリ
ケリ。

而ルニ、此ノ盲人千手観音ノ誓ヲ聞クニ、「眼暗カラム人
ノ為ニハ、日摩尼ノ御手ヲ可宛シ」ト。此ヲ深ク信ジテ、日
摩尼ノ御手ヲ念ジテ、薬師寺ノ東門ニ居テ、布ノ巾ヲ前ニ
敷タリ。心ヲ至シテ日摩尼ノ御名ヲ呼ブ。亦、日中ノ時ニ、鍾ヲ

撞ク音ヲ聞テ、寺ニ入テ、諸ノ僧ニ食ヲ乞テ命ヲ継テ、年来
ヲ経ル間、阿倍ノ天皇ノ御代ニ、此ノ盲人ノ所ニ二ノ人来レ
リ。此レ本ヨリ不知ザル人也。亦、盲セルニ依テ、其ノ形ヲ
不見ズ。此ノ二ノ人、盲人ニ告テ云ク、「我等汝ヲ哀ガ故
ニ、汝ガ眼ヲ條ハム」ト云テ、左右ノ目ヲ各治ス。治シ畢
テ、盲人ニ語テ云ク、「我等今二日ヲ経テ、必ズ此ノ所ニ
可来シ。不忘シテ可待シ」ト云テ、去ヌ。

其ノ後、其ノ盲目忽ニ開テ、物ヲ見ル事本ノ如シ。而ルニ、
彼ノ二ノ人、「来ラム」ト契シ日、待ニ不見エズ。然レバ、
遂ニ其ノ人ト見ル事無シ。「此レ観音ノ変ジテ、来テ助ケ給
ケル」ト知テ、涙ヲ流シテ悲ビ喜ビケリ。

此レヲ見聞ク人観音ノ利益ノ不可思議ナル事ヲ貴ビ敬ヒ
奉ケリ、トナム語リ伝ヘタルトヤ。

실수로 바다에 들어간 사람이 관음観音의 도움으로 목숨을 보존한 이야기

나카하라노 고레타카中原維孝의 부하인 겐니源二가 주인과 동행하여 상경하는 도중, 스루가 지방駿河國의 하구를 건널 때에 파도에 휩쓸려 먼 바다까지 떠밀려가 표류했는데, 상투髷에 붙인 소관음小觀音의 가호에 의해 다음날 기적적으로 구해진 이야기. 관음의 권화權化가 나타나는 점이 앞 이야기와 공통된다.

이제는 옛이야기이지만, 시모쓰케下野의 수령 나카하라노 고레타카中原
維孝¹라고 하는 사람이 있었다. 임지任地²로 내려가 지방을 다스리고 임기³
가 끝나 도읍으로 올라올 때의 일이다. 스루가 지방駿河國⁴에 이르자, 그곳에
□□⁵시리尻라는 나루터가 있었다. 이곳은 □⁶강이라는 큰 강이 바다로 흘
러들어가는 하구였다. 그곳은 바다 쪽에서 밀려오는 파도에 의하여 하구가
막혀 모래가 제방처럼 되어 있었다. 고레타카는 그곳을 건너가려 하였던 것

1　→ 인명.
2　시모쓰케 지방下野國(→ 옛 지방명)을 가리킴.
3　수령의 임기는 통상 4년.
4　→ 옛 지방명.
5　나룻터의 지명 명기를 위한 의도적 결자. 스루가 지방駿河國에는 '누마지리ぬまじり'(『사라시나 일기更級日
　　記』), '에지리江尻'(『해도기海道記』)의 지명이 있음. '누마지리ぬまじり'가 해당될 수도 있음.
6　하천명의 명기를 위한 의도적 결자. 스루가 지방에는 동쪽부터 후지 강富士川, 아베 강安倍川, 오이 강大井川
　　의 3대 하천이 있는데 그중 하나일 것으로 보임. '아베 강'을 가정해 보는 것은 앞의 '에지리江尻'라는 지명
　　이 있기 때문임. 『사라시나 일기』에는 오이 강 부근, 도토우미 지방遠江國의 바로 앞에 '누마지리'라는 지명
　　이 기록되어 있음. 이 사실을 채용하면 '오이大井(강河)'가 해당될 수도 있음.

이다. 평소 사람들이 건너는 길이기에 통칭 겐니源二라고 하는 고레타카의
종자가 둑처럼 되어 있는 모래 위를 건넜지만 갑자기 파도가 밀려와 제방을
무너트렸다.

겐니는 물살에 떠밀려 말을 탄 채로 바닷물에 빠져 그대로 해류에 휩쓸려
먼바다로 떠내려갔다. 그리고 멀리까지 떠내려가, 이즈 지방伊豆國[7] 가오가
사키顔か崎[8]의 앞 바다까지 흘러내려갔다. 타고 있던 말은 겐니와 떨어져 뭍
으로 헤엄쳐 올라갔다. 그때 뭍에 있던 사람들은 수령을 비롯하여 '저런, 저
런' 하며 소리치며 술렁거렸지만 어떻게 할 방도가 없었다. 처음에 겐니의
모습은 하늘을 나는 새 정도의 크기로 보였지만 나중에는 모습이 보이지 않
게 되었다. 바다에 빠졌을 때는 사시巳時[9] 무렵이었지만, 이내 날도 저물어
갔다. 수령을 비롯한 사람들은 그렇다고 이대로 가만히 있을 수도 없었으므
로 배를 타고 이쪽 물가로 건너와 묵을 곳을 정하였다.

한편 겐니는 바다 위에서 화살 통을 베개 삼아 가라앉지도 않고 하늘을
보며 누워 자고 있었지만, 자고 있는 동안 계속 '누군가가 머리맡에 있는 것
같다.'는 느낌이 들었다. 자신이 어디에 있는지도 모른 채 그저 꿈꾸듯 물위
를 떠돌고 있자, 갑자기 두 발은 됨직한 기둥모양의 나무가 옆으로 떠내려
왔다. 그것에 매달려 있는 동안 점점 만조 때가 되고 아침이 서서히 밝아 왔
다.[10]

그러자 머리맡에 있던 이 사람은 감쪽같이 자취를 감추었고,[11] 겐니는 밀
물에 이끌려 육지에 다가가게 되었다. 뭍에 있던 사람들은 날이 밝아 앞 바

---

7 → 옛 지방명.
8 → 미상. 발음으로 보아 '가모가사키賀茂か崎'일 가능성도 있음. 가모가사키는 이즈伊豆 반도의 남부, 니시이
    즈西伊豆에 있어 오이大井 강 하구에서 먼 반대쪽 기슭이 됨.
9 * 오전 10시경.
10 썰물에서 밀물이 됨. 조류의 흐름이 바뀌어 물가 쪽으로 돌아오기 시작한 것임.
11 부처·보살의 권화權化인 것을 예상케 하는 복선으로서의 기술.

다를 보니, 저 멀리 바다 위에 어제는 보이지 않았던 작은 것이 보였다. 멀리 있어서 무엇인지는 확실하게 보이지 않았지만 약한 바람이 뭍 쪽으로 불어와 그것을 육지로 밀어 내었다. 뭍에 있던 사람들은 "저것은 사람이 아닌가."라고 말하며 소리치며 술렁이기 시작했지만 배가 없었기 때문에 다가가서 확인할 수 없었다. 그러는 동안 그것은 가까이 다가왔고 확인해 보니 겐니가 아닌가. 사람들은 고삐 줄을 엮어 던져주니, 겐니는 그것을 잡아 끌어당겨 뭍으로 기어 올라왔다. 이것을 본 사람들은 더할 나위 없이 불가사의하게 여겼다. 물가로 올라오자 오히려 긴장이 풀렸는지 갑자기 의식을 잃고 말았기에, 입에 물을 넣어주고 불로 따뜻하게 해주자 겨우 되살아나서 바다에 떠다니고 있었던 그동안의 경험을 이야기했다. 그는 상투에 작은 관음상[12]을 붙여두고 있었는데 '그러고 보니, 그 머리맡에 있던 사람은 이 관음님이셨구나.'라고 깨닫고 더할 나위 없이 감격해 하며 존귀하게 여겼다.

이 겐니는 매월 18일[13]은 정진결재精進潔齋하여 관음님께 기원을 드리고 있었는데, 그 외에는 특별한 근행은 하지 않았다. 자신은 오로지 관음의 도움으로 목숨을 보존할 수 있었던 것을 눈물을 흘리며 기뻐하고, 오체五體를 땅에 던지고,[14] 감격의 눈물을 흘렸다.

그 후 도읍으로 올라와 즉시 작은 절을 세워서 이 관음상을 안치하고 조석으로 예배드렸다고 이렇게 이야기로 전하여 내려오고 있다 한다.

---

12 수호 본존本尊으로서 상투에 붙이고 있었던 것임.
13 → 불교.
14 이른바 오체투지五體投地(→ 불교).

今昔、下野ノ守、中原ノ維孝ト云フ者有ケリ。任国ニ下テ、国ヲ治テ、一任既ニ畢テケル時ニ、駿河ノ国ニ□尻ト云フ渡有リ、其レハ□河ト云フ大河ノ海ニ流レ出タル尻也、其レガ湊ノ浪ニ被打塞テ、堤ノ様ニ成タリケルニ、維孝ガ郎等字ヲ渡ケル間ニ、前々モ人皆渡ル道ナレバ、維孝モ渡ケルニ、俄ニ上ヨリ水押シ崩ス。

源二、其ノ堤ノ様ナル上ヨリ渡ルニ、然レバ、源二水ニ被押テ、馬ニ乗リ乍ラ水ニ入ヌルニ、ヤガテ塩ニ被引レテ海ノ息ニ出ヌ。遥ニ被引テ、伊豆ノ国ノ顔ガ崎ト云フ所マデ出ニケリ。乗タル馬ハ源二ヲ離レテ游テ上ニ上リニタリ。陸ナル人々、守ヨリ始メテ、「彼レハ彼レ」ト嘷リ合タレドモ、更ニ甲斐無シ。鳥ノ程ニ見エケルガ、後ニハ不見エズ成ニケリ。落入ケル時、巳ノ時許ナリケルガ、

日モ漸ク暮ヌ。然リトテ可有キ事ナラネバ、守ヨリ始テ皆人々船ヨリ渡テ、此方ニ宿シヌ。

源二ハ、海ニシテ胡録ヲ枕ニシテ、不沈ズシテ仰ケ様ニ臥タリケルニ、「枕上ニ人居タル」ト思エケリ。返ル塩ニ被引テ陸ノ方へ漸ク行ニ、陸ナル人々、夜睹テ息ノ方ヲ見遣レバ、昨日ハ不見ザリシニ、水ノ上ニ遥ニ遠ク小キ物見ユ。遠ケレバ何ナル木寄リ合ニケリ。其ニ係リ有ル程ニ、塩モ漸ク返リ、夜モ漸ク曙ヌ。

而ル間、此ノ枕上ニ有ツル人ハ失ヌ。エズ、只夢ノ様ニ漂ヒ行ケル程ニ、忽ニ二ニ尋許ノ柱ノ様ナル物トモ不見ヌ程ニ、風ノ小シ息ノ方ヨリ吹クニ、近ク吹キ寄スルヲ、陸ナル人々、「彼レハ人カ」ナド嘷リ合ヘレドモ、船無ケレバ乗テ行テモ不見ヌニ、無下ニ近ク寄ヌ。「源二也ケリ」ト見テ、馬ノ差縄ヲ結テ投遣タレバ、其ヲ捕ヘテ、絡リ付テ上リ来ル。此レヲ見ル人、奇異ナル事無限シ。中々ニ、上テ後死入タルヲ、ロニ水ヲ入テ火ニ炮ナドシテ、生出タル

二、海ノ間ヒダノ事共ヲ語ケリ。髻二小キ観音ヲゾ付ケ奉

ル、「枕ノ上ナリツル人ハ、然ハ此ノ観音ノ在シケル」ト思

フニ、貴ク悲キ事無限シ。

此ノ源二ハ、毎月ノ十八日持斉シテ、観音ヲゾ念ジ奉ケ

ル。亦為ル勤無カリケリ。我レ偏二観音ノ助ケニ依テ命ヲ生

ヌル事ヲ泣々喜テ、五体ヲ地二投テ、涙ヲ流シテ悲ビケリ。

其ヨリ京二上テ、忽二小寺ヲ造テ、此ノ観音ヲ安置シテ、

朝暮二礼拝シ奉ケリ、トナム語リ伝ヘタルトヤ。

섬에 버려진 사람이 관음觀音의 도움으로
목숨을 보존한 이야기

오스미大隅의 연掾 아무개가 주인인 사쓰마薩摩 국수國守와 동행을 하여 상경하던 중, 수령의 모략에 의해 세토나이카이瀬戸內海의 외딴 섬에 버려졌는데 관음에게 기원을 한바 뜻하지 않은 때에 섬에 온 어선에 의해 구출되어 목숨을 구했다는 이야기. 앞 이야기와 마찬가지로, 수령을 따라 상경하는 도중 위험에 빠지지만, 관음의 가호에 의해 구사일생으로 살아났다는 줄거리임. 그리고 국수의 잔혹함·박정薄情·비도덕적인 모습은 권29 제26화에서도 그려지고 있다.

　이제는 옛이야기이지만, 사쓰마薩摩 국수國守 □□□[1]라고 하는 자가 있었다. 임지[2]로 내려가려고 할 때에 오스미大隅의 연掾 기노紀□□[3]라는 자가 있어서, 이 사쓰마 국수와 동행하여[4] 그 지방으로 내려갔다. 임기[5]가 끝나서 사쓰마 국수가 상경하던 도중, 이 오스미의 연이 국수에게 조금 심기를 건드리는 일을 했기에, 국수는 '오스미 연을 죽여 버려야겠다.'는 생각을 품게 되었다. 그렇지만 오스미의 연은 이러한 마음을 조금도 눈치채지 못하고 국

1　사쓰마薩摩 국수國守의 성명의 명기를 위한 의도적 결자.
2　사쓰마 지방薩摩國(→ 옛 지방명)을 가리킴.
3　오스미大隅 연掾의 이름의 명기를 위한 의도적 결자. 연掾은 수守, 개介에 이은 3등관.
4　국사의 종자로 임지로 내려가는 것. 사쓰마 수령이 오스미 수령을 겸임했을 것으로 추정됨.
5　국사의 임기는 4년.

수의 배를 타고 있었는데, 이윽고 아키安藝·스오周防 부근을 지나고 있는데, 이 먼 바다에 사람도 오지 않는 섬이 하나 있었다. 국수는 모략을 꾸며, 이 오스미의 연을 섬에 버려두고 그대로 가버렸다. 오스미의 연은 '그럼 나를 죽이려고 이 섬에 버려두고 간 것이구나!' 하고 깨달았지만, 오직 홀로 낯선 섬에 남겨져 말할 수 없이 두렵고 슬펐다. 처자식과 종자들은 다른 배에 타고 있었기 때문에 '오스미의 연은 국수의 배에 타고 있겠구나.'라고만 여겨서, 섬에 버려졌을 거라고는 전혀 모른 채, 모두 또 저 멀리 지나쳐 버렸고, 누구도 이런 일이 있었으리라고는 생각지도 못했다.

그런데, 이 오스미의 연은 예전부터 인과因果[6]의 도리를 믿고 자비의 마음도 깊었기 때문에, 『법화경法華經』을 배우고 매일 그것을 한 부 또는 절반, 혹은 일 품品만이라도 반드시 읽어 게을리하는 날이 없었다. 또한 오랫동안 지성으로 관음을 섬기고, 매월 18일[7]에는 지재持齋[8]를 하고 관음께 기원 드렸다. 그러했던지라 이 섬에 버려져서 짐승에게 먹히지는 않을까, 아니면 아사라도 하지 않을까 하며 기다리는 때에도, 『법화경』 제8권 보문품普門品[9]을 외어 관음에게 기원하였다. 이윽고 그날도 완전히 해가 저물었기에 해안의 모래 위에 드러누워 오로지 한탄을 하며 슬퍼할 뿐이었다. 밤새 '지금 당장이라도 맹수가 나와 나를 잡아먹지는 않을까?' 하고 두려워하면서 관음에게 계속 기원을 드리고 있자, 겨우 날이 밝았다. 멀리 해상을 바라보니, 검은 물체가 이쪽으로 다가왔다. '대체 무엇이 떠서 오고 있는 것일까?' 하고 두려워하고 있는 사이 점점 다가오는 것을 보니, 그것은 작은 고기잡이배였다. 바람처럼 빨리 달려와 이 섬에 닿았다.

---

6   → 불교. 불교의 근본이념인 인과의 이법理法.
7   → 불교.
8   → 불교.
9   → 불교. 관음품이라고도 함. 관음경(→ 불교).

배를 타고 있던 사람이 섬에 내려서 오스미의 연을 보고 놀라 의아해하며

"이 섬에는 옛날부터 누구 한 사람 찾아오는 자가 없었소. 여기에 온 당신은 도대체 누구시오?"

라고 물었다. 오스미의 연은 지금까지의 자초지종을 이야기해 들려주었다. 그러자 뱃사람은 이것을 듣고 안쓰러워하며 우선 먹을 것을 주었다. 오스미의 연은 어제부터 아무것도 먹지 못하고 굶주려 죽을 지경이었기에 바로 그것을 먹자 허기도 사라졌다. 뱃사람들은

"우리들이 오랫동안 이 섬을 보《고는 있었》[10]지만, 아직 직접 온 적은 없었소. 그런데 어제 밤 뜻밖에 동료들과 함께 이 섬으로 온 것은, 이 사람이 부처님의 은혜를 입어 죽지 않고 살도록 하기 위한 것이었던 거요. 그러니 우리들이 이 사람을 마을로 데려다 줍시다."

하고 그를 배에 태워, 스오周防의 국부國府[11]로 보냈다. 이렇게 해서 오스미의 연은 뜻밖에도 목숨을 구한 것을 기뻐하며, 어떤 사람의 집에 신세를 지고 잠시 동안 스오의 국부에 머물렀다. 그는 '이것은 오직 관음님의 도움이시다.'라고 생각했다.

그 후 교토로 올라가는 배를 타고, 조심조심해서 상경했다. 처자식과 종자들은 '오스미의 연은 도중에 바다에 빠졌다.'고 생각하여, 이미 죽은 사람이라고 생각하던 참에, 상경해 왔기 때문에, 매우 기뻐하면서 그 사정을 물었다. 그래서 오스미의 연은 자세히 이야기해 들려주었다. 그 이후에는 지성으로 『법화경』을 독송하고, 한층 더 관음을 섬기게 되었다.

그 사쓰마 국수는 오스미의 연이 건재하다는 것을 듣고 얼마나 불가사의

---

10 파손에 의한 결자로 추정. 『법화험기』에는 "이 섬을 멀리서 보았습니다."라고 되어 있어, 문맥을 고려하여 보충.

11 국사의 관아. 국아國衙. 현재 야마구치 현山口縣 호후 시防府市 고쿠가國衙에 소재.

하게 여겼을 것인가. 이 이야기는 널리 세간에 퍼져 모두 알게 되었다고 이렇게 이야기로 전하여 내려오고 있다 한다.

島被放人依観音助存命語第二十五

今昔、薩摩ノ守□□ト云フ者有ケリ。任国ニ下ラムト為ルニ、大隅ノ掾紀ノ□□ト云フ者有テ、此ノ薩摩ノ守ニ付テ、其ノ国ニ下ヌ。一任既ニ畢テ、守上ル間、此ノ大隅ノ掾守ノ為ニ聊違フ事有テ、守、「大隅ノ掾ヲ殺テム」ト思フ心有ケリ。大隅ノ掾更ニ此ノ心ヲ不知ズシテ、守ノ船ニ有ルニ、安芸周防ノ程ヲ過ル間、其ノ息キニ人モ不寄ヌ島ノ有ケルニ、謀事ヲ構テ、此ノ大隅ノ掾ヲ放チ置テ、守ハ過ヌ。大隅ノ掾、「我レヲバ殺サムト為ニ、此ノ島ニ放ツル也ケリ」ト思テ、只独リ不知ヌ島ニ有リ、心細ク悲キ事無限シ。

ナドハ別船ニテ有レバ、「大隅ノ掾ハ守ノ船ニ有ルゾ」ト知テ、島ニ放レヌル事ヲ露不知ズシテ、皆前立テ遥ニ過ヌレバ、此レヲ知ル事無シ。

然テ、此ノ大隅ノ掾本ヨリ因果ヲ信ジテ慈悲有ケレバ、法花経ヲ受ケ習テ、毎日ニ一部、若ハ半部、若ハ一品ヲモ必ズ読テ、絶ツ日無カリケリ。亦、年来テ懃ニ観音ニ仕テ、毎月ノ十八日ニハ持斉シテ、観音ヲ念ジ奉ケリ。然レバ、此ノ島ニ放レテ、悪獣ノ為ニモ被噉レ、食ニ餓テモ死ナム事ヲ待ケル時ニモ、法花経ノ第八巻ノ普門品ヲ読奉テ、観音ヲ念ジ奉ケル。其ノ日既ニ暮ヌレバ、浜ノ砂ノ上ニ臥シテ、歎キ悲ム事無限シ。終夜、「今ヤ悪獣来テ我レヲ噉

「[一六]ズル」ト思ヒ、観音ヲ念ジ奉ケルニ、辛クシテ夜暁ヌレバ、遥ニ海ノ面ヲ見遣ルニ、黒キ物ヲ海ニ浮テ来ル。「此レハ、何ノ来ルニカ有ラム」ト怖シク思フ程ニ、漸ク近付クヲ見レバ、小キ艜也。疾キ事風ノ如クシテ、此ノ島ニ来付ヌ。

船ノ人島ニ下テ、大隅ノ掾ヲ見テ、驚キ怪デ云ク、「此ノ島ニハ昔ヨリ人不来ヌ所也。此レ誰レ人ノ来レルゾ」ト。大隅ノ掾事ノ有様ヲ語リ聞カス。船ノ人此ヲ聞テ、人々哀テ、先ヅ食物ヲ与フ。掾昨日ヨリ不食ズシテ、餓ニ及ニ依テ、先ヅ、此ヲ食ニシテ餓ノ心直ヌ。船人ノ云ク、「我等年来此ノ島ヲ見□ヘドモ、未ダ来タル事無カリツ。而ルニ、夜前不思議ズ相ヒ□シテ此ノ島ニ来ル事ハ、此ノ人仏ノ助ヲ蒙テ、不死給マジキ故也。然レバ、我等此ノ

千手観音（図像抄）

人ヲ里ニ送リ付ム」ト云テ、船ニ乗セテ、周防ノ国府ニ送リ付ツ。然レバ、掾不思議ヌ命ヲ生タル事ヲ喜テ、人ノ家ニ立入テ、暫ク周防ノ国府ニ有ケリ。「此レ偏ニ、観音ノ助ケ也」ト知ヌ。

其ノ後、京ニ上ル船ニ付テ、相ヒ構テ上リヌ。妻子、従者、此ヲ見テ、「道ニシテ海ニ入リ」ト知テ、「今ハ無キ人ゾ」ト思ケルニ、上タレバ、喜ビ乍ラ事ノ有様ヲ問フニ、委ク語ケリ。其ノ後ハ、勤テ法花ヲ誦シ、弥ヨ観音ニ仕ケリ。此彼ノ薩摩ノ守大隅ノ掾有リト聞テ、何ニ奇異ニ思ケム。此ノ事皆世ニ聞エニケリ、トナム語リ伝ヘタルトヤ。

도둑이 관음觀音의 도움으로
화살을 쏴도 맞지 않고 목숨을 보존한 이야기

하리마 지방播磨國의 도둑이 관음에게 깊이 귀의한 공덕에 의해 처형 시의 화살에도 관통되지 않고, 죄를 용서받아 추포사追捕使의 종자가 된 이야기. 앞 이야기와는 중국中國 지방에서의 사건인 점, 매월 18일에 『법화경法華經』 제8권 보문품普門品을 독송하여 목숨을 구했다는 점 등이 공통된다.

이제는 옛이야기이지만, 하리마 지방播磨國[1] 아카호 군赤穂郡[2]에 도적 일당이 있었다. 왕래하는 사람들의 물건을 빼앗고, 그 지방의 여러 지역을 돌아다니며 인가에 침입하여 재보財寶를 훔치고 사람을 죽였다. 그래서 이 지방 사람들은 모두 이것을 한탄하며, 지방 전체가 마음을 모아 협력하여, 이 도둑 무리를 모조리 포박했다. 그리고 어떤 자는 즉각 목을 베고 손발을 부러뜨리고, 또 어떤 자는 산 채로 감옥에 가두었다.

그중에 아이 머리를 한[3] 이제 겨우 스무 살 남짓의 도둑이 한 명 있었다. 이 남자는 도둑 중에서도 두드러진 인물이었기 때문에 죄가 무거워, 포승으

---

1 → 옛 지방명.
2 → 지명. 현재의 효고 현兵庫縣 아코 시赤穂市, 아이오이 시相生市, 아코 군赤穂郡 일대.
3 원문에는 "童"으로 되어 있음. 관례 전의 머리모양으로, 상투를 튼 성인의 모습이 아니라, 아이의 단발머리와 같은 머리 모양을 한 모습을 말함.

로 양손·양발을 결박하고 하타모노機物[4]에 묶어 화살로 쏘게 했지만 《빗나갈》[5] 리가 없는데 《빗》나가 버렸다. 화살을 쏘는 자는 '그것 참 희한하네.'라고 생각하며, 한 번 더 쏘았지만 다시 《빗》나갔다. 이와 같이 해서 세 번이나 《빗나》가자 사람들은 이를 보고 두려워져 이 도둑에게

"너는 도대체 어떤 연유가 있어서, 이렇게 되는 것이냐? 무엇인가 근행勤行이라도 하고 있는 것이냐?"

라고 물었다. 그러자 이 도둑은

"아니요, 저는 특별히 근행은 하고 있지 않습니다. 다만 어렸을 때부터 『법화경』 제8권의 보문품普門品[6]을 봉독하고 있을 뿐입니다. 매월 18일[7]에 정진精進[8]하여 관음에게 기원을 드렸는데, 어젯밤 꿈에 승려가 나타나 '여보게 자네, 아주 정중하게 관음을 염원 드리게. 자네는 이제 곧 재난을 당하게 될 것이야. 하지만 내가 그대를 대신해 화살을 맞아 주지.'라고 알려 주셨습니다. 꿈에서 깨어난 뒤, 도망치지도 못하고 이 위난危難에 빠졌지요. 분명 꿈의 계시대로 관음께서 나를 도와주신 것이라고 생각합니다."

라고 말하고선 큰 소리로 울기 시작했다.

이 《모습을》[9] 보고들은 사람들은 모두 눈물을 흘리며 관음의 영험을 고귀하게 여기고 《아이 머리를 한》[10] 이 도둑을 《용서해 주었다.》[11] 그 《후》,[12] 이 아이 머리를 한 자는 그 지방의 추포사追浦使[13]의 수하가 되어 이름을 '다다

---

4 본래는 베를 짜는 용도의 도구를 지칭함. 여기서는 고문·형벌의 도구로, 책형磔刑을 위한 받침목.
5 이 부근의 결자는 한자의 표기를 위한 의도적 결자임.
6 → 불교. 관음품이라고 함. 이른바 관음경.
7 → 불교. 십재일十齋日의 하나. 관음觀音의 연일緣日.
8 → 불교.
9 파손에 의한 결자. 문맥을 고려하여 보충함.
10 파손에 의한 결자. 문맥을 고려하여 보충함.
11 파손에 의한 결자. 문맥을 고려하여 보충함.
12 파손에 의한 결자. 문맥을 고려하여 보충함.
13 영외관令外官의 하나. 치안을 해치는 자의 체포나 진압을 위해 전국에 둔 관리. 당초에는 임시관리였으나.

스 마로'라고 했다.

　도둑《이면서》[14]도 진심《으로 믿었기》[15]에 관음도 이처럼 은혜를 베풀어 주신 것이라고 이렇게 이야기로 전하여 내려오고 있다 한다.

　나중에는 국사國司의 관아에 총추포사總追浦使가 상치常置되었음.
14　파손에 의한 결자. 문맥을 고려하여 보충함.
15　파손에 의한 결자. 문맥을 고려하여 보충함.

盗人負箭依観音助不当存命語第二十六

今昔、幡磨ノ国、赤穂ノ郡ニ一党ノ盗人有ケリ。往反ノ

人ノ物ヲ奪ヒ取リ、国ヲ廻テ人ノ家ニ入テ、財ヲ盗ミ人ヲ殺
ス。

然レバ、国ノ人皆此ヲ歎テ一国挙テ、心ヲ合セ力ヲ加ヘ
テ、此ノ盗人共ヲ皆捕ツ。或ハ不日ニ頸切リ手足ヲ折リ、或
ハ生ケ乍ラ獄ニ禁ズ。

其ノ中ニ、一人ノ盗人有リ。童ニシテ年僅ニ二十余也。此

レ、此ノ中ニ勝タル者也ケリ、罪重クシテ縄ヲ以テ四ノ支
ヲ機物ニ張リ付テ、弓ヲ以テ令射ルニ、可□クモ非ヌニ、

□レヌ。射ル者、「此レ、不慮ノ事」ト思テ、亦、射ルニ、

□レヌ。如此ク三度□ヌレバ、人々此ヲ見テ、恐レ怖テ、

盗人ニ問テ云ク、「汝ヂ何ナル故ニ此ク有ゾ。身ニ何ナル勤

カ有ル」ト。盗人ノ童答テ云ク、「我レ更ニ二指ル勤無シ。只、

幼少ノ時ヨリ法花経ノ第八巻ノ普門品ヲ読奉レリ。毎月ノ

十八日ニ精進ニシテ観音ヲ念ジ奉ルニ、昨日ノ夜ノ夢ニ、僧

来テ告テ宣ハク、『汝ヂ吉ク慎テ観音ヲ念ジ奉レ。汝ヂ忽ニ

災ニ値ハムトス。然ルニ、我レ汝ニ代テ弓箭ヲ可受シ』ト。

夢覚テ後、逃ゲ遁ル方無クシテ、此ノ難ニ値フ。定テ知ヌ、夢

ノ告ゲノ如クニ、観音ノ我ヲ助ケ給フナメリ」ト云テ、大キ

二音ヲ叫テ泣ク事無限シ。

其□□見聞ク人、皆涙ヲ流シテ、観音ノ霊験ヲ貴ム

デ、此ノ盗人ノ□ヲ、□。其ノ□此ノ童国ノ追捕

使ニ仕ヘテ、名ヲタ丶ス丸ト云ケリ。

盗人□モ誠□レバ、観音モ此クゾ利益シ給ケル、ト

ナム語リ伝ヘタルトヤ。

관음觀音의 도움으로
절의 빌린 돈이 저절로 변제된 이야기

다이안지大安寺의 승려 벤슈辨宗가 사찰의 공금인 대수나라공大修陀羅供의 법회를 위한 돈 30관貫을 빌리고는 갚지 못해 괴로워하고 있었는데, 하세데라長谷寺에 참배하고 기원 드렸더니 마침 그곳에 오신 후네船 친왕親王의 시주를 받아서 반납했다는 이야기. 다음 이야기와는 하세데라 관음의 이생담利生譚이라는 것으로 연결된다.

이제는 옛이야기이지만, 도읍인 나라奈良에 있는 다이안지大安寺¹에 벤슈 辨宗라고 하는 승려가 살고 있었다. 태어날 때부터 이해력이 뛰어나, 스스로 세상에 이름을 알리려는 일에 전념하여 많은 시주施主²를 가지고 널리 신망 信望을 얻고 있었다.

그런데 아베阿部³ 천황 치세에, 이 벤슈가 그 사찰의 대수다라공大修陀羅供⁴ 법회를 위한 돈 30관貫⁵을 빌려 사용하고,⁶ 오랫동안 반납하지 않았다. 그래서 유나維那⁷가 자꾸 반납을 종용했지만, 벤슈는 가난한 몸으로 아무래도 반

---

1 → 사찰명. 창립의 경위에 대해서는 권11 제16화 참조.
2 단월檀越(→ 불교), 단나.
3 → 인명. 쇼토쿠稱德 천황을 가리킴.
4 → 불교.
5 1관은 구멍이 뚫린 1문전文錢 1천매에 해당.
6 『영이기靈異記』의 기사記事로부터 도박으로 잃어버렸을 수도 있다고 추정됨.
7 → 불교.

납할 수가 없었다. 유나는 날이 갈수록 견디기 힘들 정도로 더 강하게 재촉하였다.

그 때문에 벤슈는 하세長谷[8]에 참배해서 십일면관음十一面觀音[9]을 마주 대하고, 관음의 손에 줄을 걸어 그것을 당기면서[10]

"저는 다이안지의 대수다라공 법회의 돈 30관을 빌려 썼기에, 유나가 돈을 반환하라고 심하게 독촉하고 있습니다만, 저는 가난해서 반납할 수가 없습니다. 부디 관음님, 저에게 돈을 베풀어 주십시오."

라고 하며, 관음의 명호를 외웠다. 그 후 유나가 반환을 재촉하자, 벤슈는

"이제 조금만 더 기다려주십시오. 관음보살님께 《부탁》[11]드려 반납할 테니. 그렇게 오래 걸리지 않을 겁니다."

라고 말했다.

그런데 벤슈가 하세데라에 참배하고 있을 때, 후네船 친왕親王[12]이라는 사람이 이 산[13]을 참배하여 훌륭한 법회를 행하고 있었는데, 이 벤슈가 관음의 손에 끈을 걸어 당기면서 "어서 저에게 돈을 베풀어 주십시오."라고 열심히 부탁드리고 있는 것을 이 친왕이 듣고 "도대체 무슨 일인가."라고 물어서 벤슈는 그 연유를 대답했다. 친왕은 그 말을 듣고 즉석에서 자비심을 일으켜 벤슈에게 돈을 주셨다. 벤슈는 이를 받고 '이것은 관음님이 주신 것이다.'라고 생각하고 예배드리고 돌아가 바로 그 수다라공 돈을 갚았다.

'이것도 오로지 벤슈가[14] 진심을 담아 신앙하였기 때문에 관음이 도와주신

8   하세데라長谷寺(→ 사찰명). 그 창건에 대해서는 권11 제31화 참조.
9   → 불교.
10   부처 · 보살에게 결연, 기원하는 행위.
11   파손에 의한 결자. 『영이기』를 참조하여 보충.
12   → 인명.
13   하세데라(→ 사찰명)를 가리킴.
14   이 부분이 벤슈의 심중사유心中思惟라고 한다면 '내가'라고 되어야 함. 편자는 이 부분을 지문으로 생각하고 기술하다 도중에 심중사유로 흘러버려 '고 알고'로 받은 것임. 서술의식의 혼란은 본 집에 종종 보이는 현상.

것임에 틀림없다.'고 알고 한층 더 신앙심을 갖게 되었다.

이 이야기를 듣는 사람들은 모두 관음의 영험을 존귀하게 여겼다고 이렇게 이야기로 전하여 내려오고 있다 한다.

依観音助借寺銭自然償語第二十七

今昔、奈良ノ京ノ大安寺ニ弁宗ト云フ僧住ケリ。天性弁
へ有テ、自ラ人ニ被知タルヲ以テ事トシテ、多ノ檀越有テ、
普ク衆望ヲ得タリケリ。

而ルニ、阿倍ノ天皇ノ御代ニ、此ノ弁宗、其ノ寺ノ大修陀
羅供ノ銭三十貫ヲ借仕テ、久ク返シ納ル事無シ。然レバ、維
那ノ僧常ニ此ヲ責ムト云ヘドモ、弁宗身貧クシテ、返シ納ル
ニ力無シ。

此レニ依テ、維那ノ僧ハ、日ヲ経テ、弥ヨ責ル事難堪シ。
弁宗長谷ニ参テ、十一面観音ニ向ヒ奉テ、
観音ノ御手ニ縄ヲ繋テ、此ヲ引テ白シテ言ク、「我大安寺ノ
大修多羅供ノ銭三十貫ヲ借仕テ、維那此レヲ徴リ責ムルニ、
身貧クシテ返シ納ルニ便無シ。願クハ、観音我ニ銭ノ財ヲ施
シ給ヘ」ト云テ、御名ヲ念ジ奉テ、後、維那、責ルニ、弁

宗答テ云ク、「汝ヂ暫ク待テ。我レ菩薩ニ□シテ可返納シ。
敢テ不可久ズ」ト。

其ノ時ニ、船ノ親王ト云フ人、彼ノ山ニ参テ、法事ヲ調へ
テ行フ間、此ノ弁宗、観音ノ御手ニ縄ヲ繋テ引テ、「速ニ我
レニ銭ヲ施シ給ヘ」ト責メ申スヲ親王聞テ、「此ハ何ナル事
ゾ」ト問フニ、弁宗其ノ故ヲ答フ。親王此レヲ聞テ、忽ニ

哀ビノ心ヲ発シテ、弁宗ニ銭ヲ給フ。弁宗此レヲ得テ、「此
レ、観音ノ給フ也」ト思テ、礼拝シテ返リ去ヌ。即チ彼ノ修
多ラ供ノ銭ヲ償テ返シ納ツ。

「此レ偏ニ、弁宗ガ実ノ心ヲ至セルニ依テ、観音ノ助ケ給フ
也」ト知テ、弥ヨ信ヲ発シケリ。

此レヲ聞ク人、観音ノ霊験ヲ貴ビケリ、トナム語リ伝ヘタ
ルトヤ。

하세^{長谷}에 참배하는 남자가 관음^{觀音}의 도움으로
부를 얻은 이야기

> 친척도 없고 가난한 풋내기 시^侍가, 하세데라^{長谷寺} 관음에게 기원하여, 꿈의 계시를
> 받고, 사찰에서 퇴출될 때에 제일 먼저 손에 넣은 지푸라기 한 개에서 시작해, 차례차
> 례로 이익이 되는 걸로 물물교환을 거듭하여, 부유해져서 행복을 얻었다는 이야기. 하
> 세데라 관음의 영험을 설파하는 치부담致富譚으로, 같은 이야기의 저명한 '지푸라기장
> 자わらしべ長者'는 전국 각지에 널리 유포되어 있다. 본 이야기의 전승·전파에는 하세
> 데라 권진승勸進僧들의 권진활동이 크게 관여되어 있다고 여겨진다.

    이제는 옛이야기이지만, 도읍에 부모도 처자식도 없고, 아는 사람도 없는
풋내기 시^侍¹가 있었다. 어느 날 하세^{長谷}²에 참배하여 관음께

    "저는 가난해서 티끌만큼도 가진 것이 없습니다. 만약 현세에서 이대로
끝나버리는 것이라면, 이 관음님 앞에서 아사餓死해 버리고자 합니다.³ 또
만약 뭐든지 조금이라도 은혜를 베풀어 주실 수 있으시다면, 그것을 꿈으로
알려주십시오.⁴ 그렇게 해 주시지 않는 한 저는 절대로 여기를 나가지 않을

---

1   원문에는 '靑侍'. 나이도 어리고 지위도 낮은 시侍. 여기에서의 시侍는 귀족을 모시고 경비나 잡역 등에 종
    사하는 남자. 또는 넓게는 주가主家를 섬기는 신분이 낮은 남자·봉공인奉公人의 호칭.

2   하세데라長谷寺(→ 사찰명).

3   관음님의 자비를 강요하고 있음. 후에 "절대로 여기를 나가지 않을 작정입니다."라는 부분도 똑같은 태도
    임.

4   꿈속에서의 예언을 불·보살이나 신 등으로부터의 계시로서 믿고, 현실에서의 보증으로 생각하고 있던 고

작정입니다."

라고 하며 거기에 넙죽 엎드린 채 있었다.

사찰의 승려들이 이것을 보고

"이런 모습으로 여기에 엎드려 있는 너는 대체 뭐하는 자냐? 식사를 하는 곳[5]이 있을 것 같지는 않고. 만일 이대로 죽어 버리면, 사찰에 부정이 생길 텐데.[6] 그런데 너는 누구를 사승師僧[7]으로 하느냐?"

라고 묻자, 남자는

"저는 가난한 몸입니다. 사승으로 부탁할 수 있는 분이 없습니다. 그저 관음님께 의지하고 있을 뿐입니다. 먹을 곳도 없습니다."

라고 대답했다. 사찰의 승려들은 이 말을 듣고 모두 모여 상의하여

"이자는 오로지 관음님에게 푸념만 늘어놓을 뿐 몸을 기댈 곳도 전혀 없다. 이래서는 사찰로서는 큰일이 나게 될 것이다. 어쩔 수 없으니 모두 힘을 합쳐서 이 남자를 보살펴 주자."

라고 정하고 교대로 음식을 먹게 해 주자, 남자는 그것을 먹으며 부처님 앞을 떠나지 않고, 밤낮을 가리지 않고 기원을 드렸는데, 어느덧 삼칠일[8]이 되었다.

그날 동이 틀 무렵 꿈에, 장막[9] 안에서 승려[10]가 나타나 이 남자에게

"너는 전생에 자신이 저지른 죄보罪報를 모르고 함부로 관음을 책망하는

대인의 사고 방법을 엿볼 수 있음.
5   참롱參籠하는 자는 사승師僧의 도움으로 숙방宿坊을 정해 머물며, 식사도 거기에서 하는 것이 보통이었음.
6   죽음에 의한 부정. 일반적인 집은 물론 사원寺院에서도 죽음을 부정不淨한 것으로 여겨 꺼려하고 피했음. 권29 제14화·제17화 참조.
7   참롱자參籠者와 단가檀家(* 일정한 절에 소속하면서 그 절에 장례식 등 불사佛事 일체를 맡기고 시주에 의하여 그 절의 재정을 돕는 신도)의 관계에 있는 절의 승려를 가리킴.
8   21일. 참롱의 기원은 보통 7일간을 한 단위로 하여 시행함.
9   원문은 "어장御帳". 불전에 늘어뜨린 장막. 방장房帳.
10 이 승려는 관음의 권화權化, 또는 사자使者.

것은 부당한 것이니라. 그렇지만 네가 불쌍해서 조금 선물을 주도록 하겠노라. 그럼 네가 사찰을 나갈 때, 비록 어떤 물건이라도 손에 닿는 것이 있다면, 그것을 버리지 말고 그것이 네가 하사받은 물건이라 생각하면 된다."[11] 라는 꿈을 꾸고 남자는 잠에서 깨어났다.

그 후 친절히 돌봐 준 승려의 주방住坊에 들려 음식을 청하여 그것을 먹은 후 절을 나갔는데, 대문이 있는 데에서 발끝이 걸려 앞으로 엎어져 넘어졌다. 일어날 때 엉겁결에 손에 무엇인가 쥐고 있었다. 보니, 그것은 지푸라기였다. 이것이 '그 주시는 물건인 걸까?'라고 생각했는데, 꿈의 계시를 믿기로 하고 이것을 버리지 않고 그것을 가져가기로 했다. 어느덧 날이 밝았다.

그러자 등에가 날아와 얼굴 주위를 맴돌았다. 성가셔 나무 가지를 꺾어 쫓아냈지만, 자꾸만 여전히 달라붙기에 그 등에의 발을 붙잡아, 허리를 이 지푸라기로 동여매어 들고 있었더니, 등에는 허리가 동여매인 채로 마구 날아다녔다.

그때 높은 신분의 여자가 수레를 타고 도읍에서 참배하러 오고 있었다. 그 수레에 발廉을 머리에서부터 늘어뜨린 어린아이가 있었다. 참한 아이였다. 그 아이가 "저 남자가 손에 들고 있는 것이 뭐야? 저걸 나에게 달라고 해 줘."라고 말했다. 그러자 말에 타고 있던 종자가 남자에게 가서는 "어이 거기 남자, 네가 가지고 있는 것을 도련님이 갖고 싶어 하신다. 드리도록 해라."라고 말했다. 남자는 "이것은 실은 관음님으로부터 하사받은 것인데, 특별히 갖고 싶어 하신다니 드리지요."라고 하며 건네자, "참으로 갸륵한 마음이구나."라고 말하고 "자네, 목이 말랐을 것이야. 이것을 들게."라며 커다

---

11 관음께서 주신 물건. 꿈의 계시에 의해 최초로 손에 넣은 것이 영험한 물건이라는 모티브로, 유형적인 것임. 처음 만난 사람이 불·보살의 권화나 인연이 있는 인물이라는 모티브와 같은 유형임.

란 향기가 좋은 귤 세 개를 무쓰 지방陸奧國 종이[12]에 싸서 수레 안에서 남자에게 건넸다. 그것을 받고, '지푸라기 한 가닥이 커다란 귤 세 개가 되었구나.'라고 생각하고 나뭇가지에 매달아 어깨에 걸치고 걸어가고 있던 중, 남들 눈에 안 띄게 종자들을 대동해 도보로 하세데라에 참배하는 신분이 천하지 않은 사람을 만나게 되었다.[13]

그 사람은 걷다 지쳐서 숨을 헐떡이며 주저앉아 버리고는 "목이 너무 말라서 견딜 수가 없구나. 물을 좀 마시게 해 다오, 곧 죽을 것 같다."라고 말했다. 종자들은 당황하여 어찌할 바를 모르고 "이 근처에 물은 없는가?" 하며 소란을 피우며 찾아봤지만 물은 없었다. "도대체 어떻게 해야 하지?"라며 서로 말을 주고받고 있는데, 이 남자가 조용히 다가왔다. "이 근처에는 물이 없습니다. 그런데 대체 어찌된 일이십니까?"라고 하자, 종자들은

"하세에 참배하러 가시는 분이 걷다가 완전히 지치고 목이 말라서 물을 찾고 있는 것이라네."

라고 말했다. 그래서 남자는 "실은 제가 귤을 세 개 가지고 있습니다. 이것을 드리겠습니다."라고 말했다. 그때, 주인은 완전히 지쳐서 정신이 혼미해져 있었는데, 종자 한 명이 곁에 다가가 깨워 "이 남자가 귤을 드리겠다고 하옵니다."라며 귤을 세 개 내밀었다. 주인은 "내가 목이 말라 나도 모르게 정신을 잃고 있었군." 하며 그 귤을 먹고 나서

"만약 이 귤이 없었더라면, 나는 여행지에서 죽고 말았을 것이다. 정말 감사한 일이다. 그 남자는 어디에 있느냐?"

---

12 박달나무의 껍질로 만든 종이. 회지懷紙(접어서 품에 지니는 종이). 두껍고 대형의 옅은 먹색. 원래 무쓰 지방의 특산물인 점에서 그렇게 칭함. 『고본설화古本說話』, 『우지 습유宇治拾遺』에서도 같은 표현.

13 입고 있는 옷 등에서 신분이 높은 사람으로 추정되는데, 우차牛車가 아니라 도보로 참배하는 것은 그 편이 공덕이 높다고 여겼기 때문임. 본문에는 '주인'으로만 되어 있어서 남자인지 여자인지 불분명하지만, 『고본설화』, 『우지 습유』에는 "걸어서 오시는 부인女房"이라고 되어 있음.

하고 물었다. "여기에 있사옵니다."라고 하자, 주인이 종자에게

"저 남자에게 무엇을 해 주면 기뻐하겠느냐? 어떻게 음식 같은 것은 가지고 왔느냐? 먹게 해 주어라."

하고 말했다. 종자는 이 일을 남자에게 전하고, 대나무 고리짝, 가죽을 입힌 고리짝을 실은 말을 끌고 왔다. 바로 그 자리에 막을 치고, 가선 두른 돗자리를 깔고 하여, 점심식사를 주인에게 드릴 준비를 하고, 이 남자에게도 음식을 줘서 먹게 하였다. 주인은 남자에게 깨끗한 포목을 세 단段[14]을 꺼내어 주고

"이 귤을 받은 기쁨이란 이루 말로 표현할 수가 없지만, 이런 여행지에서는 어떻게 할 수가 없구나. 그저 이것은 내 마음의 일부를 표했을 뿐이라네. 도읍에 이러이러한 곳에 있으니 꼭 와 주게나."

하고, 자신이 사는 곳을 알려 주었다.

남자는 포목 세 단을 받아 옆구리에 끼고, '지푸라기 한 가닥이 포목 세 단이 된 것은 오로지 관음님의 은혜로세.' 하고 마음속으로 기뻐하며 걸어가던 중, 날도 저물어 가고 해서 길가의 작은 인가에 숙소를 잡았다. 동이 터서 일찍 일어나 다시 걸어가던 중에, 진시辰時[15] 무렵, 멋진 말을 귀여워해서 길도 재촉하지 않고 느릿느릿 말을 타고 오는 사람과 마주쳤다. '정말로 훌륭한 말이구나.' 하고 보고 있는데 이 말이 별안간 넘어져 순식간에 죽어 버렸다. 말 주인은 망연자실한 얼굴로 말에서 내려 바로 안장을 벗겼다. "어쩌면 좋지?" 하고 말해 본들 이미 소용도 없고, 말은 죽고 말았기에 안타깝게 땅을 치며 울음을 터트릴 것 같은 얼굴로 슬퍼하다가, 따로 데리고 온 비루한 말에 안장을 바꿔 얹고 타고 가버렸다.

---

14 한 단段은 성인 한 사람 분량의 옷감. 보통 경척鯨尺으로 2장丈 6척尺. 또는 2장 8척.
15 오전 8시경.

종자 한 명을 그 자리에 남겨두고 "이 말을 어딘가 사람의 눈에 띄지 않는 곳에 숨겨라."라는 말을 해두었기에, 종자는 죽은 말을 지켜보면서 서 있었다. 그곳에 이 남자가 다가가서 "갑자기 죽어 버린 이 말은 어떤 말입니까?"라고 묻자,

"이 말의 주인이 무쓰 지방陸奧國[16]에서 보물처럼 아끼며 데리고 올라오셨소. 많은 사람들이 이것을 갖고 싶어서 '아무리 비싸도 사겠으니, 파시오.'라고 해도, 아까워하며 팔지 않고 가지고 계셨는데, 비단 한 필조차 받지 못하고 이렇게 되어 버린 것이오. '하다못해 가죽만이라도 벗길까.' 하고 생각했지만, '가령 벗겨도 여행지에서는 어찌할 수도 없지' 하고 고민에 빠져 이렇게 멍하게 서서 보고 있는 중이오."라고 대답했다. 이 남자는,

"'참으로 멋진 말이구나.' 하고 보고 있는데 이런 식으로 죽고 말다니, 목숨이 있는 것이란 정말 불가사의한 거군요.[17] 가죽을 벗겨도 금방은 마르지 않겠죠. 저는 이 근처에 살고 있으니 가죽을 벗기고 그 뒤 어찌 할 수가 있습니다. 제게 주시고 돌아가시면 어떠시겠습니까?"라고 하고, 이 포목《한 단》[18]을《주었》[19]더니, 이 남자는 '뜻밖에 횡재를 했다.'고 생각하고, '상대의 마음이 바뀌지는 않을까.' 하여 포목을 받자마자 도망치듯 달려가 버렸다.

이 죽은 말을 산 남자는

'나는 관음님의 계시에 의해 지푸라기 한 가닥을 받아 귤 세 개가 되었다. 그 귤이 다시 포목 세 단이 되었다. 어쩌면 이 말은 임시로 죽었을 뿐, 머지

---

16 → 옛 지방명. 관동關東·동북東北 지방은 좋은 말의 생산지. 권25 제12화 참조.
17 생물의 수명은 모르는 것이라고 하는 의미.
18 파손에 의한 결자. '한 단段'으로 추정. 『고본설화』, 『우지 습유』를 참조하여 보충.
19 파손에 의한 결자. 해당어 불명. 『고본설화』, 『우지 습유』를 참조하여 보충.

않아 다시 살아나 내 말이 되어, 포목 세 단이 이 말이 될지도 모른다.'

라고 이렇게 생각하고 샀던 것일 것이다. 그래서 남자는 손을 씻고 입을 헹구고 하세데라에 계신 분을 향해 예배하고, "만약 이것이 은혜에 의한 것이라면, 바로 이 말을 되살아나게 해 주십시오."라고 기원 드리자 말이 눈을 뜨고 머리를 치켜들고 일어서려고 했다. 남자는 다가가 손으로 일으켜 세웠다. 더할 나위 없이 기뻤다. '누군가 오면 곤란하다.'고 생각하여, 조용히 사람들 눈에 띄지 않는 곳으로 끌고 가, 한동안 쉬게 하고 이윽고 원래대로 회복되었기에 인가로 끌고 와서 나머지 포복 한 단으로 변변치 않은 안장을 구해, 이것을 타고 도읍 쪽으로 올라갔다. 우지宇治[20] 부근에서 날이 저물어 인가에 묵고 다른 한 단으로 여물과 자신의 식량을 마련하여 날이 밝자 도읍으로 올라갔다. 구조九條 부근에 와서 어떤 사람[21]의 집을 보니, 어딘가로 여행을 떠나려는지 시끌시끌했다.

남자는

'이 말을 도읍으로 데리고 들어가면, 혹시나 아는 사람을 만나, 훔친 게 아니냐라는 소리를 듣는다면 우스운 꼴이 된다. 그러니 여기에서 팔아 버리자. 여행을 떠날 때는 말이 꼭 필요할 테니까.'

라고 생각하여, 말에서 내려 가까이 다가가 "말을 사시지 않겠습니까?"라고 묻자, 마침 말을 구하고 있던 차여서, 이 말을 보니 정말 훌륭한 말이라 기뻐하며

"지금 비단이나 포목 등[22]은 마침 가지고 있는 것이 없으니, 이 남쪽에 있는 논과 쌀 조금과 바꾸지 않겠는가?"

---

20 현재의 교토 부쿄都府 우지 시宇治市 일대. 야마토 지방大和國에서 야마시로 지방山城國으로 들어가는 지점. 뒤의 문장에 나오는 구조九條 인근에서 약 15km 남쪽.

21 구조九條 근처에 사는 사람. 구조는 헤이안 경平安京 남쪽의 변두리. 논밭이 많았음.

22 물물 교환하는 물건으로서 많이 사용되었음.

라고 했다. 남자는

"사실은 비단이나 포목이 필요합니다만,[23] 그쪽이 말이 꼭 필요하시다면, 어찌됐든 말씀하신 대로 하겠습니다."

라고 말했다. 그래서 그 집 주인이 시험 삼아 이 말을 타 보니, 참으로 이상적인 말이었기에, 구조九條 논의 1정町과 쌀 조금으로 교환했다.[24] 남자는 양도수속을 잘 끝마치고, 도읍에 있는 조금 아는 지인의 집에 가서 머물며, 얻은 쌀을 식량으로 하고 있었다. 때마침 2월경[25]의 일이어서, 그 논을 이 근방의 사람에게 맡겨 소작하게 하고, 수확의 반을 자신이 갖고, 그것을 생활의 자본으로 했더니 그때부터는 순식간에 자산이 불어나, 집 등을 짓고 무엇하나 부족함 없이 살아갔다. 그 이후에는 '모든 것이 하세 관음의 은혜.'라는 것을 알고 항상 참배를 했다.

관음의 영험은 이와 같이 더할 나위 없이 신통한 영험이 있다는 것을 보여주신 것이라고 이렇게 이야기로 전하여 내려오고 있다 한다.

---

23 남자는 교섭을 유리하게 이끌어가기 위해서, 일부러 이렇게 말한 것임. 매우 현명한 것을 나타냄.

24 이 이후, 「고본설화」, 「우지 습유」에서는 구조 집의 사람은 이 남자에게 집을 맡기고, 그 조치措置도 일임하고 여행을 떠나, 남자는 그 집에 자리 잡아 살게 되었다는 취지를 기록.

25 '(마침 시기도 좋게) 음력 2월경의 일이었기 때문에'라는 의미. '2월'은 춘작春作의 농경작업 개시의 시기. 단지, 계절적으로는 앞 문장에 있었던 등나 참배인의 목이 말랐다는 등, 아무리 생각해 봐도 하계夏季의 기술에서 나온 흐름과 모순됨. 그것은 「고본설화」, 「우지 습유」에서 이 남자가 구조의 집에 정주했던 기술이 결여되어 있기 때문에 생긴 것임.

하세 長谷에 참배하는 남자가 관음觀音의 도움으로 부를 얻은 이야기

参長谷男依観音助得富語第二十八
はつせにまうでたるをとこくわんのむのたすけによりてとみをうることだいにじふはち

今昔、京ニ父母妻子モ無ク、知タル人モ無カリケル青侍有ケリ。

長谷ニ参テ、観音ノ御前ニ向テ、申シテ云ク、「我レ身貧クシテ一塵ノ便モ無シ。若シ此ノ世ニ此クテ止クハ、此ノ御前ニシテ干死ニ死ナム。若シ、自然ラ少ノ便ヲモ可与給クハ、其ノ由ヲ夢ニ示シ給ヘ。不然ラム限リハ更ニ不罷出ジ」ト云テ、低シ臥タリ。

寺ノ僧共此レヲ見テ、「此ハ何ナル者ノ、此テハ候フゾ。若絶入ナバ、寺ニ穢出来ナムトス。誰ヲ師トハ為ゾ」ト問ヘバ、男ノ云ク、「我貧身也。誰師トセム。只観音ヲ憑奉テ有ル也。更ニ物食フ所無シ」ト。寺ノ僧共此レヲ聞テ、集テ云ク、「此人偏ニ観音ヲ恐喝奉テ、更ニ寄ル所無シ。寺ノ為ニ大事出来ナムトス。然レバ、集テ此ノ人ヲ養ハム」ト定テ、替々物ヲ食スレバ、其ヲ食テ仏ノ御前ヘ不去ズシテ、昼夜ニ念ジ入テ居タルニ、三七日ニモ成ヌ。

其ノ暁ヌル夜ノ夢ニ、御帳ノ内ヨリ僧出デヽ、此ノ男ニ告テ宣ハク、「汝ガ、前世ノ罪報ヲバ不知シテ、強ニ責メ申ス事極テ不当ズ。然レドモ、汝ヲ哀ガ故ニ少シノ事ヲ授ケム。然レバ、寺ヲ出ムニ何物也ト云フトモ、只手ニ当ラム物ヲ不棄シテ、汝ガ給ハル物ト可知ベシ」ト宣フ、ト見テ、夢覚ヌ。

其後、哀ビケル僧ノ房ニ寄テ、物ヲ乞テ食ヒ出ヅルニ、大門ニシテ跇躓テ低フシニ倒ヌ。起上ル手ニ、不意ニ被拳タル物有リ。見レバ藁ノ筋也。此レヲ「給フ物ニテ有ニヤ」ト思ドモ、夢ヲ憑テ此ヲ不棄シテ返ル程ニ、夜モ曙ヌ。

而ル間蜩顔ヲ廻ニ飛ブヲ、煩シ
ケレバ木ノ枝ヲ折テ掃ヒ去レドモ、
尚同ジ様ニ来バ、蜩ヲ手ヲ捕ヘテ
腰ヲ此藁筋ヲ以テ引キ括リテ、持
タルニ、蜩腰ヲ被括レテ飛ビ迷フ。
而ル間、京ヨリ下ル可然キ女、車ニ
乗テ参ル。車ノ簾ヲ打チ纏テ居タ
ル児有リ。其形チ美麗也。児ノ云
ク、「彼ノ男、其ノ持タル物ハ何
ゾ。其レ乞テ得セヨ」ト。馬ニ乗テアル侍来テ云ク、「彼ノ
男、其ノ持タル物若君ノ召スニ、奉レ」ト。男ノ云ク、「此
レハ観音ノ給タル物ナレドモ、此ク召セバ奉ラム」ト云テ渡
タレバ、「糸哀レニ奉タリ」トテ、「喉乾クラム、此レ食
ヨ」トテ大柑子三ツヲ馥シキ陸奥国紙ニ裹テ、車ヨリ取タレ
バ、給ハリテ、「藁筋一ツガ大柑子三ツニ成ヌル事」ト思ノ、
木ノ枝ニ結ビ付テ、肩ニ打係テ行ク程ニ、品不賤ヌ人忍テ、

牛車と簾（年中行事絵巻）

侍ナド具シテ、歩ヨリ長谷ヘ参ル有リ。
其ノ人歩ビ極テ只垂ニ垂居タルヲ見レバ、「喉乾テ、水飲
セヨ」。既ニ捶入トス」ト云ヘドモ、共ノ人々手ヲ迷シテ、
「近ク水ヤ有ル」ト云フ間ニ、此ノ男和ラ歩ビ寄タルニ、「此ハ何ガセムト為
ル」ト云フ間ニ、此ノ男和ラ歩ビ寄タルニ、「此ノ辺近ク、
浄キ水有ル所知タリヤ」ト問ヘバ、男ノ云ク、「近クハ水不
候ハズ。但シ、何ナル事ノ候カ」ト。人々云ク、「長谷ニ
参ラセ給フ人ノ歩極ゼサセ給テ、御喉乾カセ給ヒタレバ、
水ヲ求ル也」ト。男ノ云ク、「己レ柑子三ツヲ持タリ。此レ
奉ラム」ト。其ノ時ニ、主人ハ、極□テ寝入タルニ、人寄
テ驚カシテ、「此ナル男コノ、柑子ヲ持タルヲ奉レル也」ト
云テ、柑子三ツヲ奉レバ、主人ノ云ク、「我ハ喉乾テ既ニ絶
入シタリケルニコソ有ケレ」ト云テ、柑子ヲ食テ、「此ノ柑
子無カラマシカバ、旅ノ空ニテ絶入リ畢マシ
也。其ノ男ハ何コニ有ルゾ」ト問ヘバ、「此ニ候」ト答フ。
主人ノ云ク、「彼ノ男ノ喜シト思許ノ事ハ、何ガ可為キ。食

物ナドハ持来タルカ。食ハセテ遣ハセ」ト云ヘバ、其ノ由ヲ男ニ云フニ、旅籠馬皮子馬ナド将来ヌ。即チ、屏幔引キ、畳敷ナドシテ、昼ノ食物此ニテ奉ラムズ[4]。此ノ男ニモ食セタレバ食ヒツ。

主人此ノ男ニ云ハ[5]、清キ布ヲ三段取出シテ給テ、云ク[7]、「此ノ柑子ノ喜シサハ可云尽クモ無ケレド[9]、此ル旅ニテハ何ニカハセムト為ル。只此ハ志ノ初メ許ヲ見スル也。京ニハ其々ニナム有ル。必ズ参レ」トテ其ノ所ヲ云ヌ。

男、布三段ヲ取テ脇ニ挟ムデ、「藁筋一ツガ布三段ニ成ヌル事、此レ観音ノ御助也ケリ」ト、心ノ内ニ喜テ行ク程ニ、其ノ日暮ヌレバ、道辺ナル人ノ小家ニ宿リヌ。夜曙ヌレバ、疾ク起テ行ク程ニ、辰時許ニ、吉馬ニ乗タル者ノ、馬ヲ愛シ

屏幔（春日権現験記）

ツ、、道モ行キ不遣ズ、翔ハセテ、合タリ。「実ニ目出タキ[13]馬カナ」ト見ル程ニ、此ノ馬俄ニ倒テ、只ニ死ヌルヲ、主我レニモ非ヌ気色ニテ下テ立テリ。即チ鞍下シツ。「此ハ何[14]ガセムト為ル」ト見ヘドモ、甲斐無クテ死ニ畢ヌレバ、手ヲ打テ泣ク程ニ、賎シノ馬ノ有ルニ鞍置キ替テ乗去ヌ。従者一人ヲ留テ、「此レ引キ隠セ」ト云ヒ置タレバ、男死タル馬ヲ守リ立テルニ、此ノ男コ歩ビ寄テ云ク、「此ハ何ガ[16]ナリツル馬ノ俄ニ死ヌルゾ」ト。答テ云ハ、「此レハ[15]、陸奥国ヨリ此レヲ財ニテ上リ給ヘルニ、惜ムデ持チ給ヘリツル程ニ、其[18]不限ズ買ム」ト云ツレドモ、万ノ人欲ガリテ、『直モ[17]ノ直一定ダニ不取シテ止ヌ。『皮ヲダニ剝バヤ』ト思ヘドモ、『剝テモ旅ニテハ何ニカハセム』ト思テ、守リ立テル也。此ノ男ノ云ク、「『実ニ極キ馬カナ』ト見ツル程ニ[19]、此ク死ヌレバ、命有ル者ハ奇異也[20]。皮剝テモ忽マチニ干得難カリナム[21]。已ニ此ノ辺ニ住マバ、皮ヲ剝ギテ可仕キ事ノ有ル也[22]。己レニ得サセテ返リ給ヒネ」ト云テ、此ノ布□[23]メヲ□[24]ハ

セタレバ、男、「不思ハヌニ所得シタリ」ト思テ、「思ヒ返ス事モヤ有ル」ト思ヘバ、布ヲ取テ、逃ガ如クシテ走去ヌ。

此ノ死タル馬買タル男ノ思ハク、「我レ観音ノ示現ニ依テ、薬筋一ツヲ取テ柑子三ニ成ヌ。柑子亦布三段ニ成ヌ。此ノ馬ハ仮ニ死テ、生返テ我ガ馬ト成テ、布三段ガ此馬ニ成ムズルニヤ」ト思テ、買ナルベシ。然ラバ、男ヲ手ヲ洗ヒ口ヲ漱テ、此ノ馬ノ方ニ向テ礼拝シテ、「若シ此レ御助ケニ依ナラバ、速ニ此ノ馬生サセ給ラム」ト念ズル程ニ、馬目ヲ見開テ、頭ヲ持上テ起ムトスレバ、男寄テ手ヲ係テ起シ立テツ。喜シキ事無限シ、「若シ人モゾ来ル」ト思テ、漸ク隠タル方ニ引入レテ、時替マデ息マセテ、本ノ様ニ成ヌレバ、人ノ家ニ引入テ、布一段ヲ以テ賤ノ鞍ニ替ヘテ、此ニ乗テ京ノ方ニ上ルニ、宇治程ニ三日暮ヌレバ、人ノ家ニ留テ、今一段ヲ以テ馬草、我ガ粮ニ成シテ、曉ヌレバ京ヘ上ルニ、九条渡ナル人ノ家ヲ見ルニ、物ヘ行ムズル様ニ出立チ騒グ。

男ノ思ハク、「此ノ馬ヲ京ニ将行ラムト、若シ見知タル人ヘタルトヤ。

モ有テ、『盗タル』ト被云ムモ由無シ。然レバ此ニテ売ラム。出立スル所ニハ馬要スル物ゾカシ」ト思テ、馬ヨリ下寄テ、「馬ヤ買フ」ト問ケレバ、馬ヲ求ル間ニテ、此ノ馬ヲ見ルニ、実ニ吉キ馬ニテ有レバ、喜テ云ク、「只今絹布ナドハ無キヤ。馬ヤ買フ」ト。男ノ云ク、「絹布コソハ要ニハ侍ニ有レドモ、馬ノ要有ラバ、只仰ニ随ハム」ト。然レバ、此ノ馬ニ乗リ試ムルニ、実ニ思フ様也ケレバ、九条田居ノ田一町、米少ニ替ヘツ。男、券ナド拈メ取テ、京ニ髴知タリケル人ノ家ニ行キ、宿リテ、其ノ米ヲ粮トシテ、二月許ノ事ナレバ、其ノ田ヲ其ノ渡ノ人ニ預テ令作テ、半ヲバ取テ、其レヲ便トシテ世ヲ過スニ、便リ只付キニ付テ、家ナド儲テ楽シクゾ有ケル。其ノ後ハ、「長谷ノ観音ノ御助ケ也」ト知テ、常ニ参ケリ。

観音ノ霊験ハ此ク難有キ事ヲゾ示シ給ケル、トナム語リ伝ヘタルトヤ。

하세長谷 관음觀音을 섬긴 가난한 남자가 황금의 시체를 얻은 이야기

교토에 사는 가난한 젊은 시侍가, 3년 동안이나 하세데라長谷寺 관음에게 참배하여 기원했는데, 그 만원滿願 날에, 시체를 운반하는 인부가 되는 곤경에 빠지게 되었지만, 그 시체가 황금으로 변해 부자가 되었다는 이야기. 앞 이야기에 이어서 하세데라 관음의 영험에 의한 젊은 시侍의 치부담致富譚임. 시체가 황금으로 변하는 모티브는 본집 권2 제12화에도 보임. 옛날이야기 '섣달 그믐날의 손님大歲の客', '섣달 그믐날의 불大歲の火'은 이 이야기와 동일한 모티브의 치부담致富譚이다.

이제는 옛이야기이지만, 도읍에 가난하고 젊은 시侍[1]가 있었다. 부모도, 섬기는 주인도 없고, □□[2] 사람도 없었기 때문에 매우 가난한 생활을 보내고 있었는데, '하세長谷[3]의 관음님이야말로 어려운 소원을 들어주신다고 하신다. 그 은혜를 나만 받지 않을 리는 없다.'고 깊이 믿고, 가난한 몸이지만 도읍에서 혼자 걸어서 하세데라로 참배하러 갔다. 그리고 "제발 관음님, 대자비의 은혜로 저에게 조금이라도 생활의 양식을 내려주소서. 바라기 힘든 관직이나 어마어마한 부귀를 얻고 싶다고 말씀드린다면 어렵겠지만, 아주

---

1   원문은 "生侍". '풋내기 시靑侍(본권 제28화 참조)'라는 표현과 비슷하지만, 풋내기 시侍보다는 연상의 느낌임. 신분이 낮고 평범한 시侍.
2   파손에 의한 결자. '친척이나 연고자, 지인 등도 없었기 때문에', '알고 있는' 등의 의미로 추정.
3   하세데라長谷寺(→ 사찰명).

조금, 생활의 양식만이라도 내려 주십시오. 저는 전생의 숙보宿報[4]로 가난한 몸으로 태어났지만, 관음님의 서원誓願[5]은 다른 부처님이나 보살님보다 훨씬 월등하시다고 들었습니다. 꼭 저를 도와주십시오."

하고 진심으로 기원하며, 며칠 동안 틀어박혀 참배를 드렸지만, 꿈의 계시조차 없자 한탄하고 슬퍼하면서 돌아갔다.

이렇게 그 후에도 매월 참배하면서 이와 같이 기원을 했지만, 전혀 효험이 없었기 때문에, 그의 아내가

"당신은 어째서 가난한 몸으로 매월 하세데라에 참배 따위 하는 겁니까? 부처님도 모두 무엇인가 연이 있어야 은혜를 베풀어 주신다고 들었는데, 이렇게 열심히 참배해도 조금의 효험도 보이지 않는 것은 인연이 없으니 그런 거겠죠. 두 번 다시 참배해서는 안 됩니다."

하고 말렸지만, 남자는

"정말 그 말대로이오만, '3년간은 매월, 참배해보자.'라고 생각하고 있소. 설령 현세에서 그 소원이 이루어지지 않는다 해도, 하다못해 후세만이라도 도와주시면 좋겠소."

하며 참배를 계속했지만, 어떤 작은 효험도 없었다.

그렇게 해서 벌써 3년이 다 되어 가는 해의 연말이 되어, 12월 20일이 지나 참배를 하고 결원結願[6]한 후에, "전생의 과보果報[7]가 있기에 관음님의 힘으로도 어떻게 하시지 못하는 것이겠지요." 하고 눈물을 흘리며 아뢰었다. 그리고 도읍으로 돌아오는 길에는 눈물이 비 오듯 떨어지고 이루 말할 수

---

4 → 불교.
5 → 불교. 중생제도衆生濟度의 서원. 근본 서원. 보문품普門品에 설하는 관음의 본원으로, 삼십삼신三十三身으로 변화變化해서 중생을 구제한다는 것임.
6 → 불교.
7 → 불교. 여기서는 전생의 악업에 의한 응보로 느끼고 있음.

없이 슬펐다. 해질 무렵이 되어 어느덧 구조九條[8] 부근을 혼자서 두려운 마음으로 걷고 있는데, 관청의 하급관리[9]인 방면放免[10]의 무리를 만났다. 방면들이 이 남자를 별안간 붙잡았다. 남자가 "어째서 저를 잡으시는 겁니까?"라고 말했지만, 놀랍게도 그것은, 인부人夫로 쓰기 위해서 잡은 것이었다. 손발을 끌고 교토의 북쪽[11]으로 데리고 가서 팔성원八省院[12]에 가두었다.

남자는 영문도 몰라 두려워하고 있는데, 우치노內野[13]에 있는 열 살 정도 되어 보이는 시체가 있는 곳으로 데려가서 "이것을 가와라河原[14]로 가져가 버리고 오너라." 하고 엄명을 내렸다. 남자는 온종일 하세에서 계속 걸어와 완전히 지쳐서 녹초가 되어 있고, 어떻게 할 도리가 없어

'나는 하세데라에 3년간 매달 참배를 하고 지금 그것을 끝마치고 돌아오는 길인데, 때마침 이때 이런 일을 당하다니 정말 전생의 과보가 가져온 결과인가 보다. 아내가 항상 당신은 관음님과는 인연이 없는 거예요라고 말했었는데.'

하고 슬퍼하며 이 시체를 들어보니, 너무나도 무거워 들고 일어날 수가 없었다. 하지만 방면들이 무작정 명령하니, 참고 들고 갔다. 방면들이 따라 와 감시하고 있어, 버리고 달아날 수도 없어 들고 갔다. 하지만 너무 무거워 가와라까지는 아무래도 들고 갈 수가 없어, 남자는 생각했다.

---

8   교토 시 남단에 있는 지역.
9   검비위사檢非違使의 하급관리(* 검비위사는 헤이안平安 시대에 교토京都 내의 치안·풍속·범죄 등을 단속하고 재판을 관장하던 관직으로 현재의 경찰관과 재판관을 겸한 것).
10   형기를 마치고 출옥하여, 검비위사청의 하인으로서 봉직한 자. 범인의 체포·호송·옥리 등의 일에 종사.
11   헤이안 경平安京 남단의 구조九條에서 북상하여, 대내리大內裏 쪽으로 향한 것임.
12   대내리의 정전正殿. 주작문朱雀門의 정면에 있고, 내리內裏의 서남에 위치함. 즉위나 조하朝賀 등의 의식이나 중앙정부의 백관百官이 집무하는 청사임. 정문은 응천문應天門, 대극전大極殿이 정전正殿임. 조당원朝堂院이라고도 함.
13   대내리의 무덕전武德殿 동측의 엔노 마쓰바라宴의松原 부근을 이렇게 부른 것으로 추정. 대내리를 동서로 관통하는 것을 '내야통內野通'이라고 했음(본집 권27 제33화).
14   가모가와라鴨河原. 팔성원八省院·엔노마쓰바라에서는 동쪽으로 약 2.5km.

'혼자서는 도저히 이 시체를 가와라로 가져갈 수가 없겠다. 그러니 이것을 집으로 들고 가, 밤이 되면 아내와 둘이서 들고 가자.'

방면들에게 "이렇게 하고 싶은데요."라고 하자, 방면들이 "그렇다면 좋을 대로 해라."라고 하였기에, 남자는 집에 시체를 들고 갔다. 그러자 아내가 이것을 보고 "그것은 대체 뭡니까?" 하고 말했다. 남자는 "이러 이러한 일이 있었고, 이렇게 생각해서 가지고 온 것이오." 하고 한없이 울었다.

아내는 "그거 보세요. 제가 말한 대로죠. 그렇다고 해도 이대로 내버려 둘 수도 없겠네요." 하고, 남편과 둘이서 이 시체를 들어봤지만 터무니없이 무거웠다.

있는 힘을 쥐어짜서 힘껏 들어봤지만, 역시 너무 무거웠다. 이상하게 여기고 시체를 만져보자, 시체가 매우 딱딱했다. 그래서 나무막대기로 찔러보니 금속과 같은 느낌이 들었다. 곧바로 등불을 켜고 작은 돌로 두드려 보니, 안이 노랗다. 자세히 보니 황금이었다. 기이한 생각이 들었지만, '이것은 오로지 하세 관음님이 불쌍히 여기셔서 내려주신 것이다.'라고 생각하니 감격스럽고 존귀하게 여겨졌다. 그 시체를 다른 사람 눈에 띄지 않도록 집 안 깊숙이 숨기고, 다음날부터는 부부가 이 황금 시체를 조금씩 떼어서, 사람들에게 팔아 생활을 하는 사이에, 누구보다 큰 부자가 되었다. 유복해지니 자연스럽게 관직도 생겨, 조정에 출사하여 훌륭한 신분이 되었다.[15] 관음님의 은혜는 정말 존귀하다. 그 황금 시체를 손에 넣은 뒤로는 한층 더 지성으로 하세관음을 섬기게 되었다. 그런데 남자가 그 시체를 가지고 자기 집에 들어선 순간, 문에 있던 방면들은 자취를 감추어 버렸다.[16]

---

15 자산가가 되었기 때문에 세간의 신용이나 평가가 높아진 탓이거나, 아니면 황금의 위력을 발휘해 매관賣官했을지도 모름. 당시 영작榮爵이라고 해서 오위五位의 관직을 살 수 있었음.

16 부처·보살의 권화나 사자 등이었을 것으로 예상됨.

이것을 생각하면, 정말로 방면이 남자를 인부로 징발한 것인가. 그렇지 않으면 관음이 또 방면으로 모습을 바꾸신 것인가. 결국 알 수 없었다고 이렇게 이야기로 전하여 내려오고 있다 한다.

仕長谷観音貧男得金死人語第二十九

今ハ昔、京ニ有ケル生侍ノ身貧キ有ケリ。父母モ無ク、憑ル主モ無ク、□身モ無カリケレバ、極テ貧クシテ過ケルニ、

「長谷ノ観音コソ難有キ人ノ願ヲバ満給フナレ。我ノミ其ノ利益ニ可漏キニ非ズ」ト深ク信ジテ、京ヨリ、不階ノ身ナレドモ、只独リ歩ヨリ長谷ニ参ニケリ。申シケル様、「願クハ、観音大悲ノ利益ヲ以テ、我ニ聊ノ便ヲ給ヘ。難有キ官位ヲ望ミ、無限キ富貴ヲ得ムト申サムコソ難カラメ、只少ノ便ヲ給ヘ。前世ノ宿報拙シテ、貧キ身ヲ得タリトモ、『観音ハ誓願他ノ仏菩薩ニハ勝レ給ヘリ』ト聞ク。必ズ我ヲ助ケ給ヘ」ト懃ニ申シテ、日来籠テ候ヒケレドモ、夢ヲダニモ不見ザリケレバ、歎キ悲ムデ返ニケリ。

然テ、其後毎月ニ参リツツ此ク申シケレドモ、更ニ少モ見ユル事無カリケレバ、其ノ妻有テ云ク、「汝ヂ何ノ故ニ不階ヌ身ニ毎月ニ長谷ヘハ参ルゾ。仏モ皆縁ニ依テ利益ヲ施シ給フ事トコソ聞ケ。此ク参レドモ少ノ事モ不見エヌハ、縁ノ不御サヌニコソハ有メレ。此ヨリ後、更ニ不可参ズ」ト制シケレドモ、男、「現ニ然ハ有レドモ、『三年毎月ニ参リ試ム』ト思フヲ、譬ヒ現世コソ不叶ザラメ、後世ヲモ助ケ給ヘカシ」

放免（年中行事絵巻）

ト云テ参ケルニ、夢許モ験無カリケリ。

而ル間、既ニ三年ニ満ナムト為ル年ノ畢ニ成テ、十二月ノ二十日余ニ参テ、結願シツ。「前ノ世ノ果報ナレバ、観音ノ力及バセ不給ヌ事ニコソハ。」ト泣々ク中シテ、京ニ返ケルニ、終道ラ涙雨ノ如ク落テ、悲キ事無限シ。日暮方ニ成テ、庁ノ下部既ニ九条ノ程ヲ行クニ、只独リ心細ク行ケルニ、ト云フ放免共俄ニ捕フレバ、男、早ウ、夫ニ取也ケリ。曳男奇異ク怖シク思フ程ニ、内野ニ有ケル十歳許ナル死人ヲ、「此レ、川原ニ持行テ棄ヨ」ト責ケレバ、男終日長谷ヨリ歩ミ極ジテ、力無ク難堪クテ、「我レ長

谷ニ三年月参シテ、結願シテ返ル時シモ此ル目ヲ見ルコソ、実ニ前世ノ果報ノ致所ナメレ。妻ノ常ニ云ヒツル様ニ、『機縁ノ不御ザリケル也ケリ』ト、哀ニ思テ、此ノ死人ヲ持ニ、極テ重クシテ不持上ズ。然レドモ、放免共強ニ責レバ、念ジテ持行クニ、放免後ニ付テ見レバ、棄テ逃ル事モ無クテ行クニ、川原マデ否不行着シテ、男心ニ思フ様ニ、「我レ独シテ此ノ死人ヲ川原ニ難持行シ。然レバ、我レ家ニ持テ行テ、夜ヒ妻ト二人持テ棄テム」ト思テ、男放免共ニ「此ナム思」ト云ケレバ、放免、「然ラバ、然モ為セヨ」ト云ヒケレバ、男家ニ死人ヲ持テ行タレバ、妻此ヲ見テ、「其ハ何ゾ」ト云ヘバ、男、「然々ノ事ニテ、此ク思テ持来ル也」ト云テ、泣ク事無限シ。

妻、「然レバコソ云ツレ。然トテ可有キ事ニ非ズ」ト云テ、夫ト二人此ノ死人ヲ持ニ、極テ重シ。力ヲ発シテ持ニ、猶重ケレバ、怪ムデ死人ヲ捜ルニ、極テ固シ。然レバ、木ノ端ヲ以テ指スニ金ノ様也。其ノ時ニ、火

ヲ燃シテ、小石ヲ以テ扣ケバ、中ハ黄也。吉ク見レバ、金ニ
テ有リ。奇異クテ思フニ、「早ウ、長谷ノ観音ノ哀ビ給ッ也
ケリ」ト、悲ク貴クテ、其ノ死人ヲ深ク家ノ内隠シ置テ、明
ル日ヨリ妻夫共ニ、此ノ金ノ死人ヲ打軷ツ、売テ世ヲ過ケ
ニ、程無ク並無キ富人ト成ヌ。身ニ便出来ニケレバ、自然ラ
官ナド成テ、公ニ仕テ止事無カリケリ。観音ノ利益実ニ
貴シ。其ノ金ノ死人出来テ後ハ、弥ヨ懃ニ長谷ニ仕ケリ。
彼ノ死人ヲ持テ、男家ニ入ニケレバ、門ニ有ツル放免モ不見
ザリケリ。
此レヲ思フニ、実ノ放免ノ夫ニ取ケルニヤ、亦、観音ノ変
ジ給ケルニヤ、其レヲ不知ズ、トナム語リ伝ヘタルトヤ。

가난한 여자가 기요미즈^{清水} 관음^{觀音}을 섬기고 휘장 천을 받은 이야기

교토의 가난한 여자가 오랜 세월 기요미즈데라淸水寺 관음에게 참롱參籠한 끝에, 꿈의
계시를 얻어 얇은 홑겹의 휘장 천을 받고, 그것을 이용해서 만든 옷의 영험력靈驗力에
의해 행복해졌다는 이야기. 하세데라長谷寺 관음에게 비견하는 기요미즈데라 관음의
영험담으로 다음 이야기도 마찬가지이다.

이제는 옛이야기이지만, 도읍에 아주 가난한 여자가 있었는데 기요미즈
데라淸水寺¹에 열심히 참배를 하고 있었다. 이렇게 오랜 세월 동안 참배를
계속했지만, 조금도 그 은혜를 입지 못하고, 오히려 전보다 더 가난해져서,
나중에는 오랜 세월 동안 봉공奉公하고 있던 곳에서도 이렇다 할 이유도 없
이 해고를 당해 더 이상 의지할 곳도 없어졌다. 그리하여 기요미즈데라에
참배를 가서 눈물을 흘리며 관음²을 원망하며

"설령 저의 숙보宿報³가 좋지 않더라도 정말 조금만이라도 살아가기 위해
보탬이 되는 것을 내려주십시오."

하고 애절하게 기원하고 관음⁴ 앞에 엎드린 채 잠이 들었다. 그날 꿈에, 어

---

1   기요미즈데라淸水寺(→ 사찰명)의 창건 경위에 대해서는 권11 제32화 참조.
2   → 불교.
3   → 불교. 전세의 인연에 의해 받는 현세의 업보.
4   여기에서는 기요미즈데라의 본존本尊인 십일면관음十一面觀音(→ 불교)을 가리킴.

전御前에서 한 사람[5]이 나타나, 여자에게

"관음께서는 그렇게 열심히 소원을 비는 것을 가여운 일이라고 생각하고 계시지만, 너에게는 내려주실 만한 것이 없어서 그것을 한탄하고 계신다. 그렇지만 이것을 받아라."

하고, 휘장[6] 천[7]을 잘 접어 앞에 두셨다. 여자는 이러한 꿈을 꾸고 잠에서 깨어났다.

그 후 등명燈明[8]의 불빛으로 보니, 꿈에서 받았던 휘장 천이 접혀 개인 채 앞에 놓여 있다. 그것을 보고 '그럼 이것 말고는 받을 만한 것이 없는 것이로구나.' 하고 생각하자, 자신의 전세의 인연이 미루어 짐작되어 슬퍼하며[9] 다시 한 번

"저는 결코 이것을 받지 않겠나이다 '저에게 만일 조금이라도 재물이 생긴다면, 금錦[10]으로 휘장의 천을 수놓아 드려야겠다.'고 생각하고 있었는데, 이 휘장 천을 받은 것만으로는 그냥 돌아갈 수가 없습니다."

하고 견방犬防[11] 안으로 밀어 넣었다.

그 후 또 자다가 꿈을 꾸었는데, 전에 꿈에 나왔던 같은 모습의 사람이 나타나 "어째서 이렇게 돌려주는 것이냐? 어서 받아 두어라." 하고 다시 주셨다. 잠을 깨고 보니, 전처럼 똑같이 놓여 있었다. 그래서 다시 이전처럼 돌

---

5 이 사람은 이후의 발언으로 관음의 사자使者인 것을 알 수 있음.
6 불상 앞의 휘장.
7 원문은 '가타비라帷'로 되어 있음. 안을 대지 않은 홑 겹의 비단으로, 귀인의 휘장대, 도바리帳 등에 사용했음. 여름에는 생견을, 겨울에는 명주를 사용.
8 불상 앞의 등불.
9 '자신의 운명의 불운을 깨닫고'의 의미. '숙세宿世'는 전생으로부터의 숙명으로, 본집에서는 이것이 전면에 나오는 경향이 있음.
10 금실·은실 등 오색의 실로 모양을 엮어 낸, 화려하고 두꺼운 견직물. 최고급품의 비단을 예로 들어, 관음에 대한 깊은 신앙심을 표현.
11 불당내의 내진內陣과 외진外陣을 나누는 도구. 높이 3척尺 정도의 격자로 된 울타리.

려드렸다. 이렇게 세 번[12]을 돌려드렸는데, 역시 세 번 모두 여자에게 다시 돌려주셨다.

정말 이번은 '돌려드려서는 실례가 되겠지.' 하고 생각했지만, '이 사실을 모르는 절의 스님들은 '내가 휘장 천을 떼어갔다고 의심할지도 몰라.'라고 생각하니 그것도 안 될 일이었기에, 한밤중에 이 휘장 천을 품에 집어넣고 나갔다. '그럼 이 휘장 천을 어떻게 할까.' 하고 이리저리 궁리하다가, '마침 옷이 없으니, 이것으로 옷을 짜 입자.'라는 생각이 들어, 바로 기모노와 하카마袴로 만들어 입었다.

그리고 난 뒤로는 남녀 불문하고, 모든 사람들은 이 여자를 매력이 넘치는 귀여운 여자라 생각하였고, 여자는 많은 사람으로부터 생각지도 못한 물건들을 받게 되었다. 또한 부탁할 일이 있을 때에도, 이 옷[13]을 입고 부탁하면 반드시 이루어졌다. 이렇게 하여 점차 부자가 되자, 좋은 남편도 생기고 무엇 하나 불편함이 없는 생활을 보내게 되었다. 그래서 그 옷은 접어서 깊숙이 넣어 두고, 무엇인가 좋은 일이 있을 생길 것 같을 때 꺼내서 입기로 했다. 그 후로 '이것도 오로지 관음께서 도우신 것이다.'라는 것을 깨닫고, 전보다도 훨씬 자주 참배하고 예배드리게 되었다.

이를 들은 사람들은 모두 기요미즈데라 관음의 영험을 존귀하게 여겼다고 이렇게 이야기로 전하여 내려오고 있다 한다.

---

12 이와 같은 반복행위는 민담 등에서는 세 번이 일반적임.
13 이 옷은 여의보주如意寶珠나 휘두르기만 하면 원하는 것은 무엇이든 나오고 무슨 일이든 이루어진다는 요술 방망이와 같은 의미의, 모든 소원을 이루는 만능의 영험한 힘을 가진 보의寶衣임.

貧女仕清水観音給御帳語第三十

今昔、京ニ極テ貧キ女ノ清水ニ強ニ参ル有ケリ。此ク参テ年月ハ積ルト云ヘドモ、露許ノ験ト思ユル事無クシテ、貧キ事弥ヨ増テ、後ニハ年来仕ケル所ヲモ其ノ事トナク浮カレテ、寄付ク所モ無ク成ニケレバ、清水ニ参テ、泣々ク観音ヲ恨ミ奉テ申シテ云ク、「譬ヒ前世ノ宿報拙シト云フトモ、只少シノ便ヲ給ラム」ト、煎リ糒テ申シテ、御前ニ低シ臥シテ寝タル夢ニ、御前ヨリ人来テ、女ニ告テ宣ハク、「此ク強ニ責申ヲ、糸惜ト思食セドモ、可給キ便リ無ケレバ、其ノ事ヲ思食シ歎ク也。然レバ、此ヲ給ハレ」トテ御帳ノ帷ヲ糸吉ク打畳テ、前ニ打チ置ツ、ト見テ、夢メ覚ヌ。

其ノ後、御明ノ光ニ見レバ、夢ニ給ハルト見ツル御帳ノ帷、畳ツル様ニシテ有ルヲ見ルニ、「然ハ此ヨリ外ニ給キ物無ニコソ有レ」ト思フニ、身ノ宿世思ヒ知ラレテ、悲ムデ亦申サク、「我レ更ニ此ヲ不給ラジ。『少ノ便モ有ラバ、錦ヲモ御帳ノ帷ニ縫テ奉ラム』トコソ思フニ、此ノ御帳許ヲ給ハリテ可出キニ非ズ」ト云テ、犬防ノ内ニ指入テ置ツ。

其ノ後、亦寝タル夢ニ、前ノ如ク人来テ宣ハク、「何ド此ク返シ申ゾ。速ニ給ハレ」トテ給フ。驚テ見レバ、亦、同様ニ前ニ有リ。亦前ノ如ク返シ奉ツ。如此ク三度返シ奉ツルニ、尚三度乍ラ返シ給フ。

其ノ度ハ、「返シ奉ラバ無礼ナルベシ」ト思フニ、「此ノ事ヲ不知ラム寺ノ僧ハ、『御帳ヲ放チ取タリ』トヤ疑ハムズラ

灯台（法然上人絵伝）

ム」トゾ思フニ、苦シケレバ、夜深ク此ノ御帳ヲ懐ニ指入レテ罷出ヌ。「此ヲバ何ガ可為キ」ト思ヒ廻シテ、「着物ノ無キ

二衣ニ縫テ着」ト思ヒテ、忽ニ衣袴ニシテ着ツ。

其ノ後、見ト見ル男ニモ女ニモ哀レニ糸惜キ者ニ被思ハレテ、諸ノ人ノ手ヨリ不思議ヌ物ヲ得ケリ。人ニ物ヲ云ハムト

テ、此ノ衣ヲ着テ云ケレバ必ズ物叶ヘリ。如此クシテ便付ニ

ケレバ、吉夫出来テ楽シクゾ有ケル。然レバ、其ノ衣ヲバ

畳ミ納テ、吉キ事可有キ時ニモ取出デ、着ケリ。其ノ後ハ、

「此レ偏ニ観音ノ御助也」ト知テ、弥ヨ参テ礼拝シ奉ケリ。

此ヲ聞ク人、皆、清水ノ観音ノ霊験ヲ貴ビケリ、トナム語

リ伝ヘタルトヤ。

가난한 여자가 기요미즈淸水 관음觀音을 섬기고
황금을 받은 이야기

교토의 가난한 여자가 집도 없이 아버지 없는 아이를 회임懷妊하고는 곤란해 하던 끝에, 이웃집 여자와 함께 기요미즈데라淸水寺 관음에게 참배하여 기원을 드리고, 마침내 황금 세 냥兩을 받고, 그것을 밑천으로 집을 사고 안산安産한 후 행복해졌다는 이야기. 앞 이야기와 마찬가지로, 기요미즈데라 관음의 유형적인 영험담이기는 하지만, 이웃 여자를 경유하여 최종적으로 황금을 얻는다는 점에서 단순한 줄거리는 아니다.

  이제는 옛이야기이지만, 도읍에 매우 가난한 여자가 있었는데, 열심히 기요미즈淸水[1]에 참배를 했다. 이와 같이 오랜 세월 동안 참배를 계속했지만, 조금도 관음의 은혜라고 하는 것은 받지 못했다.

  그러던 중 특별히 이 사람이라고 정해진 남편도 없는데 회임을 하고 말았다. 본래 자기 집도 없이 남의 집을 빌려 살고 있었는데, 점차 시간이 흘러 '도대체 나는 어디서 아이를 낳으면 된다는 말인가?' 하고 슬피 탄식하며 기요미즈데라를 참배하고 눈물을 흘리며 기원을 드렸다. 그러던 중, 어느새 산달이 되었다. 하지만 아이를 낳을 만한 장소도 없고, 출산에 필요한 물건도 어느 것 하나 없었다. 그저 관음에게 한탄하는 수밖에 달리 방도가 없었다.

---

1   기요미즈데라淸水寺(→ 사찰명).

그래서 이웃에 살고 있는 여자와 이 일을 한탄하며, 함께 기요미즈데라에 참배하고, 관음 앞에 엎드려 예배드리고 있던 중, 그만 잠이 들어 버렸다. 그러자 꿈에, 불당[2] 안에서 존엄하고 품위 있는 승려[3]가 나와 여자에게, "네가 슬퍼하고 기원하는 것을 어떻게 해서든 도와주실 것이다. 슬퍼하지 말거라." 하고 말씀하셨다. 여자는 이러한 꿈을 꾸고 잠에서 깨어났다. 그리고는 기뻐하며 돌아갔다.

다음 날 또 이 이웃여자와 동행하여 기요미즈에 참배했다. 진수鎭守 명신明神[4] 앞에서 무릎을 꿇어 절을 하고 일어설 때, 이 이웃여자 앞에 종이에 쌓인 물건이 떨어져 있었다. 이웃여자는 '이건 대체 뭐지?' 하며 주워 올렸는데, 이미 주변은 어두워서 열어보지도 않았다. 그리고 불당에 참배를 하고 그날 밤은 그곳에 머물며 기도를 올렸다. 그날 밤 꿈에 품위 있는 승려가 나와 여자에게

"네가 진수 명신 앞에서 주워서 갖고 있는 물건은, 아이를 밴 이 여자에게 내려주신 것이다. 바로 그 여자에게 주도록 하라."

고 말씀하셨다. 이웃여자는 이러한 꿈을 꾸고 잠에서 깨어났다.

날이 밝고 난 후 '이게 뭐지?' 하고 궁금해 하며 열어보니, 황금 세 냥兩[5]이 감싸져 있었다. '기이한 일이다. 그 여자에게 줘야 되겠구나.' 하고 생각했지만, 정말 아까운 생각이 들어

'나도 관음을 섬기는 몸이다. 내가 받아도 안 되는 일은 없겠지. 게다가

---

2 본당本堂인 관음당.

3 기요미즈데라 관음의 사자使者.

4 기요미즈데라의 진수鎭守 명신明神. 본당의 북천北川에 있는 지슈 신사地主神社를 가리킴. 중세시대 이후 벚꽃의 명소로, 지슈벚꽃地主櫻은 유명함. '진수'는 신불습합神佛習合의 사상에 근거한 사찰의 수호신으로, 많은 사찰의 토지를 지배하는 재래신(지주신地主神)을 받들어 모심. '명신明神'은 영험이 신통한 신의 경칭敬稱임.

5 냥兩은 무게의 단위. 한 냥은 대보령大寶令에서는 한 근一斤의 십육분의 일. 10문匁(약 37.5g)에 상당.

그 여자를 불쌍하게 여기셔서 주시는 것이라면, 다른 황금을 주시면 되는 것이다. 이 황금을 제가 가지게 해주시옵소서.'

라고 생각하고 그 여자에게 주지 않고 집으로 돌아왔다.

그날 밤 집에서 자다가 꾼 꿈에 전과 같은 승려가 나타나서 '그 황금을 어째서 아직 그 여자에게 주지 않은 것이냐? 정말 괘씸하도다.'라고 하시는 꿈을 꾸고 잠에서 깨어났다. 그 후에 몹시 두려워져서, 이 황금을 □□□□ □□□□□□□□□□[6] 한 냥을 쌀 세 석三石[7]의 가격으로 팔아, 그것을 가지고 집을 사고 그 집에서 무사히 아이를 낳았다. 남은 두 냥을 팔아, 그것을 밑천으로 하여, 점차 유복한 생활을 보내게 되었다. 관음의 영험이라는 것은 참으로 이와 같은 것이다. 이 이야기를 들은 사람은 지성으로 관음을 섬겨야 한다.

이 일은 매우 최근에 있었던 일이라고 이렇게 이야기로 전하여 내려오고 있다 한다.

---

6 저본에는 '이 황금을'의 아래에 탈문脫文 부호를 기록하고, 탈문이라고 주기注記함. 이대로는 문장의 의미가 통하지 않아서, 탈문脫文이 상정됨. 그 탈문은 '이 황금'이라는 구절이 앞 뒤, 두 군데에 나왔기 때문에, 전사轉寫할 때 혼동하여 중간의 문구를 빠뜨렸기 때문일 것으로 추정됨. 그 내용은 "이웃 여자는 '이 황금'을 가난한 여자에게 주었다. 그 후 가난한 여자는 '이 황금' 중에 한 량을…" 식으로 이어질 것으로 추정됨.

7 일석一石은 십두十斗로, 약 0.18㎘.

貧女仕清水観音給金語第三十一

今昔、京ニ極テ貧キ女ノ清水ニ懃ニ参ル、有ケリ。此ク
参ル事、年来ニ成ニケリト云ヘドモ、聊ノ験ト思ユル事無カ
リケリ。

而ル間、指ル夫無クシテ懐任シヌ。本ヨリ家無ケレバ人ノ
家ヲ借テ居タルニ、漸ク月日ノ過グルニ随テ、「我レ、何ニ
テ子ヲ産ズラム」ト歎キ悲ムデ、清水ニ参テ此ノ事ヲ泣々
申ケルニ、既ニ月満ヌ。然レドモ、可産キ所モ無シ、儲タル一
塵ノ物モ無シ。然レバ、只観音ヲ恨ミ申スヨリ外ニ事無シ。

而ル間、隣ニ有ル女人ト此ノ事ヲ歎テ、共ニ清水ニ参テ、
御前ニ低レ臥タル間ニ寝入ヌ。夢ニ、御堂ノ内ヨリ貴ク気高
キ僧出来テ、女ニ向テ宣ハク、「汝ガ思ヒ歎ク事ハ量ヒ給ハ
ムトス。歎ク事無カレ」ト宣フ、ト見テ、夢覚ヌ。其ノ後、
喜ビ思テ罷出ヌ。

次ノ日、亦此ノ隣人ト共ニ清水ニ参ヌ。鎮守ノ明神ノ御前
ニ居テ、立ツ時ニ、此ノ隣ノ女人ノ前ニ、紙ニ裏タル物有リ。暗キ程ニテ開
テモ不見ズ。其ヨリ御堂ニ参テ其ノ夜籠ヌ。其ノ夜ノ夢ニ、
気高ク貴キ僧出来テ、女ニ宣ハク、「汝ガ鎮守ノ明神ノ前ニ
シテ取テ持タル物ハ、此懐任ノ女ニ給フ物也。速ニ其ノ女ニ
可与シ」ト宣フ、ト見テ、夢覚ヌ。

夜曙テ後、「此ハ何物ニカ有ラム」ト思テ、開テ見レバ、
金三両ヲ裹タリ。「奇異也」ト思テ、「此ノ女ニ与テム」ト
思フニ、極テ惜クテ思ハク、「我モ観音ニ仕ル身也。何ゾ不
給ザラム。其レニ、彼ノ女ヲ尚ヲ哀ト思シ食テ可給クハ、
他ノ金ヲモ可給キ也。此ヲバ我レニ給ヘ」ト思テ、不与ズシ
テ家ニ返ヌ。

其ノ夜、家ニ寝タル夢ニ、前ノ僧出来テ宣ハク、「其ノ金ヲバ、何ゾ今マデ彼ノ女ニハ不与ヌゾ。極テ便無キ事也」ト宣フ、ト見テ、夢覚ヌ。其ノ後極テ恐ヂ怖レテ、此ノ金ヲ

□□□□□□一両ヲ以テ直米三石ニ売テ、其ヲ以テ家ヲ買テ、其ノ家ニシテ平安ニ子ヲ産ツ。今ニ両ヲ売テ其ヲ本トシテ、便リ付テナム有ケル。観音ノ霊験、既ニ如此シ。此ヲ聞ム人懃ニ心ヲ至シテ観音ニ可仕シ。

此レ、糸近キ事也、トナム語リ伝ヘタルトヤ。

몸이 보이지 않게 된 남자가 육각당六角堂 관음觀音의 도움으로 몸이 보이게 된 이야기

교토의 젊은 남사人, 섣달 그믐날 밤에 집으로 돌아가던 중, 일조一條 호리 강堀川 다리에서 백귀야행百鬼夜行을 만나, 그 침을 뒤집어쓰고 몸이 보이지 않는 신세가 되었지만, 육각당六角堂 관음에게 기원하여 원래의 몸으로 돌아온 이야기. 백귀야행·타액의 주력呪力·은형隱形의 몸·악신惡神의 요술 방망이·부동화계不動火界의 주술의 영험 등, 개개의 요소에 관한 비슷한 이야기는 있지만, 전체적으로는 같은 종류의 이야기를 찾을 수 없는 기담奇譚이라고 할 수 있다.

이제는 옛이야기이지만, 언제 일인지 알 수는 없으나, 도읍에 젊은 시侍가 있었다. 이 남자는 늘 육각당六角堂[1]에 참배하여 열심히 섬겼다.[2]

그런데 어느 12월 섣달 그믐날[3]의 일이었다. 밤이 되어 혼자서 지인의 집을 방문하고, 밤이 깊어 자신의 집으로 돌아가는 도중, 일조一條 호리 강堀川[4] 다리를 건너 서쪽을 향해 걸어가고 있는데, 서쪽에서 많은 사람들이 횃불을

1 　→ 사찰명. 조호지頂法寺를 가리킴.
2 　육각당의 관음에게 깊이 귀의했다는 의미.
3 　고대 민속 신앙에서는, 섣달 그믐날 전후로는 조상의 혼령이 내방來訪하는 날로 간주하여 혼제魂祭를 올렸음. 또한 액막이 행사인 쓰이나追儺의 행사로 상징되듯이, 악귀·악령이 함부로 날뛰는 밤이기도 했다. 섣달 그믐날에 귀신이 집합한다는 이야기는, 권24 제13화에도 보임.
4 　일조一條 대로에서 호리 강堀川을 건너는 지점에 걸려 있던 다리. '이치조모도리바시一條戻り橋'라는 이명異名으로도 유명.

치켜들고[5] 이쪽으로 다가왔다. '분명히 고귀한 분이 오시나보다.'라고 생각해,[6] 남자는 서둘러 다리 아래로 내려가 숨어 있었더니, 이 횃불을 든 사람들은 다리 위를 동쪽으로 건너갔다. 시侍가 살짝 올려다보니, 이런, 그것은 인간이 아니라 무섭게 생긴 오니鬼의 무리[7]가 걸어가고 있는 것이 아닌가! 외눈박이 오니, 뿔이 난 오니, 그리고 손이 많이 달린 오니, 외발로 경중경중 뛰고 있는 오니도 있었다. 남자는 이를 보고 숨도 못 쉬고 멍하게 서 있었는데, 오니 무리가 모두 지나가고, 그 맨 뒤를 걷고 있던 오니 하나가 "지금 여기에 사람의 그림자가 보였어."라고 말했다. 그러자 또 다른 오니가 "아니야, 그런 건 안 보이는데."라고 하기도 하고, "그 녀석을 당장에 잡아서 끌고와라."라는 목소리도 들렸다. 남자는 '이제 나는 이걸로 끝이구나.'라고 생각하고 있는데, 오니 하나가 달려와 남자를 잡고 위로 끌어올렸다. 오니들이 "이 남자는 별반 무거운 죄가 있는 것도 아니고, 풀어줘라."라고 말해서 네댓 명의 오니가 남자에게 침[8]을 뱉고 모두 가버렸다. 남자는 죽지 않았다고 기뻐하며, 몸도 좋지 않고 머리도 아팠지만 참고 '어서 집으로 돌아가 아내에게 이 일의 자초지종을 들려 줘야겠다.'고 생각하고 서둘러 돌아가 집안으로 들어섰는데, 아내도 자식도 모두 이 남자를 보고도 아무런 말을 걸

---

5 백귀야행百鬼夜行 등의 헨게變化(* 요괴나 괴물)는 한밤중에 횃불을 들고 집단으로 느릿느릿 걸어감. 권14 제42화·권27 제41화 참조.

6 이치조모도리바시에서 서쪽으로 2정町 정도 가면, 동대궁대로東大宮大路, 대내리大內裏 동북쪽 구석으로 나옴. 즉, 남자는 이 일행을 대내리에서 퇴출하는 귀인貴人이라고 생각한 것임.

7 일조 대로에서 백귀야행을 만난 이야기는 『우지습유宇治拾遺』 제160화에도 보임. 본집 권14 제42화에서는 이조二條 대로를 느릿느릿 걸어가고 있는 내용이 나옴. 이하의 오니에 대한 묘사에 대해서는, 본집 권14 제42화, 권27 제13화, 『우지습유』 제3화·제17화, 『백귀야행회권百鬼夜行繪卷』 등을 참조.

8 타액의 주술에 관한 신앙은 전 세계적인 것으로, 그것을 둘러싼 설화전승도 광범위하고 다양함. 일본에서는 '다와라토타 히데사토俵藤太秀鄉의 지네 퇴치 이야기'(『태평기太平記』·15, 『다와라토타 이야기俵藤太物語』), 중국에서는 '송정백宋定伯 이야기'(『수신기搜神記』·권16·18), 유럽에서는 '그라우코스가 점술을 잊은 이야기'(그리스 신화), '예수가 맹인을 개안시킨 이야기'(마가복음 8), '사교司敎 도나투스가 용을 무찌른 이야기'(황금전설·104) 등에서 볼 수 있음.

지 않았다. 남자 쪽에서 말을 걸어도 아내와 자식 모두 대답하려고도 하지 않았다. 그래서 남자는 이상한 일이라고 생각하고 옆으로 다가갔는데, 곁에 다가가도 사람이 거기에 있다고도 여기지 않았다. 그 때서야 비로소 남자는 알아차렸다. '그렇다면 귀신들이 나에게 침을 뱉었기 때문에,[9] 내 몸이 보이지 않게 된 것임에 틀림이 없구나.'라고 생각하자, 이루 말할 수 없이 슬퍼졌다. 나는[10] 사람을 보는 것은 전과 똑같고, 또 다른 사람이 말하는 것도 아무런 지장 없이 잘 들렸다. 그런데 다른 사람에게는 자신의 모습이 보이지 않고 목소리도 들리지 않았다. 그러니 다른 사람이 놓아 둔 것을 집어 먹어도 아무도 알지 못했다. 이렇게 해서 날이 밝자, 아내와 아이들은 자신을 두고 "어젯밤 누군가에게 살해당했나 보다."라며 모두 매우 슬퍼했다.

그리고 그 후 며칠인가 흘렀지만 어찌할 방법이 없었다. 하는 수 없이 남자는 육각당으로 찾아가 머물며 참배를 드렸다.

'관음[11]님, 제발 저를 도와주십시오. 오랫동안 섬기며 참배한 효험으로, 전과 같이 제 몸이 보이도록 해 주십시오.'

하고 기원하며, 그곳에서 거하며 기도를 하는 사람들의 음식이나 불전에 올려놓은 보시布施[12]한 쌀 등을 집어 먹었지만, 옆에 있는 사람들은 알아채지 못했다.

이렇게 십사 일 정도 지나고 잠든 그날 밤 동틀 무렵의 꿈에, 관음 앞에 있는 장막 근처에 존귀한 모습의 승려가 나타나, 남자 옆에 서서 고하셨다.

"그대는 아침이 되면 즉시 이곳을 나가서, 맨 처음 만난 사람이 말하는 대

---

9 투명인간과 같이 모습이 보이지 않게 된 것임. 이러한 이야기는 많이 있는데, '용수보살龍樹菩薩 이야기'(본집 권4 제24화, 타문집打聞集 13, 고본설화古本說話 하권 63, 삼국전기三國轉記 2·19)는 유명함.

10 주인공 남자를 가리킴. 화자가 이야기 속 인물과 일체가 되는 표현.

11 → 불교.

12 원문에는 "금고金鼓"로 되어 있음. 쇠북을 치며 탁발하여 기진寄進 받은 보시 쌀. 쇠북은 금속제로 된 불구佛具로 가슴에 걸고 염불을 외며 당목撞木으로 두드리는 징.

로 하면 될 것이다."[13]

이런 꿈을 꾸고 잠에서 깨어났다.

이윽고 날이 밝아 나가보았더니, 문 옆에서 커다란 소를 끌고 오는, 매우 무섭게 생긴 얼굴의 소몰이 동자[14]와 마주쳤다. 이 동자가 남자를 보고 "자, 거기 계신 분, 저와 함께 가시지요."라고 말했다. 남자는 이 말을 듣고 '그럼 내 모습이 보이게 된 게로구나.' 하고 생각하니 기뻤고, 꿈을 믿고 즐겁게 동자와 같이 나가기로 했다. 서쪽으로 10정町[15]정도 가니 커다란 솟을 대문이 있었다. 문은 닫혀 있고 열리지가 않아서 소몰이 동자가 소를 문에 매어 두고, 사람이 통과할 수 있을 것 같지 않는 문틈으로 들어가면서 남자를 잡아당기고 "당신도 함께 들어가시오."라고 말했다. 남자는 "어떻게 이런 문틈으로 들어갈 수 있다는 거냐?"라고 말했지만, 동자는 "어쨌든, 들어가시오."라고 하며 남자의 손을 잡고 끌고 들어가기에 남자도 함께 들어갔다. 들어가 보니 저택은 넓고 매우 많은 사람들이 있었다.

동자는 남자를 데리고 툇마루로 올라가 안으로 거침없이 들어갔지만 "어딜 들어오느냐?" 하고 제지하는 자는 전혀 없었다. 아주 멀리 안쪽으로 들어가 보니, 귀인의 따님처럼 보이는 여자가 병상에 누워 있었다. 아가씨의 발 아래쪽에도 머리맡에도 많은 시녀들이 있어서 간병하고 있었다. 동자는 그곳에 남자를 데리고 가서, 작은 망치[16]를 쥐어주고 이 병색이 있는 아가씨의 곁에 앉히고는, 머리를 때리게 하고 허리를 때리게 했다. 그러자 아가씨

---

13 맨 처음으로 만난 인물 등을 연緣이 있는 자로 하는 고대적 미신에 유래한 신앙. 비슷한 예는 많음.
14 뒤의 내용에 따르면, 이 아이는 신의 부하인 영靈. 법화지자法華持者를 수호하는 제천동자諸天童子·호법동자護法童子, 부동명왕不動明王의 권속眷屬인 팔대동자八大童子, 음양사가 부리는 식신式神 등. 권속의 영은 동자형태를 취함.
15 1정町은 60간間으로 약 110m.
16 작은 망치는 영귀靈鬼가 갖고 있는 주보呪寶 중 하나임. 본집 권20 제7화에도 망치를 허리에 찬 오니鬼가 등장.

는 머리를 들고 몹시 괴로워했다. 그것을 본 부모는 "이제 이렇게 끝나는 것인가." 하며 함께 울었다. 자세히 보니,[17] 한편으로는 병을 치유하기 위해 경문經文을 독송하고 있고, 또 □□[18]라는 지체 높은 험자驗者[19]를 모시려고 심부름꾼을 보낸 모양이다. 잠시 후에 가지加持[20] 기도승이 왔다. 병자의 옆 가까이에 자리를 잡고, 『반야심경般若心經』[21]을 독송하며 기도를 시작했다. 그것을 듣고 이 남자는 더할 나위 없이 존귀한 생각이 들었다. 몸의 털이 곤두서고 왠지 모를 한기를 느낄 정도였다. 그런데, 이 소몰이 동자는 이 승려를 보자마자[22] 쏜살같이 도망쳐서 밖으로 나가 버렸다.

승려는 부동명왕不動明王 화계火界의 주술[23]을 외어 병자를 향해 가지기도를 시작하자, 돌연 남자의 옷에 불이 붙었다. 활활 타올라서 남자는 큰 목소리로 비명을 질렀다. 그와 동시에 남자의 모습이 훤히 보이게 되었다. 집안 사람, 아가씨의 부모를 비롯해 시녀들이 보니, 몹시도 볼품없는 모습의 남자가 환자 옆에 앉아 있었다. 기이하게 여기며, 바로 남자를 붙잡아 끌어냈다. "이것은 대체 무슨 일이냐?" 하고 추궁하기에, 남자는 지금까지의 자초지종을 있는 그대로 처음부터 이야기했다. 그곳에 있던 자들이 모두 이것을 듣고, "불가사의한 일이구나!"라고 생각했다. 그런데, 남자의 모습이 보이게 됨과 동시에 병자는 씻은 듯이 병이 나았다. 그래서 집안사람들은 모두 더할 나위 없이 서로 기뻐했다. 그때 기도승이

---

17 주격은 몸이 보이지 않는 남자. 화자의 시점도 이 몸이 보이지 않는 남자와 동일하게 되어 있는 표현.

18 수험자修驗者 이름을 명기하기 위한 의도적 결자.

19 → 불교. 가지기도의 영험력靈驗力을 쌓은 승려. 수험자修驗者.

20 → 불교.

21 심경心經(→ 불교). 이것을 독송하면 고뇌나 재난을 면할 수 있다고 함.

22 이 소몰이 아이는 악신의 부하였기 때문에 수험자의 가지기도로부터 도망친 것임.

23 → 불교. '부동화계不動火界의 진언眞言', '화계주火界呪'라고도 함. 부동명왕不動明王의 다라니. 인印을 맺어 부동명왕을 염하며 주문을 외우고, 악마퇴치의 큰 불꽃을 출현시킴. 권20 제2화에서는 이것에 의해 덴구天狗를 퇴치함. 『우지습유』 제173화에도 보임.

"이 남자는 별달리 죄가 있는 자는 아닌 듯하네. 육각당의 관음님의 은혜를 입은 자이다. 그러니 바로 용서해 주는 게 좋을 것이니라."

라고 말했기에, 남자를 집안에서 밖으로 꺼내어 풀어주었다. 그래서 남자는 집으로 돌아와 자초지종을 이야기하자, 아내는 불가사의한 일이라 생각하면서도 기뻐했다. 그 소몰이는 신神[24]의 권속眷屬[25]이었던 것이다. 누군가에게 교사敎唆를 받고 이 아가씨에게 소몰이가 들러붙어 괴롭혔던 것이다.

그 후 아가씨도 남자도 병에 걸리는 일이 없었다. 이것은 화계火界 주술이 갖는 영험으로 인한 것이다.

관음의 은혜에는 이런 불가사의한 일이 있는 것이라고 이렇게 이야기로 전하여 내려오고 있다 한다.

---

24 무슨 신인지는 불분명하지만, 사람에게 병 등의 재앙을 주는 악신이었을 것임. 역병신疫病神 혹은 원령怨靈의 종류로 추정됨.

25 → 불교. 보통 종자나 부하를 의미하나, 여기에서는 신이 부리는 하급의 영靈. 사령使靈의 의미임.

隠形男依六角堂観音助顕身語第三十二

今昔、何レノ程ノ事ハ不知ズ。京二生侍ノ年若キ有ケリ。

常二六角堂二参テ懃二仕ケリ。

而ル間、十二月ノ晦日、夜二入テ、只独リ知タル所二行ケルニ、一条堀川ノ橋ヲ渡ス西ヘ行ケルニ、西ヨリ多ノ人、火ヲ燃シテ向ヒ来ケレバ、「止事無キ人ナドノ御スニコソ有ヌレ」ト思テ、男橋ノ下二恣ギ下テ、立隠レタリケレバ、此ノ火燃シタル者共、橋ノ上ヲ東様二過ケルヲ、此ノ侍、和ラ見上ケレバ、早ウ人二ハ非ズシテ、怖ゲナル鬼共ノ行ク也ケリ。或ハ目一ツ有ル鬼モ有リ、或ハ角生タルモ有リ。或ハ手数多有モ有リ、或ハ足一ツシテ踊ルモ有リ。

男、此ヲ見ルニ、生タル心地モ不為デ物モ不思デ立テルニ、

此ノ鬼共皆過ギ持行テ、後二行ク一ツノ鬼ノ云ク、「此二人ノ影ノ為ツルハ」。亦、鬼有テ云ク、「彼レ速二掴メテ将来」ト。男、「今ハ限リ也ケリ」ト思テ有ル程ニ、一人ノ鬼走リ来テ、男ヲ引ヘテ将テ上ヌ。鬼共ノ云ク、「此ノ男重キ咎可有キ者ニモ非ズ。免シテヨ」ト云テ、鬼四五人許シテ、男二唾ヲ吐懸ツ、皆過ヌ。其後、男、不被殺ズ成ル事ヲ喜テ、心地違ヒ頭ラ痛ケレドモ、念ジテ、「疾ク家二行テ、有ツル様ヲモ妻二語ラム」ト思テ、念ギ行テ家二入タルニ、妻モ子モ皆男ヲ見ルニ、物モ不云懸ズ。亦、男物云懸レドモ、妻子答ヘモ不為ズ。然レバ、男、奇異ト思ヒテ近ク寄タレドモ、傍二一人有レドモ有トモ不思。其ノ時二、男心得ル様、「早ウ、鬼共ノ我二唾ヲ吐キ懸ツルニ依テ、我ガ

百鬼夜行（百鬼夜行絵巻）

身ノ隠レニケルニコソ有ケレ」ト思フニ、悲キ事無限シ。我
ハ人見ル事本ノ如シ、亦、人ノ云事ヲモ障無ク聞ク。人ハ我
ガ形ヲモ不見、音ヲモ不聞ズ。然レバ、人ノ置タル物ヲ取
テ食ヘドモ、人此ヲ不知ズ。此様ニテ夜モ暗ヌレバ、妻子ハ、
我ヲ、「夜前、人ニ被殺ニケルナメリ」ト云テ、歎キ合タル
事無限シ。

然テ、日来ヲ経ルニ、為方無シ。然レバ、男六角堂ニ参リ
籠テ、「観音我レヲ助ケ給ヘ。年来憑ミヲ懸奉テ参リ候ヒ
ツル験ニハ、本ノ如ク我ガ身ヲ顕シ給ヘ」ト祈念シテ、籠タ
ル人ノ食フ物ヤ金皷米ナドヲ取リ食テ有レドモ、傍ナル人知
ル事無シ。

此テ二七日許ニモ成ヌルニ、夜ル寝タルニ、暁方ノ夢ニ、
御帳ノ辺リ、貴気ナル僧出テ、男ノ傍ニ立テ、告テ宣ハク、
「汝ゞ速ニ朝此ヨリ罷出ムニ、初テ会ラム者云ハム事ニ可
随シ」ト。此ク見ル程ニ、夢覚ヌ。
夜明ヌレバ、罷リ出ルニ、門許ニ牛飼童ノ糸怖気ナル、大

ナル牛ヲ引テ会タリ。男ヲ見テ云ク、「去来、彼ノ主、我ガ
共ニ」ト。男此レヲ聞クニ、「我ガ身ハ顕レニケリ」ト思フ
ニ喜クテ、喜ビ乍ラ夢ヲ憑テ童ノ共ニ行クニ、西様ニ二十町
許行テ、大ナル棟門有リ。門閉テ不開ネバ、牛飼、牛ヲバ
門ニ結テ、扉ノ迫ノ、人可通クモ無キヨリ入ルトテ、男ヲ引
テ、「汝モ共ニ入レ」ト云ヘバ、男、「何デカ此ノ迫ヨリハ入
ラム」ト云フヲ、童、「只入レ」トテ男ノ手ヲ取テ引入ルレ
バ、男モ共ニ入ヌ。見レバ、家ノ内大ニテ、人極テ多カリ。

童、男ヲ具シテ板敷ニ上テ、内へ只入リニ入ルニ、「何カ
ニ」ト云フ人敢テ無シ。遥ニ奥ノ方ニ入テ見レバ、姫君病
悩ミ煩ヒテ臥タリ。跡枕ニ女房達居並テ、此ヲ繚ル。
男ヲ将行テ、小キ槌ヲ取セテ此ノ煩フ姫君ノ傍ニ居ヘテ、頭
ヲ打セ腰ヲ打ス。其ノ時ニ、姫君頭ヲ立テ病ミ迷フ事無限シ。

然レバ、父母、「此ノ病今ハ限ナメリ」ト云テ、泣合タリ。
見レバ、誦経ヲ行ヒ、亦、□ト云フ止事無キ験者ヲ請ジニ
遣メリ。暫許有テ験者来タリ。病者ノ傍ニ近ク居テ、心経

ヲ読テ祈ルニ、此ノ男、貴キ事無限シ。身ノ毛竪テ、ソゾロ寒キ様ニ思ユ。而ル間、此ノ牛飼ノ童此ノ僧ヲ打見ルマヽニ、只[19]逃ニ逃テ外様ニ去ヌ。

僧ハ不動ノ火界ノ呪ヲ読テ、病者ヲ加持[20]スル時ニ、男ノ着物ニ火付ク。只焼ニ焼クレバ、男音ヲ挙テ叫ブ。然レバ、男真顕ニ成ヌ。其ノ時ニ、家ノ人、姫君ノ父母ヨリ始メテ女房[21]共見レバ、糸賤気ナル男病者ノ傍ニ居タリ。奇異クテ、先ヅ男ヲ捕ヘテ引出シツ。「此ハ何ナル事ゾ」ト問ヘバ、男事ノ有様ヲ有ノマヽニ初ヨリ語ル。人皆此レヲ聞テ、「希有[22]也」ト思フ。而ル間、男顕レヌレバ、病者掻[23]巾フ様ニ家ニ入ヌ。然レバ、一家喜ビ合ヘル事無限シ。其ノ時ニ、験者ノ云ク、「此ノ男咎[24]可有キ者ニモ非ズナリ。速ニ可被免シ」ト云ケレバ、追逃シテケリ。者也。

然レバ、男家ニ行テ、事ノ有様ヲ語ケレバ、妻、奇異[25]ト思ヒ乍ラ喜ビケリ。彼ノ牛飼ハ神[27]ノ眷属[28]ニテナム有ケリ。人ノ語[29]ヒニ依テ此ノ姫君[30]ニ付テ悩マシケル也ケリ。

其ノ後、姫君モ男モ身ニ病ヒ無カリケリ。火界ノ呪ノ霊験ノ致ス所也。観音ノ御利益ニハ此ル希有ノ事ナム有ケル、トナム語リ伝ヘタルトヤ。

가난한 여자가 기요미즈淸水 관음觀音을 섬겨 도움을 받은 이야기

교토의 가난한 여자가 기요미즈데라淸水寺에 참배하여 관음으로부터 꿈의 계시를 받고, 야사카탑八坂塔에 사는 남자와 부부의 연을 맺지만, 도둑임을 알고 도망쳐서 남자로부터 받은 능직물·견직물 등을 밑천으로 부유해져, 새로운 남편을 만나 행복한 생활을 보낸다는 이야기. 기요미즈데라 관음의 영험에 의한 치부담致富譚으로서는 제30화, 제31화와 마찬가지이지만, 관음이 장물을 신자에게 베푸는 줄거리는 기발하고, 그 꿈에서 다음 이야기의 서시 수령首領의 딸과 부부의 연을 맺은 승려가, 거지로부터 선물을 받는 이야기와 일맥상통함. 또한 이 이야기는 아쿠타가와 류노스케芥川龍之介의 『운運』의 소재素材가 되었음.

이제는 옛이야기이지만, 교토에 젊은 여자가 살고 있었다. 가난한 신세에 살아갈 방법이 없어, 오랜 세월동안 기요미즈淸水[1]에 참배를 계속해 왔지만, 조금도 관음의 은혜라고 하는 것은 받지 못했다.

그런데, 여느 때처럼 기요미즈데라에 참배하여 관음에게

"오랜 세월 관음님을 의지해 열심히 참배를 계속해 왔습니다만, 변함없이 가난하고 생활형편은 조금도 나아지지 않습니다. 설령 전생의 업보라고 하더라도, 어째서 조금의 은혜도 입지 못할 수가 있는 것일까요?"

---

1 기요미즈데라淸水寺(→ 사찰명).

라고 아뢰고 엎드려 있던 중에 잠이 들어 버렸다. 그러자 꿈에, 불전의 장막 안에서 존엄하고 기품 있는 승려가 나와

"그대가 교토로 돌아갈 때,[2] 길에서 도중에 무엇인가 이야기를 걸어오는 남자가 있을 것이다. 그때에는 바로 그 남자가 말하는 대로 하면 될 것이다."

라고 말씀하시는 꿈을 꾸고 깨어났다.

그 후 관음을 예배하고 한밤중에 혼자서 서둘러 나갔지만 누구와도 만나지 않았다. □□□[3] 대문 앞까지 오자, 한 남자를 만났다. 너무 컴컴해서 누군지는 알 수 없었다. 남자는 옆으로 가까이 다가와서 말했다. "나에게는 사정이 있소만, 내가 말하는 대로 해 주지 않겠소?" 여인은 꿈을 믿고 있었고 또한 한밤중이라 도저히 도망칠 수도 없어,

"당신은 어디에 사시는 분이십니까? 성함은 뭐라고 여쭈면 되겠습니까?[4] 전혀 뭐가 뭔지 모를 일이군요."

라고 하자, 남자는 여자의 소맷자락을 붙잡고, 억지로 동쪽으로 끌고 갔기에 끌려가는 대로 가보니, 야사카데라八坂寺[5] 안으로 들어갔다. 남자는 탑 안으로 여자를 끌어들여 함께 잤다. 이윽고 날이 밝았다. 남자는

"전생에서부터 깊은 인연[6]이 있어서 이렇게 된 것이겠지요. 이렇게 된 이상 여기에 있어 주시오. 나는 아는 이도 없는 신세, 앞으로 그대를 아내로 맞이하고 싶소."

---

2 처음으로 만난 사람을 연緣이 있는 자로 보는 것은 고대적 미신에 유래한 신앙이 그 기반에 있음. 여기에서는 처음 만난 남자와 결혼하도록 하는 관음의 계시. 도둑을 남편으로 하는 예로는 본권 제21화 등이 있음.

3 사찰명 명기를 위한 의도적 결자. 본권 제9화에서는 기요미즈데라 본당을 나온 여자가 로쿠하라六波羅를 내려가, '오타기愛宕의 대문'에서 휴식하는 내용이 보임. 이것에 비춰보면 '오타기愛宕'가 들어갈 수도 있음.

4 어디의 누구인지도 모르는 남자가 갑자기 말을 걸어서, 어안이 벙벙한 여자의 기분을 나타낸 것임.

5 → 사찰명. 호간지法觀寺를 가리킴.

6 원문에는 "宿世"로 되어 있음.

하고, 방 칸막이 너머에서 매우 아름다운 능직물[7] 열 필疋, 견직물 열 필疋, 면 등을 꺼내 와 여자에게 주었다. 여자도

"저에게도 의지할 남편이 없기에, 본심으로 말씀해 주시는 것이라면 당신을 남편으로 섬기도록 하지요."

라고 말했다. 그러자 남자는,

"그럼 지금부터 잠깐 볼일을 보러 나가서 저녁때에는 돌아오리다. 절대 어디에도 가지 말고 이대로 여기에서 기다리고 계시오."

하고 나갔다.

여자가 주변을 둘러보니, 나이를 먹은 비구니가 한 명 있을 뿐이었다. 남자가 이 탑을 거처로 하고 있는 것이 매우 의아하게 여겨져서 방의 칸막이 너머를 슬쩍 보자, 각종의 여러 가지 보물이 놓여 있었다. 이 세상에 있을 것 같은 모든 보물은 전부 있었다. 그제야 여자는 납득이 갔다. '이 남자는 도둑인 게로구나. 있을 곳이 없어서 이 탑 안에 몰래 숨어 있던 것임에 틀림없어.' 이렇게 생각하자, 이루 말할 수 없이 두려웠다. 그래서 '관음님 제발 도와주십시오.' 하고 기원했다. 보니까, 그 비구니가 문을 약간 열고 밖을 살피고는 사람이 없는 틈을 타서 나무통을 머리에 얹고 나갔다. '물을 길으러 나가는 모양이군.' 여자는 또 '지금, 비구니가 돌아오기 전에 도망쳐야지.'라고 결심하고 남자한테 받은 능직물과 견직물만을 품에 쑤셔 넣고 탑 밖으로 나오자마자 달려 도망쳤다. 비구니가 돌아와 보니 여자가 없었다. '도망갔구나.'라고 눈치챘지만, 쫓아갈 수도 없었기에 그대로 포기해 버렸다.

여자는 그 물건들을 품에 넣고 도읍인 교토 쪽을 향해 갔는데, 교토의 거리 한복판을 걸어가는 것은 그다지 좋지 않다는 생각이 들어서, 오조五條 교

---

7   여러 가지 무늬를 짜 넣은 견직물.

고쿠京極[8] 주변에 있는 조금 알고 지내는 지인의 조그마한 집에 들렀는데, 그때 서쪽[9]에서 많은 사람들이 몰려와 앞을 지나쳐 갔다. 저마다 말하기를 "도둑을 잡아서 데리고 가는 것이다."라고 해서 문틈으로 살짝 엿보니, 자기와 함께 잠을 잔 남자를 포박하여 검비위사檢非違使 관청의 방면放免□□[10] 간독장看督長[11]들이 구인拘引해 가는 것이었다. 이를 본 여자는 반절 죽은 것 같은 생각이 들었다. 앞서 알아차렸듯이 도둑이었던 것이다. 그를 체포해 야사카 탑으로 연행해 장물 등을 검분檢分[12]하러 가는 것이었다.

이를 안 여자는 '그대로 거기에 있었더라면 어떻게 되었을까.'라고 생각하니, 어찌할 바를 모르는 심정이 되었다. 그와 관련해서도 '관음님이 도와주신 것이구나!'라고 생각되어 이루 말할 수 없이 존귀하고 감사할 따름이었다. 그래서 여자는 잠시 시간을 두고 교토로 들어가 그 후에 손에 넣은 물건을 조금씩 팔거나 해서 그것을 밑천으로 재산도 만들게 되었고, 결혼하여 행복하게 살 수 있었다.

관음의 영험의 불가사의함은 실로 이와 같은 것이다. 이 이야기도[13] 매우 최근에 있었던 일이라고 이렇게 이야기로 전하여 내려오고 있다 한다.

---

8 오조五條 대로와 동경극東京極 대로가 교차하는 부근. 좌경左京의 동쪽 끝으로, 기요미즈데라·야사카八坂 탑 쪽에서 가면, 교토 시가지로 들어가는 입구임.

9 여자의 현재위치에서 보면, 서쪽은 교토 시가지의 중앙, 동쪽으로는 기요미즈데라, 야사카 탑이 있음. 즉, 사람들이 오조 대로를 서쪽 시가지 중앙 쪽에서 동쪽을 향해 지나간 것임.

10 한자표기 명기를 위한 의도적 결자. 해당어 미상.

11 검비위사 관청의 하급관리로 옥사의 관리, 범인의 추포를 담당. 현재의 간수장看守長·형무소장에 해당.

12 장물 등의 실제검증.

13 "이 이야기도"라는 것은 제31화의 이야기 끝에 "이 일은 매우 최근에 있었던 일이다"라는 부분과 대응하고 있다고도 추정 가능함. 편자가 의거한 자료에는 제31화에 이어서 이 이야기가 수록되었을 가능성이 높다고 판단됨.

貧女仕清水観音得助語第三十三

今昔、京ニ有ケル若キ女、身貧クシテ世ニ可経キ方モ無カリケレバ、年来、清水ニ参ケルニ、少シノ験シト思フ事モ無カリケリ。

而ル間、例ノ事ナレバ、清水ニ参テ、籠テ観音ニ申サク、「我レ、年来観音ヲ憑ミ奉テ懃ニ歩ヲ運ブト云ヘドモ、身貧クシテ少ノ便リ無シ。譬ヒ前世ノ宿業也ト云フトモ、何カ聊ノ利益ヲ不蒙ザラム」ト申シテ、低シ臥タル間ニ寝入ヌ。夢ニ、御帳ノ内ヨリ、貴ク気高キ僧出来テ、告テ宣ク、「汝

ヂ、此ヨリ京ニ返ラムニ、道ニシテ物云ヒ係ル男有ラムトス。速ニ其ノ男ノ云ハム事ニ可随シ」ト宣フ、ト見テ、夢覚ヌ。

其ノ後、礼拝シテ夜深ク只独リ忩ギ出ルニ、値フ人無シ。□ノ大門ノ前ニ男一人合ヌ。暗ケレバ顔モ不見エ。

男近ク寄来テ云ク、「我レ思フ事有リ。君我ガ云ハム事ニ随ヘ」ト。女夢ヲ憑ムニ、亦遁クモ非ヌ夜ナレバ、「何ニコ居給ヘル人ゾ。名ヲバ誰トカ聞ユル。空ニモ侍カナ」ト。男女ヲ引ヘテ、只曳キニ東ノ方ヘ曳将行ケバ、被曳テ行クニ、八坂寺ノ内ニ入。塔ノ内ニ曳入レテ二人臥ヌ。夜曙ヌ。男ノ云ク、「深キ宿世有テコソ此クモ有ラメ。今ハ此ニ居給ヒタレ。我レハ知タル人モ無キ身也。此ヨリ後ハ君ヲ可憑シ」ト云テ、隔ノ有ル内ノ方ヨリ、極テ美ナル綾十疋、絹十疋、綿ナドヲ取出シテ女ニ与フ。女ノ云ク、「我レモ相憑ム人無クテ有レバ、誠ニ宣フ事ナラバ憑テコソハ有ラメ」ト。男、「白地ニ物ニ行テ、夕方ゾ可返来キ。努々、此クテ居給タレ」ト云テ、出デ去ヌ。

女見レバ、只老タル尼一人ヨリ外ニ人無シ。此ノ塔ノ内ヲ栖トシテ有ル、極テ怪シク思ヘテ、少シ隔タル所ノ内ヲ見レバ、諸ノ財多カリ。世ニ可有キ物ハ皆有リ。女此レヲ心得ル様、「此レハ盗人也ケリ」ト思フニ、居所無クテ、此ノ塔ノ内ニ窃ニ居タル也ケリ。見レバ、此ノ尼戸ヲ細目ニ開テ、臨テ見ルニ、怖シキ事無限シ。「観音助ケ給ヘ」ト念ジ奉ケリ。

見レバ、此ノ尼桶ヲ戴キ出テ行ヌ。「水汲ミニ行クナメリ」ト見ユ。女、「此ノ間ニ、尼ノ不返来ヌ前ニ、出デ、逃ナム」ト思フ心付テ、此ノ得サセタル綾絹等許ヲ懐ニ指入テ外ニ出ニケレバ、走ルガ如クシテ逃ヌ。尼返テ見ルニ、無ケレバ、「逃ニケリ」ト思ヘドモ可追キ方無ケレバ、然テ止ヌ。

女ハ此ノ物共ヲ懐ニ指入テ、京ノ方ニ行ニ、京中ヲバ憚リ思テ、五条京極渡リニ、髴ニ知タル人ノ有ケル小家ニ立入タルニ、西ノ方ヨリ人多ク通ル。「盗人ヲ捕テ行ク」ト云合タレバ、戸ノ隙ヨリ和ラ臨クニ、我レト寝タリツル男ヲ捕テ、放免□看ノ長共ノ将行ク也ケリ。女此レヲ見ルニ、半

ハ死ヌル心地ス。早ク[一三]思ヒシ如ク盗人也ケリ。其レヲ搦テ、八坂ノ塔ニ[一四]物共実録セムトテ将行ク也ケリ。此ヲ思フニ、「其ニ有ラマシカバ何ナラマシ」[一五]ト思フニ、身ノ置キ所無シ。此レニ付テモ、「観音ノ助ケ給フ也」ト思フニ、哀レニ悲キ事無限シ。女程ヲ過シテ京ニ入テ、其ノ後、其ノ物共ヲ[一六]少シハ売ナドシテ、其レヲ本トシテ[一七]便出来テ、[一八]夫ナド儲テ有付テ[一九]過シケリ。

観音ノ霊験ノ不思議ナル事此クナム有ケル。此レモ糸近キ[二〇]事也、トナム語リ伝ヘタルトヤ。

의지할 곳이 없는 승려가 기요미즈淸水 관음觀音을 섬겨 거지의 사위가 되어 의지할 곳이 생긴 이야기

천애고독하고 생활해 나갈 수단도 없는 젊은 승려가 기요미즈데라를 참배하고, 관음의 의도대로 젊은 여인과 부부의 연을 맺으나, 실은 그 여인이 거지 두목의 딸이었기 때문에 승려도 거지의 몸이 되어 안락하게 살았다는 이야기. 관음의 영험함과 불가사의함을 설명하고 있으나, 앞 이야기와 같이 기발한 전개로 진묘珍妙한 이야기이다.

이제는 옛이야기이지만, 천애고독天涯孤獨¹의 젊은 승려²가 있어서, 항상 기요미즈淸水³에 참배하고 있었다. 『법화경法華經』을 암기하여 독송했는데, 그 목소리가 매우 존귀했다. 이렇게 기요미즈데라에 참배하고는 항상 "저에게 아주 조금이라도 생계에 보탬이 되는 것을 주십시오." 하고 열심히 기원했다.

그런데 여느 때처럼 기요미즈데라에 참배하고 어전御前에서⁴ 독경을 하고 있는데, 매우 아름다운 젊은 여자가 옆에 있었다. 신분이 높은 사람의 딸처럼 보이지는 않지만, 어린 하녀 등을 그럴 듯하게 동행하여 데리고 있었다.

---

1 저본은 "무연無緣"(→ 불교). 불연佛緣이 없는 것. 또는 부처·보살과 결연結緣하지 못한 것의 의미임. 여기에서는 뜻이 변하여 의지할 곳 없는, 천애고독한 몸이라는 의미임.
2 원문에는 '소승小僧'(→ 불교).
3 기요미즈데라淸水寺(→ 사찰명).
4 본존인 십일면관음十一面觀音 앞에서.

이 여자가 승려에게

"이렇게 보고 있으려니, 항상 참배하고 계시던데, 참으로 대단하십니다. 어디에 살고 계십니까?"

라고 말했다. 승려가 "아니오. 이렇다 할 거처도 없이 떠돌아다니는 법사法師입니다."라고 대답하자, 여자가 "도읍에 계시옵니까?"라고 물었다. 승려는 "도읍에는 지인조차 없습니다. 지금은 이 동쪽 근처⁵에 있습니다."라고 하자 여자가

"이미 날도 저물었으니 오늘 밤은 돌아가지 않으시겠지요. 만약 식사하실 곳이 없으시다면 저희 집으로 오시지 않으시겠습니까? 집은 바로 근처이옵니다."

라고 말했다. 승려는 "날이 저물었지만 이렇다 할 묵을 곳도 없습니다. 정말 감사한 일입니다."라고 하고 여인을 따라갔다. 기요미즈데라 아래쪽으로 매우 깔끔하게 지어 놓은 작은 집이었다. 안으로 들어가 객실로 보이는 곳에 앉아 있으니, 얼마 있지 않아 음식을 무척이나 정갈하게 담아서 가지고 왔다. 이루 말할 수 없이 깊이와 품위가 있었다. 승려는 '이런 지인의 집이 생긴 것은 기쁜 일이다.'라고 생각하고, 그날 밤은 그곳에 머무르며 독경을 하였다.

이렇게 몇 번이고 찾아가서 이 여자를 보아도, 여자에게 남편이 있는 것처럼 보이지 않았다. 이 승려는 아직 여자를 접한 적도 없는 승려였지만, 밤에 머무르는 동안 이렇게 친절하게 대해주니, '이 여자는 관음께서 주신 것이다, 이 사람을 아내로 맞이해야겠다.'라고 생각하고 밤중에 몰래 기어들어가 가까이 다가가자, 여자는 "존귀하신 분인 줄 알았는데 이런 짓을 하시

5 　교토의 동쪽 지구라는 의미. 가모 강鴨川을 건넌 동쪽, 즉 기요미즈데라의 주변을 이르는 것으로 추정.

다니요."라고 말하면서도, 굳이 거부하는 기색을 보이지 않았기에, 결국 잠자리를 같이하고 말았다.

그 후 며칠인가 지난 어느 날, 호화스런 생선 요리[6]를 차려서 밖에서 가지고 왔다. 승려가, "무슨 일입니까?"라고 물으니, "다른 분이 주신 거랍니다."라고 말했다. 자세히 물어보니, 이게 웬일인가. 이 집은 거지의 두목 집으로, 여자는 그의 딸인 것이었다. 수하의 거지들이 이 딸에게 대접하기 위해 바친 음식을 가지고 왔던 것이다. 사위인 승려도 이렇게 된 이상 세간 사람들이 상대해 줄 리가 없었기 때문에 거지가 되어 무엇 하나 부족함 없는 생활을 보내게 되었다.

관음의 영험은 불가사의한 것이라고는 하지만 어째서 거지로 만드신 것일까? 아마도 오로지 "생계에 보탬이 되는 것을 주십시오."라고 기원했기 때문에, 이런 식으로밖에는 달리 생계에 보탬이 되는 것을 주실 방법이 없었던 것일 것이다. 아니면 전생의 숙보宿報[7]로 인한 것일까? 그 이유는 누구도 알 수 없었다고 이렇게 이야기로 전하여 내려오고 있다 한다.

---

6 승려의 음식으로서는 금지된 것이라는 점에 주의.
7 → 불교.

第34話

의지할 곳이 없는 승려가 기요미즈淸水 관음觀音을 섬겨 거지의 사위가 되어 의지할 곳이 생긴 이야기

無縁僧仕清水観音成乞食智得便語第三十四

今昔、無縁也ケル小僧ノ常ニ清水ニ参ル有ケリ。法花経ヲゾ暗ニ思テ誦ケル。其ノ音甚ダ貴シ。此ク常ニ清水ニ参テ申ケル様ハ、「我レニ少ノ便給ヘ」ゾ慇ニ願ケル。

例ノ如ク、清水ニ参テ御前ニシテ経ヲ読ミ居タルニ、糸清気ナル若キ女傍ニ有リ。可然キ人ノ娘ナドハ、不見ネドモ、共ノ女童部ナド有ベカシクテ具シタリ。此ノ女僧ニ云ク、「此クテ見レバ、常ニ参リ給フヲ貴シト思フニ、何コニ御スル人ゾ」ト。僧ノ云ク、「指ル住所モ無クテ迷ヒ行ク法師也」ト。女ノ云ク、「京ニ御スルカ」ト。僧ノ云ク、「京ニハ知ラル人ダニ無シ。此ノ東渡ニナム候フ」ト。女ノ云ク、「日暮ヌレバ、今夜ハ不返給ハジ。亦、物ナド食所ロ無クハ、我ガ家ニ御シナムヤ。此ノ近キ所也」ト。僧、「日暮ヌレバ可行宿キ所モ。糸喜ク候フ事也」ト云テ、行ヌ。清水ノ下ノ方ニ糸清気ニ造タル小キ家也。入テ客居ト思シキ所ニ居タレバ、程無ク食物ヲ糸清気ニシテ取出タリ。心憗キ事無限シ。僧、「此ル所ヲ儲ツル、喜キ事也」ト思テ、其ノ夜留テ経ヲ読居タリ。

如此ク度々行ヌル程ニ、此ノ女ヲ見ルニ、夫有ルトモ不見エズ。此ノ僧、未ダ女ニモ不触ザリケル僧也ケレドモ、夜ル

女童（扇面法華経）

留タル間ニ、此ク歎ニ当レバ、「此レ観音ノ給タル也ケリ」

ト思テ、「此レ妻ニシテム」ト思フテ、夜ル褁ニ這寄タルニ、

女、「貴キ人カトコソ思ツルニ、此ク御ケル」ナド云テ、辞

ル事モ無ケレバ、遂ニ近付ニケリ。

其ノ後、日来ヲ経ル程ニ、見レバ、器量キ魚物ノ饗膳ヲ

調テ、外ヨリ持来タリ。僧、「此レハ何ゾ」ト問ヘバ、「人

ノ奉レル也」ト云フ。吉ク聞ケバ、早ウ此ノ家ハ乞食ノ首ニ

テ有ケル者ノ娘也ケリ。其レニ、伴ノ乞食ノ、主ト云フ事シ

ケル送物ヲ持来タル也ケリ。智ノ僧モ、人モ不交マジカリケ

レバ、其レモ乞食ニ成テゾ楽クテ有ケル。

観音ノ霊験不思議也ト云

ヒ乍ラ、何ゾ乞食ニハサ

セ給ヒケム。其レモ、強ニ

「便ヲ給へ」ト申ケルニ、

此ノ故ニ非ズシテ便ヲ可給

キ様コソハ無カリケメ。亦、

前世ノ宿報ノ致ス所ニヤ有ラム。此レヲ人知ル事無ケリ、ト

ナム語リ伝ヘタルトヤ。

지쿠젠 지방筑前國 사람이 관음觀音을 섬겨
정토淨土에 태어난 이야기

지쿠젠 지방筑前國의 어떤 남자가 평소에 늘 관음에 귀의歸依하고 있던 중, 가시이香椎 명신明神의 제사를 맡아 돌보는 역할을 담당하여, 공양물로 올릴 물고기와 새를 잡으러 가서 물에 빠져 죽었는데, 그것은 실은 불보살님이 살생계殺生戒를 범하지 않게 하기 위해 취했던 방편으로, 남자는 극락정토極樂淨土에 태어났다는 것을 부모에게 꿈으로 알려줬다는 이야기. 꿈의 계시 그대로, 그의 사체 위에는 연꽃이 군생群生하여 부모는 아들의 왕생往生을 확신한다.

이제는 옛이야기이지만, 지쿠젠 지방筑前國[1]에 한 남자[2]가 살고 있었다. 특히 관음을 섬겨 항상 관음품觀音品[3]을 독경하고 있었다. 또한 매우 선심善心이 깊어, 결코 악업惡業을 짓는 일이 없었다.

그런데 그 지방 내에 가시이香椎 명신明神[4]이라는 신이 계셨다. 그 신사에서는 매년 제祭가 열렸는데, 이 남자가 그 행사를 맡아 돌보는 역할을 맡게 되었다. 그는 살생을 좋아하지 않았지만, 제사는 정해진 기한도 있고 해서 어쩔 수 없이 물고기나 새를 마련하기 위해 야산으로 나가서 새를 노리고,

---

1 → 옛 지방명.
2 『법화험기法華驗記』에는 "한 우바새優婆塞".
3 → 불교.
4 → 사찰명.

강이나 바다에 가서 물고기를 잡으려고 했는데,[5] 여기에 커다란 못이 하나 있어, 물새가 많이 모여 있었다. 활로 이 새를 쏘고 바로 못으로 내려가 새를 잡으려고 했는데, 이 남자가 연못에 빠져 보이지 않게 되었다. 많은 사람들이 서둘러 연못에 들어가 찾아보았지만, 결국 찾지 못했다. 부모와 처자식이 이것을 듣고 찾아와 슬피 울었지만, 끝내 발견되지 않아 어쩔 도리 없이 모두 집으로 돌아갔다.

그날 밤 부모의 꿈에 이 남자가 매우 기쁜 모습으로 나타나, 부모를 향해,

"저는 오랜 세월 불심을 품고, 악업을 행하는 것을 좋아하지 않았지만, 신사의 행사를 맡았기에 종종 살생을 하게 되는 처지가 되었습니다. 그렇지만 삼보三寶가 도와주셔서, 저에게 죄업을 짓지 못하게 하여,[6] 저는 지금은 타계他界[7]로 와서 행복한 몸으로 다시 태어났습니다. 아버지, 어머니, 절대 슬퍼하지 마세요. 그런데 제 사체가 있는 곳을 알려드리겠습니다. 그 사체 위에는 연꽃[8]이 피어날 것입니다. 그 연꽃이 있는 곳을 저의 사체가 있는 곳이라고 생각해 주세요. 저는 생전에 관음을 섬기고, 관음품을 아침저녁으로 독송하였기에, 영구히 생사의 고통에서 벗어나[9] 정토에 태어날 수가 있게 된 것입니다."

라고 말했다. 이렇게 꿈을 꾸고 깨어났다.

다음날 그 연못으로 가보니 사체가 있었다. 그 위에 연꽃 한 무더기가 피어 있었다. 부모는 이것을 보고 매우 슬퍼했다. 정말 꿈의 계시 그대로였기 때문에, '아들은 분명 정토에 왕생한 것이다.'라고 생각했다. 이를 들은 사람

---

5 신전에 바치기 위해 물고기나 새를 잡는 것임.
6 물에 빠져 죽은 것은 불·보살이 남자로 하여금 살생의 죄업을 짓지 않고 정토로 왕생시키기 위한 방편이었다라고 함.
7 인간계 이외의 세계. 여기에서는 극락정토를 가리킴.
8 연꽃은 극락정토의 상징.
9 윤회하는 번뇌의 세계를 떠났다는 의미.

들은 연못으로 와서 이것을 보고, "참으로 불가사의한 일이다."라며 존귀하게 여겼다. 또한, 지방 내의 도심道心[10] 있는 성인들은 이것을 듣고, 모두 찾아와 결연結緣[11]을 위해서 그 연못가에서 끊임없이 법화참법法華懺法[12]을 행하고, 아미타 염불을 외어서 남자의 혼에 회향回向[13]을 했다.

예로부터 이 연못에는 연꽃이 나지 않았었다. 그런데 이 사체 위에 핀 연꽃을 종자로 하여 연못 안에는 빈틈없이 연꽃이 가득 차 퍼져갔다. "이것은 정말로 불가사의한 일이다."라고 하여, 그 지방의 사람들이 도읍에 올라와 이야기한 것을 듣고 전하여, 이렇게 이야기로 전하여 내려오고 있다 한다.

10　→ 불교.
11　불연佛緣을 맺는 일.
12　참법懺法(→ 불교).
13　→ 불교. 선근공덕을 쌓아서 다른 이에게 돌리는 일. 여기에서는 법화참법이나 염불의 공덕을 남자 혼의 보리菩提를 위해서 바쳤다는 의미.

지쿠젠 지방筑前國 사람이 관음觀音을 섬겨 정토淨土에 태어난 이야기

筑前国人仕観音生浄土語第三十五

今昔、筑前ノ国ニ一ノ男有ケリ。殊ニ観音ニ仕テ、常ニ観音品ヲ読ケリ。亦、深ク善心ノミ有テ、敢テ悪業ヲ不造ズ。

而ル間、其ノ国ノ内ニ、香椎ノ明神ト申ス神在マス。其ノ社ニ毎年ニ祭有。此ノ男、其ノ祭ノ年預ニ差宛ラレタリ。殺生ヲ不好ト云ヘドモ、神事限リ有テ、魚鳥ヲ儲ケムガ為ニ、野山ニ出デ、鳥ヲ伺ヒ、江海ニ臨デ魚ヲ捕ムト為ニ、一ノ大ナル池有リ。水鳥其ノ員居タリ。弓ヲ以テ此ノ鳥ヲ射ツ。即チ、池ニ下テ鳥ヲ捕ムト為ルニ、此ノ男池ニ沈テ、不見エズ成ヌ。然レバ、人数池ニ念ギ下テ捜リ求ルニ、無シ。父母妻子、此レヲ聞テ来テ、泣テ悲ムト云ヘドモ、男終ニ無ケ

レバ、甲斐無カリケリ。皆家ニ返ヌ。

其ノ夜、父母ノ夢ニ、此ノ男極テ喜気ニテ、父母ニ語テ云ク、「我レ年来道心有テ、悪業ヲ不好ズト云ヘドモ、神事ヲ勤メムガ為ニ、適ニ殺生ヲセムト為ルニ、三宝助給フガ故ニ、罪業ヲ不令造ズシテ、既ニ他界ニ移テ善キ身ニ生レニタリ。父母更ニ歎キ給フ事無カレ。但シ、我ガ骸ノ有ル所ヲバ可知給シ。其ノ骸ノ上ニ蓮花可生ル。其ノ蓮花ヲ以テ我ノ有ル所トハ可知也。我レ生タリシ時、観音ニ仕テ観音品ヲ朝暮ニ誦シ故ニ、永ク生死ヲ離レテ浄土ニ生ル、事ヲ得タリ」ト云フ、ト見テ、夢覚ヌ。

明ル日、彼ノ池ニ行テ見レバ、骸、有リ。其ノ上ニ蓮花一村生タリ。父母此レヲ見テ、哀ビ悲ム事無限シ。但シ夢ノ教ヘニ不違ネバ、「必ズ浄土ニ生ニケリ」ト貴ビケリ。亦、国ノ内ニ道心有ル聖人等、此ノ事ヲ聞テ、皆来テ、結縁ノ為ニ其ノ池ノ辺ニ道ニシテ、不断ニ法花ノ懺法ヲ修シ、弥陀ノ念仏ヲ唱ヘテ、彼ノ霊ニ廻

向シケリ。

昔ヨリ其ノ池ニ蓮花生ル事無カリケリ。其レニ、此ノ骸ニ生タル蓮花ヲ種トシテ、池ノ内ニ蓮花満チ弘ゴリテ生タル事、隙無カリケリ。「此レ、希有ノ事也」トテ、国ノ人ノ上テ語ケルヲ聞テム、此ク語リ伝タルトヤ。

488

다이고醍醐의 승려 렌슈蓮秀가 관음觀音을 섬겨 되살아난 이야기

다이고지醍醐寺의 승려 렌슈蓮秀가 중병에 걸려 일단은 죽지만, 평소에 관음에 귀의歸 依하고 가모賀茂 명신明神을 신앙한 공덕으로, 하룻밤이 지나 되살아나서 천동天童에 의해 삼도三途 강에서의 수난을 면하고, 정토왕생淨土往生을 바라도록 가르침을 받은 이야기를 처자식에게 말했다는 이야기임. 신불습합神佛習合의 시대배경에서 관음의 가호와 가모 명신의 신려神慮가 공존하고 있는 점이 특징적이다. 앞 이야기와는 명신 과 관련해서 연결되지만, 앞 이야기는 신·불신앙의 대치가, 이 이야기에서는 병립이 테마로 되어 있다.

이제는 옛이야기이지만, 다이고지醍醐寺[1]에 렌슈蓮秀[2]라는 승려가 있었다. 처자식이 있긴 했지만, 오랜 세월 관음[3]을 신봉하여, 매일 관음품觀音品[4] 백 권을 독송했으며, 또 한편으로는 가모신사賀茂神社에도 항상 참배하고 있었 다.

그런데 이 렌슈가 중병에 걸려 몹시 괴로워하다가 며칠 지나 그만 죽고 말았다. 그 후 하룻밤이 지난 후 다시 되살아나서 처자식에게

---

1 → 사찰명.
2 미상.
3 → 불교.
4 → 불교.

"나는 죽고 나서 한참동안 험준한 산봉우리를 넘어 멀리멀리 걸어갔어.[5] 인적이 끊겨 새의 울음소리조차 들리지 않고, 그저 보이는 것이라곤 매우 무서운 모습을 한 귀신뿐이었지. 이 깊은 산을 다 넘어가니 커다란 강이 있었는데, 넓고 깊어서 정말이지 무서운 강이었지. 그 강의 이쪽 기슭에 한 노파가 있었는데, 그 노파는 정말 무서운 오니鬼같았지. 한그루의 큰 《나무 아래》[6]에 앉아 있었는데, 《나뭇가지에는 많은》[7] 옷들이 걸려 있었어. 이 오니 같은 노파가 《나를 보고 '이봐, 잘 들어라. 이곳은 삼도三途의》[8] 강이다. 나는 삼도 강의 탈의 할멈奪衣婆이라는 자다. 너는 바로 옷을 벗어 그것을 나에게 주고 강을 건너는 것이 좋을 것이다.'라고 말하는 거야.

그래서 렌슈는[9] 옷을 벗어 노파에게 주려고 하는데 갑자기 네 명의 천동天童[10]이 나타나, 렌슈가 노파에게 주려고 한 옷을 빼앗고, 노파에게 '이봐, 렌슈는 『법화경法華經』의 지자持者[11]로, 관음이 가호加護하고 계시는 사람이다. 잘 들어라, 노파 오니여, 왜 렌슈의 옷을 빼앗으려 하느냐.'라고 했다. 이 말을 들은 노파 오니는 합장하고 렌슈에게 절하며 옷을 뺏으려는 것을 그만두었다.

그리고 천동은 렌슈에게 '그대는 여기가 어딘지 알고 있는가. 여기는 명도冥途라 하여 악업惡業을 저지른 자가 오는 곳이다. 그대는 어서 원래 사바세계婆婆世界로 돌아가, 법화경을 잘 독송하고 전보다 더 관음을 신봉하여 생사의 고통에서 벗어나 정토로 왕생하는 일을 바라도록 해라.'라고 가르쳐

---

5   명도로 가는 도중의 상황임. 광야 속을 가는 예가 많음.
6   파손에 의한 결자. '나무 아래'로 추정됨. 『법화험기法華驗記』를 참조하여 보충함.
7   파손에 의한 결자. 『법화험기』를 참조하여 보충함.
8   파손에 의한 결자. 『법화험기』를 참조하여 보충함. 삼도천三途川(→ 불교).
9   *이 부분은 '나는'이 문맥상 자연스러움. 주인공이 가족에게 말하는 회화문을 편자는 지문으로 혼동하고 있음. 이하의 회화문이 끝날 때까지 동일한 혼동의 예가 빈번하게 나옴.
10   불법수호의 동자모습의 천인天人. 제천동자諸天童子.
11   지경자地類者. 항상 『법화경』을 지니고 독송하며 수행하는 승려.

주고 데리고 돌아갔어. 도중에 또 두 명의 천동이 와서 '우리들은 렌슈가 명도로 가는 것을 가모명신이 보시고, 다시 데려오기 위해 보낸 자들이다.'라고 말한다고 생각하는 그 순간, 이렇게 다시 되살아난 것이지."

라고 이야기했다.

그 후 병은 단번에 나아 원래대로 먹고 마실 수 있게 되었다. 또한 거동하는 것도 힘들지 않아 전과 다름없이 되었다. 그 후로는 전보다 더 『법화경』을 독송하여 관음을 섬김과 동시에, 또한 가모신사의 참배를 게을리하지 않았다.

신이라고 하셔도 가모신사의 신은 명도의 일도 도와주시는 신이시라고 이렇게 이야기로 전하여 내려오고 있다 한다.

醍醐僧蓮秀仕観音得活語第三十六

今昔、醍醐ニ蓮秀ト云フ僧有ケリ。妻子ヲ具セリト云ヘ
ドモ、年来勤ニ観音ニ仕ケリ、毎日ニ観音品百巻ヲゾ
読奉ケル。亦、常ニ賀茂ノ御社ニゾ参ケル。

而ル間、蓮秀ガ身ニ重キ病ヲ受テ、苦ミ悩ム事無限シ。日
来ヲ経テ、遂ニ死ヌ。其ノ後、一夜ヲ経テ活ヌ。妻子ニ語
テ云ク、「我レ死テ、尚ク嶮キ峰ヲ超テ、遥ノ道ヲ行キ、
人ノ跡絶テ鳥ノ音ヲダニ不聞ズ。只極テ怖シ気ナル鬼神ヲ

ミ見ル。此ノ深キ山ヲ超畢テ、大ナル河有リ。広ク深クシテ
怖シ気ナル事無限シ。其ノ河ノ此方ノ岸ニ二人嫗有リ。其
ノ形鬼ノ如ク也。甚ダ怖ロシ。一ノ大[　]ニ居タリ。

[四]

鬼[五]

衣ヲ懸タリ。而ル間、此ノ[　]
[　]河也。我レハ此レ、三途河
ノ嫗也。汝ヂ速ニ衣ヲ脱テ、我レニ令得テ、河可渡シ』ト。
其ノ時ニ、蓮秀衣ヲ脱テ、嫗ニ与ヘムト為ル間、四人ノ天
童俄ニ来テ、蓮秀ガ嫗ニ与ヘムト為ル衣ヲ奪取テ、嫗ニ云ク、
『蓮秀ハ此レ法花ノ持者、観音ノ加護シ給フ人也。
何ゾ蓮秀ガ衣ヲ可得キゾ』ト。其ノ時ニ、嫗鬼掌ヲ合セ
テ蓮秀ヲ敬テ、衣ヲ不得ズ。

而ル間、天童蓮秀ニ語テ云ク、『汝ヂ此ヲバ知レリヤ。冥
途也。悪業ノ人ノ来ル所也。汝ヂ、速ニ本国ニ返テ、吉、法
花経ヲ読誦シ、弥ヨ観音ヲ念ジ奉テ、生死ヲ離レテ、浄土
ニ生レム事ヲ願ヘ』ト教ヘテ、蓮秀ヲ具シテ将返ル間、途中
ニ亦二人ノ天童来リ向テ云ク、『我等ハ此レ賀茂ノ明神ノ、

蓮秀ガ冥途ニ趣クヲ見給テ、令将返メムガ為ニ遣ス所也』ト云フ、ト思フ程ニ、活レル也」ト語ル。

其ノ後、病忽ニ止テ、飲食スル事本ノ如シ。亦、起居軽クシテ前ニ不違ズ。其ノ後ハ、弥ヨ法花経ヲ読誦シ、観音ニ仕ケリ。亦、賀茂ノ御社ニ参ケリ。

神ニ在スト云ヘドモ、賀茂ハ冥途ノ事ヲモ助給フ也ケリ。

此クナム語リ伝ヘタルトヤ。

기요미즈淸水에 이천 번 참배한 남자가
쌍륙雙六에 빠진 이야기

교토의 어느 젊은 시侍가 쌍륙雙六 도박에 져서, 애써 모은 기요미즈데라淸水寺에 이천 번 참배한 공덕을 경솔하게도 양도했더니, 얼마 지나지 않아 뜻밖의 사건에 연루되어 옥살이를 하는 몸이 되고, 한편 이것을 믿고 정중하게 양도받은 이긴 시侍는 갑자기 운이 터서 부귀한 몸이 되었다는 이야기. 눈에 보이지 않는 삼보三寶에 의한 현보現報가 실제로 즉시 실현된 것을 강조하고 있다.

이제는 옛이야기이지만, 도읍 교토 어느 저택에 봉공하고 있던 풋내기 시侍가 있었다. 특별한 일도 없었기 때문일까, 다른 사람들이 참배하는 것을 보고 자신도 기요미즈데라淸水寺에 천 번 참배[1]를 두 번 행했다.

그 후 얼마 지나지 않아, 주인 저택에서 같은 동료의 풋내기 시侍와 쌍륙雙六[2] 내기를 했다. 그런데 이 이천 번 참배를 한 시侍가 크게 졌는데 상대에게 주어야 할 금품이 없었다. 《상대방 시侍가》[3] 자꾸 금품을 요구해 곤란한

---

1 천도예千度詣(→ 불교). 신불에 기원 드리기 위해서 절이나 신사에 천 번 참배하는 것.
2 중국에서 전래된 유희遊戲. 대국자 두 사람이 흑백의 말을 나누어 가지고 목판 위의 좌우 12조의 진지에 흑백 각 15개의 말을 늘어놓아 중앙의 공지空地를 지나 적진으로 말을 보내 넣는 유희. 번갈아가며 목통木筒과 죽통竹筒에 넣은 두 개의 주사위를 던져서 나온 수만큼 말을 전진시킴. 빨리 자신의 말을 전부 적진에 넣는 쪽이 승리. 도박에 이용되는 일이 많았음. 『하세오 이야기長谷雄草紙』의 기노 하세오紀長谷雄와 오니鬼의 승부와 「도연초徒然草」 제110단의 이야기는 저명함.
3 파손에 의한 결자. 문맥을 고려하여 보충함.

나머지

"실은 나는 뭣 하나 가진 것이 없네. 현재 모아 둔 것이라곤 기요미즈데라에 이천 번 참배를 한 것뿐인데, 그것을 자네에게 주겠네."

라고 이렇게 말하자, 옆에 있던 입회인[4]들이 이것을 듣고 "이것은 사람을 속이는 짓이야. 정말 어처구니가 없네!"라며 비웃었지만, 이 이긴 《시侍》[5]《말하기를》,

"그것은 참으로 괜찮은 것《이로군!》. 이천 번 참배를 나에게 준다면, 바로 《받겠네.》

라고 말했다.》 이《진 시侍가 "그럼 넘겼다."》라고 하자, 이긴 시侍는

"아니, 잠깐 기다려, 이대로는 《받을 수는 없지.》 2《일간, 정진精進[6]》결潔《재齋하고, 관음》 앞에서 이 경위를 말씀드리고, 확실히 자네가 나한테 건넸다는 양도증을 《쓰고》, 징鉦[7]을 치고 건넨다면 받도록 하지."

라고 말했다. 내기에 진 시侍는 "좋아, 알겠네."라고 약속하고, 그날부터 정진을 시작하여 삼일 째 되던 날, 이긴 시侍가 진 시侍에게 "그럼, 같이 가도록 하지." 하고 권했다. 진 시侍는 '터무니없이 바보 같은 놈과 어울리게 되고 말았군!'라고 생각하면서 함께 절로 가, 이긴 시侍가 말한 대로 건넨다는 양도증을 쓰고 관음 앞에서 사승師僧[8]을 불러 징을 울리고 일의 자초지정을 관음에게 말씀드리게 하였다. 그리고 "아무개가 이천 번 참배한 것을, 쌍륙 내기 금품으로 아무개에게 확실히 건넸다."라고 쓴 양도증을 이긴 시侍에게 주자, 이긴 시侍는 그것을 받아들고 엎드려 절했다. 그 후 얼마 지나지 않아

4　승부를 판정하고, 그 증인으로서 입회하는 사람.
5　파손에 의한 결자. '시侍'로 추정됨. 『고본설화』를 참조하여 보충함. 이하의 결자도 동일함.
6　→ 불교.
7　부처님 앞에서 쇠북류의 불구佛具를 쳐서 서약하는 것임.
8　참배자와 사단師壇의 관계에 있고, 숙박이나 식사 등을 돌봐주는 절의 승려.

이 양도증을 건넨 시侍는 생각지도 못한 사건에 연루되어 붙잡혀 감옥에 갇히게 되었다. 양도증을 받은 시侍는 곧바로 유복한 부인을 맞이하여 뜻밖에도 어떤 사람의 보살핌을 받아 부귀한 몸이 되었고, 관직에 올라 잘 살게 되었다.

삼보三寶[9]는 사람의 눈에는 보이지 아니하시지만, 이 이긴 시侍가 지성으로 이천 번 참배의 양도증을 건네받았기 때문에, 관음도 갸륵한 일이라고 생각하신 것이리라고 한다.

이것을 들은 사람들은 이 건네받은 시侍를 칭찬하고, 건넨 시侍를 미워하며 비난했다고 이렇게 이야기로 전하여 내려오고 있다 한다.

---

9 → 불교. 불佛·법法·승僧의 총칭. 여기에서는 특히 불·보살의 의미임.

清水ニ千度詣男打入双六語第三十七

今昔、京ニ、有所ニ被仕青侍有ケリ。為事ノ無カリケ
ルニヤ、人ノ詣ケルヲ見テ、清水ヘ千度詣二度ナム参タリ
ケル。

其ノ後、幾ク程ヲ不経ズシテ、主ノ許ニシテ同様也ケル
侍ト双六ヲ打合ケリ。二千度詣ノ侍多ク負テ、可渡キ物
ノ無カリケルヲ、強ニ責ケレバ、思ヒ侘テ云ク、「我レ
露持タル物無シ。只今貯ヘタル物トテハ、清水ノ二千度詣タ
ル事ナム有ルヲ、其レヲ渡サム」ト云ヘバ、傍ニ見証ス
者共、此レヲ聞テ、「此レハ打量ル也ケリ。嗚呼ノ事也」ト
咲ケルヲ、此ノ勝タル□[一六]ノ□[一七]、「此レ、糸吉キ事□[一八]。
二千度詣ヲ渡サバ、速ニ□[一九]、此ノ□[二〇]
□[二一]云ヘバ、勝侍ノ云ク、「否ヤ。此クテハ不□[二二]二

□[二三]潔[二四][二五]
御前ニシテ、事ノ由ヲ申シテ、慥ニ己
レ渡ス由ノ渡文ヲ□[二五]テ金打テ渡セバ、請取ヌ、
負ケ侍、「糸吉キ事也」ト云テ、其ノ日ヨリ精進ヲ始テ、三
日ト云フ日、勝侍、負侍ヲ具シテ、共ニ参ヌ。勝侍ノ云
フニ随テ、渡由ノ文ヲ書テ、観音ノ御前ニシテ、師ノ僧ヲ呼
テ、金打テ、事ノ由ヲ申サセテ、「某ガ二千度参タル事、慥
ニ某ニ双六ニ打入レツ」書テ与タリケレバ、勝侍請取テ臥
シ礼ムデ、其後幾程ヲ不経ズシテ、此ノ打入タル侍不思懸
ヌ事ニ係テ、被捕ヘラレ、獄ニ被禁ニケリ。打取タル侍ハ、
忽ニ便有ル妻ヲ儲テ、不思懸ヌ人ノ徳ヲ蒙テ、富貴ニ成テ
官ニ任ジテ、楽クテゾ有ケル。

然レバ、三宝ハ目ニ不見給ヌ事ナレドモ、誠ノ心ヲ至シテ請取タ
ケレバ、観音ノ哀レト思シ食ケルナメリトゾ。
聞ク人、此ノ請取タル侍ヲ讃テ、渡シタル侍ヲバ憎ミ謗ケ
ル、トナム語リ伝ヘタルトヤ。

기이 지방紀伊國 사람이 사견불신邪見不信하여 현벌現罰을 받은 이야기

기이 지방紀伊國 이토 군伊都郡의 후미노 이미키文忌寸는 신앙심이 없는 자로, 사야데라狹屋寺 십일면관음十一面觀音의 참회 법회장에 침입하여, 그 자리에 참석한 부인을 도사道師가 강간하려 한다고 면전에 대고 욕을 하고, 집으로 아내를 데려와 동침 중에 급사한 이야기. 스님을 비방하고 법회를 방해한 죄로 인해, 즉각 불벌佛罰을 받았다고 하는 현보담現報譚임. 앞 이야기와는 삼보三寶 불신의 무리가 현세에서 그 응보를 받는다는 점에서 연결된다.

이제는 옛이야기이지만, 기이 지방紀伊國[1] 이토 군伊都郡[2] 구와하라 리桒原里[3]에 사야데라狹屋寺[4]라는 절이 있었다. 그 절에 몇 명의 비구니가 살고 있었다.

쇼무聖武[5] 천황 치세에, 이 비구니들이 발원發願하여 그 절에서 법회를 지냈다. 그리고 나라奈良 우경右京의 야쿠시지藥師寺[6] 승려 다이에題惠[7] 선사禪師라는 사람을 초청하여 십일면관음十一面觀音[8]의 회과悔過[9]를 행했다.

---

1 → 옛 지방명.
2 현재의 와카야마 현和歌山縣 하시모토 시橋本市 이토 군伊都郡 일대.
3 현재의 와카야마 현 이토 군 가쓰라기 정町 가사다笠田 부근.
4 미상. 현재의 와카야마 현 이토 군 가쓰라기 정 사야佐野에 있었던 절.
5 → 인명.
6 → 사찰명.
7 미상.
8 → 불교.

그 당시 이 마을에 악인이 한 사람 있었다. 성은 후미노 이미키文忌寸[10]로 통칭 우에다노 사부로上田三朗라 했다. 마음이 비뚤어진 남자로 삼보三寶를 믿지 않았다. 이 남자에게 부인이 있었는데, 성은 가미쓰케노노키미上毛野公[11]로 통칭 오하시大橋 여자라고 했다. 이 여자는 용모가 아름답고 인과因果[12]의 도리도 분별할 줄 알아, 남편이 다른 곳에 간 사이 하루 밤낮으로 계戒[13]를 받고, 그 회과를 행하는 곳에 참배하여 청문하는 사람들 속에 앉아 있었다. 그런데 남편이 밖에서 돌아와 집안을 살펴보니 아내가 보이지 않았다. 집에 있는 자에게 "마누라는 어디에 간 것이냐?"라고 물으니, "회과를 행하는 곳에 갔습니다."라고 대답했다. 남편은 이 말을 듣고 매우 화가 나, 곧바로 《절로 찾아가서 큰 소리를 지르며 마누라를 불렀다.》[14] 도사道師 다이에 선사는 이것을 보고 자비심을 일으켜 그 남편을 타일러 교화하려고 했다. 그러나 남편은 그 말을 《믿으려고도 하지 않고》[15]

"너란 놈은, 내 마누라를 어떻게 해 보려고 하는 도둑 중놈이구나. 당장에 네놈의 머리를 깨부숴 주마."

라며 온갖 욕설을 내뱉으며, 부인을 불러 집으로 데리고 돌아왔다. 집에 도착하자마자 남편은 부인《을 향해》, "넌 분명히 그 중놈에게 당했음에 틀림없어."라고 격분하며 아내를 침실로 끌고 들어가 동침했다. 바로 관계를 가졌는데, 갑자기 남편이 남근에 개미가 무는 듯한 통증을 느꼈다. 남편은 통증에 고통스러워하다 얼마 지나지 않아 죽고 말았다.

---

9   죄를 참회하여 죄보罪報를 면하고 공덕功德을 청하는 법회.
10   미상. '후미文'는 씨氏. '이미키忌寸'는 성姓.
11   미상.
12   → 불교. 인과의 이법理法. 불교의 근본이념임.
13   → 불교. 불도수행자가 지켜야 하는 계율. 여기에서는 재가자在家者가 지켜야 하는 팔재계八齋戒를 가리킴.
14   파손에 의한 결자로, 원래 있었던 공란이 전사轉寫 과정에 소멸된 것으로 추정됨. 『영이기靈異記』를 참조하여 보충함.
15   파손에 의한 결자. 『영이기』를 참조하여 보충함.

이 일을 보고 들은 사람들은 "설령 때리거나 하지 않더라도, 악심을 일으켜 함부로 스님에게 고함을 지르고 모욕을 줬기 때문에 현보現報[16]를 받은 것이다."라고 말하며 한없이 증오하고 비난했다.

그러므로 스님을 비난해서는 안 되는 것이다. 또한 이렇게 된 것은 관음의 회과를 행하는 곳에 와서 청문하는 사람을 방해한 죄에 의한 것이라고 이렇게 이야기로 전하여 내려오고 있다 한다.

16 → 불교. 현세現世의 행위가 원인으로 현세에서 받은 응보.

紀伊国人邪見不信蒙現罰語第三十八

今昔、紀伊ノ国ノ伊都ノ郡、桑原ノ里ニ、狭屋寺ト云フ寺有リ。其ノ寺ニ住ム尼共等有ケリ。

聖武天皇ノ御代ニ、彼ノ尼共願ヲ発シテ、彼寺ニシテ法事ヲ行フ。奈良ノ右京薬師寺ノ僧、題恵禅師ト云フ人ヲ請ジテ、十一面観音ノ悔過ヲ行フ。

其ノ時ニ、彼ノ里ニ、一ノ悪人有ケリ。姓ハ文ノ忌寸。字ハ上田ノ三郎ト云フ。邪見ニシテ三宝ヲ不信ズ。其ノ人ノ妻有リ。姓ハ上毛野ノ公、字ハ大橋ノ女ト云フ。其ノ女形チ有様美麗シテ、心ニ因果ヲ知テ、夫ノ外ニ行タル間ニ、一日一夜、戒ヲ受ケ、彼ノ悔過ヲ行フ所ニ詣デ、聴聞ノ人ノ中居ヲヌ。而ル間、夫外ヨリ返テ家ヲ見ルニ妻無シ。家ノ人ニ、

「妻何コヘ行タルゾ」ト問フニ、家ノ人、「悔過ヲ行フ所ニ参ヌ」ト答フ。夫此コレヲ聞テ、大キニ嗔テ、即チ、彼ノ導師此レヲ見テ、慈ノ心ヲ発シテ教ヘ導□ス。而ルニ、夫此レ□「汝ハ此レ我ガ妻ヲ婚ムト為ル盗人法師也。速ニ、我レ汝ガ頭ヲ可打破シ」ト罵テ、妻ヲ呼テ、家ニ将返ヌ。即チ夫其ノ妻□テ「汝ヂ必ズ此ノ法師ニ被盗ヌラム」ト瞋テ、妻ヲ寝所ニ引入テ、二人臥ヌ。即チ婚グニ、夫ノ閤ニ忽ニ蟻付テ嚼ム様ニ思テ、此ヲ痛ミ病テ程無ク死ヌ。

此ヲ見聞ノ人、「打ツ事無シト云ヘドモ、悪心ヲ発シテ、監ニ法師ヲ罵リ、令恥タル故ニ、現報ヲ得ル也」ト云テ、憾ミ謗ル事無限シ。然レバ、僧ヲ謗ズル事無カレ。亦、此レ観音ノ悔過ヲ行フヲ来テ聞ク人ヲ妨ル過也、トナム語リ伝ヘタルトヤ。

쇼다이지招提寺 천수관음千手觀音을 도둑이 훔치려다 거절당하여 실패한 이야기

본문은 모두冒頭 부분의 몇 줄만 있을 뿐으로 후반부는 파손에 의해 손실된 것으로 보임. 표제와 잔존殘存 본문으로 보아, 이 이야기의 내용은 도둑이 쇼다이지招提寺의 천수관음상을 훔쳐내어 녹이려고 했으나, 관음상이 소리를 내어 그것을 거부했기에 그 영묘함에 놀라 불상을 버리고 도망쳤다는 이야기로 추정됨. 훔친 불상이 소리를 내서 도움을 구한다는 내용의 비슷한 이야기는 권12 제13화와 권17 제35화에 보인다.

이제는 옛이야기이지만, 나라奈良에 쇼다이지招提寺¹라는 절이 있었다. 그 사찰에 천수관음千手觀音²이 안치되어 있었다. 이것은 화인化人³이 만들어 바친 관음이었다.

그런데 꽤 이전의 일로 그 지방의 도둑이 '이 관음은 동銅⁴으로 주조해 만

---

1 → 사찰명.
2 → 불교. 도쇼다이지唐招提寺의 천수관음상은 장륙불丈六佛로, 금당金堂의 중존中尊인 노사나불盧舍那佛 좌상坐像의 우측(서쪽) 협사脇土. 좌측(동쪽) 협사는 장륙의 약사여래상藥師如來像(제호사본醍醐寺本 『제사연기집諸寺緣起集』·호국사본護國寺本 『제사연기집』·『제사건립차제諸寺建立次第』·관가본菅家本 『제사연기집』). 삼존三尊 모두 불상의 높이가 3m를 넘는 거상巨像으로, 국보로 지정되어 있음.
3 → 불교. 부처나 보살이 인간으로 변신한 것. 『칠대사순례사기七大寺巡禮私記』에 '그 삼존 중에, 천수관음은 화인化人이 만들었다고 한다. 구전口傳에 의하면, 이름은 竹田佐古女라고 한다. 어떤 기록에 의하면, 竹田阿古가 만들었다고 한다.'라고 되어 있음. 화인조상化人造像의 전승은 『칠대사일기七大寺日記』, 『제사건립차제』, 관가본 『제사연기집』, 호국사본 『제사연기집』에도 보임.
4 이 이야기에 의하면, 이 천수관음상은 금동불이었던 것이 되지만, 현존의 천수관음상은 목심건칠상木心乾漆像임. 또한 불상의 높이가 5m 남짓이나 되는 입상立像으로, 도둑이 훔치려고 한 불상과는 거리가 멂.

들어진 것이니까, 이것을 훔쳐내어 녹여 팔면서 생활을 꾸려 나가야지.'라는 생각을 했다. 그래서 도둑이 밤에 몰래 계책을 세워 틈을 엿봐서 금당으로 몰래 숨어들어가 이 천수관음을 훔쳐 등에 메고 금당을 빠져나왔다. 이렇게 해서 그 사찰에서 까마득히 멀리 떨어진 곳까지 갔다. 이윽고 새벽녘이 되었기에, 이 도둑의 (이하 결缺)

招提寺千手観音値盗人辝不取語第三十九

今昔、奈良ニ招提寺ト云フ寺有リ。其ノ寺ニ千手観音ヲ

安置セリ。此ハ化人ノ造リ奉レル観音也ケリ。

而ル間、中比其ノ国ニ盗人有テ、「此ノ観音ハ銅ヲ以テ鋳

奉タレバ、此レヲ盗ミ取テ、吹下シテ売ツヽ、世ヲ渡」ト

思ヒ得テ、盗人夜ル窃ニ隙ヲ伺テ、構テ其ノ堂ニ入テ、此ノ

千手観音ヲ盗ミ取テ、負テ堂ヲ出ヌ。然テ、遥ニ其ノ寺ヲ去

テ行ニケリ。然ル程ニ、暁ニモ成ヌルニ、此ノ盗人ノ（以下

欠）

십일면관음十一面觀音이 노옹老翁으로 변해 야마자키山崎[1]의 다리 기둥으로 서 있었다는 이야기

이 이야기는 본문 중에는 없고, 권두卷頭의 목록에 그 표제가 남아 있을 뿐이다. 결화缺話의 이유는, 앞 이야기 후반부터 계속되는 파손에 의한 결손으로 보인다. 표제를 통해 내용을 추정하면, 이 이야기는 『이려파자유초伊呂波字類抄』 '사쿠라이지櫻井寺'의 항에 인용한 조상造像 공양담供養譚과 같은 이야기로 추정된다. 그 내용은, 셋쓰 지방攝津國 시마카미 군島上郡의 오치노 마사나가越智正永의 꿈에, 오야마자키大山崎 반로半路 다리 위의 두 번 째 나무가 변화한 노옹老翁이 나타나, 자신의 몸을 불상으로 만들라고 전하여, 승려 세이카이靜快가 약사여래상藥師如來像을 만들어 장치長治 2년(1105) 11월에 공양했다는 것. 불상을 만드는 데 사용한 목재는 하세데라長谷寺의 십일면관음十一面觀音과 유사했다고 한다. 즉 이 노옹이 십일면관음의 권화였다는 것이 된다.

본문 결缺

1 → 지명.

⊙ 제40화 ⊙

야마자키山崎의 다리 기둥으로 서 있었다는 이야기

십일면관음十一面観音이 노옹老翁으로 변해

じふいちめんくわんのむらうおうに（へんじてやまざきのはししらにたつことだいしじふ

（十一面観音変老翁立山崎橋柱語第四十）

（本文欠）

506

금석이야기집今昔物語集

부록

출전·관련자료 일람

1. 『금석 이야기집』의 각 이야기의 출전出典 및 동화同話·유화類話, 기타 관련문헌을 명시하였다.
2. 「출전」란에는 직접적인 전거典據(2차적인 전거도 기타로서 표기)를 게재하였고, 「동화·관련자료」란에는 동문성同文性 또는 동문적 경향이 강한 문헌, 또 시대의 전후관계를 불문하고, 간접적으로라도 어떠한 관련이 있다고 판단되는 문헌, 자료를 게재했고, 「유화·기타」란에는 이야기의 일부 또는 소재의 유사성이 있다고 판단되는 문헌을 게재했다.
3. 각 문헌에는 관련 및 선서가 되는 권수(한자 숫자), 이야기·단수(아라비아숫자)를 표기하였으며, 또한 편년체 문헌의 경우 연호年號·해당 연도를 첨가하였다.
4. 해당 일람표의 작성에는 여러 선행 연구에 의거하는 부분이 많은데, 특히 일본고전문학전집『금석 이야기집』각 이야기 해설(곤노 도루今野達 담당)에 많은 부분의 도움을 받았다.

권15

권/화	제목	출전	동화·관련자료	유화·기타
권15 1	元興寺智光賴光往生語第一	日本往生極樂記11	往生拾因 扶桑略記白雉二年條 三州俗聖起請十二箇條事三州俗聖起請文 私聚百因緣集七5 水鏡中 十訓抄五5 建久御巡禮記元興寺條 普通唱導集上 當麻曼陀羅疏四 直談因緣集五44 元亨釋書二元興寺智光 扶桑寄歸往生傳上 東國高僧傳二 極樂坊記 極樂院記 元興寺極樂院圖繪緣記 莊嚴極樂院記 智光曼茶羅記	心性罪福因緣集上1 今昔四10 七卷本寶物集六 私聚百因緣集一19

권/화	제목	출전	동화 · 관련자료	유화 · 기타
2	元興寺隆海律師往生語第二	日本往生極樂記5	元亨釋書三隆海法師 三代實錄仁和二年條 扶桑略記仁和二年條 扶桑寄歸往生傳上 東國高僧傳四	
3	東大寺戒增和上明祐往生語第三	日本往生極樂記8	扶桑略記應和元年條 元亨釋書一三東大寺明祐	
4	藥師寺濟源僧都往生語第四	未詳	宇治拾遺物語55	日本往生極樂記9 僧綱補任抄出天德四年條 元亨釋書一〇釋濟源 扶桑寄歸往生傳上 東國高僧傳六 今昔一五10·47
5	比叡山定心院僧成意往生語第五	日本往生極樂記10	元亨釋書九叡山成意 扶桑寄歸往生傳上 東國高僧傳五	
6	比叡山頸下有癭僧往生語第六	日本往生極樂記12	扶桑寄歸往生傳上	
7	梵釋寺住僧箕算往生語第七	日本往生極樂記13	扶桑寄歸往生傳上 東國高僧傳九	
8	比叡山横川尋靜往生語第八	日本往生極樂記14	扶桑寄歸往生傳上 東國高僧傳九	今昔一五11·12·13
9	比叡山定心院供僧春素往生語第九	日本往生極樂記15	扶桑寄歸往生傳上	
10	比叡山僧明清往生語第十	日本往生極樂記19	私聚百因緣集九11 扶桑寄歸往生傳上	今昔一五4·47
11	比叡山西塔僧仁慶往生語第十一	法華驗記中52	拾遺往生傳上25	今昔一五8·12·13
12	比叡山横川境妙往生語第十二	法華驗記中51	拾遺往生傳上24	今昔一五8·11·13
13	石山僧莫賴往生語第十三	日本往生極樂記20	扶桑寄歸往生傳上	今昔一五8·11·12·38
14	醍醐觀幸入寺往生語第十四	未詳	三寶院傳法血脈	
15	比叡山僧長增往生語第十五	未詳		發心集一1·3 古事談三8·10·36 私聚百因緣集九15 遮那業血脈譜裏書 (青蓮院藏) 三國傳記四6·九21

권/화	제목	출전	동화·관련자료	유화·기타
16	比叡山千觀內供往生語第十六	日本往生極樂記18	扶桑略記永觀二年條 古今著聞集二48 園城寺傳記六 寺門高僧記一 寺門傳記補錄一五 三井往生傳上4 元亨釋書四金龍寺千觀 扶桑寄歸往生傳上 東國高僧傳六 日本大師先德名匠記 雜談鈔15 攝州金龍寺緣起(敎林文庫藏)	發心集一4 古事談三 私聚百因緣集九16 三國傳記一21 醍醐枝葉抄
17	法廣寺僧平珍往生語第十七	日本往生極樂記24	扶桑寄歸往生傳上 東國高僧傳九	
18	如意寺僧增祐往生語第十八	日本往生極樂記25	三井往生傳上5 扶桑寄歸往生傳上 東國高僧傳九	
19	陸奧國小松寺僧玄海往生語第十九	日本往生極樂記26	法華驗記上12 眞言傳七 扶桑寄歸往生傳下 東國高僧傳一〇	三寶感應要略錄中26 法華傳記五10 法華百座聞書抄三月三目條 三國傳記九5 今昔六44
20	信濃國如法寺僧藥連往生語第二十	日本往生極樂記28	扶桑寄歸往生傳下 東國高僧傳一〇	本朝神仙傳29 發心集七5 續古事談六 左經記長元七年條 今昔六3·一一1
21	大日寺僧廣道往生語第二十一	日本往生極樂記21	法華驗記下120 拾遺往生傳中28 言泉集孝養因緣 扶桑寄歸往生傳上 東國高僧傳九	
22	始雲林院菩提講聖人往生語第二十二	未詳	宇治拾遺物語58	今昔一三10
23	始丹後國迎講聖人往生語第二十三	未詳	沙石集一〇本9	法華驗記下84 續本朝往生傳15 古事談三27 元亨釋書五叡山寬印 壒嚢鈔一五 扶桑寄歸往生傳上 東國高僧傳七

권/화	제목	출전	동화·관련자료	유화·기타
24	鎭西行千日講聖人往生語第二十四	未詳		
25	攝津國樹上人往生語第二十五	日本往生極樂記23	扶桑略記永觀二年條	
26	幡磨國賀古驛敎信往生語第二十六	日本往生極樂記22	往生拾因 後拾遺往生傳上17 淨土宗法語(金澤文庫藏) 私聚百因緣集八2 護國寺本諸寺緣起集證如事條 一言芳談下 元亨釋書九勝尾寺證如 扶桑寄歸往生傳上 東國高僧傳三 峰相記 勝尾寺緣起 勝尾寺略緣起 謠曲「野口判官」	
27	北山餌取法師往生語第二十七	未詳	打開集27 貞信公記承平元年條 日本紀略天德三年條 扶桑略記天德三年條 大法師靜藏傳 門葉記一三四寺院四	今昔一五28·29·30
28	鎭西餌取法師往生語第二十八	法華驗記中73	拾遺往生傳上28	今昔一五27·29·30
29	加賀國僧尋寂往生語第二十九	法華驗記下90	拾遺往生傳中7 元亨釋書一七尋寂 扶桑寄歸往生傳下	今昔一五27·28·30
30	美濃國僧藥延往生語第三十	法華驗記下94	拾遺往生傳中8 元亨釋書一七藥延 扶桑寄歸往生傳下	今昔一五27·28·29
31	比叡山人道眞覺往生語第三十一	日本往生極樂記27	扶桑略記貞元三年條 大雲寺緣起 眞言傳五9 扶桑寄歸往生傳下 東國高僧傳九	
32	河內國入道尋祐往生語第三十二	日本往生極樂記29	扶桑寄歸往生傳上 東國高僧傳一〇	
33	源懇依病出家往生語第三十三	日本往生極樂記35	扶桑寄歸往生傳下	
34	高階良臣依病出家往生語第三十四	日本往生極樂記33 法華驗記下101	扶桑略記天元三年條	

권/화	제목	출전	동화·관련자료	유화·기타
35	高階成順入道往生語第三十五	法華驗記下95	拾遺往生傳中9 元亨釋書一七沙彌乘蓮 扶桑寄歸往生傳下	
36	小松天皇御孫尼往生語第三十六	日本往生極樂記30	扶桑寄歸往生傳下	
37	池上寬忠僧都妹尼往生語第三十七	日本往生極樂記31	扶桑寄歸往生傳下	
38	伊勢國飯高郡尼往生語第三十八	日本往生極樂記32	扶桑寄歸往生傳下	今昔一五13
39	源信僧都母尼往生語第三十九	未詳	首楞嚴院二十五三昧結緣過去帳 延曆寺首楞嚴院源信僧都傳 發心集七9 私聚百因緣集八4 三國傳記一12·一二3 直談因緣集八14 惠心僧都事(專想寺藏) 惠心僧都物語 惠心憎都緣起	今昔一二30·32
40	睿桓聖人母尼釋妙往生語第四十	法華驗記下99	拾遺往生傳中27 元亨釋書一八釋妙 扶桑寄歸往生傳下	
41	鎭西筑前國流浪尼往生語第四十一	未詳		
42	義孝小將往生語第四十二	前半 未詳 기타 日本往生極樂記34	法華驗記下103 蜻蛉日記下 榮花物語二 大鏡伊尹傳 袋草紙四 七卷本寶物集二 江談抄四 元亨釋書一七藤義孝 續古事談二6	今昔二四39
43	丹波中將雅通往生語第四十三	法華驗記下102	拾遺往生傳中15 元亨釋書一七源雅通 發心集七3	
44	伊予國越智益躬往生語第四十四	法華驗記下111	日本往生極樂記36	
45	越中前司藤原仲遠往生兜率語第四十五	法華驗記下104	元亨釋書一七藤仲遠	
46	長門國阿武大夫往生兜率語第四十六	法華驗記下97	元亨釋書一七修覺	

512

권/화	제목	출전	동화·관련자료	유화·기타
47	造惡業人最後唱念佛往生語第四十七	未詳	七卷本實物第七 淨土宗法語(金澤文庫藏)	今昔一五4·10 發心集四7 三國傳記九15 往生要集中大文六 閑谷集 拾遺黑谷上人語燈錄下 孝養集下 六の宮の姬君 (芥川龍之介)
48	近江守彦眞妻伴氏往生語第四十八	日本往生極樂記37		
49	右大辨藤原佐世妻往生語第四十九	日本往生極樂記38	言泉集産婦往生文 私聚百因緣集九2 扶桑寄歸往生傳下	
50	女藤原氏往生語第五十	日本往生極樂記39	扶桑寄歸往生傳下	
51	伊勢國飯高郡老嫗往生語第五十一	日本往生極樂記41	扶桑寄歸往生傳下	
52	加賀國□□郡女往生語第五十二	日本往生極樂記42	扶桑寄歸往生傳下	
53	近江國坂田郡女往生語第五十三	日本往生極樂記40	扶桑寄歸往生傳下	
54	仁和寺觀峰威儀師從童往生語第五十四	未詳		

권16

권/화	제목	출전	동화·관련자료	유화·기타
권16 1	僧行善依觀音助從震旦歸來語第一	日本靈異記上6	扶桑略記養老二年條 元亨釋書一六行善法師	今昔一六2
2	伊予國越智直依觀音助從震旦返來語第二	日本靈異記上17	金澤文庫本觀音利益集43(前半缺)	今昔一六1
3	周防國判官代依觀音助存命語第三	法華驗記下115	金澤文庫本觀音利益集33	今昔一六5
4	丹後國成合觀音靈驗語第四	未詳	古本說話集下53 伊呂波字類抄成相寺條 諸寺略記成相寺條 七卷本實物集四	法華驗記中75 今昔一三18

권/화	제목	출전	동화·관련자료	유화·기타
			三國傳記八3 成相寺緣起 成相寺緣起繪卷	
5	丹波國郡司造觀音像 語第五		法華驗記下85 扶桑略記應和二年條所引「穴穗寺 緣起」 伊呂波字類抄穴太寺條 諸寺略記穴穗寺條 七卷本寶物集四 金澤文庫本觀音利益集16 一代要記應和二年條 一乘拾玉抄八(普門品) 法華經直談抄十本(普門品)26 直談因緣集八13	今昔一六3
6	陸奧國鷹取男依觀音 助存命語第六	法華驗記下113	金澤文庫本觀音利益集35 取鷹俗母(因)緣(唐招提寺藏) 古本說話集下64 宇治拾遺物語87 謠曲「鷹伺」	
7	越前國敦賀女蒙觀音 利益語第七	未詳	古本說話集下54 宇治拾遺物語108 七卷本寶物集四	今昔一六8·9
8	殖槻寺觀音助貧女給 語第八	前半 未詳 後半 日本靈異記中34	金澤文庫本觀音利益集40 元亨釋書二九諸樂京女	今昔一六7·9
9	女人仕淸水觀音蒙利 益語第九	未詳	三國傳記一15	沙石集二6 閑居の友下5 長谷寺驗記下27 今昔一六7·8·10
10	女人蒙穗積寺觀音利 益語第十	日本靈異記中42	金澤文庫本觀音利益集41	今昔一六9
11	觀音落御頭自然繼語 第十一	日本靈異記中36		
12	觀音爲遁火難去堂給 語第十二	日本靈異記中37		今昔一七6 長谷寺驗記上10
13	觀音爲人被盜後自現 給語第十三	日本靈異記中17		
14	御手代東入念觀音願 得富語第十四	日本靈異記上31		
15	仕觀音人行龍宮得富 語第十五	未詳		今昔三11 古事談五34 太平記一五俵藤太事 민담「漁女房」,「龍宮 女房」

권/화	제목	출전	동화·관련자료	유화·기타
16	山城國女人依觀音助遁蛇難語第十六	法華驗記下123	古今著聞集二〇682 金澤文庫本觀音利益集39(前半缺) 元亨釋書二八蟹滿寺	日本靈異記中8 三寶繪13 沙石集拾遺61 善惡報ばなし一7 민담「蟹報恩」,「蛇婿入·水乞型」,「猿婿入」,「蛙報恩」
17	備中國賀陽良藤爲狐夫得觀音助語第十七	未詳	扶桑略記22寬平八年條所引「善家秘記」 金澤文庫本觀音利益集45(前半缺) 元亨釋書二九賀陽良藤	
18	石山觀音爲利人付和歌末語第十八	未詳	日本感通傳(散佚) 觀音驗記(散佚) 長谷寺驗記下20 室町時代物語「伊香物語」	今昔四20 長谷寺驗記下1 민담「繪姿女房」,「龍宮女房」,「笛吹き婿」
19	新羅后蒙國王咎得長谷觀音助語第十九	未詳	宇治拾遺物語179 長谷寺驗記上12	
20	從鎭西上人依觀音助遁賊難持命語第二十	未詳	長谷寺驗記下16	
21	下鎭西女依觀音助遁賊難持命語第二十一	未詳		
22	啞女依石山觀音助得言語第二十二	未詳	三國傳記五21 直談因緣集八47	
23	盲人依觀音助開眼語第二十三	日本靈異記下12		
24	錯入海人依觀音助存命語第二十四	未詳		
25	島被放人依觀音助存命語第二十五	法華驗記下107		
26	盜人負箭依觀音助不當存命語第二十六	法華驗記下114 기타	金澤文庫本觀音利益集38	
27	依觀音助借寺錢自然償語第二十七	日本靈異記下3	長谷寺驗記下2	
28	參長谷男依觀音助得富語第二十八	未詳	古本說話集下58 宇治拾遺物語96 雜談集五信智之德事條	민담「藁しべ長者」,「蜂の援助」,「二人兄弟」,「枯骨報恩」
29	仕長谷觀音貧男得金死人語第二十九	未詳		今昔二12 민담「大歲の客」,「大歲の火」
30	貧女仕淸水觀音給御帳語第三十	未詳	古本說話集下59 宇治拾遺物語131	

권/화	제목	출전	동화·관련자료	유화·기타
31	貧女仕淸水觀音給金語第三十一	未詳		
32	隱形男依六角堂觀音助顯身語第三十二	未詳		
33	貧女仕淸水觀音得助語第三十三	未詳		運(芥川龍之介)
34	無緣僧仕淸水觀音成乞食婿得便語第三十四	未詳		
35	筑前國人仕觀音生淨土語第三十五	法華驗記下116	金澤文庫本觀音利益集36	
36	醍醐僧蓮秀仕觀音得活語第三十六	法華驗記中70	金澤文庫本觀音利益集23	
37	淸水二千度詣男打入雙六語第三十七	未詳	古本說話集下57 宇治拾遺物語86	沙右集七23 曾我物語二橋の事 민담「夢買長者」
38	紀伊國人邪見不信蒙現罰語第三十八	日本靈異記中11	和名抄三筭垂類39	
39	招提寺千手觀音値盜人辭不取語第三十九	未詳		今昔一二13 一七35 七大寺巡禮私記招提寺條 菅家本諸寺緣起集招提寺條 護國寺本諸寺緣起集 招提寺建立緣起
40	十一面觀音變老翁立山崎橋柱語第四十		伊呂波字類抄櫻井寺條	

인명 해설

1. 원칙적으로 본문 중에 나오는 호칭을 표제어로 삼았으나, 혼동하기 쉬운 경우에는 본문의 각주에 실명實名을 표시하였고, 여기에서도 실명을 표제어로 삼았다.
2. 배열은 한글 표기 원칙에 의한 가나다 순으로 하였다.
3. 해설은 최대한 간략하게 표기하며, 의거한 자료·출전出典을 명기하였다. 이는 일본고전문학전집『금석 이야기집今昔物語集』의 두주를 따른 경우가 많다.
4. 각 항의 말미에 해당 인물이 등장하는 이야기를 숫자로 표시하였다. 예를 들면 '⑮ 1'은 '권15 제1화'를 가리킨다.

㉮

가나우適

출생·사망 시기는 자세히 전해지지 않음. 사가嵯峨 미나모토 씨源氏. 아버지는 대납언大納言 미나모토노 노보루源昇. 장인藏人·내장두內藏頭를 역임. 종오위하(『존비분맥尊卑分脈』). ⑮ 33

가야노 요시후지賀陽良藤

출생·사망 시기는 자세히 전해지지 않음. 헤이안平安 전기의 빗추 지방備中國 가야 군賀夜郡의 사람. 요시후지에 관한 설화는 에마키繪卷로도 만들어져,『가야 요시후지 이야기 회권賀陽良藤物語繪卷』이 있음. 현재의 오카야마 현岡山縣 소자 시總社市에는 요시후지가 개기開基하였다고 전승되는 몬만지門滿寺가 있음. ⑯ 17

간교願曉 율사律師

?~정관貞觀 16년(874). 간고지元興寺 삼론종三論宗의 승려. 정관貞觀 6년에 율사, 또 신설新設의 법교상인위法橋上人位. 저서에는『금광명최승왕경현추金光明最勝王經玄樞』 10권을 비롯하여,『인명노의골因明論義骨』,『대승법문장大乘法門章』등 다수가 있음. 간교의 제자로는 도다이지東大寺 동남원東南院 원주院主로, 다이고지醍醐寺를 개산開山한 쇼보聖寶나 간고지元興寺의 류카이隆海 율사律師가 있음. ⑮ 2

간추寬忠 승도僧都

연희延喜 7년(907)~정원貞元 2년(977). 우다宇多 천황天皇의 손자, 아쓰카타敦固 친왕親王의 삼남. 속명俗名은 나가노부長信. 진언종眞言宗의 승려. 준유淳祐 내공內供의 제자. 내공內供·권율사權律師·권소승도權少僧都가 되고, 안화安和 2년(969) 도지東寺 장자長者가 됨. 본래는 다이안지大安寺, 도다이지東大寺에 살았지만, 후에는 닌나지仁和寺의 자원院院인 이케가미데라池上寺를 건립하여 그곳에서 머물며 살았음. '이케가미池上 승도僧都'라는 이명은 이로부터 왔다고 여겨짐. ⑮ 37

간포觀蜂 **위의사**威儀師

출생·사망 시기는 자세히 전해지지 않음. 닌나지仁和寺의 승려. 관홍寬弘 원년(1004), 호류지法隆寺 별당別當에 임명되고 (『미도관백기御堂關白記』 관홍寬弘 원년 10월 27일 조) 관인寬仁 4년(1020)까지 16년간 담당. 이치조一條 천황天皇, 고이치조後一條 천황의 치세에, 위의사威儀師로서 여러 법회法會에 출석함. (『미도관백기』 관홍寬弘 4년 12월 2일 조, 『소우기小右記』 관인寬仁 4년 윤閏 12월 1일 조 등). ⑮ 54

겐신源信

천경天慶 5년(942)~관인寬仁 원년(1017). 야마토 지방大和國 사람. 속성俗姓은 우라베 씨占部氏. 에신惠心 승도僧都·요카와橫川 승도僧都라고도 함. 천태종의 승려. 내공봉십선사內供奉十禪師. 법교상인위法橋上人位를 거쳐 권소승도權少僧都. 수릉엄원首楞嚴院 검교檢校(『요카와장리橫川長吏』). 료겐良源(지에慈惠 승정僧正)의 제자. 일본 정토교淨土敎의 대성자大成者로 일본에서 정토교에 관하여 처음으로 『왕생요집往生要集』을 저술. 그 밖에 『일승요결一乘要決』, 『대승대구사초大乘對具舍抄』 등을 저술. ⑮ 39

고마쓰小松 **천황**天皇

제58대 고코光孝 천황. 천장天長 7년(830)~인화仁和 3년(887). 재위在位, 원경元慶 8년(884)~인화仁和 3년. 닌묘仁明 천황의 제3황자. 어머니는 후지와라노 다쿠시藤原澤子. 무쓰常陸 태수太守·중무경中務卿·대재수大宰帥·식부경式部卿을 역임. 후지와라노 모토쓰네藤原基經에 의해 즉위. 인화仁和 3년 8월에 58세로 붕어崩御. 능은 노치노타무라 능後田邑陵. ⑮ 36

교젠行善

출생·사망 시기는 자세히 전해지지 않음. 고구려高句麗에 유학, 양로養老 2년(718) 귀국. 『속일본기續日本紀』 양로養老 5년 6월 23일 조에 관련 기사가 있음. ⑯ 1

[나]

나카하라노 고레타카中原維孝

출생·사망 시기는 자세히 전해지지 않음. 고레타카維孝의 이름은 『존비분맥尊卑分脈』, 『나카하라 씨 계도中原氏系圖』에 보이지 않음. 『강기江記』에는 관치寬治 5년(1091) 1월 28일, 고레타카라는 인물(성씨는 미상)이 시모쓰케 지방下野國 수령에 임명되었다고 기록되어 있음. 권16 제24화에 '(시모쓰케下野 수령의) 임기가 끝나 올라올 때'라고 되어 있으므로, 관치寬治 5년에 시모쓰케下野 수령으로 임명된 고레타카가 나카하라노 고레타카라고 한다면, 이 이야기는 가보嘉保 2년(1095) 이후에 성립된 것으로 보임. ⑯ 24

닌카이仁海 **승정**僧正

천력天曆 8년(954)~영승永承 원년(1046). 이즈미和泉 지방 사람. 미야미치노 고레히라宮道惟平의 아들. 진언종眞言宗의 승려. 가신雅眞·겐고元杲의 제자. 권대승도權大僧都 등을 거쳐, 장력長曆 2년(1038)에 승정僧正. 제23대 도지東寺 장자長者. 제62대 도다이지별당東大寺別當. 당시의 기록(『미도관백기御堂關白記』, 『소우기小右記』, 『좌경기左經記』 등)을 통해, 황족과 귀족의 귀의를 받았다는 사실을 알 수 있음. 진언종眞言宗의 2대 유파 중 하나인 오노류小野流를 열었으며, 오노小野 승정僧正이라고도 불림. 또한 기우법祈雨法의 명수로 유명함(『참천태오대산기參天台五台山記』 권7), 아메雨 승정僧正이라고도 불림. ⑮ 14

[다]

다이에題惠 선사禪師

출생·사망 시기는 자세히 전해지지 않음. 요사미依網 선사. 휘諱가 다이에題惠. 속성俗姓은 요사미노무라지依網連. 야쿠시지藥師寺에 살았음. 『일본영이기日本靈異記』 중권 제11화에 관련기사가 있음. ⑯ 38

다카시나노 나리노부高階成順

?~장구長久 원년(1040). 아키노부明順의 아들. 우위문소위右衛門少尉·식부승式部丞·검비위사檢非違使를 거쳐, 식부대승式部大丞으로 임명됨. 만수萬壽 2년(1025)에 지쿠젠筑前 수령이 되고, 대재소이大宰少貳를 겸임. 정오위하正五位下. 귀경하여 출가함. 법명은 조렌乘蓮(『존비분맥尊卑分脈』). 부인은 가인歌人으로도 유명한 이세노 오스케伊勢大輔 임. ⑮ 35

[라]

라이코賴光

출생·사망 시기는 자세히 전해지지 않음. '禮光'라고도 함. 지조智藏의 제자로, 도지道慈, 지코智光와 거론되는 삼론종三論宗의 학승學僧(『원형석서元亨釋書』 2, 『삼국불법전통연기三國佛法傳通緣起』 중中). ⑮ 1

렌슈蓮秀

출생·사망 시기는 자세히 전해지지 않음. 다이고지醍醐寺의 승려. 『법화험기法華驗記』 중권 제70화, 『관음이익집觀音利益集』에 관련기사가 있음. ⑯ 36

류카이隆海 율사律師

홍인弘仁 6년(815)~인화仁和 2년二年(886). 속성俗姓은 아오우미 씨淸海氏. 셋쓰 지방攝津國 어부의 집에서 태어남. 셋쓰 지방의 강사講師인 야쿠엔藥圓의 추천으로 승려가 됨. 간교願曉 율사로부터 삼론종三論宗을 배우고, 신뇨眞如 친왕親王(다카오카高丘 친왕)에게 진언법眞言法을 배움. 권율사權律師를 거쳐, 원경元慶 7년(883)에 율사가 됨. 저서에는 『이체의二諦義』, 『방음의方音義』, 『사체의四諦義』 등이 있음. ⑮ 2

[마]

마사미치雅通

?~관인寬仁 원년(1017). 우다宇多 미나모토 씨源氏. 도키미치時通의 아들. 아버지의 죽음으로 조부인 좌대신 마사노부雅信의 양자가 됨. 우근위중장右近衛中將·장인藏人·아쓰히라敦成 친왕가親王家 별당別當·목공두木工頭·단바丹波 수령 등을 역임. 정사위하正四位下. 우근위중장右近衛中將인 장화長和 원년(1012) 8월 11일에 단바 수령으로 임명되어, 단바 중장中將이라 불림. 가인歌人이기도 하며, 그의 와카和歌는 『후습유집後拾遺集』, 『이즈미 식부집和泉式部集』, 『이세노 오스케집伊勢大輔集』 등에 수록되어 있음. ⑮ 43

묘유明祐

원경元慶 2년(878)~응화應和 원년(961). '名祐'라고도 함. 도다이지東大寺의 승려. 간슈큐觀宿를 스승으로 모심. 권율사權律師를 거쳐, 천덕天德 4년(960) 율사律師. 도다이지東大寺 천지원주天地院主. 제27대 계화상戒和上. 도다이지東大寺 계단원戒壇院에 살았음. 화엄華嚴뿐만이 아니라 율승律宗이나 진언밀교眞言密敎에도 통달함. 아미타阿彌陀를 깊게 신앙하고, 아미정토彌陀淨土 왕생往生을 열망하였음. ⑮ 3

묘조明淸

출생·사망 시기는 자세히 전해지지 않음. '明請'

가 정확한 표기임. 속성俗姓은 후지와라 씨藤原氏. 지엔智淵을 스승으로 모심. 동탑東搭 동곡東谷 아미타방阿彌陀房에 살면서, 아미다보阿彌陀房라고 불림. 태밀台密의 대가大家로 묘조明請의 혈맥은 조신靜眞·고케이皇慶로 이어짐. 고케이皇慶는 곡류谷流의 시조로 유명하여, 동밀사상東密事相을 배우고, 태밀사상台密事相을 대성大成(『다니아사리전谷阿闍梨傳』). 『일본왕생극락기日本往生極樂記』에 관련기사가 보임. ⑮ 10

무라카미村上 천황天皇

연장延長 4년(926)~강보康保 4년(967). 재위, 천경天慶 9년(946)~강보康保 4년. 제62대 천황. 다이고醍醐 천황의 14번째 황자皇子(『일본기략日本紀略』). 어머니는 후지와라노 모토쓰네藤原基經의 딸인 온시穩子. 천력天曆 3년(949)에 후지와라노 다다히라가 죽은 후에는 섭정攝政, 관백關白을 두지 않고, 친정親政을 행함. 무라카미村上 천황의 치세에는 다이고 천황의 치세와 함께, 연희延喜, 천력天曆의 치治라고 하여 후세에 성대聖代로 여겨짐. 일기日記로는 『무라카미 천황어기村上天皇御記』가 있음. ⑮ 27

미요시노 기요쓰라三善淸行

승화承和 14년(847)~연희延喜 18년(918). '기요유키'라고도 함. 우지요시氏吉의 아들. 문장박사文章博士. 시문詩文의 재능에 있어서는 스가와라노 미치자네菅原道眞, 기노 하세오紀長谷雄와 함께 유명함. 관평寬平 5년(893)에 빗추備中의 개介. 도읍인 교토로 돌아온 후, 문장박사, 대학두大學頭, 식부대보式部大輔, 참의參議, 궁내경宮內卿을 역임. 종사위상從四位上. 후지와라노 도키히라藤原時平와 함께 『연희격식延喜格式』의 편찬에 관여. 연희 14년, 의견봉사意見封事 12개 조條를 정납呈納함. 저서로는 『엔친 화상전圓珍和尙傳』, 『후지와라노 야스노리전藤原保則傳』, 『혁명감문革命勘文』, 『선가비기善家秘記』 등이 있음. ⑯ 17

미테시로노 아즈마비히토御手代東人

출생·사망 시기는 자세히 전해지지 않음. 권11 제6화에 보이는 '御手代ノ東人'와는 다른 인물로, 그 이야기에서는 정확히는 '오노 아즈마히토大野東人'를 가리킴. ⑯ 14

[바]

벤슈辨宗

출생·사망 시기는 자세히 전해지지 않음. 다이안지大安寺의 승려. 탁월한 웅변으로 많은 사람들이 귀의했음. 하세데라 소장長谷寺藏 가마쿠라鎌倉 말기 사본인 『하세데라험기長谷寺驗記』에는 "辨窓", 천정본天正本(이본異本)에는 "辨宗"이라고 되어 있음. ⑯ 27

[사]

사이겐濟源 승도僧都

원경元慶 6년(882)~강보康保 원년(964). 속성俗姓은 미나모토 씨源氏. 야마토 지방大和國의 사람으로, 야쿠시지藥師寺의 승려. 삼론종三論宗. 『승강보임僧綱補任』에는 "東大寺義延弟子"라고 되어 있음. 권율사權律師, 율사律師를 역임한 후에, 천력天曆 10년(956)에 권소승도權少僧都. 천덕天德 3년(958), 야쿠시지藥師寺 별당別當. 『승강보임僧綱補任』에는 천덕天德 4년, 『일본기략日本紀略』에는 강보康保 원년元年 사망. ⑮ 4

산조三條 대후궁大后宮

천력天曆 4년(950)~장보長保 원년(999). 마사코昌子 내친왕內親王. 레이제이冷泉 천황天皇의 황후皇后. 스자쿠朱雀 천황天皇 제1황녀. 어머니는 기시(히로코)熙子 여왕女王. 강보康保 4년(967)

에 황후皇后, 천연天延 원년(973)에 황태후皇太后. 관화寬和 2년(976)에 태황태후가 되었음. 불교 신앙이 독실하여 이와쿠라다이운지岩倉大雲寺에 관음원觀音院을 건립建立. 『권기權記』 장보 12월 7일 조에 "去一日太皇太后昌子內親王崩. 于時春秋五十. (中略) 深信佛法、有皇妃之德. 臨終往正念、面向西方云々"이라고 되어 있음. ⑮ 39

삼위三位 아와타粟田 아손朝臣

출생·사망 시기는 자세히 전해지지 않음. 아와타노 마히토粟田眞人가 아와타 씨粟田氏로는 유일하게 삼위三位에 올라간 인물이지만, 마히토가 죽은 해는 양로養老 3년(719)으로, 쇼무聖武 천황天皇의 치세에는 생존하지 않음. ⑯ 14

센칸千觀 내공봉內供奉

연희延喜 18년(918)~영관永觀 원년(918). 속성俗姓은 다치바나 씨橘氏. 도시사다敏貞의 아들. 이름은 천수관음千手觀音이 점지해 준 아이라는 뜻에서 지음. 지쓰인實因 승도僧都의 제자. 내공봉십선사內供奉十禪師. 엔랴쿠지延曆寺에 살다가 미이데라三井寺로 옮김. 아미타阿彌陀 화찬和讚을 만들었고, 염불행자念佛行者로서도 유명. 아먀자키山崎에 긴류지金龍寺를 건립. 구야空也와는 사제관계. 미노오 산箕面山에 은거隱棲. 저서로는 『즉신성불의사기即身成佛義私記』를 비롯하여 다수. ⑮ 16

소가增賀

연희延喜 17년(917)~장보長保 5년(1003). 『속본조왕생전續本朝往生傳』에 의하면 다치바나노 쓰네히라橘恒平의 아들. 다만 『공경보임公卿補任』, 『존비분맥尊卑分脈』에 쓰네히라는 영관永觀 원년(983) 62(또는 65)세에 사망, 소가增賀보다 5(또는 2)살 어린 것이 되므로 모순. 쓰네히라의 동생이라는 설과 후지와라노 고레히라藤原伊衡가 아버지라는 설도 있음. 『사취백인연집私聚百因緣集』에는 후지와라노 쓰네히라藤原恒衡(미상)의 아들로 나옴. 천태종天台宗의 승려. 료겐良源의 제자. 응화應和 3년(963) 도노미네多武峰에 은거. 기행奇行으로 알려진 일화가 많음. 그것과 관련하여 권12 제33화에 상세. 명리名利 명문名聞을 버린 고덕高德한 승려로, 은둔생활을 하였음. 겐핀玄賓과 함께 중세 이후 추앙됨. ⑮ 39

소오相應 화상和尙

천장天長 8년(831)~연희延喜 18년(918). 속성俗姓은 이치이 씨櫟井氏. 오미 지방近江國 아자이군淺井郡 사람. 엔닌圓仁의 제자. 천안天安 2년(858), 몬토쿠文德 천황天皇 여어女御 다카키코多可幾子가 병이 들었을 때, 기도의 효험이 있어 명성을 얻음. 구즈 강葛川이나 긴푸 산金峰山에서 안거安居를 행하고, 정관貞觀 7년(865) 히에이 산比叡山에 무도지無動寺를 건립하여 회봉행回峰行의 근본도장根本道場으로 함. 부동명왕不動明王을 독실하게 믿었고, 영험자靈驗者로서도 유명하여 『이중력二中曆』 명인력名人歷의 성인聖人, 험자驗者의 항목에 등장함. 후지와라노 요시미藤原良相, 후지와라노 모토쓰네藤原基經, 니시산조西三條 여어女御 다미코多美子의 귀의를 받음. 『소오 화상전相應和尙傳』에 상세. ⑮ 5

쇼뇨勝如 성인聖人

천응天應 원년(781)~정관貞觀 9년(867). '證如'라고도 표기 함. 셋쓰 지방攝津國의 사람. 속성俗姓은 도키하라 씨時原氏. 아버지는 佐通. 조도淨道의 제자. 가치오데라勝尾寺에 살면서 현밀顯密을 배움. 가쓰오지 제4대 좌주座主. ⑮ 26

쇼무聖武 **천황**天皇

대보大寶 원년(701)~천평승보天平勝寶 8년(756). 제45대 천황. 재위 신귀神龜 원년(724)~천평승보 원년(749). 몬무文武 천황의 제1황자. 어머니는 후지와라노 미야코藤原宮子. 법명은 쇼만勝滿. 황후는 후지와라노 고묘시藤原光明子. 불교 신앙이 깊어 전국에 국분사國分寺·국분니사國分尼寺를 설치. 도다이지東大寺를 창건하여 대불大佛 주조를 발원發願. ⑯ 11·38

수帥 **내대신**帥內大臣

천연天延 2년(974)~관홍寬弘 7년(1010). 후지와라노 고레치카藤原伊周. 미치타카道隆의 아들. 미치마사道雅는 미나모토노 시게미쓰源重光의 딸인 아내와의 사이에서 생긴 자식. 참의參議·중납언中納言·권대납언權大納言을 거쳐, 정력正曆 5년(994)에 내대신. 장덕長德 2년(996) 가잔인花山院 저격사건과 히가시사조인東三條院 저주·다이겐大元 법사師法의 사행私行의 죄를 물어 대재권수大宰權帥에 좌천左遷. 이 일로 '수帥 내대신內大臣'이라고 불림. 다음 해에 용서를 받아 교토로 돌아오지만 또다시 중궁中宮 쇼시彰子·아쓰히라敦平 친왕親王·미치나가道長의 저주 사건에 연루되어, 고레치카伊周는 숙부叔父 미치카네道兼·미치나가道長와의 정쟁政爭에서 패함. ⑮ 43

슌유淳祐 **내공봉**內供奉

관평寬平 2년(890)~천력天曆 7년(953). 진언종眞言宗의 승려. 속성俗姓은 스가와라 씨菅原氏. 미치자네道眞의 손자. 아쓰시게淳茂의 아들(『존비분맥尊卑分脈』에서는 '源激'의 아들). 간겐觀賢 승정僧正의 제자. 내공봉內供奉 십선사十禪師. 신체가 부자유하고 병약하여 세간에 나오지 않고, 이시야마데라石山寺에 은거하며 보현원普賢院을 초창草創함. 동밀東密을 발전시킨 인물 중 하나. 부동십구관不動十九觀을 설한 『요존도장관要尊道場觀』을 비롯하여 많은 저서를 남김. 이사야마石山 내공內供이라고도 칭함. 슌유淳祐의 제자로는 겐고元杲, 닌가이仁海, 간추寬忠 등이 있음. ⑮ 13

신라이眞賴

출생·사망 시기는 자세히 전해지지 않음. 이세 지방伊勢國 이타카 군飯高郡 가무히라 향上平鄕의 어느 비구니의 먼 자손(『삼보원전법혈맥三寶院傳法血脈』). 진언종眞言宗의 승려. 슌유淳祐의 제자로 이시야마데라石山寺에 실었음. ⑮ 13·38

신카쿠眞覺

?~천원天元 원년(978). 속명俗名은 후지와라노 스케마사藤原佐理. 아쓰타다敦忠의 4남. 속세에 있을 때, 좌근위장감左近衛將監을 거쳐, 우병위좌右兵衛佐가 됨. 정오위하正五位下(『존비분맥尊卑分脈』). 강보康保 4년(967)에 히에이 산比叡山으로 출가出家. 『하루살이 일기蜻蛉日記』 상권에 의하면, 출가에 있어서 미치쓰나의 어머니道綱母와 와카和歌를 주고 받았음. 『대경大鏡』 도키히라 전時平傳에 관련기사 있음. 천록天祿 2년(971) 다이운지大雲寺를 개기開基. 헤이안平安 시대 중기의 뛰어난 세 서예가를 가리키는 삼적三蹟 중 한 명으로 세상에 이름을 높인 후지와라노 스케마사藤原佐理(아쓰토시敦敏의 아들)와는 동명이인. ⑮ 31

[아]

아베阿部(阿陪·安倍·安陪) **천황**天皇

양노養老 2년(718)~보귀寶龜 원년(770). 다카노노히메高野姬 천황이라고도 함. 제46대 고켄孝謙 천황. 재위, 천평승보天平勝寶 원년(749)~천평보자天平寶字 2년(758). 제48대 쇼토쿠稱德 천황(중조重祚). 재위, 천평보자 8년~신호경운神護景雲 4년(770). 쇼무聖武 천황의 제2황녀. 어머니는 고묘

光明 황후. 천평보자 6년, 출가하여 사이다이지西
大寺 조영造營에 착수. 만년, 유게노 도쿄弓削道鏡
를 총애하여 법왕法王으로 삼음. 본집에서는 『영
이기靈異記』의 설화배열을 기준으로 판단하여 모
두 쇼토쿠 천황을 가리킴. ⑯ 23·27

아키노부明順

?~관홍寬弘 6년(1009) 다카시나 씨高階氏. 나리타
다成忠의 아들. 좌중변左中辨. 다지마但馬 수령,
하리마播磨 수령, 이요伊予 수령 등을 역임歷任.
정사위하正四位下(『존비분맥尊卑分脈』). 『미도관
백기御堂關白記』 관홍寬弘 2년 12월 25일 조에는
아키노부가 이요伊予 수령을 2년 연임延任함. 관
홍寬弘 6년 정월에 발각된 중궁中宮 쇼시(아키코)
彰子 및 제2황자 저주 사건의 장본인이라고 여겨
져 연좌連座, 이 일로 심려가 컸던지 같은 해에
죽음. 저주사건에 대해서는 『영화 이야기榮花物
語』 권8에 상세. 아키노부의 아들로는, 나리노부
成順(?~장구長久 원년〈1040〉)가 있음. 나리노부
의 법명法名은 조렌乘蓮. ⑮ 35

안포安法

출생·사망 시기는 자세히 전해지지 않음. 엔유
圓融·가잔花山 천황 치세의 사람. 미나모토노 도
루源融의 증손자. 속명俗名은 미나모토노 시타고
源趁. 헤이안平安 중기의 가인歌人으로, 중고삼
십육가선中古三十六歌仙 중 하나. 아버지는 내장
두内匠頭 가나우適, 어머니는 오나카토미노 야스
노리大中臣安則의 딸. 출가 후에는 하원원河原院
에 살고, 에교惠慶나 기요하라노 모토스케淸原元
輔를 비롯하여 가인歌人들과 교류. 가집家集에는
『안법사집安法師集』이 있음. 『고본설화집古本說話
集』에는 "あほうきみ"라고 되어 있음. ⑮ 33

엔쇼延昌 승정僧正

원경元慶 4년(880)~응화應和 4년(964). 가가 지방
加賀國 에누마 군江沼郡 쓰키모토槻本 씨, 또는 에
누마 씨 출신. 소쇼祚昭, 닌칸仁觀의 제자. 호쇼지
法性寺 좌주座主를 거쳐, 천경 9년(946)에 제15대
천태좌주天台座主가 됨. 천력天曆 2년(948), 히에
이 산比叡山 서탑西塔에 대일원大日院을 건립. 천
덕天德 2년(958) 승정僧正에 오름. 스자쿠朱雀, 무
라카미村上 천황의 귀의를 받음. 시호諡號는 지
넨慈念. 뵤도보平等房라고 부름. (『천태좌주기天
台座主記』, 『승강보임僧綱補任』, 『법화험기法華驗
記』, 『이중력二中歷』). 저작으로는 『십여시의사기
十如是義私記』, 『칠성의사기七聖義私期』, 『보살의
사기菩薩義私記』 등이 있음. ⑮ 27

엔유인圓融院 천황天皇

엔유圓融 천황. 천덕天德 3년(959)~정력正曆 2
년(991). 제64대 천황天皇. 재위, 안화安和 2년
(969)~영관永觀 2년(984). 무라카미村上 천황의
제5황자. 어머니는 후지와라노 모로스케藤原師輔
의 딸 야스코安子. 법명은 곤고호金剛法. 후지와
라노 센시藤原詮子와의 사이에서 태어난 장남은
제66대 이치조一條 천황으로 즉위. ⑮ 34

오노노 다카키小野喬木

출생·사망 시기는 자세히 전해지지 않음. 『오노
씨 계도小野氏系圖』에도 보이지 않음. 인화仁和 2년
(886) 2월 21일, 도서두圖書頭에 임명. 같은 해 6월
19일 형부대보刑部大輔가 되고, 3년 야마시로山城
수령. 종오위하從五位下(『삼대실록三代實錄』). ⑮ 49

오에노 기요사다大江淸定

출생·사망 시기는 자세히 전해지지 않음. 사다
쓰네定經의 아들. 장인藏人, 사쓰마薩摩 수령, 단
고丹後 수령, 비젠備前 수령을 역임. 정사위하正

四位下(『유취부선초類聚符宣抄』, 『존비분맥尊卑分脈』에서는 종오위상從五位上). 『유취부선초類聚符宣抄』 권1에 장력長暦 원년元年(1037) 6월 8일 단고丹後 수령이 되었다는 기사가 있고, 『조흥복사기造興福寺記』 영승永承 3년(1048) 3월 2일 조에는 "丹後守大江朝臣清定"라고 되어 있음. 『본조세기本朝世紀』에 의하면, 기요사다는 치력治暦 4년(1068) 11월 28일에 비젠備前 수령 재임중이었음. ⑮ 23

오이大炊 천황天皇

천평天平 5년(733)~천평신호天平神護 원년(765). 아와지淡路 폐제廢帝라고도 함. 제47대 쥰닌淳仁 천황. 재위在位, 천평보자天平寶字 2년(758)~8년. 도네리舍人 친왕親王의 아들. 어머니는 다이마노 야마시로當麻山背. 정권을 둘러싸고 고켄孝謙 상황上皇, 도쿄道鏡 측과 대립, 후지와라노 나카마로藤原仲麻呂의 반란 때, 체포되어 황위를 폐위당하고 아와지 지방淡路國에 유배됨. ⑯ 10

오치노 아타이越知直

출생·사망 시기는 자세히 전해지지 않음. 오치 씨越智氏는 이요伊予의 호족. 오치 씨에는 대륙에서 건너온 자가 많음(『오치씨계도越智氏系圖』, 『고노씨계도河野氏系圖』). 오치는 씨氏, 아타이直는 성姓. 오치노 아타이의 이름을 『관음이익집觀音利益集』은 "眞言"이라고 하지만, 『오치 씨 계도越智氏系圖』에서 '眞言'이라는 인물은 보이지 않음. ⑯ 2

요시타카義孝

천력天暦 8년(954)~천연天延 2년(974). 후지와라노 고레마사藤原伊尹의 아들. 어머니는 요시아키라代明 친왕親王의 딸, 게이시惠子 여왕女王. 시종侍從·좌병위좌左兵衛佐·우근소장右近少將. 동궁(권)량東宮(權)亮을 역임. 종오위상從五位上. 천연天延 2년 9월 16일, 다카카타擧賢가 아침에, 요시타카가 저녁에 사망. 이것에 의해 다카카타는 전소장前少將, 요시타카는 후소장後少將이라고 불림. 중고삼십육가선中古三十六歌仙 중 한 명. 『요시타카집義孝集』이 있음. ⑮ 42

이치조一條 섭정攝政

후지와라노 고레마사藤原伊尹를 말함. 연장延長 2년(924)~천록天祿 3년(972). 모로스케師輔의 적남嫡男. 어머니는 후지와라노 모리코藤原盛子. 안화安和 2년(969)의 안화의 변에 의해 대납언大納言이 되었으며, 그 후, 우대신右大臣·태정대신太政大臣·섭정攝政이 됨. 고레마사의 일조제一條第는 동대궁대로東大宮大路의 동쪽, 일조대로一條大路의 남쪽에 있으며, 일조원一條院이란 호칭으로 이내리里內裏로써 중요한 위치를 점함. 제택第宅의 이름인 일조원一條院과 관련하여 이치조 섭정이라 칭함. 그 자식으로는 지카카타親賢·고레카타惟賢·다카카타擧賢·요시타카義孝·요시타카義賢·요시치카義懷·가이시懷子가 있음. 요시타카가 천연天延 2년(974)에 세상을 떠난 후, 요시타카의 아들, 유키나리行成가 양자가 됨. 시호諡號는 겐토쿠 공謙德公. ⑮ 42

이치조一條 천황天皇

천원天元 3년(980)~관홍寬弘 8년(1011). 제66대 천황. 재위, 관화寬和 2년(986)~관홍寬弘 8년. 사키노이치조인前一條院 천황天皇이라고도 함. '사키前'는 고이치조後一條 천황에 대비한 호칭. 엔유圓融 천황의 제1황자. 어머니는 후지와라노 가네이에藤原兼家의 딸 센시詮子. 후지와라노 미치타카藤原道隆의 딸 데이시定子, 후지와라노 미치나가藤原道長의 딸 쇼시彰子를 각각 황후, 중궁으로 들임. ⑮ 35

[자]

조간淨觀

정확하게는 조간靜觀. ?~연장延長 5년(927). 시호는 조묘增命. 천수원千手院 좌주座主(천광원千光院 좌주라고도 함). 안보安峰의 아들. 엔사이延最의 제자. 연희延喜 6년(906) 제10대 천태좌주天台座主. 제4대 보당원寶幢院(서탑西塔) 검교檢校. 연장 3년, 승정僧正 겸 법무를 맡음. 향년 85세. ⑮ 5

조신靜眞

출생·사망 시기는 자세히 전해지지 않음. 가잔花山 천황, 이치조一條 천황 시대의 천태종天台宗의 승려. 묘세이明淸(請)의 제자. 내공봉십선사內供棒十禪師. 동탑東塔의 동곡東谷 아미타방阿彌陀房에서 삶. 육자하림법六字河臨法을 행한 것으로 알려짐. 통칭은 아미타보阿彌陀房 공봉供奉. 제자는 가쿠운覺運이 있음. 태밀곡류台密谷流의 시조인 고케이皇慶(谷阿闍梨 傳)는 조신의 문하에서 나왔음. ⑮ 10·15

지코智光

화동和銅 2년(709)~?. 8세기 중엽 간고지元興寺의 승려. 가와치 지방河內國 사람. 속성俗姓은 스키타노 무라지鋤田連, 이후의 가미노 스구리上村主. 지조智藏에게 삼론종三論宗을 배움. 도지道慈·요리미쓰賴光와 함께 지장智藏 삼상족三上足이라 불림. 요리미쓰가 아미타정토阿彌陀淨土에 왕생한 꿈을 보고 화가에게 그리게 한 극락정토도極樂淨土圖는 지코만다라智光蔓荼羅라 불리어 지코智光가 간고지元興寺에 건립한 극락방極樂坊에 안치되어 있음. 저서 『반야심경술의般若心經述義』, 『정명현론약술淨名玄論略述』 등. ⑮ 1

[하]

후네船 친왕親王

출생·사망 시기는 자세히 전해지지 않음. 아버지는 도네리舍人 친왕(676~735). 쥰닌淳仁 천황天皇(733~765)의 형. 탄정윤彈正尹·치부경治部卿·대재수大宰帥를 역임. 이품二品. 천평보자天平寶字 8년(764)에 일어난 에미노 오시가쓰惠美押勝의 난에 연좌連座, 오키隱岐에 유배되었음(『속일본기續日本紀』). 만엽萬葉 가인歌人으로도 알려짐. ⑯ 27

후지와라노 도모아키藤原知章

? ~장화長和 2년(1013). 모토나元名의 아들. 가가加賀·지쿠젠筑前·이요伊予·오미近江 등의 수령, 동궁량東宮亮 등을 역임. 이요伊予 수령으로 임명된 것은 장덕長德 원년(995) 경으로 추정됨. 후지와라노 미치나가藤原道長의 가사家司로 중용됨. 향香의 명수로 유명. ⑮ 15

후지와라노 미치마사藤原道雅

정력正曆 2년(991)~천희天喜 2년(1054). 고레치카伊周의 아들. 언동言動이 거칠어, 만수萬壽 3년(1026) 좌근위중장左近衛中將에서 우경권대부右京權大夫로 좌천당함. 관덕寬德 2년(1045) 좌경대부가左京大夫가 됨. 종삼위從三位. 『존비분맥尊卑分脈』에는 "荒三位"라는 이명異名을 기록하고 있음. 전재궁前齋宮 도시(마사코)當子 내친왕內親王과 밀통密通 사건을 일으킴. 가인歌人이자, 중고삼십육가선中古三十六歌仙의 한 사람으로 『후습유집後拾遺集』에 그 시가 수록되어 있음. ⑮ 43

후지와라노 스케요藤原佐世

승화承和 14년(847)~창태昌泰 원년(898). 스가오菅雄의 아들. 스가와라노 고레요시菅原是善의 문하門下. 스가와라노 미치자네菅原道眞의 딸을 부인 중 하나로 두고 있었으며, 미치자네와 사이가 좋았음. 문장득업생文章得業生·우소변右少辨·대학두大學頭·좌소변左少辨·우대변右大辨을 역임. 종사위하從四位下. 인화仁和 3년(887) 후지와라노 모토쓰네藤原基經와 함께 아코阿衡 사건을 일으킨 것으로 유명. 관평寬平 3년(891)에 모토쓰네基經가 죽자, 무쓰陸奧 수령으로 좌천됨. 관평 9년에는 우대변으로 임명되어 귀경 중에 사망함. 저서로는 『일본국현재서목록日本國見在書目錄』이 있음. ⑮ 49

후지와라노 아쓰타다藤原敦忠

연희延喜 6년(906)~천경天慶 6년(943). 도키히라時平의 3남. 장인두藏人頭·참의參議 등을 거쳐서 천경 5년 5월 29일, 권중납언權中納言이 됨. 종삼위從三位. 가인歌人으로 유명하여 삼십육가선三十六歌仙 중 한 명. 가집家集에는 『아쓰타다집敦忠集』이 있음. 혼인本院 중납언中納言·비와枇杷 중납언中納言이라고도 불림. 향년享年 38세. ⑮ 16·31

히코자네彦眞

출생·사망 시기는 자세히 전해지지 않음. 도모씨伴氏. 『도모 씨 계도伴氏系圖』에 히코자네彦眞의 이름은 보이지 않음. 사누키 개讚岐介·미노美濃 수령·하리마播磨 수령·오미近江 수령 등을 역임(『정신공기貞信公記』, 『부상약기扶桑略記』, 『일본기략日本紀略』, 『본조세기本朝世紀』). 천덕天德 3년(959) 정월 28일에 오미 수령이 되고(『유취부선초類聚符宣抄』), 천덕 4년 11월 3일에는 오미近江 전사前司로 되어 있음(『서궁기西宮記』). 『이중력二中歷』 일능력一能歷 양리良吏의 항목에 보임. ⑮ 48

불교용어 해설

1. 본문 중에 나오는 불교 관련 용어를 모아 해석하였다.
2. 불교용어로 본 것은 불전佛典 혹은 불전에 나오는 불교와 관계된 용어, 불교 행사와 관계된 용어이지만 실재 인명, 지명, 사찰명은 제외하였다.
3. 배열은 가나다 순으로 하였다.
4. 각 항의 말미에 해당 단어가 등장하는 각 편을 숫자로 표시하였다. 예를 들면 '⑮ 1'은 '권15 제1화'를 가리킨다.

[가]

가지加持

범어梵語 adhisthana (서식棲息 장소)의 한역漢譯. 기도와 같은 의미. 부처의 가호加護를 바라며 주문을 외우고 인印을 맺는 것 등을 하며 기원하는 밀교密敎의 수법修法. ⑯ 22·32

결연結緣

불도와 인연을 맺는 것. 성불·득도를 바라고 경전을 베끼거나 법회를 행하여 인연을 만드는 것. ⑮ 35

결원結願

부처에게 소원을 빌며 정해진 기간 동안 행해진 법회 등의 마지막 날로, 만원滿願의 날. ⑯ 29

계戒

범어梵語 sila의 번역. 재가在家·출가出家의 불도수행자佛道修行者가 지켜야 하는 금계禁戒를 말함. 보통 재가는 오계五戒(불살생不殺生·불투도不偸盜·불사음不邪淫·불망어不妄語·불음주不飮酒), 출가자는 십계十戒. 출가자가 정식으로 승려가 되면, 남자는 약 250계, 여자는 350계. 이를 구족계具足戒라고 함. ⑯ 38

계단戒壇

수계授戒의 의식을 행하는 곳. 돌이나 흙으로 높게 단을 쌓았기에 '계단戒壇'이라 함. 천평승보天平勝寶 6년(754), 도다이지東大寺에 중앙계단을 건립한 것이 최초(권11 제8·13화 참조). 천평보자天平寶字 5년(761) 시모쓰케下野의 야쿠시지藥師寺와 지쿠젠筑前 간제온지觀世音寺에 계단을 설치, 야쿠시지를 판동제국坂東諸國, 간제온지를 서해제국西海諸國의 계단원戒壇院으로 함(『속일본기續日本紀』). ⑮ 3

공봉십선사供奉十禪師

내공봉십선사內供奉十禪師. '내공內供' '내공봉內供奉' '공봉供奉'이라고도 함. 여러 지역에서 선발된 열 명의 승려로 궁중의 내도장內道場에서 봉사함. 어재회御齋會 때에는 강사講師를 맡아 청량전淸涼殿에서 요이夜居(야간에 숙직하는 것)를

맡는 승직. 보귀寶龜 2년(771) 십선사를 정하여 보귀 3년부터 내공봉으로 겸임하게 함. ⑮ 5

공작조孔雀鳥

극락정토極樂淨土에서 날아온 공작. 『불설아미타경佛說阿彌陀經』에 "彼國(극락정토)常有 種々奇妙雜色之鳥. 白鵠·孔雀·鸚鵡·舍利·加陵頻伽·共命之鳥, 是諸衆鳥, 晝夜六時, 出和雅音."이라는 기사가 있음. ⑮ 33

과보果報

범어梵語 vipaka의 한역. 전세에 행한 선악의 행위에 대한 결과로서 생겨난 현세에서의 보답. ⑯ 29

관무량수경觀無量壽經

『불설관무량수경佛說觀無量壽經』. 줄여서 『관경觀經』이라고도 함. 『무량수경無量壽經』, 『아미타경阿彌陀經』과 함께 정토삼부경淨土三部經의 하나. 5세기 전반 강량야사畺良耶舍가 번역. 석존釋尊이 아사세 왕阿闍世王의 어머니 위제희韋提希 부인의 청을 받아들여 시방十方의 정토를 시현하여 아미타불阿彌陀佛과 극락정토를 보는 방법을 가르쳐, 극락왕생을 위한 십육관十六觀을 설명한 경전. ⑮ 49

관음觀音

범어梵語 Avalokitesvara의 한역 '관세음보살觀世音菩薩'의 줄임말. 관세음·관자재觀自在(현장玄奘 신역新譯)라고도 함. 대자비심大慈悲心을 갖고 중생을 구제하는 보살이라 하며, 구세보살·대비관음大悲觀音이라고도 함. 지혜를 뜻하는 오른쪽의 세지勢至와 함께 아미타여래阿彌陀如來의 왼쪽의 협사脇士로 여겨짐. 또 현세이익의 부처로서 십일면十一面·천수千手·마두馬頭·여의륜如意輪 등 많은 형상을 갖고 있기에 본래의 관음을 이들과 구별하여 성聖(정正)관음觀音이라 부름. 그 정토는 『화엄경華嚴經』에 의하면 남해南海의 보타락 산補陀落山이라 함. ⑮ 23 ⑯ 9·18·30·32·36

관음품觀音品

『묘법연화경妙法蓮華經』 제25품·관세음보살보문품觀世音菩薩普門品의 줄임말. 보문품普門品이라고도 함. 원래 『관음경觀音經』으로써 독립되어 있던 경전. 현세이익의 부처로서의 관음이 33신身으로 나타나 중생을 구제하는 공덕과 영험을 담은 경전. 『법화험기法華驗記』에서는 단순히 '법화경法華經', '법화경 제8권'으로 표기하는데, 본집 편자는 관음이익담觀音利益譚이라는 사실을 바탕으로 '보문품', '관음품'이라 하고 있음. → 보문품 ⑯ 5·6·16·21·35·36

권속眷屬

종자. 시자侍者. 『대지도론大智度論』에는 석가釋迦의 출가 전의 왕비, 차닉車匿, 종자 아난阿難을 내권속內眷屬, 사리불舍利弗, 목련目蓮, 마하가섭摩訶迦葉·수보리須菩提 등의 불제자나 미륵彌勒·문수文殊 등의 협사脇士 보살, 일생보처一生補處의 보살을 대권속大眷屬이라 함. ⑯ 32

극락세계極樂世界

극락(범어梵語 sukhavati). 극락정토極樂淨土라고도 함. 아미타불阿彌陀佛이 사는 정토淨土. 서방 십만억토西方十萬億土의 저편에 있으며, 고통이 전혀 없는 안락한 세계. 『관무량수경觀無量壽經』에 의하면, 사람이 생전에 쌓은 공덕에 의해, 아홉 종류의 단계로 왕생往生한다고 함. 이를 구품왕생九品往生이라고 하며, 상품上品·중품中品·하품下品의 각각을 상생上生·중생中生·하생下生으로 세분함. ⑮ 23

금강반야경金剛般若經

『금강반야바라밀경金剛般若波羅蜜經』의 줄임말. 『금강반야경金剛般若經』, 『금강경金剛經』이라고도 함. 1권. 여섯 종류의 번역이 있지만 5세기 초에 구마라습鳩摩羅什이 번역한 것이 가장 일반적. 금강저金剛杵처럼 일체의 번뇌를 끊는 '반야般若'(모든 도리를 꿰뚫어보는 완전한 지혜)의 가르침. 모든 것에 대한 집착을 끊고 '나'라고 하는 관념을 떨치는 것에 의해 깨달음을 얻는다는 '공空'을 설명한 경전. ⑮ 8

[나]

나무南無

범어梵語 namas(namah, namo 〈~를 공경하다〉의 음사音寫. '귀명歸命'이라 번역됨. 부처, 보살에 귀의歸依하여 몸을 바치는 것으로 명호名號 앞에 덧붙여 읊음. ⑮ 42 · 49

나무아미타불南無阿彌陀佛

범어梵語 namo mitabhaya buddhaya 또는 Namo mitayur buddhaya의 음사音寫. 정토교淨土敎에서는 육자六字의 명호라고 함. 아미타불에게 귀의한다는 의미. '나무南無'는 범어 namo, namas의 음사로, '귀명歸命'이라고 한역함. 귀의수순歸依隨順이라는 의미. 아미타불의 자비에 의지하려고 하는 중생의 신심信心을 나타냄. 이 명호를 외우고, 또는 명호의 작용을 몸에 받음으로써 정토에 태어나게 된다고 믿어짐. ⑮ 47

악천樂天의 보살菩薩

극락정토에서 음악을 연주하고, 아미타불을 찬양하는 동시에 왕생한 사람들을 즐겁게 해주는 보살. 내영도來迎圖에 자주 그려지고 있음. '악천樂天'이라는 천天이 천부天部 안에 있는 것은 아님. ⑮ 23

[다]

단월檀越

범어梵語 danapati(보시하는 사람)의 음사音寫. 시주施主. 승려에게 의식衣食 등을 베푸는 신자信者. 단나檀那라고도 함. ⑮ 28 ⑯ 11 · 27

대비관음大悲觀音

대비관세음大悲觀世音. '대비大悲'는 범어 mahakaruna(크디큰 동정심)의 번역. 모든 중생의 고통을 구제하는 광대한 자비심을 지닌 관음. ⑯ 6 · 8

대수다라공大修多羅供의 전錢

대수다라에서 사용하는 돈. 수다라修多羅는 범어梵語 sutra(경經)의 음사音寫. 대수다라는 『화엄경華嚴經』, 『대반야경大般若經』을 주로, 그 외의 경율론經律論을 전독강설轉讀講說하고, 중생의 여러 소원의 성취, 천하태평, 불법佛法의 부흥 등을 기도하는 법회. 나라시대의 다이안지大安寺, 야쿠시지藥師寺, 간고지元興寺, 도다이지東大寺, 고후쿠지興福寺의 오사五寺나 호류지法隆寺 · 시텐노지四天王寺 등 여러 큰 절에서 운영. 수다라의 공전은 대금貸金으로도 운용되어 이자에 의해 사원경제를 지탱. ⑯ 27

도솔천상兜率天上(도솔천상都率天上 · 도사다천상覩史多天上)

도솔천兜率天이라고도 함. 범어梵語 Tru의 음사音寫. '상족上足', '묘족妙足', '지족知足'이라고 번역됨. 인계人界 위에 욕계欲界의 천天이 6종류가 있고, 도솔천은 아래부터 제4번째 천. 수미산須彌山 정상, 24만 유순由旬에 있으며, 내외 두 원院으로 이루어짐. 내원은 미륵彌勒의 정토이며, 외원은 권속眷屬인 천인의 유락장소. 제4도솔천, 도솔천 내원이라고도 함. ⑮ 45 · 46

도심道心

불도를 구하는 마음, 구도심求道心. 자비심慈悲心. ⑯ 35

[마]

만다라曼陀(茶)羅

범어梵語 mandala(환상環狀의, 원圓의)의 음사音寫. 원형 또는 방형方形의 구획 안에 여러 부처를 모두 모아 그 불과佛果를 그림으로 나타낸 것. 밀교에서는 금강계金剛界·태장계胎藏界 두 만다라를 근본으로 사용하며, 관정灌頂 때는 단상壇上에 까는 만다라를 설치함. ⑮ 11

무연無緣

불연佛緣이 없는 것. 부처·보살과 결연結緣하지 않는 것. 또한, '유연有緣'과 대비되어 대상이 없다는 뜻. ⑯ 34

미륵彌勒

보살의 하나. 범어梵語 Maitreya(친근하다, 정이 깊다)의 음사音寫. '자씨慈氏', '자씨존慈氏尊', '자존慈尊' 등으로 번역됨. 도솔천兜率天 내원內院에 살며, 석가입멸 후 56억 7천만 년 후에 이 세계에 나타나서, 중생 구제를 위해 용화수龍華樹 아래에서 성불하고, 삼회三會에 걸쳐 설법한다고 일컬어지는 미래불未來佛. ⑮ 16

미타여래彌陀如來

→ 아미타불阿彌陀佛 ⑮ 17

[바]

방편품方便品

『법화경法華經』 제2품. 법화사요품法華四要品의 하나. 중생을 불과佛果로 인도하는 교법으로서 성문聲聞·연각緣覺·보살菩薩의 삼승三乘을 세우는 것은 방편으로 법화일승法華一乘이야말로 유일절대唯一絶對의 가르침이라고 설명. ⑮ 42

백만편百萬遍

백만편염불百萬遍念佛의 줄임말. 정토왕생·사자추선死者追善·양재초복攘災招福 등을 위해 백만 번 염불을 외우는 것. 한 사람이 7일 내지 10일간, 밤낮으로 부단히 미타彌陀의 명호를 외우는 방법과, 다수의 인물이 대염주大念珠를 세며 외우는 방법이 있음. 당나라의 도작선사道綽禪師가 시초로, 일본에서는 헤이안平安 시대 중기 이후 왕성해 짐. ⑮ 40

별당別堂

승직僧職의 하나. 도다이지東大寺·고후쿠지興福寺·닌나지仁和寺·호류지法隆寺·시텐노지四天王寺 등 여러 대사大寺에서 삼강三綱 위에 위치하여 일산一山의 사무寺務를 통괄. 천평승보天平勝寶 4년(752) 로벤良辨이 도다이지 별당이 된 것이 처음. ⑮ 4

보리菩提

범어梵語 bodhi의 음사音寫. 정각正覺이라고도 함. 무상無上의 깨달음. 성문聲聞·연각緣覺·부처가 불과佛果로서 얻는 깨달음의 경지. 이것에서 극락왕생이나 명복冥福의 의미로도 사용됨. ⑮ 35

보리강菩提講

『법화경法華經』을 강설하고 염불을 창화唱和하여, 극락왕생을 기원하는 법회. 교토京都 무라사키노紫野의 운림원雲林院에서 매월 행해진 염불회에서 유래됨. 『중우기中右記』 승덕承德 2년(1098) 5월 1일 조條에는 운림원의 보리강은 겐신源信이 창시하여, 이후에는 시주하는 신자가

없는 스님, 즉 무연無緣 성인들이 행하였다고 기록됨. 『대경大鏡』의 무대로서도 유명. ⑮ 22

보문품普門品

→ 관음품觀音品 ⑯ 3·25·26

보살菩薩

'보리살타菩提薩埵'의 줄임말. 범어梵語 bodhi-sattva(깨달음에 이르려고 하는 자)의 음사音寫. (1) 대승불교에서 이타利他를 근본으로 하여 스스로 깨달음을 구하여 수행하는 한편, 다른 중생 또한 깨달음에 인도하기 위한 교화에 힘쓰고, 그러한 공덕에 의해 성불하는 자. 부처(여래如來) 다음가는 지위. 덕이 높은 수행승에 대한 존칭. ⑯ 11·12·19

보현십원普賢十願

당나라 반야般若가 번역한 『대방광불화엄경大方廣佛華嚴經』(줄여서 『화엄경華嚴經』이라고도 함) 제40권, 보현행원품普賢行願品에서 설파하는 보현의 열 가지 대원大願을 말함. 경예제불敬禮諸佛·칭찬여래稱贊如來·응수공양應修供養·참회업장懺悔業障·수희공능隨喜功能·청전법륜請轉法輪·제불주세諸佛住世·상수불학常隨佛學·항순중생恒順衆生·보개회향普皆廻向의 열 종류. 또 보현의 열 가지 대원의 달성수단인 서방극락정토西方極樂淨土로의 왕생을 설명하는, '보현행원품' 전체의 다른 명칭. 권15 제45화에서는 후자의 의미. ⑮ 45

부단염불不斷念佛

3일·7일·21일 등, 일정 기간을 정하여 밤낮 끊임없이 아미타阿彌陀의 명호를 외는 법회. 정관貞觀 7년(865) 지카쿠慈覺 대사가 창시한 행법으로 사종삼매四種三昧 중 상행삼매常行三昧에 해당. 후에는 여러 사찰, 이와시미즈하치만 궁石淸水八幡宮 등에서도 행해짐(『삼보회三寶繪』). ⑮ 37

부동명왕不動明王

밀교에서의 오대명왕五大明王(오대존五大尊)의 중앙존. 분노상忿怒相을 나타내며 색은 청흑색으로, 화염火焰을 등지고 있음. 오른손에는 '항마降魔의 이검利劍'을, 왼손에는 박승縛繩을 들고 있으며, 모든 번뇌와 악마를 항복시키고 퇴치하고, 보리菩提를 성취시킨다고 여겨져, 헤이안平安 초기 이래, 널리 신앙됨. ⑮ 7

부동명왕不動明王 **화계**火界**의 주술**

부동명왕不動明王의 주문呪文(다라니陀羅尼)의 하나. 대주大呪라고도 함. 자구주慈救呪, 심주心呪와 함께, 부동명왕의 가장 중요한 다라니. 인印을 맺고 부동명왕을 염하며 대화염大火焰을 현출現出시켜 악마를 퇴치함. 이를 통해 덴구天狗를 퇴치한 일은 권20 제2화에서 보임. → 부동명왕不動明王 ⑯ 32

부동존不動尊

→ 부동명왕不動明王 ⑮ 7

[사]

사견邪見

범어梵語 mithya-drsti의 한역. 불교에서 정견正見을 방해하는 오견五見 내지 십견十見의 하나. 또한, 십악十惡·십혹十惑의 하나. 인과의 도리를 깨닫지 못하는, 바르지 못한 생각. 망견妄見. ⑮ 8

사미沙彌

범어梵語 sramanera의 음사音寫. 불문에 들어 머리를 자르고 득도식을 막 마쳐 아직 구족계具足戒를 받지 않은 견습 승려. ⑮ 20

사십팔대원四十八大願

아미타불阿彌陀佛이 부처가 되기 전, 법장보살法藏菩薩이라고 불렸을 때, 중생을 구제하기 위하여 세운 48개의 서원誓願. 『무량수경無量壽經』에 상세히 기록됨. 법장보살은 48의 서원이 성취되지 않는다면 부처가 되지 않겠다고 결의함. 정토종에서는 48원 중에, 특히 제18원 '염불왕생念佛往生의 원願'을 중심으로 삼음. 서방극락정토는 48원을 이루기 위해 설정되었음. ⑮ 25

사위의四威儀

행行·주住·좌坐·와臥에 따른 불도수행자의 올바른 행동거지. 계율에 따른 네 종류의 작법作法을 말함. ⑮ 1

사은법계四恩法界

사은四恩과 법계法界. 사은이란 인간이 이 세상에서 받는 네 종류의 은恩. 종류에 대해서는 경전에 따라서 다름. 『심지관경心地觀經』에 의하면 부모의 은, 중생의 은, 국왕의 은, 삼보의 은이고, 『정법념처경正法念處經』에는 아버지의 은, 어머니의 은, 여래如來의 은, 설법법사說法法師의 은 등 네 종류가 설파되어 있음. 법계란 모든 세계, 모든 우주라는 뜻. ⑮ 11

살생殺生

살아 있는 것을 죽이는 일. 불교에서는 산 것의 생명을 끊는 것이 큰 죄로, 오악五惡·십악十惡 중 하나. ⑮ 46

삼도천三途川

죽은 자가 명토冥土에 가는 도중에 넘는 강의 이름. 『지장시왕경地藏十王經』(중국에서 제작한 위경僞經)에 등장. 삼도천에는 완급緩急이 다른 세 개의 물길이 있음. 첫 번째는 선인善人만이 건널 수 있는 다리, 두 번째는 죄업이 적은 자가 건너는 얕은 물, 마지막은 악인이 건너는 깊은 급류. 죽은 자의 생전의 죄업의 경중輕重에 의해, 어느 곳을 건너게 될지 정해짐. 삼도천 근처에 있는 의령수衣領樹 밑에는, 탈의파奪衣婆라고 하는 노파가 있어 죽은 자의 옷을 벗긴다고 함. 그 옷을 현의옹懸衣翁이 의령수 가지에 걺. 다른 이름으로는 장두하葬頭河·삼뢰천三瀨川이라고도 함. ⑯ 36

삼매三昧

'삼매三昧'는 범어梵語 samadhi의 음사音寫. 정定·정정正定·등지等持·적정寂靜이라고 번역함. 잡념을 버리고, 마음을 하나의 대상에만 집중하여 마음을 흐트러지지 않게 함. 염불삼매念佛三昧는 일심으로 아미타불의 명호를 읊는 것. ⑮ 8

삼보三寶

세 종류의 귀한 보물이라는 뜻. 삼존三尊이라고도 함. 불교에서 공경해야 하는 세 가지 보물로 불佛(buddha)·법法(dharma)·승僧(samgha)의 총칭. ⑯ 37

삼시三時

주간에 근행勤行하는 세 시각으로, 신조晨朝·일중日中·일몰日沒을 가리킴. ⑮ 8·13·31

삼십좌三十座**의 강회**講會

법화삼십강法華三十講. 『법화경法華經』 28품에, 개경開經인 『무량의경無量義經』과 결경結經인 『관보현경觀普賢經』을 더해 30품으로 하여 30일간에 걸쳐 강설講說하는 법회法會. 1일 1좌座가 일반적이며, 아침·저녁으로 2좌를 행하여 15일 만에 끝내는 경우도 있음. 궁중宮中의 삼십강은 후지와라노 미치나가藤原道長의 본원本願에 의해 시작

됨. 정례는 5월. ⑮ 12

삼악도三惡道
삼악취三惡趣, 삼도三途라고도 함. 현세 악업의 응보에 의해 사후에 떨어지게 된다는 지옥地獄·아귀餓鬼·축생畜生의 삼도三道. → 삼도三途. ⑮ 43

삼업三業
업業을 셋으로 분류한 것. 몸(신체)·입(언어표현)·뜻(마음) 세 가지에서 기초하는 행위에 의해 발생하는 죄장罪障의 총칭. ⑮ 28

상좌上座
사주寺主·유나維那와 함께 삼강三綱의 하나. 절내의 승려를 감독하여 불사를 관장하며 사무寺務를 통괄하는 승관僧官. 법랍法臘을 쌓은 상석上席의 승려가 임명됨. ⑮ 41

상주常住
상재불변常在不變의 뜻. 과거·현재·미래의 삼세에 걸쳐, 영원히 존재하는 것. ⑯ 11

서원誓願
부처·보살이 세운 중생제도의 서원. ⑯ 29

선근善根
선한 과보果報를 가져오는 행위. 구체적으로는 사경寫經·조상造像·공양供養·재회齋會 등을 말함. ⑮ 1

세지勢至
범어梵語 Mahasthamaprapta. 대세지보살大勢至菩薩·득대세지보살得大勢至菩薩이라고도 함. 왼쪽의 관세음보살과 함께 아미타불의 오른쪽 협시脇侍. 관음이 자비를 나타내는 것에 비해 세지는 지혜를 나타냄. ⑮ 23

소승小僧
'대승大僧'과 대비되는 말. 수행미숙의 승려나 사도승私度僧을 칭하는 말이라고도 하나, 본집에서는 연차가 적은 승려, 젊은 승려를 칭함. 비슷한 말로는 '소원小院', '소대덕小大德'이 있음. 또한 권17에서는 여러 차례 지장地藏이 소승으로 변신하여 등장함. ⑯ 34

수구다라니隨求陀羅尼
수구보살隨求菩薩의 서원誓願을 나타낸 진언주眞言呪.『수구다라니경隨求陀羅尼經』(당唐의 불공不空의 번역과 보사유寶思惟의 번역 두 개가 있음) 중中에 있는 다라니陀羅尼. 죄장罪障을 멸하고 구원求願에 따라 성취시킨다는 의미에서 유래된 명칭. ⑮ 45

숙보宿報
전세로부터의 인연에 의해 생겨난 현세에서의 과보果報. 전세부터 정해진 숙명. ⑯ 29·30

시무외施無畏
각종의 두려움을 없애고 중생을 구하는 것. '시무외자施無畏者'의 줄임말로 관음觀音의 다른 이름. 시무외인施無畏印이란 오른손을 올리고 다섯 손가락을 펼쳐 손바닥을 바깥쪽으로 향하게 하는 것. 일체의 중생에게 안심을 주는 것을 상징. ⑯ 9

시현示現
신불神佛이 중생을 구제하기 위해 이 세상에 모습을 나타내는 것. 또한 영험의 나타남, 계시라는 뜻. ⑯ 4

심경心經

현장玄奘이 번역한 『반야바라밀다심경般若波羅蜜多心經』의 줄임말. 1권. 그 외에 구마라습鳩摩羅什이 번역한 『마하반야바라밀대명주경摩訶般若波羅蜜大明呪經』 등 여러 번역이 있음. 『반야심경般若心經』이라고도 함. 『대반야경大般若經』의 요체를 약설略說한 것. 대승불교大乘佛敎의 근본적인 종교철학宗敎哲學인 '공空' 사상思想을 간결하게 설명하고 있음. 진언종眞言宗·선종禪宗 등에서는 이 경經의 독송에 의해서 고뇌나 재앙으로부터 구제받는다고 신앙됨. ⑮ 15 ⑯ 32

십선사十禪師

궁중의 내도장內道場에 봉사하며, 천황의 안태安泰를 기원하는 열 명의 고승. 결원缺員이 생기면 보충함. 보귀寶龜 2년(771)에 십선사를 정하고, 다음 해에는 같은 내도장에서 봉사하는 내공봉內供奉을 겸임하게 됨. 이로 인해 내공봉십선사라고 칭함. 또한, 십선사는 칙원사勅願寺에서 진호국가鎭護國家를 기원하는 좌주座主 한 명, 삼강三綱 세 명, 공승供僧 여섯 명으로 합계 열 명의 정액승定額僧의 총칭. 또한 승화承和 14년(847) 2월 25일 부의 태정관첩太政官牒(『구원불각초九院佛閣抄』에 소수所收)에, 칙명에 의한 열 명의 히에이산比叡山의 승려가 정심원定心院 십선사로 임명받아, 최승회最勝會 등에 종사한 것이 기록되어 있다. ⑮ 9

십일면관음十一面觀音

육관음六觀音 혹은 칠관음七觀音의 하나. 머리 위에 열 개의 작은 얼굴이 붙어 있어, 본래의 관음상의 얼굴과 합쳐 열 하나의 얼굴을 가짐. 머리 위의 열 개의 얼굴은 '모든 방향'을 가리키는 '시방十方'을 뜻하며, 관세음보살의 별명別名인 samauta-mukha-dharini(모든 방향에 얼굴을 향하는 자)의 구상화具象化. 즉 모든 방향에 얼굴을 향하여 모든 중생을 구제하는 관음으로, 일본에서는 주로 질병을 막기 위해 모셔져, 『다라니집경陀羅尼集經』 등의 한역에 따라 널리 신앙됨. 이비상二臂像과 사비상四臂像이 있음. → 관음觀音 ⑯ 17·27·38

십중금계十重禁戒

수행을 할 때, 출가자가 지키지 않으면 안 되는 열 종류의 엄중한 금계禁戒. 현교顯敎와 밀교密敎에서는 차이가 있음. 현교에서는 살殺·도盜·음淫·망어妄語·고주酤酒·설사중과說四衆過·자찬훼타自讚毁他·간석가훼慳惜加毁·진심불수회瞋心不受悔·방삼보謗三寶의 십계十戒(『범망경梵網經』). 밀교에서는 불퇴보살심不退菩薩心·불방삼보不謗三寶·불사삼보삼승경不捨三寶三乘經·불의대승경不疑大乘經·불발보리심자령퇴不發菩提心者令退·불미발보리심자기이승심不未發菩提心者起二乘心·불대소승인설심대승不對小乘人說深大乘·불기사견不起邪見·불설어외도묘계不說於外道妙戒·불손해무이익중생不損害無利益衆生의 십계十戒(『무외삼장선요無畏三藏禪要』). ⑮ 44

십팔일十八日

십재일十齋日 중의 하나. 월月의 18일은 관음觀音을 기념祈念하고 정진결재精進潔齋하는 날. 관음의 연일緣日. ⑯ 3·15·16·24·25·26

[아]

아미타경阿彌陀經

『무량수경無量壽經』, 『관무량수경觀無量壽經』과 함께 정토삼부경淨土三部經이라 불림. 『무량수경』을 『대경大經』이라 하는 데 대해 『소경小經』이라고도 함. 보통 구마라습鳩摩羅什이 번역한 『불설아미타경佛說阿彌陀經』 1권을 가리킴. 극락을 찬미하고 아미타불阿彌陀佛의 공덕의 위대함과 염불에 의한 극락왕생을 설파. 『무량수경』과 다르게 '본원本願'(전세에서의 서원誓願)에 대해서는 설명하고 있지 않음. ⑮ 3·20

아미타대주阿彌陀大呪

아미타여래근본다라니阿彌陀如來根本陀羅尼, 아미타대심주阿彌陀大心呪라고도 함. 『감로다나리주甘露陀羅尼呪』를 말함. 아미타의 진언주眞言呪 중에 가장 긴 것으로, 아미타여래의 공덕 등을 찬양하는 근본 다라니. 대주를 한번 외우는 것으로 죄장소멸罪障消滅과 현세안온現世安穩, 더 나아가 극락왕생을 얻을 수 있다고 여겨짐. ⑮ 35·45

아미타불阿彌陀佛

범어梵語 Amitayus(무량수無量壽), Amitabha(무량광無量光)의 줄임말인 amita의 음사音寫. 아미타阿彌陀, 아미타여래阿彌陀如來라고도 함. 서방극락정토西方極樂淨土의 교주. 정토교의 본존불本尊佛. 법장法藏 보살이 중생구제를 위해 48개의 원願을 세워 본원本願을 성취하고 부처가 된 것임. 이 부처에게 빌고 이름을 외우면 극락왕생할 수 있다고 여겨짐. 일본에서는 헤이안平安 중기부터 미륵彌勒이 있는 도솔천兜率天보다 아미타阿彌陀가 있는 극락정토를 염원하는 사상이 널리 퍼지게 되어 말법末法 사상과 함께 정토교가 널리 퍼지는 풍조가 나타남. ⑮ 1

아미타阿彌陀**의 법**法

아미타불을 본존으로서 행하는 밀교의 수법修法. 아미타의 호마護摩라고도 함. 이 수법에 대해서는 당唐나라 불공不空이 번역한 『무량수여래관행공양의궤無量壽如來觀行供養儀軌』에 자세함. 진언주眞言呪를 외고 호마護摩를 태워 공양하는 수법으로 경애敬愛·멸죄滅罪 등을 위하여 행함. ⑮ 31

악도惡道

현세에서 행한 나쁜 행위(악업惡業)로 인해 사후에 다시 태어나게 되는 고경苦境을 가리킴. 보통 육도六道 중 지옥地獄·아귀餓鬼·축생畜生의 삼도三道를 가리킴. ⑮ 6·28 ⑯ 4

악업惡業

몸·입·뜻意에 의한 사악한 행위. 몸(육체)에 의한 살생·도둑질·사음邪淫, 입에 의한 망어妄語·정어精語·악구惡口·양설兩舌, 뜻(마음)에 의한 탐욕貪欲·진에瞋恚·사견邪見. 몸으로 세 개, 입으로 네 개, 마음으로 세 개의 열 가지 업業. ⑯ 22

양계兩界

태장계胎藏界와 금강계金剛界. 밀교에서 불이不二라고 여겨지는 이계二界. 태밀에서는 이 두 계를 사事와 이理로 두는 것에 비해, 동밀東密에서는 과果와 인因, 지智와 이理로 둠. ⑮ 31

여의如意

설법이나 강경講經·법회 때, 강사가 지니는 도구. 본래는 등의 가려운 부분을 긁는 효자손 같은 것이었으나, 후에는 승려의 소지품이 됨. 뿔·대나무·나무 등으로 만듦. ⑯ 15

여의주如意珠

여의보주如意寶珠, 여의보如意寶라고도 함. 바라는 것을 모두 이루어 준다고 하는 구슬. 원망성취願望成就의 주보珠寶. 해룡왕海龍王 또는 마갈어摩竭漁의 뇌腦 속에서 나왔다고 하는 설과 제석천帝釋天이 가지고 있던 것이 깨져 떨어졌다고 하는 것, 불사리佛舍利가 변한 것이라는 등 여러 설이 있음. ⑯ 15

연화대蓮花臺

연화좌蓮華座. 연꽃잎을 본떠 만든 대좌台座로 부처, 보살이 올라탐. ⑮ 11

염마왕閻(琰)魔王

'염마'는 범어梵語 Yama의 음사音寫. raja(왕)를 붙인 음사에서 '염마라사閻魔羅闍'라고 쓰며 그 줄임말의 형태로 '염마라閻魔羅', '염라왕閻羅王'이라고도 함. 명계·지옥의 왕으로, 죽은 자의 전생에서의 죄를 심판함. 중국에서는 재판관이라는 이미지가 강하며, 일본에서는 그 무서운 형상과 함께 공포의 대상이 됨. 일설에는 지장地藏 보살의 권화權化라고도 함. ⑮ 42

염불念佛

'나무아미타불南無阿彌陀佛' 여섯 글자의 명호名號를 외우는 것. ⑮ 8·12·17·35

염주念珠

수주數珠. 부처와 보살을 예배할 때 손에 들거나, 칭명稱名·다라니陀羅尼를 외우는 횟수를 세거나 할 때 사용. 실이 꿴 구슬의 수는 108개가 기본. 그 10배 혹은 2분의 1, 4분의 1 등의 수를 사용함. 이것은 108번뇌를 끊는 것을 나타낸다고 함. ⑮ 29

영강迎講

영강회迎講會, 영접회迎接會라고도 함. 염불행자念佛行者의 임종 때, 아미타불을 맞이하는 의식을 연출하는 법회. 아미타불과 25보살로 분장하여, 극락정토와 사바세계娑婆世界를 설정한 식장에서 행해짐. 겐신源信이 창시하였다고 하며, 여러 사찰에서 행해졌음. ⑮ 23

영험소靈驗所

영험이 뛰어난 영장靈場. 회국수행廻國修行 장소. ⑯ 22

오체투지五體投地

오체五體(머리, 양 팔, 양 무릎)를 땅에 대고, 부처·보살을 예배하는 것. ⑮ 49 ⑯ 8·24

원문願文

신불神佛에게 기원할 때에 쓰는 문서. 주원문呪願文. ⑮ 16

유나維那

도유나都維那라고도 함. 사무寺務를 처리하고, 사규寺規를 바로잡는 역할을 수행하는 승려. 대사원大寺院에서 상좌上座·사주寺主와 함께 주승住僧을 통제하는 삼강三綱의 하나. ⑯ 27

유마회維摩會

『유마경維摩經』을 강설하고, 본존本尊을 공양하는 법회. 예전에는 여러 사찰에서 행해졌으나, 고후쿠지興福寺의 유마회가 가장 유명함. 어재회御齋會·최승회最勝會와 함께 삼회三會의 하나. ⑮ 2

육도六道

현세에서의 선악善惡의 업業이 인因이 되어, 중생이 사후에 향하게 되는 세계. 십계十界 중, 지옥·아귀餓鬼·축생畜生의 삼악도三惡道와 수라修羅·인간人間·천天의 육계를 총칭한 것으로, 미혹된 중생이 윤회하는 경계. 사성四聖(성문聲聞·연각緣覺·보살菩薩·부처佛)과 대비되는 단어. 육취六趣라고도 함. ⑮ 26

육시六時

승려가 염불·독경 등의 근행을 하는 시각時刻.

하루를 낮 삼시三時와 밤 삼시로 나누어, 오전 6시부터 4시간 씩, 신조晨朝·일중日中·일몰日沒·초야初夜·중야中夜·후야後夜로 하는 것의 총칭. ⑮ 29

육종회향六種廻向

법회에서 알가閼伽·도향塗香·화만華鬘·소향燒香·반식飯食·등명燈明의 여섯 종류의 공물을 삼보三寶에 봉헌하고 그 공덕을 모든 중생에게 돌리는 행법. 이러한 여섯 종의 공물은 여섯 종의 공구供具라고 하며, 보시布施·지계持戒·인욕忍辱·정진精進·선정禪定·지혜智慧의 육바라밀六波羅蜜을 상징함. ⑮ 24

이취분理趣分

『대락금강불공진실삼마야경大樂金剛不空眞實三摩耶經』 반야바라밀다이취품般若波羅蜜多理趣品을 가리킴. 1권. 당나라 불공不空이 번역. 『반야이취경般若理趣經』, 『이취경理趣經』이라고도 함. 진언밀교의 근본경전의 하나로 여겨짐. 모든 제법諸法이 본래는 자성청정自性淸淨하다는 것이 설명되어 있음. 모든 인간적 욕망이 반야般若의 지혜에 의해 가치가 전환하고, 청정한 보살의 지위에 이른다는 것을 설명하는 십칠청정구十七淸淨句가 잘 알려져 있음. 진언종에서는 아침, 저녁으로 독송함. 또한, 현장玄奘이 번역한 『대반야바라밀다경大般若波羅蜜多經』 제578권의 '반야이취분般若理趣分'을 가리킨다고도 함. 대반야 전독轉讀 때, 읽음. 내용은 전자와 같음. ⑮ 45

인계印契

범어梵語 mudra. '모타라牟陀羅'의 음사音寫. 그 한역. 인상印相·수인手印·상인相印이라고도 함. 다양한 형태로 여러 부처의 내증內證을 상징하는 것. 특히 밀교에 있어서 중시되며, 부처와 같은 인을 맺을 때, 깨달음의 경지에 들어가 부처와 일체가 된다고 여겨짐. ⑮ 13

인과因果

몸(육체)·입(언어표현)·뜻(마음)에 의한 행위(업)와 그것이 원인이 되어 생기는 과보果報. 인과의 이법理法은 불교의 근본도리에서는 선업善業에 의해 선한 과보가 있고, 악업惡業이 원인이 되어 악한 과보가 있다고 함. 이를 '선인선과善因善果·악인악과惡因惡果'라 하며, '인과응보因果應報'라 함. ⑮ 33·44 ⑯ 25·38

인욕忍辱

육바라밀六波羅蜜의 세 번째인 인욕바라밀忍辱波羅蜜을 가리킴. 여러 가지의 많은 회욕悔辱·고뇌苦惱·박해迫害를 참고 견디며 마음을 움직이지 않는 것. ⑮ 31

일마니日摩尼

'일日'은 태양, '마니摩尼'는 범어梵語 mani의 음사音寫로 주보珠寶, 보석이라는 뜻. 태양의 광명光明을 상징. '일정마니日精摩尼'라고도 함. 천수관음千手觀音은 오른쪽 8번째 손에 이 보주를 들고 있으며, 이 손을 '일마니수日摩尼手(일마니의 손)'라고 함. 맹인의 눈에 이 구술을 닿게 하면 눈이 뜨여 빛을 볼 수 있다고 함. ⑯ 23

일중日中 **때**

육시六時의 하나. 정오正午. 하루 6번의 근행 중, 정오의 근행 때이기도 함. 재식齋食 또는 재齋라고 하여 승려는 오전 중에 한 번만 식사를 하도록 되어 있었음. ⑯ 23

입도入道

'입도'는 사미沙彌와 거의 동일한 의미로, 승려

로서의 정규 수업修業 과정을 거치지 않고, 중도 출가한 도심자道心者, 우바새優婆塞 등의 명칭. ⑮ 31·32·33

입멸入滅

멸도滅度(열반涅槃)에 이른다는 의미. 깨달음에 도달한 사람의 죽음. 어지러운 마음惑을 멸하고, 생사해生死海를 건너는 것. ⑮ 31

입사入寺

진언종眞言宗 대사원大寺院의 학승의 계제階梯. 정액사定額寺의 공승供僧으로 교입交入한다는 의미. 중분衆分의 위, 아사리阿闍梨 다음가는 계위階位이며, 아사리에 결원이 생기면, 입사入寺 중에서 보충함. ⑮ 14

입사승入寺僧

입사入寺의 계위階位에 있는 승려. → 입사入寺 ⑮ 14

[자]

전독轉讀

진독眞讀과 대비되는 말로 분량이 많은 경전을 읽을 경우에 경문經文의 제목, 또는 각권의 처음, 중간, 끝의 몇 행을 차례대로 건너뛰며 읽는 것. ⑮ 46

정관음正觀音

성관음聖觀音이라고도 함. 칠관음七觀音(천수千手·마두馬頭·십일면十一面·성聖·여의륜如意輪·준제准提·불공견삭不空羂索)의 하나. 정관음의 '正'은 '정통正統의' 관음이라는 의미. 일면이비一面二臂의 일반적인 관음. 대자관음大慈觀音이라고도 하며 육도六道에서는 아귀도餓鬼道의 구제자救濟者로 여겨짐. ⑯ 12

정인定印

입정入定의 상을 표현하는 인계印契로, 법계정인法界定印·아미타정인阿彌陀定印(묘관찰지妙觀察智 정인)·박縛정인 등이 있음. 인계는 인印이라고도 하여, 두 손의 손가락을 다양하게 교차시켜 맺어, 부처·보살의 종교 이념을 상징적으로 표현하는 수인手印을 말함. 주로 밀교에서 사용함. ⑮ 2·7·32·44

정진精進

한결같이 불도佛道 수행에 임하는 것. 신불에게 봉사奉仕하기 위해, 언동言動이나 음식飮食을 삼가고 몸을 청정淸淨하게 하는 것. '재계齋戒', '지재持齋' 등의 의미. ⑯ 16·26·37

제바품提婆品

제바달다품提婆達多品의 줄임말. 『법화경法華經』 권5의 제일 처음 품명으로, 제12품에 해당. 불타佛陀의 제자인 제바달다는 삼역죄三逆罪에 의해 무간지옥無間地獄에 떨어지는데, 후에 성불하여 천왕여래天王如來라고 부르게 된 것, 또한 용녀龍女가 문수보살文殊菩薩에 의해 성불하게 된 것 등을 기록. ⑮ 43

존승다라니尊勝陀羅尼

'불정존승다라니佛頂尊勝陀羅尼'의 줄임말. 존승진언尊勝眞言이라고도 함. 석가여래釋迦如來의 불정존佛頂尊(부처의 정수리에 있는 머리카락)으로부터 나타난 존승불정존의 다라니주呪. 병뇌소멸病惱消滅, 장수안락長壽安樂, 액난제거厄難除去의 공덕이 있음. ⑮ 6·19·45

죄장罪障

왕생往生이나 성불成佛의 장애물인 여러 가지 악업惡業을 가리킴. 죄업罪業. ⑮ 39

지관止觀

'마하지관摩訶止觀'의 줄임말. 천태종에서 『법화경法華經』 3대 주역서注釋書 중 하나. 20권(혹은 열 권). 수나라의 지의智顗(천태대사天台大師 · 지자대사智者大師)가 설법한 원돈지관圓頓止觀의 방법을 설명하여 그것을 제자 장안章安이 적은 것. 천태종에서 가장 중요하게 여겨지는 수행법. ⑮ 9

지불持佛

상시常時 예배禮拜의 대상으로 있는 불상. 수호신으로 모시는 본존으로 신앙하는 불상. ⑮ 15

지불당持佛堂

깊게 신앙하여 늘 몸 가까이에 두고 기원하는 불상(염지불念持佛)을 안치하는 당堂. ⑮ 28 · 29 · 30

지재持齋

'재齋'는 불가佛家에서의 식사시간. 지재持齋란 비시식계非時食戒를 지키는 것을 말함. 승려는 오전 중에 식사하는 것으로 정해져 있는데, 그 계율을 지키는 것이 지재持齋. 재가신자는 육재일六齋日(한 달에 6일간 팔재계八齋戒를 지키며 정진하는 날)에 지계持戒를 지킴. ⑮ 3 · 5 ⑯ 3 · 15 · 24 · 25

진언眞言 밀교密(蜜)敎

진언밀법. 교의를 문자로 명시한 현교顯敎에 비하여, 교의敎義가 심원深遠하여 문자로 나타내 설명할 수 없는 가르침이라는 뜻. 밀교에서는 진언眞言(범어梵語의 주문)을 외우는 것을 취지로 하는 것에서 유래한 명칭. '진언의 밀법', '진언비밀의 가르침'이라고도 하며 엔닌圓仁 · 엔친圓珍에 의해서 전파된 천태계天台系의 태밀台密과 구카이空海에 의한 도지계東寺系의 동밀東密의 두 개의 흐름이 있음. ⑮ 10

진언眞言 밀법密(蜜)法

→ 진언眞言 밀교密(蜜)敎 ⑮ 13 · 14 · 31

[차]

찬탄讚歎

부처 · 보살의 덕에 대해서 게송偈頌 등을 통해 찬양하는 것. 세친世親의 『정토론淨土論』 중에, 정토에 태어나기 위한 다섯 가지 방도方途(오념문五念門)의 하나로, 아미타불阿彌陀佛의 덕을 찬양하는 것을 들고 있음. ⑮ 35

참법懺法

육근六根의 죄과를 참회하는 수법修法. 소의所依의 경전이나 본존에 따라 다양한 이름이 있는데, 예를 들면 『법화경法華經』을 독송하는 법화참법法華懺法이 있음. ⑮ 12 · 28 · 29 · 30 ⑯ 35

참회懺悔

과거에 저지른 죄악을 본인 스스로 깨달아 후회하며 신불神佛에게 고백하고, 저지른 죄에 대해 용서를 구하는 것. ⑮ 29

천도예千度詣

기원祈願을 위해, 신불神佛(사사寺社)에게 천 번 참예參詣하는 것. ⑯ 37

천동天童

불법佛法을 수호하는 제천諸天의 권속인 동자 모습의 천인天人. 호법동자護法童子라고도 함. ⑮ 9 · 12 · 13 · 46 ⑯ 36

천수관음千手觀音

천수천안관세음千手千眼觀世音의 줄임말. 범어梵語 Sahasrabhuja(천 개의 팔을 가진 자)의 한역. 관세음觀世音 보살의 한 형태. 구제의 힘이 크기에 연화왕蓮華王 보살이라고도 불림. 좌우에 각 20개의 손, 그 손 안에 1개의 눈을 가지고 40개의 손과 40개의 눈을 미계迷界의 25유계有界에 배치하여 천수천안千手千眼으로 하여 일체의 중생을 구제함. ⑯ 10·23·39

천수다라니千手陀羅尼

대비주大悲呪, 천수千手의 진언眞言이라고도 함. 천수관음의 공덕을 설명한 범어梵語의 주문. 대비주의 82개 구句의 다라니陀羅尼. ⑮ 6

천일강千日講

천일동안 이어서 행하는 염불강念佛講. 천일동안 『법화경法華經』을 독송하고 강설을 행하며 극락왕생을 기원하는 법회. ⑮ 24

칠보七寶

불전에서 설하는 일곱 가지의 보물. 『무량수경無量壽經』에서는 금·은·유리瑠璃·파리玻璃·마노瑪瑙·차거硨磲·산호珊瑚. 『법화경法華經』에서는 금·은·유리瑠璃·차거硨磲·마노瑪瑙·진주眞珠·매괴玫瑰를 들고 있음. ⑮ 19 ⑯ 15

[타]

타계他界

인간계 이외의 세계. 십계十界 중 인간계를 제외한 지옥·아귀餓鬼·축생畜生·수라修羅·천상天上·성문聲聞·연각緣覺·보살菩薩·부처佛의 구계九界를 가리킴. 다른 의미로는 사후 세계를 말함. ⑯ 35

태장계회胎藏界會 **만다라**曼茶羅

금강계金剛界의 만다라曼茶羅와 함께 밀교의 근본교의를 그림으로 나타낸 것. 대일여래大日如來의 자비를 나타냄. 대일여래가 중앙에 위치하는 중대中臺인 팔엽원八葉院을 중심으로 상하좌우의 열두 대원大院으로 이루어지며 7백여 존尊(414존 이라고도 함)의 부처와 보살을 그려 대일여래 일불一佛부터 여러 부처가 현현顯現하여 모든 중생을 구제할 것이라는 교의를 도설圖說함. '태장계胎藏界'라는 명칭은 모태 속의 태아와 같이 모든 법이 이 만다라 속에 포함되어 있다는 점에서 붙여진 것임. '계界'라는 자를 구카이空海는 붙이지 않았으나 후에 '금강계'의 '계'를 따라 덧붙이게 되었음. '회會'는 부처와 보살의 집회라는 뜻. ⑮ 48

[파]

팔강八講

'법화팔강法華八講'의 줄임말. 『법화경法華經』 전 8권을 8좌座로 나누어, 여덟 명의 강사가 한 사람이 한 좌를 담당. 하루를 아침, 저녁 두 좌로 나누어, 한 좌에 한 권씩 강설하여 4일간 결원結願하는 법회. ⑮ 39

[하]

행법行法

밀교승密敎僧이 전법관정傳法灌頂을 받아 아사리阿闍梨가 되기 전에 행하지 않으면 안 되는 수행의 사계제四階梯. 사도가행四度加行. 십팔도十八道·금강계金剛界·태장계胎藏界·호마護摩의 사행법四行法을 말함. ⑮ 10·11·13

험자驗者

가지기도加持祈禱를 하며 훌륭한 영험을 나타내는 행자行者. 수험자修驗者. 오곡풍양五穀豊穰·원적퇴산怨敵退散·병뇌치료病惱治療 등의 가지기도를 행함. ⑯ 22·32

현밀顯蜜(密)

'현교顯教'와 '밀교密敎'. '밀蜜'은 '밀密'의 통자通字. 현교란 언어나 문자로 설파하는 교의로, 밀교 이외의 모든 불교. 특히 석가釋迦·아미타阿彌陀의 설교에 의한 종파. 밀교는 언어·문자로 설파하지 않는 비밀스러운 가르침으로, 대일여래大日如來의 설교에 의한 종파. '진언밀교의 가르침'이라고도 하며, 일본에서는 도지東寺를 중심으로 하는 진언종의 동밀東密과 천태종의 태밀台密이 있음. ⑮ 11·15·16·30

현보現報

현세에서의 선한 행위 혹은 악한 행위에 의해 받게 되는 현세에서의 과보果報. 살면서 받는 응보. ⑯ 6·38

화인化人

신불神佛이 화신化身한 사람. 권화權化, 권자權者라고도 함. ⑯ 39

회향回(迴)向

자신이 수행한 선행善行의 결과인 공덕을 남들에게 돌리는 일. ⑮ 3·29·31 ⑯ 35

후세後世

후생後生과 동일. 내세의 안락. 사후에 극락으로 왕생하는 것. 또 사후에 다시 태어난다고 믿어지는 세상 그 자체를 가리킴. ⑮ 45

후야後夜

하루 낮밤을 여섯으로 나눈 육시六時 중의 하나. 새벽 인시寅時(오전4시) 전후의 2시간. 후야에 승려가 행하는 근행勤行(염불이나 경독). ⑮ 23

지명·사찰명 해설

1. 본문 중에 나오는 지명·사찰명 중 여러 번 나오는 것, 특히 긴 해설을 필요로 하는 것을 일괄적으로 해설하였다. 바로 해설하는 것이 좋은 것은 본문의 각주脚注에 설명했다.
2. 배열은 한글 표기 원칙에 의한 가나다 순으로 하였다.
3. 각 항의 말미에 그 지명·사찰명이 나온 이야기를 숫자로 표시하였다. 예를 들면 '⑮ 1'은 '권15 제1화'를 가리킨다.

[가]

가니마타데라蟹滿多寺

교토 부京都府 소라쿠 군相樂郡 야마시로 정山城町 가바타綺田에 소재. '綺幡寺', '蟹幡寺', '加波多寺'로도 기록되어 있음. 현재는 '蟹滿寺'로 진언종眞言宗 지산파智山派의 사원寺院. 산호山號는 후몬 산普門山이라고 함. 『법화험기法華驗記』 권하 제123화에 게보은담을 중심으로 하는 창건기록이 있으나, 초창연대는 미상. 본래本來의 본존本尊은 성관음좌상聖觀音坐像. 현재는 하쿠호 기白鳳期의 장륙석가여래상丈六釋迦如來像임. ⑯ 16

가미하타데라紙幡寺

→ 가니마타데라蟹滿多寺 ⑯ 16

가시이香椎 명신明神

후쿠오카 시福岡市 히가시 구東區 가시이香椎에 소재. 제신祭神은 추아이仲哀 천황과 진구神功 황후皇后, 이 둘의 영靈을 모시고 있어 당초에는 산릉山陵으로 추정하였음. 헤이안平安 중기부터 신사로 취급되게 됨. 현재의 본전本殿은 향추조香椎造라고 불리는 특수한 구조양식을 가지고 있어 중요문화재重要文化財로 지정되어 있음. 가시이 궁香椎宮이라고도 함. ⑯ 35

가야 군賀陽郡

빗추 지방備中國의 군명郡名. 현재의 오카야마 현岡山縣 소자 시總社市, 오카야마 시岡山市의 북서부, 다카하시 시高梁市 전역, 조보 군上房郡, 미쓰 군御津郡의 일부에 광범위하게 미침. ⑯ 17

가오가사키顔が崎

미상. 가모가사키賀茂が崎의 방언이라고 여겨짐. 이즈伊豆 반도半島 남부, 가모 군賀茂郡에 있는 갑岬으로 추정됨. ⑯ 24

가치오데라勝尾寺

오사카 부大阪府 미노오 시箕面市 아오마타니粟生間谷에 현존. 고야 산高野山 진언종眞言宗의 사원寺院. 현재는 '가쓰오지'라 부름. 고닌光仁 천황의 황자皇子 가이세이開成가 그의 스승 젠추善仲·젠산善算의 소망대로 미로쿠지彌勒寺로서, 보귀寶龜 6년(775)에 창건. 그 후, 세이와淸和 천황의 칙명에 의해 가치오데라勝尾寺로 개칭. 예로부터 수험修驗의 영장靈場으로 저명하여 『양진비초梁塵秘抄』(297·298)에는 "聖の住所"라고 되어 있음. 본존本尊은 십일면관음十一面觀音. 서국삼십삼소西國三十三所 관음영장觀音靈場 중에서 23번째. ⑮ 26

간고지元興寺

나라 시奈良市 시바노신야芝新屋에 있던 대사大寺. 현재는 관음당觀音堂, 탑이 있던 흔적만 남아 있음. 화엄종華嚴宗. 남도칠대사南都七大寺·십오대사十五大寺 중 하나. 소가노 우마코蘇我馬子가 아스카飛鳥에 건립한 간고지元興寺를 헤이조 경平城京 천도와 함께 양로養老 2년(718)부터 천평天平 17년(745)에 걸쳐 이축한 것. 삼론三論·법상교학法相敎學의 거점. 헤이안平安 시대 이후는 지광만다라智光蔓茶羅를 안치한 극락방極樂坊(나라 시奈良市 주인中院)를 중심으로 정토교의 도장으로서 서민신앙을 모았음. 그 창건설화가 권11 제15화에 보임. ⑮ 1·2

간제온지觀世音寺

후쿠오카 현福岡県 다자이후 시太宰府市 간제온지觀世音寺에 소재. '觀音寺'라고도 약칭. 현재는 천태종. 덴지天智 천황天皇이 어머니인 사이메이齊明 천황의 추복追福을 위해 발원하여 양로養老 7년(723) 승 만세이滿誓가 개기開基. 그 후 겐보玄昉가 천평天平 18년(746)에 완성하여 낙성공양落慶供養을 함. 관대사官大寺의 하나로 천평보자天平寶字 5년(761)에는 계단을 설치하고 도다이지東大寺의 계단원階段院·시모쓰케下野의 야쿠시지藥師寺의 계단원과 함께 나라조奈良朝의 삼계단三階段의 하나(『속일본기續日本紀』, 『부상약기扶桑略記』, 『제왕편년기帝王編年記』). ⑮ 24

고마쓰데라小松寺

권15 제19화에서는 이곳의 소재지를 닛타 군新田郡(『일본왕생극락기日本往生極樂記』〈25〉도 같음)으로 하고 있으나, 미야기 현宮城縣 도다 군遠田郡 다지리 정田尻町에 소재하는 절寺. 닛타 성책新田柵의 부속 사원寺院이라고 추정. ⑮ 19

고야 산高野山

와카야마 현和歌山縣 이토 군伊都郡 고야 정高野町에 소재. 구카이空海 창건의 곤고부지金剛峰寺가 있는 현재의 고야 산高野山 진언종眞言宗 총본산總本山. 홍인弘仁 7년(816)에 구카이가 이곳을 사가嵯峨 천황으로부터 하사받은 것으로부터 시작됨. 이 산은 구카이 개창 이전부터 종교적 성지라고 여겨져 에 행자役行者 개창설, 교키行基 개창설, 니우丹生 명신明神 개창설 등이 있음. 구카이는 천장天長 9년(832)부터 고야 산에 살며, 그 후에 승화承和 2년(835) 곤고부지는 정액사定額寺에 포함되며 관사官寺에 준하는 규제와 대우를 받음. 같은 해 3월 구카이는 곤고부지에 입정入定함. 창건의 경위는 권11 제25화에 상세. ⑮ 41

고쿠라쿠지極樂寺

교토 시京都市 후시미 구伏見區 후카쿠사深草에 있던 진언율종眞言律宗의 정액사定額寺. 『대경大鏡』에 의하면, 후지와라노 모토쓰네藤原基經가 닌묘仁明 천황이 아끼는 금琴의 가조각假爪角을 찾아낸 땅에 창건했다고 전해짐. 본존本尊은 아미타여래阿彌陀如來. 후지와라 씨藤原氏 가문의 절氏寺로, 모토쓰네·도키하라時平·나카히라仲平·다다히라忠平를 거치며 조영이 계승됨. 남북조南北朝 이후, 니치렌종으로 바뀌어, 현재는 신소 산深草山 호토지寶塔寺가 있음. ⑮ 21

고후쿠지興福寺

나라 시奈良市 노보리오지 정登大路町에 소재. 법상종 대본산. 남도칠대사南都七大寺·십오대사十五大寺 중 하나. 초창草創은 덴지天智 8년(669) 후지와라노 가마타리藤原鎌足의 부인 가가미노오키미鏡女王가 가마타리 사후, 석가삼존상釋迦三尊像을 안치하기 위해 야마시나데라山階寺(교토 시京都市 야마시나 구山科區 오타쿠大宅)를 건립한 것으로부터 시작. 덴무天武 천황이 도읍을 아스카飛鳥 기요미하라淨御原로 옮길 때, 우마사카데라厩坂寺(나라 현奈良縣 가시하라 시橿原市)로 이전, 헤이조 경平城京 천도와 함께 화동和銅 3년(710) 후지와라노 후히토藤原不比等에 의해 현재 위치로 조영, 이축되어 고후쿠지라고 불리게 됨. 그 경위에 대해서는 권11 제14화에 상세. 후지와라 씨藤原氏 가문의 절氏寺로 융성했지만, 치승治承 4년(1180) 다이라노 시게히라平重衡의 남도南都(나라奈良) 방화로 대부분 전소全燒. 또한 이축 후에도 야마시나데라山階寺로 통칭. ⑯ 1

교간지行願寺

교토 시京都市 나카교 구中京區 교간지몬덴 정行願寺門前町에 소재하는 천태종天台宗의 절. 혁(피)당革(皮)堂이라고도 함. 『일본기략日本紀略』 관홍寬弘 원년元年 12월 11일 조에 "今日一條北邊堂供養. 皮聖建立之"라 되어 있어, 관홍寬弘 원년元年에 가와노 히지리皮聖 교엔行圓이 창건했음을 알 수 있음. 교엔은 요카와橫川에서 수행하던 승려로, 사슴의 가죽을 입고 다녔기 때문에 가와노 성인(히지리)이라고 불림. 혁당이라는 이름은 교엔의 건립에 의해 불리어진 이름. 『소우기小右記』 관인寬仁 2년(1018) 3월 24일 조에 의하면 교엔의 법회에 많은 사람들이 결연結緣했다고 함. 본존本尊은 천수관음千手觀音. ⑮ 12

구가 군玖珂郡

스오 지방周防國의 군명郡名. 야마구치 현山口縣 구가 군玖珂郡. 현 동부에 있으며, 동북은 히로시마 현廣島縣, 북쪽은 시마네 현島根縣에 접함. 옛 군내郡內에 있던 이와쿠니 시岩國市를 마제형馬蹄形으로 둘러싼 지역. 당시에는 현재의 이와쿠니 시岩國市, 야나이 시柳井市, 구가 군 부근을 가리킨 것이라 추정. ⑯ 3

구와타 군桑田郡

단바 지방丹波國의 군명. 현재의 교토 부京都府 기타쿠와타 군北桑田郡 게이호쿠 정京北町, 미야마 정美山町 및 가메오카 시龜岡市 지역에 해당. ⑯ 5

구와하라桑原

현재의 와카야마 현和歌山縣 이토 군伊都郡 가쓰라기 정町 부근. 구와하라 마을은 가쓰라기 정町 서쪽 부근의 일대. ⑯ 38

구제 군久世郡

야마시로 지방山城國의 군명郡名. 현재의 교토 부京都府 우지 시宇治市 남부, 조요 시城陽市 부근을 가리킴. 현재 구세 군久世郡에 속하는 것은 구미야마 정久御山町 뿐임. ⑯ 16

기비쓰히코진구지吉備津彦神宮寺

기비쓰히코 신궁은 오카야마 시岡山市 기비쓰吉備津에 소재하는 기비쓰히코 신사. 빗추 지방備中國의 이치노미야一の宮. 기비 씨吉備氏의 우지가미氏神로 주제신主祭神은 오키비쓰히코노미코토大吉備津彦命. 『연희식延喜式』에는 기비쓰히코 신사吉備津彦神社라고 되어 있지만, 중세 이후 일반적으로는 기비쓰 궁吉備津宮, 기비쓰 대명신吉備津大明神으로 불림. 신주神主는 헤이안平安 시대 이후 가야賀陽·후지이 씨藤井氏 등이 세습. 현존하는 비익입모옥조比翼入母屋造의 본전本殿은 배전拜殿과 함께 응영應永 33년(1425)에 재건再建한 것으로 국보로 지정되어 있음. 신궁사神宮寺는 신불습합神佛習合에 기초하여 신사부속의 사원. 다만, 『부상약기扶桑略記』 소인所引의 『선가비기善家秘記』는 "吉備津彦神宮"이라고 함. ⑯ 17

기요미즈데라淸水寺

교토 시京都市 히가시야마 구東山區 기요미즈淸水에 소재. 현재 북법상종北法相宗 본사(본래 진언종). 보귀寶龜 11년(780) 사카노 우에노 다무라마로坂上田村麻呂가 창건했다고 전해짐. 본존本尊은 목조 십일면관음十一面觀音이다. 서국삼십삼소西國三十三所 관음영장觀音靈場 중 16번째. 헤이안平安 시대 이후, 이시야마데라石山寺·하세데라長谷寺와 함께 관음영장의 필두로서 신앙됨. 관음당觀音堂은 무대로 유명. 고지마야마데라子島山寺(미나미칸온지南觀音寺)와 대비되어 기타칸온지北觀音寺라 불림. ⑯ 30

[나]

나리아이成合

나리아이지成相寺. 교토 부京都府 미야즈 시宮津市 아자나리아이지字成相寺에 소재. 나리아이 산成相山 안에 있음. 산호山號는 나리아이 산成相山이며, 고야 산高野山 진언종眞言宗. 본존本尊은 성관음보살聖觀音菩薩. 서국삼십삼소西國三十三所 관음영장觀音靈場 중의 28번째. 사전寺傳에서는 경운慶雲 원년(704) 신오眞應의 개산開山, 몬무文武 천황의 칙원소勅願所라고 함. 그 창건에 대해서는 여러 설이 있어 분명치는 않음. 헤이안平安 시대부터 수험修驗의 영지靈地, 관음영장觀音靈場으로 알려짐. ⑯ 4

뇨이지如意寺

소재지는 미상. 『제사약기諸寺略記』에 '如意寺者, 白川東山. 平宰相親信建立'이라고 되어 있고 『습개초拾芥抄』 하下에 '제사부諸寺部'에는 '如意寺 白川東也(山)'라고 되어 있는 절을 말하는 것으로 추정. 권19 제3화 '東山ニ如意ト云フ所'라고 되어 있는 뇨이린지如意輪寺와 같은 절이라고 추정됨. 뇨이린지에는 자쿠신寂心(요시시게노 야스타네慶滋保胤)이 살았음. 또한 『사문전기보록寺門傳記補錄』 제5에 "如意寺舊紀, 依數度回祿燒失, 神社聖跡之緣起等未詳"이라고 기록되어 있으며, 제9에는 뇨이지 도설圖說이 실려 있음. 뇨이지는 미이데라三井寺의 말사末寺였음. ⑮ 18

닌나지仁和寺

교토 시京都市 우쿄 구右京區 오무로오우치御室大內에 소재. 진언종 어실파御室派의 총본산. 본존本尊은 고코光孝 천황天皇 등신等身의 여래如來라고 전해지는 아미타삼존阿彌陀三尊. 인화仁和 2년(886) 고코 천황의 어원사御願寺로 공사를 시작하였고, 그 뜻을 이어 받은 우다宇多 천황이 인화 4년에 완성시키고, 낙경落慶 공양供養을 행함. 후에, 법황이 되어 어좌소御座所를 설치하고 이곳에서 지냈기 때문에, 어실어소御室御所라고도 함. 절의 이름은 창건한 연호에서 따온 것이지만, "니시야마西山의 어원사"(『일본기략日本紀略』), "니와지にわじ"(『마쿠라노소시枕草子』) 등이라고도 불림. 대대로 법친왕法親王이 문적門跡을 계승하여, 문적사원의 필두. 많은 탑두, 자원을 가지고 있음. 현재도 헨조지遍照寺·렌가지蓮花寺·법금강원法金剛院 등이 남아 있음. 닌나지문적仁和寺門跡이라고도 함. ⑮ 54

닛타 군新田郡

현재의 미야기 현宮城縣 도메 군登米郡의 서부 및

구리하라 군栗原郡의 동남부에 해당. 닛타의 지명은 현존. ⑮ 19

[다]

다이고지醍醐寺

교토 시京都市 후시미 구伏見區 다이고가란 정醍醐伽藍町에 소재. 가사토리 산笠取山(다이고 산醍醐山)의 산위와 산밑에 가람을 배치하여 가미다이고上醍醐, 시모다이고下醍醐라 부름. 진언종 제호파醍醐派의 총본산. 본존本尊은 약사여래藥師如來. 삼보원三寶院·보은원報恩院·이성원理性院 등의 오문적五門跡이 있음. 리겐理源 대사 쇼보聖寶가 정관貞觀 16년(874)에 창건. 연희延喜 7년(907) 다이고醍醐 천황의 칙원사勅願寺가 됨. 이후 미야지 씨宮道氏의 비호를 받아 발전함. 초대 좌주座主는 쇼보의 제자 간겐觀賢. 동밀소야류東密小野流의 중심사원. ⑮ 14 ⑯ 36

다이안지大安寺

나라 시奈良市 다이안지 정大安寺町에 소재. 헤이조 경平城京 좌경左京 육조사방六條四坊에 위치함. 고야 산高野山 진언종. 본존本尊은 십일면관음十一面觀音. 남도칠대사南都七大寺·십오대사十五大寺 중 하나. 도다이지東大寺, 사이다이지西大寺와 함께 난다이지南大寺라고도 함. 쇼토쿠聖德 태자가 스이코推古 25년(617) 건립한 구마고리정사熊凝精舍에서 시작됨. 정사는 서명舒明 11년(639) 야마토 지방大和國 도이치 군十市郡의 구다라 강百濟川 근처로 옮겨 구다라다이지百濟大寺가 되었음. 천무天武 2년(673) 다카이치 군高市郡(지금의 나라 현奈良縣 아스카明日香)으로 옮겨 다케치노오데라高市大寺, 천무 6년에 다이칸다이지大官大寺라 불림. 그 뒤로 헤이조平城 천도에 따라 영귀靈龜 2년(716. 화동和銅 3년〈710〉, 천평天平 원년〈729〉이라는 설도 있음) 현재 위치로 이전하여 천평天平 17년에 다이안지大安寺로 개칭함. 양로養老 2年(718) 당으로부터 귀국한 도지道慈가 조영에 크게 공헌. 삼론종의 학문소로 융성함. ⑯ 27

도다이지東大寺

나라 시奈良市 조시 정雜司町에 소재. 화엄종 총본산. 본존本尊은 국보 노자나불좌상盧舍那佛坐像(대불大佛). 남도칠대사南都七大寺·십오대사十五大寺 중 하나. 쇼무聖武 천황 치세인 천평天平 13년(741)에 국분사國分寺를 창건, 천평 15년에 대불 조립造立을 시작으로 천평 17년 헤이조 경平城京에서 주조鑄造, 천평승보天平勝寶 4년(875) 대불개안공양大佛開眼供養, 대불전大佛殿 낙성落成을 거쳐 가람이 정비됨. 전신은 로벤良辨이 창건한 긴슈지金鍾寺로, 야마토 지방大和國 곤코묘지金光明寺가 되고, 도다이지로 발전하였음. 진호국가의 대사원으로 팔종겸학八宗兼學(당시는 6종)의 도장. 로벤 승정, 교키行基 보살의 조력으로 완성. 간다이지官大寺의 제일임. 그 창건 설화는 권11 제13화에 자세함. ⑮ 3

도지東寺

정확하게는 교오고코쿠지敎王護國寺. 교토 시京都市 미나미 구南區에 소재. 도지東寺 진언종 총본산. 본존本尊은 약사여래藥師如來. 헤이안平安 천도와 함께 나성문羅城門의 좌우에 건립된 동서 양쪽 관사官寺 중 하나. 연력延曆 15년 간무桓武 천황의 칙원勅願. 홍인弘仁 14년(823) 사가嵯峨 천황이 구카이空海에게 진호국가의 도장으로서 하사함. 이후, 진언교학眞言敎學의 중심도장이 됨. ⑮ 13·14

동탑東塔

서탑西塔·요카와橫川와 함께 히에이 산比叡山 삼탑三塔 중 하나. 오미近江 사카모토坂本(시가 현

滋賀縣 오쓰 시大津市 사카모토坂本)의 서쪽, 히에이 산의 동쪽 중턱 일대로 엔랴쿠지延曆寺의 중심지역. 근본중당根本中堂을 중심으로 함. 남곡南谷·동곡東谷·북곡北谷·서곡西谷·무동사곡無動寺谷이 있음. ⑮ 6·15

㉱

로쿠하라미쓰지六波羅蜜寺

교토 시京都市 히가시야마 구東山區 로쿠로轆轤에 소재. 후다라쿠 산普陥落山 보문원普門院이라 불림. 현재는 진언종 지산파智山派. 본존本尊은 십일면관음十一面觀音으로, 서국삼십삼소西國三十三所 관음영장觀音靈場 중 17번째. 시정의 성인(市の聖)이라 불린 구야空也가 응화應和 3년(963)에 건립한 사이코지西光寺를 기원으로 함. 천록天祿 3년(972) 구야가 죽자, 제자 주신中信이 정원貞元 3년(977) 로쿠하라미쓰지로 개명하여 천태별원天台別院으로 삼음. 『본조문수本朝文粹』 10권에 의하면, 당시 낮에는 매일 법화강法華講을 열었고, 밤에는 늘 염불삼매念佛三昧를 수행하는 도장으로 크게 융성했다고 함. ⑮ 43 ⑯ 9

㉲

마쓰노오松尾 산사山寺

오사카 부大阪府 이즈미 시和泉市 마쓰오지 정松尾寺町에 소재하는 마쓰오지松尾寺. 천태종天台宗. 본존은 여의륜관음如意輪觀音으로 마쓰오 관음松尾觀音이라고도 불림. 엔노 오즈노役小角가 창건하여 다이초泰澄가 중흥시켰다고 함. ⑮ 32

무도지無動寺

히에이 산比叡山 동탑東塔 오곡五谷 중 하나. 동탑의 별소別所로, 근본중당根本中堂의 남쪽에 위치. 본당本堂은 무도지 명왕당明王堂(명왕원明王院·부동당不動堂이라고도 함)으로, 정관貞觀 7년(865) 소오相應 화상和尙이 창건하여, 부동명왕不動明王을 안치함. 원경元慶 6년(882) 칙명에 의해 천태별원天台別院이 됨. ⑮ 5·30

미나미야마시나南山階

교토 시京都市 야마시나 구山科區 부근. 야마시로 지방山城國 우지 군宇治郡 야마시나 향山科鄕의 남부를 부르는 말. 후지와라 씨藤原氏의 연고지. ⑯ 15

미노오箕面

현재의 오사카 부大阪府 미노오 시箕面市 미노오箕面. 헤이안平安 중기 이후, 이곳은 미노오 산으로 수험의 영험한 장소로 여겨짐. 특히 미노오지箕面寺(료안지龍安寺)는 엔노 오즈노役小角에 의해 개창되어 사람들의 귀의歸依가 이어짐. 『양진비초梁塵秘抄』(292)에 "聖の住所はどこどこぞ。大峰葛城石の槌、箕面よ勝尾よ、播磨の書寫の山"라고 그 이름이 보임. 미노오 산중을 흐르는 미노오 강에는 높이 33m의 폭포가 있음. 미노오 폭포에 관한 전승·일화는 『부상약기扶桑略記』 영관永觀 2년(984) 8월 27일 조에 센칸千觀과 관련된 것이 보임. ⑮ 25

미이데라三井寺

미이데라三井寺는 틀린 것임. 야마구치 현山口縣 구가 군玖珂郡 슈난 정周南町 요다用田에 있는 니이데라二井寺(新寺)를 가리킴. 현재는 고쿠라쿠지極樂寺라고 칭함. 천평天平 16년(744) 하타노 미나고레秦皆是가 십일면관음을 안치하고 창건했다고 전해짐. ⑯ 3

㉳

백제百濟

고대 조선朝鮮, 신라新羅·고구려高句麗와 함께

삼한三韓 중의 하나. 조선반도 남서부에 마한馬韓 오십여 국을 통합하여 건국. 사이메이齊明 천황天皇 6년(660) 당과 연합을 맺은 신라에 의해 멸망. 일본은 백제에 원군을 보내지만 덴지天智 천황 2년(663) 백촌강白村江에서 대패하여 철수. 예로부터 일본과 교류가 있고, 문화형성에도 크게 영향을 미침. 또한 백제에서 일본으로 온 도래인渡來人도 많아 하나의 문화권을 형성. ⑯ 2

본샤쿠지梵釋寺

연력延曆 5년(786) 1월, 간무桓武 천황天皇이 덴지天智 천황 추복追福을 위해 건립한 사원(『속일본기續日本紀』). 전에 오쓰大津 오미 궁近江宮이 있던 곳에 세워진 절로, 현재의 오쓰 시大津市 시가사토 정滋賀里町에 소재. 헤이안平安 말기에 쇠퇴하여, 『중우기中右記』 강화康和 5년(1103) 12월 29일 조에 의하면, 온조지園城寺 장리長吏 류묘隆明가 별당別當을 겸임하고, 온조지에 흡수되었음. ⑮ 17

[사]

사야데라狹屋寺

소재 불명. 현재의 와카야마 현和歌山縣 이토 군伊都郡 가쓰라기 정町 사야佐野에 있던 절로 추정. ⑯ 38

서탑西塔

동탑東塔·요카와橫川와 함께 히에이 산比叡山 삼탑三塔 중 하나. 히에이 산 서측에 위치. 석가당釋迦堂·보당원寶幢院이 핵을 이룸. 북곡北谷·동곡東谷·남곡南谷·남미南尾·북미北尾의 오곡五谷을 기점으로 함. ⑮ 11·27

세손지世尊寺

후지와라노 유키나리藤原行成가 헤이안 경平安京 일조一條 대로大路 북쪽의 사저私邸를 불사佛寺로 창건한 사원. 장덕長德 원년(995) 권승정權僧正 간슈觀修의 권유로 유키나리는 사저를 사원으로 바꿀 것을 결의, 대일여래상大日如來僧과 보현普賢·십일면관음十一面觀音의 두 보살을 만들고 장보長保 원년(999)에 절로 완성. 장보長保 3년(1001) 정액사定額寺가 되었지만, 양화養和 원년(1181)의 화재 이후, 사운寺運이 쇠퇴함. ⑮ 42

쇼다이지招提寺

도쇼다이지唐招提寺. 나라 시奈良市 고조五條에 소재. 율종의 총본산. 남도십오대사南都十五大寺 중 하나. 다이안지大安寺의 요에이榮叡, 고후쿠지興福寺의 쇼지普照의 초청에 의해 전율수계傳律授戒를 위해 천평보자天平寶字 3년(759) 창건됨. 그 창건설화가 권11 제8화에 보임. 원래의 사명은 『당대화상동정전唐大和尙東征傳』에는 "唐律招提寺"라고 되어 있어 간략하게 '쇼다이지招提寺'라 부름. 본존은 노자나불좌상盧舍那佛坐像. ⑯ 39

스나우스 봉砂碓峰

히에이 산比叡山 요코가와橫川에 소재하는 사대당砂碓堂의 것이라고 추정. 사대원砂碓院이라고도 함. 요코가와의 여러 당堂은 예를 들면, 단나봉壇那峰(법화삼매원法華三昧院) 등과 같이 봉峰으로 호칭을 정한 것이 많음. ⑮ 6

시모쓰케노데라下毛野寺

『영이기靈異紀』 중권 제25화, 제36화에 그 이름이 등장하지만 미상. 나라奈良에 있던 시모쓰케노씨下毛野氏 가문의 절氏寺이라고 추정. 『원형석서元亨釋書』 권29 다이쿄 전諦鏡傳에서는 "毛野寺"라 하고 있음. ⑯ 5

시키시모 군敷下郡

야마토 지방大和國의 군명郡名. 정확하게는 '城下郡'. 현재의 나라 현奈良縣 시키 군磯城郡의 일부에 해당. 나라 분지盆地 중앙부의 저습低濕 지대 ⑯ 8

신라新羅

4세기 중기부터 10세기 전반에 걸쳐서 조선朝鮮 반도에 있었던 왕조. 백제百濟·고구려高句麗와 함께 조선 삼국 중의 하나. 당唐과 연결하여 백제百濟, 고구려高句麗를 멸망시키고, 668년에 조선 반도를 통일. 예로부터 일본과 교류가 있었고, 중국 문화 전래에 중요한 역할을 함. 935년 신라 왕이 고려高麗의 왕권에 굴복하여 멸망. 다만, 헤이안平安 시대는 일반적으로 조선 반도를 신라라고 칭했음. ⑯ 19

쓰루가敦賀

에치젠 지방越前國의 군명郡名. 현재의 후쿠이 현福井縣 쓰루가 시敦賀市, 난조 군南條郡 다케후 시武生市 서남부西南部, 뉴우 군丹生郡 서남부西南部에 걸쳐 있는 지역. 현재의 쓰루가 시를 가리킴. 예로부터 항구가 있는 등, 대륙과의 교역 중계지中繼地로 중요한 역할을 함. ⑯ 7

[아]

아카호 군赤穗郡

하리마 지방播磨國의 군명郡名. 효고 현兵庫縣 아코 시赤穗市, 아이오이 시相生市 아코 군 부근에 해당함. 당초, 서쪽은 미마사카 지방美作國, 남쪽은 세토나이카이瀨戶內海에 접해 있었음. ⑯ 26

야마시나데라山階寺

지금의 교토 시京都市 히가시야마 구東山區에 있던 절. 후지와라노 가마타리藤原鎌足의 스에하라陶原의 저택에 부인 가가미노 오키미鏡女王가 덴지天智 2年(663년. 일설에는 덴지 8년) 당사堂舍를 건립하여 석가삼존상釋迦三尊像을 안치했다고 전해짐. 이후 고후쿠지興福寺의 전신前身. → 고후쿠지興福寺 ⑯ 33

야마자키山崎

교토 부京都府 오토쿠니 군乙訓郡 오야마자키 정大山崎町. 가쓰라 강桂川과 요도 강淀川의 합류지점 부근으로, 경치가 훌륭한 지역. 교토의 출입구에 위치하여, 군사·교통상의 요충지이기도 함. 교키行基에 의해 야마자키山崎 다리가 세워짐(『교키 연보行基年譜』, 『부상약기扶桑略記』 신귀神龜 2년〈725〉조). 이 다리는 야마시로 지방山城國을 대표하는 다리였으나, 요도 강 상류의 요도가 번영하면서, 야마자키 교가 가진 존재의 의미는 옅어짐. 장보長保 원년(999)의 이치조一條 천황天皇의 행행行幸 시에 부교浮橋가 없어서 선교船橋를 만들어 건넜다고 전해짐(『일본기략日本紀略』). ⑮ 15 ⑯ 40

야사카데라八坂寺

교토 부京都市 히가시야마 구東山區 야사카카미정八坂上町에 소재. 정식으로는 호칸지法觀寺라고 함. 『연희식延喜式』 일곱 개의 절 중의 하나. 산호山號는 레이오 산靈應山. 본존은 오지여래상五智如來像 오체五體, 임제종臨濟宗 겐닌지파建仁寺派에 속함. 초창草創에 대해서는 여러 설이 있으나 문헌상에 처음 등장하는 것은 『속일본후기續日本後紀』 승화承和 4년(837) 2월 27일 조에 의하면 스가노노 마미치菅野眞道가 건립한 도장이 이 절과 접해 있었기 때문에 '八坂東院'이라 불렸다고 함. 오중탑이 유명하여 천력天曆 연간(947-57)에 이 절에 기숙한 조조淨藏가 기울어진 탑을 기도로 고쳤다고 하는 이야기는 『습유왕생전拾遺

往生傳』,『대법사조조전大法師淨藏傳』 등에 보임. 이 이야기에 나오는 탑은 천장天長 10년(833) 오노노 다카무라小野篁의 동생이 건립했다고 전해지나(『伊呂波字類抄』) 치승治承 3년(1179)의 벼락에 의해 소실. 현존하는 오층탑은 아시카가 요시노리足利義敎에 의해 영향永享 12년(1440)에 재건된 것. ⑯ 33

야쿠시지藥師寺

나라 시奈良市 니시노쿄西ノ京에 소재. 법상종 대본산. 본존本尊은 약사삼불藥師三尊. 남도칠대사南都七大寺·십오대사十五大寺 중 하나. 덴무天武 천황이 황후의 병이 낫기를 기원하며 천무天武 9년(680)에 후지와라 경藤原京에서 만들기 시작하고, 지토持統 천황이 그 유지를 이어받아 문무文武 2년(698)에 완성시킴(본야쿠시지本藥師寺라고 부르며, 나라 현奈良縣 가시하라 시橿原市에 사적寺跡이 남아 있음). 그 이후 헤이조 경平城京으로 천도함에 따라 양로養老 2년(718) 헤이조 경의 우경右京 육조방六條二坊에 있는 현재 위치로 이축됨. ⑮ 4 ⑯ 23·38

오치 군越智郡

이요 지방伊予國의 군명郡名. 현재의 에히메 현愛媛縣 이마바리 시今治市, 오치 군越智郡 부근에 해당. ⑯ 2

오카모토데라岡本寺

호키지法起寺. 나라 현奈良縣 이코마 군生駒郡 이카루가 정斑鳩町 오카모토岡本에 소재. 오카모토데라는 지명으로부터 유래한 이름임. 이케지리데라池後寺라고도 함. 산호山號는 오카모토 산岡本山임. 성덕종聖德宗에 속함. 본존本尊은 목조십일면관음木造十一面觀音. 창건은 쇼토쿠聖德 태자太子의 뜻에 의해 야마시로노 오에 왕山背大兄王이 오카모토궁岡本宮을 절로 만든 것에서 시작. 그 후 조메이舒明 천황 3년(638)에 후쿠료福亮가 본존과 금당金堂을 건립. 덴무天武 천황 13년(684)에 게이시惠施가 당사堂舍를 건립, 경운慶雲 3년(706) 완성. 창건 당시의 삼중탑三重經이 최고최대最古最大의 삼중탑으로 현존. ⑯ 13

요시노 산吉野山

나라 현奈良縣 요시노 군吉野郡, 요시노 강 남쪽 기슭에 위치함. 오미네大峰 산맥 북쪽 일대 산맥의 총칭. 긴푸센지金峰山寺의 장왕당藏王堂이 있음. 옛날부터 수험도 성지, 벚꽃의 명소로 유명. ⑯ 14

요카와橫川

동탑東搭·서탑西塔과 함께 히에이 산比叡山 삼탑三塔 중 하나. '橫河'라고도 표기하며, 북탑北塔이라고도 함. 근본중당根本中堂의 북쪽에 소재. 수릉엄원首楞嚴院(요카와橫川 중당中堂)을 중심으로 하는 구역. 엔닌圓仁이 창건, 료겐良源이 천록天祿 3년(972) 동서의 양 탑으로 부터 독립시켜 융성함. ⑮ 6·8·12·39

우에쓰키데라殖槻寺

현재의 나라 현奈良縣 야마토코오리야마 시大和郡山市 우에쓰키 정植槻町 우에쓰키하치만植槻八幡 신사神社의 옆에 있던 절이라고 추정. 부근은 옛 소에지모 군添下郡이기 때문에 옛 '敷下郡'이라 한 것은 틀림. 『영이기靈異記』 중권 제34화에 이 절의 이름이 나옴. 후지와라노 후비토藤原不比等가 화동和銅 2년(709)부터 6년(713)까지, 이곳에서 유마회維摩会를 열었음. 고후쿠지興福寺의 유마회는 우에쓰키데라에서 옮겨 간 것. 겐부쓰지建佛寺·간논지觀音寺라고도 불림. ⑯ 8

우지宇治

현재의 교토 부京都府 우지 시宇治市. 야마시로 지방山城國 우지 군宇治郡의 남쪽의 반과 구세 군久世郡의 북동쪽의 반에 해당하는 지역. 야마토大和에서 북쪽으로 향하는 옛 북륙도北陸道의 도하渡河 지점에 해당하고, 일본 최초의 가교架橋인 우지宇治 다리가 일찍이 세워짐. 북륙도는 예로부터 중요한 간선도로이며 교통·경제·군사의 요충지. 또한 헤이안平安 시대에는 귀인들의 별장지·피서지로, 후지와라 다다후미藤原忠文가 여름에 피서를 보내며 정무를 쉬었던 것은 『강담초江抄談』 권2에 보임. ⑯ 28

육각당六角堂

조호지頂法寺. 본당本堂의 구조가 육각으로 되어 있는 것에서 붙여진 속칭. 교토 시京都市 나카교 구中京區 도노마에 정堂之前町에 소재. 천태종天台宗 시운 산紫雲山이라고 칭함. 『육각당연기六角堂緣起』에 의하면 창건은 쇼토쿠聖德 태자太子가 시텐노지四天王寺 건립을 위한 재료를 구하여 이곳으로 왔을 때, 당사當寺를 건립했다고 알려짐. 홍인弘仁 13년(822), 사가嵯峨 천황天皇의 칙원소勅願所가 되고, 후에 서국삼십삼소西國三十三所 관음영장觀音靈場 중 8번째가 됨. 본존本尊은 여의륜관음如意輪觀音으로, 낙양칠관음洛陽七觀音의 하나. ⑯ 32

이나미印南 **들판**

하리마 지방播磨國 이나미 군印南郡의 평원을 가리킴. 현재의 효고 현兵庫県 가고가와 정加古川町에서 히가시아카시 시東明石市에 걸쳐 있는 평야. 헤이안平安 시대는 황실의 소유로 일반인의 출입이 금지. 『만엽집萬葉集』, 『습유집拾遺集』 등에 그 이름을 넣어서 지은 노래가 있음. 『마쿠라노소시枕草子』에는 "들판은 사가노가 제일이다. 이나미 들판, 가타노 들판"이라고 열거되어 있음. ⑯ 20

이시야마데라石山寺

시가 현滋賀縣 오쓰 시大津市 이시야마데라石山寺에 소재. 도지東寺 진언종. 서국삼십삼소西國三十三所 관음영장觀音靈場 중 13번째 장소. 천평승보天平勝寶 원년(749) 쇼무聖武 천황의 칙원勅願에 의해, 로벤良辨 승정僧正이 개기開基. 본존本尊은 이비二臂의 여의륜관음如意輪觀音. 헤이안平安 시대 이후, 관음영장觀音靈場으로서 신앙을 모음. 그 창건설화가 권11 제13화에 보임. ⑮ 13 ⑯ 18·22

이즈미 군和泉郡

이즈미 지방和泉國의 중앙부에 있던 군명郡名. 현재의 오사카 부大阪府 이즈미 시和泉市泉·미즈미 오쓰 시泉大津市·기시와다 정岸和田町·센보쿠 군泉北郡 다다오카 정忠岡町의 대부분의 지역과 가이즈카 시貝塚市에 해당하는 지역. 중세 이후, 남서쪽의 반이 센난 군泉南郡으로 분리. ⑯ 12

이카루가鵤 **마을**

나라 현奈良縣 이코마 군生駒郡 이카루가 정斑鳩町. 나라 분지盆地의 서북쪽에서 야타矢田 구릉의 동남쪽 기슭. 호류지法隆寺를 중심으로 하는 지역. ⑯ 13

이케가미池上

약 80개에서 100여 개의 닌나지仁和寺 원가院家의 일원一院. 이케가미데라池上寺. 『닌니지제원가기仁和寺諸院家記』에 의하면, 간추寛忠 승도僧都가 건립하였다고 전해짐. ⑮ 37

이토 군伊都郡

와카야마 현和歌山縣 북동부北東部 기이 지방紀伊

國 7군郡 중의 하나로, '이토伊刀'·'이토伊東'·'이토糸' 등으로도 표기. ⑯ 38

[자]

정심원定心院

히에이 산比叡山 동탑東塔 남곡南谷의 일원一院. 문수루文殊樓의 남동쪽 밑에 있었음. 승화承和 5년(838)에서 승화 13년(846)에 걸쳐서 닌묘仁明 천황의 발원에 의해 지카쿠 대사慈覺大師 엔닌圓仁이 건립(『예산요기叡山要記』, 『산문당사기山門堂舍記』). 안치되어 있는 부처는 장륙丈六 석가모니상釋迦牟尼像·십일면관음일장입상十一面觀音一丈立像·문수성승상文殊聖僧像 등. 예산叡山 9원院 중의 하나. ⑮ 5·9

조간지貞觀寺

교토 시京都市 후시미 구伏見區 후카쿠사深草에 소재하는 절. 후지와라노 요시후사藤原良房가 딸인 메이시(아키라케이코)明子의 아들, 고레히토惟仁 친황親王(후의 세이와淸和 천황)의 가호加護를 위하여 구카이空海의 제자인 신가眞雅 승정僧正을 개기開基로 하여 건립한 사원寺院. 정관貞觀 4년(862) 7월에 가쇼지嘉祥寺 서원西院이 조간지貞觀寺란 이름으로 바뀜(『삼대실록三代實錄』). 가쇼지 서원이라고 하는 호칭에서 알 수 있듯이 가쇼지 서쪽에 위치한 절임. 고쿠라쿠지極樂寺는 후지와라노 모토쓰네藤原基經에 의해 가쇼지와 조간지의 북쪽에 건립되었음. ⑮ 21

지누珍努 **산사**山寺

지누珍怒는 오사카 부大阪府 이즈미和泉 지방의 고명古名. '茅渟', '血沼', '血渟', '珍怒', '珍', '千沼'라고 표기하기도 함. 『영이기靈異記』에는 이즈미 지방和泉國 이즈미 군泉郡의 '血渟山寺'로 표기되어, 길상천녀吉祥天女를 사랑한 우바새優婆塞에 관한 이야기(중권 제13화)가 있고, 또 '珍努上山寺'에 안치된 관음보살觀音菩薩의 목상木像이 스스로 소실燒失을 면한 이야기(중권 제37화) 등이 있음. 이즈미 시和泉市 마키오 산槇尾山에 있던 길상원吉祥院이라는 설도 있음. ⑯ 12

진제이鎭西

규슈九州의 다른 이름. 대재부大宰府를 진제이후鎭西府라 불렀던 것에서의 호칭. ⑯ 20·21

[차]

천광원千光院

히에이 산比叡山 서탑西塔의 사원 중 하나. ⑮ 5

천수원千手院

히에이 산比叡山 동탑東塔의 산왕원山王院(천수당千手堂)으로 추정. 지쇼智證 대사大師 엔친圓珍 문도門徒의 본거지의 하나임. 『예악요기叡岳要記』, 『산문당사기山門堂舍記』에 의하면, 덴교傳敎 대사의 본원本願으로 천수관음千手觀音·성관음상聖觀音像을 안치함. 또한 『예악요기叡岳要記』에는 서탑西塔의 천수원千手院에 대한 기록이 있으나, 동탑東塔의 천수원千手院에 대한 기사는 없음. ⑯ 10

[하]

하세長谷

하세데라長谷寺. 나라 현奈良縣 사쿠라이 시櫻井市 하세 강初瀨川에 소재. 하세 강初瀨川의 북쪽 언덕, 하세 산初瀨山의 산기슭에 위치. 풍산신락원豊山神樂院이라고도 하며, 진언종 풍산파豊山派의 총본산. 본존本尊은 십일면관음十一面觀音. 서국삼십삼소西國三十三所 관음영장觀音靈場 중 여덟번째. 국보 법화설상도동판명法華說相圖銅板銘에 의하면, 시조는 가와라데라川原寺의 도메이

道明로, 주조朱鳥 원년(686) 덴무天武 천황을 위해 창건(본 하세데라本長谷寺). 훗날 도쿠도德道가 십일면관음상十一面觀音像을 만들고, 천평天平 5년(733) 개안공양開眼供養, 관음당觀音堂(後長谷寺·新長谷寺)을 건립했다 함(『연기문緣起文』, 호국사본護國寺本 『제사연기집諸寺緣起集』). 헤이안平安·가마쿠라鎌倉 시대에 걸쳐 관음영장觀音靈場으로도 유명. ⑯ 27·28

하원원河原院

헤이안平安 좌경左京 육조사방六條四坊에 있던 미나모토노 도루源融의 저택으로 동육조원東六條院라고도 함. 『습개초拾芥抄』 중中 '제명소부諸名所部'에는 그 위치가 기록되어 있는데, 본래는 북쪽으로 육조방문六條坊門, 남쪽으로 육조대로六條大路, 동쪽으로 만리소로萬里小路, 서쪽으로 동경극대로東京極大路로 둘러싸여 있는 4정町으로 추정됨. 정원 연못 등은 무쓰 지방陸奧國 시오가마塩竈의 경치를 모방하는 등, 풍류가 있게 지은 대저택임. 도루가 죽은 후, 연희延喜 17년(917) 아들인 미나모토노 노보루源昇가 우다宇多 상황上皇에게 진상함. 상황이 죽은 후 사원이 되었고, 미나모토노 노보루源昇의 아들 안보安法가 살며, 장륙석가여래상丈六釋迦如來像이 안치되었으나, 가모 강鴨川의 수해水害를 피하기 위해 장보長保 2년(1000)에 기다린지祇陀林寺로 옮겨짐. ⑮ 33

호즈미데라穗積寺

나라 시奈良市 도쿠조 정東九條町에 있던 절. 『영이기靈異記』 중권 제42화의 기사 등으로 살펴보면, 헤이조 경平城京 좌경左京 구조사방九條四坊에 해당하며, 현재의 나라 현 도쿠조 정東九條町의 법각당法角堂 이나리신사稻荷神社荷의 진좌지鎭座地 부근으로 추정. ⑯ 10

후다라쿠지補陀落寺

교토 시京都市 사쿄 구左京區 시즈이치이치하라 정靜市市原町 부근에 소재하는 절. 천덕天德 3년(959), 기요하라노 후카야부淸原深養父가 천태좌주天台座主 엔쇼延昌를 개산開山으로 하여 건립함. 응화應和 2년(962)에는 무라카미村上 천황의 어원사御願寺가 됨. 『습개초拾芥抄』 하下 '諸寺部', 『헤이케 이야기平家物語』 관정灌頂 권卷 '大原御幸'에도 그 이름이 보임. 중세에 폐사廢寺가 되었고, 현재는 초암草庵이 사명寺名를 이어감. 속칭 고마치데라小町寺라고도 불리며, 오노노 고마치小野小町 공양탑供養塔이라는 오중탑五重塔이 있음. ⑮ 2

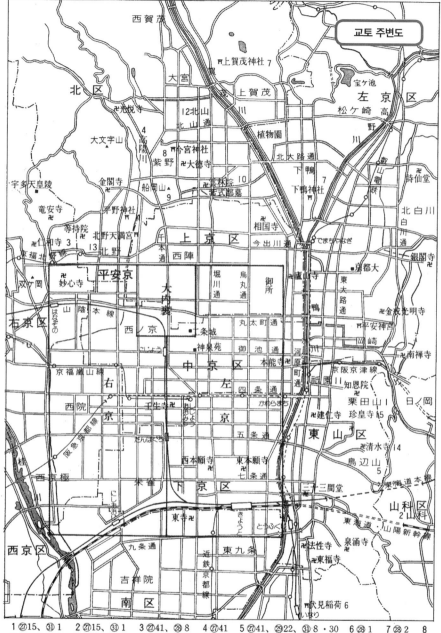

교토 주변도

1 ㉗15、 ㉛1　2 ㉗15、 ㉛1　3 ㉗41、 ㉛8　4 ㉗41　5 ㉗41、 ㉙22、 ㉛8・30　6 ㉛1　7 ㉘2　8
㉘2　9 ㉘3、 ㉙3　10 ㉘3、 ㉙23　11 ㉛11、 ㉛24　12 ㉘28、 ㉛15・20　13 ㉛35、 ㉛31　14 ㉙22・28
15 ㉛19

- 그림 중의 굵은 숫자는 권27~권31 이야기 속에 나오는 지점을 가리킨다.
- 지점 번호 및 그 지점이 나오는 권수 설화번호를 지점번호순으로 정리했다.
  1㉗1은 그림의 1 지점이 권27 제1화에 나온다는 의미이다.
  (다음의 헤이안경도의 경우도 동일하다)

0　　1　　2km

右京

● →은 이야기 속에서 등장인물이
이동한 경로를 가리킨다.

宇多院

19

39

西市 30

西京極大路　無差小路　山小路　菖蒲小路　木辻大路　恵止利小路　馬代小路　宇多小路　道祖大路　野寺小路　西堀川小路　西靭負小路

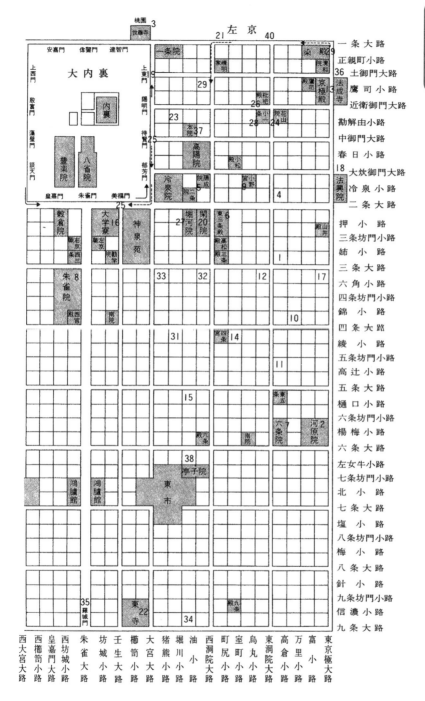

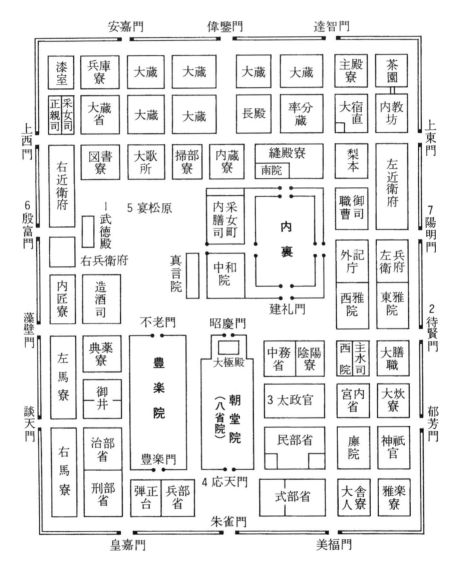

1 ㉑8　　2（中御門）㉗9、（東中御門）㉘16　　3（官）㉗9　　4㉑33　　5㉑38　　6（近衛御門）
㉑38　　7（近衛御門）㉘41

● （ ）안은 이야기 속에서의 호칭.

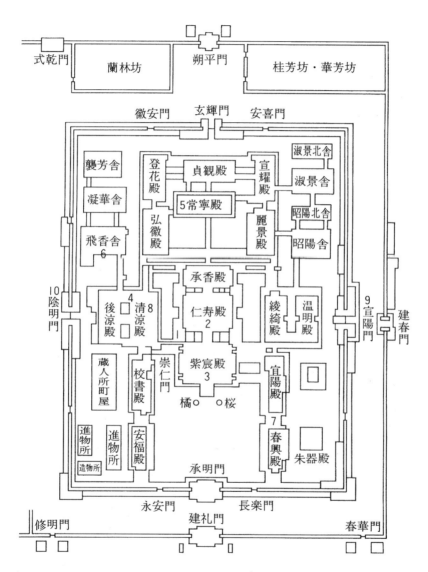

1（中橋）㉗10　2 ㉗10　3（南殿）㉗10　4（滝口）㉗41　5 ㉘4　6（藤壺）㉘14　7（陣の座）㉘25　8（夜御殿）㉙14　9（東ノ陣）㉛29　10（西ノ陣）㉛29

● （　）안은 이야기 속에서의 호칭.

옛 지방명

- 율령제의 기본행정단위인 '지방國'을 나열하고, 지도에 위치를 나타냈다.
- 명칭의 배열은 가나다 순을 따랐으며, 국명의 뒤에는 국명보다 상위로 설정되었던 '오기칠도五畿七道' 구분을 적었고, 추가로 현대 도都·부府·현縣과의 개략적인 대응 관계를 나타냈다.
- 지방의 구분은 9세기경 이후에 이러한 모습으로 고정되었다. 무쓰陸奧와 데와出羽는 19세기에 세분되었다.

㉮

가가加賀 (북륙도) 이시카와 현石川縣 남부.

가와치河內 (기내) 오사카 부大阪府 남동부.

가이甲斐 (동해도) 야마나시 현山梨縣.

가즈사上總 (동해도) 치바 현千葉縣 중앙부.

고즈케上野 (동산도) 군마 현群馬縣.

기이紀伊 (남해도) 와카야마 현和歌山縣 전체, 미에 현三重縣의 일부.

㉯

나가토長門 (산양도) 야마구치 현山口縣 북서부.

노토能登 (북륙도) 이시카와 현石川縣 북부.

㉰

다지마但馬 (산음도) 효고 현兵庫縣 북부.

단고丹後 (산음도) 교토 부京都府 북부.

단바丹波 (산음도) 교토 부京都府 중부, 효고 현兵庫縣 동부.

데와出羽 (동산도) 야마가타 현山形縣·아키타 현秋田縣 거의 전체. 명치明治 원년(1868)에 우젠羽前·우고羽後로 분할되었다. → 우젠羽前·우고羽後

도사土佐 (남해도) 고치 현高知縣.

도토우미遠江 (동해도) 시즈오카 현靜岡縣 서부.

㉱

리쿠젠陸前 (동산도) 미야기 현宮城縣 대부분, 이와 테 현岩手縣의 일부. → 무쓰陸奧

리쿠추陸中 (동산도) 이와테 현岩手縣의 대부분, 아 키타 현秋田縣의 일부. → 무쓰陸奧

㉲

무사시武藏 (동해도) 사이타마 현埼玉縣, 도쿄 도東京都 거의 전역, 가나가와 현神奈川縣의 동부.

무쓰陸奧 (동산도) '미치노쿠みちのく'라고도 한다. 아오모리青森·이와테岩手·미야기宮城·후쿠시마福島 4개 현에 거의 상당한다. 명치明治 원년(1868) 세분 후의 무쓰는 아오모리 현 전부, 이와 테 현 일부. → 이와키磐城·이와시로岩代·리쿠젠陸前·리쿠추陸中

미노美濃 (동산도) 기후 현岐阜縣 남부.

미마사카美作 (산양도) 오카야마 현岡山縣 북동부.

미치노쿠陸奧 '무쓰むつ'라고도 한다. → 무쓰陸奧

미카와三河 (동해도) 아이치 현愛知縣 동부.

㉳

부젠豊前 (서해도) 오이타 현大分縣 북부, 후쿠오카 현福岡縣 동부.

분고豊後 (서해도) 오이타 현大分縣 대부분.

비젠備前 (서해도) 오카야마 현岡山縣.

빈고備後 (산양도) 히로시마 현廣島縣 동부.

빗추備中 (산양도) 오카야마 현岡山縣 서부.

ⓐ

사가미相模 (동해도) 가나가와 현神奈川縣의 대부분.

사누키讚岐 (남해도) 가가와 현香川縣.

사도佐渡 (북륙도) 니가타 현新潟縣 사도 섬佐渡島.

사쓰마薩摩 (서해도) 가고시마 현鹿兒島縣 서부.

셋쓰攝津 (기내) '쓰つ'라고도 한다. → 쓰攝津

스루가駿河 (동해도) 시즈오카 현靜岡縣 중부.

스오周防 (산양도) 야마구치 현山口縣 동부.

시나노信濃 (동산도) 나가노 현長野縣.

시마志摩 (동해도) 미에 현三重縣 시마 반도志摩半島.

시모쓰케下野 (동산도) 도치기 현栃木縣.

시모우사下總 (동해도) 치바 현千葉縣 북부, 이바라
키 현茨城縣 남부.

쓰攝津 (기내) '셋쓰せっつ'라고도 한다. 오사카 부大
阪府 북서부, 효고 현兵庫縣 남동부.

쓰시마對馬 (서해도) 나가사키 현長崎縣 쓰시마 전
도對馬全島.

ⓐ

아와安房 (동해도) 치바 현千葉縣 남부.

아와阿波 (남해도) 도쿠시마 현德島縣.

아와지淡路 (남해도) 효고 현兵庫縣 아와지 섬淡路島.

아키安藝 (산양도) 히로시마 현廣島縣 서반.

야마시로山城 (기내) 교토 부京都府 남동부.

야마토大和 (기내) 나라 현奈良縣.

에치고越後 (북륙도) 사도 섬佐渡島를 제외한 니가
타 현新潟縣의 대부분.

에치젠越前 (북륙도) 후쿠이 현福井縣 북부.

엣추越中 (북륙도) 도야마 현富山縣.

오미近江 (동산도) 시가 현滋賀縣.

오스미大隅 (서해도) 가고시마 현鹿兒島縣 동부, 오
스미 제도大隅諸島.

오와리尾張 (동해도) 아이치 현愛知縣 서부.

오키隱岐 (산음도) 시마네 현島根縣 오키 제도隱岐
諸島.

와카사若狹 (북륙도) 후쿠이 현福井縣 남서부.

우고羽後 (동산도) 아키타 현秋田縣의 대부분, 야마
가타 현山形縣의 일부. → 데와出羽

우젠羽前 (동산도) 야마가타 현山形縣의 대부분. →
데와出羽

이가伊賀 (동해도) 미에 현三重縣 서부.

이나바因幡 (산음도) 돗토리 현鳥取縣 동부.

이세伊勢 (동해도) 미에 현三重縣 대부분.

이와미石見 (산음도) 시마네 현島根縣 서부.

이와시로岩代 후쿠시마 현福島縣 서부. → 무쓰陸奧

이와키磐城 후쿠시마 현福島縣 동부, 미야기 현宮城
縣 남부. → 무쓰陸奧

이요伊予 (남해도) 에히메 현愛媛縣.

이즈伊豆 (동해도) 시즈오카 현靜岡縣 이즈 반도伊
豆半島, 도쿄 도東京都 이즈 제도伊豆諸島.

이즈모出雲 (산음도) 시마네 현島根縣 동부.

이즈미和泉 (기내) 오사카 부大阪府 남부.

이키壹岐 (서해도) 나가사키 현長崎縣 이키 전도壹
岐全島.

ⓐ

지쿠고筑後 (서해도) 후쿠오카 현福岡縣 남부.

지쿠젠筑前 (서해도) 후쿠오카 현福岡縣 북서부.

ⓐ

하리마播磨 (산양도) 효고 현兵庫縣 서남부.

호키伯耆 (산음도) 돗토리 현鳥取縣 중서부.

휴가日向 (서해도) 미야자키 현宮崎縣 전체, 가고시
마 현鹿兒島縣 일부.

히고肥後 (서해도) 구마모토 현熊本縣.

히다飛驒 (동산도) 기후 현岐阜縣 북부.

히젠肥前 (서해도) 사가 현佐賀縣의 전부, 이키壹
岐·쓰시마對馬를 제외한 나가사키 현長崎縣.

히타치常陸 (동해도) 이바라키 현茨城縣 북동부.

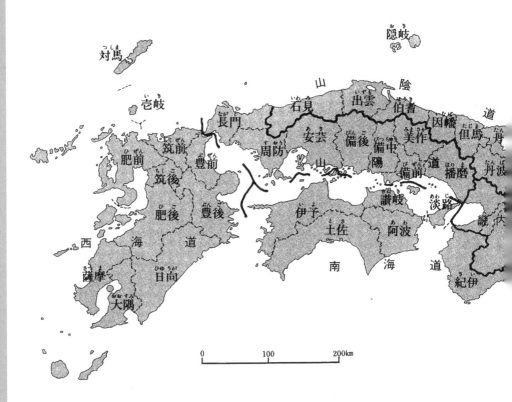

옛 지방명

隠岐

対馬
(つしま)

壱岐
(いき)

山　　　　陰　　　道

肥前   筑前   長門   石見   出雲   伯耆   因幡   丹波
                 豊前   安芸   備後   備中   美作   但馬
         筑後   周防   山   備陽   道   播磨   丹波
                                              陽   備前

肥後   豊後   伊予   讃岐   淡路   攝

西   海   道   土佐   阿波   紀伊
      薩摩   日向   南   海   道

大隅

0   100   200km

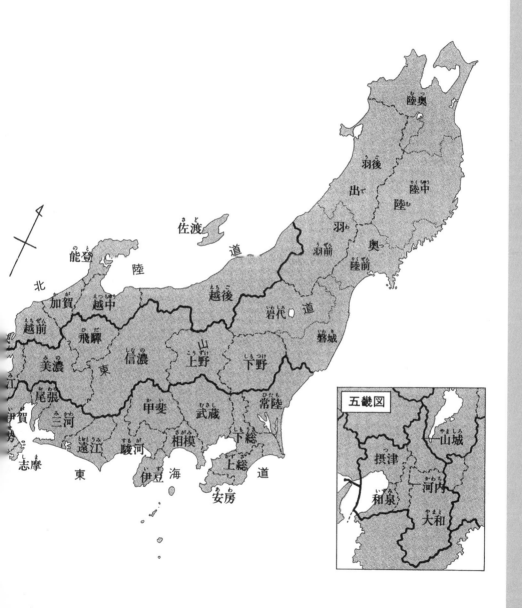

陸奥

羽後

出で

羽

奥

羽前

佐渡

陸前

道

能登

の と

北

陸

加賀

越中

越後

道

越前

飛騨

信濃

岩代

陸中

陸

ひ

美濃

東

山上野

下野

磐城

尾張

甲斐

武蔵

常陸

伊賀

三河

相模

下総

勢

志摩

遠江

駿河

伊豆

上総

東

海

道

安房

五畿図

山城

摂津

河内

和泉

大和

교주·역자 소개

마부치 가즈오馬淵 和夫

1918년 아이치현愛知県 출생. 도쿄문리과대학東京文理科大學 졸업(국어사 전공). 前 쓰쿠바대학筑波大學 교수.

저 서: 『日本韻学史の研究』,『悉曇学書選集』,『今昔物語集文節索引·漢子索引』(감수) 외.

구니사키 후미마로国東 文麿

1916년 도쿄 출생. 와세다대학早稲田大學 졸업(일본문학 전공). 前 와세다대학 교수.

저 서: 『今昔物語集成立考』,『校注·今昔物語集』,『今昔物語集 1~9』(전권 역주) 외.

이나가키 다이이치稲垣 泰一

1945년 도쿄 출생. 도쿄교육대학東京教育大學 졸업(중고·중세문학 전공). 前 쓰쿠바대학筑波大學 교수.

저 서: 『今昔物語集文節索引卷十六』,『考訂今昔物語』,『寺社略縁起類聚 I』 외.

한역자 소개

이시준 李市埈

한국외국어대학교 일본어과 및 동 대학원 석사졸업. 도쿄대학 대학원 총합문화연구과 박사(일본설화문학), 현 숭실대학교 일어일문학과 교수. 숭실대학교 동아시아언어문화연구소 소장.

저 서:『今昔物語集 本朝部の研究』(일본),『금석이야기집 일본부의 구성과 논리』.

공편저:『古代中世の資料と文學』(義江彰夫 編, 일본),『漢文文化圈の說話世界』(小峯和明 編, 일본),『東アジアの今昔物語集』(小峯和明 編),『說話から世界をどう解き明かすのか』(說話文學會 編, 일본),『식민지 시기 일본어 조선설화집 기초적 연구 1, 2』.

번 역:『일본불교사』,『일본 설화문학의 세계』,『암흑의 조선』,『조선이야기집과 속담』,『전설의 조선』,『조선동화집』.

편 저:『암흑의 조선』등 식민지 시기 일본어 조선설화집자료 총서.

김태광 金泰光

교토대학 일본어·일본문화연수생(일본문부성 국비유학생), 고베대학 대학원 문학연구과 석사졸업, 동 대학원 문화학연구과 박사(일본설화문학, 한일비교문화), 현 경동대학교 교수.

논 문:「귀토설화의 한일비교 연구―『三國史記』와『今昔物語集』을 中心으로―」,「『今昔物語集』의 耶輸陀羅」,「『今昔物語集』석가출세성도담의 비교연구」,「금석이야기집(今昔物語集)의 본생담 연구」등 다수.

저역서:『한일본생담설화집 "석가여래십지수행기"와 "삼보회"의 비교 연구』,『세계 속의 일본문학』(공저),『삼보에』(번역) 등 다수.

今昔物語集 日本部 三